Mourir pour la patrie，c'est le sort le plus beau，le plus digne d'envie！

为祖国而死，那是最美的命运，最值得的愿望啊！

——[法国]亚历山大·仲马

张新科 著

苍茫大地

江苏凤凰文艺出版社

图书在版编目（CIP）数据

苍茫大地 / 张新科著. — 南京：江苏凤凰文艺出版社，2017.1（2022.10 重印）
ISBN 978-7-5399-9777-3

Ⅰ. ①苍… Ⅱ. ①张… Ⅲ. ①长篇小说－中国－当代 Ⅳ. ①I247.5

中国版本图书馆 CIP 数据核字(2016)第 273078 号

书　　　名	苍茫大地
著　　　者	张新科
责 任 编 辑	于奎潮　孙　茜
书 名 题 字	孙晓云
出 版 发 行	江苏凤凰文艺出版社
出版社地址	南京市中央路 165 号，邮编：210009
出版社网址	http://www.jswenyi.com
印　　　刷	南京捷迅印务有限公司
开　　　本	718×1000 毫米　1/16
印　　　张	28
字　　　数	450 千字
版　　　次	2017 年 1 月第 1 版　2022 年 10 月第 5 次印刷
标 准 书 号	ISBN 978–7–5399–9777–3
定　　　价	48.00 元

（江苏凤凰文艺版图书凡印刷、装订错误可随时向承印厂调换）

目 录

引子 …………………………………………………………… 001

第一章 ………………………………………………………… 006
第二章 ………………………………………………………… 013
第三章 ………………………………………………………… 017
第四章 ………………………………………………………… 027
第五章 ………………………………………………………… 037
第六章 ………………………………………………………… 044
第七章 ………………………………………………………… 054
第八章 ………………………………………………………… 060
第九章 ………………………………………………………… 067
第十章 ………………………………………………………… 076
第十一章 ……………………………………………………… 084
第十二章 ……………………………………………………… 090
第十三章 ……………………………………………………… 096
第十四章 ……………………………………………………… 104
第十五章 ……………………………………………………… 110
第十六章 ……………………………………………………… 119
第十七章 ……………………………………………………… 126
第十八章 ……………………………………………………… 132
第十九章 ……………………………………………………… 139
第二十章 ……………………………………………………… 147
第二十一章 …………………………………………………… 156
第二十二章 …………………………………………………… 168
第二十三章 …………………………………………………… 175
第二十四章 …………………………………………………… 185
第二十五章 …………………………………………………… 190

目录

第二十六章	198
第二十七章	206
第二十八章	213
第二十九章	218
第三十章	226
第三十一章	233
第三十二章	242
第三十三章	253
第三十四章	264
第三十五章	272
第三十六章	283
第三十七章	294
第三十八章	305
第三十九章	317
第四十章	329
第四十一章	340
第四十二章	352
第四十三章	364
第四十四章	376
第四十五章	387
第四十六章	396
第四十七章	406
第四十八章	415
第四十九章	427
第五十章	435
尾声	443

引子

该来的，终究会来。

农历五月初五的大清早，冠陇村还浸染在半明半暗的晨曦里时，七十六岁的叶瑛便匆匆起了床。就着昨晚剩下的半碗粿汁，老太太费力地吃下一块米糕，然后洗净手，在围裙上随手擦了两把，换上蓝色棉布哈当衫，从上到下一个接着一个扣上如意纽，最后小心翼翼地从箱底取出一条叠放得板板正正的红色围巾，轻轻绕在脖子上。围巾因年代久远已泛斑白，但一端绣着的那朵白色玫瑰依然鲜艳如初。老太太略显吃力地把带细穗的两头搭在背后，小心地取下吊在房梁上的竹篮，挎进左臂弯，右手拄上拐棍，走出了大门。

老太太心里清楚，自己今天再不去，这辈子也许就再也没有机会了。

五月初五这一天，是自己男人的生日。

澄海县党史办的黄主任每天总是第一个上班。这天他跟往常一样，在办公楼前停放好自行车，一抬头，就看见办公楼前的台阶上蜷坐着一位老妇人。那妇人满头白发，身子疲惫地撑在竹篮上，脖子上还系着一条不合时令的红围巾。他走上前去，见老人正呼哧呼哧喘着气，身子随着呼吸上下起伏着，脚上的粗布鞋沾满泥土。黄主任的脚步声惊动了对方，抬起的是一张沟壑纵横的脸。

"老人家，怎么坐在这里？"

"我到这里来打听个人。"

"谁啊？"

"我男人，五十三年没见人了！"

"打听失踪的人该到公安局啊？"

"去过了，他们说应该来找你们。"

黄主任把老太太搀扶到办公室的藤椅上坐下，倒了半茶缸开水，递到了她颤颤巍巍的手中，才开始询问。

"老人家，您走那么远的路，又没有一个人陪着，路上有个闪失可不得了！"黄主任对老人说。

听到这话，老太太放下手中的茶缸，再也控制不住自己的情绪，哽咽着说："我有个儿子，但后来，后来……"老妇人一时老泪纵横，泣不成声。

过了好一阵子，老太太的情绪才渐渐平复下来。黄主任不敢再开口，生怕话问得不妥当又让老人情绪失控，只能默默注视着对方，等待她再次开口说话。

"帮我找找家里的男人吧，都五十三年了，人怎么就不回来看一眼呢？"老太太又有些激动。

"您叫什么名字，哪儿人？"

"叶瑛，冠陇村。"

"您家男人呢？"

"许金海。"

许金海？许金海？黄主任在头脑中快速搜索着这个陌生的名字，但没有丝毫印象。澄海是出名的侨乡，几十年前很多潮汕人为了生计下南洋。他首先意识到来者寻找的可能是漂泊异乡的华侨，如果是像郑信、王君实、蚁美厚、高绳芝这样的澄海籍华侨或者他们的后人，就不是他管的事了，县里有侨办。

"他是五十多年前过番的吧？"黄主任问。"过番"是澄海话"下南洋"的意思。

"不是！"老太太回答得干脆利落。

不是过番的，黄主任马上想起了另一类人。孙中山在华南闹革命及蒋介石在黄埔军校当校长时期，支持者中不少是广东人，澄海周边就有廖仲恺、叶挺、邓演达等人，澄海本地的林义顺、黄际遇、吴贯因和蔡力行等人同样也先后追随过孙中山。尽管他们不是黄主任工作的重点，但这些有头有脸的名人乡贤他自然知道。

"他，他是国民党？"

"你说什么？！不是！"老太太回答得很果断。

没有下南洋，又不是国民党，黄主任就不知道许金海是什么人物了。作为澄海党史办的现任负责人，黄主任深知偏居一隅的澄海，地方虽小，却产生过诸如张震、李勋、许士杰、宋辛等一批响当当的共产党人，可许金海的名字他从来没有听说过。

"他该不是早期的共产党吧？"黄主任颇有些疑虑地说出了自己的猜测。

黄主任的话一出口，老太太先是瞪大了双眼，直勾勾地盯了他足足一分钟，然后双手捂住脸，委屈地哭了起来。

黄主任一时不知所措。

数分钟后，黄主任把自己所知道的澄海籍共产党"大官"一口气报出十几个，他想证明自己的话不是空口无凭。

"他比他们都早！"

老太太停止哭泣，突然冒出了这么一句。对方话音虽小，还是令黄主任大吃一惊。黄主任急忙端起茶缸递给老太太，说："先喝口水，这事得慢慢说，慢慢说。"

"我没多少文化，可有两个事忘不了，一个是他入党的时间，另一个是他入党的介绍人。"

"那你先说说入党时间。"

"1923年。"

老太太的话一出口，黄主任暗暗吃惊。这个时间让他觉得不可思议。共产党

1921年成立，两年之后老太太的男人就入了党，小小澄海竟会有这样的人物，他很诧异。是不是老太太年纪大记错了时间？这个时间是万万不能错的！

"那入党介绍人呢？"黄主任紧接着问，试图通过介绍人的身份来验证老太太说的话。

"朱德！"

话音一出口，老太太浑浊的眼睛里闪出一种异样的光彩，黄主任从见到老太太开始，还没有见过她的眼睛如此闪亮。

"朱德？哪个朱德？"黄主任听到这两个字，暗暗一惊，手中茶缸里的水泼洒了出来。

"北京的朱德！"老太太用双眼紧盯着对方。

"开国元勋朱德？朱德元帅？老人家，这话可不能乱说啊！"黄主任急忙把手中的瓷缸放在桌子上，既紧张又兴奋。

"是！"老太太毫不迟疑地回答。

办公室里一片寂静。

僵局还是黄主任打破的，他往前探了探身子，严肃地说："老人家，这对我们澄海来说可是天大的事。说话得有证据，没有证据，这样的话是说不得的！"

老太太一声没吭，俯身从地上拎起竹篮放在桌子上，掀开上面的一层黑色棉布，竹篮底两块米糕露了出来。黄主任想，那该是老太太的午饭。老太太没有动米糕，只是把一个用蓝布包裹的四四方方的东西捧出来，放在了办公桌上。黄主任瞧见老太太打开外层的蓝布，里面露出一个紫色木盒，这是澄海一带早年常见的嫁妆盒，造型古朴，做工精致，盒面上雕刻着一对戏水鸳鸯。老太太用手轻轻扳动盒子上金色的钩鼻，"吧嗒"一声，盒子打开了。盒子里没有首饰，只有一块对角打结的红布兜，一看便知，里面一定兜着一件薄薄的东西。老太太双手伸进盒内，一手托着一边把红布兜轻轻捧了出来。

屏住呼吸，黄主任目不转睛地盯着老太太的一举一动。

黄主任急忙帮她移走嫁妆盒，红布兜被轻轻地放置在桌上。黄主任本以为老太太会接着打开，她却没有，而是把榆树皮般的双手在自己的裤腿上一连擦了三下。黄主任这时才注意到，老太太的手心里渗出了汗水。

老太太神情肃穆，慢慢地解开红布兜对角打成的结。

当红布兜被完全展开的时候，一张泛黄的黑白照片露了出来。

老太太没有把照片递给黄主任，而是双手捧着，眼睛凝视。片刻之后，泪珠从她一双凹陷的眼眶中滴落了下来，顺着面颊，垂在了下巴两边，然后，一滴滴地落在地上，站在对面的黄主任仿佛能听到泪水撞击地面发出的巨响。

黄主任等了很长时间，如梦方醒般的老太太这才双手颤抖着将照片递了过来。

"你看看这位是谁！"老太太哽咽着说。

朱德！真是朱德！黄主任一眼就认了出来，那脸庞和身材，是他那个年代的人刻骨铭心的记忆。浓眉大眼、身材魁梧的朱德身穿白色西服坐在第一排。

"哪一位是您男人？"

"这个，就这个！"老太太的食指指向了一个人。

站在最后一排，同样穿西服扎领带，留着寸半短发，额头宽平，鼻梁高挺，双眼炯炯有神，目光直视前方的一个小伙子映入黄主任的眼帘。好一位英姿勃发的后生仔！黄主任暗自赞叹。

"多么英俊的小伙子啊！"黄主任最后还是发出声来。

"真的？"老太太立刻停下抽泣，跟着问了一句。

"真的！"黄主任的声音高了一倍。

老太太先用袖口抹了一下眼泪，接着双手捂住没有门牙的瘪嘴。听着老太太的笑声，黄主任没敢抬头看她，生怕自己不经意的一瞥，会打断老人这份发自内心的幸福感。

停了好长时间，黄主任才想到下一个问题。

"老人家，知道照片在哪儿拍的吗？"

"德国，一个叫什么根的地方，年轻时记得住，这几年怎么也想不起来了。"

黄主任和老太太就这么一问一答，开始了寻根究底的谈话。半个小时后，黄主任深感事情重大，便叫来了党史办新分来的女大学生郝丽做记录。

老太太边说边哭，用两个蓝布袖口反复擦拭着眼睛，谈话快结束时，声音已经嘶哑。

旁边年轻的郝丽眼圈泛红，一边认真听着，一边做着记录。到最后，黄主任也有点哽咽。几次趁给老太太倒水之际，偷偷抹了几把眼泪。

老太太是下午三点左右离开党史办的，黄主任和郝丽把她送到楼下。

"隔的时间实在太长，况且他大部分时间没在澄海，我们调查恐怕需要两三个月，您多保重，一有消息我们马上到冠陇村告诉您。"黄主任说。

"麻烦你们快点，我现在眼不好使了，耳朵也听不清了，在村子里还经常走错门，如果找到他，让他赶紧回趟家吧。五十三年了，他送的这条围巾，我一直收着，没戴过几次，颜色都快褪光了！"

三天之后，黄主任带着郝丽去了一趟冠陇村，他们没有去找叶瑛，而是直接去了村长许书逸家。村长说，村里确实有个叫许金海的，但十七岁就到外地上学去了，从此极少回冠陇村。应黄主任要求，村长召集一帮五六十岁以上的老人来到家里，七嘴八舌地谈开了。

"澄海刚解放时，她就到县里去找她男人，说她男人是和朱德、周恩来、邓小平一样留学闹革命的，是留洋博士，朱德还是他一个学校的同学呢，那时候到县府寻找失踪家人的有好几百人，政府寻了一阵，没有半点头绪，也就没有再查。"一位七十来岁被众人呼为"四爷"的老人回忆道。

"六十年代后期，她又到县城去问，在村口正好被我碰见，我就对她说，千万不能去啊，邓小平正倒霉，这个时候还说自家男人和邓小平是一起的，要是县里那些戴红袖章的造反派知道了，老命就不保啦！"六七十年代在冠陇村当支书的许文收说。

老支书刚说完，一位几乎掉光了门牙的妇女笑嘻嘻地嚷开了，说别听这个疯女人的话，自从嫁到冠陇村后，就听她满巷子唠叨她男人和朱德、邓小平一起过番吃洋面包，人家都在北京城里当大官，天天进广播，她男人连个音讯都没有，真是乞丐婆想吃天鹅肉。

一时众说纷纭。

过了好长一会，村长许书逸咳嗽几声示意大家安静，他要说两句。

"半个月前，叶瑛去县城卖鸡蛋换盐吃，从大街上的广播喇叭里知道邓小平又上台了，听说还要把我们汕头当经济特区来建，六个鸡蛋刚卖一半，就拎起篮子急急忙忙往回赶，见到谁都跟人家说：'我要见到金海啦，我要见到金海啦！'身后跟着一帮娃娃，学她疯疯癫癫的样子满大街吆喝：'我要见到金海啦，我要见到金海啦！'"

星霜荏苒，沧海桑田。

五十三年了，许金海呀许金海，你人在哪里呢？

第一章

两个月后，整天活蹦乱跳的金海将满七周岁，身为父亲的许繁昌并没有家有小儿初长成的喜悦，反而苦恼不已。

许繁昌在泰国华富里这座小城开了一家米行，城里的米行很多，但许家的最大，这是他起早贪黑苦心经营十几年挣来的。十五岁那年，许繁昌只身一人过番来到泰国华富里，在城里的碾米厂一干就是八年，这八年他没有回过一次老家澄海冠陇，甚至爹娘过世时都没能够看上一眼。离开碾米厂后，勤快的许繁昌去了一家泰国华侨开的米行当送米工，每逢下雨天，他都会脱下外套盖在米袋上，光着膀子把米送到买粮的人家，自己淋得像个落汤鸡。生性憨厚、干活勤快的许繁昌被老板看中了，尽管他如实说出在澄海老家还有个父母领来的童养媳，老板还是在临终前把女儿阿棉托付给了他。

许繁昌的生意越做越好，家里先后添了两个儿子，但人却越来越苦恼，总感到对不起家里那个只见过一面的媳妇。大儿子金海马上七岁了，他突然想出了一个主意，就硬着头皮和老婆阿棉商量。

"我想把金海送回澄海，到那里读几年私塾再回来，他不能像我们一样不识字，一辈子出蛮力吃苦饭。"

阿棉坚决不答应，她舍不得聪明懂事的金海，"这里不也有学堂嘛，你又不是不知道，金海的脑袋瓜比小伙伴们的都顶用，在这里学就是了！"

"老二金涛在这里学，两个儿子不能一个都不回去呀，那样的话，族里的人一定会白天黑夜咒骂我，今后许家祠堂爹娘的牌位也没人照管，一定会被扔到海里。"这是许繁昌的心病之一。另外一个心病是老家的媳妇已经三十好几了，还住在老宅里等他，他想把金海送回去，陪陪可怜的女人。只是这层意思许繁昌没敢说出口。

阿棉是个懂事的女人，这么多年男人经常背着她托回潮汕的朋友带钱给另一个女人，她都假装不知道。看着男人天天怏怏不乐，离金海生日还有半个月时，竟卧床不起，夜夜惊于梦呓，阿棉的心软了下来。

"我和你讲好，金海读完三年私塾就回来，今后米行得靠老大。"阿棉最后哭着答应了。

哭得眼圈通红的金海跟着一名潮汕商人从华富里来到了曼谷，许繁昌、阿棉和弟弟金涛站在曼谷岸边，看着远去的客轮渐渐消失在茫茫大海上，一家人抱成一团，泣不成声。

金海来到冠陇，很快就病倒了。

那个陌生的女人，许繁昌未过门的童养媳，从此成为了金海的娘，澄海当地称做"大娘"。澄海有多少这样的大娘,无人知晓。很多十几岁的过番少年在出海下南洋前,为了留住根,家里都给找了穷人家的女娃当媳妇,想用线牵住海那边的风筝,但瞬息万变的海风最后还是扯断了细线。线断了,风筝也不知泊在何处。

大娘可不是好当的。

来到冠陇的第一天,头次见到陌生的大娘,生病的金海躺在床上一言不发,他恨自己的阿爸,更恨面前这个阿爸让他叫"大娘"的女人。如果没有这个女人,阿爸决不会让他回到这个他根本不想来的地方。金海不说话,大娘坐在床头也不言不语。到了吃饭的时候,大娘离开房间,下厨做了一碗带汤的粿条,里面卧了两个嫩嫩的鸡蛋,大娘端着饭刚唤了一声"金海",金海仰身一巴掌就打翻了大娘手里的碗筷,热汤泼了大娘一怀,碗筷哗啦一声摔在地上。

金海翻过身,用被子蒙住了头。

大娘没有说一句话,默默地拿来扫帚簸箕把地上的碎碗、粿条和汤汁打扫干净,又进了厨房。

一会儿工夫,大娘又端着一碗里面依旧卧了两个嫩嫩鸡蛋的粿汁来到床头,先是轻轻拉了一下被角,然后低声喊了一声"金海"。金海哧溜一下掀开被子,这次他没有用手,而是用脚蹬翻了大娘手中的碗筷,房间里再次发出哗啦一阵脆响。

金海瞪大双眼恶狠狠地盯着被热汤溅了一身的大娘。

大娘没有抬头看金海,还是没说一句话,一阵忙碌之后,把地上清理干净,人又一次离开房间,进了厨房。

半个时辰过去了,满脸汗水的大娘第三次走了进来,手里端着一碗和前两次一模一样的饭,低头轻轻走到了金海的床头。

"金海!"又是一声轻轻的呼喊。

金海握紧拳头,猛地一下从床上跃起扑了过去,他要用双拳打翻面前这个讨厌的女人手里的饭碗。她没有躲,也没有让,而是等待着他的暴风骤雨。金海腾空扑打的动作完成一半的时候,忽然看到了女人端碗的双手,上面全是热汤烫出的水泡,一个挨着一个,发出瘆人的亮光。

七岁的金海再也没有勇气挥出双拳,而是一屁股坐在床上,哇哇痛哭起来。

来到冠陇的第一天,金海吃了一碗粿汁,大娘一口水都没喝。

在冠陇的前三天,金海没有下过一次床。饿时大娘喂,拉时大娘端来屎盆接。三天三夜,大娘没有睡觉,而是搬个板凳坐在金海床头,金海翻个身,大娘赶紧站起来看看,金海动一下脑袋,大娘又赶紧站起来瞧瞧……

第四天清晨,金海从床上坐了起来,喊了一声"大娘",趴在床头的大娘愣了一下,接着呜呜地哭出了声。

金海病好后,大娘背着他去了两个地方,金海在华富里没有见过的地方。

冠陇是个临海的码头,从这里不但可以出海打鱼,还可以乘船过番,因此村头盖了一个妈祖庙。母子俩来到庙门口,背上的金海问大娘:"妈祖是谁呀?"

"你进去就知道了。"大娘拉着金海的手进入庙内。一尊女人塑像耸立正中,看上去目慈眉善,端庄秀美。大娘告诉金海,妈祖名叫林默,是个好姑娘,有一次为给迷失的商船导航,把自家的草屋燃成熊熊大火,那红彤彤的火光,几十里外都能瞧见。长大后,她把救助渔民当作自己的信条,可惜在一次帮助遇险的船只时,渔民得救了,二十八岁的她却死了。她死后,化作了女神。每当大风大浪折断樯桅时,她就会身着红衣翩翩来到人间,遍施恩泽,让渔民和商人逢凶化吉,平安归航。大娘还告诉金海,村里的人经常来庙里,祈求妈祖保护出海的亲人平平安安,妈祖总能显灵。

说完这段话,大娘跪了下来,先磕三个头,然后自言自语念叨了好一阵子。金海站在一旁,好奇地看着眼前的一切。

"大娘,你嘴里都说些什么啊?"金海问大娘。

金海一连问了三遍,大娘才回答:"我给妈祖说,金海好不容易回了家,请妈祖保佑他不生病不中邪,在冠陇村平平安安长大成人!"

"你刚才说了那么长时间,就这几句吗?"金海拉着大娘的衣角问。大娘的脸一下子红了,嘴唇嚅动了半天,还是没有说出心里祈求妈祖要保佑的人。

从妈祖庙出来的时候,大娘再次把金海背起来,金海用双手搂住大娘的脖子,说:"我长大了也像妈祖一样,救可怜的人。"

大娘和金海去的第二个地方是村里的许家祠堂。

金海在泰国华富里的时候,阿爸不止一次说过这个地方,但金海小,不知道是什么意思。从阿爸的话音里,金海猜得出那是一个令阿爸敬畏的地方,这次他算是亲眼看到了。

在澄海,几乎每个村子都建有"崇宗祀祖"的祠堂。许姓在冠陇村是大姓,因此许家祠堂建在村中央。青砖灰瓦、雕梁画栋的许家祠堂是一座嘉靖年间的建筑:三个大开间,十二米长,十米高,六米宽,祠堂外建有门楼,门楼两旁书有四字对联——"忠孝世泽,节义家声"。门楼一周筑有一丈多高的围墙,把祠堂严严实实地圈起。

大娘背着金海来到许家祠堂的时候,朱门紧闭。

大娘敲了几下门。吱呀一声,门开了,一位鹤发老者从里面探出头来,看到大娘站在门外,一脸惊愕。

"干什么?你不是不知道,女人家不能进祠堂。"老人说。

"不是我进,是他进!"大娘回答。说完话,用眼瞄了一下孩子。

"小孩也不能进!"

"不是孩子进,是他阿爸回不来,托他进。"

金海一人进了许家祠堂。祠堂正面靠墙处,竖着一个三丈高两丈宽三尺厚的巨大神龛架,上等紫檀木雕成,整个祠内弥漫着幽幽的檀香气味,庄严肃穆的气氛一下子把金海给镇住了,刚才还蹦蹦跳跳的孩子立刻安静下来。神龛架里凿有很多龛洞，每个龛洞里都竖有画像——一个长胡子长辫子的老头。神龛架正上方山墙上悬挂一巨大横匾，上书"德馨堂"三个大字。

金海指着龛洞问："这里面都是谁呀？"

老者答："长者！"

"啥是长者？"金海好奇。

"比你爷还老的人。"老者答。

"有我爷爷的画像吗？"金海急忙地追问。

"有你爷名字，但没有画像。"老者看着不懂事的孩子面沉如水。

"什么样的人才有画像？"金海问。

"荣耀族人！"老者说完这四个字，知道孩子听不大明白，接着作了一番详尽的解释。为家族做善事，受到族人爱戴、值得后人效仿的人才有画像。还说一个人如果不仅对族人做善事，还为国家担大事，皇帝就有可能御赐牌匾，这样的牌匾一定会挂在祠堂正中。

"上面一块是这样的牌匾吗？"金海手指着"德馨堂"横匾问。

孩子的话一出口，严肃的老者笑了。说那是堂号，不是皇帝赐的牌匾，许家祠堂正眼巴巴等着后生从皇帝手里拿一个呢！

"我今后一定让皇帝给我送一个！"金海说。

老者摸着金海的头笑了半天，直笑得金海面红耳赤。老者送金海出门楼时，对大娘说："这孩子你要好好养，许家祠堂今后还要靠他拿皇帝金匾呢！"

几天工夫，金海就和村里的一帮孩子混熟了，从早到晚黏在一起，不是爬上长满胡须的大榕树捉迷藏，就是到村东头的小河里摸鱼虾，大娘不叫不回来吃饭。回到家呼啦啦吃完饭，金海碗筷一推又溜掉了。快快乐乐半个月后，大娘开始和金海谈一件事。这件事，大娘已在心里琢磨了好几天。

"金海，祠堂东边是什么地方？"

"私塾。"

"私塾是干什么的呢？"

"识字念书。"

"想不想和那里的孩子一样识字念书？"

金海头摇得像拨浪鼓。他和小伙伴去过几趟私塾，每次站在门口都会看到一个瘦弱驼背、拖着长辫的老人在两间昏暗的房子里走来晃去，逼迫十来个孩子背书，谁背不出来，老人就用手里的长木条打谁的手，疼得孩子抽抽噎噎地哭，次次都把他和小伙伴们吓得四处逃散。

金海不同意，大娘没有半句劝说，而是走进厨房给金海做了他最爱吃的蚝仔烙和冰糖莲藕，两个都是潮汕人最喜欢的地方美食。蚝仔烙吃起来美做起来难：先把新鲜牡蛎浸洗多遍，脱去外壳，加葱花、料酒和少量胡椒粉拌匀，然后加入山芋粉和水调成糊状,用鸭蛋拌匀后铺在鼎仔(铁锅)里用旺火煎,至上下两面黄而不焦为止。蚝仔烙表皮香酥筋道,里面白玉般的蚝仔更是滑腻鲜美,一口下去,用澄海话讲真是"合心想"。冰糖莲藕同样制作考究,得先把糯米淘净晾干,塞进莲藕孔中后再用水浸泡,干糯米吸水发胀,不会从莲藕中掉落,然后用糖浆熬煮,半个钟头后便做成诱人的冰糖莲藕,最后将莲藕切片,依据客人口味再撒上葱油或者白芝麻,清香爽口,甜而不腻,再套用一句澄海话就是"好好吃"。

大娘一共做了两张蚝仔烙和五块冰糖莲藕。看着金海吃下一张圆圆的蚝仔烙和三块红红的冰糖莲藕,大娘这才又挑起话头。

"好吃不好吃?"

金海抹了一下小嘴巴,回答:"好好吃!"金海问大娘为什么自己不吃,大娘说她不爱吃这两样东西。

看着金海满足的神情,大娘问:"想不想天天吃?"

"想!"金海说。

"天天吃,吃不起呀!"大娘往正题上引。

"让阿爸寄钱不就是了?"金海想出了点子。

"他现在可以寄,但往后人老了挣不了钱了呢?"大娘反问。

金海答不上来了。

"今天阿爸供你吃蚝仔烙和冰糖莲藕,你今后也得养活他,对不对?"大娘摸着金海的头问。

"我还要养活大娘。"金海说。

一句话说得大娘眼眶湿漉漉的。

"也给我天天做蚝仔烙和冰糖莲藕?"

"你不是说不爱吃蚝仔烙和冰糖莲藕吗?"

"现在不爱吃,等老了就爱吃了。"

"那我就天天给你做蚝仔烙和冰糖莲藕。"

"那不就需要更多钱了?"大娘绕着圈子套金海的话。

"我长大挣好多好多钱。"金海信誓旦旦。

金海说,他今后不但要多种稻米,还要出海打鱼,卖了米和鱼换回好多好多钱,天天给大娘做蚝仔烙和冰糖莲藕吃。

第二天早上,大娘带着金海去了村子里五六户人家,没有看到一家吃蚝仔烙和冰糖莲藕的。

中午,大娘又带着金海去了澄海县城,来到城里最有名的"韩江饭庄",两个人趴在窗口往里瞧了好大一阵。饭庄里坐着三桌食客,桌面上碗碗碟碟,满是热菜热汤,围着桌子坐着的人个个衣着光鲜,有几个上衣口袋里还别着钢笔。

"金海,你瞧瞧饭桌上有种田和打鱼的人吗?"大娘低头望着金海。

"没有。"金海心里将饭桌上人的衣着与村里种田和打鱼的人身上的穿戴进行了一番对照后回答。

"里面都是识字读书的人，识字读书的人挣钱多，有钱才能吃好多好多的热菜热汤，当然更少不了蚝仔烙和冰糖莲藕。"大娘慢声细语。

返村的路上，大娘背上的金海嘟囔说，他回去后就到私塾读书识字。大娘说，读私塾要挨板子，大娘舍不得，不读了。金海挣扎着从大娘背上滑了下来，噘着小嘴说，挨板子也要识字读书。

两天后，金海入了私塾。

上私塾的第一天，是大娘领着金海去的。按照塾师要求，金海先在孔夫子牌位前恭恭敬敬地站了半袋烟工夫，然后还要向孔夫子和先生各磕一个头。走这两道程序时，金海捂嘴嘻嘻地偷笑，老师抓起木板，噼里啪啦照金海的手心就是两下，打得金海满眼泪花。站在一旁的大娘感觉那两木板像打在了自己心上。金海恭敬地重做了一遍，才算入了师门。冠陇村私塾不大，一共十二个学童，分成四排，金海坐第一排，这是大娘反复恳求塾师的结果。金海读私塾的头三天，大娘一直站在外面的窗户底下，每当教室里传出噼里啪啦的木板声，大娘都急忙捂起自己的嘴蹲在地上好半天。私塾分为"短学"和"长学"两类。大娘给金海报的是"长学"。"短学"的内容是学些日常用字，以能记账、写门联和牌位为目的。"长学"可就没那么简单了，学成之人在村里显赫门庭出人头地暂且不提，说不定还能到官府寻个吃饭的门路。

金海进私塾的头五六天，每当下学回家，见到大娘的第一句话总是："大娘，我饿了！"大娘看到金海的第一件事，就是急忙跑过去看他的掌心，看着孩子掌心里一条又一条红红的木板印，大娘的泪总是扑簌簌往下滴。一个星期后，金海回到家的第一句话变了："大娘，孩儿给您请安！"大娘愣了半天才明白金海的话，忘记了查看孩子的手心，一把把金海搂进怀里，拍着金海的小脑袋说："金海懂事了，大娘给你做饭去！"

一个月后，金海穿衣戴帽、拱手作揖、坐立行路都一改从前的做派，闹得大娘很不习惯，"咱们在家不讲这一套，别累着！"大娘心疼地说。

大娘最幸福的时光，是晚上在煤油灯下听金海背书。第一年，金海背《三字经》：

> 人之初，性本善，性相近，习相远。
> 苟不教，性乃迁，教之道，贵以专。
> 昔孟母，择邻处，子不学，断机杼。
> 窦燕山，有义方，教五子，名俱扬。
> ……

"金海，这呜呜哇哇背的是啥呀？"

"大娘，是《三字经》！三个字一句话，你听出来了吗？"

"什么'远'了'近'了的,大娘不知道啥意思,但三个字一句倒听出来了。"

每隔两个月,大娘就会催促金海往泰国写信,金海写过之后,大娘还请塾师改一改,塾师叫"润色"。金海写信时,大娘反复叮嘱他,信里不要提她的事,只说自己读私塾的事就可以了。大娘没有给金海解释原因,金海听话,在信中从来不提大娘半个字。远在华富里的许繁昌和妻子阿棉每次找人念儿子字迹歪歪扭扭的信,听着"阿爸大人,阿母大人,小儿给你们请安"之类的话,心里便一阵舒畅。读信的老先生念完信,对许繁昌和阿棉说:"教子有方,教子有方啊!要是我们家那俩孬孙子有金海一半懂事,让我跪下来给孔圣人磕一百个响头都愿意!"

在私塾里,一般三年以后学生才背《百家姓》,但金海第二年就能背诵大半。

赵钱孙李,周吴郑王,
冯陈褚卫,蒋沈韩杨,
朱秦尤许,何吕施张,
孔曹严华,金魏陶姜,
……

一天晚上,大娘在厨房内洗刷完毕,坐在煤油灯下,给金海做布鞋时问道:"金海,又背《百家姓》了?"

"大娘,给我提个姓让我背背。"金海看着大娘说。

冠陇村西头有个姓詹的中年人,因还不起赌债被人打坏了脑子,没几年就疯了。大娘经常拿他教育金海,这时不知怎地想起了这个人,随口便说:"詹。"金海说:"大娘坏,'詹'字靠后,不好背。"金海想了很长时间,才开始背诵。

咸谢邹喻,柏水窦章,
云苏潘葛,奚范彭郎,
鲁韦昌马,苗凤花方,
俞任袁柳,鄷鲍史唐,
……

背到第六十四位的"唐"字,金海背不出来了,大娘心疼孩子,说都怪大娘不识字,挑了个后面的姓,今晚不背了。金海不同意,看了几遍书,继续背着,背到了一百二十八位的"梁"字,又看了几遍书,背到了一百九十二位的"龚"……那天晚上,直到三更,金海才背出位列二百五十四位的"詹"字。

当"詹"字出口时,煤油灯下的大娘一把将金海搂进了怀里。

第二年私塾结束时,以"天地玄黄,宇宙洪荒"开首的《千字文》金海已经背诵得滚瓜烂熟。塾师找到大娘,无奈地说了几句话:"你家的粮食看来我今后吃不上了,三年的书你家小子两年都背光了,让孩子去县城读书吧!"

第二章

金海还想跟着大娘在澄海读书。

大娘说，自己当然想让金海留下来读书，但她做不了主，得给泰国阿爸阿母写信。金海的信寄到泰国后，许繁昌和阿棉意见不一致，最后请来那位德高望重的念信老先生帮忙拿主意。老人扶了扶眼镜，捋了两遍胡须，慢慢悠悠说起话来。

"你们都吃过荔枝吧？"

"那当然！"许繁昌和阿棉点头说。

"吃熟荔枝还是吃生荔枝？"

熟荔枝甜，生荔枝不但苦还涩。许繁昌和阿棉都说生荔枝没法吃，只吃熟的。

"看来吃东西上你们两个不是傻子，但在对待孩子前途大事上，至少一个是傻子。你们想想，荔枝树刚结个青涩嫩果，你们就活生生摘下来嚼，不但苦了嘴，还把今后一颗甜果给糟蹋了！"

许繁昌和阿棉懂得老先生意思，儿子金海虽说两年私塾读得不错，但还是青果。阿棉知道老先生的话在理，但心里还是有些舍不得。

"借别人的枝，结自己的果，这样的好事傻子才不做！要是我，我一定让金海继续读几年再回来，到那个时候，我吃熟荔枝，馋死你们！"一本正经的老先生说这句话的时候，如同俏皮的顽童。

阿棉心里有些松动，两眼望着丈夫，许繁昌这次却不动声色。

"这样吧，如果你们愿意，咱们两家换个帖子，你家金海过继到我们万家姓万，寒舍里我那两个不成器的孙子你们随便挑一个，过继给你们姓许，妥不妥？不过，鄙人有言在先，咱们两家得把换人的帖子拿到官府加个大印，别将来后悔再换回来！"老先生恢复了一本正经的样子。

阿棉噗嗤一声笑了。

看着阿棉幸福的样子，许繁昌心里乐开了花……

宣统元年，也就是后来所说的1909年，金海去了县城的凤山小学。大娘为照顾金海，在小学旁边租了一间草房，还托人在韩江饭庄找了个淘米洗碗的活计。搬家的时候，大娘不让金海干一点活儿，除了大件雇人拉，家里的其他东西都是她一个人头顶肩扛一点一点挪到县城的。每次满身负载、浑身湿透的大娘一进草房，金海就赶快递上擦汗的毛巾。等全部的东西搬完，大娘一边擦汗，一边对金海说："你给我读过一个'孟母三迁'的故事，大娘这才一迁，离人家还差得远呢！"

凤山小学的前身是澄海赫赫有名的凤山书院，光绪三十年改为小学堂，是县城最好的学校。每一个入学的孩子都要参加面试，十个报名者中最多录取一到两人,面试由校长许成至亲自主持。

"为什么要上凤山小学?"校长询问站在面前的金海。

"识字多今后好挣钱,挣了钱就可以天天吃蚝仔烙和冰糖莲藕。"金海毫不含糊地回答。

这样的回答许校长听得多了,心里想,又遇到了一个贪吃的家伙,今后教育不好也就罢了,教育好了,"韩江饭庄"就又多了一个大腹便便、常来常往的吃货。

"上学就为了吃蚝仔烙和冰糖莲藕?"校长继续发问。

"是!"金海不假思索,回答得很爽快。

校长听完面前孩子的话,心里顿时有点不耐烦,准备训斥几句,打发眼前这孩子跟他家长离开。

"你这个孩子,天天吃蚝仔烙和冰糖莲藕,难道不腻嘴?"校长说这句话时,脸色铁青。

"不腻嘴!因为不是我一个人吃!"校长听完"不腻嘴"三个字,呼啦一下站了起来准备撵人,哪里想到孩子嘴里还道出了下半句。

"还有谁?"

"等我有钱了,先给大娘天天买蚝仔烙和冰糖莲藕,还要给泰国的爹娘、弟弟金涛天天寄蚝仔烙和冰糖莲藕。"

"那你自己呢?"

"等他们吃腻嘴了,我再吃……"

金海被凤山小学录取后,开始接触到冠陇私塾里没有教授过的知识。除了国文,学校还开设了算术、乡土地理、自然常识、劳作课和体育课。由于在私塾打下了厚实的国文底子,金海不费吹灰之力就在班里遥遥领先,他把主要精力用在算术课和非常喜欢的自然常识课上。教自然常识的老师叫吴文生,曾就读于美国人创办的广州岭南大学,因交不起学费而辍学,课余时间经常带着学生做实验。

吴先生用竹条和黄纸制作了一个圆圆的地球,在上面标出了中国、印度、美国、英国、德国、法国和澳大利亚等国家的位置,还把太平洋、大西洋、印度洋、南极、北极等一一勾画了出来。金海第一次知道,地球是圆的,每时每刻都在转动不停;水面比陆地还大,海水人不能喝,海里的鱼却能吃……正当吴老师转动"地球"滔滔不绝讲解时,金海提了个问题。

"吴先生,您说美国正好在我们中国脚底下,那他们那里的人是不是天天头朝下啊?头朝下怎么吃饭?"

班里的其他学生"轰"地一下笑了起来,吴先生也跟着笑了。安静之后,吴先生首先表扬金海肯动脑子思考,要大家今后向金海学习,然后对金海说,美国人活得好好的,他们到底是怎样吃饭的,今后要好好读书,等有了本事就能去那里一看究竟。吴先生上罢课离开后,金海在教室门前的榕树上搭了一根麻绳,一头捆住自己的双脚,另一头请五六个小伙伴使劲往下拉。片刻工夫,金海晃晃悠悠悬在了半空中。半空中的金海从口袋里拿出饭团,吧唧吧唧几口就下了肚。

金海朝下面的同学喊:"看来美国人吃干的没问题,去给我舀瓢水来,看看喝水行不行?"小伙伴取来满满一瓢水,金海费尽九牛二虎之力也没倒进嘴里一口,两个小鼻孔倒灌得满满的。一阵咳嗽之后,水柱就像大象洒水般从鼻孔里喷薄而出,惹得下面的小伙伴个个捂着肚子大笑。

下到地上,满头是水的金海对围住他的一圈人说:"美国人难道只吃干的不喝水?我今后一定要到那里去瞧瞧。"

在自然常识课上,金海知道了天上彩虹形成的原因,知道了鱼儿能长时间游在水底而人却不能的道理,知道了稻田里的水牛为什么嘴里冒白沫,知道了黑夜里蝙蝠为什么看得见路……用跟着吴先生学到的虹吸知识,金海还帮了大娘的大忙。

在韩江饭庄,大娘除了淘米洗碗,还负责每天清扫几个养鱼虾的大石槽底。清理时,大娘先是捞出鱼虾,放干石槽里的水,用刷子扫净槽底,然后挑来几担清水注入石槽,再把鱼虾放入槽中,整个过程需要一个多钟头时间,主人还不加一分工钱。每天夜里回到家,大娘总是直不起腰来,还要接着洗一大堆衣服。金海动了脑筋,他要帮大娘的忙。一天中午,金海不知从哪弄来一条两米多长、指头粗细的皮管,来到了饭庄,先把皮管灌满水,然后一头插进石槽底,另一头伸进水沟内,将皮管弯成了倒"U"型。神奇的现象出现了,槽底的粪便和残渣顺着皮管被吸得一干二净,大娘再也不用频繁地放水和来回回挑水了。经常对大娘横挑鼻子竖挑眼的店主人看到后,说了一句话:"想不到你这个笨手笨脚的婆子还养了一个长脑袋的娃娃。"

那天夜里,金海喜滋滋地等大娘回家,满心期待得到夸奖,但大娘一进门却是劈头就问:"金海,皮管哪里来的?"金海从来没有见过大娘发这么大的火,顿时慌了手脚,不得不编了一句瞎话:"街上捡来的!"

"这东西是洋玩意,怎么会在大街上随便捡到?"大娘面带愠色。

金海一口咬定是在大街上捡来的。

大娘终于怒不可遏,把金海按在地上,用鞋底抽打起金海的屁股来。金海哭了,大娘也哭了。噼里啪啦挨了十几下后,嗷嗷哭喊的金海终于说出了实话:皮管是他带着几个伙伴从挂着花花绿绿旗帜的外国货船上偷来的。

尽管已是半夜,大娘拽着金海的衣领,雇了一辆人力车去了码头,她要金海把皮管还回去。但码头空空如也,那艘货船早已开走了。大娘使劲把皮管扔进了海里,一声不吭地蹲在岸边。

"大娘,我这样做是不想让你受累!"金海怯生生地蹲在大娘身边。

"不想让大娘受累就去偷,今后大娘没钱买米了,难道你还拿刀当强盗去抢不成!?"大娘疾言厉色。

"大娘,我再也不拿别人的东西啦,今后更不会拿刀子去抢!"金海晃动着大娘的胳膊说。

在漆黑的码头边,大娘一把将泪汪汪的金海搂进怀里。

站在一旁的人力车夫一言不发,不愿打扰眼前的母子两人,直到很长时间之后他们才手牵手回到车上。

两人到家时已是黎明,大娘正低头从口袋里翻找钱袋,人力车却掉过头,消失在曲曲弯弯的巷子里。

1911年10月10日,风云突变,武昌起义爆发。次年元旦,广东人孙文在南京就任中华民国临时大总统。一个月后,清帝退位。

这一年,金海已是小学三年级的学生。凤山小学老校长许成至半年前离开学校,去了武昌,教自然常识课的吴文生老师接替了他。

在澄海,年轻校长吴文生率先剪掉长辫,留起了短发。学校里的师生正在畏畏缩缩、不知如何是好时,学生金海也剪掉了细细的辫子。金海在天气炎热的泰国华富里时,留的一直是"壶盖头",来到冠陇村后,族里的老人逼着他留长辫,当时金海哭哭闹闹,大娘反反复复劝说了好长一段时间,他才勉强同意,但从此之后,每次洗完澡,大娘不得不给他编辫子。金海早就厌烦了这拖泥带水的长辫子,现在看到自己爱戴的老师剪去长辫,就哭闹着让大娘动了剪刀。

没几天光景,凤山小学的大部分学生都剪掉了长辫,一时轰动整个澄海县城。

金海升入三年级时,凤山小学招收的学生翻了一倍,不少学生是贫家子弟,不能从家里带板凳书桌,上课时只能席地而坐,在大腿上翻书写字。平时大家都玩在一起不分你我,有点好东西也能相互分享,但一坐到教室里,同学之间的三六九等,便一目了然。这让吴文生校长心里很不是滋味,他启发大家开动脑筋,出主意想办法,让所有学生都有桌凳用。金海和一帮大一点的同学一有空就头碰头地在一起嘀咕。

后来金海他们想出的点子是组织一帮孩子跳"蜈蚣舞"。民国初年的澄海,游神赛会极为盛行,当地村民创造了一种舞蹈,名叫"蜈蚣舞",模仿蜈蚣爬行、耸立、静卧的姿态,一会儿弯弯曲曲前行,一会儿腾空伸直跃立,一会儿又盘起躯干潜卧,变化莫测,妙趣横生。"蜈蚣"由头身尾三部分组成,躯体用竹篾作骨架,中间用布料缀连,尾部由两根藤条劈成剪刀形,外面套上红绸作为装饰。大的"蜈蚣"十几节,动起来既有长龙舞动的气势,又有猛狮跃动的雄姿,最有趣的是它兼备两者都不具有的幽默憨态,是当地人最为喜欢的群体舞蹈。一行人表演时,如再配上一曲民间小调,则更让观者手舞足蹈,流连忘返。

校长吴文生支持金海他们的点子,派人制作了一条适合孩子舞动的瘦小"蜈蚣",指派金海担任队长,又委托民间艺人加以培训。一个月后,澄海娃娃"蜈蚣队"就亮相在大街小巷的集会场地上。澄海当地人看惯了大人的表演,还从来没见过娃娃耍"蜈蚣",每次都把表演场围得水泄不通。看着孩子蹩脚的表演和大汗淋漓的稚嫩憨态,观者笑得前俯后仰。金海他们使出吃奶力气跳"蜈蚣舞"的时候,五六个胆子壮的孩子手举饭盆,在人群中大声吆喝:"有钱的出钱,没钱的鼓掌!"

几个月之后,凤山小学的学生全部用上了桌凳。跳了几个月的舞蹈,金海走路的动作和睡觉的姿势都与蜈蚣的节律与姿势合拍,这可愁坏了大娘,好几次手执扫帚板起脸站在金海面前吆喝:"给我改回来,这个丑样子下去,长大了哪个女子肯嫁你!"

凤山小学学制四年,金海用三年时间就读完了四年的所有功课。然后以第一名的成绩考入国立澄海中学。小学二年级放年假的时候,金海回了一趟泰国华富里,在家里住了半个月,白天在米行帮忙打包过秤,晚上在厨房洗碗刷锅,闲时还给弟弟金涛讲红衣女神妈祖的故事,高兴得许繁昌和阿棉一天到晚合不拢嘴。阿棉担心孩子不在身边,而疏远自己的事并没有发生,金海还张口娘闭口娘,更让阿棉心里甜滋滋的。没等丈夫许繁昌和自己商量孩子续学之事,她就主动提出来,让金海在中国多学些本事再回来。金海在店里干活的时候,原来劝说阿棉的那位老先生天天拉着两个孙子站在门口,边看边骂:"你们就光顾着吃吃吃,都给我瞪大眼珠子瞧瞧,人家孩子啥个模样!"

第三章

金海到澄海中学的第一天,就令学校上上下下刮目相看。

那一天,金海头一个来到学校报到。国立澄海中学是汕头一带的名校,不仅澄海子弟争相报考,周边几个县的学生也都慕名前来,每年录取时都会在校门口张贴金榜。金海在校门口看了一遍被录取的四个班一百一十名学生名单和籍贯,办完入学手续后便开始帮助教员接待从外地和澄海乡下来的学生。傍晚时分,熙熙攘攘的澄中校园安静下来,全体新生站成四排集中到操场上,按照戴眼镜的董姓校长的要求,一个接着一个自报姓名和籍贯。胆怯并且激动的同学自报姓名和籍贯时,不但低声音而且速度快,年迈的董校长根本来不及在花名册上做记号,最后核查人数时竟发现少了两名新生,但不知道是谁。

董校长不得不要求学生重新报一遍。他的话音刚落,人群中突然传出一个男孩子的声音。

"校长,不用再报了,通河桥西官村的李民复和望海埠九里洼的侯天力没来!"说这话的学生是许金海。

全场惊愕。

董校长不相信,他要确认这个学生的话是真是假:"李民复、侯天力来了没有?"

操场上鸦雀无声，无人应答。

金海的话千真万确。

操场上一片嘈杂，众人纷纷把目光投向了金海。大家看到金海手里并没有新生名单，也没有笔和纸，顿时操场上掌声雷动。响成一片的掌声和一百多位同学投来的目光使得金海满脸通红，好在昏暗的天色掩饰了他羞涩的面庞，否则还真让他有些手足无措了。

"你叫什么名字？"训话台上的董校长大声问。

"许金海。"

董校长讲完话，要找一个新生发言，原本物色好了人选，但他临时改变了主意，对着全场喊了一嗓："刚才那个叫许金海的同学上来！"金海走上了训话台，但他不知道要讲些什么，校长说，就说为什么要考澄中，还有上完澄中后准备做什么。

"我，我能说实话吗？"金海突然问。

"进了澄中门，要做澄中人，今后在这个校园内，谁也不能讲假话！"董校长两眼望着金海说了这么一句话，操场上的学生个个心如明镜，知道这句话不光是对台上的许金海讲的。

"那我就讲实话了。来这里和我上小学的想法一样，就是识更多的字。识字能挣钱，有了钱可以天天到韩江饭庄吃蚝仔烙和冰糖莲藕，不光我一个人吃，还让大娘吃，还要给在泰国的家里人寄……"操场上笑声一片，要不是校长打断金海的话，他还要接着述说蚝仔烙和冰糖莲藕有多么香甜。

"上完澄中以后做什么？"董校长引导金海进入下一个话题。

"中学毕业后，我学爹的样子过番，帮助家里把米行开下去，把生意做得比原来还大，挣更多的钱，天天吃蚝仔烙和冰糖莲藕，不光我一个人吃，也让家里人吃，还要给大娘寄……对了，看护我们许家祠堂的爷爷说，人家祠堂都有皇帝写的牌匾挂，我们许家还没有，今后有本事，我就请皇帝写一块！"

操场上所有新生笑得前仰后合。

这是澄海中学的学生第一次领教许金海的厉害和有趣，接下来发生的事情，使他们对金海的印象更加深刻。

金海分在一班，一班的国文老师叫党汉卿，是个穿长衫的老式书生，每次下课前，都在黑板上书写半黑板文绉绉的话，要求学生抄下来，回去根据这些话写一篇作文，还必须按他规定的格式来写。全班同学个个都在慌慌张张地抄写，唯独金海一人抱着双臂望着黑板默读。党汉卿瞧见有学生不按要求抄写，十分光火。

"许金海，你不抄写，回去怎么据文习作？"

"党先生，我现在匆匆忙忙抄下来，字肯定写得不好，等回去习作时，还得把黑板上的东西再誊一遍，多费事啊！"

"你现在不抄，凭什么来写？"

"我记下来了。"说这话时,金海用手指了指自己的小脑袋。

"你就用你的脑袋记吧,如果发现你明天交来的东西错一个字,罚抄三十遍。"恼羞成怒的党汉卿离开教室之前,告诫班里的其他同学,谁要是给许金海看自己抄的笔记,同样罚抄三十遍。

第二天国文课,党汉卿逐字逐句地检查了金海默写在作业本上的半黑板内容,字和句读毫厘不差。自己教了一辈子书,从来没有遇到过这样的学生,他认定有人给这个偷懒的家伙提供了笔记,便想出一个验证的法子。

"许金海,你到讲台上来,在黑板上给我写出来。"

金海走到黑板前,几分钟过后,完完整整地默写出了党汉卿昨天书写的句子。

党汉卿核查后大惊失色,半天说不出一句话来。他心里思量,澄海中学今后恐怕要出人物了。

金海升入中学二年级时,凤山小学的校长吴文生调入澄海中学当副校长,还兼任金海的初等几何课教员。一年后,董校长年高离职,吴文生继任校长,这使金海欣喜若狂。

金海因为喜欢吴校长这个人,也喜欢上了他讲的初等几何。给金海印象最深的是他讲的"勾股定理"课。

那节课开头,吴校长说人类研究这个定理已经有三千多年的历史,外国人和中国人殊途同归,都揭示出这个定理的奥妙,只不过表述不同而已。说完这话,吴校长先在黑板上写了一行洋字码 $Pythagoras\ theorem$,又写出了表达公式"$a^2+b^2=c^2$"。班里的同学谁都不识洋字码,吴校长说,洋字码是英语,意思是毕达哥拉斯定律,是以古希腊数学家的名字来命名的。讲完外国的,吴校长开始讲中国的,这时候,校长眼睛里放出异样的光芒,金海和班里同学都看得清清楚楚。校长在黑板上写了四个汉字"商高定理",接着写了一句话:"勾股各自乘,并之,为弦实。开方除之,即弦。"吴校长解释说,据《周髀算经》记载,这个定理是公元前1100年左右西周时期一个叫商高的人发现的,比毕达哥拉斯早五百多年。

那堂课快结束时,吴校长动情地说,我们祖先在数学上的成就一点不比洋人少,他接着举例说明。公元470年左右,北魏的《张丘建算经》在最小公倍数应用、等差数列各元素互求和"百鸡术"研究方面成果颇丰,比十三世纪意大利斐波纳契《算经》早七百多年,比十五世纪阿拉伯阿尔·卡西《算术之钥》至少早九百年。北宋的贾宪1050年左右发现"二项展开系数表"和高次开方法,称为"贾宪三角",六百年后,法国数学家帕斯卡才提出同样内容的"帕斯卡三角"。吴校长的话是以圆周率话题作为结束语的,他说南北朝数学家祖冲之把圆周率精确到小数点后面七位,比西方整整领先了一千五百年……吴校长讲这些数学知识,心中明白讲台下的学生是听不懂的,即使学生听不懂,他也要讲。

临下课时,吴校长的嗓音低沉下来,说这些都是过去的事了,中国现在落伍了,近一两百年,中国人从来没有参加过世界数学家大会,要是商高、张丘建、贾宪还有祖冲之知道自己的后代技不如人,不知道还能不能在地下睡得安稳?

吴校长列举的很多数学概念和定理,中学生许金海也和其他同学一样听不懂,但吴校长临了的一句话他明明白白地听懂了,进了耳也入了心。正当吴校长夹着教案走下讲台的时候,沉默寂静的教室里突然有人大声问道:"现在哪个洋国的数学最好?"

吴校长扭过头来,看到许金海一个人笔直站立着。

"德国,德国哥廷根大学。"吴校长停下脚步,脱口而出。

"好在哪?"金海紧接着又问了一句。

"代数、几何、数论和分析等等没有一项能离开哥廷根大学,这所大学里的高斯、黎曼、狄利柯雷、雅可比还有克莱因都会出现在你们今后学习的课本里。"讲完这段话,吴校长走出了教室。

刚走出门口的吴校长听到了教室里传来的一句话:"我今后一定要去德国哥廷根大学!"

那天晚上,回到家的金海点亮煤油灯,心急火燎地给远在泰国的父母写了一封信,说他喜欢上了数学,除了课堂上的东西,还想多学点,希望家里每个月多寄点钱,他要跟学问大如天的吴校长单独学。收到儿子的信,许繁昌和阿棉合计起来,儿子数学学得越好,今后米行里的账就会算得越清,想到这,夫妇俩满口答应了儿子的请求。

从初中二年级下学期开始,课外时间金海开始跟着吴校长学数学。在吴校长家上完课,还要做带回来的十几道数学题。金海在煤油灯下做练习的时候,大娘都在旁边陪着,经常还会给他炖碗鸡蛋羹或做碗粿条汤。看着金海呼啦啦吃完东西,大娘总是含笑不语。金海做完练习已是深夜,大娘给金海铺好床,再等金海洗完脚钻进被窝,自己才躺下休息。

数学的魅力使金海着迷。他组织了一个数学小组,经常在一起讨论难题怪题,背诵数学公式、定理、定律以及枯燥且毫无规律的数字。他的拿手好戏是背诵圆周率,一般同学能说出三十位,聪明一点的能道出五十多位,而他一口气能背到一百五十位,是其他小伙伴的三到五倍。澄海中学举行过一次数学智力赛,题目是开平方,比赛之前不公布题目,比赛开始时大家先看一个钟头的开平方表,然后凭记忆按1、2、3、4……顺序开,要求写出小数点后面三位即可。参与那次比赛的学生有128位,109人能开到30个数,16人开到50个,拿亚军的同学开到了60个,他们只能写到小数点后面三位,而取得冠军的金海轻轻松松地开到了100个,而且次次精确到小数点后面五位数。金海得到了五文钱的奖励,买了三颗水果糖,自己一颗没动,拿回家给大娘吃,大娘说:"金海,你也吃。"金海回答:"大娘,我买了十颗,路上自己吃了七颗,这是给你留的。"看着笑眯眯的大娘,金海问:"大娘,甜不甜?"大娘摸着金海的笑脸说:"儿子挣来的糖当然最甜啦!"

澄海中学校园南头有座三层小楼，是学校的图书馆，金海放学后经常跑到那里去看书。《水浒传》《三国演义》《儒林外史》和《西游记》是金海的最爱。可惜好景不长，后来金海再去的时候就被管图书的崔瞎子拦在了门外。原来，很多学生在里面看书，不但大声喧哗，还在书页上乱写乱画，学校就不再允许学生到此阅读。

图书馆的正门金海进不去，一楼和二楼的窗户装有木栅栏，也进不去。练过"蜈蚣舞"、身段敏捷的金海想了一个法子，每次趁傍晚无人之际，从三楼透气的窗户爬入，待看到夜幕降临视线模糊时，再从三楼爬出。

这样过去了一个多月，有一天，金海读到《三国演义》诸葛亮"草船借箭"一章时，陶醉不已，竟忘记了身居何处，得意忘形地大呼："妙！妙！真妙！"

闻声赶来的近视眼崔瞎子把坐在三楼墙角手捧厚书的金海抓了个现行。

"猖狂哉！猖狂也！怎么进来的？"

"翻，翻窗。"

"看来还是个武功盖世的盗书贼。"

"我没有偷书，只是看书！"

"学校明文规定，学生不得入内。"

"我和其他学生不一样。"金海情急之下找出了理由。找不出理由，违反校规校纪的学生可是要开除的。

崔瞎子嘲讽道："都是不懂事的毛孩子，有啥不一样？"

"别人毁书，我吃书！"金海笑着说。

崔瞎子一听这话，认为毛孩子在逗自己，顿时气不打一处来，拽住金海的衣领就往外拉："走走走，别在这胡扯，先到学校督察室说清楚，然后再回家吃你的粿条吧！"

金海赖着不动，只轻轻说了一句话："先生随便翻一页书，读两遍我就能'吃'下去，然后还能'吐'出来。"

听罢此言，崔瞎子大吃一惊，带着怀疑的神色望着面前的毛头孩子。

"先生，您试试，如果我说假话，再把我交到督察室也不晚。"

将信将疑的崔瞎子随手从书架上取出一本《水浒传》，哗啦啦翻到一页，交给了金海："就这一页，看两遍，先'吃'后'吐'！"金海双手托着厚书，默念起来。两遍之后，厚书还给了崔瞎子。

"先生，我吃下去了。"

"现在就'吐'出来！"

金海清了下嗓子，接着摇头晃脑将刚"吃"下的一页书"吐"了出来：

"《水浒传》第四十五回，杨雄醉骂潘巧云，石秀智杀裴如海。潘公对石秀说：'不瞒你说，我女儿先嫁与本府一个王押司，不幸没了，今得二周年，做些功果与他，因此歇了两日买卖。明日请下报恩寺僧人来做功德'，次日早，果见道人到来……"

金海原原本本"吐"完最后一句，《水浒传》哗啦一声从"崔瞎子"手中滑落在地。

"老天爷，我的老天爷呀！"崔瞎子目瞪口呆。

背完书的金海嚷着要回家，崔瞎子还是不让走，领着金海来到他修缮旧书的房间，在一把丝绸扇面上用毛笔写了两句话："文能提笔安天下，武能上马定乾坤。"

"你小子翻窗爬墙的功夫不得了，吃书吐书的本事更是了不得，今后你可以随时来'吃'书，不用再爬窗户。另外，这把扇子给你留个纪念，我这个瞎子一辈子没看清过东西，希望这次看清了！"

金海的小伙伴都羡慕他有个好大娘，因为金海的衣服总是干净的，带来的午饭不但天天变花样，也总是温热的。金海自己倒没有注意到这些，在他眼里，自己的大娘浑身有使不完的劲，脸上有从不停歇的笑容。直到有一次金海后半夜起来小解，才发觉情况并非如自己所想。

那次，金海偶然发现蒙住被子的大娘在低声抽泣。第二天早上金海拉着大娘的手询问这件事，大娘说："大娘才不会哭呢，你做梦呢！咱们澄海有个说法，梦里梦外正好相反，你梦见大娘哭，说明大娘整天笑呢。"

一连好几天偷听后，金海确认半夜里对面床上传来的不是大娘的笑声，而是抽泣。这时的金海才注意到大娘近两年的变化，人比以前瘦多了，脸比以前黄多了，每次从饭庄下工回来，都要坐在板凳上喘上好长一阵儿。家里做饭，稠的香的大娘都捞给自己吃，逢年过节做一顿蚝仔烙和冰糖莲藕，大娘没有尝过一口，总解释说自己在饭庄每天都能吃到客人剩下的蚝仔烙和冰糖莲藕。

随后的一天中午，金海在学校吃完大娘给自己准备好的午饭，一个煮鸡蛋、两张小鱼烙饼和棉布包裹得严严实实的半瓦罐温热的紫菜汤，就跑到韩江饭庄瞧瞧大娘吃什么。韩江饭庄里一个大户人家正在办寿宴，桌桌挤满，热闹异常。金海透过窗户往里看到，满头是汗、浑身沾满水的大娘先是跑着在桌边收拾碟碗，然后端到后院井边洗刷擦干，接着快步端到前院厨房……洗刷的间歇，大娘从怀里掏出粗布包，里面是她从家里带来的干粮，喝一口凉井水吃一口饭，然后接着洗碗洗碟，片刻之后，又掏出布团，吃一口干粮喝一口凉井水。

金海看到这些，满眼泪水，蜷曲在墙根，许久没有离去。

从此之后，每逢家里做点好吃的，金海都会从自己碗里扒出一半给大娘，而大娘总是趁金海不注意，重新扒回来。一顿饭，娘儿俩总是相互"提防"着对方。

三年级结束，金海跟着吴校长学完了函数和平面几何，开始学立体几何。一次辅导完金海，吴校长说今后去德国学数学，还得学会他们的语言，德国人说德语，而不是"之乎者也"的汉语。这话提醒了金海，他还需要学呜呜哇哇的德语。

澄海有一个基督教堂，里面有法国人、意大利人，也有德国人，经吴校长撮合，金海开始跟着牧师学德语。学德语需要给牧师付酬金，金海再一次给泰国父母写信要钱的时候，被大娘制止了。大娘说，在泰国做生意也不容易，别要了，她来挣。从此，大娘除在饭庄做帮工外，还干起了帮富人洗衣服和帮客栈洗床单的零活，租来的院子里整天搭满了各式各样的衣服、床单。

大娘的喘越来越重，喘气之后常常伴有剧烈的咳嗽，但她每当听到金海从牧师那里学来的德语，总是笑盈盈地望着金海说："我们金海真聪明，都会说洋文啦！"

时光飞逝，转眼到了1915年1月，澄海中学师生突然听到惊天消息，日本以威胁利诱等手段，趁第一次世界大战德国忙于欧洲战事，无暇东顾之机，攫取其在中国的殖民地山东。中日历时五个月的交涉后，5月9日，袁世凯不顾国人反对，接受了日本提出的"二十一条"，该条款企图把中国的政治、军事、财政及领土完全置于日本的控制之下，把整个中国变为日本的殖民地。山东刚出虎口又入狼嘴，澄海有血性的中国人和全国各地群众一样，义愤填膺，掀起了抵制日货的高潮。

吴文生校长带头站了出来，把所有澄中学生集中到操场上，逐条宣读"二十一条"的内容。

"第一条，承认日本继承德国在山东的一切权益，山东省不得让与或租借他国。"

操场上一片聒噪怒骂之声。

"第二条，承认日本人有在南满和内蒙古东部居住、往来、经营工商业及开矿等项特权。旅顺、大连的租借期限并南满、安奉两铁路管理期限，均延展至九十九年为限。"

操场上的骂声更大。

当吴校长读完第五条，金海怒睁双眼，紧握拳头。当校长哽咽着念完二十一条，澄海中学的操场上群情激奋，"还我河山"的吼声震天。

十五岁的金海从那个时候开始，知道了自己的国家是多么的羸弱，他在自己的国文教材封面上写了两行字，第一行"人为刀俎，我为鱼肉"，第二行"许辈金海，于心不甘"！

这年的12月，袁世凯在北京登基做了皇帝。广东作为孙中山领导的革命前沿阵地，反袁斗争如火如荼。

金海过去多次从吴校长和其他先生嘴里听说过孙中山，由于年幼，外加整天念叨学好文化是为了今后能天天吃蚝仔烙和冰糖莲藕，金海并没有把这个人和他做的事多往心里放。但历经"二十一条"风波的金海记住了这位了不起的孙先生，从吴校长嘴里，他知道了八国联军火烧北京圆明园的罪行，还知道不光山东，中国的东北、香港、澳门和台湾不是被洋人侵占就是"租让",而中国的封建皇帝不是卖国投降就是奴役百姓,把泱泱大国祸害成了一个任人宰割的弱族穷邦。吴校长还告诉金海,孙中山主张"驱除鞑虏,恢复中华"和"五族共和",让天下穷人有吃有喝,不再像过去被洋人任意宰割,被朝廷奴役压榨,但窃国大盗袁世凯却要让历史的车轮倒转,有良知的中国人绝不会答应。那一段时间,无论吴校长在校内还是到街上演讲游说,金海都会带着同学们站在台下鼓掌呐喊,尽管吴校长的话他似懂非懂,但越聚越多的人群使金海确信校长说的是对的。他从心里萌发志向,等自己长大之后,要做孙中山那样的英雄。

那段时间,澄海中学还爆发了一场不大不小的师生对抗事件。

满口"之乎者也"教国文的党汉卿在袁世凯登基后的那段时间,竟然要求自己班里的学生习文时,必须遵照废除了好几年的八股文格式来写,否则考试一律零分。金海过去几年最烦的就是写八股文,格式固定刻板,破题、承题、起讲、入手、起股、中股、后股、束股一个不能少,也不能颠倒,且题目不能随便起,都是出自四书五经的原文。

党汉卿要求学生写八股文,许金海第一个站出来反对。

"党先生,您经常去韩江饭庄吃饭,如果那里的老板每次只允许您点同样的饭菜,可以吗?"金海和一帮学生把刚迈进教室门的党汉卿围在了中间。

"饭庄老板是个傻瓜!"党汉卿不知学生话里有套儿,脱口而出。

"党先生,如果他每次都令您不但点同样的菜,还要求您必须按他上菜的顺序吃呢?"金海继续发问。

"大傻瓜!"党汉卿不假思索地回答。

"那您要求我们写文章,不论长短,也不分内容,都要求写八部分,八个部分的顺序还不能颠倒,这和那个饭庄老板有什么区别?"金海两眼盯着对方质问。

党汉卿顿时语塞。

"大傻瓜!"金海带头喊了一嗓,他喊这句话时,没有瞧先生党汉卿,而是脸朝天大喊的。

"大傻瓜!"围成一圈的孩子也都跟着抬起头,仰天吆喝。

金海带着伙伴撇下发愣的党汉卿,走出教室,在澄海中学校园内呼喊起来。

"大傻瓜!大傻瓜!"

一连七天,金海和班里的同学不向党汉卿交作业,上课也不听他讲。第八天,毫无退路的"大傻瓜"党汉卿自己卷起铺盖,灰溜溜地离开了澄海中学。比党汉卿结局更糟的还有北京城里更大的傻瓜"袁项城",当了八十三天皇帝的他一命呜呼,翘了辫子。

离中学毕业还有两个月的时候,金海陷入了迷茫。

远在泰国的父母一连给金海寄来了两封信,信是弟弟金涛代写的,说希望哥哥毕业后尽快回到华富里，家里又新盘了一个米店，等着他回去打理。当金海把弟弟的信念给大娘听时，大娘正在院子里洗衣服，搓衣服的双手停在半空一动不动，她怎么也没有想到，金海一眨眼就要中学毕业了。金海七岁来到自己身边，到现在已经十六岁了，还有两个月，面前这个活蹦乱跳的人儿就将从自己眼前消失。大娘不知道该说什么，一阵猛烈的喘咳后，只说了一句"回去也好，回去也好"，便匆匆埋下头继续搓洗衣服。那天半夜，金海听得清清楚楚，大娘蒙住头呜呜咽咽直至天亮。

毕业考试前一周，辅导完最后一次数学课，吴校长问金海，中学毕业后有什么打算。金海说，他正苦恼这事，自己想去德国学习数学，但父母一定要逼他回泰国开米行，否则就不再供学费，没有学费，他哪里也去不了。吴校长没有直接回金海的话，而是把话题扯得很远。吴校长说，自己在凤山小学和澄海中学教了快二十年的书，两个学校收的都是好学生，他自己亲手教过的成百上千，这些学生中百分之九十九都可以为自家生计开好米行，但只有百分之一甚至更少才能开更大的米行，这个米行不是自家的米行，是装得下澄海生产的所有稻米的米行。是装得下整个广东生产的所有稻米的米行，这样的人如果留在自家米行里，就像让关公手执八十二斤青龙偃月刀看护鸡窝，他于心不忍，于情不舍。吴校长最后说了一句话："一辈子遇到这样的学生是我的荣幸。"金海从校长话里还知道，千里之外的北方有个北京大学，刚刚就任的北京大学新校长叫蔡元培，他不但自己在德国著名的洪堡大学学习过，还鼓励年轻人选择欧洲负笈留学。金海知道校长希望自己报考北京的这所大学，想到自己辜负了校长殷切的期望，金海惭愧地低下了头。

过了很长一段时间，吴校长才接着说话：北魏年间，突厥犯边，木兰女扮男装，代父从军，征战疆场，先卫国再保家，后被追认"孝烈将军"，万代称颂。南宋名将岳飞，出生于金军欺凌掠夺时代，母亲姚氏深明大义，舍小家而举大家，在儿子后背刺上"精忠报国"四个字，岳飞牢记母训，奋勇杀敌，成为一代民族英雄，世代敬仰……吴校长说完话，起身去了里间，从抽斗中取出一个小布袋，提到金海面前，放在了书桌上，说里面是这几年金海跟他学数学所付酬金，一共八个大洋，一分未动，如果金海继续学习，第一年在北京大学的学费和生活费足够了，如果回家开米行，第一批进米的费用也够了。

金海望着布袋，一股热流在胸中激荡。

"吴先生，我想继续上学，你能给我父母写封信吗？"

吴校长点了点头。

那一晚，吴校长写了一夜的信，信长九页，直到鸡鸣三遍，他才轻轻地长出一口气，签名盖章，端端正正写好了日期。

金海以全校第一的成绩从国立澄海中学毕业，毕业典礼上他代表学生发言，发言结束时，还叽里呱啦说了一段德语，全场笑声一片，掌声如潮。

半个月后,泰国华富里的弟弟金涛来信,说听了吴校长的信父母两人都哭了,哭了一夜,一家人也讨论了一夜,华富里的中国人都在传看校长的信,大人孩子读罢个个泪流不止。父母同意哥哥去北京考大学投奔蔡先生,考上了就像花木兰和岳飞一样尽忠,考不上回来开米行尽孝。

金海是1917年1月去的北京。

离开澄海的前一天晚上,大娘给他做了很多很多蚝仔烙和冰糖莲藕,金海美美地吃了一顿,剩下的大娘用荷叶包好留给金海路上吃。那天晚上,母子俩心绪难平,有说不尽的话。

大娘说:"金海,大娘问过饭庄里的识字人,他们说北京冷,得穿厚棉衣,大娘给你做的棉袄棉裤不知道厚不厚?"

金海穿上了大娘给自己做的又大又厚的棉衣,鼓鼓囊囊像北方雪地里孩子们堆的胖嘟嘟的雪人。金海从没有穿过这么厚的衣服,举手抬脚都十分笨拙,望着金海的样子,大娘得意地笑着说:"看看老天还能冻着你!"

"识字人还说,北京夜里风更大天更冷,金海你就穿着这身衣服睡觉,千万别脱!"大娘又说了一句话。

金海看着大娘:"大娘,我不脱,白天到晚都不脱,娘做的棉衣儿舍不得脱。"

夜深了,娘儿俩睡意全无,坐在煤油灯下温暖地聊着天,母子俩的脸庞被晃动的煤油灯映得通红。大娘好像第一次见到金海似的,眼睛一刻也舍不得离开面前的孩子,看看头,看看脸,看看手,看看腿,看看脚,从上看到下,又从下看到上,看得金海羞涩得像个小女孩儿。

"金海,你这次去北京,考上那里的大学后,还会回来看大娘一眼吗?"大娘忽然拉起金海的双手问。

金海没有想到大娘会提这个问题,一把拉过大娘的手紧紧揣在自己的胸口,大声说:"大娘,要是考不上大学,回泰国前一定先回来看你,考上了等到休课放假,也一定回来看你。"

"大娘等你,大娘等你!"大娘眼里闪烁着泪花。

"金海,你今后真要去什么德国?"大娘问。

"大娘,我想去德国留学,我要和洋人比一比,证明咱们中国人一点不差!"

大娘默默地点了点头。

"听饭庄里人说,在德国学洋文至少三年五载,大娘身体不如从前了,不知往后还能见到你不。"大娘若有所思地看着金海。

"我一定会回来看大娘的!"金海回答。

"娘盼着有那么一天,娘盼着有那么一天!"大娘猛一下子用双手捂住了脸,呜呜哭泣起来,泪水从指缝中慢慢流出,顺着粗糙的双手流进了袖口里……

第四章

发榜了，金海以第一名96分的成绩考入北京大学。当年数学系录取的平均分数为67分。

北方的冬天寒冷刺骨，出生在南方的金海有些招架不住。

凛冽的北风从头刮到脚，又从白天刮到深夜，金海虽然穿着厚厚的棉衣，还是感到冷。这是他第一次独立生活，还是在遥远的北方，他想念自己远在泰国的父母，思念孤身一人的大娘，整天闷闷不乐。下课后，经常独自一人窝在宿舍里。

给吴校长写信成了金海唯一的精神慰藉。

吴文生每次收到金海的信，都委托学生念给大娘听，因为里面有一半内容是写给大娘的。吴校长交代读信之人，念信时把大娘担心的内容统统略去，金海的信因此次次都"喜事连连"，乐得大娘每次都请学生把信读三遍，然后再请学生娃给远在北方的金海写封回信。吴校长给金海的回信，长度是大娘回信的两倍，前面几张是肯定，中间是批评，最后几张则是希冀和鼓励。

"吾生金海，数字分正负，地亦分南北。既然有南北，亦即有冷暖，此为天道之长，无人更变。正确之态度，唯有应变以适之。吾生应知，数学上负负得正，生活中何尝不是？建议你逃离被窝，脱掉棉袄棉裤，以'负态'到同是'负态'的操场上抑或校园里跑步，跑步时动能转变成热能，每天早晨和傍晚各一次，相信你必将迅速适应北方之寒冷，更相信你身体亦会因运动而康健……"

金海按照吴校长信中的要求做了。那年冬天的北大校园里，穿着笨拙棉衣的北大学生早晚都能看到一个清瘦的南方小伙，身着单衣，沿着校园内的小道满头大汗地跑步，一圈接着一圈，路人常常驻足观看。校长蔡元培一天傍晚在校园内巡视，遇到了从身后窜出的许金海，看着浑身冒着热气、精气神儿十足的小伙子，便把他叫住了。

"年轻人，冷不冷？"蔡校长问。

金海不认识蔡元培，边原地跑步边回答："负负得正，不冷！"

蔡元培大笑："年轻人，是学数学的吧？"

金海点头笑了。

"年轻人，学校提倡'五育并举'，记得清是哪'五育'吗？"金海脱口而出："军国民教育，实利主义教育，公民道德教育，世界观教育和美感教育，蔡校长提出的！"

"'五育'之首的军国民教育之目的就是要有好的身体，看来你做到了。去跑步吧，别站着感冒了，一感冒，其他'四育'就 Auf Wiedersehen 啦！"

Auf Wiedersehen 是德语"再见"的意思。金海望了一眼风度翩翩的长者，问了一声："先生会德语？"

"会几句。快接着跑吧，不影响你了！"

金海边跑边回望面带微笑的先生，一眨眼工夫，先生就消失在冰天雪地里。

中学的数学课有趣，但大学里的数学专业学起来却是枯燥而艰深，数学分析、高等代数、解析几何、概率论与统计……门门都是硬骨头，班里的很多同学都因为错选专业灰心丧气时，金海却感到十分轻松，整天陶醉在数学的王国里，因为他的笔记本扉页上写着自己极其崇拜的两句名言，一句是毕达哥拉斯的"数字统治着宇宙"，另一句是数学王子高斯的"数学，科学的皇后"。每周除了在数学系上课，金海还要去旁听德语课。金海虽是旁听，但发音比学德语的学生还标准。教德语的老太太舒尔茨是德国北部港口汉堡人，总说金海的发音是地道的北德德语，是她家乡的口音。金海不清楚个中缘由，只知道澄海的那位德国牧师是吕贝克人。舒尔茨告诉金海，吕贝克离汉堡只有几十公里的路程。跟着舒尔茨学了一个学期，老太太建议"小老乡"金海还要学学英语，说英语通用，他这样的人才不懂英语可不行。

于是，金海开始去英文专业做旁听生。

金海一心三用的时候，北京大学内却暗潮涌动，波澜横生。

金海宿舍同一层楼还住着国文系的学生。数学系的学生安安静静，但国文系的宿舍一天到晚聚团抱伙，热闹异常。金海一心扑在数学和两门外语学习上，整天思考怎样早日去哥廷根大学留学的事，对其他宿舍的学生并不怎么关注，也极少来往。直到有一次隔壁国文系的学生闹翻了天，金海才前去看个究竟。

金海对面宿舍住着三个国文系的学生，两个是外地人，一个是北京人。北京人平常不在宿舍住，下午有课时，中午才来落脚吃饭。这个戴墨镜的北京人一身绫罗绸缎，手提鸟笼，身后总是跟着一位仆人。北京人上午上课时，仆人在外遛鸟，下课后负责用饭笼给躺在宿舍的主人送来热气腾腾的饭汤。午饭后，两位外地学生小憩，鸟笼内的八哥总是唧唧喳喳，喋喋不休。两位外地学生忍耐了很长一段时间，终于壮起胆子与北京人理论，北京人不但不服软，还摆出一副盛气凌人的模样，手指两个外地学生言辞刻毒地骂起人来。

北京人张狂肆意的当口，只见同层楼中最里端宿舍里的一位学生急匆匆跑了过来，推开仆人，二话没说，一把从北京人手中夺走鸟笼，提着冲到了门口。

"邓翰生，你不住此宿舍，关你鸟事，无端抢我鸟笼，找死不成？"北京人怒不可遏，大声吆喝。金海正是听到这话，才走出自己宿舍的。

"满德民，别欺人太甚！湖南老话说，猪羊不同圈，异鸟不同笼。你既然跟人家住同一个宿舍，就得按学校规矩办，人家已经忍耐这只蠢鸟很长时间了，你却得寸进尺，老子今天就要管管这茬'鸟事'。"

金海知道说话的人是国文系的学生，但不熟悉，平常两人在过道相遇，都是微笑着打个招呼，并无多言。今天才知道他叫邓翰生，湖南人。

"你这个湖南佬要是胆敢管闲事，老子马上唤人来，让你今后一辈子在家闲着，动弹不得！"满德民口出狂言。

"老子不怕你吓唬，你唤人，老子就放鸟归林！"邓翰生说完话，一手高举鸟笼，另一只手就要去打开鸟笼门。满德民和仆人吓得脸色煞白。

仆人咣当一声跪在了地上，连声大呼："这位爷，放不得，放不得，那是俺家少爷的命根呀！"邓翰生没有任何反应，果断地打开了鸟笼门，笼中惊慌的八哥盯着空门，扇动翅膀欲夺路而逃。

满头虚汗的满德民扑通一下跪在地上，哭着央求："放不得，放不得！"

邓翰生没有关上笼门，而是用手堵住，不紧不慢地说："你保证今后不再提鸟笼进入宿舍，否则我就松开这只手！"

"我保证，我保证！"满德民边作揖边点头。

金海来到北大，第一次遇到这么好玩的事。当时北大校园内有一批本地纨绔子弟，整天趾高气扬，呼朋唤友，外地学生个个敢怒不敢言，没有想到，这个叫满德民的家伙却被湖南学生邓翰生给降住了。金海打心底佩服这位叫邓翰生的湖南人。

"空口无凭，立字为据。"邓翰生说。满德民老老实实写了两张字条，自己留一张，另一张交予同学。字条上写着："鄙人，满德民对天发誓，永不提笼入舍，否则蜕变成鸟，世困笼中。"

正当邓翰生关上门，打算把鸟笼递给满德民的时候，站在一旁半天没有作声的金海说话了："慢！你们学国文的讲感性，我们学数学的讲理性。从理性上分析，今后谬误发生的可能性依然存在，必须排除谬误成立的一切可能性。"

围观众人不知金海所云何意。

"不提鸟入舍的可能性排除了，但另外一种可能性还存在，字条上必须加上一句话，今后不得唤人到校滋事。"金海说毕，邓翰生看着金海笑了，他感谢金海的周全考虑。

满德民不得不在两张字条上又加了一句话，上写："此事今天了结，如节外生枝，三天之后，八哥与鄙人满德民皆暴毙笼中。"

此事之后，金海和大自己三岁的邓翰生成为了朋友。

"你是广东澄海人，我是湖南宜章人，两个地方相距不远，说起来我们还是半个老乡呢！"邓翰生说。

在北大学习的学生中，北方人居多，南方人稀少，两人相识，自然十分亲热。金海笑着对邓翰生说："不但是半个老乡，你比我早一年入北大，还是学长呢！"

"要我说，数学比国文好，不知哪位名人说过，当数学家导出公式时，如同看到巧夺天工的雕像、美丽的风景或者听到优美的曲调一样充满快乐，我们这些咬文嚼字的可没有这种福分！"

"柯普宁说的，但我现在还没有享受到那样的快乐，或许今后会吧！"金海笑着说。

紧接着，金海也学起了邓翰生的语调："我忘记哪个朝代有一个咬文嚼字的人，写出了一篇行云流水的好文章，发表后大受欢迎，洛阳人争相传抄，结果令洛阳纸价飞涨。我们这些整天摆弄十个数字的，写出的东西谁看呀?！"

"晋朝人左思写的《三都赋》!"邓翰生说完这句话，和金海一起哈哈大笑起来。

在邓翰生宿舍里，金海第一次看到了一本刊物——《新青年》。指着刊物上的编辑和作者的名字，邓翰生告诉金海，北大文科学长陈独秀先生是主编，他在上面发表的《敬告青年》现在可是国文系学生争相阅读的激昂文字，国文系学生口头常挂的"吾宁忍过去国粹之消亡，而不忍现在及将来之民族不适世界之生存而归消灭"就是他的话。陈先生还写过著名的《文学革命论》，提出要"推倒雕琢的、阿谀的贵族文学，建立平易的、抒情的国民文学"。邓翰生一番动情的介绍感染着金海，他目不转睛地翻着刊物，静静地聆听另外一个世界的声音。邓翰生提到的第二个人是李大钊。他告诉金海，这个人过去在日本早稻田大学学政治，组建了神州学会，曾经以留日学生总会名义发出《警告全国父老书》通电，反对"二十一条"，号召国人以"破釜沉舟之决心"誓死反抗，现在北京任《甲寅日刊》编辑。在邓翰生处的《新青年》上，金海后来还读到了鲁迅的《狂人日记》以及钱玄同、胡适的大量文章。学数学的许金海在悄无声息地发生着变化，他自己都没有料到这个变化将影响他的一生。

1917年11月底，北大校园内悄无声息地传递着"十月革命"的消息，金海去找邓翰生，询问是什么情况。邓翰生没有说话，而是从枕头底下拿出一张油印的报纸。从报纸上，金海知道，这个月的七号（俄历10月25日），列宁领导布尔什维克党在俄国首都彼得格勒举行武装起义，以停泊在涅瓦河上的"阿芙乐尔号"巡洋舰的炮声为信号，向冬宫发起攻击并取得胜利，临时政府被推翻。在随后召开的全俄苏维埃第二次代表大会上，通过了《和平法令》和《土地法令》，组成了以列宁为主席的第一届苏维埃政府，世界上第一个社会主义国家宣告诞生。

这是金海第一次听说列宁这个名字和他的主义。

这年的寒假，邓翰生和金海结伴返回南方的家乡。在武汉转车时，邓翰生带着金海去了一趟私立武昌中华大学，在那里见到了教国文的恽长君先生。恽长君戴圆片眼镜，穿蓝色长袍，温文尔雅，说话条理清晰，举止落落大方，令金海甚是钦佩。邓翰生和金海在武汉待了两天。在碧波万顷、水鸟出没的东湖边，三人极目眺望，心旷神怡。

邓翰生说："渔舟荡漾，吞吐奇丽，此地此景，最宜吟诗作画，我没有带笔墨，就请先生吟诗一首如何？"

金海鼓掌同意。

恽长君稍加思忖，然后笑着接话："两个小老弟赶鸭子上架啊！好，我吟诗两首，为两位游玩东湖助助兴！"那天，恽长君吟诵的是屈原的诗，三闾大夫曾经来过武汉，行吟于东湖之上。

"去故乡而就远兮，遵江夏以流亡。过夏首而西浮兮，顾龙门而不见。心婵媛而伤怀兮，眇不知其所蹠。将运舟而下浮兮，上洞庭而下江。登大坟以远望兮，聊以舒吾忧心……"

吟诵完这首诗，恽长君又一字不差地背出了屈原的《离骚》，平平仄仄，抑扬顿挫，听得邓翰生和金海目瞪口呆。

"路漫漫其修远兮，吾将上下而求索。"背诵这一句时，恽长君提高嗓门，神色凝重。俄国革命风起云涌，催生出一个崭新天地，而泱泱中华，列强横行，军阀当道，民不聊生，国将不国，令人愤懑，邓翰生和金海明白恽长君的心。

望着一汪湖水，三人沉默了很长一段时间。

最后打破沉默的仍是恽长君，他冲着邓翰生说："翰生弟同学国文，我刚才是抛砖引玉，你也来一首！"

"来到先生地盘，客随主便！"邓翰生想起了自己几年前在长沙参加讨袁活动时，于大雪纷飞之时登岳麓山，在山顶写下的一首《岳麓山观雪》，不假思索，便高亢激昂地背诵出来。

瑞雪菲菲四海扬，亿兆苍生庆丰穰。
爱晚亭旁枫树白，云麓宫外梅花芳。
滚滚洞庭翻波浪，巍巍衡山换素装。
可怜奸贼改洪宪，日出霜消转瞬忙。

金海对面前两位的学识才情原来就有所耳闻，这次领教后更是钦佩有加。

"佩服！佩服！在两位面前，不才不敢作画，更不敢吟诗！"金海用调皮的抱拳动作一来为自己开脱，二来向恽长君和邓翰生表达内心的敬重。

恽长君摆了摆手，用手点着金海说："且慢，翰生说你看书不但一目十行，而且过目的东西眨眼间就能算出面积和体积。今天你得露一手，算算东湖水面大约有多大？"

邓翰生笑呵呵地同样用手点着金海说："你这家伙今天必须露一手！"

金海说："翰生兄到处夸我，雕虫小技不值一提，今天就在先生面前献一回丑！"说完这话，金海从近及远看了一遍东湖，又从远至近目测了一遍，然后闭起眼睛计算起来，大约七八分钟光景，金海睁开双眼："约三十二平方公里。"恽长君听完金海的话，一声惊呼："三十三平方公里，误差一平方公里，小弟不愧是北大数学系高才生啊！"

在武汉的两天时间内，金海吃了热干面，尝了武昌鱼，恽长君一直陪着，而且还没让两人掏一分钱，让金海颇感过意不去。白天游玩，晚上三人围坐在书桌旁，话题从三国转到唐宋，从科举制度转到白话文写作。恽长君和邓翰生两人聊天，金海在一旁聆听——那是数学之外的世界，比数学更错综复杂，惊心动魄，更跌宕起伏，引人入胜……深夜醒来，金海迷迷糊糊听到邓翰生和恽长君还在客厅里侃侃而谈，从封建帝制谈到武昌起义，从孙中山谈到袁世凯，从现在的中国谈到"十月风暴"的俄国……

离开武汉时，恽长君拍着金海的肩膀说："聪明的广东小老弟，咱们后会有期！"

"后会有期！"金海从火车的窗口探出头来，向恽长君挥手作别。

回到澄海，金海一进家门，不禁大吃一惊。短短一年光景，大娘整个变了模样，面容瘦黄，眼窝深陷，每说三五句话，就伴随着一阵剧烈的咳嗽，咳得上气不接下气，直到脸色煞白。金海这才明白，大娘信中说她白白胖胖，是为了怕自己担心编的假话。

"长高了，长高了，和我梦里见的一般模样。"大娘围着金海转了一圈，欢喜的泪珠在眼眶里打转。

"长高了两公分，都是跑步练出来的。"金海抬头挺胸，在大娘面前站得笔直。

"别跑了，别跑了，累着了大娘心疼。"

"不跑不行呀，因为跑步，校长蔡先生还夸过我呢！"金海后来在学校礼堂内听报告，认出自己遇到的那位文质彬彬、气宇非凡的长者就是蔡元培校长，心里一连激动了好几天，跑步锻炼的劲头更足了。

"好，好，校长说得对，别听大娘的，大娘不识字。"

娘儿俩像离散几十年似的，关切的话语道不完，屋内的空气充满着欢乐，洋溢着亲情，弥漫着温馨。

"大娘，你今后再不要给我寄钱了，泰国寄的钱够我花的，你把钱留下来治病吧！"金海话锋一转，拉起大娘的手说。

屋子里顿时沉静下来。

"我的身体就这样子了，能给儿子寄两瓶墨水钱，当娘的心里踏实。"金海去北京后，大娘就搬回冠陇村住，但院子里依然悬挂着五颜六色的衣服和床单，大娘每天早上跑到县城收，第二天再送回县城，来来回回三十多里地。

金海在冠陇村住了五天，大娘陪了金海五天。金海走到哪，大娘就跟到哪，生怕金海神不知鬼不觉撇下她一个人走了。除了金海上茅房，大娘的双眼一刻没有离开过他。金海半夜醒来，仍然看到大娘坐在对面床头呆呆地望着自己。

"大娘，你怎么不睡？"金海问。

"大娘睡不着，你睡吧，大娘看你睡。"

第二天黎明，金海看见大娘仍然靠在床边，揉着双眼盯着自己。

在澄海中学，金海见到了吴文生校长。两人在办公室谈了半天，中午金海还应邀到吴校长家里吃了顿饭。席毕金海鞠躬告别时，吴校长从书桌内拿出一个红布包裹的东西，打开外层，里面露出一个长方形盒子，从盒子内取出了一个圆规，圆规底部的旋钮已经生锈，两只长脚却崭亮如新。

"金海，没有礼物送你，就把我在广州读书时用两斗米换来的一个德国圆规送给你吧，几十年了，画出的圆还是规规整整的。"吴校长把圆规递给了金海。

来回几次推脱不掉，金海收下了圆规。

"金海，圆规也是我们祖先发明的，最早可追溯至远古夏朝。大禹治水时'左准绳，右规矩'，其中'规'就是今天圆规的雏形。"

吴校长送金海出门时，嘴里念叨了一段话，还是说圆规的："匠人建国，平地以悬，置槷以悬，视以景。为规，识日出之景与日入之景。昼参诸日中之景，夜考之极星，以正朝夕。"金海记得在北大上课时，一位教授也曾说过这段话，他内心暗叹吴校长的知识竟然如此广博。

"金海，你有本事了，今后画出的圆会更大，半径一定会超出澄海，超出广东，甚至会超出中国，不管你画多大的圆，但一定要记住自己的圆心在哪里，否则，正不了朝夕……"临了，吴校长又拍着金海的肩膀说了一段让他记了一辈子的话。

第六天黎明，金海乘船去泰国华富里看望父母，临走时，大娘送了一程又一程，走到半路上，大娘把连夜做好的蚝仔烙和冰糖莲藕塞到金海手中，说："金海，你快走吧，别误了船，大娘走不动了，大娘要是走得动，就走到北京，陪金海读完书。你给大娘读过'孟母三迁'的故事，大娘才为儿子迁过一回，比不上人家孟母，不是好大娘……"

金海手托热乎乎的蚝仔烙和冰糖莲藕，望着眼前面黄清瘦的大娘，一句话也说不出来。

1918年5月中旬，北洋政府为了遏制十月革命影响在中国的逐渐蔓延，与日本暗地勾结，签订了中日两国陆海军《共同防敌军事协议》，允许日本驻兵东北和训练、指挥中国军队。这是继袁世凯与日本签订"二十一条"之后，北洋政府又一次大规模出卖中国领土与主权的行为。消息传到北大，立即引起轩然大波。这个月的21日，北大、高师、工业专门学校两千多名学生联合集会，到总统府请愿抗议，要求废除这两个卖国协议，代总统冯国璋被迫出面接见八名学生代表，代表中就有邓翰生。

金海也跟随邓翰生参加了请愿，邓翰生走在队伍的最前列。北洋政府采取欺骗伎俩，当面答应学生的请愿要求，背后却用卑鄙的手段对付手无寸铁的学生。回校路上，金海完全沉浸在激动之中，特别是冯国璋答应学生代表的要求后，金海更是兴高采烈，对突如其来的暗算，根本没有任何防备。邓翰生则不然，他曾多次和军警交锋，有着丰富的斗争经验，一路上频频环顾左右，提防着可能发生的意外。埋伏在小巷内的便衣军警准备用棍棒偷袭毫无防备的金海时，邓翰生先是高喊一嗓，趁便衣愣神之际，闯进人群，拽出金海，双手护头的同时，用两个胳膊肘和双脚与三五个便衣搏斗起来。金海跑出几十米远，看到邓翰生被打翻在地，雨点般的警棍落在身上，地上的人却一直双手抱着头，四处滚动，金海看到邓翰生被打得毫无招架之力，便想回来救他，只听到邓翰生嘴里不停地呼喊："金海，别回来，快跑！快跑！"

最后，邓翰生被打得头破血流，肋骨断了三根。

金海每天都去给躺在医院病床上的邓翰生送饭。

"金海弟，这一段时间实在麻烦你了！"头缠纱布、肋间缠着绷带的邓翰生边吃金海送来的饭边说。

"翰生兄，你千万不要这样说，要不是你挺身保护，躺在床上的就是我了，也有更大的可能，我连这个床上也躺不了，而是躺在另一个世界里了。"金海感谢着邓翰生的救命之恩。

邓翰生放下饭盒，用手抹了一下嘴巴，眼望金海说："金海弟，你也不要这样想，我不躺在这张床上，你不躺在这张床上，难道他们就会罢手？绝不会！肯定还有别的人躺在这里！也完全有可能连这里也躺不了。所以，这绝对不是哪一个人的问题。"

"翰生兄，我们请愿游行也是为了我们自己，为了你邓翰生，为了我许金海！"邓翰生的话一结束，金海马上补了一句。

"对！顾炎武说'天下兴亡，匹夫有责'，我还要补上一句话，兴亡之天下，必有兴亡之匹夫！"邓翰生脱口而出。

"说得好！说得好！翰生兄不愧是学国文的，学数学的人说不出这样的话。"金海默默复述着邓翰生刚才说过的话，更加钦佩眼前这位浑身是伤却百折不摧的兄长。

"金海弟，你是学数学的，人的一生有多少有效时间？"邓翰生突然话锋一转。

"按人活一百岁来计算，人一辈子总共有 36500 天，白天黑夜对分是 18250 天，刨去每 7 天一个休息日、每天做饭吃饭用掉的 3 个小时时间以及每年几十天的节假日，有效的也就剩下 18000 天左右。这 18000 天对绝大多数人来说是个极限，还是个上限，每个人一出生，不论愿意不愿意，有意识无意识，此极限每天就以级数'1'为值呈等差数列递减，直至为 0！"学数学的金海对此类问题根本不用过多思考，各种计算数据信手拈来。

"你是按 100 岁计算的，如果按正常的六七十岁计算呢？"邓翰生问。

"介于 10800 天至 12600 天之间。"金海毫不犹豫地给出了答案。

"11000 天左右，人生苦短啊！在这么短的时间内，如果不做出点对国家对社会有用的事情，就枉来人世一遭了！"斜躺于病床上的邓翰生一下子坐了起来。

"翰生兄所言极是，人活一世，只顾自己吃喝拉撒，与猪马牛羊何异！"金海赞同。

"牛马能拉车耕地，猪羊能奉献自己的身体供人类享用，如果一个人只顾自个儿吃喝拉撒，真还不如它们！"邓翰生慷慨激昂。

"我这辈子决不做这样的人！"坐在病床边的金海呼地一下站了起来。

邓翰生没有直接接话，而是沉默了一会儿，最后面色凝重地说："不光我们自己不做那样的人，还得唤醒其他国民不做那样的人！"

"翰生兄，你说的有道理，今后我许金海听你的！"

"金海弟，别听我的，如果我没有记错的话，1916年9月，你的同乡中山先生自海宁盐官观看钱江潮回上海后，写下了一句警世名言'世界潮流，浩浩荡荡，顺之则昌，逆之则亡'。我们都听从时代的召唤，做一个浩荡大潮之上的弄潮者吧！"

"君子一言，驷马难追！"

"君子一言，驷马难追！"

四只手紧紧握在了一起。金海和邓翰生从此成了患难之交，不论是面晤还是信谈，金海唤邓翰生"翰生兄"，邓翰生则叫金海为"金海弟"，这份"兄弟"交情一直延续到他们生命的终点。

这年七月，李大钊在北大筹建"少年中国学会"。北大学生邓翰生、黄日葵、朱自清、杨钟健成为骨干成员，毛泽东、赵世炎、张闻天、高君宇、杨贤江等纷纷加入，金海认识的恽长君也在其中。十月革命的火种在悄无声息地传播着，一场更大的风暴正在孕育之中。年纪尚小的金海不是成员，但每天晚上夜深人静时，他都和邓翰生两人并肩在校园内散步，听着大哥慷慨激昂的讲话，心里像平静的湖面投入了一颗石子，意绪难平。

恰在这个时候，北京大学选拔一批赴德留学生。金海以第一名的成绩入选，八月即将奔赴欧洲。

得到这个消息，金海第一时间告诉了邓翰生，同时给远在武汉的恽长君写了一封长信。

十天之后，令金海没有想到的是，恽长君到了北京大学，由邓翰生引路，来到金海的宿舍。

"恽先生，您怎么来了？"金海喜出望外。

"堂堂著名学府，难道只能你这样的有大慧根的人在此学习，我等平庸之辈就不能前来一窥堂奥，变得更聪明些？"恽长君是个幽默的人。

"我哪敢和先生相提并论！"金海一下子羞红了脸。

"我这次来北京购一些书，另外一个目的就是来瞧瞧老朋友，昨天去拜访几位北大的先生，今天就来看看北大的后生，后生更可畏啊！"恽长君一句话道破来意。

"岂敢，岂敢！"邓翰生和金海异口同声。

恽长君坐下之后，慢慢在自己随身携带的一个行李包中翻找起来，稍后掏出的是一个崭新的黑色牛皮包。

"广东小老弟，你马上要出国，没有别的东西相赠，从武昌有名的李麻子皮革行买了一个手工缝制的皮包，算是送行之礼吧！"恽长君把泛着亮光、散发出新鲜皮革味的礼物递到了金海手里。

"金海，恽先生自己上下班拎的都是蓝色帆布包，却给你买了个牛皮包，用去了先生半个月的薪水。"站在一旁的邓翰生说。金海想起来了，上一次自己和邓翰生到武汉，先生手里拎的确实是件洗得泛白的蓝色帆布包。

"恽先生，这么贵重的礼物，我承受不起啊！"金海没有皮帽、没有皮衣、没有皮鞋，甚至连一双皮手套都没有戴过。

恽长君淡然一笑，轻声慢气地说："小老弟，说句实在话，要不是你去海外，我怎么舍得买这个东西。你今后出去读书，最需要的是装书的东西，我听说洋人特别重视书包，说是从书包上不但可以看出一个人读书的多少，还可以看出他对知识尊重的程度！"

"金海弟，你就收下吧。好马配好鞍，好女配好男，好的读书郎得配好的盛书囊啊！"

三人开怀大笑。

晚上，恽长君在学校附近一家小酒馆宴请邓翰生和金海。

"金海，你出发前我不可能再有机会来北京给你送行了，今晚略备薄酒，为你饯行。海阔凭鱼跃，天高任鸟飞，好男儿志在四方。待今后经纶满腹、功成名就之时，要记住出发的原点在哪里，自己的根在哪里……我先干为敬！"恽长君言罢，目光烁烁，端起酒杯，一饮而尽。

那天晚上，不胜酒力的恽长君喝得酩酊大醉，邓翰生和金海把他架到一个破旧的地下室，扶他上床后才离开。离开前，依依不舍的金海对着恽长君深深鞠了一躬。

出发的前一天，金海在北大红楼找到了邓翰生。

"翰生兄，我明天就要去德国了，真舍不得离开北大，更舍不得离开你。"

"东方文明源远流长，西方文明璀璨瑰丽，当代中国很多令人尊重的学者都在西方留过学，蔡校长留德，李大钊、钱玄同、鲁迅、周作人先生留日，胡适、林语堂、马寅初先生留美，刘半农、辜鸿铭先生留英，社稷与民众需要吾弟这样的人才，理应步前辈后尘。我们先替你们这些栋梁看好家门，待君明日归来收拾旧山河。还有，现在学校有人推崇西洋的'民主'和'科学'，两者到底是什么关系，你到哥廷根后，务必用心体察，悟得真髓，藉此来启蒙民智，拯救中华。"

"翰生兄的话金海记住了。"金海使劲点了点头。

在同一家酒馆，两人又是一场豪饮，后半夜互相搀扶着回到了宿舍。

第二天清早北京火车站，两人即将分别，邓翰生对金海说："好马配好鞍，英雄配响鞭。"当邓翰生说出"好马配好鞍"上半句时，金海以为他要接一句"好女配好男",然后再说出该说的主题,哪里想到这次邓翰生却巧妙地变换了下半句。邓翰生说话喜欢用引子,然后才导出主题。他给学数学的金海说过多次,名篇《古诗为焦仲卿妻作》精彩之处就在于用"孔雀东南飞,五里一徘徊"这个引子,金海习惯了邓翰生的说话方式。

"金海弟,你现在这个名字可以是可以,但普通且不响亮,容兄给你起个新名字可否?当然,金海可作小名用。"

"翰生兄请讲!"

"弟学数学,因此新名中应该有一字寓意数学之规律,数学讲究有条不紊地释物明理,汉语中有个成语叫'子丑寅卯',说的就是这个意思,取首字'子',且'子'还是地支之首;名中另一个字应该体现吾弟品行高雅,与众不同,还有一个成语叫'鹤立鸡群',取首字'鹤',两者组合外加姓,就是许子鹤!"

"好名字,好名字,我一直想换个名字,但始终没有满意的。翰生兄不愧是学国文的,我今后大名改叫许子鹤,金海作小名用。"

火车快要启动了,只见邓翰生从上衣口袋里掏出了一支钢笔,塞到了许子鹤手里。

"子鹤弟,没有钱给你买支新的,只是把用秃的笔尖换掉了,前天刚换的,你不要介意啊……"

金海哽咽不已。

"子鹤弟再见!"

"翰生兄再见!"

"后会有期!"

"后会有期!"

一声长笛之后,列车缓缓启动,越来越快,最后消失在苍茫的远方。

邓翰生如石雕一般,久久矗立在空旷的站台上……

第五章

天高云淡的八月下旬,经半个月的日夜兼程,许子鹤乘火车穿越西伯利亚和几个东欧国家,终于抵达德国首都柏林。在驻德公使馆报到后,第二天,他立即奔赴哥廷根。

从柏林开往哥廷根的火车上,许子鹤和哥廷根一家人坐在一个包厢内。男主人叫达曼,是家汽车修配厂的工程师,女主人开了一间面包房,一个十岁的金发男孩是他们的儿子。

"小伙子,您是日本人?"男主人和许子鹤搭话时面带笑容。

"不,我是中国人。"许子鹤回答。这是许子鹤第一次听到这样的询问,他没有料到,今后在国外这样的问话还将重复多次。

"对不起，来我家面包房的日本人很多，我先生才这样问。"许子鹤听完女主人的解释，知道了德国一家人并没有恶意，但心里有种说不出的隐痛与酸楚。

"您到我们哥廷根来……"旁边的男主人好奇地询问。

"学习数学。"许子鹤微笑回答。

"啊，数学！哥廷根大学的数学最难学，您们中国人能学好？"女主人满脸惊讶。

"德国学生能学好，我就能学好。"许子鹤回答的声调很低，但语气十分坚定。

"我喜欢体育和地理，数学题目难死我啦。"和许子鹤坐在同排的金发男孩也加入了他们的对话。

"今后有不会的数学题，别去打扰'数学王子'高斯，他在另一个世界里冥想苦思更大的数学难题呢，找我好了！"许子鹤看着在座位上一刻也静不下来的男孩说。

男孩腼腆地低头笑了。

"好，好，就这么定，一道题我们提供一顿早餐的面包！"女主人看着儿子，哈哈大笑着说了一句玩笑话。

许子鹤的一句风趣话之后，包厢内顿时热闹起来。

毕业于哥廷根大学机械系的男主人达曼介绍起哥廷根来如数家珍。

世人都说天堂美，哥廷根人说，他们那儿比天堂更美。哥廷根是德国西北下萨克森州的一座小城，人口不足八万，而哥廷根大学的师生就占了一半。古老的哥廷根堪称建筑博物馆，三步一景，五步一胜。十四世纪建造的圣约翰教堂虽历经风雨，依然雄浑大气，造型各异的双塔直冲云霄；雅可比教堂外部错落有致，内部雕刻巧夺天工；英国国王威廉四世在哥廷根大学建校百年时捐建的大讲堂大气典雅、富丽堂皇……清澈见底的莱纳河流过哥廷根，不但为这座城市带来了汨汨的清流、盛开的鲜花、碧绿的草坪、茂盛的宛赛纳森林和碧波荡漾的吉斯湖，更给哥廷根带来了学术的灵气与霸气。自从1734年汉诺威乔治二世在这里创办大学以来，哥廷根的灵气与霸气从没有被其他地方超越过。数学奇才高斯二十八岁就担任教授，带领哥大数学系成为数学界的"麦加"圣地，他本人在科学史上的影响堪与阿基米得、牛顿、欧拉媲美。除了高斯，这里还有发明电磁电报的韦伯，发现铝元素的化学家韦勒，发现结核杆菌、霍乱病原体和炭疽杆菌的科赫，写出孩子们最喜欢的童话的格林兄弟……到现在为止，这个学校的教授和校友已经有二十五人获得了诺贝尔奖。

男主人达曼滔滔不绝、眉飞色舞地介绍，许子鹤津津有味、如痴如醉地聆听，他庆幸自己来到了一所心仪的学校，一个迷人的地方，一个知识的王国。

"再给您讲一个在我们哥廷根流传的趣事，还是您要去的数学系的故事。"男主人意犹未尽，娓娓道来。三年前，一个叫阿尔伯特·爱因斯坦的人提出了用几何语言描述的广义相对论，轰动一时。他在研究广义相对论时，遇到数学困惑，便来到哥廷根向希尔伯特教授请教，方才推导出著名的场方程。不少人因此建议希尔伯特理应在广义相对论的发现中署上大名。希尔伯特教授却回答："哥廷根马路上随便找一个孩子，都要比爱因斯坦更懂得四维几何。"

听完这个故事，许子鹤对哥廷根小城更加充满了向往，火车还在铁轨上欢快地奔跑着，他的心早已飞向了前方的哥廷根。

九月中旬开学了，许子鹤参加了大学注册入学考试，那是进入哥廷根大学的外国留学生必须参加的摸底测试。数学系的测试包括德语、高等代数和高等几何三门课程。在二十二名外国留学生中，许子鹤的德语成绩名列第四，其他两门都是第一，并且都是"sehr gut"（优秀）。每年测试的数学题都是著名数学家迪特瑞希教授出的，近十年来，还没有一位外国留学生两门数学课程获得"优秀"，这使他从此关注上了这位衣着朴素的中国小伙子。最后，其他二十一位留学生进入数学系一年级学习，而许子鹤直接进入二年级。

德语入学测试第四的成绩令许子鹤耿耿于怀，他自己并不知道前三名都是德国周边国家波兰和捷克的学生，他们从小学就开始学德语。从开学的第一天起，许子鹤口袋里总是装着两本袖珍书——德英和德汉字典，不论是课堂上还是业余时间，遇到生僻的德语单词，次次都是先查德英再翻德汉，他想从另外两种语言的释义中彻底理解生僻德语单词的含义。

迪特瑞希教授给二年级学生开数学分析课，许子鹤总是抢坐第一排，每次教授提问题让学生回答，离自己最近的中国人都是一语不发，奇怪的是，当大教室里无人给出正确答案时，中国人才低声说上一句两句，而这一句两句正是迪特瑞希教授所希望听到的。后来，迪特瑞希教授上课养成了一个习惯，提问题时眼睛向后看，只有当无人给出答案时，眼光才落到最前面的中国人脸上。一次下课后，迪特瑞希教授留住了许子鹤。

"许，你们中国人让我们德国人不可理解，给您上课我很累！"

"教授，你怎么有这种感觉？"

"许，您既然知道正确答案，为什么次次让别人先说，非要等我'请'您时才肯说话。"

"在我们中国，只有先生点到自己姓名时才回答问题，这是学生对先生的礼节，不像德国谁想回答就回答，有时候还和先生争论不休。"

"难道在真理面前也讲究礼仪?！讲贵国礼仪的话，哥廷根大学数学系就不是哥廷根大学数学系了！"

迪特瑞希教授面带愠色，夹起讲义就要走人。这时，一直微笑着的许子鹤忽然提出了一个问题。

"教授，Archäopteryx是什么意思？"许子鹤上课前经过生物系门口时，看到一个展览，其中有一个单词不认识，而在他所带的两本袖珍字典中也查不到。

"您说什么?"教授吃惊地站住了,原来以为中国人会提一个数学分析的问题消解自己的怒气,哪里想到面前的中国人提问的竟是一个古怪单词。

对这个单词,教授也感到生疏。

许子鹤又重复了一遍。

"始祖鸟。"教授终于想起来了。

许子鹤鞠躬感谢。迪特瑞希教授面容冷峻,没有回谢,抱起讲义就走,边走边丢下一句话:

"始祖鸟,始祖鸟,我看你们中国人就是始祖鸟!"

许子鹤一下子愣在了空空荡荡的教室里。

在哥廷根大学留学的中国学生有十几个人,分布在不同的年级和专业,居住在城市的各个区域。一次在周末跳蚤市场淘旧书时,许子鹤认识了学医的崔汉俊、学军事的王全道和学机械的李当阳。那次在熙熙攘攘的跳蚤市场上,许子鹤看到三个亚洲人并排走在一起,他主动迎了上去。

"你们是中国人?"许子鹤主动打起了招呼。这种招呼他在校园内打过多次,对方的德语回答都十分干脆:"不!我是日本人。"

"是!"三人没用德语回答,而是异口同声地说着汉语。

"许子鹤,广东澄海来的,学数学。"许子鹤兴奋地自报家门。

"王全道,老家是浙江宁波,在这学军事学。"三人中年龄最大的王全道率先回答,后来许子鹤知道,这位浙江同学比自己大五岁。

"崔汉俊,学医学,河南洛阳来的。"

"我是江苏苏州的李当阳,学习机械。"

在与三人的交流中,许子鹤知道,他们三位都是去年来到哥廷根的,由于平常学习很紧张,只能周末偶尔碰面说会儿汉语,聊叙乡情。

"这下可好了,军事学中有很多涉及内弹道和外弹道飞行曲线的方程我自己经常解不出来,今后得请你帮忙啊!"王全道笑嘻嘻地拍着许子鹤的肩膀说。

"机械学中有很多力学问题也要借助复变函数来处理,今后也要向你请教啊!"李当阳说。

"我也一样啊!医学专业在病理分析时使用很多统计和概率方法,我最头疼,这下可有救星了!"崔汉俊也跟着说道。

"俗话说隔行如隔山,军事、机械和医学我是门外汉,一窍不通,数学倒懂一点,乐意为三位学兄效犬马之劳!"许子鹤的话乐得三人半天合不拢嘴。四人一起在跳蚤市场上各自找到了几本喜爱的书,许子鹤淘的书最多,除了一本厚厚的《杜登词典》和一本《数学手册》,还有歌德的《浮士德》《少年维特之烦恼》和费尔巴哈的《黑格尔哲学批判》。最后一本书,是来德国前邓翰生给他推荐的。邓翰生当时跟金海说,到德国后,别天天心里只想着高斯,空闲时多看点德国哲学的书,特别是费尔巴哈的,这个反对君主制度的人很有骨气,不但说过"无限制的君主国乃是无道德的国家",还把君主统治下的欧洲比作"空间略大的监狱"。

"你学数学,和数字打好交道就可以了,怎么还读歌德和费尔巴哈?"王全道不解,崔汉俊和李当阳同样很是惊讶。

"跟高斯学怎样算账挣钱,跟歌德学怎样谈恋爱,跟费尔巴哈学怎样和人吵架。"许子鹤笑嘻嘻地答道。

三人闻言,会心地一阵大笑。

四人临分别时,报了各自地址。最后,许子鹤说:"三位兄长,我虽然来德国时间不长,但感到德国人还是看不起我们中国人,除了少数恶意的,大部分是误解,比如我的教授迪特瑞希先生。不知道你们三位遇到同样的情况没有?"许子鹤把迪特瑞希教授的事叙述了一遍。

"很多!遇到这种情况的时候,我也和他们辩论过,但没有任何效果,后来也就笑笑走开了。"王全道深有同感。

"工业革命后,欧洲人当老爷习惯了,看其他民族总是居高临下,不和他们一般见识就是!"崔汉俊对此不屑一顾。

"我也经常遇到,但没有法子呀,人在屋檐下,哪能不低头!"李当阳说。

许子鹤思考了一会儿,提出了自己的见解:"三位学兄,你们都比我更有见识,辩论和回避不是办法,这两种方法都是被动的,我们能不能主动点,让德国佬对咱们中国和中国文化感兴趣,只要他们感兴趣,我们就有机会消除他们对中国人的误解。"

"怎样主动法?"三人不解。

"能不能把在哥廷根的中国留学生组织起来,选个好机会,举办一个中国节什么的,把德国人吸引过来,然后我们主动介绍他们不知道的中国文化。"许子鹤说出了自己的想法。

"中国留学生住在哥廷根不同的区域,一是相互不认识,二是很难找到每个人。"王全道比许子鹤早来一年,知道这事的难度。

"我有个法子,能不能到各个学院的招贴栏用中文写个通知,我想在那个学院学习的中国人一眼就能看到。"许子鹤信心十足。

王全道不说话了,但崔汉俊和李当阳都认为此举不失为一个好法子。

"住得七零八落的,谁去联系?"王全道提出了一个问题。

"我是小弟,贴通知的路该我去跑。"许子鹤主动请缨。

"那就通知下个周日上午十点到市中心广场牧鹅少女的铜像前集合吧!"王全道确定了时间和地点。哥廷根中心广场有一座牧鹅少女铜像,周围还有汩汩而流的喷泉,是哥廷根的象征。在哥廷根,对莘莘学子而言,有个无人不晓的传统,每个在哥大即将参加博士学位答辩的学子,都要到那里,在牧鹅少女铜像的脸上吻一吻,祈求亭亭玉立、一脸永恒憨雅神色的女神赐予自己勇气和运气,顺利通过魔鬼般的答辩。

七天之后的上午十点，阳光灿烂，秋高气爽，十五名中国留学生围在牧鹅少女铜像前相认相识，亲切的乡音令每一位到来的青年人激动不已，这是在哥廷根大学留学的中国学生的首次聚会。大家商定，十月万圣节，在牧鹅少女铜像所在的市中心广场举行一个小小的"中国节"。东奔西跑了几天的许子鹤被大家选为召集人。

万圣节在德国俗称鬼节，随着时间推移，"鬼"味逐渐减退，"趣"味愈加浓厚，哥廷根人将此看作秋之结束和冬之来临的节日。这一天，成群结队的年轻人和孩子们都会画出千奇百怪的脸谱，来到市中心广场，尽兴地嬉闹游玩。今年的"万圣节"，令哥廷根人目瞪口呆的是，一帮从未见过的"中国鬼"到来了。

"中国鬼"和"德国鬼"大相径庭，有上蹿下跳的"孙猴子"，有张牙舞爪的"活阎王"，有黑白相间的"包公爷"，有花枝招展的"白骨精"……成百上千的"德国鬼"围在"中国鬼"四周，谁也不愿离去，因为这些"中国鬼"不但扭秧歌、翻跟头、做鬼脸，还能在油锅里滚来滚去地炸 Fröhlingsrollen（春卷），在平底锅里翻来翻去烙 Kuchen（鸡蛋煎饼），在圆圆鼓鼓的铁锅里蒸出外面是白面里面是肉馅的 Geüfllte Teigtaschen（肉包子）来，吃得津津有味的"德国鬼"向神秘的"中国鬼"提了很多问题，最多的一个问题是鼓鼓囊囊的 Geüfllte Teigtaschen 看起来毫无缝隙，肉馅是怎么放进去的……

这天，古板但不失幽默的迪特瑞希教授和画家妻子以及儿子汉斯一起，被女儿克劳迪娅生拉硬拽带到了市中心广场。在妻子和儿子面前，迪特瑞希教授是绝对权威，妻子说不动他，十九岁的儿子更是说不动，只有十六岁的漂亮女儿克劳迪娅不但敢和他顶嘴，还能支使他干这干那。装扮成希腊女神的克劳迪娅吃了一个春卷和煎饼，更加兴奋，拉着父母的手去看"中国鬼"连成一片的展示摊位，看完瓷器、书法、刺绣、武术和茶道之后，三人来到了婀娜多姿、卖弄风情的"白骨精"的面前。"白骨精"周围比肩接踵地站满了各式各样的"德国鬼"。"白骨精"脚下放着一个木脸盆，里面装着半盆小石子，众人不知何用。

"女士们先生们，我是来自远东中国的女鬼'白骨精'，我不但专门勾引英俊小伙，还能不留痕迹地喝干他身上所有的鲜血，使他变成一具可怕的僵尸。不过今天我不表演这个，否则这位先生就再也回不了家啦！""白骨精"手指着高高大大的汉斯大声吆喝着。看着尴尬的汉斯，迪特瑞希一家与众人捧腹大笑。

"你这个白色'女鬼'还能做啥？"站在迪特瑞希夫妇中间的克劳迪娅从小就喜欢这种场合。迪特瑞希虽然对学术一丝不苟，古板严肃，但对女儿的性格却很是喜爱。

"请你走过来，随便从木盆里抓把小石子，然后高举过头让石子快速落下，等最后一颗石子落地的时候，我就能报出一共有多少颗。""白骨精"望着克劳迪娅说道。

克劳迪娅蹦跳着走向了"白骨精",从木盆里抓了一把小石子,举过头顶,松手的刹那间,石子像雨滴一般哗啦啦落了下来。当最后一颗从地上弹起,"白骨精"同时报出了答案:"九颗!"

克劳迪娅周围两三米范围内的地上,果真凌乱地躺着九颗石子。

人群里一阵喧嚣。

"我妹妹手小,抓不了几个,现在我来抓,你要是能数清,才算是真'鬼'!"汉斯走向前,向"中国鬼"发出了挑战。

"请,如果我赢了,你得让我喝你一公斤鲜血!"

人群中一片笑声。

汉斯抓了满满一把石子,举起手向四周炫耀一圈,说时迟那时快,人刚刚站稳,石子就哗啦啦从头顶上落了下来。

"二十三颗!"石子落完,数字报出。

克劳迪娅一颗一颗数完,银铃般的嗓音报出了结果:"二十三颗!"

汉斯杵在原地一动不动,傻了。克劳迪娅拉着哥哥的手臂就往上卷袖口:"说话算数,说话算数,快让人家吸去一公斤鲜血!"

人群顿时沸腾了。

只见"白骨精"像刚刚做了一场简单的儿童游戏一般,神态自若。待四周稍微平静,他又提高了要求:"这位尊贵的先生,请你双手抓满石子,同时落下,我还能猜出到底有多少石子。不过,我猜对了,得喝两公斤鲜血!""白骨精"说完从人群中把迪特瑞希教授拉到了场地中央。众人热烈地鼓掌,迪特瑞希教授没有料到这次轮到了自己。

迪特瑞希教授笨拙地从木盆里使劲儿抓紧两把石子,高高举过了头顶,围观者人人屏住了呼吸,四周一片寂静。

两把石子同时落了下来。

"四十一颗!""白骨精"报了出来。

克劳迪娅低着头一个接一个在地上数了起来,半分钟后,她报出了数据:"四十颗!"

众人皆惊,"白骨精"报的是四十一颗啊!

"不可能,一定是四十一颗!""白骨精"语气十分坚定。

正当众人惊愕之际,克劳迪娅忽然诡秘一笑,缓慢地展开手心,里面露出了一颗圆圆的石子。

"我爸爸老了,喝掉他两公斤鲜血,我怕他,他……"

雷鸣般的掌声顿时在人群中响起。

"请问这位'女鬼'叫什么名字,你的头脑反应如此灵敏,是块学数学的料,到哥大跟着我学数学吧!"迪特瑞希教授眼巴巴地望着"白骨精"。

"Archäopteryx!""白骨精"轻轻说了一声。

"什么？"迪特瑞希教授没有听清。

"Archäopteryx！""白骨精"重复了一遍，声音比上一次略高了一些。

第六章

哥廷根的秋冬之交格外美丽，秋之爽、冬之静兼而有之。这个时节的静谧小城，天空湛蓝，湖水碧绿，芳草茵茵，层林尽染，家家户户窗台上的盆花争奇斗艳，五彩缤纷，街道两旁的咖啡店里坐满了抱书阅读之人，咖啡的醇香漫溢至店外，走在街上的行人也像被香气提了神似的，面色红润，步履轻松……

温煦的时光定格在了这年的 11 月 11 日，第一次世界大战结束，德国战败投降。自豪的哥廷根人一下子掉进了冰窟窿。

时间又过了两个月，哥廷根的中国人许子鹤同样也掉进了冰窟窿。

1919 年 1 月，"一战"胜利协约国集团代表一千余人在巴黎凡尔赛宫召开"和平会议"，着手拟定对德和约，重新分配势力范围。会议由美、英、法、意、日五国控制，中国因参与对德作战，也作为战胜国参加了会议。中国派出的专使是外交总长陆征祥、参议院副议长王正廷、驻美公使顾维钧、驻英公使陆肇基和驻意大利公使魏宸祖。在国内强大的舆论压力之下，五位代表在会上提出了"希望列强放弃在中国的势力范围"、"撤退各国驻华军队"和"归还租界"等七项要求。在法的中国留学生第一时间从报纸和电台中得到了这个消息，纷纷涌向巴黎，声援中国专使团。

许子鹤从《哥廷根晚报》上也看到了这个消息，内心自然激动不已，他相信这次会议能还中国一个公道，使苦水浸泡的祖国从此免遭列强吞噬。许子鹤每天上课，钟情于他的数学王国，外加哥廷根距离法国有几百里的距离，没有打算像法国的中国留学生一样去巴黎，而是每天都从德文报纸上关注和谈进展。

一月下旬，许子鹤一连收到了三封中国来信。

第一封信是邓翰生写来的。邓翰生在信中告诉许子鹤，德国投降和即将举行巴黎和谈的消息传到北京，北大的师生沸腾了，纷纷走向街头游行示威，他自己已经参与了三次街头讲演，每次说着说着就泪流满面，他和几个学生还组织北大师生联名上书北洋政府，强烈呼吁借此时机，为中国洗刷历史耻辱，改变任人宰割的命运，懦弱怕事的政府才不得不派出阵容强大的专使团去巴黎。

"子鹤弟，北京正当天寒地冻的冬季，但我们的心是热的，热得可以融化雪，融化冰，烘得整个北京城温暖如春，烘得颐和园枝头的冰凌灿如夏花……谁愿意自己的兄弟任人杀戮，谁愿意自己的姐妹任人欺凌，谁愿意自己的民族任人宰割！我们行动起来了，你们呢？你学数学，数字失去了规律，失去了公理，失去了正确的排列与组合，就是一堆杂乱无章且毫无意义的数字！那么，一个国家呢？一个国家失去了尊严，失去了自由，失去了领地，她的人民就会脖架钢刀，身披枷锁，变成无巢之流莺，无穴之奔兔，无渊之枯鱼……如果我在欧洲，必将行动起来，到法国去，到巴黎去，到和谈会场去，发出苦难民族的呐喊，发出振聋发聩的咆哮，让西方诸邦知道什么是屈辱，什么是天道，什么是正义……"

邓翰生的信令许子鹤热血沸腾，八页长信他一口气读了八遍，从傍晚一直读到深夜，眼前仿佛出现了自己曾经跟随邓翰生时的场景，远在万里之外的北京，成千上万的青年走出校园，走向街头，挺胸抬头，振臂高呼，空气为之炽热，山川为之摇动，江海为之翻腾。

两天之后，恽长君的信件紧随而至。

"聪明的广东小老弟，想必德国投降的消息你一定先于国内的吾辈知悉，巴黎凡尔赛宫举办之大会进展的音讯你也定会先知先觉，当这个消息在国内见诸报端时，你能猜出我是什么心情吗？都说喜极而泣，我没有喜，也没有泣，而是悲，更深的悲，更大的悲！历时四年半之久，饱受战争蹂躏的欧洲土地平静了，那里的民众自由了，我们的北邻沙俄旧政权被推翻，工人操作机器，农民耕种秧田，人人有活干有饭吃有屋栖……而泱泱中华呢？手提洋枪利刃的西方列强仍在我们的街头耀武扬威，钢甲利炮的军舰仍在我们的长江上穿梭游弋，外国租界遍地都是，华人禁区比肩而邻。请问，中华的光明在哪里？绝不在洋人列强那里，绝不在北洋政府那里！我们必须用自己的血肉之躯抵抗黑暗，用自己的青春热血冲刷耻辱，民族复兴的朝阳才能在中华大地上喷薄而出，冉冉升起，才会金光普照，滋润万物。为了迎接璀璨阳光的到来，我做好了准备，做好了一切准备。前两天得到翰生弟北京来信，他也做好了准备，希望每一个挚爱自己国家的'黄皮肤黑头发'都有这种准备，聪明的广东小老弟，你在德国做好准备了吗？"

读完恽长君的来信，许子鹤又经历了一个不眠之夜。他在反复追问自己，我许子鹤像翰生兄和恽先生一样做好这种准备了吗？自己喜爱数学，钟情数学，数学就是自己的一切，但数学能解决一切问题吗？数学能解决高深莫测的代数、复杂多变的函数、纵横交错的几何，但能昭雪一个民族的耻辱、捍卫一个国家的尊严、驱除一个时代的黑暗吗？

数学是工具，是利器，但绝不是目的，绝不是灵魂。天亮时分，许子鹤得出了自己的答案。

这一天的中午，许子鹤收到了吴校长的来信。吴校长说，澄海中学的师生在操场上集会，给澄海县长和广东省长发去了联名信，"我们不要内忧外患的澄海，我们不要内忧外患的广东，我们需要千百个堂堂正正的林则徐，我们要把村村寨寨变成三元里……"

许子鹤再也按捺不住激动的心情。

当天下午，许子鹤一口气写了三封回信，三封信的结尾处都这样写道：

"我许子鹤乃一介书生，一直推崇技术强身，主张科学救国，故而从小埋头读书，演算数学，操练外语，以图将来以一技之长报效养育自己的故乡热土，但我现在明白了,技术只是工具,只是手段,只懂技术而缺乏思想、缺乏灵魂的人即使再神通广大,从广义上讲,最后不还是要物化和沦落成一件工具和一种手段吗?!只不过这件工具和这种手段会吃饭、会活动、会说话罢了!从今天开始,对学数学的我而言,数字重要,但明白公理和定理更重要,对留学德国的我而言,外语重要,但语言表达的思想和孕育的含义更重要,你们都准备好了,我也准备好了。中华复兴,有我炎黄子孙许子鹤的一份责任……"

这天晚上,许子鹤一个接一个地找在哥廷根留学的中国人,呼吁大家赶往法国。他嘴里反复念叨的一句话是"大家都知道一句名言叫做'天下兴亡,匹夫有责',但还有一句话大家也要记住,'兴亡之天下,必有兴亡之匹夫'!"

第二天黎明时分,许子鹤和王全道、崔汉俊、李当阳等六名哥廷根大学的学生赶往巴黎,傍晚时就和几百名来自欧洲各地的热血沸腾的中国留学生一起,聚拢在了巴黎和谈会场门外。当有代表休会离场时,人群中就会立刻响起用那个国家语言呼喊的抗议口号。

当天夜里,饥肠辘辘的许子鹤没有休息,而是参加了留学生代表的聚会,大家一致商定,除了中国代表提出的七项要求,还应向大会提出取消日本企图灭亡中国的"二十一条"。随后的几天时间,会场周围打出了中文、英文、法文、意大利文、德文和日文的各式横幅,口号起伏,呼声震天,一群年轻人为苦难深重的祖国发出助威的呐喊。

令许子鹤和中国留学生没有想到的是,这些要求由于美日两国的阻挠,根本没在大会上认真讨论,五大国把"和会"变成了重新瓜分世界的"分赃会议"。留学生被激怒了,他们从早到晚围着中国代表陈述己见,次次许子鹤都冲在前列,说到最后,他声泪俱下,以至泣不成声。

中国的七项要求始终没有得到重视,许子鹤第一次感到一个积贫积弱的民族过得多么屈辱。中国代表团最后不得不把要求降到最低,即把战前德国在山东掠夺强占的各种特权归还中国。由于日本和美国从中作梗,和约仍然坚持"德国在山东的一切特权全部让与日本"的条约。

由于参与国意见相持不下,会议久拖不决。许子鹤和几个同伴先后去过巴黎三次,次次都红肿着双眼回到哥廷根。他和几名同去的哥廷根留学生没有钱住旅店,夜夜留宿在寒冷的巴黎地铁站,于是大家齐吼岳飞的《满江红》来相互激励和抵御寒冷。

4月30日,巴黎和会对山东问题做出最后裁决,决定将德国在山东的一切权益让给日本,并列入对德和约。至此,中国在山东问题上的外交努力完全失败。5月1日,英国外交大臣贝尔福召见陆肇基、顾维钧,通告巴黎会议对山东问题的决定。

第二天凌晨,在回哥廷根的火车上,许子鹤哭了一路。他如失巢之鸟,深切地感受到作为一个中国人的屈辱,体会到作为一个弱国子民的无助。轰隆隆的火车在田野里奔驰，车窗外，明媚阳光下的欧罗巴之春失去了往日那种艳丽的色彩，他感到火车拉着他正在奔向黑暗、奔向地狱、奔向毁灭。

五天之后，王全道从中国驻柏林使馆得到一份内部简报，他看完后，第一时间急匆匆交给了许子鹤。许子鹤看毕，内心翻江倒海。

简报中说，巴黎和会拒绝中国有关山东问题的请求传到国内后，舆论哗然，风云突变，以廖书仓、黄日葵、邓翰生、高君宇、许德珩等为首的北大学生5月3日在该校法科大礼堂举行全体学生临时大会。当晚，北大学生再次举行大会，高师、法政专门学校、高等工业等学校学生前来响应。5月4日上午，全体学生聚集一起，学生代表经讨论向政府提出四条要求：（一）联合各界一致力争；（二）通电巴黎专使，坚持不在和约上签字；（三）通电各省于5月7日国耻纪念日举行游行示威活动；（四）定于5月4日齐集天安门举行学界之大示威。地火终于爆发！次日下午两时左右，北京高校的三千多名学生代表不听劝阻，挥舞白色小旗，高举标语牌，呼喊"拒绝在巴黎和约上签字！""誓死力争！还我青岛！""废除二十一条！""抵制日货！""宁肯玉碎，勿为瓦全！""外争国权，内惩国贼！"等口号，集聚天安门前，并且提出惩办曹汝霖总长、陆宗舆总裁、章宗祥公使等诸多要求。更有激愤的学生来到曹总长府邸，打伤章公使，放火焚烧了曹宅，最终政府逮捕学生代表32人。

简报还附录了许德珩代表全体学生起草的《宣言》。《宣言》字字泣血，许子鹤读毕，感觉有如钝刀在割裂自己的心脏。

呜呼国民！我最亲爱最有血性之同胞！我等含冤受辱，忍痛被垢于日本人之密约危条，以及朝夕祈祷之山东问题，青岛归还问题，今日已由五国共管，降而为中日直接交涉之提议矣。

噩耗传来，天暗无色。夫和议正开，我等所希冀所庆祝者，岂不曰世界中有正义，有人道，有公理，归还青岛，取消中日密约，军事协定，以及其他不平等之条约。公理也，即正义也。背公理而逞强权，将我之土地，由五国共管，置我于战败国，如德奥之列，非公理，非正义也。今又显然背弃山东问题，由我与日本直接交涉。夫日本，虎狼也，既能以一纸空文，窃掠我二十一条之美利，则我与之交涉，简言之，是断送耳，是亡青岛耳。

夫山东北扼燕晋，南控鄂宁，当京汉津浦两路之冲，实南北咽喉关键。山东亡，是中国亡矣。我同胞处此大地，有此山河，岂能目睹此强暴之欺凌我，压迫我，奴隶我，牛马我，而不作万死一生之呼救乎？法之于亚鲁撒劳连两州也，曰：'不得之，毋宁死。'意之于亚得利亚海峡之小地也，曰：'不得之，毋宁死。'朝鲜之谋独立也，曰：'不得之，毋宁死。'夫至于国家存亡，土地割裂，问题吃紧之时，而其民犹不能下一大决心，作最后之愤救者，则是二十世纪之贱种。无可语于人类者矣。我同胞有不忍于奴隶牛马之痛苦，亟欲奔救之者乎？则开国民大会，露天演说，通电坚持，为今日之要著。至有甘心卖国，肆意通奸者，则最后之对付，手枪炸弹是赖矣。危机一发，幸共图之！

读罢《宣言》，许子鹤紧锁房门，在自己的宿舍内任由热泪流淌。过了很长一段时间，他又默默地读了一遍《宣言》，然后一把将简报扔到了地上，踩在了脚下，紧握拳头，挺起胸，昂起头，双目冒火，一字一句高亢呐喊："呜呼国民！我最亲爱最有血性之同胞！我等含冤受辱，忍痛被垢于日本人之密约危条……至有甘心卖国，肆意通奸者，则最后之对付，手枪炸弹是赖矣。危机一发，幸共图之！"

许子鹤诵读未毕，涕泗交流，突然一阵疯狮般狂吼，双拳呼通呼通两下重重地砸在厚厚的砖墙上。

从第二天开始，许子鹤一个个找到哥廷根的中国留学生，一字不差地背诵出《宣言》，每个中国留学生听罢，不是掩面痛哭，就是浑身颤动，沉默了很久很久……

每隔四五天，王全道就会从柏林得到一份内部简报，国内的形势令哥廷根的中国留学生精神振奋。

简报中说，北京军阀政府不仅颁布公告法令严禁学生抗议活动，大总统徐世昌甚至派出大批军警镇压。蔡元培校长挺身而出，以身作保，要求释放被捕的学生。在蔡校长的影响下，众多学生团体和社会团体不畏强暴，各地学生的游行示威如同狂风暴雨铺天盖地，上海、天津、广州、南京、杭州、武汉、济南、开封等地学生声援北京学生的正义行动，宣告罢课，走上街头，为危机深重的民族发出悲壮的呐喊。六月初，北京数以千计的学生再次拥向街道，开展大规模的宣传和抗议活动，军警逮捕学生千余人。

从好几份简报中，许子鹤看到了蔡元培、邓翰生和恽长君的名字。每看到一处，他就激动一次，他为有这样的校长和朋友感到自豪，为中国有这样的义士感到骄傲，如果四亿中国人都像他们一样，自己的祖国还会这样任洋人羞辱，任无能政府摆布吗？每看到熟悉的名字，他都在心底默默为他们祈祷，希望他们安康，希望他们无灾无难，他们是自己的兄长导师，也是贫弱民族的希望所在。许子鹤还把恽长君从武昌寄来的一份《学生周刊》贴了自己的床头，因为这份报纸上有恽长君亲自撰写的发刊词：

嗟我中国，强邻伺侧，外交紧急，河山变色。
壮哉民国，风起云蒸，京津首倡，武汉继兴。
维我学界，风潮澎湃，对外一致，始终不懈。
望我学生，积极进行，提倡国货，众志成城。
力争青岛，事出至诚，口诛笔伐，救国之声。

愿我同胞，声胆俱张，五月七日，毋忘毋忘。

每个周末，许子鹤与王全道、崔汉俊、李当阳都会相约来到哥廷根中心广场的牧鹅少女铜像前，交流从德国以及其他地方得到的巴黎和会的消息，每一次的消息都使他们失望，每一次的碰头都令他们沮丧，但接触始终没有中断。四个好友一见面，都是先站着谈，一谈就是两三个钟头，站累了就坐在地上围成一圈，直到最后相对无语。

"狗屁和谈，哪有公理，分明是谁强谁说了算，老子是学军事的，恨不得找把手枪藏在口袋里，翻窗进入凡尔赛宫，把那几个专门跟咱们中国作对的洋鬼子一枪一个脑袋开花解决掉！"王全道说话时咬牙切齿。王全道在四个人中个头最高，也最强壮，走起路来震得地面咚咚响。

"我跟你一道去，第一枪先把日本人干掉！"学医的崔汉俊，平时讲话总是把"生命"和"健康"两个词挂在嘴边，这次竟也想开枪杀人。

"和你俩不一样，我不开枪，而是用枪口顶住会议主席的脑袋，让他改写和谈内容，把山东归还给同是战胜国的中国。"李当阳虽然学机械，但长得面目清秀，平时经常哼几句苏州评弹。

许子鹤听完三人想法，默想了好大一会儿才开口说："正如全道兄所言，中国参加了对德作战，德国战败了，其他战胜国都得到了比黑森林里树木还多，比阿尔卑斯山还高的利益，而我们中国呢？连过去德国占领的山东也要不回来，硬是被日本无赖抢去。如果真有枪，我也会跟你们一道闯进会场，砰砰砰开枪。但仔细想想，我们四个人打死他们几个，最后也得被持枪的警卫打死。我们死了就死了，可那几个国家还会派来新的和谈代表，和谈结果绝不会改变。"

"你不是怕死吧？"王全道看着许子鹤说。

"不是怕死，关键是我们四个死了没有任何用处。美国、日本这些国家为什么敢在这样的大会上联手欺负中国，关键是我们国家太穷太弱，人家是大炮军舰，而我们是大刀长矛，'马瘦毛长，人穷志短'，他们正是看到了这一点，才敢肆无忌惮地把中国当软柿子捏！"

"那你说怎么办？"崔汉俊接了一句。

"君子报仇，十年不晚。"许子鹤一下子从地上跃了起来，直立在地上，面朝天空，道出了八个字。

"什么意思？"李当阳抬头望了许子鹤一眼。

"魏源在《海国图志》中说'师夷长技以制夷'，现在面壁苦读，学好本领，毕业回国，不但我们自己强，也必须带领十个、百个、一千个、一万个中国人强，只有十万、百万、千万、万万个中国人强大了，山东才是我们的山东，青岛才是我们的青岛！"许子鹤说话喜欢用数字，这次也一样。每说出一个数字，他的双拳都攥得嘎巴嘎巴作响。

四个人的八只手最后紧紧握在了一起，相约毕业后第二天就返回多灾多难的祖国。

临分别时，许子鹤还询问了王全道上课的地点和时间，正当其他三人迷惑不解时，他解释道："对日本这样的强盗国家，讲公理无疑是对牛弹琴，必须以牙还牙，以命抵命，只有用武力把青岛夺回来！你们三人的专业打仗时都能派上用场，全道兄能指挥打仗，当阳兄能制造枪炮，汉俊兄能救死扶伤。我学数学，数学重要，但只学数学不行，我得去旁听全道兄的军事课，说不定今后有用处。"

许子鹤是个说做就做的人。

第二天，他就从哥廷根大学图书馆借来了前几年有关"一战"的一大摞德文报纸，细心研读起来，读完之后还做了厚厚一本笔记。许子鹤的研究对象主要有两个人，一是德军兴登堡元帅，二是他的得力助手埃里希·鲁登道夫。几个星期的时间，德军从两翼包围歼灭萨姆索洛夫俄国第二集团军的坦能堡之战、重创连年坎普夫的俄国第一集团军的罗兹之战、攻占波兰的戈尔利采－塔尔诺夫等著名战役他都烂熟于心，甚至能画出两军交战的地形图和作战图。

许子鹤第一次到王全道所在的教室旁听军事课，就令教授另眼相看。

"战争初期，德军在兴登堡元帅指挥下获得战争主动权，对手俄军不仅无法踏进东普鲁士一步，而且还被迫放弃了波兰、立陶宛、里加以西的土地和沃伦地区，部队伤亡超过一百七十万人，兴登堡被誉为'护国之神'。谁能总结这个时期德军取得胜利的主要原因？"教授问。

学员们七嘴八舌议论开了。

大部分人的观点集中到了德军武器的先进和步兵、炮兵的训练有素，少部分人则认为德军前方作战和后方军需的协同性起到了决定性作用。

教授点头认可，但一直没有停止追问，他对学生的回答不甚满意。

等到教室内再无人言语，许子鹤站了起来。

"我是旁听学习的，能不能说两句？"

"当然可以。"教授爽快回答。哥廷根大学以学术自由著称，学生可以跨专业听课，也可以在课堂上说出自己的任何观点。

"对德军'一战'初期的胜利，兴登堡有功，但助手鲁登道夫的功劳更大。"许子鹤的这句话说完，立刻引来嘘声一片。

"接着说。"唯有教授一个人不动声色。

"我看主要是战术使用得当，打破了常规作战的规律。一是突然性，在围攻比利时列日要塞的战斗中，鲁登道夫在武索将军阵亡后接管了第十四步兵旅的指挥权，周密分析列日的情况后，率领部队在夜间经由弗莱龙和埃夫涅的缺口悄悄地进入列日，对手毫无察觉，这一招对最后反败为胜夺取要塞起到了关键作用；二是伪装性，为了诱敌深入，陷敌于绝境，他调动部队在弗兰克诺佯败而退，使俄军中计，与此同时，他指挥部队从两翼合围，经过五个昼夜的鏖战，对手惨败，俄第二集团军全军覆没，指挥官萨姆索诺夫在绝望中自杀。"

教室内一片寂静。

"还有第三点吗？"教授继续问。

"没有啦，我是外行，就知道这两点。"许子鹤坦然答言。

教授继续让学生分析"一战"后期德军败退的原因。

德军兵源不足、美国参战及"战神"鲁登道夫缺乏真正的政治眼光，精神不能集中，面对困境容易沮丧失望等等一系列原因被学生们挖掘了出来。

"还有别的原因吗？"教授最后一次询问后，仍没有人回答。

"请最后一排的小伙子回答！"讲台上的教授把目光投向了许子鹤。本来不想回答这个问题的许子鹤没有了退路。

"有一句不太中听的话，不知我能不能讲？"

"在我的课堂上，所有的话都可以讲！"教授回答得干脆利落。

"中国有句俗话，叫做'得道多助，失道寡助'！发起不义战争的国家最后没有一个会得到最终的胜利，不管他有什么样的元帅，使用什么样的战术，调动什么样的军队。"

教室内再次嘘声一片，几个德国学生甚至站了起来，手指许子鹤，厉声斥责。所有学生的目光最后集中到了教授脸上。

教授走下讲台，来到了许子鹤跟前，轻轻地问了一句："请问您学什么专业？"

"数学！"许子鹤回答。

"哥廷根大学之所以成为哥廷根大学，就是允许任何人讲任何话。今天我也讲句大家不愿听的话，我教了一辈子军事学，刚刚结束的'一战'再次证明了我的观点，也就是刚才这位年轻人所说的中国谚语，用我的话来讲，就是'任何一场战争在发动时就已决定了胜负'！"

几位恼羞成怒的德国学生顿时羞红了脸，默默地坐了下来。

"唉，要是别的专业，我非让您转到我的系里不可，但你们系主任，也是我的老朋友希尔伯特教授是个连爱因斯坦都敢讽刺的家伙，全哥廷根大学都怕他，我可不敢动他的人。"教授一声叹息后，转身回到了讲台。

在后来数学系学习的日子里，许子鹤特别留心这位希尔伯特教授。数学系的师生人人都知道他的几句口头禅，其中一句叫做"Ehrgeiz und Ausdauersind die Ursache der Flügel（壮志与毅力是事业的双翼）"。

许子鹤此后一直把这句话奉为自己的人生信条。

万里之外的中国，不甘屈辱的抗争一浪高过一浪。

中国二十二个省一百五十多座城市行动起来了，经年累月受尽欺凌的中国人共同发出了长久积压胸中的愤懑，一座城市接着一座城市先后罢学、罢工、罢市。

6月中旬，怒不可遏的陈独秀率众在沸腾的北京城散发《北京市民宣言》，声明如政府不接受市民要求，"我等学生商人劳工军人等，惟有直接行动以图根本之改造"。陈独秀被军警逮捕，各地学生团体和社会知名人士闻讯后，纷纷挺身而出，通电和集会抗议政府的这一暴行。面对一波又一波强大的抗议怒潮，北洋政府终于屈服，曹、陆、章相继被免职，总统徐世昌提出辞职。

和会持续半年之久，尽管中国专使团拒绝在和谈纪要上签字，但中国人迫切希望归还山东主权的要求还是成了泡影，巴黎和会6月28日签订了《凡尔赛和约》。

整个七月和八月是哥廷根大学的暑假时间，许子鹤每天很少讲话，白天在火车上认识的达曼家面包房打零工，晚上辅导他的儿子学数学，深夜一个人拖着疲惫的身体回到宿舍，躺在床上长吁短叹。

那是赤子之心在流血！

这个暑假，一个女高中生经常到达曼家面包房来买面包，而且都是早上第一个来，每天都换不同的品种。达曼夫人熟悉自己的客户，她以往没有见过这位漂亮机灵的姑娘，从她购买面包的种类以及从不过问价格的情形，达曼夫人心里清楚，姑娘是富裕人家的孩子。

"来四个酪乳餐包、四个优酪餐包、四个亚麻仁餐包，外加慕尼黑白肠和纽伦堡香肠各四根，就这些，麻烦您了！"面带甜甜笑容的姑娘说。

"不但不麻烦，还得感谢您呢。姑娘不在我们店附近住吧？"达曼夫人先是感谢，接着望着柜台外的姑娘问。

"我家住在市东部森林边，开车来的！"姑娘的话音一落，达曼夫人抬头看见店外确实停着一辆黑色奔驰汽车。姑娘嘴里的那个居住区是哥廷根著名的富人区，令达曼夫人不解的是，那里有两家比自己家面包坊店面大、装潢高档且同样口味正宗的面包坊，姑娘为什么舍近求远呢？

"一大早就跑那么远的路，真是辛苦您啦！"对重要的主顾，达曼夫人向来重视，这是她熟悉的生意之道。

"想换换口味，外加放暑假我也有时间，就起早到您家来了。"姑娘说话落落大方。

"我家面包如何？"达曼夫人好奇地询问。

"我吃出了一种特殊的味道！"迅速向四处张望了一下的姑娘突然冒出了一句话。

做德式面包，虽然各家面包坊有各自的工艺，但味道还是大同小异，如果有特殊的味道，就不一定是褒奖的话了，但如果不是褒奖的话，姑娘为什么还一连几天来购买？这令达曼夫人十分惊讶。

"您家的面包太特殊了！"姑娘又说了一句话。

达曼夫人的眼睛瞪得圆圆的，竟一时说不出话来。

"您家面包除了面粉、发酵粉、水、蛋清这些该加的东西外，一定还偷偷加了其他东西！"姑娘突然收住了脸上的笑容，加重了语气。

"姑娘，这话可不能乱说，我们做了一辈子面包，是规规矩矩的店家，这话要是传出去，谁还敢吃我家的面包？！"听完姑娘的话，达曼夫人一下子慌了。

姑娘看着达曼夫人，一言不发。

达曼夫人想赶紧把事情搞清楚，如果这个时候再有其他主顾进来，事情就不好收场了。于是，达曼夫人央求道："姑娘，我家面包到底有什么特殊味道，加了什么东西？"

"您家面包除了德式面包的纯正味，还有一股醇香，就像我和爸爸妈妈在亚洲店购买的绿茶一样的醇香，吃起来不但耐嚼，而且爽口，越嚼越爽口，特别好吃！"姑娘又展露了笑颜。

达曼夫人长长地舒了一口气。

"姑娘，您快把我吓死了！不过，我们确实没有加什么亚洲香料啊！"达曼夫人惬意地笑着回答。

"不可能！"姑娘的脸再一次阴了下来。

面包店又重新回到了寂静。

"您没有往面粉里加，说不定有人偷偷加了。请问最近一段时间您店里买过亚洲的东西或者有亚洲人来过没有？"姑娘脸上露出疑问。

"没有买过亚洲的东西。不过，不过——"达曼夫人一时语塞。

"不过，店里倒有一个哥大的中国学生在里间帮忙烤面包。"达曼突然想起了这段时间在店里打工的许子鹤。

"这就对了，这就对了，快让他出来问问！"姑娘又一次露出甜甜的微笑。

许子鹤走出了里间，双手沾满白花花的面粉出现在柜台内。

达曼夫人说出了姑娘的疑问，许子鹤笑着摇了摇头。

"他是个白'女鬼'，专骗人，不会说实话！"嬉笑着的姑娘用手指着许子鹤。

一句话把许子鹤逗乐了，达曼夫人却丈二和尚摸不着头脑。

这时候，许子鹤才认出自己面前的姑娘就是迪特瑞希教授的女儿克劳迪娅。

原来，自从上次看过许子鹤的表演后，克劳迪娅就记住了那位非同一般的中国白"女鬼"，满脑子充满了对他的好奇。上个期末大学考试结束后，爸爸经常在家提及一个中国留学生的名字，说这个学生在五门课考试中四门是全系第一，另一门是全系第二。克劳迪娅问是个什么样的人，迪特瑞希教授笑着说："不是别人，就是那个名叫始祖鸟的中国'女鬼'！"

放暑假后，克劳迪娅打听到许子鹤在达曼家面包房打工，一连来了三天没有见到人，就心生一计，把中国"女鬼"给引了出来。临走时，克劳迪娅问许子鹤能不能这个暑假帮自己辅导一下高中数学，她妈妈会付很高的辅导费，而且是按小时来付。正为"巴黎和会"之事内心闷闷不乐的许子鹤没有答应。

"你爸爸是数学系大教授，回家让他辅导多好！"许子鹤找出了一个理由。

"我才不让他辅导呢，说不了三句话就烦了，一点没有耐心！"克劳迪娅回答。

"那让你哥哥辅导吧，他是学机械的，数学一定不差。"许子鹤又找出了一个推脱的借口。

"那个家伙一天到晚不进家，就知道和他的莱比锡女朋友到处玩，这个星期我还没有见到他一面。"克劳迪娅噘起了小嘴。

"这个暑假，我已经辅导了达曼先生的儿子，再没有时间和精力了。"许子鹤不容置疑地拒绝了。

克劳迪娅悻悻地离开了面包店。

直到新学期开始的前一天，克劳迪娅每天清晨都是达曼面包店的第一个买主。

第七章

九月初，许子鹤收到了一封澄海来信。

大娘走了。

噩讯犹如一声惊雷在许子鹤头顶炸响，天旋地转的他扑通一声倒在地上。

自从去年八月来到哥廷根，许子鹤已经一年没有见过大娘，但身在天涯的他却每日每夜思念着大娘。一年间，他给澄海中学的吴校长写过五封信，这五封信中，夹着另外五封同样厚度的信，都是写给大娘的。大娘也让别人代写回信，然后转交吴校长一并寄来。大娘信的内容几乎一致，先说自己很好，吃得好睡得好，然后就是嘱咐许子鹤要吃好睡好，不能只知道学知识把身体累坏了。但大娘的信也有别样的地方，几张信纸里，每次都夹带一片树叶，家乡门口那棵高大榕树的树叶。五片树叶许子鹤都放着，夹在数学分析、高等代数等五本书里当书签。每逢看书累了倦了，他都闻一闻树叶的味道，那是一股本色的清香，是一股厚重的清香，但在许子鹤心里，那更是一股故乡的味道，一股母爱的味道……

从今以后，许子鹤再也收不到故乡的榕树叶了。

来哥廷根一年，同学王全道等几个家庭条件好的中国人中午经常在学校食堂吃丰盛可口的热饭，饭后还要喝一杯醇香的咖啡，但许子鹤没有，他自己带饭带菜。许子鹤的家境并不比他们差，他把节省的钱都用在了买书上，数学书、工具书、历史书、哲学书以及一本本厚厚的小说……在哥廷根大学的中国留学生中，没有一个比许子鹤的藏书多，人人都到他那里借书看。早上带来的饭菜中午时分已经冰凉，但坐在学校草坪上的许子鹤吃得喷香。许子鹤原来不会做饭做菜，手艺是出国前大娘手把手教的，每顿饭端起碗，他就想起了大娘，想起了大娘做的饭菜的味道，想起了大娘一遍又一遍的叮咛。他曾经多次想过，等自己今后回了国，一定给大娘做一顿饭，让大娘评判一下，儿子做出的味道是不是和她教的一样。

大娘再也品尝不到儿子做的饭菜的味道了。

来哥廷根一年，许子鹤习惯了面包，习惯了牛奶，习惯了黄油，也习惯了奶酪，但最喜欢最愿意吃的还是中餐。他喜欢蒸半小锅白花花的米饭，再炒一盘西红柿鸡蛋；他喜欢炖一锅不稀不稠的牛肉羹，然后吃两个放了糖的白馒头；他也喜欢煮一锅圆圆的土豆，然后用凉拌的莴笋就着吃……所有这一切，许子鹤都喜欢吃，但都不是许子鹤的最爱。许子鹤最想吃的仍是大娘做的两种东西：金黄的蚝仔烙和爽口的冰糖莲藕。许子鹤每天都期盼时间过得快点，再快点，他好回国回家。回到家的第一顿饭，就是让大娘给他做顿蚝仔烙和冰糖莲藕解解馋，他要一顿吃五张蚝仔烙和十块冰糖莲藕。

从今以后，再也没有人给他做金黄的蚝仔烙和爽口的冰糖莲藕了。

这个时候，许子鹤最大的心愿就是自己能插上翅膀飞回澄海，最后看一眼自己的大娘，最后送一程自己的大娘，但他回不去，他许子鹤没有翅膀。坐火车从哥廷根回到澄海需要一个月，回来又是一个月，学校几天后就要开学，许子鹤没有这个时间。

一连数日，许子鹤忙完手头的事，就一个人默默坐在桌子前，茶饭不思。往昔与大娘相处的情景从眼前一幕幕掠过：打翻大娘端来的热腾腾的粿汁，俯伏在大娘的身上告诉大娘自己将来要从皇帝手上接过金匾，即将远行到北京上学的前夜拉起大娘的手对大娘说过的誓言……

一个月后，许子鹤收到了泰国华富里父亲的来信。

父亲在信里说，按照家规并应族里老人吩咐，大娘去世，需要一个人冲喜，也就是通过家里长子"娶孝妇"的习俗来完成。写这封信的五天之前，冠陇村许家当事人已替他物色好一个叫叶婴的十六岁姑娘当媳妇，写信的前一天入了门。这事之所以没与他商量，主要有两个原因，一是书信来回时间太长，二是这事实际上也没有商量的余地，如果后生破坏规矩，族人就会把爷爷的牌位扔出祠堂。读完父亲的来信，许子鹤觉得一股恶浊之气由脚底向上奔涌，直冲大脑。

从稍知世事时起，许子鹤从心底就同情自己的大娘，到北京读大学后，年轻的他更是为大娘的悲凉身世愤愤不平。大娘姑娘时来到许家，到三十多岁仍孑然一身，没有一个正式的名分，也没有一个完整的家庭，还要为许家尽忠尽孝，安抚老幼。小时候，许子鹤一直认为是自己的父亲毁了大娘，等他大了，才真正明白是家族和社会毁了大娘。不管是谁的责任，他许子鹤已经回天乏术，只能默默接受现实。唯一的办法就是听大娘的话，做大娘赞许的事，使大娘开心快乐，哪怕短暂的一小会儿也好。他在北京上大学的时候，每封信的结尾，都会写上一句"大娘，请你不要挂念儿的学习，儿一定好好用功，等今后出去挣钱了，儿就把你接过来，天天让你吃蚝仔烙和冰糖莲藕"，大娘看到这句话，两眼都是一汪泪水。

　　关于自己今后的婚姻，许子鹤从来没有考虑过，毕竟自己才是一个十九岁的青年，有自己钟情的数学为伴，以哥廷根大学为家，他很满足。偶尔，在与王全道等同学的聊天中，众人逼急了，许子鹤也会说两句自己心目中的姑娘，"就像郭馨倩一样的吧"。郭馨倩是个上海女孩，在柏林读艺术专业，是王全道追了两年才追到手的女朋友，人长得白净甜美，留一头飘逸长发，还拉得一手美妙动听的小提琴。除了王全道，崔汉俊、李当阳也都在谈对象，对象不是名门闺秀就是商贾之家的小姐，三人经常给许子鹤亮出各自女朋友的照片，令许子鹤艳羡不已。艳羡归艳羡，许子鹤并没有心动，因为学业还没有完成。完成学业之后，自己回国的去向还不确定，他希望自己找到一份心仪的工作，租上一处合意的房子，然后再去寻找自己中意的姑娘。在许子鹤心里，能不能找到像郭馨倩一样的女子他不确定，但大字不识几个的文盲乡间女子显然不是许子鹤的灵魂伴侣。

　　世事弄人，许子鹤怎么也不会想到，这事会在自己身上重演。阅尽世间辛酸，遍尝人生寒苦的大娘死了，另一个"大娘"——自己从未谋面的叶婴却突然降临，还要重复大娘的老路。许子鹤心乱如麻。

　　许子鹤一连给父亲写了两封回信，坚决不同意这门婚事，均遭到父亲的严词拒绝。最后一封信的结尾，许繁昌给儿子下了最后通牒："你爷爷的牌位如因你这个大逆不道之人被扔出祠堂，有两件事我不得不做：一是你休想再从家里拿到一分钱，二是你再也不会见到当父亲的我一面，子不孝父之过，我愧对长辈，愧对祖先，只能一死了之，你就等着在华富里料理我的后事吧。"

　　与父亲谈不拢，许子鹤把推掉这门荒唐婚姻的希望寄托在了叶婴身上。

　　许子鹤给叶婴写了一封回绝信。

　　未曾谋面的叶婴君：

　　　　给你写这封信，是我自会写信以来思忖时间最长的一次，我整整想了一夜。一夜之间，反复斟酌的，也是最难确定的是对你的称谓，想到天亮，还是决定叫你'叶婴君'为好。

　　　　现在，我要对你说的一句话是，我是万万不会与你结为夫妻的。与一个毫无共同语言的人生活在一起，将毁掉我的理想，毁掉我的幸福，毁掉我的一生。而对你而言，无爱无情的婚姻不啻为一个悲剧！我想通过这封信正式告知你，你还是善自珍重为上，在外人逼迫之婚姻刚刚开端之际，请你离开冠陇村，回到叶湾父母处。在我未来的个人生活中，绝对没有你的角色……

　　快到一个月的时候，叶婴回了信。信是请人代写的，很短。

　　许君：

　　　　顷诵华笺，具悉一切。知君本意，回复如下。

　　　　许君之态度我来许家之前早已料知，但我已无法改变当今之现状。既然许家用一台花轿把贱身抬到冠陇,我即使想回相隔三十里的叶湾娘家,也只能是下辈子的事了。这一辈子,我只能生是许家人,死是许家鬼。我说这话,并无强迫你之本意。无论君意如何,于我而言,已然木已成舟,别无他择!

弱女叶婴顿首

看完来信,许子鹤欲哭无泪,哗啦啦把信纸撕得粉碎。

与父亲谈不通,与叶婴也谈不通,许子鹤彻底无望了,压抑的苦痛在胸中燃烧,整整三夜无眠。

第四天清早,他提笔给父亲回了信,回信共写了三页纸,信的字里行间,满是许子鹤伤心的泪水,以至模糊了纸上的字迹。他无可奈何地接受了这门婚事。

令许子鹤万万没有料到的是,他无奈同意的,将是一段令后人欲哭无泪的旷世姻缘。他自己不知道,未谋过面的叶婴也无法知道。

哥廷根的秋天又到了。

去年的秋天,许子鹤刚刚来到哥廷根,领略了哥廷根秋天的天高云淡,风清气爽,不冷不热的太阳从早到晚把宁静小城涂成了三种颜色,清晨是红色,中午是白色,傍晚是金色。随着三种颜色的变换,许子鹤的心情也在转换,早上是满满的期望,白天是昂扬的斗志,傍晚则是沉甸甸的收获……而现在,许子鹤觉得哥廷根变了,哥廷根上空的太阳也变了,太阳发出的光在他眼里不再是三种生命之光,而是幻化成一种暗淡的、浑浊的、毫无生机的黑暗之色,一天到晚笼罩着许子鹤,裹挟着许子鹤,使他喘不过气,看不清路,望不见远方。

许子鹤把自己的苦闷写信向北京的邓翰生和武汉的恽长君倾诉。他们两位,在许子鹤心中,是良师益友,是指路明灯。

邓翰生很快回了信。

子鹤弟:

于你目前之处境,为兄极为理解,每个人都有每个人的人生理想,每个人亦有自己的情爱家庭观,你我都是成年之人,我个人不能给你明确之指导,亦不能像数学课上的选择题一般教你选甲或是择乙,但我要说明的是,既然你已经做出了决定,就应该积极去面对,去适应,去改造,大丈夫不能因一时一事而心灰意冷,而万物皆空,而堕入黑暗……你是否维持现在的婚姻或者解除婚约我无权干涉,但有一点恕兄直言,如果留学仅仅为了今后娶一房娇妻,甚至几房漂亮的姨太太,或者是为攫取高官厚禄,尽享荣华富贵,凌驾于民众,损害于民族,那与没有留过学的军阀皇帝袁世凯,或者留学东京帝国大学的日本走卒章宗祥有什么两样?……早年给远在德邦的吾弟介绍过一点国内的情况,还记得过去给你提到过的苏维埃革命政府吗?他们那里革命成功了，工人农民做了国家的主人，人间一片朝气蓬勃，大地一片万物复苏……

几天后，许子鹤又收到了武汉恽长君的来信，一手隽永飘逸的行草。

聪明的广东小老弟：

  海外来信收悉，迟复见谅。目前手头事繁，时间极为紧张，因为我和几位朋友在武汉创办了利群书社，忙于出版发行《武汉星期评论》，个个起早贪黑，手忙脚乱，近段时间，又邀马克思主义研究会成员董必武君、陈潭秋君，轮流给青年读者作读书报告，听者之众，远出我们意料。外加书社还要通过邮购以及回复读者来信，联系一大批外地青年读者，至今方得半日闲暇，便坐下来给你回信，给你回信需要静下心来。

  小老弟来信说，是令尊大人和许家族人左右着你的婚姻，使你无奈投降做了世俗俘虏，故而毁了你的青春与前程。这话我既赞同也非完全赞同。个人婚姻是个人之私事，理应青年双方做主，这在西方社会是自然之态、平常之象，想必留学欧洲的你比偏居一隅的我更清楚。吾邦虽然与世界诸邦文化不同，但同属高等动物之人类，既然是人类，在青年婚姻问题上，爱相似，情可比，也理应由当事双方自由做主。从这一点上看，令尊大人和许家族人不征求你意见，替你做主，包办他人一切，显然不合时宜。闻知此等消息，我亦感到气愤和惋惜，这个时候，我非常理解你的心情，你的心里有多么痛苦酸楚，万里之外的我都能想象到。

  铜钱有两面，数学上亦有正负，反过来想想，你说你自己是牺牲品，那么我要问的是，那位十六岁豆蔻年华、同样事先毫不知情的姑娘呢？她难道就是整个事情的胜利者吗？她不也同样是父母与族人的牺牲品吗？！如果你认为自己才华横溢，留学欧洲，人格和尊严上就应该比一位乡野没有见过世面的姑娘高出一等，那么不惜万里之遥去留学又有什么用呢？再扩而大之，令尊大人和许家族人以及那位姑娘的父母与族人为什么做出令儿女不欢喜之事，难道他们存心而为之？他们是整个事情的胜利者吗？非也，决非也！他们也是牺牲品，是封建礼教和病态社会的牺牲品，在为腐朽制度推波助澜一时一生之后，最终也必然成为替儿女挖掘人生陷阱的、痛苦无奈的牺牲品。几千年来，我们的制度、我们的民族不就是这样一代为一代挖掘陷阱，一代让一代痛苦不堪的吗？

  至于你个人与那位姑娘今后如何相处，我虽然虚长你几岁，但没有能力也不应该告诉你如何去做，否则我也在干涉别人的生活。我应该也只能说的是，我们这些人，目前以及今后要做的唯一的事情，就是推翻与改造令人厌恶的封建社会，铲除与改良外辱内患的社会现实，让我们的子孙不再重蹈前辈覆辙，他们应该选择他们想选择的，他们应该享受他们该享受的，古老神州的天空应该是蔚蓝的天空,悠久华夏的大地应该是和平富饶的大地,正如英德法诸国,亦如获得新生的如火如荼的苏维埃,这不正是你留学异邦的真正目的吗?从你个人的天地走出来吧,你将要面对的是更广阔的天地……

两封长长的远东来信,许子鹤不知读了多少遍。每天傍晚时分,许子鹤一个人乘车来到寂静的哥廷根市中心广场,低头围绕着牧鹅铜像,一圈接一圈地走着,一句接一句地低声诵读着邓翰生和恽长君的来信。越走许子鹤心里越亮堂,头脑越清醒……步伐在加快,嗓门在提高,许子鹤仿佛置身于一个无人的世界,完全忘记了周围的一切。周围围观的人们都在用好奇的目光静静地注视着这个中国青年的举动,哥廷根人从大学里了解了中国青年的勤奋,也从这帮勤奋的中国青年人身上了解了古老的中国,哥廷根喜欢上了这帮中国孩子。

许子鹤的脚步突然慢了下来。

"小伙子,不是在想黑格尔的哲学就是在算高斯布置的函数作业吧?看把你累得满头大汗,喝口水再想再绕吧!"一位德国老太太终于忍不住了,心疼地递过来一杯水。在哥廷根,因学习走火入魔的年轻学生比比皆是,哥廷根人习惯了他们,也接纳了他们。

话音打断了许子鹤的思绪,他一下子停下了脚步,他看见,铜像周围不知何时围了一圈人,个个都在好奇地看着自己。

"谢谢!我不渴。"许子鹤微笑着回答。

"小伙子,想通了没有,我们这些人围成一圈,生怕经过的车马和不懂事的孩子打扰您,都快一个小时了!"老太太说。

"想通了,想通了!"许子鹤回答。

人群中顿时爆发出一阵热烈的掌声。

第二天,许子鹤就给澄海未谋面的媳妇叶婴写了一封信。

叶婴君,你我本是陌路人,并无任何关涉,但现在以及今后却不得不在一起了,造化实在弄人。我也想到过拼死拒绝,拒绝外界强加于我的生活,拒绝亲人强加于我的"亲人",拒绝家庭强加于我的"家庭"……现在,我想通了,你不也和我一样吗?既然别无选择,那就必须接受!但我还需要时间把这种被动的接受变成自觉的接受,时间或是半年,亦或是一年,甚至三年五载,希望你能理解。在这个现在还确定不了的时间内,我希望你能接受我的两点建议:一是把名字改一个字,把"婴"改为"瑛",现在的"婴"估计取自"婴儿"或者"女婴"之意,小时尚可,当前显然不符你的年龄,"瑛"字意思指玉之光彩,作为人名远比"婴"好;二是利用这段时间,你需到我小时候读过的私塾念书识字,不识字的话,今后我们的书信还得像这次一样由别人代读,回信由别人代写,这在澄海算不上什么稀奇事,但于我来说,是十分不悦的事情，我过去几年给大娘写信，抑或大娘给我回信，都麻烦别人去做，我不希望这种事在你身上发生……

一个月后，许子鹤收到了澄海的来信。

子鹤君：

　　你的生活你自己做主，我一个弱女子连自己的命运都决定不了，怎能管得了别人。至于你信中所说时间，我更无半点强迫，半年可以，一年可以，三年五载也可以，甚至一辈子都可以，这不是贱身我决定的事情。对不是我决定的事情，娘家族人告知我，不管不问，也不去想……我不识字，对名字改与不改无所谓，既然你想改，那就改吧！

　　我已多次到私塾找过新来的一位田姓先生，他不同意收我这样的人进私塾。这几天，我一直站在窗外听，田先生已经骂过我好几次了，他骂我我也不走。在窗外听不清，很多地方不会，下课后我问田先生，他不告诉我。不告诉我，也难不倒我，我就在放学和上学路上堵那些娃娃，起先娃娃也不告诉我，我就买了一些糖粒或者用面团捏些小狗小猫送给他们，他们就教我怎么读、怎么写了……

看完叶瑛请人代写的来信，许子鹤心里五味杂陈，难以言表。

第八章

十月底，浓浓的秋色将德国装点得五彩缤纷。

王全道邀请许子鹤、崔汉俊和李当阳去了趟柏林，不过他们并不是去欣赏那里醉人的秋色，而是另有目的。柏林艺专正在举行一场学生文艺汇演，郭馨倩要登台用小提琴独奏一曲《高山流水》，王全道答应过郭馨倩，届时他将会带着哥廷根的好朋友前去助威加油。

上午演出大获成功后，四个人没有直接回哥廷根。因为身着红色丝绸开领旗袍，怀抱王全道赠送的一大束红玫瑰的郭馨倩兴致勃发，突然提出，她想邀请大家去湖边喝酒庆祝，众人一致同意。王全道四人跑前跑后，购置了葡萄酒、面包、果酱和香肠，簇拥着郭馨倩，乘车来到了柏林著名的万湖。

万湖是德国首都柏林最大的内陆湖，地处柏林西南郊，湖水很深，可游泳亦可行船。秋阳朗朗之下的万湖，俨然是一块温润的美玉。湖水通体澄澈，水面波光粼粼。阳光与波纹糅合，幻化出奇丽的光影，赤橙黄绿青蓝紫一应俱全。湖岸上人们或行或坐或卧，惬意地享受着阳光柔和的暖意。湖畔大片大片的草地犹如给大地覆盖了一张巨大的绿色地毯，草地四周广阔的原始森林黄灿灿一片，宛如大地上筑起了一道高高的金色幕墙。王全道把一块白布铺在草坪上，郭馨倩从篮子里取出食品和饮料，几个人开始了轻松愉快的野餐。

"馨倩，祝贺你，你的一曲《高山流水》不但折服了所有在场的德国佬，就连我们这些常听此曲的中国人也赞叹不已，都说音乐是无国界的语言，这话一点不假。"许子鹤举起一杯葡萄酒向郭馨倩表示祝贺。

郭馨倩、王全道与许子鹤碰杯答谢。

许子鹤言毕，崔汉俊也举起酒杯，谈起自己的一点感触："西洋乐器演奏中国名曲，我是头一回听，本来认为会像古老的中医和现代的西医一般不可融合，效果是不土不洋，不伦不类，但没有想到的是，馨倩技艺高超，现在我得改变自己的观点，'音乐无国界'，有道理！"

三人又各喝了一杯。

"说句实在话，小提琴我不懂，中国的《高山流水》我也不太熟悉，要是别人演奏，说不定我会睡着，但漂亮的郭馨倩小姐演奏，我就像兔子一样一直竖起两只耳朵听，演奏完，我的双手都拍红了。"李当阳说着，伸出双手让王全道和郭馨倩看。

一圈人大笑不止。王全道、郭馨倩和李当阳各自饮完杯中余酒。

许子鹤说："全道兄，该你讲几句啦！"

王全道先是自己斟满一杯葡萄酒，又给郭馨倩倒了半杯，然后娓娓道来："馨倩，一曲《高山流水》，不但给中国人争了光，也令我王全道神魂颠倒。古代传说中的祝英台是女扮男装，而我眼前的祝英台却是位才华横溢的美妙女子；戏曲中的梁祝故事是悲剧，而现实中的故事一定是喜剧，我王全道一定扮演好喜剧角色。"

许子鹤带头鼓起掌来。

"表演一下怎么喝交杯酒好不好？"李当阳怂恿的话一出，其他几人立刻鼓掌附和。

王全道和郭馨倩相互挽起胳膊，在几位好友见证之下喝了一杯交杯酒。

欢声笑语在五个年轻人中间交织回荡，金色的阳光在五张年轻的脸庞上肆意泼洒，四瓶葡萄酒很快见了底。

"全道兄和馨倩小姐，一个拎枪学军事的和一个持琴学音乐的，看起来风马牛不相及，但仔细想想，一硬一软，一武一文，可谓阴阳互补，刚柔相济，真是天设的一对，地造的一双，等你们办喜事时，不能忘记告诉我们三个，我们要讨杯喜酒喝呢！"许子鹤提议。

王全道爽快地一口饮干葡萄酒，兴致勃勃地说："苟富贵，勿相忘。等我们大喜之日，定邀三位老弟前来畅饮，一醉方休。"

郭馨倩低下头羞红了脸。

"如此美妙天仙，全道兄一定要怜香惜玉，不能错失天赐姻缘呀，否则就是暴殄天物！"崔汉俊话往大处扯。

王全道又是一满杯葡萄酒，然后信誓旦旦地说："各位小弟莫替大哥操心，我一定珍惜馨倩!"

郭馨倩再次红了脸,低下头微笑不语。

"当着馨倩小姐的面,表表决心,让我们听听!"李当阳起哄道。

"我把这杯酒喝干算是表决心,行不行?"王全道回答。

"不行,换换方式!"崔汉俊不同意。

沉思片刻之后,王全道想出了主意。

"我跳进湖里,我炙热的心脏遇到冰凉的湖水,湖面一定会冒出一团热气,这样可以吗?"

许子鹤三人以为王全道只是跳进湖里湿一下身,个个表示同意。郭馨倩则站起来劝阻,说水太凉容易感冒。郭馨倩的劝阻,却令王全道的热情更加高涨。

扑通一声,浑身只剩一条短裤的王全道跳进了湖水里。

王全道没有停在离岸边一两米的湖水中,而是朝湖中心游去。"馨倩,我游到湖中央再回来,今天让你看看我王全道的真心!"

时节已是秋季,湖水虽表面看上去柔美宁静,但水深处已然寒冷透骨,许子鹤三人都知道此时不适宜游泳,一起朝王全道喊道:"不要向前游了,赶紧游回来吧!"

被爱情冲昏头脑的王全道一边朝岸上挥手,一边哗啦哗啦向前游动。

王全道的勇敢让郭馨倩感动得差点落泪。

大约五分钟后,王全道游到了离岸边六十多米远的湖面上,正当大家佩服不已的时候,一个可怕的情况出现了。王全道的身体忽然不再往前游动,而是停止不前,浮在湖面片刻之后,双手在水面上慌张地扑腾起来,溅起杂乱无章的水花,头一会沉在水中,一会又浮了上来。随后传来了王全道的呼喊声:"救命啊,救命啊!"

出事了。喝了很多红酒的王全道自己不知道,他燥热的身体经冷凉湖水长时间浸泡,双腿痉挛抽筋了,再也动弹不得。

郭馨倩扑通一声瘫倒在地。

崔汉俊、李当阳两人不会游泳,听到湖中王全道一声接一声歇斯底里的呼喊,顿时手足无措,只有嘴里急惶惶地喊着:"怎么办,怎么办呢?"五个人野餐的地点是万湖较为僻静的一块草地,百米范围内的十几个德国人,是躺在毛茸茸的草坪上晒日光浴的家庭妇女和孩子们,他们听到呼喊,知道中国人出事了,便急忙聚拢过来。

一圈人焦急万分的时候,许子鹤没有说话,而是飞快地脱掉外衣,但他没有一下子跳进湖水里,而是在岸边压了几次左右腿,上上下下、高高低低地蹦跳一阵,然后一头扎进湖里。许子鹤在旁听军事学专业课时,教授请来的一位退伍海军上尉在课堂上演示过救助落水战友的步骤,每一步他都铭记于心。

远处的王全道还在呼喊,但呼喊声一次比一次微弱。

"快点，再快点！"几家德国人和三个中国人拼命呼喊着许子鹤。

跃进湖中的许子鹤一点一点地接近王全道。王全道的力气基本用尽了，身体在湖面一起一落的同时，湖水一次次从鼻孔和嘴巴灌进他的肚子里。

许子鹤终于游到了王全道身边，在伸手救人之前，反复喊了两次："你稳住，我来拖你，千万别抱住我的胳膊！"奄奄一息的王全道猛然间瞥见身边来了人，根本顾不上对方吼什么，双手不顾一切地扑向许子鹤，企图牢牢抓住最后一根救命稻草。令王全道没有料到的是，许子鹤没有伸出双手扶撑自己，而是一拳打在了自己小肚子上。已经筋疲力尽的王全道经这么重重一击，顿时垂下了空中拼命挥舞的双手，两眼一黑，晕了过去。

岸上的人看不清几十米外两个人之间发生了什么，模模糊糊望见湖水中的许子鹤没有从正面搂抱王全道，而是绕到了他身后，用左手伸过王全道的左臂腋窝抓住他的右手，使他脸朝上，头部露出水面，自己以仰泳姿势拖曳着王全道慢慢往岸边游。

岸上一片激动的惊呼。

两个人在湖中慢慢移动。

"快点，再快点！"德国大人小孩和中国人再次为许子鹤呐喊加油。

前面二十米，许子鹤游得正常，尽管前行缓慢，但岸上的每个人都能清楚地看出，速度是均匀的。接着的二十米，许子鹤的游速明显慢了下来，先是在水中停顿五六秒钟，然后向前移动两三米，岸上的所有人停下了呼喊。在救护溺水者的过程中，施救者和被救者双双溺亡的事情时有发生，几位德国母亲双手合一，默默地祈祷神灵的保佑。

最后的二十米，过程令所有人窒息。许子鹤拖曳着王全道每前行一米，自己就要在水面上停歇一两分钟，速度如蜗牛爬行一般。向前牵引王全道高大身躯时，许子鹤的头深埋于水中，只有停顿时他的头才露出水面，嘴巴拼命地一开一合，像长时间离开水面即将窒息的金鱼。离岸边还有五米的时候，许子鹤每次停下喘气时，只有半个头露出水面。岸上所有的人都看到，许子鹤面色苍白，脑袋抖动不停，谁都不知道他还能再向前游动多远。

时间在一秒一秒地过去，水中的两人却越行越慢。

其间的艰难，昏迷的王全道全然不知。

众人把王全道从许子鹤怀里拉出了水面，许子鹤已经不能讲话，连喘气的力气都没有了。别人要把许子鹤拖上岸，他轻轻摆了摆手，侧着脸把头埋在岸边的浅水里，大口大口地喘起气来。

被抬上岸的王全道脸色紫青，口腔和鼻孔里充满了血色泡沫，他已经停止了呼吸。学医的崔汉俊单腿跪地，另一腿屈起，众人帮忙把王全道俯卧着放到了崔汉俊屈起的大腿上。只见崔汉俊一边抖动大腿，一边拍打王全道的背部，哗啦啦一股水柱从王全道的鼻孔和口中流了出来。控出积水后，众人迅速把王全道平放在草坪上，崔汉俊一边按压他的心脏部位，一边口对口做起了人工呼吸。十几双眼睛集中到了王全道脸上，他仍然双眼紧闭，毫无反应。满头大汗的崔汉俊没有停歇，而是反反复复地做着两个动作。郭馨倩吓得脸色苍白，四肢颤抖，捂着脸，一个劲儿地哭叫，半句话也说不出来。站在周围的德国家庭主妇和她们的孩子们不敢再看不省人事的王全道，个个转过头去……

王全道慢慢睁开了双眼。

众人终于松了一口气，方才想起了许子鹤。只见他一个人静静地趴在泥水中，俨然一个玩耍到疲惫，体力透支的男孩，又像一头耕完十几亩泥田后筋疲力尽的水牛……

时间如莱茵河水一样分秒不歇地流淌着。

每天，哥廷根圣米歇尔教堂都会响起钟声，声音短暂肃穆，在城市上空浅唱低吟几声后，便戛然而止，如枝头鸟栖、湖面鱼跃一样。这在空气中倏然而至，又悠然而逝的声响，是对静谧生活的特别赏赐，少数人会稍稍放缓一下脚步，或者抬起头，闭上眼睛体味生活里这擦肩而过的韵致，但街上的大部分行人没有留意到这悠扬的钟声，他们迈着日常的步幅，匆匆而过——点点滴滴的生活之美，就这样被多数人忽视，悄无声息地错过。如同圣米歇尔教堂上空的钟声一样，大自然的脚步也总是很轻，轻得如微风细雨，轻得如浅梦淡影。1919年即将过去，很多哥廷根人浑然不知。

哥廷根大学的学生则不然，他们个个期盼新年的到来，期盼20世纪的第三个十年快些来临。

元旦上午，哥廷根大学一年一度的新年庆典如期在中心广场进行，这项活动从哥大成立的第二年开始，至今已经举行了近两百届。上一年的这个时候，庆典周围挂满了哥大教授马克斯·普朗克的肖像画，这位杰出的物理学家获得了1918年的诺贝尔物理学奖。今年的广场上，则换成了哥大物理系另一位教授的肖像，他叫约翰尼斯·斯塔克，本年度诺贝尔物理学奖的得主。

哥廷根大学每年有诺贝尔奖获奖教授，哥廷根大学也有"年度诺贝尔学生"。每届元旦庆典活动的最后，都有一出引人入胜的压轴大戏，哥大各路高手同台竞技对决，胜者被授予"年度诺贝尔学生"的称号。今年的竞技项目叫"魔幻扑克牌"，二十二名学生报名参加。

许子鹤参加了这场比赛。

所谓的"魔幻扑克牌"，是德国年轻人热衷的一项检验眼力、记忆力和反应速度的游戏，先请一位技术娴熟的操牌者将四副未使用过的扑克哗啦啦洗多次，使216张牌变得毫无排列规律，然后他依次从第一张到最后一张快速展示一遍，之后，216张牌被叠合在一起。这时，作为考官的市长上台，任意说出从1至216之间的五个数字，参赛选手若报对这五个数分别对应序号的牌面即为胜者。获胜者将从市长手中得到一百马克的奖励。

　　一番扣人心弦的比赛后,答案终于见了分晓。二十二个学生中,十二人报对一张,六人报对两张,两人报对三张,无人报对四张。但令人不可思议的是,来自物理系的尤利安和数学系的许子鹤报对了全部。台下观众此起彼伏地呼喊两人的名字,向他们表示祝贺。

　　按照规定,尤利安和许子鹤并列第一。正当市长准备宣布两人各得五十马克时,台上的尤利安讲话了。

　　"市长先生,两军对垒,胜者只有一方,这一百马克不应该平分,应该只属于一个人。我建议增加一副牌,我和中国人再对决一次。"

　　台下物理系的学生以欢呼声表示对尤利安建议的支持。哥廷根大学物理系学术声望世界闻名,该系学生个个聪颖超群,从来不把其他系的学生放在眼里。

　　由于改变了比赛规则,公平的市长不得不问许子鹤。

　　"许先生,再比赛一次可不可以?"

　　"市长先生,新年伊始,如果尤利安和我的对决能给哥廷根人带来快乐和运气,我当然同意。"

　　许子鹤的话引来了台下一阵热烈掌声。鼓掌的人中有数学系的德国学生,有王全道等一帮中国人,还有一个上蹿下跳的德国女孩。待整个广场掌声停息,站在台下前排的一位女孩突然喊了一句:"加油,聪明的中国'女鬼'!"

　　冷不丁的一句话,引来全场又一阵喝彩。

　　喊叫的女孩是克劳迪娅,她从爸爸嘴里知道许子鹤要参加这次比赛后,就和父母一起早早来到了广场。活动开始时,克劳迪娅原来挽着父母的胳膊站在离舞台很远的后场,自从许子鹤上台后,她便抛开父母,一个人悄悄挤到了前排。

　　扑克牌由四副增加到了五副,洗牌者将牌打乱之后,从头到尾快速地展示了一遍。接着,市长随意报出了五个数字。

　　克劳迪娅又蹦又跳为许子鹤喊加油的同时,双眼一直紧紧盯着台上许子鹤的脸,看得他十分尴尬。

　　市长确定题目后,两个年轻人低头思索起来。大约八分钟后,许子鹤第一个把答案交给了洗牌手,十三分钟后,尤利安也给出了答案。在揭晓正确答案的一瞬间,全场鸦雀无声,克劳迪娅用双手捂着嘴,眼睛睁得溜圆,一直注视着许子鹤。

　　这次,五道题两人又都答对了。

　　正当市长为比赛还不能决出胜负发愁时,台下的克劳迪娅突然喊了一声:"市长先生,我能不能提个建议?"

　　面对一个十几岁的活泼姑娘,市长点了点头。

　　"两人答案都正确,用时短的就是胜利者,所以,冠军已经产生了!"

　　数学系的学生一片附和之声。

尤利安和物理系的学生怎么也不会想到来自中国的许子鹤会如此厉害，还没有想出应对方法，半路上却又杀出个言辞犀利的女程咬金，一时乱了方寸，无法回答。

"市长先生，因为刚才制定规则时，没有说同样答对的情况下，谁先写出答案谁就赢。所以，尤利安没有输，也不能说我赢。"这时，台上的许子鹤突然说话了。许子鹤的话使所有在场的人惊愕。离他一步之遥的尤利安望着对手好长时间，怎么也想不到一直面带微笑的中国对手会讲出这样的话。

棋逢对手，市长也没了主意，比赛进行不下去了。

突然，广场上又有人大声喊道："市长先生，我有个提议，如果两位小伙子同意，就可以分出胜负，让您有办法把一百马克奖给该奖的人。"

"啊，原来是迪特瑞希教授，您这位数学家大驾光临，没有解决不了的问题。"市长看清了说话的人。市长认可迪特瑞希教授，台上的两位小伙子自然也认可。

"再加一副牌，洗乱后展示给参赛者记忆的时间由每张牌三秒缩短至两秒，让市长随便选五个数，看谁能在最短的时间内报对这五张牌。"迪特瑞希说出了自己的提议。

迪特瑞希教授的提议使比赛难度陡增，广场上嘈杂声消失，变得安静。克劳迪娅看着爸爸，狠狠地瞪了他一眼。

艰难的比赛继续进行。

市长选了五个数。

十二分钟的时候，许子鹤报出了自己的五张牌。

十九分钟后，尤利安也报了出来。

核对答案的时候，广场上的人个个踮起脚尖，伸长脖子向舞台上张望，唯独克劳迪娅一个人用双手紧紧地捂住嘴巴。

许子鹤每答对一个，克劳迪娅才敢松开手，随即发出一声刺耳的惊呼。迪特瑞希教授和夫人看着自己女儿滑稽的表情，两人没有说话，相视而笑。

结果出来了，许子鹤报出的五张牌全部正确。

尤利安答对了三个。

激动人心的比赛终于尘埃落定。

当许子鹤从市长手中接过一百马克时，全场掌声雷动，尤利安走过来祝贺，许子鹤热情地与他拥抱。

"中国'女鬼'，这一百马克怎么花？"台下的克劳迪娅突然大声喊道。

许子鹤笑了一笑，没有回答。

在心里，许子鹤已经有了答案，他将把这一百马克寄回中国，帮一个人交学费上私塾学识字……

第九章

1920年的4月，叶瑛寄来了一封特殊信件。

子鹤君，从这一次开始，今后的信都是我自己写，我的手做针线活还可以，但一提毛笔，就斗（抖）动不停，我的字与你相比，一定难看多了，你就是骂我，我目前也只能写成这个样子。每天在道（稻）田里忙完，我就到私书（塾）去听课，田先生已让我坐在教室最后，我交给他的学非（费）和小孩子一样，一文不少。学识字和背大书，我比低自己两头的孩子还本（笨），村子里的老人小孩都在背后笑话我，我有时真不想再学，但不学怎么能看懂你的信，又怎么给你写信呢？我就这样坚持下来了……前一两个月，韩江里的鸭子都卷着此帮（翅膀）浮在水面不声不响，而现在，它们成群成队地油（游）开了，村里的老人说，水暖了，春天来了……德国也有韩江吗？那里的鸭子这个时候在水面上也油（游）开了吗？

这一次，信不是别人代写的，叶瑛写得歪歪扭扭的两页信，许子鹤找出了十几个错别字。但从歪歪扭扭的字体中，许子鹤没有读出写信姑娘的一丝抱怨，一丝悲伤，一丝祈求别人的怜悯，相反，看出的是一个姑娘的天真和倔强，一个姑娘为改变自己命运的默默努力。

读完叶瑛的来信，许子鹤没有直接提笔回信，而是把来信一字一句重抄了一遍。抄写的时候，他在叶瑛写的错别字后面，加了一个圆括号，把正确的字在括号里规规矩矩地写了出来。

在信的末尾，许子鹤写了一大段话："叶瑛君，村里老人们说的是对的，春天来了，水悄悄变暖了，鸭子才能展开翅膀在江面上畅游（开心地游动叫畅游），有一首古诗对此作了最好的描绘，是宋代大诗人苏轼（读'是'音）写的，前两句叫'竹外桃花三两枝，春江水暖鸭先知'，意思就是说，竹林子外边两三枝桃花开了，春天里，江水暗暗地变暖了，人还不知道，鸭子就最先感觉到了……德国没有叫韩江的江，但这里有莱茵河、多瑙河、易北河等，这些河面上也有鸭子，但这里的鸭子颜色是紫灰的，和我们那里的有点不一样，中国大诗人写的诗在这里也同样适用，鸭子在水面上畅游的时候，春姑娘就翩翩地来到了人世间……"

许子鹤花了很长时间回复叶瑛的来信，写完最后一个字的时候，他仰身靠在椅背上，转过头凝神看着窗外。春天果然到了，街边被德国人称为"思乡树"的椴树已经抽出嫩绿的叶片，开始了一轮新的相思。许子鹤脑海里忽然闪过德国诗人缪勒的诗句，"如今我远离故乡，转眼已逝数年。然而仍能常听到那枝叶的呼唤：回来吧，你将在那里找到安宁……"

1921年6月，还有一个半月时间，王全道、崔汉俊、李当阳和许子鹤就要从哥廷根大学毕业了。

半年之前，王全道就对几个伙伴说，毕业后他回国得找个两全其美的地方。他自己是学军事的，这个地方得有枪使，他未婚妻郭馨倩是学音乐的，这个地方还得有琴拉。王全道最后选定了上海。上海警察局、驻沪司令部、英法租界管理处等好几处"强势衙门"都在争抢像王全道这样懂"洋术洋器"的人才。王全道本人倒不急，一个没有答复，他要回去逐一考察后再确定。

崔汉俊也要回上海，德国人开办的德济医堂最需要像他这样既懂德语和汉语，又熟练掌握西医器械的人。

学机械的李当阳本来也想回国，上海、南京、武汉的三家造船厂都发来了聘书，但柏林一家德国人开办的远东贸易公司早就盯上了他，三番五次派人来哥廷根商谈，以丰厚酬金相邀挽留，顶不住"三顾茅庐"的李当阳最终答应留在柏林工作。

许子鹤也和其他几位中国好友一样思考着自己的未来。五月底，迪特瑞希教授找到了他，邀他来到了自己的办公室。教授给许子鹤和自己各倒了一杯咖啡，然后面对而坐，攀谈起来。

"许，马上就要毕业了，请问您对自己的未来有何打算？"

"我和中国同学前几年就约定好了，一拿到毕业证书就回中国。"

"如果取得哥廷根大学的硕士学位，我相信您到世界上的任何一个国家都能找到一个好工作，包括中国。这一点，我毫不怀疑。"教授说完这句话，喝了一口咖啡，然后静静地看着许子鹤。许子鹤知道德国人的语言习惯，这句话后面肯定还有话，所以他笑而不答。

"要想畅游奥妙深邃的数学王国，硕士不但远远不够，而且还可以毫不夸张地说，那只是徘徊在数学王国门外的人。"迪特瑞希教授的语气明显比刚才严肃了许多。

"那什么样的人才算是数学王国的入门者？"许子鹤不解地问。

"数学博士！"教授的回答掷地有声。

房间内出现了一阵短暂的寂静。

"许，您想听听像我们这些从事数学研究的德国人对中国数学的看法吗？"迪特瑞希教授说出这句话后，把咖啡杯放在了桌子上。

"请！"许子鹤惴惴不安，他跟着迪特瑞希教授学习了两年多，听过教授对英国、法国、俄国和美国数学研究滔滔不绝的评判，但教授从来没有提及过中国。

"我对中国古代数学充满敬意。"迪特瑞希教授脱口而出。许子鹤知道，这句话没说完。

"我从事数学研究三十多年了，参加过几十次世界数学组织的活动，遇到过几位在异国出生的华裔数学家，但从未见到一位中国政府派来的，能讲德语、法语、英语或者西班牙语的数学家。我的很多德国数学同行甚至说，当代中国无数学！"

对许子鹤来说，迪特瑞希教授的话不啻一声炸雷，尽管胸中犹如翻江倒海，但他无可辩驳。

"希望我的话没有伤害您。"迪特瑞希教授诚恳地说道。许子鹤知道，教授的话尽管刺耳锥心，但绝无恶意。

许子鹤沉默不语，他不知道这个时候自己还能讲些什么。

"许，去改变这种状况，为了您的国家。"迪特瑞希教授突然提高了嗓门。许子鹤惊奇地盯着教授，听他叙说不可预知的下文。

"许，您的德语和英语讲得不错，经过这几年的多次考试我也确信，您的观察能力、归纳能力、分析能力、演算能力特别是抽象思维能力在本届毕业生中是最突出的，留在德国继续读博士吧，给我当助教，我提供攻读博士期间的全部生活费用……"

许子鹤猝不及防，他从来没有想过硕士毕业后继续留在德国学习。

"许，除了我们学校，还有洪堡大学、海德堡大学、汉堡大学数学系的八位德国学生申请到我这儿攻读博士学位，但我今年只招一个学生，希望是个中国人，我要让他证明，那些德国同行对当代中国数学的看法是错误的……"

两个多小时后，许子鹤才离开迪特瑞希教授的办公室，教授给了他两个月的考虑时间。

一个半月后，许子鹤答应迪特瑞希教授，他愿意留下来继续攻读博士学位。许子鹤之所以用了这么长时间才决定此事，因为他在等冠陇的叶瑛、澄海的吴校长、北京的邓翰生、武汉的恽长君还有泰国华富里父母的来信。

五封回信全部赞同许子鹤留下来。

这是一个令人难以忘怀的哥廷根之夜。

第二天，王全道、崔汉俊和李当阳就要离开哥廷根，奔赴各自的前程。迪特瑞希教授今晚在家中设宴，一是欢迎自己的第一位中国博士生，二是为其他三位令人喜爱的中国年轻人送行。教授的儿子汉斯从哥廷根大学毕业后，在莱比锡一家克虏伯分公司工作，今天碰巧在家。郭馨倩特地从柏林赶到了哥廷根。人不是迪特瑞希教授邀请的，而是王全道自个儿带来的。迪特瑞希教授从不干涉年轻人谈情说爱的事。

这是许子鹤第一次踏进一位德国教授家。走入这幢三层洋楼，仿佛闯入了一个油画博物馆，从门庭过廊到会客大厅，从楼梯两旁到壁炉之上，悬挂着大大小小的油画。油画种类各异，有人物画，也有风景画；有古典的，也有现代的；有欧洲的，也有美洲、非洲和亚洲的……克劳迪娅给许子鹤五人讲道："瞧，你们问的就是这两幅画，外婆外公送给妈妈的结婚礼物！"在三楼迪特瑞希夫人的画室，许子鹤终于看到了传说中教授家的"宝贝"：法国印象派大师莫奈和野兽派巨匠马蒂斯的作品。

许子鹤五人自从踏进教授家,还有另外一种强烈感觉,这幢三层洋楼简直就是座数学专业博物馆。楼内那些没有悬挂油画的地方,都见缝插针摆放着各式各样的书架。有从地板矗立到天花板的长方形的,有下宽上窄梯形的,有下窄上宽倒圆锥形的,还有菱形、扇形、椭圆形、陀螺形的……这些奇形怪状的书架上面存放着各种各样的书,如词典、手册、教材、著作,当然大都是关于数学的。还有一部分讲稿和迪特瑞希教过的学生的作业本。迪特瑞希教授有个习惯,收藏他教过的学生的作业本,把它们整整齐齐装满了四个书架。除了图书,书架上还摆放着迪特瑞希教授收集来的直尺、卷尺、拐尺、三角板、圆规、量角器……这些数学工具有木制的,有塑料的,也有耀眼的钢制品和带有绿色锈斑的铜器。"我爸爸是个怪老头,外出不论讲学还是旅游都喜欢逛旧货市场,只要有数学方面的破东西,他都买,我家都快成一个旧货铺了!"克劳迪娅的话,引来客人们的一阵大笑。笑声惊动了正在厨房和夫人、儿子一起准备晚餐的迪特瑞希教授。教授探出半个头来,冲着人群喊道:"年轻人,请问笑什么,是不是有人在说我的坏话?"教授的憨态引来大家一阵更大的笑声。

克劳迪娅在陪同五个人参观妈妈的画室和爸爸的书房时,眼睛一直没有离开过许子鹤,其他四个中国人都看在眼中。王全道一直朝许子鹤挤眉弄眼,郭馨倩一会儿看看克劳迪娅,一会儿望望许子鹤。克劳迪娅大大方方,而许子鹤却面容严肃,不苟言笑。

迪特瑞希家别墅前的巨大花园里,有一块平坦坦、绿油油、毛茸茸的草坪。它被修剪得齐齐整整、方方正正,宛如在地上铺了一层厚厚的羊绒地毯。草坪中间,放置着一条蒙着白色桌布的长条桌,两边对等地摆放着八张木椅。克劳迪娅安顿好一群中国人,跑着去了厨房帮爸妈准备晚餐,五个中国人惬意地坐在长条桌两旁交谈起来。

"子鹤,你马上跟迪特瑞希教授读博士了,我想,三四年之后,你小子一定会双喜临门!"王全道边喝咖啡边冲许子鹤喊。

"什么双喜临门?"许子鹤疑惑不解地问。

"一个是取得博士学位,世界上最好大学、最好导师的博士学位。"王全道笑嘻嘻地把话说了一半。

"请问,另一个呢?"郭馨倩卷入了两人间的谈话。

"另一个嘛,另一个就是抱个洋妞归,自己导师的千金小姐!"王全道把剩余的话吐出了口。

郭馨倩、崔汉俊、李当阳听罢,一阵哈哈大笑。众人的笑声这次惊动了正在厨房拌沙拉的克劳迪娅,她透过厨房的窗户朝草坪上大声喊了一声:"亲爱的中国朋友们,请问你们笑什么,是不是有人在说我的坏话?"

草坪上和厨房内同时爆发出更加响亮的笑声。

许子鹤一下子红了脸。

"全道兄，今后不能再开这样的玩笑，你们都知道我可是婚约在身之人，而克劳迪娅还是个不懂事的小姑娘。"

"我们都看出来了，小美人对你挺有意思。一个接受西方自由婚恋教育的人，一纸父辈指定的婚约难道就能剥夺你的爱情选择权？"王全道一只手拉着郭馨倩，另一只手端着咖啡侃侃而谈。

"不要说来德国留过学，就是在我们上海，现在这种毫无共同语言的婚姻也不能接受。"郭馨倩不失时机地帮衬着。

崔汉俊、李当阳两人站在一旁傻笑，这种事两人一般不插话。

"克劳迪娅还小，她不懂这方面的事，只知道我们中国人和他们德国人不一样，对我仅仅是好奇而已。这种事千万别说了，否则我不知道今后怎么和这一家人交往呢。"许子鹤的脸更红了。

草坪上又响起一阵笑声。

话题转移。五位中国人在一起聊过去几年读书的辛酸，聊过去几年的手足之情，聊哥廷根给自己留下的深刻印象，但聊得最多的还是未来。

"听说国内孙中山领导的事业红红火火，前几年，以他为首的革命党人为维护临时约法，做了不少事，比如恢复国会，联合西南军阀共同反对北洋军阀的独裁统治，国内报纸上称之为'护法战争'。去年十月，孙先生担任了中国国民党总裁。我认为，他这个党将来能成大气候，我回去后，一定要和他们接触接触。"王全道说。

"你今后少和这个党那个派接触，否则是自找麻烦。"郭馨倩最烦王全道谈论这些事，但王全道却乐此不疲。

"馨倩，全道兄是有抱负之人，在外边学了一身真本事，英雄该回去施展拳脚了，英雄惜英雄，不抱团的话孤掌难鸣啊！"许子鹤替王全道解围，打心底欣赏王全道的报国志向。

"孙中山是我们广东人，我从中学时就知道他，真不简单！除了孙先生之外，我听国内的老师和朋友讲，李大钊先生发起成立了北京大学马克思学说研究会，陈独秀先生也在上海发起成立马克思主义研究会。几个月前，俄共远东局海参崴分局派维经斯基、马马耶夫等前往中国，先后在北京和上海与李陈两位先生进行了接触。目前，上海已经建立了共产主义小组，北京、武汉、长沙、广州、济南等地也都在筹备自己的组织，工人、学生都很拥护他们。一个崭新的社会制度在俄国诞生了，我真希望在陈先生、李先生他们的带领下，我们国家也能像俄国一样。"这几年，邓翰生和恽长君深深地影响着许子鹤，因此他才能说出这样的话。

"只要是为国为民的人，我们都要接触。"王全道说。

"对，不但要接触，还要位列其中，最终还要成为其骨干甚至当上领头雁，否则，我们来国外留学不就白来了？！"许子鹤补充道。

"那我们今天约定,为小家亦为大家,否则非真君子!"王全道提议。

"全道兄,容我改一个字,为小家更为大家,否则非真君子!"许子鹤说。

"改得好,改得好!"崔汉俊、李当阳同声说道。

四位同学击掌为誓。

"如果你们四个当中有人只顾自己小家不顾大家,怎么办?"郭馨倩开了一个玩笑。

"我不会!谁要是这样我们就和他割袍断义!"王全道说。

许子鹤三人同时点头赞同。

"如果你们四个当中有人不但只顾自己小家,还损坏大家,怎么办呢?"郭馨倩又开了一个玩笑。

"我相信我们四个谁都不会!如果有谁这样做的话,想必大家都不会姑息他。"许子鹤说。

王全道三人频频点头,也表示同意。

"听你们几个今天的口气,四位绿林好汉今后必有一番作为,也必将各有各的山头和队伍,今后兄弟之间不会反目成仇、针尖对锋芒打起来吧?"郭馨倩说这话时,嘻嘻地笑着。

四个男人一时沉默不语。

上天弄人,郭馨倩的玩笑话在日后还真是一语成谶。

"诸位,诸位亲爱的中国年轻人,请你们安静一下,现在,请允许我表达自己的激动心情——今天,我非常高兴,我夫人、儿子和女儿也非常高兴,总之我们全家都非常高兴!一是为四位杰出的中国青年在哥廷根大学顺利完成艰难学业而高兴,为你们其中的三位即将开启自己绚烂的职业篇章而高兴;二是为我能招到一位来自东方数学王国的学生——年轻的许子鹤先生——继续攻读博士学位而高兴。我带了十几位数学博士生,这是第一位来自中国的博士生,也是我们哥廷根大学数学系成立以来第一位中国博士生,我为自己有这样的机会而高兴,然而,哥大数学系的不少教授会为此懊恼生气。让毫无预见性的他们去懊恼去生气吧,我们在这里尽情畅饮……"宴席开始,迪特瑞希教授来了一番标准的德式讲演,既有德国式的理性与客套,又饱含东方式的感性与真诚。教授的讲演让四个中国学生如沐春风,端着酒杯还没有沾到嘴唇,个个脸色已经红扑扑的,别墅内喜庆快乐的气氛逐渐达到了高潮。迪特瑞希教授讲完话,举起酒杯和一圈人一饮而尽。正当五个中国男女以为可以提刀动叉、大快朵颐时,迪特瑞希重新倒满了大半杯红葡萄酒,话锋一转,扯到了数学上。

"诸位,诸位,请大家再安抚和忍耐一下自己空空的肠胃,允许我用几分钟的时间给四位中国学生,四位即将踏上工作岗位或者开始重要学习之旅的年轻朋友,唠叨几句,算是我的个人赠言……"迪特瑞希的话还没有说完,客厅内立刻响起了一阵掌声。热烈的掌声是由教授的热情激发的,克劳迪娅、汉斯和他们的妈妈没有鼓掌,而是在一旁望着家里的男主人窃笑,对中国人来说新鲜的箴言或者赠言,他们不知听过多少遍。

"尊敬的四位年轻朋友,以我近六十年的生活阅历和近四十年的职业生涯感悟,在你们以后的人生和职业路途上,四种东西最为珍贵,缺少其中之一,人生就不够完美,岁月就不够璀璨!"迪特瑞希的这句话,引来客厅内一片欢快笑声。

"麻烦各位说说,哪四种珍贵的东西?"

"事业!"王全道第一个回答。

迪特瑞希摇了摇头。

"知识!"李当阳接着说。

迪特瑞希摇了摇头。

"财富!"郭馨倩慢声细语。

迪特瑞希还是摇了摇头。

"生命!"这次轮到了崔汉俊。

"对!宝贵的生命!这是幸福人生的物质基础和客观呈现。"每个德国人都是哲学家,每三句话中都会出现一个哲学名词。

"那么第二个呢?"迪特瑞希看着许子鹤问道。一圈中国人,就他一个没有说话。

"自由!"许子鹤回答。

迪特瑞希先是坦然一笑,然后娓娓道来:"对!是自由!自由是一个生命体存在于客观世界的本质属性,说得通俗点,没有自由的生命称不上生命,只是个客观存在的物质,可如石子般被人踢,也可像灰尘般任风吹。"

"第三个呢?"迪特瑞希教授没有停顿,接着提问。

五个中国人说出了五种可能——"工作""薪酬""孩子""关系"和"前途",迪特瑞希一一摇了摇头。

"尊敬的画家,迪特瑞希夫人,请您回答!"迪特瑞希教授这时转向面带微笑的妻子,正儿八经地问道。

站在迪特瑞希夫人旁边的克劳迪娅用胳膊肘顶触了妈妈两下,算是督促她回答问题。迪特瑞希夫人禁不住哈哈笑了起来。妈妈一笑,人高马大的汉斯也忍不住笑了起来。

"爱情!"哈哈大笑的迪特瑞希夫人吐出了两个字。

"对!我夫人说的对,伟大的爱情!如果没有爱情,我不会有儿子汉斯和宝贝女儿克劳迪娅,也不会每天快乐地在哥廷根大学教学;我夫人也一样,如果没有爱情,她不会画出如此惟妙惟肖、楚楚动人的油画。所以我说,一个没有真正爱情的人,就像一张油画只用一种色彩,枯燥乏味,不但缺乏个体生命的温度,同样缺乏个体生命的价值。我祝五位年轻的中国朋友,也祝我的儿子汉斯和宝贝女儿克劳迪娅今后都能收获甜蜜爱情！"

迪特瑞希教授的话再次引爆热烈的掌声。七位年轻人说着、笑着、羞涩着、憧憬着，个个抬起了头，挺起了胸，眼睛里闪烁着青春之光……年轻的人们，谁不希望拥有一场令人神往的温馨、浪漫、炽热且刻骨铭心的爱情呢！

当迪特瑞希教授问了三遍他的最后一种珍贵的东西可能是什么时，五个中国人提出的十来个答案，都被教授一一否定。

克劳迪娅和妈妈在一旁看着迷茫的中国人，一直嬉笑着不停。因为她们知道男主人问题的答案。

"尊敬的克劳迪娅小姐，请说说您的观点！"迪特瑞希教授望着自己的女儿问。

克劳迪娅没有直接回答爸爸的问话，她想让许子鹤猜出这个答案，一个十分难猜但又十分好猜的东西，如果她稍加提示的话。

"许，我们家什么东西最多？"

"油画！"许子鹤回答。

"比油画更多的呢？"克劳迪娅进一步提示。

"书！"许子鹤立刻联想到满屋子的书。

"什么书？"克劳迪娅大声喊道。

"数学！"许子鹤脱口而出。

"好！好！许先生答对了，就是数学！今后你们假如在生活和事业中不尊重数学，不运用数学，你们就不可能幸福！"迪特瑞希教授的一句话把大家逗乐了。五个中国人没有一个会想到是"数学"，包括学数学的许子鹤。

"女士们，先生们，请听听世界上许多重要的人物对数学的评价。伟大的哲学家、数学巨匠毕达哥拉斯说'万物皆数'；古希腊思想家柏拉图说'造物之主是数学家'；意大利著名物理学家伽利略甚至说过'宇宙是一部以数学语言写成的鸿篇巨制'……就连写出影响世界的《资本论》的作者卡尔·马克思也曾经说过'一门科学只有在成功地运用数学时，才算达到了真正完善的地步'……"迪特瑞希教授如数家珍一口气报出了十几位科学巨匠和思想大师对数学的赞誉之词，五位中国年轻人听得如痴如醉。他们不敢想象，如果世界上缺少了数学，地球还能否转动，江河还能否流动，鸟儿还能否飞翔。

迪特瑞希教授对数学的溢美之词，别人也许没听说过，但许子鹤绝大部分是耳熟能详的，可是迪特瑞希教授随后讲的一则故事，他就不知道了。迪特瑞希教授讲的是关于毕达哥拉斯的故事。

教授讲这个故事前，用了一句导语——"学数学的人最有魅力"。教授说，才智过人的毕达哥拉斯是全希腊的名人，青年时期前往意大利的科若通城，在那里遇到了当地最有权势的大人物米罗。米罗是意大利人崇拜的偶像，外形如大力神赫拉勒克斯般英俊健美，同时也是奥林匹克竞技十项全能的冠军，更令人叹为观止的是，他还是位哲学和数学的痴迷者，一天到晚不是琢磨逻辑就是演算数学……两人一见如故，惺惺相惜，米罗提供房舍和费用帮助毕达哥拉斯创办了一所数学"学校"，也就是著名的毕达哥拉斯兄弟会，有会员六百多名……故事还没有完，米罗赏识毕达哥拉斯的才华，把自己的女儿，皮肤白皙，鼻梁高挺，身材丰腴的蒂娅侬嫁给了毕达哥拉斯……

说者无意，听者有心。

迪特瑞希教授讲完毕达哥拉斯故事的好长一段时间内，起先一直说说笑笑、窜来窜去的克劳迪娅安静了下来，绯红着脸低头吃饭，无声无息。一个旁人不易察觉的细节是，克劳迪娅时不时用明眸的余光瞥一下斜对面坐着的许子鹤。其他人没有发现克劳迪娅的变化，彼此间轻松惬意地交流碰杯，但细心的许子鹤发现了克劳迪娅神态的细微改变。他什么都没有说，甚至丝毫没有表现出对教授所讲述的伟大人物毕达哥拉斯传奇人生叹服敬仰的神情。许子鹤比任何人都清楚，克劳迪娅喜欢上了自己，尽管不是教授所言的爱情，仅是怀春少女的朦胧情愫，但他从心底暗暗决定，不能让这种状况进一步发展。

聚会快结束的时候，迪特瑞希教授喝多了，失去了侃侃而谈时的神采，他红着脸，歪着头，一个人坐在椅子上看自己的妻子为坐成一排的七位年轻人画素描。

迪特瑞希夫人一共画了五张，与丈夫一起签名后送给了五位中国年轻人。

"算是我和先生送给你们走上崭新人生旅途的一个小小礼物吧！"迪特瑞希夫人说。

"不知道你们中国人听没听说过我妈妈的名字，在我们德国，至少一半人都想得到她的一张油画或者素描。"汉斯看着忙碌了大半天的妈妈说。

"你这是自家人吹捧自家人，另外还有拍妈妈马屁的嫌疑！"克劳迪娅手指哥哥汉斯，来了这么一句。

汉斯的窘态令全场大笑不止，迪特瑞希夫人更是忍俊不禁。

"我们五个都保存好这张珍贵的素描，等将来干出一番惊天动地的伟业，我们再拿着画来看望教授，回访母校！"王全道提议。

"全道兄说得好，让我们几个就以此画为媒，待来日，我们这里再聚首，检验每个人为自己的民族所付出的努力，所倾洒的热血，所建立的功勋！"许子鹤把书本大小的素描高高举起，信誓旦旦地慷慨陈词。

崔汉俊和李当阳同样铿锵表态。

汉斯沉默了好长一段时间，受周围热烈气氛的影响，也忍不住插了句话："我所工作的克虏伯公司清朝时和贵国合作过，贵国总理李鸿章开展你们中国人所谓的'洋务运动'时来过我们公司在埃森的总部。如果今后有机会，我一定到中国上海去工作，把我们的机械产品卖到中国去！"

"我发誓，今后你们几个中国人十年、二十年、三十年甚至五十年相聚时，我都会在场！每相聚一次，就让我妈妈再给你们几个各画一张，那样的画才叫珍贵呢！"克劳迪娅动情地说。迪特瑞希夫人知道自己女儿的心思，自然也听得懂女儿的话音。瞅着自己心爱的女儿,眼眶里顿时涌出热泪。

"克劳迪娅,你刚才说什么,什么珍贵?"坐在桌旁的迪特瑞希教授醉眼蒙眬,大家这会儿都没有注意他,想不到他人醉心不醉,嘴里突然冒出这么一句。

一圈人看着教授,他嘟嘟囔囔还要讲话。

"年轻人,记住了,什么东西珍贵?生命、自由、爱情,还有,还有数学啊!"

"对,还有数学,我们回到中国,什么都可以丢掉,就是不会丢掉数学!"一群中国人笑着回答。

迪特瑞希教授咧嘴笑了起来,像个顽皮的孩子。

第十章

九月初的哥廷根格外爽朗,万物沐浴在和煦的秋风里。

跟着迪特瑞希教授攻读博士学位不到两周,许子鹤收到了邓翰生的来信。

在信中,邓翰生告诉许子鹤一个重大消息。一个半月前,以李大钊、陈独秀为首的一批深受俄国十月革命影响,信仰马克思主义者从北京、武汉、长沙、广州、济南等地来到上海,以北京大学暑假旅行团的名义,相聚在临时租借的私立博文女校内,代表各地共产主义小组,成立了一个全国性的统一组织,叫"中国共产党"。

邓翰生还在信中解释,上海会议通过了这个党的第一个纲领和决议。纲领规定这个党的性质是无产阶级政党,代表天下广大无产阶级的利益;奋斗目标是推翻资产阶级,废除资本所有制,实现社会主义和共产主义,使无数贫苦大众有田种,有饭吃,有线纺,有衣穿……在信的结尾,邓翰生写道,前一段时间,他和武汉的长君先生就此事往来很多信函,两人为历尽沧桑和苦难的中国能成立一个代表劳苦大众自己的政党而欣喜万分,共产主义已经给苏联带来了新生,他们坚信中国共产党的成立,也必将给灾难深重的中华大地带来光明和希望。

邓翰生来信的最后一句话是,作为这个党的成员,他和长君先生一样,已经做好了充分的思想准备,为了信仰乐意与该党一起赴汤蹈火。

邓翰生的来信深深触动了许子鹤,尽管他在北京大学时从邓翰生以及几位先生处零零碎碎读了一些有关共产主义的材料,但那些都是消息、报道和谈话,最多的也只是几页纸的翻译文章,对共产主义这一概念,自己缺乏系统的了解。许子鹤向来不是一个满足于一知半解的人,他开始阅读共产主义的书籍。在学习之余,许子鹤一个人跑到哥廷根大学的图书馆,坐在一个角落里,静静品味极少有人借阅的共产主义书籍。两个月内,他逐字逐句读完了马克思和恩格斯共同撰写的 Manifest der Kommunistischen Partei (《共产党宣言》)。"一个幽灵,共产主义的幽灵,在欧洲游荡。为了对这个幽灵进行神圣的围剿,旧欧洲的一切势力,教皇和沙皇、梅特涅和基佐、法国的激进派和德国的警察,都联合起来了……"读完这句《共产党宣言》开篇之语，许子鹤了解到了共产主义在欧洲的情景，一个主义在自由的欧洲受到如此排挤和打压，是他始料未及的。越是新鲜的事物，越是不被大众接受的东西，许子鹤越是感兴趣，就像数学考试一样，题目越难，会做的人越少，越能提起他的强烈兴趣，他要通过自己的判断去理解，去感悟，去抉择。

学习数学的许子鹤过去对政治介入不深，因此，也对各种政党执政理念极少关心。读《共产党宣言》的时候，他一直在里面寻找有关共产党自身的阐述和定义。"共产党人同其他无产阶级政党不同的地方在于：一方面，在无产者不同的民族斗争中，共产党人强调和坚持整个无产阶级共同的不分民族的利益；另一方面，在无产阶级和资产阶级的斗争所经历的各个发展阶段上，共产党人始终代表整个无产阶级的利益。"《宣言》中第二章的这段话使许子鹤茅塞顿开，他彻底明白了在中国上海成立的崭新政党的性质，正如好友邓翰生在来信中所描述的"这个党迥异于中国历朝历代的诸多政党，没有一个组织在大众性和先进性上能与之媲美"。

许子鹤看书和别人不一样，他看任何书都会像读数学书一样，一是要读懂"书理"，也就是书中的规律和逻辑，二是要通过阅读，回答自己的疑问或者解决自己处理不了的问题。有关共产主义的真正目标，是萦绕在许子鹤头脑中很长时间的问题，他在北京大学时就曾思考过，但他那时没做深究。很快，许子鹤在《共产党宣言》中找到了自己想要的答案——"代替那存在着阶级和阶级对立的资产阶级旧社会的，将是这样一个联合体，在那里，每个人的自由发展是一切人的自由发展的条件。"对这句话的理解，许子鹤在笔记本上写下了自己的诠释——"人人为我，我为人人，一个充满理解、平等、自由和美好的理想社会！"

一个会让古老大地万象更新的美好目标，一个后来在《国际歌》里被称为"英特纳雄耐尔（international）"的崭新社会制度，使许子鹤先是怦然心动，然后心悦诚服。

这一次，他彻底明白了，为什么一大批诸如陈独秀、李大钊等令他许子鹤尊敬的知识分子，还有自己熟悉的恽长君和邓翰生会相信这个主义，会传播这个主义，会为这个主义不辞辛苦地奔波。许子鹤清楚地知道，他们这些人，大部分都出生在富裕之家，拥有体面的职位，享受优厚的薪资，为什么还要去革命去奋斗，因为他们不是在为自己，而是在"为人人"，为绝大多数人谋取最基本的生存利益……理解了这个最基本的问题，许子鹤接着要探寻的是共产党如何去实现自己的目标。宣言没有令许子鹤失望，给出了明确清晰的答案——"共产党人不屑于隐瞒自己的观点和意图。他们公开宣布：他们的目的只有用暴力推翻全部现存的社会制度才能达到。让统治阶级在共产主义革命面前发抖吧。无产者在这个革命中失去的只是锁链。他们获得的将是整个世界……"

许子鹤开始留心阅读大量有关俄国革命的报道。

对德国报纸上的东西，许子鹤不知对错，他开始自学俄语。哥廷根大学语言学系开设有俄语专业，不懂的地方，许子鹤经常去那里请教。他希望有一天，自己能看懂俄语报纸和书籍，有可能的话，他一定要去那片沸腾的大地，亲眼看看那个革故鼎新的社会，亲眼看看不同于中国和德国的人间春色。

克劳迪娅也考上了哥廷根大学，九月份成为了一名汉学专业的学生。

克劳迪娅当初选专业可是一场大戏。迪特瑞希教授劝女儿学数学的话刚一出口，没等克劳迪娅反对，他自己就断然否决了——"你最好还是别学数学，否则哥大数学史上将会为我们父女俩都写上一笔，爸爸的一笔是什么颜色，你这个做女儿的清楚，你自己的一笔是什么颜色，你现在是成年人了，也应该很清楚！"这话说得克劳迪娅噘嘴加白眼，不再理爸爸。迪特瑞希夫人建议女儿学绘画，克劳迪娅摇摇头，妈妈说："那就学美术史吧，不绘画，但研究和评价画，我们家一画一评，每个月可以在哥廷根举办一场美术沙龙！"克劳迪娅还是摇摇头。哥哥汉斯没有建议妹妹学机械，他知道妹妹对自己所学的专业整天冷嘲热讽，一提"机械"二字，定会招来妹妹的奚落。

"你这人伶牙俐齿的，学语言合适！"汉斯对妹妹说。

"学什么语言？"克劳迪娅急切追问。

"日耳曼语言文学呀！"汉斯回答。

"不学！每天都说，还要再花心思去琢磨研究，真没意思！要学就学门新鲜的，你看哪种好？"克劳迪娅在哥哥面前像个顽皮的男孩，说话直来直去。

"那就学法语？"汉斯建议。克劳迪娅在德国的文理中学学过九年的英语，她的英语很好，所以哥哥在建议妹妹学外语时，没有说英语而是说法语。

"不学！很多德国人学外语时，选择最多的不是英语就是法语，学大家都在学的东西有什么意思！"克劳迪娅否决了。

"好啦好啦，学西班牙语吧，今后我们一家去南欧旅行，得有个好翻译当向导！"汉斯提高了嗓门。

"我说哥哥，你在哥廷根大学读了几年，眼光还只是放在小小的欧洲，白读了！"克劳迪娅喜欢羞辱刺激年龄大她不少的哥哥。

"唉！"一声叹息后，汉斯看见妹妹还在瞧着自己，等待自己的建议。

"除了欧洲，就是拉丁美洲，拉丁美洲人说的英语和西班牙语你不学，美洲对你就没用了。还有澳洲，澳洲也是英语，所以也是没用。现在就剩下了亚洲和非洲，非洲正在闹瘟疫，不能学，学了也用不上。看来最合适的就剩亚洲了……"汉斯一通低声嘟囔后，最终扯到了亚洲。

"学日语，学日语！"汉斯忽然眼前一亮。

"学语言是为了说，既然为了说，那么人口越多越好。请问哥哥，亚洲哪个国家人口最多？"克劳迪娅眼巴巴地瞧着哥哥。

"亚洲当然是中国人口多！"哥廷根大学优秀毕业生汉斯自然知道这个常识。

"那哥哥的意思就很清楚了,建议我学汉语了!"克劳迪娅笑盈盈地看着汉斯。

汉斯无可奈何地摇了摇头,又点了点头。

女儿确定大学所学专业的那天晚上,迪特瑞希教授一家在哥廷根最好的中国餐馆"府第饭庄"吃饭。席间,迪特瑞希教授一家四口人觥筹交错,十分喜庆。

"谢谢你,汉斯!谢谢你给你妹妹选了一个好专业!她学不好数学,也学不好机械,但我相信,你妹妹能学好对我来说是天书一般的汉语!"迪特瑞希教授极少当面夸儿子,这次是个例外。

"汉斯,你给妹妹选了一条路,我现在还不知道是好是歹,好的话我会夸你,不好的话我就要骂你这个当哥哥的一辈子!"迪特瑞希夫人对女儿所学的专业充满疑惑。

那天晚上,迪特瑞希教授一家最高兴的是女儿克劳迪娅,一家人一共开了三瓶雷司令白葡萄酒,她一人喝了一瓶半。酒后的克劳迪娅像只小鹿,没有摇摇晃晃,自己蹦蹦跳跳地回到了家。

哥廷根大学女学生克劳迪娅是位亭亭玉立的典型德式美女。高挑的个头,金色的头发,还有高高的鼻梁、深深的眼窝、白皙的皮肤、丰满的胸脯,浑身散发着青春与激情。自从许子鹤跟着迪特瑞希教授攻读博士学位后,许子鹤与克劳迪娅见面的机会陡然增多。每个星期三下午是师生晤面的时间,从两点半到五点,许子鹤都会来到教授办公室汇报博士论文的进展。汇报结束后,走出教授办公室,他都会遇到一个人,这个人就是克劳迪娅。

"哦,是克劳迪娅!找你爸爸吧?他办公室这会儿没人,赶快进去吧!"许子鹤第一次见到克劳迪娅时,先是吃惊,思考一下后,又感到没那么吃惊。

"我又不学数学,找他干吗!"克劳迪娅好像知道对方会有此疑问,许子鹤的话音没落,就回答说。

"那你来我们数学系找谁呀?"许子鹤这回真的吃惊不小。

"找你呀!"克劳迪娅大声回答。

走廊内来来往往不少数学系的人,其中有几位讲师认识迪特瑞希教授的女儿,都冲克劳迪娅点头问候,克劳迪娅昂头挺胸,大大方方与人相互致礼,许子鹤却紧张起来。

"找我有什么事?"

"请教你几个汉语问题。"

许子鹤怕数学系的同学看到他和一位漂亮的女孩儿,还是自己教授的女儿在一起,就急忙领着克劳迪娅走出了数学系的大楼。在哥廷根大学图书馆的门前草坪上,两人席地而坐,克劳迪娅向许子鹤请教有关汉语的问题。

"今天,我们老师说,你们中国男人和女人一样,个个留着长辫子?"克劳迪娅问。

"1912年以前是,那时是闭关锁国的清朝。现在不是了,民国的男人都不再留长辫子!"

"老师还说,中国女人都裹脚,并且越小越好,难道你们中国女人不怕疼?还有,这样对女人的身体不产生损害吗?"

"中国女人当然怕疼,但比疼更严重的是封建的中国男人对女性的歧视!民国初年,具有开明思想的孙中山就任临时大总统后,推行禁止缠足政策,他说过一段著名的话,或许能回答你的问题——欲图国力之坚强,必先图国民体力之发达。至缠足一事,残毁肢体,阻淤血脉,害虽加于一人,病实施于子姓……"

两个人一番来来往往的询问和答疑后,问题才聚焦在汉语的学习上。

"在你们汉语中,'东西南北'这四个字本来指代四个方向,可有时指代具体的一个物件时,中国人用'东西',用'南北'却不行,为什么呢?"克劳迪娅提出了自己的疑问。

听完克劳迪娅的问题,许子鹤轻声地笑了一下,然后说:"你们外国人的思维和中国人的就是不一样,一般中国人不会提这个问题。"

克劳迪娅说了一句德国谚语:"Ändere Länder, ändere Sitten(不同的国家,不同的风俗)"。

"你这个问题回答起来还真不容易,听我慢慢说给你听——在西方,人们相信星象学,那些占卜术士通过观测天体和日月星辰的位置及其各种变化,作出解释,来预测人世间的各种事物。与之类似,中国古代哲学家用五行理论来说明世界万物的形成及其相互关系。所谓的五行,是指金、木、水、火、土五种物质。这五种物质与地理方位还有一定的对应关系,即东木、南火、西金、北水、中土……"

克劳迪娅听得津津有味。

"说远了,得扯回来。为什么中国人用'东西'指代物件,而不用'南北'呢?一般意义上讲,物件都是有形的和有用的,人们可以用手提用肩扛,东代表木、西代表金,南代表火,北代表水,木和金扛回家有用,火和水怎么用手提用肩扛呀?就是想办法把火和水搬回家,且不说用不用得上,家里的房屋还保得住吗!所以,中国人都不会,也不敢用'南北'指代'东西'。"

一段话把克劳迪娅说得云里雾里,双眼盯着许子鹤一动不动。在这时的克劳迪娅心里,神秘的中国人个个都是占卜术士,都是哲学家,眼前的许子鹤更是。

"克劳迪娅,克劳迪娅!"许子鹤喊了两遍,克劳迪娅才从懵懂中回过神来。

"还有,还有'东西'这个词,在你们中国人嘴里真是变化无穷,我和同学们都掌握不了!"克劳迪娅红着脸想出了另一个问题。

"比如,你们中国老人和自己先生或者夫人说话,可以叫'老东西,喝茶不喝?'和比自己小的孩子说话,也可以叫'多可爱的小东西!'前两天,我们去中国餐馆吃饭,我们班的托马斯微笑着对店主人喊:'老东西,我们点菜!'没有想到,中国人竟然生气了。"

许子鹤开始了艰难地对"东西"进行解释的过程……

克劳迪娅提出的最后一个问题是,"为什么中国人把精明的'马'和'虎'放在一起表示粗心,而不用笨拙的'猪'和'牛'?"

这个被许多中国人"马虎"掉的问题,对严谨的德国人来说,马虎不得。许子鹤为解释清楚这个问题,出了一头汗。

每个星期三下午,哥廷根大学图书馆前翠绿的草坪上,总是席地盘腿坐着一对年轻男女。女的旁若无人地大声提问,嘻嘻窃笑,男的则低声细语地回答问题,还时不时用眼睛余光留心过往的行人……

这年的年底,迪特瑞希教授遭遇了一次不大不小的灾祸。

新年到来之前,他都要亲自把家中书柜里的数学书先是检查一遍有没有虫蛀或者发霉,然后还要用掸子清除书面上的灰尘。迪特瑞希教授的理由很简单,每本数学书都有灵性和生命,人要过节,它们也要过节。说得一家人谁都不敢阻拦他在两米来高的梯子上爬上爬下。

一连忙碌了三个多钟头的迪特瑞希教授忽然头一晕,从梯子上重重地摔了下来。教授的左脚和左手骨折了。

教授夫人正在美国纽约举办声势浩大的个人油画展,一时回不来。岁末商务活动频繁,在柏林公司工作的儿子汉斯也不可能一直居家照顾父亲,责任落到了唯一的女儿克劳迪娅身上。

迪特瑞希教授又高又胖,克劳迪娅照顾得了喝水吃饭,但照顾不了如厕沐浴。

教授最后无奈地摇摇头,看着女儿说:"去叫我的中国学生吧!"

许子鹤从此除了在学校上课,每天都来帮助自己的教授。一百八十多斤的教授去医院检查,他背出背进,背上背下,走出三四十米,许子鹤已经气喘吁吁,满头大汗。旁边的克劳迪娅一边扶着爸爸,一边用手绢给许子鹤擦去脸上的汗珠。背上的迪特瑞希教授和许多德国教授一样,是喜欢冷幽默的主儿。

"尊敬的许先生,你家乡广东有我这么胖的人吗?"

"可能有,但我还没见过!"许子鹤回答。

"回答得好!在不能穷尽列举的情况下,只能进行合乎情理的推理判断,是数学方法在日常生活中的正确运用。"教授表扬道。

克劳迪娅边走边笑。

"尊敬的克劳迪娅小姐,请你说说,我为什么这么胖呢?"教授逗起了自己的宝贝女儿。

"浑身都是牛排和啤酒堆积起来的肥肉细胞,不胖才怪!你看看把你的学生压成了什么样子了?"克劳迪娅一边回答爸爸的问题,一边用手绢给许子鹤擦汗。

许子鹤和迪特瑞希教授呵呵笑了起来。

"除了牛排和啤酒堆积起来的肥肉细胞外,还有三角和函数堆积起来的肌肉细胞,肥肉加肌肉,不重才怪!"许子鹤对克劳迪娅说。

这次轮到了迪特瑞希教授父女俩哈哈笑出声来。

除了背着教授去医院检查,上洗手间和上下床,许子鹤每天晚上睡觉前还要帮教授擦洗身子。教授肥胖,一天不擦,身上的气味别说别人受不了,他自己也忍受不住。许子鹤在教授卧室忙,克劳迪娅用木盆把热水递到门口,每次两人换水的时候,克劳迪娅都会双眼盯着许子鹤,然后轻轻地问上一句:"累不累?"

许子鹤知道克劳迪娅的心思,他没有回答她的问题,更没有看她的眼睛,只是笑了一下,端起水关上门就忙活开了。

"尊敬的克劳迪娅小姐,等你妈妈回来后,你得替我保个密。"明天,克劳迪娅的母亲就要从纽约回来了,刚刚擦洗完毕,在被窝里露出脑袋的迪特瑞希教授把女儿叫进了自己的卧室。

"什么秘密?"许子鹤和克劳迪娅两人十分惊讶。

"这位中国年轻人看了我的身体,千万别告诉你妈妈,她会嫉妒的!"

许子鹤的脸刷地一下红了,红得似能滴出血来。克劳迪娅看着许子鹤狂笑起来,直到最后笑得蹲在地上,站不起来。

两个月后,迪特瑞希教授能够完全自由活动了,许子鹤才不常去教授家。迪特瑞希夫人在家中备了一桌饭菜感谢许子鹤,汉斯也从柏林赶了回来。

晚餐开始前,迪特瑞希教授向夫人提了一个问题。

"夫人,哥廷根大学数学系的教授很多,为什么偏偏我从梯子上摔了下来?"

夫人回答:"你比别人粗心!"

"错!"教授用一个字否定了夫人的答案。

"我比别人幸运!"教授紧接着说。

教授的话让桌边的四个人摸不着头脑。

"他们想摔也不敢摔!因为摔倒了没有人背,而我有!"

气氛一下子活跃起来,晚宴开始。那天晚上,克劳迪娅说话不多,也没怎么喝酒,而是一直盯着许子鹤,忙活着给他斟酒和端菜。

克劳迪娅爱上了对面的这个中国人。

她以为爸爸、妈妈和哥哥不知晓自己的心事。她甚至希望,爸爸的脚手好得再慢一点,她好有更多的时间与这个中国人待在一起,每天在家里,两人坐在客厅的沙发上,谈论李白、杜甫和白居易,谈论"的""地""得"的区别,谈论中国的《梁山伯和祝英台》与欧洲的《罗密欧与朱丽叶》……她心里明白,对面的这个中国人虽然和自己每天都能见面,但他不敢直视自己的眼睛,每次她询问有关中国神话中的爱情故事,这个中国人都会主动岔开话题。她认为,中国人都是内向的、委婉的,只要有足够的时间,中国人一定会明白自己的心意。

迪特瑞希夫妇自然明白女儿的心事,哥哥汉斯自然也清楚妹妹的心情。但他们三人是典型的德国人,都不会主动询问,更不会挑明别人藏在心中最神圣最隐秘的东西,哪怕是自己的至亲至爱。

宴请即将结束时,迪特瑞希教授冷不防地向一桌人提了个滑稽的问题。

"我这次从梯子上摔下来,伤了左手和左脚,为什么右手和右脚一点事没有啊?"

"纯属小概率事件!"汉斯回答得很数学。

"不是小概率事件!而是一个严肃的排列组合问题。除了左手左脚,还有十三种可能性——只有左手、左手右脚、右手左脚、两双手加一个左脚、两双手加一个右脚……这次,上天给我安排了左手左脚,还有剩下的十三种可能性等待着我这个可怜的人啊!"

迪特瑞希教授是在开玩笑,但他的内心里却一直有这个解不开的结。一个人从梯子上平躺着摔在地板上,右手右脚没事,而左手左脚全都有问题。

一提到数学,教授夫人和女儿克劳迪娅立刻哑巴了。

屋子里能回答教授疑问的只剩下了许子鹤一个人。

"这不是数学的排列组合,而是天意的排列组合!是上帝的安排!"许子鹤轻轻说了一句。

"上帝的安排?"迪特瑞希教授一家四口不知中国人所云。

"尊敬的教授,您就是想摔成左手右脚、右手左脚、两双手加一个左脚、两双手加一个右脚等十三种可能,上帝也不会让您实现!"许子鹤侃侃而谈,声调逐渐高了起来。迪特瑞希教授一家看着中国人,个个眼珠瞪得滚圆。

"在我们中国,大到男女拜堂成亲,小到家人围桌吃饭,都遵循一个人人皆知的规律——男左女右。没有一个朝代,也没有一个官府的法规颁布过这个规律,但历朝历代的中国人都按这个规律去做!"许子鹤的话令所有人吃惊。

"教授您是位男士,所以,您不慎摔伤,只能伤及左手左脚,而且也只能是左手左脚。因此,请教授宽心,假如今后您不像中国的"白骨精"一样偷偷变成个漂亮女士的话,上帝再也不会让您摔伤了!"

许子鹤走后,迪特瑞希教授凑近夫人耳朵旁说了一句话。

"这个中国人要德有德,要才有才,要鬼点子还有鬼点子,刚才,我给他开了个小玩笑,他竟还了我个大玩笑,还是个令人愉快的大玩笑,真是难得的人才啊!"

夫人瞅了先生一眼,回答:"还用你说,我当然知道小伙子不错!"

"唉!"迪特瑞希教授嘴里忽然发出一声叹息。

"叹什么气?"夫人看着面容严肃的教授询问。

"今后要看上帝对我们的宝贝女儿是不是特别垂青了!"迪特瑞希教授吐出了心底之言。

夫人知道丈夫叹言所指,她双手握住丈夫的手,靠近丈夫耳边回了一句话。

"多好的小伙子啊!我们都帮不上忙,愿仁慈的上帝垂青我们的克劳迪娅!"

第十一章

1923年的春天，哥廷根城东普朗克街三号一座两层洋楼内，搬进了一位三十多岁的中国人，在哥大哲学系注册学习社会学专业。

他的到来彻底改变了许子鹤的人生轨迹。

这个人就是来自中国四川的朱德。

一年之前，朱德担任云南省警务处处长兼昆明警察厅厅长，可惜时隔不久，军阀唐继尧纠集旧部重返云南，他被迫逃离云南，不得不以出国留学考察为名谋求他途。当年十月，远涉重洋的朱德在德国首都柏林遇到了旅欧中国少年共产党的负责人周恩来。一个月后，从戎多年的朱德经张申府、周恩来介绍，加入中国共产党，开始了他别样的人生征途。

来到哥廷根后的朱德，在一次中国留学生的聚会上认识了小他十几岁的博士生许子鹤。

那次聚会在许子鹤的住处举行，在哥大留学的二十几个中国男女青年都兴致勃勃地赶来了，把一室一厅的房间挤得满满的。许子鹤准备了面包、香肠、啤酒，还有中国的春卷和馄饨。

"这位是老大哥朱德，刚在哲学系注册。我们都是先留学后工作，可他却是先工作后留学，比我们更清楚学习的目的！"许子鹤向大家介绍朱德。朱德两簇乌黑的浓眉下，闪动着一双炯炯有神的眸子，折射出的智慧和坚毅给在场的每个人都留下了深刻印象。

"子鹤弟客气啦！我也想年轻时就出国学习，可惜那时没有你们这样的机会。不过现在也不算晚，都说'人过四十不学艺'，我才三十七，还没到四十呢！"朱德诙谐幽默的一席话引起一阵欢笑，房间内的气氛立刻轻松了许多。

因其丰富的人生阅历、豁朗大度的性格以及对国内最新情况的了解，朱德很快成为了聚会的中心人物。他向大家介绍了最近两年国内发生的一系列大事，诸如孙中山在广州成为民国非常大总统；陈炯明叛变，率数千人围攻总统府，孙中山永丰舰蒙难逃亡，后安全抵达上海；粤汉铁路、安源路矿和京汉铁路工人为争自由、争生存、争人权的大罢工；蔡元培因教育总长非法逮捕北大教师，愤而辞去北大校长职务……

"看来，我们国家大学里的师生、工厂里和铁路上的工人乃至城市的职员与市民都不再像过去一样，忍辱负重，任人欺压，都慢慢觉醒了！"许子鹤听完朱德的介绍，发自内心地感慨道。

"但从整体上说，并没有明显的好转。从国内看，军阀混战，乱象丛生，社会底层百姓的命运依然十分凄惨，连最基本的生存权都得不到保证；从外部看，泱泱大国却忧患丛生，完全没有达到受人尊重的地步，西方列国仍然可以肆无忌惮地干涉中国的内政，比如《九国公约》！"朱德语气沉重，一字一句说完了这段话。

朱德所说的《九国公约》，许子鹤和屋子里的每个中国留学生都刻骨铭心，那是1922年2月签订的全称为《九国关于中国事件应适用各原则及政策之条约》。美、英、比、法、意、日、荷、葡和北洋政府在华盛顿会议上签约，规定"维护各国在中国全境之商务实业机会均等"和"中国之门户开放"的"原则"。许子鹤当时从德国报纸上看到条约的具体条款后，气愤地把报纸撕成碎片，狠狠地摔在地上。他骂道，这是什么狗屁"条约"，简直是赤裸裸地对一个国家主权独立和领土完整的恣意戏弄和侮辱。他在写给邓翰生和恽长君的信中说，"数学王国里有公理，现实世界中却没有一丝一毫的公理存在！条约的本质是日本在大战时对中国独享垄断权的一次重新分配，形成了一个以美国为首的西方列强共同瓜分中国的局势，中国人民的苦难不是轻了，而是更为深重。"

屋子里陷入了一阵沉寂。

"你有经验，给大家讲讲，我们这些在国外的中国人应该怎样做，才能为国家多做点事？"许子鹤打破沉寂，突然问道。

"大家一定听说过留法勤工俭学学生发起的'二二八'运动吧？"朱德没有直接回答许子鹤的问题，而是把话锋转到了另一件事情上。

许子鹤他们当然知晓这件事情。

1921年年初，中国驻法公使陈箓诬蔑留法学生"既无勤工之能，又无俭学之志"和"滋生事端，玷辱国体"。北京政府听信谗言，以"国库奇绌"为由，拒绝给予旅法学生经济援助，并拟将学生"遣送回国"。同年二月底，四百余名中国留学生代表在蔡和森、王若飞等人的带领下，召开留法勤工俭学学生代表大会，齐集中国驻法公使馆请愿，与前来镇压的法国警察发生冲突，十余人当场被拘捕。血气方刚的留法学生不畏强暴，据理力争，最终迫使陈箓同意向留法学生再核发一个月的救济金，并撤销北京政府的"遣回令"。

"留法学生之所以能成功，关键是他们成立了一个组织。有了组织，力量就强，大家在一起商量，主意就多，为国家做事的可能性就大，作用也大。"朱德最后还是把话拉回到许子鹤起先的问题上。

"那你说怎么办吧，我们都支持，大家说好不好？"许子鹤接了朱德的话，并向屋子里的同学征求意见。

"好！"屋子里所有的人齐声答应。

"那我们就成立个哥廷根大学中国留学生会！"朱德提议。

"没问题！"大家异口同声道。

哥廷根大学的中国学生们每年也偶尔聚会，但至今还没有成立一个正式的组织。

朱德成为大家一致推选的留学生会会长。

第二天，朱德请来了一位照相馆的师傅，所有中国留学生都穿上了平日不穿的西装，扎上了领带，在哥廷根大学的草坪上或站或坐，欢欢喜喜拍了一张难忘的集体照。

留学生会成立后做的第一件事，是在大学礼堂举办一个别开生面的展览与演讲活动。

活动的总指挥是朱德，在他居住的那栋小楼内，十几位中国留学生每天下午下课后，都会急急忙忙赶到普朗克街三号。有的撰稿，有的写毛笔字，有的绘画，还有的用德语打印传单，小楼内飘散着笔墨之香，也弥漫着一群中国年轻人的激情……每天深夜，大家饿了，朱德都会在厨房内给大家煮一锅橄榄叶肉丝面。朱德在锅里还特意放了一点从国内带来的辣油，四川、湖南和北方同学都夸面条筋道爽口，来自广东的许子鹤不说话，只顾擦拭满头辣椒激发出来的大汗了。后来，朱德在放辣油前，会先盛上一碗，笑呵呵地端给许子鹤，"学数学的对数字敏感，想不到对辣椒也这么敏感，怪不得我们吃辣椒的四川人数学都学不好！"房间内顿时笑语欢腾。

克劳迪娅去过几次许子鹤的宿舍，想请教他对"五子登科"这个汉语成语的理解。她班里学汉语的德国学生查了不少资料，对"登科"的解释高度一致，而在"五子"上出现了分歧。绝大部分学生认为"五子"指的是五代后周时期窦禹钧的五个儿子，他们头悬梁锥刺股，先后登科及第；小部分学生认为是康熙时期黄平人王耘家族五人金榜题名的故事。唯独克劳迪娅和全班其他同学的意见都不一样，她认为"五子"不应该是一般的小人物，而是大人物，具体来说就是大名鼎鼎的"孔子、孟子、老子、庄子和墨子"。克劳迪娅在家里与父母讨论时，数学教授和画家都认为自己女儿的答案是正确的："和我们德国人不同，中国人崇拜圣人，不可能随便把普通公民的五个孩子的事写在书上！"

克劳迪娅决定找到许子鹤，让他来评判自己的这个重要发现是否合理。

她一连去了三个下午，都没有见到许子鹤的人影。

第四天，许子鹤从普朗克街三号忙完回到住处，已是万籁俱寂的凌晨时分。进入漆黑的楼道时，为不影响其他同学休息，许子鹤没有拉开吊灯。他蹑手蹑脚摸黑来到自己的宿舍门口，准备掏钥匙开门时，一脚踩在了一个不明物体上，"哎呀"一声大叫随即传遍整个走廊。走廊内的灯亮了，临近几个宿舍的德国学生都探出头来窥探，他们不知道过道内发生了什么事。

原来发出喊叫声的是克劳迪娅，她已经在门口等待许子鹤八个钟头，最后熬不住困倦，席地而坐，倚墙睡了。

见几个德国学生扮鬼脸，许子鹤赶紧把克劳迪娅从地上扶了起来。

克劳迪娅随着许子鹤的双手站起来，顺势扑进了他的怀里，双手紧紧抱住了许子鹤。

许子鹤顿时紧张起来。这是他生平第一次被一个女孩儿抱在怀里。女孩子通体散发出的芳香他闻得到，女孩子的金色卷发散落在两只胳膊上的压力他感觉得到，女孩子怦怦作响的心跳他也能听得到。二十三岁的许子鹤很多次梦到自己怀里拥抱着一位漂亮的女孩儿，一位美若天仙的女孩儿——长发披肩，身体白皙圆润，像水一样纯洁，像云一样轻盈……许子鹤浑身一惊，如触电一般。顾不上羞涩和怀里的大活人，他急忙扭动脖子左顾右盼。走道内的几位邻居看着紧紧相拥的一对青年男女，有的向他竖起了大拇指，有两人竟鼓起了掌。

他抱着克劳迪娅闪进了自己的房间。

进入房间，他急忙把克劳迪娅的两只手轻轻掰开，令他没有料到的是，站在自己面前的姑娘满脸流淌着泪水，两只泛着深邃珍珠蓝的大眼睛像涂了一层红色，那是疲倦的、羞涩的红色，带着期待和激动。

"你怎么坐在我们门口?"看着克劳迪娅可怜的样子，许子鹤急切地问。

"你到哪里去了呀？我在这里等你好几个小时了!"室内的灯光雪白刺眼，克劳迪娅用双手遮挡眉前。

"你等我有什么事吗?"许子鹤问。

"我是来问问题的!"克劳迪娅放下了双手，脸上立刻春光明媚。这时的许子鹤再一次紧张起来，在两人同处一室的深夜里，如果对面的姑娘提一个棘手的问题，他真不知该如何回答。

"你请说!"许子鹤尽管不情愿，但出于礼貌，他还是笑着请克劳迪娅提问题。

"'五子登科'里的'五子'我认为是'孔子、孟子、老子、庄子和墨子'，我爸妈也认为有道理，你说说对不对?"克劳迪娅的问题一说完，许子鹤长出了一口气。

放下悬着的心后，许子鹤没有认为克劳迪娅的问题荒唐，而是觉得有趣。自从认识这个漂亮的女孩后，许子鹤从心底喜欢上了她，他从来没有和任何人提及过此事。这是他的秘密。在哥廷根大学，喜欢克劳迪娅的不只许子鹤一人。数学系的男生没有一个不知道他们惧怕的迪特瑞希教授家里有一位小美人，语言学系的男生们同样知道自己系里有一位金发碧眼、丰胸长腿的女孩在学汉学专业。两个系里的男生打过克劳迪娅主意的就有十几个，邀请她参加舞会、看电影、听歌剧，到巴黎游塞纳河，到波罗的海去垂钓……但他们一个也没有得逞，个个沮丧万分，而美人好像什么都没有发生过似的……在许子鹤眼中，面前的这个女孩无忧无虑，天真活泼，就是成为哥廷根大学的学生后，那份天真活泼也没有随着年龄的增长而有少许减退；面前的这位女孩由于受到了良好的家庭教育和上等的学校教育，因而心地善良；面前的这位女孩由于人人宠爱，因而大胆张扬，敢说敢做。

许子鹤常常独坐在自己的宿舍内，关了门，合上窗，熄了灯，闭上眼，几秒钟之后，一个海市蜃楼般的画面在脑海里慢慢浮现——他牵着克劳迪娅的纤纤玉手，一同出现在澄海中学人山人海的欢迎人群里，那是他回母校给学弟学妹们讲学的场景，许子鹤发现，学弟学妹们看自己的时间远没有看克劳迪娅的多；很快，画面切换，傍晚时分，许子鹤拉着美人的手漫步在北京大学的校园里，一会儿遇到了蔡元培校长，一会儿遇到了陈独秀文科学长，一会儿又遇到了老朋友邓翰生，他们三人问了同样一个问题："金发碧眼的欧洲美女汉语怎么讲得如此好呢？"接着又出现了新的画面，水波荡漾的武汉东湖上，他和举着一把洋伞的克劳迪娅并排坐在一叶扁舟上，舟无人划动，但却平稳地、缓缓地向湖心驶去，船头上一位戴斗笠者正在给他俩照相，照相机每"咔嚓"一声，过后就是一团白色烟雾升腾而起，待所有白烟散尽，戴斗笠者取下了头上的斗笠，露出了庐山真面目，竟是文质彬彬的恽先生……这一切，都是许子鹤前几年的幻想了，自从家里给他定了亲，他再也没有这样肆无忌惮地独自憧憬了。

"你的联想真丰富！"许子鹤看着克劳迪娅，说了这么一句话。

"真的？！我们德国人就是喜欢联想！联想会变成梦想，拥有梦想的人才是最幸福的人。诗人海涅说过，'陆地属于法国人和俄国人，海洋属于英国人。只有在梦想的空中王国里，德意志人的威力才是无可争辩的'。"由于许子鹤的肯定，激动的克劳迪娅联想起了海涅和他的著名诗句。

"有梦想挺好，但梦想有时候只能是梦想，一辈子也实现不了！"许子鹤表面上顺着克劳迪娅的话发表议论，实际上他在刻意说出自己想说的话。

"那怎么办呢？"克劳迪娅看起来有点怅然若失。

"追逐梦想，但承认现实！"许子鹤回答。

克劳迪娅"哎"了一声，算是应答。

片刻短暂的尴尬之后，许子鹤把话题重新拉回到了"五子登科"上。

"我小时候在私塾读书时，背过《三字经》，现在仍然记得，里面有你这个问题的翔实答案。'五子'不是五位中国人敬仰的圣贤，而是窦燕山五个有出息的儿子！"

"请你背背！"克劳迪娅说。

许子鹤开始背诵《三字经》："昔孟母，择邻处，子不学，断机杼。窦燕山，有义方，教五子，名俱扬……"背诵到这里，许子鹤停了下来，因为他看到克劳迪娅摆出了暂停的手势。

"你说的这个人叫窦燕山，而我们班同学查到的叫窦禹钧，不是一个人啊。"克劳迪娅继承了他爸爸的不少细胞，对学术问题丝毫不马虎。

"你这个问题提得好！窦禹钧这个人出生在蓟州渔阳，蓟州境内他的墓和碑还保存完好。过去，渔阳属古燕国，因此，后人称窦禹钧为窦燕山。窦禹钧和窦燕山就是一个人！人们把他一家的故事编进《三字经》，后来又衍生出'五子登科'这个成语，目的就是提醒后人向他们一家学习，敦促儿童要好好念书，规劝父母也要教子有方！"

许子鹤有板有眼、有理有据的回答折服了克劳迪娅，她深情地望着眼前这位精气神十足、俊朗清瘦的中国人，多想再一次扑进他的怀里，聆听他心跳的加速！但她没有那样做，因为面前的这个中国人三番五次地把她从幻想拉到现实，把她的激情还原成平静，她觉得这个中国人身上有一种神奇的力量，有一种魔幻的东西，让她激动，让她折服，让她受制于他。没有他的默许，她没有勇气去做自己喜欢做的事情。

今夜，是时候了，再不坦然表达自己的心意，克劳迪娅觉得自己的心脏会停止跳动。

"子鹤，有个私人问题想要问问你。"克劳迪娅鼓足勇气说道。

许子鹤没有说话，而是默默地点了点头。

"你读完博士后，是回中国呢还是留在德国？留在德国的话，你一定可以找到一个好职位！你如果找不到，我爸爸和妈妈也一定会帮你找！"克劳迪娅虽然是在提问，但话语里已经流露了自己的心愿。

许子鹤自然听出了克劳迪娅的话中之意。

"我不会留在德国，而是马上回国。"许子鹤回答得干净利落。

令许子鹤意外的是，克劳迪娅的回答同样也干净利落。

"你回中国，我也去！"

许子鹤注视着面前这个可爱又漂亮的女孩儿，半天才挤出一句话来。

"你们一家人都在德国，你一个人跑到中国干吗？"

"这是你们中国人的伦理和逻辑，我们德国人可不这么想。我是个成年人，不需要他们三个照顾，更不会和他们一起待一辈子！况且——"克劳迪娅忽然低头不语，脸颊染上了两片绯红。

"况且什么？"许子鹤急忙追问。

"我哥哥汉斯一个月后就要到上海去，担任他们公司驻中国的总代理。等我今后到中国时，至少有人可以给我提前租个房子了！有了自己的房子，我要亲自做顿中国饭，请朋友来吃。你知道我第一个请的人是谁吗？"

"当然是你哥哥汉斯了！人家给你找房子多辛苦！"许子鹤说。

"不对！我哥哥饭量大得像头牛，我做半天饭还不够他一个人吃，才不请他呢！"克劳迪娅摇了摇头。

许子鹤终于大声笑了起来，他和汉斯一起吃过几顿饭，汉斯胃口之大确实如克劳迪娅所言。

"那一定是跟你同去的男朋友啦？几年之后，我相信你一定会找到个英俊的德国小伙子。"许子鹤想了半天，终于想出了搪塞的话。

"什么！"克劳迪娅听罢此言，有点恼恨许子鹤的不解风情，声调出奇的高。

许子鹤不忍心把刚才的话再重复一次，只好杵在原地一动不动。

突然，克劳迪娅的泪水涌了出来，顺着面颊流到圆润的下巴，吧嗒吧嗒坠落在地上。

许子鹤正不知如何是好，克劳迪娅一把拉住许子鹤的手，把头埋在了许子鹤的怀里。

"你这个中国人真笨，难道真猜不出来我要请的第一个人是谁吗？"克劳迪娅反反复复地说着这句话，一连说了四五遍。

许子鹤满头虚汗，想推开克劳迪娅，却见她一下子抬起了头，许子鹤以为她要说点什么，没想到克劳迪娅迅速地抱住了他的头，炽热的嘴唇就压在了他的嘴唇上。

许子鹤再也控制不住自己。

天旋地转。两个年轻人紧紧拥抱，在屋内激情相吻。

过了很久，许子鹤从克劳迪娅怀里挣脱了出来。

"不能，不能这样！"许子鹤推开克劳迪娅，向后退了三步直到墙根，贴墙而立。

他给克劳迪娅讲述了叶瑛的事。

听罢许子鹤的讲述，德国学生克劳迪娅怎么也不敢相信自己的耳朵。克劳迪娅没有去过中国，但她在哥廷根大学的汉语课堂上，听老师讲过中国家长为儿女确定婚姻配偶时，男女双方连一面也不曾见过，但克劳迪娅一直以为那是几十年甚至上百年前天方夜谭般的事，没有想到仍存在于当今中国，更没想到会发生在像许子鹤这样的人身上。

克劳迪娅盯着许子鹤，痴痴地凝视着，一言不发……

第十二章

半个月后，一场轰动哥廷根整座城市的活动在哥廷根大学隆重举行。

这场充满异国风情的活动分成两部分。第一部分叫做"你所不知道的古代中国"。这一部分以图解和演示为主，地点在礼堂大门外。熙熙攘攘的大门两侧，竖立着四块两人高一米宽的巨幅彩色画作，四幅巨画都有一个响亮的名字，名字写在画作最上方。每幅画作前，都围着一群德国人，读完画面上德语版的文字介绍，围观者没有一个人离开，因为现场表演比文字说明更激动人心。

第一幅画叫作"汉朝虽遥远，触手即可及"。画面中心一位德国教师和环绕他的一群孩子手里各捧着一本书在开心地阅读。图画四周用德语详细介绍了中国东汉蔡伦的造纸术及其对人类文化传播的巨大作用。在这幅画作前，两位中国留学生正在实地演示东汉造纸的过程。一位学生把浸泡一夜的树皮纤维碎块放进石臼，用木棰反复捶打形成纸浆，另一位学生将纸浆放入一个方形的木槽中，使纤维均匀分布在水中木槽底部的纸帘上，形成湿纸；大约半小时光景，除去水分的湿纸经压平后，一张板板正正的纸张就造出来了。纸张造出后，很多德国孩子都纷纷拿出自己书包中的铅笔，在上面写起字来。大部分孩子写的是自己的名字，也有不少孩子写的是"China（中国）""Chinesische Papier（中国纸）"或者"Lun Cai（蔡伦）"。

第二幅画前围观的人最多。这幅画展示的是中国北宋时期的伟大发明——活字印刷。题目叫做"海德堡和北宋的百年之吻"。海德堡是德国南部的一座山水之城，以迷人的风景、古老的大学和生产各式各样的印刷机械闻名于世。印刷机械自然离不开活字印刷，因此，海德堡与中国虽相距万里，但已唇齿相依数百年。画作前表演的不是别人，正是这次活动的组织者朱德。开始表演前，朱德和围在他身旁的十几个孩子先进行了一番交流。

"你们知道我叫什么名字吗？"朱德笑呵呵地问道。

所有孩子都摇了摇头。

"我是中国北宋的毕昇，年纪不大，也就九百多岁！"朱德的一句话不但逗乐了站在前面的孩子们，连后排的大人们也都哈哈大笑起来。

为了演示活字印刷过程，朱德前前后后忙活了两周时间，很多工具和模具都是他一刀一斧亲手制作的。在众人的笑声中，他全神贯注地开始了表演。朱德先在桌子上摆出一个个用胶泥做成的规格一致的毛坯，这些毛坯的一端刻着反体单字，且已经用火烧硬，成为单个的胶泥活字。为了说明刻字的过程，朱德取出两枚胶泥毛坯，用了十几分钟时间在其一端各反刻了一个字"德"和"国"，在哥廷根大学的中国留学生中，只有朱德能做出此项绝活。随后，朱德用最简单的道具演示了排版的流程——先是排字，朱德拿出一张纸，上面写着一行字"哥廷根是个美丽的地方"，他从一堆胶泥活字中一个个拣出了这十个字，按照顺序放置在了框内。接着就是印刷环节，只见朱德用毛刷在版型上轻轻刷了一层墨，然后把一张白纸轻轻覆盖其上，最后用手在纸上轻轻加了一点压力。

朱德双手举起两张纸，让一个胖嘟嘟的男孩看，印刷出来的字是否和手写的字一样。

"中国字我不认识！"胖男孩一脸尴尬。

众人嬉笑。

"你们德语是拼音文字，而我们中国字是象形文字，请你仔细看看，两张纸上的字形是否一样。"朱德拍拍男孩的头，鼓励他辨认。

胖男孩趴在两张纸前瞧了几分钟，然后红着脸说：

"十个字一模一样。"

人群中爆发出一阵掌声。

"毕昇先生，我们德国的是铅字，不是泥的啊？"一位五六十岁，身背报囊的卖报者突然指着胶泥字坯，提了个问题。

朱德望着卖报者，先是朝他点头微笑，接着回答他的疑问。

"经过几百年的演变和改进，现在使用的是凸版铅印，虽然在设备和技术条件上，毕昇先生的胶泥字与其无法比拟，但是基本原理和方法是完全相同的。"

卖报者点了点头，人群中又是一阵热烈的掌声。

胖男孩离开时，对演示完所有环节的朱德说："毕昇先生，我外公家就在海德堡，我要把今天看到的都告诉他，让外公和外婆知道，没有您这位毕昇先生，他们那儿就造不出轰隆隆印书的大机器……"

第三幅图的题目叫做"唐朝道士意想不到的贡献"。两个中国学生按照图上的程序，演示了唐朝炼丹道士本来想炼出长生不老药，最后却用硝石、硫黄和木炭三种物质无意间制造出火药的故事。在场的每一位德国观众从中国学生的表演中得知，在遥远的唐朝末年，火药在被制造成娱乐用的"爆仗"的同时，已经应用到军事上。那时的人们利用巨大的抛石机把火药包点着以后抛射出去，以期大面积烧伤敌人，可算是最原始的"火炮"。到了宋朝，火药被装填在竹筒里，竹筒背后扎有细小的起到平衡作用的"定向棒"，点燃火管上的火硝，引起竹筒里的火药迅速燃烧，产生巨大的前推力，使之飞向敌人阵地后燃烧爆炸，这种"飞弹"的威力更为巨大。

中国学生通俗易懂地讲完后，围观的德国人鼓掌鸣谢。一位中学教师踮起脚尖说话了："我是位化学教师，过去读过出生在伍伯塔尔的哲学家弗里德里希·恩格斯评价中国在火药发明中起到首创作用的一段话，今天看了你们的表演和展示的材料，算是心服口服了！"中学化学老师接着说出了恩格斯的原话："现在已经毫无疑义地证实了，火药是从中国经过印度传给阿拉伯人，又由阿拉伯人把火药和武器一道经过西班牙传入欧洲。"

"从德国到中国——你只需要一种东西"是第四幅画作的名称，讲的是指南针的故事。围观的德国老老少少满怀兴趣，跟着一名中国学生在"司南之杓，投之于地，其柢指南"的"司南（指南针）"带领下，体验了一次从德国哥廷根到中国上海"不开一次口，不迷一次路"的环球旅行……

许子鹤负责活动的第二部分——关于"未来中国，雄狮何时苏醒？"的演讲和问题解答。这是朱德确定的主题。在哥廷根大学的中国留学生中，许子鹤的德语口语发音最好，词汇量最大，表达也最为流畅，朱德一开始就指定许子鹤担任主讲人，许子鹤爽快地接受了任务。

大学礼堂内，坐满了黑压压的听众，女士们穿礼服喷香水，男士们着西装扎领带。来得稍晚一点的人们，只能从头上脱下礼帽握在手里，挤在过道和四个出口处站立旁听。尽管来者众多，但整个礼堂内鸦雀无声。这是小城哥廷根历史上第一次由中国人举办介绍中国的报告。中国人用德语进行现场演讲，这让哥廷根市民充满好奇和期盼。更让他们期待不已的是，一周以前贴遍哥廷根全城的广告上说，每个人都可以来现场提自己感兴趣的问题，所有提问题的女士和先生都会得到一把手工绘制的"东方仕女"纸扇作为奖品。不但如此，现场还专门安排了中国学生将获奖者的姓名翻译成天书般的汉语写在扇面上。

许子鹤用将近四十分钟的时间介绍了神秘的中国。高低音的转换、段落间的停顿、主题切换过程中的串词，经过了精心的设计和反复的练习。一走上讲台，他气定神闲，将烂熟于心的东西如行云流水般表达出来。长江黄河两大水系、四大菜系、六大古都、八大地方戏曲、十大武术流派、十二个历史文化名人……报告过程中，他一会儿唱南腔鼓曲，一会儿唱北调梆子，一会儿表演太极中舒缓的白鹤亮翅，一会儿演示南拳北腿中晃眼的鱼跃龙门。报告被台下一阵接一阵的掌声打断，现场的每个德国人都好像变成了中国神话中的仙人，腾云驾雾般地到中国神游了一场。

当听众还沉浸在古老中国梦幻般的世界时，许子鹤话锋一转，把大家带入到近代的中国。

"女士们，先生们，近百年来，文明古国失去了昔日的熠熠光彩，变得黯然无色。不少德国朋友都问过我，到底是什么原因造成了这个结果？今天，请允许我和各位一起开诚布公地谈论这个问题。每个人都爱自己的国家，都希望自己的国家昌盛繁荣，就像在座的各位女士和先生也都希望德国国泰民安一样！"

台下一阵鼓掌，极大地认可了许子鹤的观点。

"谢谢各位！既然大家对此并无异议，那我就开始回答大家的疑问。近百年来，中国的清政府闭关锁国，地方军阀各自为政，内战不断，国力急剧衰败，特别是19世纪后半叶，外国势力强力介入本已混乱不堪的中国，英国运来了整船整船的鸦片，日本驶来了大大小小的军舰，沙皇派来了怀揣匕首的外交官和商人，包括德国，也从中国山东挖去了一块叫做'胶州湾'的地方作为自己的殖民地……具有五千多年文明史的中国从此衰败了，一头雄狮从此失去了活力、威武和尊严。"

许子鹤准备这场演讲时，对自己所说的每一句话都思考再三，没有一句道听途说，更没有半句歪曲历史。否则，善于思辨和臻于逻辑的德国听众不会买账。

台下的每一个观众心里都清楚，站在台上的这位血气方刚的年轻人嘴里的话听起来刺耳，却句句都是不可辩驳的历史事实。

全场沉默。听众以沉默的方式表示认可。

提问的时刻到了。

"许先生，听说你们中国人平均寿命只有四十多岁，与我们德国相比，少了十几岁，如果这个说法是真的话，能否说明你们中国人从身体机理和结构上就存在先天缺陷？"一个坐在前排的德国男士首先提了一个问题。

这个问题在德国人当中流传很广，是嘲笑中国人的主要论据，这一点，许子鹤心中知道。许子鹤更加明白的是，这个问题背后的潜台词很明确，中华民族不是一个优秀的族群。

"日耳曼民族是个优秀的民族，这可以从一批诸如黑格尔、费尔巴哈、康德、贝多芬、巴赫、瓦格纳、歌德、席勒和高斯等出类拔萃的杰出人物身上以点带面地体现出来，但这些都是小样本，不能百分之百地证明命题的正误。能够证明命题正误的是这个国家的人均寿命，刚才那位先生已经详细说明了数据，在此，我不再重复。但我需要说明的一点是，在哥廷根大学的图书馆里我读过很多专家的文章，他们说，目前德国人的平均寿命要比一百年前多出将近十岁，同是日耳曼人，身体机理和结构应该没有什么变化，为什么寿命增长很多呢？主要的原因在于食物的充足和医疗水平的提高。这不是我的观点，是德国医学家和历史学家的观点。如果哪位女士和先生对这些文章和专著感兴趣，我可以提供论文的出处和专著的书名！"许子鹤说完这段话，朝台下观察了一段时间。

台下安静得出奇。

"女士们、先生们，我想德国医学家和历史学家的观点同样也适用于中国！大部分贫穷的中国人，也就是农民的寿命目前确实比较短，但经济条件较好的中国人，也就是城市里中国人的情况要好得多。这就充分证明了德国医学家和历史学家的观点！我们这些中国学生来德国，来到哥廷根，就是为了学习先进的德国农业技术、工业技术和医学技术，回去以后，使穷人有衣穿，有饭吃，有房住，正如中国唐朝诗人杜甫所描绘的那样：'安得广厦千万间，大庇天下寒士俱欢颜'。我相信，终有一天，中国大部分人的身体会像在座的各位朋友一样健康，也像在座的各位朋友一样长寿！难道在座的女士们、先生们不希望这样吗？！"

许子鹤的话音一落，先是短暂的静默，片刻之后，礼堂内响起了雷鸣般的掌声。

提问继续。

"许先生，谢谢你的精彩演讲，我也希望中国这头东方雄狮早日苏醒，但到底怎样才能苏醒，或者换句话说，采用什么样的方式才能使这头狮子强壮起来呢？"一位坐在礼堂中间的满头银发的老太太提问。

"首先感谢这位女士的提问。我现在不是中国的总理，只是哥大数学系的学生，恐怕我的回答不能使您满意，但我尽量以个人的粗浅学识从学术层面努力来回答。"许子鹤按照德国人演讲时回答问题的套路做好礼节性铺垫后，话入正题。

许子鹤讲了很多发展农工，兴办教育，建设交通，倡导商业的具体措施后，最后把需要解决的最主要的顽疾归结到了腐败无能的北洋政府身上。

"目前的中国，正在萌发着两股新生的政治力量，我相信，只要他们联合起来，完全有能力推翻并取代现有的无能的、封建的政府，使苦难深重的中国人脱离苦海！是哪两股新兴的思潮？一股是已经在俄国得到成功验证的共产主义，一股是孙中山先生提倡的'民族、民权、民生'三民主义……"

哥廷根的报纸纷纷报道了当天中国留学生的活动。

深夜，当报告主讲人许子鹤还陶醉于活动的成功中，一场未曾料到的牢狱之灾正向他袭来。

有人举报许子鹤在公开场所诋毁德国声誉并传播共产主义"异端邪说",一群警察突然来到了许子鹤居住的学生宿舍,不分青红皂白就把人抓走了。20世纪初期,俄国十月革命胜利之后,魏玛共和国政府数次镇压了德国共产党发动的起义,对马克思共产主义学说采取剿杀控制政策,不允许德国的任何政党在公开场所进行宣传和传播。

已是拂晓时分,哥廷根警察局审讯室内,自从进去之后没喝过水没闭过眼的许子鹤始终据理力争,不作丝毫让步。

"警察先生,我是中国人,自然喜欢中国,我来到哥廷根留学,现在也喜欢上了德国。因为喜欢,我不会诋毁她们两个中的任何一个。举报者说我诋毁德国,你们想想这件事成立吗?我就是再愚蠢,也不会当着几百名温文尔雅的德国女士和先生的面诋毁德国!鄙人认为,举报者表面上在夸大我的作用,而实际上是在藐视这几百名温文尔雅的德国女士和先生的智商——我骂他们,他们还兴高采烈地给我鼓掌?!藐视这几百名温文尔雅的德国女士和先生的智商,本质上就是藐视日耳曼民族的智商,德国法律以尊重事实为逻辑起点,目前无可辩驳的事实是那位居心叵测的举报者,而不是我在诋毁德国!"许子鹤严密的逻辑把对面的三位警察说得哑口无言。

"至于我回答提问者关于'共产主义'问题时所说的话,当时我已经郑重声明,仅是个人学术层面的理解,而不是政党口号和宣传鼓动。退一万步讲,就是我'宣传鼓动'共产主义,也是让中国人在中国地盘上去推行,与德国毫无关系!中国有句古训,叫'防民之口甚于防川',古希腊哲学家第欧根尼也曾经说过'世上最美好的事物是言论自由',德国尤其是哥廷根这座城市是倡导言论与学术自由的圣地,如果把探讨学术的人的嘴巴都加以封堵,甚至将人投入牢狱,今后几万名哥廷根大学的教授和学生谁还敢自由地、公开地发表学术观点,进行学术交流?哥廷根大学今后还能是哥廷根大学吗?因此,我认为,举报者不是在诋毁我的声誉,而是在诋毁伟大的城市哥廷根花费数百年时间积累的声誉!"

气鼓鼓的三名警察辩论不过学习数学、逻辑思维严谨的许子鹤,就把他一直囚禁在漆黑的地下室内,逼他屈服自招。一旦屈服自招,就无须再问个中缘由,立刻把人驱逐出德国。

第二天早晨,天刚蒙蒙发亮,冷清的哥廷根警察局门口突然涌来了许多人。朱德带领哥大中国留学生、克劳迪娅带着几十名学汉语的德国学生,还有一批昨天聆听许子鹤讲演的德国市民,大家一致要求立刻无条件释放中国学生许子鹤。他们在警察局门口与警察局长展开了激烈的辩论,但局长坚持,只有许子鹤承认错误并做出保证不再重犯,才会放人。

双方对峙,各不相让。一直冲在人群前面的克劳迪娅和朱德一番耳语后悄悄离开了警察局。

半个小时后,一群荷枪实弹的警察从里面冲了出来,他们喝令大家,如果再不离开警察局，就以妨碍警务和聚众滋事罪清场抓人。门外激动的人群不但没有被恫吓威慑住，奋争到底的热情反而更加高涨，他们一声高过一声呼喊着口号，局势顿时变得剑拔弩张，流血冲突一触即发。

突然，十几辆汽车风驰电掣地驶来了。

一批西装革履、头发斑白的老人走下各自的轿车，径直走到围观人群的最前面。这群人带头的是迪特瑞希教授，他身后跟着数学系和语言学系的教授们。

十几位哥廷根著名的画家、雕刻家、歌唱家也来了，带头的是迪特瑞希教授夫人，她身后站着女儿克劳迪娅，母女俩的手紧紧地拉在一起。

警察局长顿时慌了手脚，本来想恫吓一下中国人，没有料到会激起如此强烈的反应。

教授和艺术家们一起坐在地上，双手掩口，一动不动，以这一世人皆知的肢体语言表示对警察限制言论自由行为的无声谴责。

一个小时后，警察局无奈地释放了许子鹤。

满脸憔悴的许子鹤从警察局里面一步步向大门走来，所有在场的人都鼓起了掌。许子鹤虽然头发蓬乱，但眉宇间流露出昂扬的斗志，他刚跨出大门，就和朱德紧紧地拥抱在一起。

门口的掌声经久不息。

人群中站在最后面的一个人没有鼓掌，她双手掩面，激动地哭泣着。

这个人不是别人，正是克劳迪娅……

第十三章

1923年5月，发生了轰动世界的山东临城劫车案。

当月6日凌晨，载有参加山东黄河宫家坝堤口落成典礼的中外记者和外国旅客的火车，在津浦铁路北行经过临城站附近沙沟山时，因铁轨被预谋破坏而倾覆，遭遇打劫，中外旅客一百二十余人被土匪孙美瑶绑走。

绑架案消息一出，英、美、法、意、比五国先后向北京政府提出了最严厉的抗议，并以此为借口积极筹划共管中国铁路的阴谋。英方提出所谓的护路方案；当时就任美国国防部长的台维士公然建议出兵中国；日本并无侨民被掳，但日本报纸趁火打劫，叫嚣组织国际联军共管中国铁路。几个西方国家经过多次密谋，最后达成协议，决定在中国设立万国警察共同治理中国铁路。

许子鹤从事件发生的第一天开始，就一直跟踪德国报纸上的有关报道。善于分析的他多次对在哥廷根的中国留学生讲，不管此事如何解决，都必定节外生枝，成为几个西方强国进一步攫取在华利益的借口。许子鹤身边的留学生都不相信，认为只要救出本国侨民，再索取足额的赔偿金，事情就会平息下来。

事实果然被许子鹤言中。

七月的第二天，法国报纸《巴黎》公布了西方诸国"决定在中国设立万国警察共同治理中国铁路"的协议，义愤填膺的中共旅欧支部当天立即召集旅法华工总会等，发起组织"旅法各团体联合会"。翌日下午，满怀爱国热忱的各路人马参加成立大会，旅法华工总会代表袁子贞、《少年》杂志代表周恩来、湖南学生会代表徐特立、女子勤工俭学会代表郭隆真等积极筹措。六天之后的7月8日，旅法各团体联合会召开正式会议，成立了临时委员会，周恩来被推选为书记。

在这次大会上，以周恩来为代表的中共旅欧支部始终走在前列，旗帜鲜明地呼吁："铁路共管，等于亡国。旅法华人，全体反对。望农工商各界，速起力争，现政府不足恃，应另组国民政府，以除内奸，而御外患，同人誓为后盾。"7月15日，更大规模的旅法华人全体大会召开。在这次规模空前的华人聚会上，周恩来起草了澎湃激扬的《告父老书》："国事败坏至今，纯由吾人受二重之压迫，即内有冥顽不灵之军阀，外有资本主义之列强。吾人欲图自救，必须推翻国内军阀，打倒国际资本帝国主义……"

许子鹤从朱德那里得到了周恩来的《告父老书》。

朱德说："我了解这个人，他是中共旅欧支部的一面旗帜！"

许子鹤说："我听说过这个人，但没有见过面。读完这篇《告父老书》，我彻底认识了他。他是我们这些在外旅居学习的华人的旗帜，将来能与这样的人为伍，该有多好！一定能为国家做成一番大事。"

朱德望着许子鹤说："我相信，会有这种机会！"

山东临城劫车案的最后结果更加让许子鹤对周恩来心服口服。

由于中共旅欧支部和在法华人工会的不懈努力，也碍于世界媒体强大的舆论压力，几个西方强国的野心被迫暂时收敛，他们妄图共同控制中国铁路主权的侵略阴谋未能得逞。这是中国人英勇顽强斗争所取得的一次难得的外交胜利。

一个朦胧的向往在许子鹤的心头悄然萌发。

时间快如箭矢，眨眼间两个月过去了。

一个雨过天晴的下午，朱德约许子鹤来到哥廷根一个人人皆知的地方散步。这个地方就是哥廷根老城的俾斯麦小屋。

在哥廷根城，耸立着好几座大大小小的俾斯麦铜像和石像。俾斯麦曾是哥廷根大学的学生，后来成为德意志帝国的首任宰相，人称"铁血宰相"，大学师生更是将其赞誉为"德国的建筑师"或者"德国的领航员"。在很多留学哥廷根甚至德国的中国学生心目中，俾斯麦的地位可等同于中国历史上一个大名鼎鼎的人物，就是统一六国的秦始皇。

关于眼前这个小屋的故事，朱德和许子鹤像每个哥廷根人一样耳熟能详。1832年夏，刚入哥廷根大学不久的俾斯麦和美国同学来到这间小屋，举杯庆祝美国独立战争纪念日。他在酩酊大醉时隐约听到有人说德意志四分五裂至今没有统一的事，倔强的俾斯麦马上和对方赌二十五瓶香槟，断定德意志二十五年内必然统一。结果是德意志并没有在二十五年内得到统一。不过谁也没有想到，从大学时代就具有强烈民族情感、敢做敢为的俾斯麦不愿就此罢休，而是策马驰骋，仗剑前行，终于实现了自己的愿望，统一了德意志各弱邦。在俾斯麦的领导下，德意志一跃成为欧洲强国。

朱德和许子鹤两人过去多次进入俾斯麦小屋参观，这次他俩没有进去，只是在其附近散步。大雨过后的哥廷根空气格外新鲜，处处弥漫着一种无可名状的、令人气定神闲的自然味道——那是清新的味道、温热的太阳的味道、水分蒸发出的滋润的味道，还有雨滴冲刷之后一根根嫩草、一片片绿叶、一朵朵花蕾溢出的初秋的味道。

"俾斯麦这位老学长真是不简单，在治国方面，通过一系列铁血战争统一了德意志，并成为德意志帝国第一任宰相；在理政上，他通过立法，建立了世界上最早的工人养老金、健康和医疗保险及社会保险制度……"许子鹤眼望十几米外两层楼高的俾斯麦小屋，情不自禁地发出了自己的感慨。

朱德在哥廷根大学进修社会学和法律，自然少不了对历史人物俾斯麦的研究。他接着许子鹤的话，饶有兴趣地说开了："俾斯麦这位学长喜欢喝酒和决斗，在哥廷根大学学习期间算不上一个'好学生'，但这个人和他同时代的年轻人不一样，不愿整天空想和侃侃而谈，而是脚踏实地做事和一马当先地去感染他人，国家统一后，重立法、重秩序、重民生，同时在外交上也纵横捭阖……纵观他的整个人生，应了中国老百姓常说的一句话，叫作'重剑无锋，大巧不工'。"

"金无足赤，人无完人，正如数学上的 Limited（有限的），可追不可抵，真可谓虽缺尤美。这是数学的魅力，也是人生的魅力。因此，评价一个人，关键看他最后对社会发展所起的作用，对国家民族特别是对处于危难处境下的国家和民族所起的作用。"许子鹤听完朱德对俾斯麦的评价，也述说着自己的观点。自从师从迪特瑞希教授，许子鹤言谈举止离不开数学。

"子鹤弟这话说得专业！说得好！"

朱德看着与自己并肩而行的许子鹤，脸上露出掩饰不住的笑容。他内心油然而生了一种对许子鹤真切的赞叹。对面的这位比自己小十几岁的准博士，虽然看起来还是一位稍显腼腆的书生模样，但在整个哥廷根大学的中国留学生中是最优秀的一个，最受大家欢迎的一个。数学方面的疑难问题，大家喜欢找他，德语翻译方面的问题，大家喜欢问他，很多同学回国探亲或者外出实习代缴房租和水电费，都会委托他，留学生之间产生矛盾引起不快时也喜欢找他……经过大半年的观察和接触，令朱德更为欣赏的两点是：第一，许子鹤出国后一直与北京和武汉几位共产主义活动者有书信来往，学习数学的同时，喜欢查阅和钻研共产主义书籍；再者就是这个小伙子大事面前不乱方寸，说话如平常般一字一句，行动如平常般一板一眼，这样的心理素质就连四五十岁的人也很难具备。

"是块好料！"朱德心里暗自赞叹。

今天，朱德约许子鹤散步聊天，就是想进一步走入他的内心世界。两个星期前，朱德在柏林见到了周恩来，已经是中共旅欧支部党员的朱德把许子鹤的情况作了汇报。周恩来、张申府和朱德经商量后决定，把许子鹤作为发展对象来培养，指定朱德作为他的培养人。

"子鹤，最近在读什么书？"朱德问。

"《数论》和爱因斯坦的《广义相对论》。"许子鹤回答。

"这些都是你们的专业书，我们都看不懂。除了专业书呢？"朱德追问。

虽然相差十几岁，但许子鹤经常和朱德一起谈天说地。朱德给许子鹤讲他在部队带兵打仗的荣光、遭际和辛酸，给他讲自己所看到的四川、云南等地内战不断，军阀割据，官官相护的世间丑态，许子鹤次次都是先听后问，问得朱德最后回答不上来，两人才以哈哈大笑或者沉默不语的方式结束聊天。因为许子鹤来德比朱德早，所以朱德也喜欢听许子鹤讲有关欧洲哲学、历史、文学、技术、工贸、风俗和习惯以及诸多德文的问题。在交谈的过程中，朱德知道许子鹤读了很多马克思和恩格斯的德文原版书籍，也读了许多有关俄国十月革命的报道。

"最近呀，一直在啃本难懂的书，*Das Kapital*！"许子鹤回答。

Das Kapital 是德语，中文翻译叫做《资本论》。

朱德从中共旅欧支部借过一部《资本论》，一连读过几遍。这个时候，他想问问许子鹤对这本书的理解。于是，开口提了问题：

"子鹤，你怎么评价这本书？"

"这本书简直称得上是一部关于资产阶级的百科全书。我评价不了，还是用一个人的话来评价吧！"许子鹤笑着回答。

"谁的话？"

"恩格斯的一段话！"

"洗耳恭听！"

"自地球上有资本家和工人以来，没有一本像我们面前这本书那样，对于工人具有如此重要的意义。资本和劳动的关系，是我们现代全部社会体系所赖以旋转的轴心，这种关系在这里第一次作了科学的说明，而这种说明之透彻和精辟，只有一个德国人才能做到，这个人就是马克思，他攀登到最高点，把现代社会关系的全部领域看得一览无遗。"

恩格斯对马克思的这段评语，许子鹤是一口气说出的，他先背出德语原文，再用汉语进行翻译。从许子鹤诚恳虔诚的表情里，朱德知道，恩格斯的这段话激荡着这位年轻人的心，他一字一句说出的词句，不是对恩格斯原话的翻译和复述，而是透彻的理解和诠释。

朱德这时知道，中共旅欧支部的很多事可以和这位年轻人挑明了。

在随后的散步过程中，朱德向许子鹤详细介绍了中共旅欧支部。他还从挎包里拿出几本中共旅欧支部所编的杂志《少年》交给了许子鹤。

"我回去会好好阅读这几本杂志,虽然还没有阅读,但从今天下午和兄长谈话后,我有种预感,自己以前模模糊糊寻找的方向今天好像就要柳暗花明了!"

朱德看着许子鹤笑了笑,没有说话。这个时候,他知道,对这位才智过人的年轻人而言,多说一个字都是多余的。

分别时,许子鹤向朱德说了一段意味深长的话。

"我们面前的俾斯麦小屋,让人想起统一中国的秦始皇!我知道,自己没有秦始皇那么大的本事和才能,但我相信,当代中国一定会有和秦始皇一般甚至超过秦始皇那样的人物,我愿聚集在那样具有雄才大略的人周围,像秦丞相李斯一样为国家强盛尽心效力……"

朱德看着许子鹤渐行渐远的背影,忽然想起自己读过的《史记·李斯列传》中的一段话:"李公用商鞅之法,移风易俗,民以殷盛,国以富强,百姓乐用,诸侯亲服……"

两个星期后,许子鹤主动找到朱德,递上了一个厚厚的信封,里面装着一沓信纸。

信封内不是普通函件,普通函件没有题目,而这沓信却有一个标题——加入旅欧支部之申请。

中共旅欧支部:

我,广东澄海人许子鹤(曾用名许金海),现在德国哥廷根大学攻读数学博士学位。我十七岁入北大,正逢'五四运动'前夕,便零星接触俄国共产主义思潮,但那时年纪尚轻,思想稚嫩,偏爱数学且深陷专业,没有进一步主动深入思考探究。后认识同校中文系好友邓翰生和远在武汉的恽长君先生,在两君影响下,对传入吾国之共产主义先进思潮由接触逐渐变成了接近乃至亲近,令人遗憾的是,不久我即奔赴德国学习。

近段时间,个人阅读了卡尔·马克思的《共产党宣言》和《资本论》等书籍,特别是与朱德君接触和交流加深后,从他处借阅了许多中共旅欧支部期刊《少年》,看后可谓醍醐灌顶,豁然开朗,过去那个隐隐约约存于脑海之中的信念,现在如闪电般耀眼,如波涛般汹涌。现向贵组织汇报我个人对国家与民族现状和发展前景的粗浅认识,请考察我许子鹤是否符合加入贵组织的基本条件。

需要加以说明的是,我的这些认识,一方面基于我在国内所受的本土教育和熏陶,另一方面则基于自己在德五年所见所闻及洋人的冷嘲热讽和痛惜祖国的愁苦与愤懑。离家方知母恩,别土方知国重。对个人的欺凌我可以忍受,但对国家的侮辱我不能忍受半点。

明代推行海禁，清代实行闭关。无人能够想到，一个古老民族，一个泱泱大国近几百年来会变成井底之蛙，不愿睁开惺忪睡眼看看四周，望望世界。更令人扼腕兴叹的是，百仆千臣围绕一个个昏聩无能之皇帝，终日沉浸在'天朝上国'的美梦中不能自省亦不能自拔，日积月累，病入膏肓，最终落后于英法，落后于德意，落后于日美，落后于浩浩荡荡之世界大潮。鸦片战争后，近代中国被迫签署第一个不平等条约《南京条约》，香港岛被永久让与英国，国门被毁，强盗纷进，从此豺狼当道，千年古国再无平等安顺之日。吾中华大国虽文明灿烂、土地辽阔、民众数万万，但在英法德意日俄等列强坚船利炮进攻之下，竟束手无策，坐以待毙，一步步陷入落后挨打之窘迫境地，从此沦为西夷东倭的殖民地，吾国民个个变成了俎上鱼案头鸡，任夷蛮强盗肆意宰割。没落之清朝不思强国富民之道，反而将维持皇权地位稳定作为首要目标，甚至不知耻辱地提出了'量中华之物力，结列强之欢心'之策略，每当念及此言此语，子鹤虽年轻愚钝，但次次痛心疾首，夜不能寐。

　　面对亡国灭种的民族危难，林则徐、魏源等一批具有先进思想的国之贤达睁开了双目，走上了拯救国难之途，他们以'经世致用'和'富国强兵'为宗旨，提出了'师夷长技以制夷'的主张，倡导学习西方先进科学技术，开启了了解世界、效仿西方的新潮流，这是中国从传统转向现代的重要标志，也是中华民族励精图治、发愤图强寻找崭新途径之肇始。遗憾的是，在闭关锁国、故步自封的大形势下，独自清醒的他们甚至无法得到演戏的'三尺舞台'。

　　十九世纪中后期，以李鸿章（我三次到过与李合作的埃森克虏伯公司）、曾国藩、左宗棠为旗帜的洋务派提出了'以中国伦常名教为原本，辅以诸国富强之术'的富强观，主张摹习列强的工业技术和商业模式发展近代工业，以获得强大的军事装备、增强国力。洋务派试图通过学习德、英、法、美等西方的器物知识以达到实业救国的目的，尽管他们做出了种种努力，但他们的富强梦很快就被甲午惨败的事实所击碎。其后，以康有为、梁启超为代表的仁人志士另辟路径，提出'变法图强'，试图通过学习西方的政治制度和教育制度，以实现富国强民的目标，但他们的'百日维新'也很快被顽固势力所颠覆。以我同乡孙中山先生为代表的革命党人堪称国家之灵魂，民族之脊梁，提出'振兴中华'的口号，主张通过发展经济以实现强国救国的目的，这是几千年来吾国历史上第一个向封建社会宣战的真正中华汉子，作为同乡，我十分敬仰他！但这段时间以来，我自己一直在想，孙先生他们虽然具有代表性，也很有力量，但还是有其局限，因为他们代表不了人数最多、分布最广的耕田者、务工者。这些人发动不了，觉悟不了，一切革命都是不彻底的。

　　那么，谁能代表人数最多，分布最广的耕田者、务工者的利益呢？对这个问题，以前我是模糊的。庆幸的是，我读了马克思、恩格斯的书籍和中共旅欧支部的刊物，现在十分清楚了。马克思、恩格斯在《共产党宣言》中清晰地告诉了我全部：'过去的一切运动都是少数人的，或者为少数人谋利益的运动。无产阶级的运动是绝大多数人的，为绝大多数人谋利益的独立的运动'……中共旅欧支部是无产阶级运动在中国的一个代表组织，或者说是其一个分支，我自己坚信无产阶级运动的正确性，因此也坚信这个组织的正确性，渴望成为其中的一员。我希望，这个党由于我许子鹤的加入，力量更大，扩展更快。我最希望看到的是——于国内，像欧洲之德法等国，中国人个个寒者有其衣，病者有其药，童有所养，叟有所依；于国外，十年、二十年、五十年甚至一百年后，那些来自中国的留学生在德国、在法国、在世界其他国家不再如吾辈在此等国家遭苦受气，而是衣着笔挺，口袋殷实，堂堂正正出入歌剧院，平平等等参加世界大会。如若此等理想得以实现，需要我辈含辛茹苦，洒血抛头，许子鹤在所不辞。

我申请加入并成为其中一员，纯属自愿，无他人和任何组织引诱、劝说和利用；我申请加入并成为其中一员，无需征求他人和任何组织意见，任何人或组织包括生我养我之家庭均无权更改我之选择；我申请加入并成为其中一员，不为穿，不为吃，不为住，亦不为钱，不为权，不为己……

我申请加入组织——为信仰，为自由，为国家，为民族！

我许子鹤以血肉之躯和比血肉之躯更神圣之个人尊严，在此郑重保证，一旦成为组织其中一员，定将赴汤蹈火，忠贞不渝，至死效力，永不叛退……

恳请组织考虑我之申请，并尽快给予答复。

一个月后，也就是1923年的年底，许子鹤收到了中共旅欧支部的回函，至此，许子鹤正式成为了一名共产主义者，那一年他二十三岁。

当天晚上，激动不已的许子鹤伏案一连写了四封信。

在分别寄给邓翰生和恽长君先生的长信中，他把自己成功加入中共旅欧支部的消息告诉了他们。而在写给父亲和叶瑛的信中，他则说自己最近通过了一次大考，一次即将影响他一生的重要考试，通过这次考试和通过博士答辩一样重要，从更为长远的视角来看，甚至还要超过博士答辩，至于是什么考试，他一个字都没说……

从第二年春伊始，叶瑛感到万里之外的许子鹤变了。

过去叶瑛收到的哥廷根来信，一般只有三页，长一点的三页半。信的前两页或两页半是雷打不动的辅导她读书识字，遣词造句，谈个人或者其他事情的只有半页，最多一页。新春之后的来信，前面两页或两页半的篇幅依旧，但紧接着的两页或三页的内容是未曾有过的，那是许子鹤介绍欧洲各国的新鲜人、新鲜物和新鲜事。细心的叶瑛立马感觉出了这种变化，许子鹤加入中共旅欧支部后，周末和假期在德国和欧洲各地参加组织活动的次数明显增加，有时去学习，有时去开会，有时是按照要求分发传单，有时是参与组织抗议活动。在火车或汽车上，许子鹤一有空就埋头给叶瑛写信。有些东西写出来怕叶瑛看不明白，他就把实物画出来以帮助理解。许子鹤已经画过很多城市，柏林的夏洛特宫、莱比锡的博览会、汉堡的阿尔斯塔湖、慕尼黑的玛丽亚教堂、布鲁塞尔的撒尿孩童、卢森堡的大峡谷等等他都一一画过，这次叶瑛拿在手里的信，是许子鹤从巴黎回哥廷根的火车上写成的。

……叶瑛君，我正坐在从巴黎回哥廷根的火车上。巴黎（Paris）是欧洲的中心，是世界性的都市。在来的路上，一位来自里昂的戴绶带的爵士对我说了这么一句话，"从世界各地来到巴黎的年轻人都拥有自己的梦想和野心"。他的这句话说得太对了，我许子鹤来到这里，确实有我自己的梦想和野心。前面几年来巴黎，是为了使我们的北方国土——山东不会从一个强盗嘴里再落入另一个强盗嘴里。虽然目标没有实现，但那笔账却没有忘记，一直埋在心里。这次我来巴黎，是参加一个重要会议的，会议的内容我不能给你说，但请你放心，绝不是坏事，是好事。有时候，好事也不能说。我下面给你描述一下巴黎吧，希望你今后也能来这里看看，它比我们老家澄海县城繁华得多。

巴黎地处法国北部，宽阔的、川流不息的塞纳河蜿蜒穿过城市，形成了斯德和圣路易两座河心岛。我和几位同是来自中国的朋友坐船巡游在塞纳河上，顿时想起我在国内到过的北京颐和园和武汉东湖来，我曾在这两个地方和友人划过船。船在水上过，水在船下流，北京、武汉和巴黎的景色是多么的相似，但斗转星移，自己一直生活在别处，此地是他乡而非故国。

你今后来巴黎，一定要看的地方知道是什么吗？从夏特勒广场到香榭丽舍大道是巴黎的中心地带，这里每一处都值得一看。在这一带，你可以参观圣母院、地方法院、马德莲教堂、卢浮宫（里面有不少中国器物）和庄严的凯旋门……

我前面几次来，有一个地方一直没去，就是埃菲尔铁塔（埃菲尔是设计者的名字），这次专门爬了上去。建议你今后来，一定要爬上去。唐朝诗人王之涣说，"欲穷千里目，更上一层楼"，真是登得越高，景色越美。给你说说这座铁塔的来历吧！1889年是法国大革命一百周年纪念，不忘却过去的法国人决定隆重庆祝，于是在巴黎举行一次规模空前的世界博览会，铁塔就是为当时的世界博览会而建的。建好后遭到很多非议，说是一堆烂铁破坏了巴黎的自然美。但好的东西就是好的东西，铁塔现在被浪漫的巴黎人赞誉为"云中牧女"……这些都是巴黎的美，当然还有凡尔赛宫、荣军院和亚历山大大桥。最后，我想对你说的是，景色再美，都是别人的，我们都是过客，什么时间我们的国家也能像巴黎一样鲜花盛开，河水潺潺，海鸥飞翔，游船穿梭呢？

你知道，我站在埃菲尔铁塔上忽然想起了什么吗？我想起了法兰西第一帝国皇帝拿破仑·波拿巴的一句话，"中国是一头沉睡的狮子，当这头睡狮醒来时，世界都会为之发抖"。现在，这头狮子还在昏睡，我不知道，这头狮子何时醒来。但我和我的朋友们都愿意手执鞭子，把这头雄狮唤醒，流血舍命都不怕！

每天入睡前，叶瑛都会借助字典将许子鹤的每封来信读上两遍或三遍。每读上一遍，她都像恍恍惚惚似曾见过许子鹤一面，坐在床头清醒时是这样，梦境里也是这样。

第二天醒来，叶瑛所做的第一件事，就是赶紧摸摸枕头底下的信件还在不在，那是她的梦，她的魂，她的牵挂，她的一切。

第十四章

再过两个月，许子鹤就要进行博士论文答辩了。

在哥廷根大学要取得博士学位，论文写作一般需要五年左右的时间，长一点的也有六年或七年的。许子鹤三年时间就写完了论文并提交给迪特瑞希教授。迪特瑞希教授带过十几位博士生，这是用时最短的一个。收到三百多页论文的当天，迪特瑞希教授以为中国人做事就是没有德国人严谨，论文肯定还有很长的修改过程，但当他晚上静下心阅读二十多页论文后，知道这位中国年轻人的三年不是自然时间的三年，用在论文写作上的时间相当于其他博士生的四年甚至五年。迪特瑞希教授禁不住把许子鹤的论文递给正在绘画的夫人看。

"从选题、逻辑论证、推导演算到摘要、结论和参考文献，比一般的德国博士生都规范，如果隐去答辩者名称，你绝对不会相信是外国学生的论文。"迪特瑞希教授在夫人面前感慨。

"你们那些五花八门的数学公式我看不懂，但对许先生这样的中国人，我从见他第一面心里就很清楚，他的学问差不了！"教授夫人停下活儿，一手端颜料盘，一手紧握画笔盯着自己的丈夫说。

迪特瑞希教授不解夫人话意："这话怎讲？"

"如果你的那几位德国博士生像是我们欧洲的油画，许就是一幅中国画。我最近研究了中国画和油画的区别，才对许这样的中国人有了进一步的认识。"画家说完这两句话，先是莞尔一笑，然后神秘地做了个鬼脸。

迪特瑞希教授望着夫人说："愿听夫人高见！"

"原来很多欧洲的油画家都看不上东方画，在你带这个中国博士生之前，我也有这样的看法。是你的这个中国博士生改变了我，虽然他整个人话语不多，外表平实，但聪明诚恳，热情大方，是他让我开始认认真真琢磨中国人和中国人的画。欧洲油画和中国画不同的地方很多，散点透视与焦点透视等技术笔法上的区别就不说了，简单而论可归纳为两点。一是意和形的问题，也就是神似与形似之间的关系。中国画的特点是重写意，我们的油画重写实。但我要说明的是，写意比写实更难，要达到写意目的，必须具有写实的基础和能力。二是人和自然的关系。比如达·芬奇的油画《蒙娜丽莎》，人充满画面，后面的山水是次要的，这说明在人与自然、社会的关系中强调个人；而中国画中山水是主要的，人在其中作为点缀，这说明中国人在自然面前的谦恭和隐忍意识比我们欧洲人强得多。"

画家的一段话说得教授一时无言以对。

看到丈夫愣在那里，画家话锋一转，又低声向丈夫谈到了自己的女儿。

"你难道没有看出来，这一段时间，虽然克劳迪娅表面上和你的这位博士生来往少了，但每当你在饭桌上谈起这个中国人时，尽管她不说一句话，但两眼顿时焕发光彩，你整天关心你的数学或许看不出来，做母亲的最了解自己的女儿。和她同样年龄的中学同学和大学同学现在都有男朋友了，只有我们女儿仍然一个人，整天泡在图书馆里……"

迪特瑞希教授先是轻轻一声叹息，接着说了一句话：

"唉！我们俩不是曾经说过，年轻人之间的事我们不介入嘛……"

五年多的呕心沥血，挑灯苦读，终于到了收获丰收果实的时刻，许子鹤和所有年轻学生一样，内心充满激动和憧憬。按照哥廷根大学的传统，他也去了一趟市政厅广场。在哥廷根，每位即将参加答辩的博士生都会跑到那里的牧鹅姑娘铜像前，去亲吻她的面颊，以期获得灵感和祈求好运。许子鹤也如此这般。尽管有牧鹅姑娘的祈福，但他不敢有丝毫松懈，开始足不出户，夜以继日地为自己的博士论文答辩做着准备。

论文虽然顺利通过了教授和数学系的审核和书面评价，但这仅是许子鹤取得学位的第一步。第二步最关键，他必须参加十分严苛的博士论文答辩。德式答辩由两个部分组成，一部分是答辩委员会对博士论文的内容进行提问，另一部分是他们会对与论文关联的学科知识进行提问。因此，许子鹤既要对自己论文的每句话和每个结论做出充分而正确的解释，还要把与博士论文相关的数论、高等代数、数学分析、高等几何等七八门功课加以温习，以备涉及这些课程知识的提问。在答辩之前，系主任已经告诫过准备博士答辩的每一位学生，去年哥廷根大学数学系有五人参加博士论文答辩，以"良好"等级通过两个，"及格"等级通过一个，两个没有通过。系主任最后说："今年的答辩将保持哥廷根数学学派'不间断'的严厉传统，不会有任何'奇异点'出现！"

白天，许子鹤准备论文本身的问题，三百多页的论文，他一页页读，一页页算，一页页记，到了最后，合上论文闭上眼，他就能准确无误地叙述出每页论文上的主要公式和结论。晚上，他收起论文，先看两小时高等代数，接着再读两小时数学分析，最后再算两小时高等几何……不到一个月的时间，整日以面包充饥的许子鹤两眼猩红，人整个儿瘦去了一大圈。

又熬了一个通宵的许子鹤起了床，饥肠辘辘的他洗了一把脸，准备马上去面包房买两个干面包充饥。打开房门后，他惊呆了，门口放着一个巨大的纸袋。袋内装有苹果、香蕉、牛奶、香肠、奶酪和四五个面包，面包带着烘烤的余温，散发着沁人心脾的麦香。

他在纸袋内还发现了一张纸条，上书一句话："祝子鹤弟答辩顺利！柏林远东贸易公司李当阳托。"

两天之后的傍晚，他刚从迪特瑞希教授处讨论完答辩事项后回到宿舍，门口同样放着一个纸袋，里面放着黄瓜、西红柿、鸡蛋、葵花油、香肠、牛排等，纸条上写着同样的话："祝答辩顺利！哥廷根亚洲商会。"他知道哥廷根亚洲商会，这家商会经常资助在哥廷根的亚洲贫穷学生，他自己也去那里参观过，但没有特别的交往。在自己忙碌之际，人家主动送来礼物，许子鹤是心存感激的。

刚刚过去三天，他在自己宿舍门口再次看到了一包东西。这次纸袋换了，里面的东西也不一样了，袋内有四种他最喜欢的面包：松软爽口的羊角面包，甜滋滋香喷喷的松子面包，沉甸甸的奶酪外壳咸面包，还有外脆内软，咬下去先是一阵啪啪响，然后满口香的全麦面包。除了面包，袋内还装着四种火腿肉，用洁白的纸片包裹着。不用打开包装纸，他就能凭外溢的香味判断出是哪一种火腿。因为，这四种面包和四种火腿都有自己曾经打过工的达曼面包房的味道。袋内的纸条证实了这一点，纸条上写着："子鹤好运！达曼。"

在许子鹤宿舍门口，各种各样的纸袋一直没有停歇过，但他却没有与送东西的人见过面。许子鹤猜想，那是因为大家怕耽误他的时间。众人的关心温暖着许子鹤，激励着许子鹤。

答辩当天的大清早，许子鹤吃完前一天纸袋内备好的丰盛早餐，接着穿好西装，打好领带，精神抖擞地准备赶赴大学的答辩考场。打开房门，他看见门口放着一件东西，这使他大吃一惊。许子鹤看到的东西不是纸袋，而是一个巨大的花篮。五颜六色的花、青青绿绿的叶，还有缤纷多姿的彩带装满花篮。在花篮中央，插着一个颀长的圆圆的木条，木条上端是个孩童巴掌大的留言牌，牌上的字是打字机敲出来的一句著名的德国民谚：*Auf einen trüben Morgen folgt ein heiterer Tag*（昏暗的早晨之后必是晴朗的天！）许子鹤对这句话太熟悉了，每当他和他数学系的同学在学习中遇到困难，迪特瑞希教授就会唠叨这句话。看完这句话，许子鹤马上断定，面前的花篮一定是自己导师迪特瑞希教授派人送来的。因为，只有教授最了解自己的学生。许子鹤认为，这是导师在这个特定的日子对自己的肯定，对自己的鼓励，对自己的信任，对自己的祝福。想到这些，许子鹤马上去看木牌右下角那行潦草的签名。看清签名，许子鹤都不相信自己的眼睛，因为签名的不是"迪特瑞希教授"，而是"牧鹅姑娘"。

许子鹤不知道"牧鹅姑娘"是谁，不清楚是不是自己的导师。但这个时候，是谁已经没有那么重要了。重要的是，双眼湿润的许子鹤心头不再紧张，而是一阵阵的幸福与温暖……

在准备答辩的日子里，许子鹤一连收到了三封国内的来信。

第一封信令他异常惊讶，因为它来自"国民党中央执行委员会上海执行部"。自己在国内没有国民党高层的朋友，怎么会收到这样的来信呢？拆开信后，他首先去找信尾的署名。署名只有两个字："全道。"

自从好友王全道回国后，许子鹤和他每年都会通几封信。王全道起先在英美公共租界当了一年的高级警官，洋人对留学欧洲的他十分客气，但他看不惯洋人骨子里盛气凌人的做派。他们动不动就对中国巡警用外语粗鲁训斥的做法激怒了王全道，他脱下制服和警帽，愤然辞去高额薪俸，加入了国民党。他先在广州工作一段时间，又被委派回到上海，在国民党上海执行部中的调查部任秘书。王全道来信只有一个目的，邀请许子鹤博士毕业后去上海工作。

王全道在信中提到："子鹤老弟，你的情况我已报告上海执行部汪长官精卫和胡长官汉民先生。他们虽未与你谋面，但极为欣赏你的才华，希望你毕业后回到上海，追随中山先生，献身三民主义。法国有句成语叫 Noblesse oblige，意思为'是贵族，就得承担义务'。子鹤弟家庭、学识和精神都堪称当代中国人中的贵族。凭子鹤弟过人的天资和才华，必将在党内担当重任，发挥作用，不出三五年，子鹤弟定在痴长几岁的愚兄之上，但为兄绝无半点嫉妒之意，相反，如得吾弟子鹤此等青年才俊，必是我党之福和国家之幸……"

此时的王全道仍然以为，小自己几岁的许子鹤是个专心数学、不涉足政治的年轻学弟。他哪里知道，同是哥廷根校友的朱德虽然比自己迟来几年，但却走在了他前面。

许子鹤收到第二封信和第三封信只差五天。两封令许子鹤期待的信分别是邓翰生和恽长君寄来的。看过两人的信，许子鹤知道他们是商量过才写的。因为里面关于自己回国后从事什么工作的建议是一致的——建议许子鹤来上海大学当数学教授。从两人言辞殷切的长信中许子鹤知道，一年之前，共产党和国民党合作在上海建立了一所新式大学，校长为国民党人于右任，很多共产党人都在其中担任职务，邓翰生任总务长，瞿秋白任教务长兼社会学系主任，此外，恽长君还有蔡和森、张太雷、任弼时、李达、肖楚女、李立三等都在该校任职任教。更令许子鹤没有想到的是，几年之后，上海大学成为了与广州黄埔军校齐名的一所学校，当时青年人中传颂着一句话："武有黄埔，文有上大。"

"子鹤弟，这是一所国共两党精诚合作的学校，是一所高举反帝反封建大旗的学校,是一所能把中华民族带入希望之地的学校……每个学期来自全国各地申请入学的年轻人络绎不绝,他们激情难抑,求知若渴。我们需要教学场所和生活设施,但我们更需要教授,特别需要熟知西方大学学术运作范式,熟识西方社会科学和民主制度的年轻学者来这里教学。子鹤弟是德邦哥廷根大学数学博士,我校求之不得,学生欢迎之至……"这是邓翰生的来信。

"聪明的广东小老弟,获悉你马上博士毕业之讯息,内心一半是欣慰,一半是兴奋!果然不出我数年前对你之所望,五年寒窗之苦后,许君已赫然成才。前两天与翰生君晤面,谈及你今后之职业,我们一致的意见是,上海大学于你极为合适。我在其中教课,对该校了解较深,这是一所最能培养中国未来栋梁之才的学校,因为她由两个最为中国民众着想的革命政党联合举办。我现在是共产党,《中国青年》的撰稿者和编辑,但同时在国民党内任职,两党合作密切,关系融洽,休戚与共。在这样的一所学校任教,必将发挥子鹤君之才华,引领学术西风东渐之风潮。上海大学迄今为止还没有一位西洋的数学博士,你的到来必令全校学生为之欣喜,激发莘莘学子攀登学术高峰的热情……"这是恽长君的来信。

三封来信令许子鹤心潮澎湃,彻夜难眠。他的心越过大洋,一下子飞向了遥远的东方——那里有他挚爱的亲人,那里有瑰丽的河山,那里有火热的时代,那里有纵横驰骋的沙场……

数学系博士论文答辩结果发榜了。

五位博士生参加了答辩,一名获得"优秀",一名"良好",一名"合格",还有两名未通过。获得"优秀"等级的人不是德国人,是中国人许子鹤。更让希尔伯特主任没有想到的是,七名答辩教授给出的成绩全部是"优秀",这在哥廷根大学数学系极为罕见。

鲜花、掌声和笑脸立刻萦绕在许子鹤周围。

在朱德主持下,哥廷根中国留学生会在"府第饭庄"设宴庆祝许子鹤获得博士学位。饭庄的老板姓蔡,准备了三桌丰盛菜肴,不但没收半文钱,还在门口带领全家老少毕恭毕敬迎接来宾。蔡老板拉着许子鹤的手说:"小伙子,我们一家在哥廷根做了十几年的菜,大约有三十来位新科博士在'府第'举行过庆祝晚宴,绝大多数是德国人,还有几位是英国人、法国人、美国人、日本人和意大利人。盼了十几年了,我们终于等来了第一位在哥廷根大学获得博士学位的华人,你给我们中国人长了脸,我们全家给你鞠躬。"话毕,蔡老板率全家人给许子鹤深深地鞠了一躬。

心怀感激的许子鹤赶紧鞠躬致谢。

除哥廷根全体中国学生外,亚洲商会的一位先生、达曼一家、李当阳以及那位曾和许子鹤在"魔幻扑克牌"比赛中一决高低、现正在力学系读博士的尤利安等也都应邀参加。

朱德发表了热情洋溢的开场白，达曼先生、李当阳、尤利安和七八个中国学生先后举杯发言，现场欢声笑语，其乐融融。

在一片热烈的掌声中，朱德邀请许子鹤发表感言。

"各位尊敬的朋友，今天对我来说是个大喜的日子，请大伙允许我说几句肺腑之言。"许子鹤说道。

全场顿时安静下来。

"麻烦给我倒四杯酒。"许子鹤的话音一落，两位学生迅速斟好四杯白酒。

"第一杯酒，我敬远在泰国华富里的父母。他们给了我生命，供养我学习，他们虽目不识丁，但一生勤奋，不得半日闲暇，用血汗换来的一点家业方使我在德国衣食无忧安心读书，获得今日之结果。"许子鹤右手执杯，慢慢把酒送到嘴边，然后一饮而尽。放下酒杯，许子鹤恭恭敬敬面朝东方，深深地鞠了一躬。

许子鹤高高端起第二个酒杯。

"这第二杯酒，敬我地下躺着的大娘！她虽然没有生我身，但和亲生父母一样爱护我，教导我，最重要的是她让我知道了什么是亲什么是爱，什么是苦什么是甜；让我知道了这个世界什么事情该做，什么事情不该做；让我知道了人世间什么是善良什么是丑恶。我在这里敬九泉之下的大娘一杯酒，感谢她多年以来的养育之恩。"许子鹤说毕，眼圈发红，他端起酒杯在半空中画了半个圈，然后把酒缓缓洒在了地上。

放下酒杯，许子鹤再次恭恭敬敬面朝东方，深深地鞠了一躬。

蔡老板眼角闪出了泪花。

在场的中国学生们也为之动容。

达曼一家和尤利安默默无语。

第三杯酒，许子鹤敬给多年来给他指导和帮助的师长和朋友们。许子鹤首先提到了邓翰生和恽长君，在他最困难最迷茫的时候，是他俩给了自己方向和力量。接着，许子鹤提到了两位老师的名字——迪特瑞希教授和家乡的吴老师吴校长。恩师情重于山，在他们两人面前，自己永远是学生。最后，许子鹤提到了老大哥朱德，感谢他帮助自己在精神上找到了支柱，为自己的未来找到了一项值得托付的事业。

在许子鹤第三杯酒提到的师友中，只有朱德在场。许子鹤把酒杯递给了朱德，朱德爽快地接过酒杯，代表所有人一饮而尽。放下酒杯，四只手紧紧握在一起，三桌人掌声骤起，长久不息。

许子鹤的第四杯酒，感谢的是所有支持关心他的在场的和不在场的朋友们。在这些朋友当中，许子鹤特别提及近两个多月来，花费很多时间和费用给他送吃送喝的亚洲商会、李当阳和达曼先生。

每提到一个名字，许子鹤都一一走到这个人面前鞠躬致谢。

奇怪的情景出现了。

哥廷根亚洲商会的一位先生一头雾水，忙说很抱歉，商会没有做赠送慰问礼物之事。他进一步解释道，在哥廷根，有望获得世界含金量最高博士头衔的亚洲学生寥寥无几，商会确实一直关注许子鹤攻读博士之事，但这段时间商会正忙，答辩前送点慰问礼物这样的好事该做而没有精力做，还请许子鹤谅解。

李当阳更是把头摇得像拨浪鼓，诧异十分。说自己与许子鹤亲如兄弟，如来哥廷根，一定会见见老朋友，哪怕三五分钟也行，不可能偷偷来悄悄走。别人之功不能贪，没有做的好事不能虚报，希望许子鹤找到"李鬼"，为自己这个"李逵""鸣冤昭雪，伸张正义"。几句幽默诙谐的话，逗得满堂大笑。

达曼先生说，自己家的面包店确实有过这种想法，夫人也给他暗示过好几次，但他始终没有给许子鹤送过任何东西，不是时间和费用问题，主要是不知道中国人的习俗，生怕弄巧成拙，不但没有节省许子鹤的时间，反而给对方增加烦恼和误解。所以，纸袋里的名字是善良者"嫁祸于人"。又是一阵哄堂笑声。

许子鹤从三人表情中知道，他们确实没有做过此事。不是他们，又是谁呢？这时，许子鹤想起了博士答辩之后，他向迪特瑞希教授道谢的场面。许子鹤诚恳地感谢完导师多年的悉心指导后，也表达了对教授所送鲜花的赞美。正在洋洋得意的迪特瑞希教授突然愣住了——

"盛满鲜花的花篮？"

"是的。花篮里插有一张卡片，上面有您经常教育我们学生的名言。"

"有署名吗？"

"有。'牧鹅姑娘'。"

"牧鹅姑娘？牧鹅姑娘？"迪特瑞希教授感到大惑不解。最后，他在胸前摊开双手，无奈地说道："许子鹤博士，还记得吗，你看过我的真身，我可是个大男人，不是女孩'牧鹅姑娘'。我经常说花篮里卡片上写的话，但没做写花篮卡片这件事，尽管是件好事。"

亚洲商会没有做，李当阳没有做，达曼一家和迪特瑞希教授也都没有做。那么，两个月以来，那么多食品、水果和礼物难道是从天上掉下来的？许子鹤说出了自己的疑问，他自己不知道答案，满屋子人也跟着一头雾水。

"牧鹅姑娘"，到底是谁呢？

第十五章

许子鹤获得博士学位后的第三天，跟随朱德去了一趟法国北部城市诺苏米。

他们是为响应中共旅欧支部的号召，为几十名在第一次世界大战中致残的中国劳工争取最基本的生存权而去的。

事情源自半个月前朱德在《欧洲华人》上看到的一篇报道。

报道说在诺苏米城生活着三十五位华工，他们受法国政府之邀参加"一战"，因战致残，战后本应享受政府最基本的抚恤金，但却遭到无理拒绝，不得不以捡破烂、打零工维持生活。随着年龄渐渐增长，无法维持生计，处境十分凄惨，已有三人不堪忍受病痛折磨自杀身亡。他们曾向中国驻法机构多次呼吁请求，但始终没有官方代表愿意亲临诺苏米，关切这些劳工的悲凉处境。

朱德向旅欧支部建议，法德留学生应该迅速行动起来，到诺苏米去，为苦难同胞提供声援支持。

旅欧支部决定，先在法德留学生中发起募捐，然后集体赴诺苏米举行抗议游行，为中国劳工争取生存权利。

受朱德指派，许子鹤在中国留德学生订阅的油印刊物《旅德菁华》上发表了一篇檄文。

……他们来自山东、湖北、江苏、上海和安徽，来自你我的家乡，虽然素昧平生，但他们都是你我的亲人，你我的兄弟；八年之前，为了生计，为了天下太平，为了中法友谊，背井离乡，远渡重洋，应邀来法参战，而现在，四肢健全的他们断了双臂，折了腿脚，变成了聋子、瞎子、瘸子和瘫子，法国不管他们，中国外交使节不管他们，他们叫天天不应，唤地地不灵。

怎么办？

我们就这样眼睁睁看着这些反对侵略的功臣，我们的同胞，我们的兄弟亲人，第四个，第五个，第六个……一个接一个，一天连一天，直至第三十五个自杀完毕吗？

不！我们不能。

法国人的命是命，中国人的命也是命！现在，我们的三十五位同胞正在遭受无尽的苦难，法国政府不管，我们的政府不管，但我们不能不管！

中国穷，但中国人志不短；

中国弱，但中国人命不贱！

留学德国的炎黄子孙们，快快行动起来，让我们一起仰天呐喊：

国无魂，我们塑造！

国无将，我们担当！

国无胆，我们赴汤！

国无力，我们肩扛！

伸出你的手，为他们的生命而捐，迈开你的脚，为他们的生存而忙……

许子鹤的文章发表后，两百六十多名中国学生和旅德华侨积极响应，捐款达五千多马克，还募集到崭新衣物及被褥二十来箱。在朱德带领下，三十多位留德的中国学生经过两天两夜的日夜兼程，风尘仆仆地抵达了诺苏米。

一下火车，他们就看到一群面容憔悴、衣衫褴褛的黄种人在诺苏米车站站台上，或站，或坐，或躺，犹如一群可怜的流浪汉，更似一帮无家可归的乞丐。

看到拼命挥动双手迎接他们的无助劳工，许子鹤难忍心酸，热泪上涌。

七十多名留学法德的中国学生及劳工在朱德和留法学生会代表赵维炎两人的指挥下，排起长队，秩序井然地来到诺苏米市政厅门口，请愿示威，要求与市长对话。市政厅门口广场四周坐满了当地的居民，他们或喝着咖啡，或端着葡萄酒杯，或手夹纸烟悠闲地聊着天，以漠不关心的表情注视着这群远道而来的东方人，不知道他们要在广场上上演一出什么荒诞闹剧。

朱德、赵维炎他们默默期待了一个小时，市长或者市长代表迟迟没有出来。

手持警棍的大批警察把中国人团团围住。

气愤的朱德、赵维炎没有退却，也没有硬来，而是采取了激将法，逼迫市长出面。朱德朝人群中挥了一下手，一位留学生将一把早已准备好的折叠椅搬到了市政厅门前，因多次去法国开会早已自学了法语的许子鹤敏捷地站了上去，面朝广场，这位抗议示威的中国学生代表开始发表演讲。从哥廷根来诺苏米遥远的路途中，朱德一直在帮许子鹤撰写演讲和谈判的稿件。许子鹤第一次参加这样的请愿谈判，对此毫无经验，朱德把自己十几年带兵打仗时与各色人等交锋的经验一股脑儿讲给许子鹤听。

聪明的许子鹤心领神会，把朱德提示的要点一一用进了讲稿里。

"诺苏米的市民朋友们，法国是个热爱和平的国家，法国也是个热爱自由的国家。法兰西人民是热爱生活的人民，法兰西人民也是尊重种族平等的人民。"

许子鹤褒奖有加的开场白引起了法国市民的兴趣。

"我们来到这里，不是闹事，而是来争取自由平等权利的，请你们听我把事情缘由简单地说一遍，如果你们觉得我说得有理，请为我们鼓掌，如果认为我们的要求无理，请你们不等市长先生出来，就一齐把我们驱赶出这个广场。"

市民个个被许子鹤的讲话吊足了胃口。

"各位诺苏米的朋友们，从 1916 年开始，大约十四万中国劳工在贵国政府再三要求下，背井离乡，漂洋过海，奔赴西欧战场从事后勤工作，支持法国、英国、比利时等国抵抗外来侵略，法国北部和比利时伊普尔市地区是战争的主战场，也是中国人集中服役的主要地区。旅途之辛酸，条件之艰苦，各位喝咖啡，品葡萄酒的朋友们知道吗？诚恳老实的中国人按照贵国和英国的要求，秘密前往欧洲，历经两个月才最终抵达你们这里。在行程中，他们像牲畜一样蜷曲在黑暗的船舱里，疾病、晕船、死亡恐惧、缺乏淡水无时无刻不在折磨着他们，更为可怕的是，敌对国的突然袭击随时会让他们葬身海底。1917 年 2 月 24 日，法国运送华工的'亚瑟号'在地中海被鱼雷击中，五百四十三名中国人当场遇难，他们只能永远躺在冰冷黑暗的大西洋海底，再也不能回到自己可爱的故乡。"

一部分市民放下了咖啡杯和葡萄酒杯，神情渐渐严肃起来。

许子鹤继续他的演讲。

"来到欧洲后，每个中国劳工不再使用自己的姓名，取而代之的只是一个编号。十四万中国劳工在贵国和欧洲其他国家做了什么？他们在硝烟弥漫的前线，帮助贵国士兵挖掘战壕，装卸弹药给养，修筑铁路、公路、桥梁，救护伤员，掩埋尸体甚至做一些排雷、扫雷等最艰苦、最繁重的工作。按照与贵国政府签订的合同，他们不是战斗编制应该'不作战'，但事实与合同并不相符，他们工作的地点与敌人战壕相距不过五十码，实际上处在战场的最前线，可以说，他们是贵国前线士兵中的一员；同时，战壕对面的敌人不会遵守贵国政府和中国劳工的合同，密集的子弹一串接一串首先射向中国人，在法国北部，至少有六千名中国劳工死于敌人的攻击、疾病或者恶劣的医疗条件，他们被埋葬在贵国西北部的两座军人公墓中。比如，在距你们这里不到百里的努瓦耶耳小镇上，'一战'墓地里就有八百四十二个华人的墓位。"

广场上的市民纷纷从咖啡馆门口、酒馆门前和广场四周围拢到市政厅门前。

"各位尊敬的女士们和先生们，现在战争结束了，敌人被赶跑了，法国自由了，你们今天可以坐在圆圆的洋布伞下，坐在软软的沙发席中，享受美酒，享受美食，享受胜利的喜悦，享受快乐的时光，可是你们面前的这些人呢？他们的同伴死了，他们自己瘸了，瞎了，老了，病了，无家可归，无依无靠，他们——为法国做出贡献的劳工们，和你们一道浴血奋战在'一战'战场上的劳工们，和贵国签订过合同——'不得在危险区内雇用中国人；劳工有权得到食品、冬夏装、住房、燃料和免费医疗；所有在工作岗位上致残的劳工，战后享受社会保障抚恤金'……但现实是，美好的合同根本没有得以执行，他们其中的三人忍受不了苦不堪言的生活，自杀身亡了，其余的人和那三人一样，每日生活在贫困线上，生活在死亡线上，难道你们就这样看着剩余的劳工在黑暗的深夜，一个接一个把脖子套上诺苏米制造的绳索吗？"

许子鹤的话音一落，喧嚣的广场上顿时一片寂静。

"Non（不）！"一位白发苍苍的法国老太太首先喊了一声。

"Non！Non！Non！"五六个市民随之大呼。

广场上的人群突然一阵向前涌动。

在这个时候，朱德意识到——时机成熟了！他便朝站在椅子上的许子鹤使了个眼色。

许子鹤明白朱德的意思，随即高声说道："尊敬的女士们和先生们，你们可以核对任何一个中国劳工手里的合同，看看我说的是否正确，看看他们申请最基本的社会救济金的要求是否过分。"许子鹤说毕，三十多位衣衫褴褛的中国劳工用颤抖的双手纷纷举起了手中的合同。

广场上死一般沉寂。

一批市民走上前来，认真地核查合同。

"C'est vrai（真的）！"

"C'est vrai！"

"C'est vrai!"核查过合同的市民纷纷表态。但遗憾的是，广场上数以千计的市民由于无法走近劳工，也就无法核查合同。不知合同真假，绝大多数市民就只能处在观望等待之中，无法表态。

就在此时，朱德朝许子鹤招了一下手。许子鹤看到之后，迅速从椅子上跳了下来。高高的椅子没有空闲半刻，朱德和赵维炎便搀扶着一个中国劳工站了上去。

站在椅子上的劳工叫阚满根，因能说几句简单的法语，成了三十几个劳工的组织者和代言人。驼背的阚满根刚一站稳亮相，广场上便发出一片惊呼之声。

椅子上的这位劳工没有双手，袖筒里露出来的胳膊如锯断的两根粗木棍，光秃秃的。他的左半边脸也没有常人皮肤的光滑，而是而是布满变形的紫褐色伤疤。

阚满根用两支光秃的断臂从口袋里夹出了一张合同书，皱巴巴的合同上沾满了已经凝固的暗红色血迹。

"我叫阚满根，山东烟台人，今年四十八岁，八年前我来法国时，不是这个样子，那时我有灵活的双手，左右脸也是一样的颜色……五年前的八月，俺正在为十几个跟在身后的法国士兵排雷时，地雷突然响了！"

白发苍苍的老太太抽泣起来。

一群妇女也开始用衣袖擦拭眼泪。

"俺连半间房也没有，现在和一群流浪汉挤在爵士公园废弃不用的大棚里，靠在火车站装卸煤炭和粮食养活自己，但现在腿不行了，扛不动百十来斤的货袋了，实在没办法，俺才和兄弟们一起来这里乞求市长大人能兑现合同上的条款，发给俺和兄弟们最基本的生活费用，俺们也不要房屋，一辈子住在大棚里就行……"

抽泣声不断响起，逐渐连成了一片。

"这是俺的合同，如果哪位女士和先生不相信，请过来核对一下！如果有半点虚假之处，俺当着这么多人的面跳进兹图河里！"

两分钟之后，一位手执拐杖绅士模样的人走到了阚满根面前。

五分来钟的详细辨认后，绅士开口说话了。

"我就是八年前办理这些合同的人之一，我以自己的人格担保，这张合同是真的！"

广场上顿时哗然。

法国老太太停止抽泣，蹒跚着走近椅子旁，朝着上面的阚满根喊道："我的中国孩子，你受苦了！"

老太太的话音一出，周围的法国人受到了震撼。

"市长，请您出来！"老太太面朝市政厅，用尽全部力气大吼了一声。

这一声犹如一根火柴扔进了油桶里，偌大的广场顿时燃烧起来。

"市长，请出来！"一部分人在呼喊。

"市长，请出来！"更多的人在呼喊。

"市长，请出来！"所有的人都在呼喊。

在震耳欲聋的呼喊声中，诺苏米市的市长不得不走出市政厅内的办公室，与朱德、赵维炎、许子鹤以及阚满根四人进行谈判。

一个半小时的艰难谈判后，三十二人的基本抚恤金问题得到了解决。

广场上响起了雷鸣般的掌声和欢呼声。

离开诺苏米城时，阚满根向许子鹤提出了一个要求，能否每隔两三个月给他们三十二人写信通报国内的情况。许子鹤答应了他们的要求，并把自己的钢笔赠送给了阚满根。阚满根不收，许子鹤就装作生气的样子对他说：

"咱们中国人讲究礼尚往来，我给你们写信，你们也得找个能写字的人给我回信呀，回信没有笔怎么能行！"

阚满根含泪接受了许子鹤的派克金笔。

这是一个月光皎洁的夜晚。

朱德叫上许子鹤，说有件重要的事情要一起聊聊。两个人一起沿着市区内一条蜿蜒的小河散步。

"子鹤，现在博士拿到手了，来德的目标应该说基本实现了，不知你对今后的去向有何想法？"

"从来哥廷根的第一天开始，我就期盼着早日完成学业，回国找个适合自己的地方就职。原来只想在哥廷根拿个硕士，没有想到现在又多待了三年，拿到了博士。不管是硕士还是博士，我许子鹤还是许子鹤，回国的愿望没有变，也不会变。"许子鹤说话的口气异常坚定。

朱德接着许子鹤的话继续探问："上次你给组织汇报过，你收到了邓翰生、恽长君还有国民党上海执行部王全道的来信，不知你想去上海否？去上海的话，想在什么职位工作？"

听完朱德的问题，许子鹤马上说出了自己的想法："你刚才提到的三位都是我的老朋友，他们现在都在上海工作，我自然也想到那里去。至于到上海后在什么地方谋生，我初步的想法是，自己一直在大学学习，适应大学的环境，可能到上海大学教数学是比较合适的。"

在莱纳河畔洒满碎银月光的小路上，两人并肩慢步走着，一会儿凝望夜空，一会儿俯视弯弯曲曲的河面。河中的流水不急不慢，悄然无声。

朱德明白了许子鹤的初步想法，他半天没有说一句话。许子鹤忍不住问道："老兄，你比我社会经历丰富，不知我的想法合适不合适？"

朱德还是没有讲话。又过了大约五分钟，两人走出有两百多米远后，朱德突然停下脚步。

"子鹤老弟，不，子鹤同志，想听听组织上的意见吗？"

许子鹤马上也停下脚步，面对朱德，"当然想听！"

"你即将博士毕业的消息我两个多月前就给旅欧支部进行了汇报，前面一段时间你准备答辩,为了不打扰你,组织上的意见我没有及时转告你。现在我可以把组织的意见告诉你。"

许子鹤耐心地听着。

"组织上同意你到大学工作的打算。"朱德语气坚定。

许子鹤内心一阵欢喜。

朱德表情严肃,继续说道:"但不是上海大学,而是莫斯科东方劳动大学。"

"让我从德国去俄国?"许子鹤一脸惊讶。

"是的!"朱德回答。

"能否请组织上再考虑一下,我已经五年多没有回国了,心里就想马上回去工作,用所学的知识尽快报效祖国。另外,家里给找了个没见过面的未婚妻,如何确定和那个姑娘之间的关系,我还没有最后的结论,只想早点回去和她好好谈谈……"许子鹤毕竟是个书生,他把自己心里想的一股脑儿说了出来。

"子鹤同志,我把你出国学习的时间和目前家庭状况跟组织一一做了汇报。组织上很慎重,经过几次反复讨论后,还是决定你去莫斯科,因为实在找不到比你更合适的人选。"朱德语气严肃而恳切。

许子鹤满脸不解。

"子鹤同志,我把相关背景给你介绍一下,你再谈谈自己的意见。俄国'十月革命'胜利后,在列宁同志领导下,苏维埃俄国与乌克兰、白俄罗斯两个苏维埃社会主义共和国和南高加索联邦组成了苏维埃社会主义共和国联盟,那里伟大的革命事业如日中天。为巩固新政权,需要一大批思想坚定,纪律严明并且熟知革命理论的干部和人才,列宁和俄共十分重视此类人才特别是青年人才的培养,1921年秋,在莫斯科开办了一所专门培养革命干部的政治学校,名字叫'莫斯科东方劳动者共产主义大学',简称'东方大学'。据我所知,这所学校分苏联部和外国部,外国部七个班中最大的就是咱们汉语班。两年多来,我党已经选派了一批干部去莫斯科学习。"

朱德讲到这里,停顿了一下,他想观察一下许子鹤的反应。朱德非常熟悉许子鹤的习惯,听到疑惑的事情,不解的神情会立刻呈现在脸上。听完朱德的介绍,许子鹤内心明悟了三分,脸上的惊愕退去了三分。

看到许子鹤脸上表情轻松不少,朱德不自觉地加快了语速:"我们党派到莫斯科的学员,绝大部分没有出过国,也不懂俄语、英语、德语等外语。原来会俄文的瞿秋白同志在那里,他一边为学员讲授唯物辩证法、政治经济学等课程,一边为中国学员担任翻译,可惜的是,由于工作需要,他回国了。莫斯科方面急需一个熟悉欧洲生活习惯,能说俄语的中国人帮助中文班教学。旅欧支部把你的材料报给了中央,中央又把你的材料通报了苏联方面。莫斯科对你非常满意,你既会讲俄语,还会说德语、法语和英语,最受他们欢迎。"

许子鹤还是沉默无语。

旅欧支部委托朱德和许子鹤谈话前，特别做过交代，对许子鹤这样的人，得给一定的思考时间，也得允许他发表个人意见。原因只有一个，人才难得，但往往越是难得的人才越有个性。

"子鹤同志，这只是组织上的初步考虑，如果你个人有其他想法，也可以提出来。"朱德望着许子鹤说道。

"给我两天思考的时间可以吗？"

"可以。"朱德爽快地应答。

过去的两个整天，许子鹤没有出门，自己一个人留在宿舍内思考旅欧支部的任务。头一个白天，他把自己近几年收到的父母、大娘和叶瑛的来信一封封默读了一遍，晚上躺在床上又仔仔细细琢磨了一遍。对这么多的信件，许子鹤总结归纳出了五个关键词——数学、身体、毕业、回国、成家。第二天，邓翰生、恽长君、中学吴校长等人的一沓厚厚的来信，被他从书桌抽斗中小心翼翼地取了出来，从早上一直读到傍晚。草草吃过晚饭，许子鹤像昨夜一样，躺在床上又仔仔细细琢磨起几十封信件来。半夜时分，对第二天阅读的信件，他同样提炼出五个关键词来——数学、苦难、国家、内战、改变。分析出两类信件的关键词后，数学博士许子鹤没有停止思考，而是进一步比较起两类来信的共同点和不同点来。两类信件的共同点可以总结成一个字——"爱"。两类不同的人都希望许子鹤学好数学，学成回国，成家立业，幸福地生活。不同点也可以用一个字来总结——"爱"。但此"爱"与前一个"爱"字面上相同，但内涵却不同。前一个"爱"是"家"，后一个"爱"是"国"。

许子鹤对两类信件的分析比较还在继续。

以家为基础和范畴的"爱"，不但情感上毫不过分，而且理所当然。他许子鹤苦读多年，一直培养和支持他的大家族希望儿子光宗耀祖，娶妻生子，小家庭渴望与丈夫团聚，享受天伦，这些都无可厚非。但许子鹤认为，这种"爱"，从整个社会系统的角度来说，是"获取"，尽管这种"获取"合情合理。

以国为基础和范畴的"爱"，理论和道义上也是同样站得住脚。家是国中国，国是家上家，没有家就没有国，同样，亡了国也就亡了家。在一个国家之内，如果大部分人都想拥有自己美满、幸福、安详的家，那么，就必须有一部分人舍弃自家，为千千万万个家庭所需要的美满、幸福、安详去奔走、去创造、去建设。奔走、创造、建设需要流汗，有时候也需要流血，许子鹤定义这种"爱"是"给予"。

最后，许子鹤面对的问题是，在其人生转折的十字路口，他是选择"获取"还是"给予"。

黎明时分，许子鹤有了自己的结论。

他的选择是"给予"。

他在自己的笔记本上，端端正正地写下了几行字："爱有大爱和小爱之分，小爱成全自家，大爱成全国家。两者于一人之经历中兼而有之，是万幸人生。如果两者不可能兼得，我决定弃舍小爱，选大爱。请许子鹤现在和未来的亲人们，原谅我这一决定吧！岳飞忠孝尚不能两全，我许子鹤又岂能做得到！"

天一亮，许子鹤就按响了朱德住处的门铃。

一见朱德，许子鹤便开门见山谈起了自己的想法。

"我一直在德国学习数学，如果上数学课自然没有问题。但政治方面的理论我都是自学的，缺乏系统性，瞿秋白的文章我读过几篇，与他的理论水平相比，我还相差很远。组织上派我去，我许子鹤怕完不成任务呀。"

朱德心里顿时亮堂了几分。这就是学数学多年的许子鹤的说话方式，朱德了解，他不是故意找原因搪塞，而是在说出困难和疑问的时候，心里已经考虑成熟了。

望着许子鹤，朱德笑了笑，然后心平气和地说："组织上确实考虑过你的情况，因此，派你去莫斯科东方大学，不是像秋白同志那样去当教员，而是既去当学员，也去当教员。当学员，是你要跟班学习共产主义和俄国十月革命的理论；当教员，就是让你去辅导一些和数学有关的课程，比如测量课、几何学和军事观察课什么的。"

旭日东升，许子鹤和朱德两人走到院子里，向着东方，举头凝望许久。

"转告组织，我许子鹤已经想通，服从组织安排。何时启程，请提前告知。"

"好的！我明天即向组织转告你的态度和决定。"

那天上午，阳光照耀下的哥廷根依然很冷，但两个中国留学生的心却是温暖如春，心潮难平。哥廷根向来喜欢别样的年轻人。整座城市宛如劝退了所有的行人，为这两个特别的中国人特意腾出广阔的空间，看得见的几何的、物理的空间和看不见的思维的、想象的空间，供他们行走，供他们憧憬。两人沿着莱纳河走了半天，也谈了半天。两人的步伐轻盈坚定，话语低沉稳健。两人心里明白，时光如行云，时光如流水，一对好兄弟，即将分别。

最后他们谈到了个人的前途和国家的命运，它们能像冬日的阳光一样明朗和煦吗？年轻的许子鹤和朱德不知道。但两人心里清楚，冬日的阳光虽然不如春天般温暖，不如夏天般炽热，不如秋天般绵长，但却逐渐灿烂明朗，这是一种乍暖还寒，一种由负及正，一种脱茧不缚的力量积聚过程。这个过程有时候是自发的、主动的、顺利的，有时候是引发的、被动的、曲折的，虽然趋势不可逆转，但其中不乏狂风，不乏暴雨，不乏冰霜，不乏雷电，这个季节中的人们需要等待，需要忍耐，有时候也需要挺身而出，抗击灾难。朱德和许子鹤两人相约，既然做出了选择，就算前程未卜，也要执意前行……

第十六章

明天，许子鹤即将告别哥廷根。

今晚，一场盛大的欢送晚会在迪特瑞希教授家举行。

宽敞的客厅内，一张铺有洁白桌布的长条桌两边，端坐着迪特瑞希教授夫妇邀请的嘉宾，哥廷根大学数学系几对教授夫妇，其中包括系主任希尔伯特教授夫妇，欧洲三大汉学家之一的汉学系主任穆勒教授夫妇，几位哥廷根著名的油画家和他们的夫人也位列其中。这些人的名字在哥廷根乃至在整个德国，都如雷贯耳。

每位嘉宾到来的时候，迪特瑞希教授夫妇都在门口盛装迎接，身边站立着西装革履的许子鹤博士。

来宾手里都拿着礼物和鲜花。先是由夫人向许子鹤递上鲜花，然后是先生送上礼物，最后是一番热情洋溢的祝贺。礼仪完毕，男女来宾都会从两位服务生手中拿起一杯法国香槟或是德国"雷司令"，执杯在客厅里低声交谈。两位忙前忙后为客人端茶倒酒的"服务生"不是别人，正是克劳迪娅和她的同学罗拉。

宴会开始，迪特瑞希教授邀请希尔伯特主任讲话。

希尔伯特教授能参加自己的博士学位庆祝宴会，许子鹤怎么也没有想到。能与这位世界上最著名的数学家一起喝杯咖啡，单独聊上几分钟时间，是哥廷根大学每个学生的梦想。而今天，希尔伯特教授将为他的庆祝晚宴讲话，许子鹤内心感到无上荣幸。

通过几年在哥廷根大学数学系的学习，许子鹤和他的同学们一样，对希尔伯特的尊敬达到了无以复加的地步。在与其他中国留学生谈及自己所在的数学系时，许子鹤经常讲到两个人的故事，第一个是系主任希尔伯特教授，第二个是副主任迪特瑞希教授。

每次怀着崇敬的心情说到希尔伯特，许子鹤都会从1900年巴黎国际数学家代表大会谈起。在这次会议上，希尔伯特发表了题为"数学问题"的著名讲演。正因那次讲演，他被公认为一位数学全才。讲演根据过去特别是十九世纪数学研究的成就和发展趋势，总结出了二十三个最重要的数学问题，涉及数学的各个领域。二十三个"希尔伯特问题"后来成为全世界数学家力图攻克的难关，二十多年过去了，有些已得到圆满解决，有些仍悬而未决。希尔伯特在那次讲演中不但归纳出了问题，还坚定地提出了自己的信念——"每个数学问题都可以得到解决"，这对所有从事数学研究的人来说，是一种巨大的鼓舞。在许子鹤入读哥廷根大学数学系那年的开学典礼上，希尔伯特主任讲话时再次重申了自己的信念，许子鹤鼓掌时把自己的双手拍得通红。

刚跟迪特瑞希读博士时，许子鹤就从他嘴里就听到了希尔伯特教授的一则故事。1916年，才华出众的埃米·诺特女士来到哥廷根大学数学系。希尔伯特决定让她留下来当讲师，辅助系里相对论的研究工作。但当时德国社会对妇女从事学术研究歧视仍然较深，希尔伯特教授的做法引起了大学里一群古板教授的强烈反对。希尔伯特怒不可遏，不惜与他们唇枪舌战，说出了哥廷根人人皆知的一句名言："先生们，这里是学校，不是澡堂！"面对教授们的围攻，希尔伯特没有退却半步，最后决定让诺特以自己的名义代课。诺特果真不负名师提携，不但用"正规坐标"将微分不变量问题转化为纯代数不变式问题，而且还讨论了关于连续李群的不变量。作为后者的特例，给出了变分问题中欧拉方程中的恒等式。所有这些都对近代物理的发展起到了巨大的推动作用。从那时开始，她逐渐为数学界及物理界所瞩目。最后，她专注抽象代数中的"理想论"，开创了"算术质"研究的先河，成为了世界上首屈一指的女数学家。

讲完这则故事，迪特瑞希教授感慨地对自己的博士生说了一句话："数学是复杂的，但更复杂的是社会，所谓完美的人生，就是先学好数学，然后有勇气再去应对更复杂的社会。"

迪特瑞希教授赞美同行希尔伯特教授的这句话，深深地烙在了许子鹤心中。

希尔伯特教授在宴会上讲了三句话。

"许博士，通过你，我才认识了未知的中国，送你一本书，请你把它带回中国！"希尔伯特教授说出了他的第一句话。

说着话，希尔伯特教授拿出了赠送许子鹤的礼物，是一本他自己撰写的德语版的《几何基础》。许子鹤接过希尔伯特的签名书，激动得双手颤抖。

许子鹤如此激动，并非偶然。德国当时流传着一句话："成年人不知道希尔伯特的《几何基础》，就像孩子不知道格林兄弟的《格林童话》。"古希腊数学家、被称为"几何之父"的欧几里得著作《几何原本》奠定了几何学基础，但随着数学学科不断发展，《几何原本》逐渐显现出诸多不完善之处。希尔伯特不囿权威，所著《几何基础》对欧几里得几何及有关几何的公理进行了更进一步的阐释。这本书不仅为欧几里得几何提供了完善的公理体系，还给出证明一个公理对其他公理独立性，以及一个公理体系确实为完备体系的普遍原则。希尔伯特的著作一经问世，立刻在欧洲被奉作经典，各个大学纷纷选作教材，并修订再版多次。但中国还没有出版希尔伯特著作中文版，况且希尔伯特送给自己的还是最新的修订版。这对中国和许子鹤来说都是弥足珍贵的礼物。

"据我所知，目前中国需要数学，但更需要数学以外的东西，你为前者努力，我作为数学研究者高兴；为后者努力，我作为你的老师高兴。"

希尔伯特的第二句话，流露出他的真实心声，也是他人生的真实写照。希尔伯特在哥廷根在德国受到尊敬，一部分是因为卓越的数学成就，而更主要的原因，是因为他的正直人格。1914年，德国皇帝威廉二世发动第一次世界大战，德军侵犯中立国比利时后，英法等国纷纷谴责德国"炫耀武力"。为了寻找战争"合理"借口，同时也欺骗国内人民，德国发表《告文明世界书》。在这份宣言中，德国毫无遮掩地声称:"若不是由于德国的赫赫战功,德国文化早就荡然无存了。"宣言还骄横无耻地为德国进行辩护,妄称"任何民族都应受到德意志民族的领导"。当时,X射线的发现人伦琴、进化论学者海克尔、量子论创始人普朗克等九十三名德国著名科学家、艺术家、学者和牧师共同签署了这份臭名昭著的宣言。宣言一发表,立即遭到一批有良知的知识分子的反对,希尔伯特就是其中坚定的一位。他不但断然拒绝签字,而且还在战争期间,公开发表文章悼念"敌人的数学家"法国人达布以示抗议。希特勒上台后,希尔伯特教授对于纳粹政府排斥和迫害犹太科学家的政策,再次给予强烈抵制,并冒着生命危险毅然上书反对,在德国科学界可谓凤毛麟角。当然,这是许子鹤离开哥廷根很多年以后的事了。

希尔伯特教授的第二句话,说得许子鹤心底透亮。正如大师所言,中国需要数学,但此时的中国,外强横行,军阀割据,战火绵延,灾难连天,绝大多数底层民众衣不蔽体食不果腹,生命的保障和行动的自由都难奢望,又怎能安坐书桌,恬静地学习代数、演练几何?在哥廷根这几年,许子鹤经常去书店看书或买书,去一次心里酸楚一回。每次在书店里看到德国报刊上刊发的有关中国时事报道的插图,他的心就犹如被针扎锥刺一般。每幅插图中的中国人都是一个模样:斜眼、塌鼻、赤脚、两颗龇出嘴外的大门牙,外加一个拖地长辫。还有书店销售的明信片,涉及中国题材的画面也几乎如出一辙,即清朝中国各种各样血腥的死刑照片或者示意图——剥皮、腰斩、车裂、大卸八块、凌迟、缢首、烹煮、宫刑、刖刑、插针、活埋、鸩毒、棍刑、锯割、断椎、灌铅、梳洗……每张明信片上,还配有对各种酷刑细节的文字说明,令许子鹤印象最为深刻的是对"梳洗"的描述——"用铁刷把人犯身上的肉一次次剐梳下来,至肉尽骨露,嚎叫咽气而亡……"

这么多种类的酷刑,许子鹤并不是刻意记住的,而是德国人包括孩子经常问他一个又一个这样的"中国发明"后被迫记住的。他拼命想忘掉这些让他感到羞辱的"发明",但他想甩也甩不掉。对并无恶意的德国人的提问,每解释一次,许子鹤的心就流一次血。德国人的问题,许子鹤大部分可以回答,但有一个问题,他始终不知该如何应答:"中国人的心和我们欧洲人的不一样,怎么那么狠?"

加入旅欧支部后,一次在巴黎大学举行德法留学生代表交流会时,许子鹤见到了周恩来,向他提出了这个问题。周恩来告知了答案:"在欧洲,每个留学生都遇到过同样的遭遇,我自己在柏林、在慕尼黑、在巴黎时,不少德国人和法国人都问过我这个问题。我的观点是,'狠心'的不是中国人,而是中国的社会体制。中国之封建社会,普通百姓的地位在统治者眼里形如猪狗。对待猪狗,是杀,是剐,是烹,是煮,只不过是屠宰的方式不同,百姓的结局都是悲惨的。"

一语中的,许子鹤佩服周恩来的分析。两人聊到最后,周恩来告诉许子鹤:"我们这些来欧洲学习的中国人,回国后的最主要任务,就是让统治者知道,普通百姓不是猪,也不是狗,是人!欧洲已经做到了,我们中国也能做到,也要做到!但要知道,这个过程会很长,很苦,在这个过程中,甚至还会掉脑袋。"

许子鹤豁然开朗。

这时，许子鹤忽然想起了旅欧中国留学生中流传的一首脍炙人口的绝句来。这首诗就是站在自己面前，比自己长两岁的周恩来负笈日本时，用热血和豪情写下的。

> 大江歌罢掉头东，
> 邃密群科济世穷。
> 面壁十年图破壁，
> 难酬蹈海亦英雄。
> ……

希尔伯特的第三句话很长，许子鹤听后豪情万丈。

"哥廷根大学培养了一批自己得意的学生，拿破仑、俾斯麦、奥地利首相克莱门斯·梅特涅、柏林洪堡大学创办者威廉·冯·洪堡、诗人海涅、哲学家亚瑟·叔本华、社会学大师马克斯·韦伯等等，我希望你在二十年或者三十年后回来时，那时候的数学系主任在参加中国留学生的博士庆祝酒会时，能提到你的名字。"

对这个问题，许子鹤从来到哥廷根大学的第一天起就白天思，夜里梦。数学家？对，数学家！这是许子鹤心目中最初的奋斗目标。哥廷根大学有高斯、克莱因、黎曼、希尔伯特和迪特瑞希，他们都是世界级的科学家，是数学夜空中璀璨的星斗，形成了令万人折服的"哥廷根学派"。中国呢？古代有，近代却没有。他许子鹤最大的愿望就是回国后，在中国的一所大学建立自己的数学研究团队，形成"北京学派""上海学派""广州学派"抑或"南京学派"。

在北京和武汉认识邓翰生、恽长君后，他的思想有了一些变化，在哥廷根遇到朱德后，他有了更加异于往常的想法。加入旅欧支部后，这种崭新的想法变成了坚定的信念。今天，听了自己崇拜的希尔伯特大师的临别赠言，更使许子鹤对自己选择的未来道路充满自信。为中国数学奋斗而成功，是科学救国，技术救国，是英雄；为数学以外的东西奋斗而成功，唤醒千千万万民众，使其不再继续猪狗牲畜一样地生活，是民主救国、革命救国，亦是英雄，甚至是更伟大的英雄。

逐渐地，从哥廷根出发的未来人生之旅在许子鹤心底清晰明朗起来。清晰得如莱纳河的流水，明朗得如哥廷根的天空。

经过一番思考，许子鹤在心里把自己的人生旅途分成两大段。第一段奋斗的内容不关乎数学，关乎自己苦难的国家和民族。他许子鹤要去呐喊和奔波，"让统治者知道，普通百姓不是猪，也不是狗，是人！欧洲已经做到了，我们中国也能做到，也要做到！"等第一步实现了，也就是周恩来所说的"破壁"之后，炮声息，炊烟起，鸟语鸣，自己的祖国应该像德国、法国、荷兰和奥地利等等自己去过的欧洲国家一样，处处挂起黑板，书声琅琅，他许子鹤不再干其他的工作，不管做多大的官也不管挣多少钱，他都会放弃，而要去大学教数学，教容易理解的代数、几何、微分可以，教难学的谱分析、泛函分析、拓扑学、微分几何也可以。

当然，数学博士许子鹤也知道，这只是自己的想法。在茫茫人海中，一个人的力量是有限的，在漫漫人生征途上，改变生命轨迹的"拐点"也绝不是"小概率事件"。对未来的不确定性，许子鹤明白，任何代数和几何不能描绘，任何函数和方程不能预测。因此，他心里再清楚不过的是，自己期望的两步人生目标不可能像手心手背一样界限分明。还有一种可能，人的一生不可能有那么长的时间既走好第一步，又走好第二步。针对一个个无法解决的问题，许子鹤有自己的对策。他笑着给旅欧支部的很多同志讲过自己的对策："如果能用二十年或者三十年的光阴实现第一步，那我就用余生接着走第二步；如果一辈子的光阴只能完成第一步，自己也很欣慰和自豪，那就下辈子再实现做一名数学教师的夙愿……"

希尔伯特讲话的时候，许子鹤专心致志地看着他。与此同时，也有一个人深情地盯着许子鹤。这个人没有和众人一起端坐在吃饭桌旁，而是站在大厅的一角，她就是克劳迪娅。

迪特瑞希教授夫妇今晚从哥廷根一家高档的西餐厅找来了两位厨师，却没有找在厨房和客厅之间忙碌的服务生。因为自己女儿和她的朋友罗拉愿意为尊贵的客人跑前跑后。罗拉今晚穿梭不停，克劳迪娅却一反常态，每当许子鹤站起来接受礼物，或者其他客人看着他讲话，她就不动了，站在客厅的角落里凝视着许子鹤的一举一动。罗拉为此催过她好几次，说客人不是酒杯空了，就是菜碟见底了，克劳迪娅这才悻悻地挪动脚步走进厨房。

希尔伯特讲完话，和许子鹤握了握手。两人握手的时候，希尔伯特教授说："数学系很希望你留下来做教师，但听迪特瑞希教授讲你不愿意。我们不强求，先回国也好。你今后如果愿意回到哥廷根，对你，我们数学系随时欢迎。"

客厅内顿时响起热烈的掌声，许子鹤鞠躬致谢。克劳迪娅忘记了自己服务生的身份，竟然把托盘放在地板上，和客人们一起鼓起掌来。

许子鹤真诚地鞠过躬，然后动情地致辞鸣谢："我们中国有句古语，叫'听君一席话，胜读十年书'，此时此地，这番话就是我真实心情的写照。来哥廷根五载有余，在各位导师的课堂里，我走进了深邃无限的神圣数学殿堂。在这个神圣的殿堂中，我有幸得到希尔伯特、迪特瑞希等教授耳提面命的教诲，获益匪浅。德国先贤有'我爱我师，我更爱真理''对真理的追求比真理的占有更为可贵'等脍炙人口的名言，我从诸位老师身上见到了这种伟大的科学精神。两千年前，史学家司马迁在中国最伟大的书籍《史记》中就引用过一句谚语，叫做'桃李不言，下自成蹊'，学生许子鹤一定不会忘记大师的谆谆教诲，把在哥廷根所学的数学知识和所领受的大师精神带回中国，待数年之后，煮酒论英雄，谈笑凯歌还……"

短短的几句即席发言，许子鹤不但提及了希尔伯特教授非常欣赏的亚里士多德和德国诗人莱辛的两句名言，还引用了两句在中国家喻户晓的古语，全场再次报以掌声。

克劳迪娅一直没有走，她大大的眼睛一直盯着许子鹤炯炯发光的眼睛。许子鹤讲话的最后一个字"还"还没有吐出口，克劳迪娅就率先鼓起了掌。过早的掌声引来饭桌两旁的女士先生们纷纷将目光转向客厅墙角。他们看到了形单影只但亭亭玉立的克劳迪娅，看到了腼腆羞涩但毫不怯场的克劳迪娅。贵宾们一阵哈哈大笑之后，不约而同地随着克劳迪娅的节奏鼓起了掌。

迪特瑞希教授和夫人也看到了克劳迪娅。父母最了解自己的女儿，一阵说不出的酸楚顿时涌上两人心头。他们知道，眼前这位中国的小伙子将会带走女儿的心，尽管女儿对此事一句话都不曾说过。他们明白克劳迪娅此时的心情，但他们一点也帮不上女儿的忙。除了跟着女儿鼓掌，他们什么都做不了。

迪特瑞希教授夫妇的掌声比任何一位贵宾的都响，都长。

晚宴和讲话穿插进行。汉学系主任穆勒教授讲了话，他是用流利的汉语讲的，最后以孟子的一段话收尾，算是给许子鹤的临别赠言："天将降大任于斯人也，必先苦其心志，劳其筋骨，饿其体肤，空乏其身，行拂乱其所为，所以动心忍性，增益其所不能。"

桌子两旁的嘉宾听不懂孟子的话，穆勒教授请他的学生克劳迪娅翻译。克劳迪娅过去听许子鹤讲过这段话，也从许子鹤口中知道了这段话的含义。后来在大学汉语课上再学这段话时，她一股脑地把整篇课文背诵了下来。

手里拿着托盘的克劳迪娅站到父母身边，用德语开始了翻译。在翻译之前，她绘声绘色地介绍了这段话的背景——"舜是中国最有名的帝王之一，但他原来种了很长时间的庄稼；傅说原来是个泥瓦匠，后来被任用为官；胶鬲贩卖很长时间的鱼盐后，才被人发现才能；管夷吾坐了多年监狱，放出来后当了国家的大臣，上帝之所以要这样做，有他的道理，就是要通过这些苦难使今后承担重任的人的内心不松懈，每时每刻都处于警觉之中，促使他的性格比其他人更坚定，赋予他其他任何人都不具备的才能。"

克劳迪娅的"德式"翻译一结束，客厅内顿时掌声一片。许子鹤也使劲鼓掌，他没有想到，克劳迪娅的汉语进步会如此之大。这一年多时间，许子鹤在有意回避克劳迪娅，同时，克劳迪娅也在有意回避许子鹤。他们俩已经很长时间没有单独见面了，要不是爸妈在家里举办这场宴会，不知道两人还能不能在哥廷根见上一面。

但一旦有了相见的机会，两个人便谁也左右不了自己。两人目光的每次相遇，都是两人情感巨大而惨烈的撞击，无望的呐喊响彻两人的内心世界。但嘉宾听不到，迪特瑞希教授夫妇听不到，只有许子鹤和克劳迪娅两人听得到。

撞击声震耳欲聋。

撞击声撕心裂肺。

一位画家突然说话了："可爱的克劳迪娅，能不能向你提个问题？"

"请！"克劳迪娅落落大方。

"在中国，一个人做成一件大事，非要受那么多苦难吗？在我们德国，卓越的人也需要克服困难，但没有您说的那么严重呀！"

这是个简单的问题。但问题越简单越难以回答。

迪特瑞希教授夫妇和许子鹤都替克劳迪娅捏一把汗。

克劳迪娅稍作停顿，便接了话："菲西特先生，您知道中国有多大吗？"

画家菲西特先生摇了摇头。

"人口是德国的十倍，面积是德国的二十倍，所以，做好一件事要想在中国赢得认可，至少要比在德国多花费十倍的时间，多付出二十倍的心血，不受那么多的磨难能行吗?！"

许子鹤带头鼓起了掌，客厅内随即掌声一片。

"可爱的克劳迪娅，我能否再提一个问题？如果今晚宴会的主角许博士今后回到中国，多年之后，他成功了，名气很大，但整个人啊，被折磨得面无血色或者遍体鳞伤，你愿意看到这样的结果吗？"

客厅内安静了下来。每一个人都眼睁睁地望着克劳迪娅。

许子鹤此时也望着克劳迪娅。

低头愣了一会儿之后，克劳迪娅把目光转移到了许子鹤那里。许子鹤向克劳迪娅点了点头，示意是让她回答，他许子鹤回到中国后不怕吃苦受累。

克劳迪娅看懂了许子鹤的示意，但她愣在父母身边，傻傻地站着，几次蠕动嘴唇，却说不出话来。

迪特瑞希夫人站了起来，把女儿轻轻搂在怀里。

内心经过一番剧烈斗争的克劳迪娅，双目圆睁，很坚定地冲着画家嚷了一声："不愿意！"

客厅内顿时爆发出一阵哄堂大笑。人人打趣克劳迪娅的可爱和天真。

许子鹤没有笑。

迪特瑞希教授夫妇没有笑。

他们三个明白克劳迪娅的心，怎么都笑不出来。

在众人的笑声中，克劳迪娅紧捂自己的嘴巴，跑着离开了客厅，直到宴会结束，客人们都没见到姑娘的影子……

第二天黎明，朱德等好几位留学生送许子鹤去火车站。他们在许子鹤的门口，发现了一个白色布包。许子鹤打开布包，里面装着两件东西。一件是厚厚的，宽宽的，长长的，纯羊毛蓝色男士围巾。另一件也是条崭新的纯羊毛围巾，红红的绒绒的，两头织有典型欧洲风格的飘穗，其中一端绣着的一朵白色玫瑰，在红色围巾上格外显眼——是条女式围巾。

在布包的底层，许子鹤发现了一张纸条，上面写着一行字。

"送给你和你的未婚妻！"

落款署名是四个字——"牧鹅姑娘"。

第十七章

莫斯科是别样的。

许子鹤到达莫斯科的时间是三月中旬。这个时节的中国，草长莺飞，鸟语花香，春风吹绿江南岸。这个时节的德国，山坡、田野、湖畔、房前屋后开满了紫色、蓝色、白色的矢车菊，莱茵河两岸山巅的城堡插上了春天的旗帜，一首首轻快的行船曲激荡起一排排波涛，升腾起一朵朵浪花。

莫斯科还是严寒的冬季。气温在零下三五度徘徊，大地上覆盖着白皑皑的积雪，湖面上凝结着厚厚的冰层，大街上的行人都包裹在严严实实的冬衣里，与寒冷的外部世界彻底地隔绝开来。实际上，莫斯科的春天和中国、德国的春天一样温暖和煦、一样清澈妩媚、一样让人心花怒放，但那是两个月以后的事情了。

外面的世界是寒冷的，但许子鹤的心却格外炽热。

莫斯科火车站出口走出来一个时髦的青年。许子鹤双手各提一个四四方方的欧式皮箱，身着乳白色法国西装，外披墨绿色加厚毛呢大衣，脚蹬两节式意大利褐色皮鞋，头戴典雅的西班牙礼帽抵达了莫斯科。这番打扮，在德国城市常见，在俄国却显得格外显眼。这身绅士套装，不是许子鹤自己主动购买的，而是他的父亲知道儿子博士毕业，没有半点犹豫就汇来两百大洋，督促着他置办的。在父亲的来信中，有这样一段话："儿子，听说你又要去冰天雪地的俄国，我们不想让你去，但知道也管不了你，去就去吧，你母亲非让我给你寄点钱，说都是博士了，置办一些上等衣物，别让外人瞧不上。买好后穿着戴着照张相给我们寄回来，再苦再累，看看博士儿子的照片我们就心安了……"

东方大学在莫斯科是个神秘的地方，学生宿舍位于莫斯科中心的苦行广场旁花园街的一栋三层建筑内。许子鹤和接站人员一同到达学校的时候，几十名学员都从宿舍中跑了出来，不约而同地聚集到楼前花园的空地前，满怀好奇地迎接一位令他们期待的人物。学员们之所以如此期待，是因为校方提前通知过，一名留学德国的博士今天将要到达莫斯科，也要和他们一起学习生活。从中国来的学员绝大部分都是中学毕业，不要说洋博士，就连一个正规的国内大学毕业生也难得一见。

许子鹤从马车包厢中跳下，出现在楼门口的时候，惊叹声响成一片。

罗琳拉了一下张宜珊的手，轻轻耳语了一句："大姐，像，和我想象中的一样！皎皎白驹，在彼空谷，生当一束，其人如玉。"秀气的罗琳是位上海姑娘，来莫斯科之前是静安中学刚毕业的十九岁的学生。张宜珊比罗琳大二十岁，戴一副金边眼镜，是武汉通衢中学的一名历史老师，是恽长君领导的武汉共产主义小组的核心成员。张宜珊看了许子鹤一眼之后，便认同了罗琳的话。不过她没有说话，只是轻轻握了一下自己手中罗琳的四个手指，算是肯定。

罗琳和张宜珊不是在莫斯科认识的，两人在上海曾一起学习过四个月。陈独秀等人在上海法租界霞飞路新渔阳里六号创办了上海外国语学社。学社名义上向社会公开招生，实际其学员均由各地共产主义小组选送。学员主要学习俄语，同时也学习马克思主义著作。培训合格后，才被组织秘密送往莫斯科东方劳动大学开始正式的学习。罗琳和张宜珊分别是上海和武汉两地推荐的学员。

"一身好料子！一身好料子！"在这批来莫斯科学习的人员中，魏乾是最不爱说话的一个，但这次他怎么也忍不住连声啧啧称赞。这与他的职业有关。三十三岁的魏乾是上海纱厂的机修工，一直与纺线和布料打交道，看什么都不稀奇，但见到好布料或者材质好的服装，两个眼珠子顿时发光。能来莫斯科，魏乾心里最感谢的人是邓翰生。邓翰生去调查上海工人工会组织运转状况时，认识了魏乾，两人一见如故，合作完成了五篇"沪江工运"的调查报告。起初魏乾不想出国学习，而要坚守在工运一线，在邓翰生的再三劝说下才来到莫斯科。

"洋买办！洋买办！"南京人董义堂轻轻喊了一句，人群中顿时爆发出一阵笑声。壮实身板的董义堂来莫斯科前是江浦车辆厂的工程师，是南京共产主义小组的首批成员，年龄四十五六岁，因两颊长满络腮胡子，看起来要比实际年龄大上七八岁。

西安来的大个子邢威武原来是个邮局职员，平时没事爱吼几嗓秦腔，嘴里不是什么"米脂的婆姨绥德的汉，清涧的石板瓦窑堡的炭"，就是什么"孟原的风赤水的葱，再来一盆武功县的烧鸡公"，整天吼得大家个个对陕西充满了神往。这一次，他用洪亮的嗓门接了董义堂的话把："不对，不对，哪里是什么洋买办，是标标准准咱陕西娃，会做面，不信大家看看他脖子上挂着什么！"众人目光齐刷刷射向许子鹤胸前，他的领口系着一条黄色的领带。

"扯面宽得像裤带，系在脖前吃起来。"邢威武随后的一句道白惹得四周再次笑声一片。

"Hello，大家好，我叫许子鹤，以后请多多关照！"在众人的包围中，许子鹤环绕一周，微笑着向大家致意。

"有人说你是陕西娃。"罗琳突然问了一句。

许子鹤没有听清问题，他也没有想到会有人问这个问题，一下愣在原地。

罗琳在众人的嬉笑中又重复了一遍。

"Nein（不对）！Nein！长安大道连狭邪，青牛白马七香车！西安是我向往的地方，真可惜我不是陕西娃！"许子鹤背出卢照邻《长安古意》第一句的时候，众人皆惊。

"那你是哪里人？"罗琳问。

"'瘴江南去入云烟，望尽黄茆是海边'。如果你理解这两句诗，就知道我是哪里人了。"众人都没有料到，许子鹤又用两句诗来回答大家的问题。

罗琳摇了摇头。

很多人都摇了摇头。

"许博士是广东人。他说的是唐代大诗人柳宗元《岭南江行》的开篇两句。"北京来的俞清澜说话了。五十多岁的俞清澜是班里旅莫支部的书记,来莫斯科前是北京济世印社的主笔,精通古文,面容消瘦,鼻梁上挂着一副深度近视眼镜,那可是学问的标志。在来莫斯科之前,俞清澜是北京共产主义小组的成员之一,与李大钊来往密切,李大钊的很多文章都是经他编辑后在党内刊物上先发表,尔后才在社会上公开出版。

"Ja（对）,正是,广东澄海人。"许子鹤点头肯定。

哈尔滨人耿之江是这批学员中唯一一个之前到过俄国的人。他十岁时跟着做皮毛生意的爷爷来的。这次来莫斯科前,他掌管着爷爷开的十几家洋行中最大的一个,地处哈尔滨最繁华的中央大街。

"你是德国的博士?"耿之江问。

"是的。"

"往西最远我到过圣彼得堡,没有到过更西的德国。马克思和恩格斯都是德国人,你去看过他们的老家吗?"

许子鹤笑了笑,开始叙述。

"Ja,去过。马克思的老家德国西部小城特里尔,是座具有两千多年历史的古罗马城市,小城坐落在狭长的摩泽尔河谷盆地中,有青山绿水,有雄伟的城门和十几里长的城垣,有气势恢弘的竞技场和别处极少见得到的罗马式大教堂,还有山坡上层层叠叠的葡萄园。伟大的城市产生伟大的人物,马克思在他十七岁所写的《青年选择职业时的考虑》这篇中学毕业论文中,就表达了'为人类的幸福而工作'的非凡志向。中学毕业后,马克思离开故乡进入波恩大学,后转学到柏林洪堡大学学习法律,还研究过数学,但他大部分时间学习感兴趣的哲学,以博士委员会成员一致认可的成绩获得了耶拿大学的哲学博士头衔,由于投身于工人革命和宣传共产主义学说,马克思和妻子燕妮被驱逐出德国,先后流亡伦敦、布鲁塞尔、巴黎等城市,是一个地地道道的世界公民……"

"再说说恩格斯吧!"罗琳兴奋地说道。

"恩格斯的故乡位于著名的鲁尔工业区巴冕城——艾伯费尔德市,那里纺织工业特别发达,恩格斯的父亲是位从事纺织业的资本家,在德国以及欧洲各地都有工厂和销售公司。年幼的恩格斯与纺织工人接触很多,他们的苦难生活恩格斯看在眼中,记在心里,从那时起,他就对从事生产的工人产生了同情感。中学毕业后,恩格斯的父亲希望儿子继承庞大的家业,就让他学习经商,为今后赚取更多的财富做好准备。具有远大志向的恩格斯最终没有守在隆隆的纺织机旁,而是寻找救赎苦难纺织工人的自由之路,他开始热衷于撰写政治性时评,并与当时担任科隆《莱茵报》编辑的马克思开始书信来往……"

听到许子鹤讲述恩格斯的故乡是座纺织城市,魏乾的眼睛一下子亮起来,与此同时,他的两只耳朵忽然抖动起来。这是魏乾的职业习惯。在上海的纺纱厂走一遭,通过不停抖动的双耳,魏乾就能听出数百台纺纱机中哪一台发出的响声有异常。来到莫斯科后,听不到轰鸣的纺纱机声,但一听到"纺纱"或者"纺织"这两个词,魏乾的耳朵就会不停地抖动。抖动着双耳的魏乾喃喃自语:"这辈子一定要去那里看看,这辈子一定要去那里看看!"

站在楼门口,许子鹤一连讲了半个钟头。所有的中国学员都紧盯着许子鹤的脸,没有一个人跺脚,没有一个人捂脸,也没有一个人在冷风嗖嗖的冬天里感觉到半点儿寒意,直到东方大学中国班的苏联老师们一齐过来看望许子鹤,中国学员才簇拥着许子鹤走进宿舍楼。

在过道的黑板上,许子鹤看到中国班分成了四个党小组,自己所在小组的组长是董义堂。

第二天,许子鹤的莫斯科学习生涯就正式开始了。

一大早,许子鹤就起了床,开始锻炼身体,这是许子鹤从北京大学求学起就养成的习惯。他先绕苦行广场跑步,边跑边向身旁的苏联人打招呼。苏联人很友善,个个都向这个不怕冷的中国人点头微笑。一圈跑完,许子鹤的身体微微出了点汗,他没有直接回宿舍,而是来到宿舍楼后的花园里做俯卧撑。五六十个俯卧撑做毕,全身已经大汗淋漓。然后他开始绕花园慢慢倒走,走完五十圈,汗水渐渐晾干,他才回到宿舍的公共浴室冲澡。

这个过程,许子鹤每天都重复一遍,从不间断。大家问许子鹤其中的奥秘,他慢条斯理地回答:"跑步练腿,俯卧撑练臂,倒走练脑。"调皮的耿之江说:"光锻炼这三个地方,身体其他部位的功能不就都衰退了?你这个博士的锻炼方法不科学!"

听完耿之江的话,许子鹤先是三声否定的"Nein",然后笑呵呵地解释。

"数学上讲,三点成一面,把身体从下到上的三点逐一练过了,三点中间的其他点比如胯、腰、腹、颈都在这个面上,三点动,点带动面,面就动了。面动了,其他点不动也得动!"

耿之江无言以对。

"佩服,佩服!不愧是数学博士,什么事都能用数学解释。"站在一旁的董义堂、魏乾和邢威武交口称赞。

从此之后,班里的一半学员开始锻炼身体,采用的方法都是"三点成一面"的许氏法。当然,绝大部分学员完成不了许子鹤的运动量,但每个人都有自己的度,只要完成"先微微出汗,再到大汗淋漓,最后至汗水退去"这个过程就行。

早锻炼的习惯还解决了另外一个问题,即晚上洗澡排队拥挤的问题。对这个问题,罗琳故意问许子鹤有没有数学道理。许子鹤想了片刻,说:"世界上的所有问题都是数学问题,洗澡问题也同样。"

在众人哄堂大笑之后，许子鹤说："Fraulein Luo Lin（罗琳小姐），你听听我说的有没有道理。你知道，宿舍洗澡间只能满足一半人同时用，宿舍这样的条件在数学上称为前提。在这个前提下，如果所有学员晚上集中洗，洗澡间单位时间内的满足率最多是百分之五十，早上都不用，满足率则是零；现在早晚各有一半人用，洗澡间单位时间内的满足率都是百分之百。"

"洗澡问题还真的是数学问题。"罗琳像耿之江一样无言以对，心服口服。

众人又是一阵大笑。大家都知道许子鹤在逗两个年轻人玩，但都没有想到，博士"信口开河"说出来的理由都那么睿智，不禁让人眼前一亮。

东方大学开设的课程很多，有革命理论课、俄语课、国际形势课、军事基础课、文献阅读课和考察课等等。其中最难的是理论课，比如《国家与革命》《共产党宣言》《资本论》还有《共产主义 ABC》等。许子鹤花费时间最多的就是理论课，虽然他过去在德国阅读过《共产党宣言》和《资本论》，但理论怎样与革命活动结合，他没有经历过，也没有思考过。在苏联老师的辅导下，许子鹤逐渐知晓了很多理论的价值和意义。

一个学期的理论课结束后，许子鹤分别给邓翰生和恽长君写了一封长信。

两封信都谈到了他对马克思主义的新认识："经过这段时间的学习和考察，在苏联同志的指导下，子鹤可谓醍醐灌顶，头脑越来越清晰，心里越来越亮堂。我没有想到，革命理论课和数学课一样有趣，或者说更有趣。我知道'有趣'这个词太简单，不能表达革命理论课的丰富内涵，但再没有一个词比'有趣'更能形象地反映出我这时对其热爱的心情了。德国人形容喜欢至极的物和人时，不像我们中国人叫'好'或者'很好'，而是说'有趣'，我可能受德国人的影响吧，请别计较子鹤这一点点的'德化'倾向。

关于这学期学习、领会和掌握的东西，容子鹤在此简单地罗列一番，请看看我之提炼总结是否正确——我初步理解了卡尔·马克思和费里德里希·恩格斯关于无产阶级斗争的思想理论，只有自觉地把这个理论当成武器，才能最有动力，最具力量；我懂得了共产主义不可能一蹴而就，而是需要长期奋斗的崇高目标，在各种不同的国家，需要经过不同的阶段，战胜不同的敌人，才能逐渐地最终走进共产主义的'美好庄园'；我懂得了苏联同志特别是列宁同志关于无产阶级建立坚强的、最具战斗性的政党和依靠这样的党进行革命斗争的理论问题；我认识到工人阶级只有组织起来才有力量，无产阶级只有经过武装斗争才能取得工农苏维埃革命政权的本质……马克思、恩格斯两个德国人提出的理论在俄国得到了实践，取得了胜利。这种胜利，可以说开创了人类发展历史上最伟大的新时代，子鹤是多么地期盼，多么地梦想，全世界一切被压迫阶级和被压迫民族的解放道路——苏联的十月革命模式，在我们苦难的中国也能推行，把我们受够欺压蹂躏的劳苦大众从水深火热中解救出来……倘若我们苦难的中国也像苏联一样有那么一天，数以亿计的中国大众将擦掉苦涩的泪水，治愈通体的创伤，高昂起百年从未抬起过的头颅做了国家的主人,子鹤上刀山下火海都心甘情愿——因为神圣,因为崇高,所以值得!"

马克思在伦敦的大英博物馆中埋头钻研经济达十二年,写出的经济学巨作《资本论》,对很多没有数学基础的学员来说,理解和掌握是最难的,加上苏联教师的思维方式和中国学员不一致,再加上翻译准确性等问题,使得学习困难更加突出。旅莫支部书记俞清澜要求许子鹤为大家开展业余辅导。

许子鹤发现,听了一周《资本论》的理论课后,很多同学还没有摸到这门课的重点,内心急躁不安,纷纷认为这门课自己学不了,由此产生了畏难情绪。许子鹤认为,应该先给大家鼓劲儿,于是他对大家说:"我们一定要学好这门理论课,因为这部书太重要了,恩格斯曾这样评价《资本论》,马克思通过这本书,把现代社会关系的全部领域看得一览无遗。"

说完这段话,许子鹤开始了自己设计好的循序渐进的辅导。

"马克思原著的德语名叫'Das Kapital',直译应该为'资本'两个字,现在的翻译加了一个字,称'资本论',显得学术味十足。'资本论'这三个字,说得通俗点就是'论资本'。资本是这门课的关键词,所以大家不要怕,抓住这个词就抓住了这门课的灵魂!"许子鹤借助德语版的《资本论》原名,把"资本"一词解析得清清楚楚。讲明了"资本"这个关键词,许子鹤开始一步步顺水推舟般的诠释。

"大家注意,资本不是一般的东西,它是可以带来剩余价值的东西,没有剩余价值就不存在资本,而没有资本也就不能带来剩余价值。"许子鹤开始解释资本的衍生物——"剩余价值",经过一个晚上的指导,全体学员都知道了"剩余价值"这个词的含义和作用。最后,每个人也都明白了许子鹤的辅导总结:"每个关键词都想揭示说明一个中心内容,资本是《资本论》的关键词,这门课的中心内容正是剩余价值。"

在许子鹤的辅导下,每个学员不但正确地理解了"剩余价值"概念,还都掌握了与"剩余价值"这个概念关联的"工资""成本""利润"等概念的含义以及它们的计算方法。教这门课的苏联教师叫加里宁,除了东方大学的中国班,这位教授同时还给东方大学的其他两个外国班上同样的课。令加里宁教授没有想到的是,期末考试,三个班同样的考卷,中国班的学生全部及格,而其他两个班中每个班都有近四分之一的学生没有通过。

加里宁教授授课的三个班九十五名外国学生中,只有一个学生得了满分。这个学生就是中国人许子鹤。

一个月后,邓翰生和恽长君的来信先后到达。

许子鹤认为,两人的回信会对自己理论水平的提升大加赞赏。如协商好的一般,这样充分肯定的话在两人的信中有,但仅仅是短短的两三句,更多的话是许子鹤没有料到的。

"子鹤弟，如果你是一位从国内到莫斯科学习的青年，能在一个学期之内，在生活还没有完全适应异国条件的情境之下，取得这么多的成绩，认识水平提升如此之快，我一定惊讶不已，佩服有加。但对你，情况就截然不同，我个人认为，你在理论上的提升和完善还有较大的空间，远远没有如我想象的那样。原谅我这么说。你不但要学好、学精、学透学校里的教科书，在业余时间还必须研读大量的马克思、恩格斯甚至列宁同志的著作，而且必须是原著。我们这些人都不会德语和俄语，我党同志中同时懂这两种外语的人也凤毛麟角，天将降大任于我兄弟，兄弟你得吃苦，吃很多苦！尽管心疼你，但话我还必须这么狠心地说。这些苦，你不是为个人吃，你是在替我们吃，替我党的同志吃，为民族解放吃，为国家自由吃……"这是邓翰生的来信。

恽长君的回信一共六页。前三页纸通报国内的情况，后面三页与许子鹤交流对学习的看法。

"你在德国留学时，已经读完《共产党宣言》和《资本论》等几本著作的德文版，应该说，你的共产主义理论基础一点不比国内的同志差，但如果你能在此基础上再多读一些理论书籍，多思考一些问题，则会更加符合你的身份和条件，更加符合组织对你未来工作的需要。党内没有特殊党员，但不是说对个别党员的要求不能特殊，对你的要求就应该特殊，应该更高些。因为，党内像你这样特殊情况的同志确实不多，尽管从心底希望越多越好……建议你阅读《德意志意识形态》、《哥达纲领批判》、《反杜林论》等，这是我前几年反复读过的几本书，你也可以请你现在的苏联老师给你推荐，人家可能比我说得更加系统，对你更加合适……"

读完两封长信，许子鹤跑到东方大学图书馆，一口气借来了十二本书，十本是德文的，两本是俄文的。从此之后，读书占满了许子鹤所有的课余时间。

第十八章

许子鹤白天在大学一丝不苟上课，晚上和业余时间就埋头钻研从图书馆借来的一堆理论书籍。

这些书籍大部分是德语原著，也有一部分是油印的俄语翻译小册子。许子鹤在德国学数学时，对欧洲哲学、历史和社会学涉猎不深，现在遇到的许多问题他自己琢磨不透，中国同伴中也没人能解答，不得已只能一个人骑自行车去莫斯科大学请教伊万诺夫教授。伊万诺夫教授就是那些油印小册子的翻译者，比许子鹤长二十来岁，早年曾经在德国柏林洪堡大学留过学，现在是苏联赫赫有名的马克思学说研究专家。

"伊万诺夫教授，现在德国不少政治学家和哲学家大肆诋毁排斥马克思的学说，说马克思只关注'阶级'、'暴力'和'革命'，而忽略了'人'自身，是非人性、非人道的理论,他们的这种观点已经传到中国,影响很坏,令人担忧!如何批驳他们的这种言论呢?"许子鹤问道。

伊万诺夫教授听完许子鹤的问题,像是早已料及似的,先是笑了笑,向比自己年轻许多的许子鹤投去赞许的目光,然后娓娓道来:"不必担心,你们中国有句谚语叫'真金不怕火炼',说得多好啊,真理就是真金,永远不怕争论和批判!你我都在德国学习过,也都知道学术争论自由。我们要在自由的学术争论中获胜,不能仅仅寻找对方所用批判方法的漏洞,而首先要去研究被批评对象的理论是否正确。如果被批评对象的理论是客观正确的,不管用什么样的批判方法,最终只能使被批评对象的理论更加明晰,更加凸显其伟大,不但不会因诋毁而失去光彩,反而会得到绝佳的和广泛的宣传。"

教授在没有回答问题之前,对待学术争论的态度已经使许子鹤心悦诚服。

"小伙子,现在回答你的问题,马克思主义的主题不但没有忽略人,并且始终以人为出发点,以人为中心,以人为最高目标。人的解放、人的自由、人的自主活动及由此实现的一切人的自由发展,是贯穿于马克思全部理论的主题,是马克思主义确立的、共产主义者为之奋斗的目标。"

伊万诺夫首先亮明了自己的观点,然后,他要带领年轻的许子鹤走进马克思的原著之中,寻找并倾听真理的原声。

"1843年夏天,马克思在德国莱茵省的克罗茨纳赫,撰写了不少批判黑格尔哲学的文章,他掷地有声地指出:'必须推翻那些使人成为受屈辱、被奴役、被遗弃和被蔑视的东西的一切关系'。在他看来,无产阶级的存在体现了真正意义上的人的完全丧失,因此无产阶级的解放必须从'人的高度',从人的解放的意义上来理解。只有通过'人的完全恢复',无产阶级才能解放自己,即解放成为人,达到人的高度。"

许子鹤被马克思八十年前的经典语句所折服,但伊万诺夫的论述还没有完。

"1844年,马克思在他的一部经济学哲学手稿中鲜明地指出,共产主义是人的异化的积极扬弃,它通过人、为了人而使人实现对人的本质的真正占有,使人复归为社会的人即合乎人的本性的人。在这个根本的意义上,马克思所主张的共产主义,正是一种深刻、彻底的人道主义,用他的话说,是'完成了的人道主义'"。

伊万诺夫教授引经据典的讲述,使许子鹤茅塞顿开,他不但完全理解,也彻底信服马克思主义不仅没有忽略"人",而且是解放人、成就人、发展人的伟大理论。

教授办公室内,一老一少促膝而坐,一问一答,生机盎然。

许子鹤接着提出了自己的第二个问题。这个问题同样是中国国内反对马克思学说的主要论据之一,说共产主义如果也关心人的话,这个"人"指的是"人的集体",而非独立的"人的个体"。

"小伙子,你的问题个个都不容易回答,但是,马克思的著作实际上个个都给出了精辟的答案。"

伊万诺夫一句赞许之后，再次带领许子鹤走近马克思。

"社会本身就是人的集合和集体，我没见过不关心、不研究'集体'的哲学家和社会学家，马克思关注集体，这点毋庸置疑！马克思和恩格斯在许多论著中一直强调，在共产主义的'真实的集体'中，个人是作为个体参加的。它是个人的这样一种联合，这种联合把个人的自由发展和运动的条件置于他们的控制之下。共产主义所建立的制度，正是这样的一种现实基础，它排除一切不依赖于个人而存在的东西。"

说完这句话，伊万诺夫教授停顿了半分来钟，许子鹤需要理解的时间。

聪明的许子鹤思索之后，点了点头。

教授继续他的论述。

"马克思同样关注个人，或者说，比其他学者更加关注个人！在《共产党宣言》中，他以这样一段话回答了"什么是共产主义"这一基本问题的同时，对'个人利益'给予了充分的、必要的、无以复加的体现和重视：代替那存在着阶级和阶级对立的资产阶级旧社会，将是这样的一个联合体，在那里，每个人的自由发展是一切人的自由发展的条件。"

伊万诺夫教授在说及"每个人的自由发展"几个字时，语速特别慢，以便引起许子鹤的注意。许子鹤知道《共产党宣言》中的这段经典名句，但今天经伊万诺夫教授这么一诠释，更加理解了马克思这段论述的精妙和伟大。

最后，教授有条不紊地说道："马克思在他的几乎所有经典著作中，都对个人发展十分关注。比如在《资本论》中，他对资本主义历史趋势所作出的结论指出，随着对资本主义私有制的否定，公共的、集体的所有制的实质是，在资本主义时代成就的基础上，也就是在社会化生产的基础上，重新建立个人所有制……"

两人谈兴浓郁，每人手执一杯醇香的咖啡，一问一答，不知不觉就到了傍晚。伊万诺夫教授看了看手表，意识到是吃晚饭的时候了，便邀请许子鹤一起到食堂就餐。

"教授，我下午来时头脑空空，现在脑腹已经是饱饱的啦，不但吃不下任何东西，还要回去好好消化一番呢，谢谢您，再见！"许子鹤知道莫斯科大学教授的生活也和东方大学里的老师一样拮据，便找了个理由婉言谢绝了教授的美意。

"小伙子，不吃饭的话，就再送你一句拿破仑的话吧！"伊万诺夫喜欢许子鹤这样对理论问题打破砂锅问到底的年轻人。

"教授，您请说！"

"世界上只有两种强大的力量——刀枪和思想。从长远看，刀枪总是被思想所战胜。"

许子鹤惊叹带兵打仗的拿破仑怎么会凝练出这般哲理名言。教授看出了许子鹤的疑惑。

"小伙子，我知道你在想什么！我替你回答心中的疑问吧！拿破仑这个矮个子将军之所以横扫欧洲，战果辉煌，最重要的不是他的枪炮好，而是他的思想和战略。这个人从年轻时就不简单，是你的同行，精通数学，曾经创造过一个'拿破仑定理'，同时还十分喜爱文学和宗教，特别重要的是，他刻苦研读了许多启蒙思想家的著作，卢梭对他影响最大，对他统一军队的思想起到了关键的作用。"

许子鹤记住了伊万诺夫教授的话，也记住了拿破仑的这句名言。

卢梭的思想影响和成就了拿破仑，马克思主义也必将影响和成就自己和自己的组织，许子鹤更加坚定了自己心中的信念。

为感谢伊万诺夫教授对自己的谆谆教导，许子鹤主动请求帮助他翻译德文版的马克思和恩格斯著作，形成初稿之后再请教授修改完善，这样会节省教授的宝贵时间。

伊万诺夫欣然同意。

许子鹤离开莫斯科时，伊万诺夫还给东方大学中共旅莫支部写过一封信，提出能否让许博士留在莫斯科大学当自己的助手。由于中国同样急需许子鹤这样的人才，伊万诺夫的心愿没能实现。

"搏击长空的一只东方雄鹰，既然不能在高加索上空翱翔，不能在伏尔加河流域徜徉，那就回到古老的辽阔的苦难故乡去吧，用你的天赋之魂、锐眼利爪，还有一颗善良之心，匡扶正义，造福人间吧！"

这是伊万诺夫教授在许子鹤离开莫斯科时，写在一本赠给许子鹤的书籍扉页上的留言。

那是一本三十多万字的著作，初稿是许子鹤从德语翻译成俄语的。伊万诺夫教授坚持要署上许子鹤博士的名字，许子鹤婉言谢绝。

"这对我来说，是最好的一次系统学习的机会，教授能把这样的机会给我们中国人，足矣！"

除了邓翰生和恽长君两人外，许子鹤每个月还会收到四封来自不同地方的飞鸿。

一封来自泰国华富里，是弟弟金涛代表全家写来的。

金涛已经高中毕业，不仅说一口流利的泰国话，还能写能说汉语，现在是协助父母打理店铺的"少东家"。从弟弟的来信中许子鹤得知，家里的生意已经做得非常大，整个华富里一半的店铺都被父母盘了下来，大大小小有三十来间。一个月前，家里又在曼谷市中心购置了一个新米行，这样就把生意扩展到了泰国首都，金涛马上要到曼谷打理这个新店铺。在信里，许繁昌和阿棉还让金涛转告许子鹤，"哥哥，阿爸阿母多次交代我告诉你，如果在冰天雪地的俄罗斯当教授薪水不够的话，请一定要告诉家里，家里一定会及时汇钱接济；他们还说过，如果当教授整天说洋文太累吃不消的话，就别干了，回家来吧，回到家你就是大掌柜，阿爸阿母经常唠叨，要我向你多学习，说家里的店铺如果让你来打理的话，生意一定比现在还红火……"

一封是许子鹤导师迪特瑞希教授的来信。见到与五十芬尼硬币直径相仿的哥廷根邮局圆圆的邮戳，许子鹤感到一种莫名的亲切。

教授询问许子鹤在莫斯科大学里的数学教学是否顺利，如果那里的学校需要数学教材、挂图和教具的话，他可以在哥廷根代为购买并及时寄去。每封来信，迪特瑞希教授都用足足三四页纸的内容，不厌其烦地告知许子鹤他这么多年教授不同数学课程的体会，特别是自己总结出的不同课程的教学方法，"尽管教师不同，语言不同，使用的教材不同，但在德国、在俄国、在中国，甚至在世界所有学校的数学教室里，教授数学所采用的讲述的逻辑方法应该是相通的，希望我的经验和教训能给我的学生以启发，不让我的学生的学生学习数学时感到为难和吃力，从而遮掩或者部分遮掩掉数学的伟大魅力与光辉……"迪特瑞希教授每封来信的最后一页，不是德语文字，而是他的画家夫人手绘的一小幅速写，有家里小花园盛开的鲜花、有哥廷根蓝天上漂浮的白云、有湖边跳来跑去的牧羊犬，还有许子鹤在他们家做客时最喜欢吃的面包。在画作的右下角，教授夫人都会写上一句话："祝博士每天快乐！"

第三封信信封的写法很特殊，与许子鹤收到的其他来信都不同。信封上收信人的姓名和地址是德语的，寄信人的地址也是德语的，只有"寄信人"一栏中填写的是汉字，四个工工整整秀气的汉字"克劳迪娅"。

克劳迪娅不再是许子鹤认识的那个十六岁的中学生。五年过去了，克劳迪娅即将从哥廷根大学汉学专业毕业，正在撰写毕业论文，她的来信主要是向许子鹤请教论文写作的有关问题。关于克劳迪娅撰写什么题目的毕业论文，一家四口在饭桌上还有过一场激烈的争论。一家之主迪特瑞希教授首先讲话，东方中国本是世界强国，近百年落后于欧洲诸国甚至近邻日本，最直接的原因是科学技术乏力，从而造成工业与经济的落败。数学学科培植逻辑思维和训练演算推理，它是科学技术发展的基础，因此可以说，中国百年落伍，隐藏最深，作用最直接、最关键、最重要的原因是数学的落伍。希望自己既会说德语又能讲汉语的女儿帮助一下中国数学界，以德国数学界为坐标系和参照物，找出中国数学近代衰败的理由。一家之主的阐述刚结束，饭桌旁其他三人捂嘴窃笑不已。迪特瑞希教授环视三人，脸色变得更加严峻："亲爱的夫人、女儿和儿子，哥廷根大学教授说的每句话都是严肃的，都是经过冷静思考的，请你们不要笑好不好！"此句一出，三个人干脆不再捂嘴，而是放声大笑起来。迪特瑞希教授的建议算是打了水漂。

教授夫人接着提出了自己的建议，她希望自己的宝贝女儿一辈子不要碰那些枯燥乏味的什么科学什么技术，而是像她自己一样亲近艺术，热爱艺术。希望自己的女儿利用汉语优势，把德国艺术教育特别是美术教育的方法推广普及到中国去。教授夫人说，近三年来，她从伦敦、巴黎、布拉格和柏林拍卖会上购买了十几幅中国的山水画,是明清戴进、沈周、文征明、唐寅、王时敏、王原祁、石涛的作品,越看越觉得有价值,真希望中国民众也能像德国人一样喜欢艺术,喜欢他们自己的艺术家创造的辉煌画作。最后,教授夫人拉着女儿的手说,如果克劳迪娅的论文特别是毕业以后能"女承母业",她今后会把自己收藏的所有中国画作当作嫁妆送给女儿。夫人的话一结束,迪特瑞希教授先是跳了起来,开口还击:"我抗议,我抗议,这是物质拉拢,这是利益诱惑!如果妈妈这样,作为爸爸我也就不客气了,如果克劳迪娅按照我的想法去做,今后,所有的数学书籍和数学收藏全部归克劳迪娅所有。"一家四口同时笑了起来。笑声之后,克劳迪娅对爸爸和妈妈的话都没有表态。在德国人的思维中,不表态代表理解但不支持。

哥哥汉斯在远东大都市上海已经工作两年多时间,他建议自己的妹妹到上海、天津、汉口等中国的大城市去做一次广泛深入的调研。调研的目的是看看中国人需要什么样的产品,特别是产品的类型、型号、大小、形状和颜色,他所在的进出口公司最需要这样的数据。汉斯说,他所见过的中国人几乎都不会讲英语和德语,他们公司里的所有德国人又不懂汉语,这样的调研只能寄望像克劳迪娅这样的人去做。还说,他们公司会为这样的调研提供丰厚的酬金支持。汉斯的话还没有讲完,迪特瑞希教授和夫人就不耐烦地摆摆手,搅黄了儿子对他们公司方案的进一步解释。教授和夫人的观点一致,他们不希望自己的女儿今后再去做生意;研究数学可以,从事艺术可以,东奔西跑去赚钱他们不乐意。汉斯的建议还没等妹妹表态就落了空。

克劳迪娅宣布自己的选题后,饭桌周围的其他三人个个惊叹诧异,瞪大眼睛半天没回过神来。克劳迪娅说:"告诉大家,我已经选好了论文的题目——中国妇女的婚姻。"在大家的惊愕之中,克劳迪娅解释起选择这个题目的原因:"中国文化与我们的文化不同,他们那里妇女的婚姻观与我们也不同,我就想去那里看看,为什么中国的妇女有时会做出令我们无法理解的事情来。"家里的其他三人还是不能理解克劳迪娅的想法。克劳迪娅望着爸爸说:"爸爸,如果中国女人的婚姻不幸福,她自身就不会幸福。自身不幸福,她还有可能去学好复杂难懂的数学吗?这样所产生的最严重的后果是,数学在中国失去了一半应该学习的人数。"迪特瑞希教授笑了。克劳迪娅拉着妈妈的手说:"妈妈,正像你过去一直所说,艺术教育关键在儿童启蒙,关键在培养兴趣。而在中国,儿童大部分是由母亲抚养和教育的,在不幸福的母亲手里,天真烂漫的儿童能培养和熏陶出对艺术的兴趣吗?"教授夫人点了点头。最后,克劳迪娅面向汉斯:"哥哥,每个人都有自己的志向,你的志向在技术和工业产品,我的志向在人文和中国文化,这些都是可以理解的。我们兄妹俩都喜欢中国,你从事你喜欢的技术和工业产品,我从事我热爱的人文和中国文化,这两个领域中国人都需要,我们两个分开做,'君子和而不同',不是更好吗?"汉斯点了点头。

对于克劳迪娅所选择的论文题目,许子鹤不知道自己该说什么,他自己知道心地纯洁善良的克劳迪娅选择这个题目的真正原因。他尊重克劳迪娅的选择。每次克劳迪娅来信，他都耐心说明论文的格式、写作方法、调研方法、中国的官方资料和在这个领域的中国专著和专家。许子鹤还经常询问在莫斯科的中国同学，比如大学问家俞清澜和在女子中学教过好几年书的张宜珊。许子鹤心里清楚，自己帮助的，是一位喜欢中国、热爱中国文化的德国女学生，不关乎个人私情，两人在通信中似乎心照不宣地避开了这个话题。

第四封信是叶瑛写的。

叶瑛的来信一般为雷打不动的三个部分。第一部分，先是说说家里一大群族人的身体状况和生老病死情况，接着谈谈田里庄稼的长势和收成，还有自己喂养鸡鸭的数量与繁衍情况；第二部分就是自己念书识字的进展，叶瑛每封信都自责自己脑子笨，尽管干完农田活和家务事，每天夜里都看书识字，但总是记不住，记住了隔天又忘记。但许子鹤发现，叶瑛的字越来越秀气，错别字也越来越少见。与此同时，在信中，叶瑛也慢慢喜欢引用一两句唐诗宋词，三五个成语典故。"许君来信说，虽然现在已经是农历二月天，但莫斯科到处还是白色的冰雪，而我们澄海这儿正是万物生长的季节，到处绿油油的。自我记事以来，还没有见这里下过一场雪，真不知道大雪纷飞是什么样子，真的像你过去说的'忽如一夜春风来，千树万树梨花开'的样子吗？"叶瑛形容春天用"万物生长"这个词令许子鹤高兴了很长时间。这是去年春天许子鹤还在德国时描绘哥廷根的春天时使用过的一个成语，想不到，一年之后，叶瑛把它用来描写广东澄海的春天。叶瑛引用唐朝诗人岑参的《白雪歌送武判官归京》诗中的两句话，更使许子鹤吃惊不小。这两句诗，是许子鹤两年前给叶瑛写信时，提到他在柏林看到雪景时有感而发写进信里的，现在，叶瑛恰到好处地用来形容莫斯科的冬天。叶瑛信的第三部分，是反反复复问候许子鹤的身体和生活情况。"许君，听你说莫斯科特别冷，最近到县城卖鸡蛋时去了一趟中药铺，不是去抓药，而是去问先生冬天如何防寒。老先生说冬天防冷要从防冻脚开始，说人的双脚离心脏最远，血供应慢而少，血流不畅，保暖性就不好，典型表现是双脚冰凉。双脚冰凉可不得了，很容易造成身体受寒，体寒易生的病就是咳嗽和发烧。因此，在冰天雪地的莫斯科外出，你一定要多穿几双厚袜子，再配上厚棉鞋，晚上回到家，睡觉前一定要用热水洗烫双脚……对了，刚才忘记了，老先生还说过，你每天要吃一个柑橘，柑橘性温，散发出来的味道可祛除病毒，吃下之后还能化痰止咳。如果外国天冷生长不出柑橘的话，我就给你寄，我最近养了三只鸡，下的鸡蛋每隔十天都拿到县城卖掉，现在卖鸡蛋的钱足够换回满满两竹篮的柑橘了。"

许子鹤收到叶瑛的最近一封信，信封内多了一件意想不到的东西。

信封打开后，一张照片从信纸中间滑落在地。许子鹤心里清楚，应该是叶瑛的照片。许子鹤没有弯腰去捡，而是默默闭上了眼睛，他不知道上天赐给自己一位什么样的"姿娘仔"。

轻轻捡起地上的照片，许子鹤瞥过一眼之后，满脸惊讶。

那是一张黑白照片，四寸长三寸宽，四周用特有的工具切了花边。照片中间站立着一位姑娘，上身穿着一件得体的棉布哈当衫，从上而下一排花瓣状如意纽点缀在胸前。在最上方一枚如意纽旁边，别着一支毛绒状的花朵，花朵后面露出一段花柄，一看就知道是照相时采摘别在胸前的。许子鹤知道这是家乡常见的一种夏花——合欢花，鲜艳的红色和浓郁的香味，那是一种家乡的味道；姑娘下身穿着的是条笔挺板直、肥瘦合身的黑色裤子，脚上蹬着双黑色宽口布鞋，袜子是白色的，白袜子上还有一朵花，许子鹤看了半天才看出是朵绣上去的牡丹，但牡丹的颜色是红、黄、褐还是紫色的，他就看不出来了。

这些都不是令许子鹤惊讶的地方，汕头一代年轻女子的服饰，许子鹤太熟悉了，熟悉的东西看起来亲切，但不会惊讶。让许子鹤惊讶的也不是姑娘胸前和脚面的两种花朵，花饰虽美，但属身外之物，不足大惊小怪。真正令许子鹤吃惊的，是照片中姑娘的素净与美丽。

那是一种未经雕琢的天然之纯洁、之雅静。姑娘体态略微有点瘦，一眼望去属高挑个儿，长腿、长脖、细腰、细手匀称地组合在一起。姑娘的脸是椭圆形的，属南方女人典型的鹅蛋形脸庞，清秀的面庞上两只水汪汪的眼睛圆润明亮，直直地看着前方，样子有点傻，但傻气里透着稚嫩。许子鹤知道，那一定是照相师傅对首次走进照相馆的人反复叮嘱才能达到的效果。最有意思的是姑娘的脸，浅浅的笑半启半收，矜持、羞涩、恬静和向往交织在一起……从姑娘收敛的表情和淡然的眉宇间，许子鹤还看出了其他女子身上所没有的特殊的内涵——清新、独立、坚强和执着。

第十九章

在气候最宜人的八月，许子鹤和同学们乘火车去了一趟圣彼得堡。

那是他们期待已久的神圣之旅。

与年轻的苏维埃大都市莫斯科相比，圣彼得堡更具皇家风范。到达的当天中午，许子鹤他们就来到这座俄国"北方首都"市中心的宫殿广场上，参观声名远扬的沙皇的宫殿——冬宫。

冬宫的雄伟令所有中国学员惊叹不已。

这是一座蔚蓝色与白色相间的封闭式长方形建筑，三层楼高，长两百多米，宽一百多米，是十八世纪中叶俄国巴洛克式建筑艺术的瑰宝。冬宫内金碧辉煌的装饰，美妙绝伦的收藏，巧夺天工的艺术品，令人眼花缭乱，叹为观止。苏联同志告诉大家，冬宫中值得看的大厅和房间至少有三百五十间，每个地方都要去看的话，需要走三十公里长的路，有"世界最长艺廊"之称。

许子鹤一行去参观冬宫，仰慕其建筑艺术仅仅是其中的一个方面。与参观其他外国景点不一样,中国人来到这里,心头顿时热乎乎的。因为他们每个人都知道,十月革命就是从停泊在涅瓦河上的"阿芙乐尔"号巡洋舰炮轰冬宫开始的。

站在冬宫内列宁曾经讲话的地方,许子鹤激动不已,浮想联翩。他想起了自己在北京大学邓翰生处得知列宁与布尔什维克推翻临时政府,占领冬宫,宣告第一个社会主义国家诞生时的情景,没想到今天他竟然亲身来到了这里。他多么希望自己当时就在圣彼得堡,就在冬宫的门口,站在列宁的面前,聆听他的教诲,目睹他的风采,见证他右手一挥,千军万马如滔滔江水涌进冬宫的宏大场景。

"要是你当时在现场,你会怎么做?"许子鹤听到身旁的罗琳向耿之江提了个问题。

"第一个冲进去。"耿之江毫不犹豫地回答。

"你呢?"耿之江反过来询问罗琳。

"我也一样!"罗琳回答。

魏乾听到了两个年轻人的对话,情不自禁地加入了进来。

"要是我们党在上海也举行这样的起义,我第一个参加。"

邢威武说:"这样的起义或者暴动在西北发生,我邢威武第一个参加。"

"如果在我们武汉或者上海发生冬宫这样的革命,难道你就不积极参加?"张宜珊说话轻声轻气,喜欢和说话掷地有声的邢威武开玩笑。

"当然积极啦!但俺那块离武汉和上海远,等俺到达那儿,肯定当不上第一了。"邢威武的话一说完,人群里一阵笑声。

董义堂见许子鹤只是微笑着侧耳倾听,半天没有说话,便把话茬引到了他那里。

"许博士,你说说像占领冬宫这样的革命在我们中国首先会在哪里爆发?"

"我多年没有回国了,对国内的情况不了解,这个我确实说不准。但我想,只要我们把广大受苦的中国人发动起来,不管革命先在哪里爆发,其他地方的人都会闻风而起,积极响应,就像德国孩子在公园里玩竖起来的积木,第一块倒了,就会触动第二块,第二块再推动第三块,直到游戏结束,这种物理现象叫'多米诺骨牌效应'。"

"什么效应呀?"罗琳不懂。

"多米诺骨牌效应!物理学上的解释是,在一个相互联系的系统中,一个很小的初始能量就可能产生一系列的连锁反应,人们把这种现象称为'多米诺骨牌效应'或'多米诺效应'。这种效应的发生,看起来简单,其实需要严谨的计算和精心的设置。简单的物理现象是这样,我想,一个国家的革命又何尝不是如此呢?!譬如现在的苏联,列宁同志为了苏维埃革命,前期在各地做了大量的思想动员和行动准备,把第一炮的地点选在了圣彼得堡冬宫,接着炮声就响到了莫斯科,最后响遍了整个苦难的俄国。"

党小组长董义堂说:"许博士说得好,我们都不知道我们国家的冬宫革命在哪里，但无论在哪里，我们都应该积极参加。"

"不管革命在哪里发生，只要党需要，我都会去参加。"许子鹤跟着说。

"我们也一样!"大家纷纷表态。

在随后的几天里，中国学员们还去了距圣彼得堡市约六十华里，位于郁郁葱葱芬兰湾南岸森林中的夏宫。参观完"俄国凡尔赛"夏宫的时候，在门口集中的中国学员们仍然陶醉在海天一色、水陆相连的美景里，这时，他们却遇到了一件令人迷惑不解的事情。

"你们是中国人?"一个苏联人问道。

"是! 我们几个都是中国人。"许子鹤用俄语礼貌地回答。

"你们要盐吗?"苏联人笑眯眯地看着一群中国人，说了这么一句话。

"要盐? 对不起，我们不懂您什么意思!"许子鹤茫然地看着对方。

苏联人笑嘻嘻地走开了。

又是一个阳光灿烂的上午，怀着激动不已的心情，中国学员来到了圣彼得堡最著名的历史街区涅瓦大街。涅瓦大街位于美丽的涅瓦河旁，两边鳞次栉比地耸立着一幢幢宏伟精美的建筑，喀山大教堂、圣彼得教堂、保罗教堂、圣凯瑟琳教堂、荷兰教堂、亚美尼亚教堂和一个接一个的歌剧院、商场、图书馆、宾馆、饭店、舞厅等。

"中国人，要盐吗?"几个苏联女人在大街上堵住了张宜珊和罗琳。

张宜珊和罗琳不知所措。

"你是中国人，请问要盐吗?"两个年轻人问刚从保罗教堂出来的魏乾、邢威武和耿之江。

三人同样一头雾水。

许子鹤同行的所有人都遇到了这种情况。

许子鹤自己也遇到了三次苏联人问他这个问题，他追着打听为什么会问中国人这个问题，苏联人不是笑着走开，就是闭口不语。

没有一个人回答中国人的困惑与不解。

中国人由不解变成了生气。

大家怕影响和苏联的关系，都想息事宁人，不把这种事情向领队的苏联同志汇报。许子鹤却不同意，他向董义堂提出了自己的建议。

"老董，我相信这次来圣彼得堡的其他党小组一定遇到了和我们同样的情况，大家都没有汇报，肯定与我们的想法一样，忍一忍就算了。但我认为，这样的事情不汇报不解开谜团，不但会增加大家心中的疑惑，还会对新成立的苏维埃产生不好的印象，这是对苏联同志的不信任，反而会影响双方的关系。"

董义堂最后同意许子鹤的意见，两人一起向支部书记俞清澜和苏联领队做了汇报。

苏联领队的脸色顿时严肃下来。

过了好长一段时间，他才做起了解释。

"中国的同志们，实在对不起。请原谅，我能不说真实的原因吗？否则你们心里会更难受。"

"我们不知道真实的原因，心里同样难受，请苏联同志相信，我们中国人有权知道真相，同样也会有忍耐和包容之心。"许子鹤说。

"那就好！"

苏联同志最后无奈说出了真相。从沙皇俄国时代以来，俄国人一直对中国人抱有偏见，见到东方来的长辫子中国人，常以语言挑逗讽刺，而所说的最常见的一句话就是"要盐吗？"原来，在俄国民间流传着这样一则故事——有一个中国商人夏天死在了圣彼得堡，为了防止死尸腐烂，便于运回中国安葬，据说死者的亲戚用盐块把尸体腌了起来。海参崴检查棺材的海关官员看到了腌渍的尸体，把它当作一个笑料添油加醋地讲开了，这则故事几乎传遍了整个俄国。很多俄国人都认为，中国人都和商人的亲戚一样，脑袋如"远古动物"，行动如"天外来客"，是不可理喻的。

许子鹤听完事实的真相，心中比别人有着更多的酸楚。

许子鹤在德国，在巴黎，作为中国人不知忍受了多少冷嘲热讽，令他没有想到的是，在苏联，这种情况仍然存在。

他心中的伤疤再次被揭开。

返回莫斯科的路上，坐在火车车厢里的中国学生个个垂下头，谁都不愿意讲话，也不知道这个时候该讲什么样的话。车轮与铁轨哐当哐当的撞击声好像不是来自车厢底部，而是发自每个人的胸腔。这种声音与平常不同，不再是一种同频率同音高的重复，而像是从车厢一端经过座位上的每个人之后，就会发生一次共振。共振之后的撞击频率越来越强，声音越来越高，速度也越来越快，到了车厢的末端，这种共振达到了高潮，如疯牛般继续向前窜动，撞到关闭的车门后，调头折返回来……最后，疯牛头上的双角被撞断了，摔在了地上。从双角根部两个窟窿中涌出的两注血流灌满了疯牛的两个眼窝，牛眼变得浑浊血腥，在车厢内不再一折一返地狂奔，而是桀骜不驯，歇斯底里地杂乱无章地四处冲撞，把车厢里的所有中国人撞击得血肉横飞。

许子鹤站了起来，他要把自己的伙伴从疯牛场上解救出来。

"老董，我想讲几句话。"

董义堂正为如何打破这种低沉的气氛发愁，自然希望许子鹤能够找到打破沉闷局面的办法。

"同志们，我知道，这个时候讲什么话都是多余的，但我还是想说几句。现在，我的心和大家一样痛，或者说，比大家的心还痛。"

大家都听见了许子鹤的说话声，但个个低垂着头。

"这样的国外遭遇，大家可能是第一次，可是我遇到过很多次。在法国巴黎遇到过，在德国哥廷根遇到过，在欧洲的其他城市比如布鲁塞尔、阿姆斯特丹、维也纳、哥本哈根也都遇到过。每遇到一次，我的心就像被刀剜一次。为什么我们中国人在海外总是会遇到这种情况，只有一种原因——国弱民贫！贫弱之邦不可能有尊严，只有受别人恶言恶语的份！"

许子鹤的一席话，说得大家慢慢抬起了头，但个个目光怅然地看着窗外。

"大家都知道，辛亥革命结束后的最初几年，中国出现了三百多个政党，不少政党甚至刚出现就消亡了。是选择君主立宪还是民主共和，是向欧美学还是向亚洲邻国学，国人在革命道路上面临着一道复杂的选择题。有多少胸怀治国救民抱负的中国人为此去南洋学习，去日本学习，去英国、去法国、去德国、去美国学习，正当无数中国仁人志士在众多选择中迷茫的时候，苏联的同志们走在了我们的前面，'十月革命'成功了，为我们中国的革命树立了典范和榜样。因此，我们来到了苏联，来到了莫斯科学习。为什么在国外受气受辱，我们的前辈和我们自己还要跑到人家这里来？因为，我们的前辈和我们自己想改变中国贫弱的现状。要想改变中国贫弱现状，就得迈出破烂的家门，迈出断垣残壁的国门，到人家那里去学习，去受气，去忍辱负重，去枕戈待旦。我们这些人受气，是为了更多的中国人不受气。我们现在受气，是为了今后的中国人不受气。"

一席话，让车厢内中国人的目光都聚焦到了许子鹤那里。

"如果我们这些人受一点侮辱和恶气就变得意气消沉，就变得毫无斗志，那么请问，贫弱的中国还有救吗？还有希望吗？还有谁能改变她家不像家、国不像国的现状呢？"

听着许子鹤的慷慨陈词，车厢内的学员们不再垂头丧气，而是重新挺起了胸抬起了头。

这时候，党小组长老董站了起来。

"同志们，我们也把这个情况给领队的苏联同志汇报了，他说，听到这种情况后，他作为主人心里也很难受，但请大家放心，这只是旧俄国遗留下来的恶俗陋习，绝不代表新的苏维埃政权对中国人的态度。因此，请大家不要因为这件事而对我们的苏联同志产生误解。"

许子鹤及在场的中国人都点了点头。

回到莫斯科后，在旅莫支部书记俞清澜的支持下，许子鹤向学校递交了一份报告，在真实描述这次到圣彼得堡参观考察的遭遇之后，提请学校向上级组织反映此事，以避免损害中苏两党的良好合作关系。大家都为许子鹤信中用词的直率捏一把汗，而许子鹤答复了大家一句话："伟大的政党定有伟大的胸襟，请相信我们的苏联同志！"

半个月后，终于有了消息。

苏共政治局主管宣传和外交工作的一位委员对此事作了批示，旅莫支部书记俞清澜向大家及时作了传达："我个人非常感谢中国的许子鹤博士，他直截了当地反映，不是对我们的批评，而是对我们友谊和合作的重视和呵护。其他看过此信的苏联政治局委员也都这么认为。此信内容已被列入下周召开的一个重要会议的议程之中，今后将要求我党所有党员干部、下属和家属注意——任何苏联同志再讲此语，就不是一个合格的党员，任何苏维埃公民再讲此语，就不是一个合格的新式公民……"

俞清澜在中国学生组织生活会上读完此信，所有中国人眼含泪花，他们为苏联同志的真诚所感动。

从此之后，在莫斯科、在圣彼得堡、在苏联的任何一座城市，许子鹤他们再也没有听到身边的苏联人说过此话。

除了学习上的困难，中国学员在莫斯科的生活也常现窘态。

连年的战争和漫长的冬季使得新生的苏维埃政权粮食、衣物、医药、燃料等生活必需品捉襟见肘，供应极为困难，只能保证每个市民最基本的需求。东方大学中国班的学生也一样，一天只能吃上两三块黑面包和四五块土豆，蔬菜、奶制品和肉制品根本见不到。

来到莫斯科的整整一周，在十六人一间的宿舍内，许子鹤深夜用被子蒙住头，辗转反侧，许久不能入眠。这里的生活之苦，许子鹤从来没有想到，更没有遇到过。他怎么也不会想到，莫斯科的生活与哥廷根相差竟是如此之大。

在哥廷根，在泰国开米行的父母会定期给自己汇来充足的学费和生活费用，每天不但吃得饱，还能喝上牛奶，吃上面包，时不时还可以炖一锅热腾腾的牛肉或者煮几根香喷喷的肉肠。现在，一天三顿饭只有几块黑面包和土豆，顿顿都要匀着吃。自己整天挣扎在饥饿的边缘，他感受到了生活上的酸苦。许子鹤清楚，这种情况还将持续。因为来莫斯科前，他给父母写信谈过，现在自己博士毕业了，去莫斯科当数学教授，数学教授每个月薪水很高，不需要家里再寄钱了。

另外一个困难也在折磨着许子鹤，那就是简陋的住宿。东方大学由于成立时间很短，办学设备都是临时拼凑的。比如学生宿舍，十几个人住一间房，二十多平米大小，学员们基本上是脸对着脸，脚对着脚躺在一个大通铺上。许子鹤从上小学到读完博士，从来都是独立的床铺，后来还有自己独立的房间，已经习惯按照自己的生活节奏有规律地统筹分配时间，现在，他做不到了。每天，十几个成年人上床和起床有早有晚，夜间不时会有踢踢踏踏去厕所的人，宿舍内很难保持长时间的安静。到了后半夜，十几个人躺下虽然安静了，但整个宿舍内高高低低的打鼾声此起彼伏，犹如一场乐器齐全的卖命演奏，一直闹腾到天明。许子鹤一连适应了四五天，还是很难睡个安稳觉。

许子鹤迅速消瘦了下来，每天精神不济，话语也不多。

细心的老董发现了许子鹤的变化。

许子鹤被调到了宿舍最里面靠墙的一个床铺，那里最安静。

老董、魏乾、邢威武和其他一个打鼾最响的人挪到了远离许子鹤的另一头。但由于房间太小，一波接一波轰隆隆鼾声的威力并没有减退多少。一计不成，又生一计，老董带头，其他三人跟随，采取了一个民间治打鼾的偏方——喝花椒水。老董从莫斯科一家中餐馆讨来一包花椒，睡前用开水泡一杯放置七八粒花椒的热水，待水凉透后取出花椒，一口气饮下。四人连服两天后，宿舍内的鼾声减退了不少，许子鹤能睡两三个小时的安稳觉了。

许子鹤说："谢谢四位同学为我做了这么多，真是难为大家了，再适应个把星期，我就完全没有睡眠障碍了！"

老董和三人商量，一天也不能影响洋博士的睡眠。

四人又顿生一计，本该倒掉的杯中的七八粒花椒不倒了，先捞出来咀嚼咽下，然后再把花椒水仰脖喝完。

偏方从此之后起了奇效。老董四个人前半夜不要说打鼾了，人人满嘴满胸火辣辣的，不到后半夜睡不着。等四个人嘴和胸腔清凉下来，迷迷糊糊打瞌睡时，许子鹤早已进入了梦乡。

许子鹤的睡眠问题解决了。

解决了洋博士的睡觉大事，班里同学人人开始留心许子鹤的吃饭问题。

"我这老头子饭量小，给年轻人一块。"老董每天都把自己的一两块土豆强行放到许子鹤的盘子里。

许子鹤执意不要，欲退还给老董，被老董拦住。

"咱俩都学习过《资本论》，现在就学以致用，来做场生意。我每天用一块土豆投资，十年后你每天还我一碗白米饭，或者二十年后每天还我一盘你们广东菜，不要名贵的，凤筋龙爪或者翠珠鹿筋就行。"

一席话说得许子鹤无言以对，土豆退不回去了。

张宜珊和罗琳也时常把自己的面包和土豆匀出一点塞给许子鹤，说她们女同志没有男同志的胃口大，吃不下那么多东西。

魏乾是纺织机械方面的专家，一次"莫斯科红星纺织厂"对车间里的所有机器进行大修，本厂的技术人员忙不过来，就请大专家魏乾去帮了一个星期的忙。作为酬谢，工厂给了他两个"大列巴"。"大列巴"是俄罗斯人常吃的一种小麦面做成的酸面包，每个半斤重，在食品短缺的当口，这可是极为珍贵的稀罕物。魏乾一口未尝，回来就丢给了许子鹤。

"这面包太难吃，我在工厂帮忙时吃过几口，差一点把门牙酸掉，不得不吐掉了，送给你个'假洋鬼子'吧。"魏乾实际上喜欢酸面包，他在工厂并未尝过，吃的全部是瘦小的土豆。"大列巴"是工厂专门为奖励他七天七夜的辛苦，从上级那里申请来的特供品。

许子鹤怎么也不肯独自享受珍贵的面包，就把两个囫囵的"大列巴"切成很多块分给同宿舍的中国学员,但后来每一块切好的面包又都被退了回来。

"太酸!没法下咽。"每个人都这么说。

许子鹤笑着说:"你们这些人,来了这么长时间,怎么还吃不惯欧洲的面包。"

众人纷纷点头说没办法就是不习惯。

耿之江家人做生意来过一次莫斯科,带来了十几斤烤熟的野鹿肉。在老董的帮助下,稀罕品被分成了十几份。

"大博士,咱们这里数你见过的世面最广,吃过的好东西也最多,这次给你的这份最小,不要抱怨啊!"

耿之江将分好的肉用纸包好,给许子鹤的那块看起来体积确实最小。

"感谢都来不及呢,怎么会抱怨!"许子鹤乐呵呵地回答。

每个人都舍不得一两次就把喷香喷香的野鹿肉吃光,每次仅割下一小块解馋。但三天过后,细心的许子鹤发现,其他同志都在抱着大大小小的骨头啃,而他自己的纸包里一点骨渣也没有,是两个囫囵的大肉块。

原来耿之江将肉分割给大家时,把两只野鹿腿上最好的肉全部割下来,裹给了许子鹤。自己、老董和其他同志纸包里的肉都是带骨头的。

许子鹤把自己纸包里的肉割下一大半还给了耿之江。

"俺不吃,俺不吃!沾了别人口水的肉俺不吃!"耿之江将肉重新裹回许子鹤的纸包里。

还给耿之江不行,许子鹤就偷偷给别人。先是邢威武,然后是魏乾,还有张宜珊和罗琳,但没有一个人接受。大家拒绝的理由都同耿之江一样,"沾了别人口水的肉不吃"。

饥饿再也没有影响许子鹤的情绪。

许子鹤自己不知道的是,这是老董和党小组成员暗地里商量好的,生活上一定要照顾好他这位洋博士。很多次,老董把正准备到食堂打饭的许子鹤叫去谈工作,许子鹤的饭就让其他人代打。在这个过程中,许子鹤的面包片被换成了大块,土豆也被换成了大个头的。食堂每个星期会供应一两顿肉末汤,魏乾他们几个都从自己碗里捞出仅有的一点肉丁肉渣,用筷子挑到许子鹤碗里。而正与老董侃侃而谈的许子鹤对此一无所知。

每天晚上熄灯之后,许子鹤就和宿舍里的其他十五位同学一起,轻轻哼唱起一首歌曲来。那是一首列宁生前喜爱的俄文歌曲《光明赞》。哼着唱着,憧憬着民族的未来和自己的理想,大家忘记了饥饿,慢慢进入了梦乡。

  同志们,
  向太阳,向自由,
  向着光明走!
  同志们,

黑暗已消灭，
曙光在前头！
……

第二十章

"秘密工作和自我保护"这门课，所有中国学生来苏联之前都没有接触过，但每个人都表现出了强烈的兴趣。

这是一门看起来有趣，但十分难学的课程。

课程内容包括化装隐蔽、辨识陌生人特征、防跟踪与脱身、笔迹识别、密码使用、武器使用和实战格斗技术等。许子鹤虽然在哥廷根大学和王全道一起选修过两年军事学专业的课程，但那些都是理论方面的知识，至于莫斯科东方大学开设的隐蔽战线工作所需要的技术技能课，他头一次接触，感觉极为新鲜。课程学习结束时，教这门课的一位叫瓦西里的老特工举行了一次规模庞大的综合测试。参加这次测试的不光有中国班的学生，还有其他在东方大学学习的外国班的学员。参加这次考试的各国学生共有一百五十五人。

测试在莫斯科救世主大教堂前的广场上举行。救世主大教堂是世界上最高的东正教教堂，在拿破仑战争后，于1812年由沙皇亚历山大一世下令修建的，目的是为了感谢救世主基督"将俄罗斯从失败中拯救出来，使她避免蒙羞"，并以此纪念在战争中牺牲的俄罗斯人民。

"救世主基督没能拯救俄罗斯，你们中国也休想让上帝来拯救，只能靠你们自己。"这是瓦西里对中国班学员说过的一句话，每次来到救世主大教堂，许子鹤都会想起这句话。

今天，瓦西里动用了两百多名士兵和三百多位市民前来参与测试，他们全部来到了救世主大教堂前，载歌载舞，庆祝一场伟大战役的胜利。不过，不是歌颂沙皇亚历山大一世取得丰功伟绩的那场战役，而是欢庆"十月革命"初始攻打冬宫的那场壮举。

"请大家认真观察广场上唱歌跳舞的每个人！"瓦西里对参加考试的学生说了这么一句话，从此闭口不语。

所有参加考试的学生都被瓦西里邀请来到广场上，每个学生都可以任意走动，观察他们眼中的任何人物和场面，只是每个学生都不知道"狡猾"的瓦西里要出什么样的考题。

此时的每个学生都不敢偷闲，来来回回地绕着整个广场观察，生怕题目出来以后，自己无从入手。

广场上一群人欢声笑语，另外一群人则紧张万分，诚惶诚恐。

将近一个钟头光景，五百多个俄罗斯男女参加的庆祝活动结束了，他们并没有离开广场，而是排着队进入了救世主大教堂内参观。

所有考生都被禁止入内，全部集中在教堂大门外。

瓦西里开始宣布考题。

"每位考生都听清楚了，刚才在广场上参加庆祝活动的士兵和市民共计503位，活动结束后，进入教堂内参观的人数也是503位。但我要向各位考生说明的是，503人没变，但其中有20个人在教堂内调换了外套，也就是说，10名士兵换成了市民的衣服，而对应的10位市民则换上了士兵的军装。十分钟后，所有人将从教堂内依次走出来。我的考试题目是，请你们每个人按顺序各自找出这20个人来，不确定的不能选。找出5个人是及格，找出10个是良好，谁能找出15个，就是优秀。考试时间从现在开始，半个小时。"

广场上，所有的考生先是恍然大悟，接着就是一片哗然。

"请大家不要嚷，我严肃地告诉你们，在今后残酷的革命斗争中，这20个人如果不能全部找出或者找错，哪怕漏掉一个，他们就可能置你们或者你们的同事于死地；漏掉两人，你们自己和你们的同事就要死两次，依次类推！让你们找出5人就及格，是我瓦西里最大的仁慈。如果连5人也找不出，可以说是我瓦西里作为老师的无能，没能让你们练就火眼金睛的本领！"

广场上顿时一片寂静。

十分钟的准备时间到了，参观人群依次走出了教堂，每个人手中都举着一个标示自己身份的号码。

考试正式开始。每当一个人从教堂内走出，考生们纷纷伸长脖子，瞪大眼睛，先看看俄罗斯人的头，接着望望脸，再瞧瞧服装，最后凝视他们的脚和鞋子。

十分钟过去后，绝大部分考生满脸通红。

二十分钟过去了，绝大部分考生额头沁满汗水。

每个人确定目标后，都会急忙用笔记下对应的号码。从考试一开始，许子鹤就不慌不忙，他从第一人开始观察，一直到最后一个人走出教堂，没有低头写过一个号码。考试持续了三刻钟时间，许子鹤既没有脸红，也没有冒汗。

待503人全部走出教堂，许子鹤这才低下头，用不到一分钟的时间在试卷上写下了自己的答案。

为防止作弊，瓦西里让不同国别的学生交换着批改试卷，他自己则从人群中把换过装的人一个个揪了出来，让他们按顺序站成了一排。阅卷开始了，判卷人逐一核对起卷面上20个号码的正确性，如果发现手中的答案正确，就会呼喊一声"乌拉"。

31位考生没有选对一人。

79人选对了1个。

23人选对了2个。

10人选对了3个。

8人选对了4个。

在场的155位考生中，151位考生的成绩已经出来了，只有四位学生的答案超过或等于五个。这也就意味着，整场考试只有四名学生及格。

众人对及格学生报以潮水般的掌声。

瓦西里要去了剩下的四张试卷，他要亲自判卷，为四人分出等级。

"选对序号6的有——？"瓦西里先喊出一嗓，接着开始核对四人的试卷。

"四张试卷三张错误，只有一个人正确！"瓦西里喊道。

广场上掌声一片，为剩余的唯一一个同伴加油。

"让我们看看这张试卷是否选对了序号7。"

"选对了！"瓦西里激动地喊了一声。

掌声雷动。

人们不知道这是哪个学生的答卷，但人人翘首以盼这位了不起的学生能走得更远。

当瓦西里报出第10个序号时，广场上群声欢腾，这个人的试卷由"及格"变成了"良好"。

令人震撼的场面还没有就此结束。

第15个俄罗斯人被正确揪出，人群中爆发出更为强烈的欢呼声，瓦西里在空中高高举起双拳，兴奋地宣布此试卷等级为"优秀"。

奇迹还在发生。

16个，正确。

17个，正确。

18个，正确。

一阵比一阵更热烈的欢呼声响彻救世主大教堂的广场上空。

然而，欢呼声戛然停在了第19和第20个人身上。

广场上响起了一片惋惜之声。

众人不知，诡计多端的"老狐狸"瓦西里让一对双胞胎兄弟互换了服装。

瓦西里最后站在高高的教堂门口的台阶上宣布，取得"优秀"等级的学生是中国人许子鹤。

许子鹤被众人抬起，在广场上的人群中传来传去。五百多位俄罗斯群众演员的队列里爆发出一阵盖过一阵的掌声和口哨声。

被众人高高托起的许子鹤欣喜若狂，带头呼喊高亢的"乌拉"之声。

最后，瓦西里用一席话结束了这场考试。

"亲爱的同学们，你们当中多数不及格，且这次没有一个人考满分，请你们不要抱怨我的苛刻，因为只要有一个人找不对，你们任何人都没理由庆祝。不但不能庆祝，而是时时刻刻处在恐怖的死亡边沿！伟大的理想需要人去实现，这里的人是活人不是死人！我之所以选在救世主大教堂举行这次考试，就是要告知你们，

149

人一旦死了，救世主也不可能让你们死而复生，因为，根本就没有什么救世主。请你们记住这场考试，从现在开始，严格训练你们自己保护自己的能力吧，我不希望我的学生因疏漏、大意、麻痹、无能而白白牺牲在秘密战线上……"

听完瓦西里的话，一直沉浸在欢快之中的许子鹤顿时平静下来。

许子鹤变得面红耳赤。

从此之后，许子鹤利用一切机会训练自己的专业技能。

在商场里，他观察男人和女人购物前后的不同表情；在火车站，他分析长途旅客和短途旅客的各式神态；在大街上，他琢磨路人行走时双眼目视的方向与物件；在操场上，他侧耳倾听每个跑步者的呼吸频率和脚步声……

留学莫斯科东方大学的中国学子，个个意气风发，踌躇满志，不少人不知不觉中滋生出骄傲自满习气，许子鹤也不能免俗。

年终的时候，东方大学旅莫支部按照上级指示，组织全体中国学生召开了一次严肃的民主生活会。这场民主生活会由俞清澜主持，上级组织从国内派来了一位主管干部工作的领导，来到莫斯科专程出席会议。

绝大部分学生的总结几乎如出一辙，在讲话中都提到了来到莫斯科面临的诸多困难以及所取得的优秀成绩和丰硕收获。他们认为，和东方大学其他国家的学员相比，中国人最能吃苦，学习成绩也最好。几乎每一个中国人从不迟到不早退，在极为困难的生活环境中，也没有一个人退却和懈怠，因此，不应该再细究学生自身存在的不足和问题了。

别人不愿明讲，许子鹤在发言中把大家的心声第一个说了出来："我们中国班比所有外国班学得都好，在莫斯科，我们可以说做得完美无缺……"

会场上的气氛由于许子鹤的发言一下子变得活泼起来。

前面至少还有一小部分同学还多多少少分析了自身的问题和不足，这之后再也没人愿意提及。所讲的都是自己在东方大学所遇到的困难和取得的成绩。

民主生活会的最后一项，是国内来的领导同志做总结发言。

"同志们，刚才听了大家的总结，知道各位同学在莫斯科学习非常艰苦，非常勤奋，成绩也不错。"

领导同志把东方大学同学们的成绩归纳成几个方面，逐一作了肯定。许子鹤和他的同伴们听罢，个个心头暖洋洋的。

接着，领导同志话锋一转，口气变了。

"同学们，你们在国外不易，但国内的同志们与你们相比，更是不易！你们在这里学习，苏联同志给你们创造的条件虽算不上优越，但是基本的生活和学习环境还是具备的，可是国内的同志呢？他们在城市、在农村、在工矿、在田野昼夜奔波，风雨兼程，不但居无定所，三餐不饱，有时连最基本的人身安全都得不到保证。仅今年一年，我们党就有十几位地方负责同志要么积劳成疾无钱医治而去世，要么被人绑架失踪，要么被军阀公然杀害……我参加过国内几个城市的民主生活会，没有一位同志声称自己的工作完美无缺，我们的党员没有胆怯放弃的，没有抱怨诉苦的，更不愿夸夸其谈和自高自大，因为他们知道，更大的苦难和更为复杂的局面还在等待着他们。"

国内来的同志讲完这一段话，会议室内鸦雀无声。

"与苏联布尔什维克相比，我们的党现在还是一个年轻的党，人数不多，不少同志都是青年人，缺乏理论基础，也没有实际工作经验，正因为这个原因，中央才选派你们到苏联来学习取经，国内同志现在都很羡慕你们，把你们当成榜样，对你们充满无限期望，在他们心中，你们不但共产主义理论素养扎实，而且向苏联同志学习到了丰富的实践经验，见多识广，品德高尚……"

一席话把许子鹤说得低下了头。

在后面的讲话中，国内同志通报了当前的中国时局。他说，今年之初，在孙先生主持的国民党第一次全国代表大会上，通过了共产党人参与起草的以反帝反封建为主要内容的宣言，实际确立了联俄、联共、扶助农工三大政策。大会还选举产生了包括李大钊等十余名共产党人为委员和候补委员在内的国民党中央执行委员会，标志着国共两党"党内合作"正式形成。两党合作的国民党陆军军官学校五月在广州黄埔创立，蒋介石为校长、廖仲恺为党代表，我党周恩来同志出任政治部主任。还有，七月初，国共合作举办的农民运动讲习所在广州正式开学，我党彭湃、毛泽东同志是主要主持人，目的是培训一批能够改变中国乡村的农民运动骨干……现在的中国，军阀混战，外敌强入，在共产国际帮助下，国共两党正在一步步改变这种局面，尽管非常艰难，但曙光在前。刚刚过去的十一月，孙先生接受冯玉祥、段祺瑞、张作霖的邀请，北上出席由各实力派参加的和平会议，他在发表的《时局宣言》中强调，打倒军阀及其赖以存在的帝国主义，废除一切不平等条约是当前国家之必须。在赴京途中，孙先生再次重申，中国现在祸乱的根本，是军阀和军阀背后的帝国主义者。他此去和谈，在国民会议席上明确提出要打倒军阀和军阀背后的帝国主义者。只有打破了这两股势力，中国才可以和平统一，才可以长治久安。孙先生在一次回答记者提问时谈到了与苏联的关系，中国同苏联不只是亲善，还是革命的关系，实际是一家。孙先生抱病抵京时，受到中共北京区委、社会主义青年团北京区委、国民党北京执行部组织的两万群众的欢迎……

国内同仁们的成绩使会议室内的每个中国学员热血沸腾，本该结束的民主生活会迟迟没有结束。俞清澜带头进行了深刻的自我批评，接着是党小组长老董，两人讲完，在他们的诚恳和再三要求下，很多同志给他们提出了学习、生活和工作中的不足与缺点，言辞有的委婉，有的直接，更多的是犀利。

三四位同志进行自我批评后，许子鹤站了起来。

"一个钟头前，我一直认为自己和在座的同学们在莫斯科生活得非常艰苦，取得的成绩也非常多,但知道国内同仁的情况后,非常惭愧,我许子鹤来到苏联后,因为自己是留德博士,确实存在着比其他同学更多的优越感和自满情绪。"

接着,许子鹤分析了自身产生这些问题的原因。在场的同志听后,个个都为他的真诚和坦率所打动。

"子鹤同志,我出发来莫斯科之前,三位先生找到我,要我代他们先向你问声好,再向你转达一句话。有趣的是,三个人的话虽然用词不同,但意思几乎一模一样,就是希望你不要因为具有德国名牌大学的博士头衔就觉得高人一等,从而脱离群众,高高在上。虽然你没有他们所说的明显不足,但苗头已经露出来了。想知道这三位先生是谁吗?"国内来的同志说。

"想!"许子鹤回答。

"两位是我们党的邓翰生和恽长君同志,还有一位是国民党上海执行部的王全道先生,他说是你的德国同学。长君、翰生还让我给你带来几本《中国青年》杂志,王先生托我给你捎来两包莲子和银耳。"

听完三人的名字,许子鹤的脸刷地一下红了起来。

更加尴尬的场面还在等待许子鹤。

"子鹤同志,今后回到国内,说话时 Ja, Nein, Ok 等这些洋词不能再说了,再说不仅仅是显摆的问题,而且会给你带来许多麻烦,特别是在军阀严控的城市,望风的野狗和跟踪的密探遍地都是,你的身份很快就会被发现。"俞清澜带头批评许子鹤。

许子鹤红着脸点了点头。

"子鹤同志,瓦西里老师在课堂上讲过,从一个人身上的气味可以判断出其身份和经常出入的地方。你喜欢喝咖啡,身上的咖啡味自己感觉不到,但我们可以一下子闻出来,因为,对我们中国人来说,咖啡的气味很特殊。今后回国后,希望你喝完咖啡一定要换身衣服再出门,否则,你就是在告诉敌人自己的行踪。你一个人出问题,有可能造成一个小组,甚至一个城市的党组织出现重大问题。"老董望着许子鹤说。

接着又有四位同志一个接着一个向许子鹤提出了诚恳的批评与建议。

许子鹤的心一下子乱了。他原以为自己客气一番找出一两点不足之处后,尴尬的场面就会应付过去,可怎么也不会料到,竟有那么多人对他提出批评和建议。

这是德国著名大学的博士许子鹤人生中头一次接受群体集中式批评,刚刚还意气风发的人儿顿时感到一盆冷水从头顶铺天盖地浇了下来。

民主生活会结束后,许子鹤羞愧不已,不声不响地离开了会场。

晚上躺在宿舍里,许子鹤失眠了。同志们白天批评的声音依然在他耳畔回荡,在脑际萦绕。

在白天的民主生活会上,喝咖啡的习惯被好几位同志一再提及。从内心深处,他认为喝咖啡只是个人的生活习惯,没有必要小题大做,自己还是觉得有点委屈。

留学德国之前，许子鹤不但不喝咖啡，连咖啡是什么样子也没有见过，只是在外文书上知道，和中国人喝"tea"对应，西方人喝的是"coffee"。到达德国的前两年，许子鹤领教了德国人天天喝咖啡的嗜好，但他自己不喝，嫌咖啡苦，有点像中国汤药的味道。跟随迪特瑞希教授攻读博士学位后，情况发生了变化。每天上午十点，教授小组的五六个成员都会不约而同地离开各自的书桌，来到走廊尽头十几平米的咖啡间，每人端着一杯咖啡，围成一圈其乐融融地谈天论地。这是教授小组一帮人最佳的休息方式，也是一天之中最放松最惬意的交流时光。许子鹤为融入这种"咖啡氛围"，不得已才开始尝试。一个月之后，他习惯了咖啡的苦涩味，三个月之后，不加牛奶不放糖，已能一连喝上两杯。

习惯成自然，半年之后，许子鹤离不开咖啡了。

来到莫斯科后，许子鹤舍弃了不少在德国养成的习惯，唯独舍不得放弃闻起来醇香喝起来清苦的咖啡。东方大学教学楼底层有一间咖啡厅，是课间苏联教授和员工休息的地方，每杯咖啡五卢布。中国学生大部分饮用白开水，一部分喝从国内带来的茶叶，只有许子鹤一人每天来到咖啡厅，自掏腰包喝上一杯，边喝边和苏联老师们交谈。走出咖啡厅的许子鹤像换了人似的，精神抖擞，后面的两节课就能轻松地应对了。这十五分钟的时间令许子鹤陶醉十分，仿佛自己又置身于导师迪特瑞希教授领导下的那个温馨的哥廷根小组。

现在，同志们对自己喝咖啡有成见，说通过身上咖啡的味道可以确定人的身份或者曾经到过的地方，容易暴露目标。许子鹤对此不以为然。他的理由也十分充分，自己在德国与教授、同事和同学一帮人整天相处，他们早晨、十点左右、中午、下午甚至晚上都喝咖啡，可自己从来没有闻到过这些人身上淡淡的咖啡味道。许子鹤心里暗自猜测，是不是大家看不惯自己与众不同、洋气清高的表现以及较为富裕的家庭条件呢？

许子鹤的闷闷不乐还是被俞清澜察觉了出来。

"子鹤，看来你还是对大伙的批评有不理解的地方。"俞清澜直言不讳。

许子鹤沉默片刻，见纸包不住火，便坦诚地说出了自己的心思。

"不就是一杯咖啡嘛，难道就真的会带来那么严重的后果？"

俞清澜扑哧一声笑出声来。

"我说中了不是，我说中了不是！大博士小心眼，果真还在计较这事！"

许子鹤不知如何回应。

"咱们先不提咖啡这事，我给你讲个真实的故事。"俞清澜依然笑眯眯地说。

"我小时候在老家山东长大，那里过年时喜欢搭台唱戏，二十七年前发生过一次大事，败了全村过年的吉庆味，从此之后再也不请戏班来了。"

许子鹤静静地听着俞清澜的讲述。

"那次戏班子唱的是《杨家将》，戏散场后，戏班子成员分别租住在不同的农户家，演杨排风的一个俊俏姑娘半夜去院子里的茅房小解，许久没有回到房内，待同屋唱穆桂英的大姐迷迷糊糊意识过来，已经是大半个钟头之后的事了，最后发现姑娘赤裸裸地躺在院外的树林里。"

"出了什么事？"故事揪住了许子鹤的心。

"姑娘被人糟蹋后掐死了。"

"多可怜的姑娘！谁是凶手？"

"要说谁是凶手，这话还得慢慢讲。县府派人来到俺们村里，一番寻访和勘察后，把当晚戏罢围堵'杨排风'的村里的三个小青年给投进了大牢。三天三夜大刑伺候之后，一位姓朱的扛不住，画押招供了。朱家父母在开斩的前一天，跪在县长家门口一整夜替子鸣冤。县长是个清官，决定延迟一天动斩，自己亲自审案。"

"那结果呢？"

"那天大清早，县长就让手下把罪犯遗留在现场的唯一一个物件取来，一个人关在县府的大堂内，翻来覆去端详琢磨了半天。物件是一只用白棉布缝制的厚袜，由于冬天我们那里的男人个个都穿这种袜子，办案官没有从中寻觅到一点有用的线索。"

"县长发现线索没有？"许子鹤焦急地问道。

"起初没有。到最后，县长忽生一计，让手下把大牢里那三个小青年以及村里有可能犯事的男人脚上的棉袜各脱下一只，他还嫌不够，也从自己脚上脱下一只，二十多只棉袜连同罪犯的那只一同摆在案几上。摆好之后，县长把鼻子凑近一排棉袜一遍又一遍地嗅，十几个来回之后，终于嗅出问题来了。"

"什么问题？"许子鹤手心里急出了一窝汗。

"其他的袜子都是一个味儿——臭！而罪犯的那只除了臭，还有一股若隐若现的松香味。"

"老俞，你讲故事急死我了，快说松香味对断案有什么用处？"

"要说这松香味呀，作用可就大啦！县长靠它找出了罪犯，救了那个姓朱的一条命。我们那里一般家户没有松香，没有松香，棉袜上自然不可能沾染松香味。况且棉袜上沾染松香味，也不是一朝一夕的工夫，罪犯所处的地方一定经常弥漫松香的味道。县长断定真正的坏人一定出自这两个常人绝对不会想到的地方。而全县一天到晚松香味不断的地方只有两处，一是县城东街的孔庙，一是西街的关公庙。县长的推测还真不假，后来官府派去的人马终于揪出了杀人凶手——孔庙的主持、姓邱的五十来岁的戏迷。"

"县长真不简单，仅凭淡淡的一丝味道就能救人一命。"许子鹤说。

"俗话说无独有偶，说不定今后呀，狡猾的敌人单凭淡淡的一丝味道，也能置我们当中的粗心者于死地！"俞清澜轻飘飘地点了这么一句话。

许子鹤了然于心，知道俞清澜在拐弯抹角暗示自己喝咖啡的事。

从第二天开始，许子鹤再也没有去过咖啡厅。

老董他们建议许子鹤改喝茶，说茶叶没有任何味道。

许子鹤回答："谁说茶没有味道？绿茶、红茶和茉莉花茶各有其味，茶是冲淡了的咖啡，不喝！"

戒掉咖啡的头几天，每到十点课间休息时间，多年形成的条件反射折磨得许子鹤两眼黯然无光，他一个人站在教室外望着天空发呆，与此同时，裤兜里的两只拳头握得紧紧的。俞清澜这时就会递给许子鹤一杯开水。

"子鹤，难为你了，快喝口水压压，等咱们中国像苏联一样太平了，咱们再喝咖啡，喜欢甜的加糖，喜欢苦味的就直接喝……"

在戒饮咖啡习惯的同时，许子鹤还做了另外两件事。

一是尽力避免自己和同伴说话时，冷不防再无意识地蹦出德语、英语或者法语单词来。这个习惯是许子鹤在他的导师迪特瑞希教授那儿学来的。迪特瑞希教授在给许子鹤他们上课时，每堂课嘴里都会冒出七八个英文、法文、西班牙文和拉丁文单词。教授冒出这些外语单词之后，还瞪大双眼瞧着学生，一脸无上荣光的神情让许子鹤和他的同学们十分羡慕。有其父必有其子，有其师也必有其徒，学生跟随迪特瑞希教授几年之后，个个都与他一个做派，当然也包括许子鹤。

民主生活会的第二天，许子鹤给自己暗自定了一个规矩，今后自己嘴里每冒出一个外文单词，晚上睡觉前，狠狠地掐一次自己的嘴唇。在其后半个月的时间内，每天大清早许子鹤的嘴唇都会留有一两个红印。张宜珊和罗琳两个女学员观察仔细，经常问许子鹤怎么回事。许子鹤每次闪烁其词：莫斯科的虫子大，咬上一口一晚上都下不去。罗琳暗地里趴在张宜珊耳朵旁窃窃私语："姐，你说怪吧，这莫斯科的虫子认人，只咬洋博士，不咬我这样的人！"

许子鹤做的另一件事，是纠正自己苦思冥想后挖掘出来的"缺点"。许子鹤初到哥廷根，与德国教授以及与同学特别是与漂亮的女同学面对面说话时，一般不敢聚焦对方的双眼，不是低着头，就是把目光移到一旁。对这种东方人交流的习惯，欧洲人十分不解。有一次，在迪特瑞希教授的课堂上回答问题，许子鹤的目光不是瞧着讲台上的教授说话，而是斜视黑板左右两侧的墙角，迪特瑞希大发雷霆，狠狠批评了许子鹤的无礼。克劳迪娅后来听说了这件事，偷偷找到许子鹤，先是数落一顿教授父亲，然后委婉地介绍了欧洲人的交往习惯。从此之后，许子鹤按照德国的规矩与人交流谈话，和任何人说话，都会平视对方。与金发碧眼的克劳迪娅的交往经历，也使许子鹤在所有德国女同学面前，不再过分矜持，变得大气得体。

现在问题出来了。因为，他自己如果保持现在的习惯不变，回到国内，他的这种"独具一格"的眼神肯定与众不同，很快就会被有心人发现，可以据此推测出家庭背景或者所受的教育。一段时间的反复思考后，功夫不负有心人，许子鹤找到了合适的方法：今后与欧洲人接触，两眼"平视加直视"，与自己的同胞交往，得按照中国人的习惯"平视加隐视"。

许子鹤想到做到，经过一段用心的调整，老董、魏乾、邢威武和耿之江他们发现许子鹤的眼神变了。

"洋博士，你那咄咄逼人的'洋眼神'怎么说变就变了呢？"

将近一个月，许子鹤就自己改正问题的进展向支部郑重地呈交了一份总结。"俗话说'忠言逆耳，良药苦口'，我衷心感谢大家善意诚恳的批评，这些都是为我好，为我今后的工作好，每一位批评过我的同志都是良师诤友。一个月以来，我不但认识到了自己的不足，并且已经作了努力。从现在开始，我会更加主动，更加谨慎地诫勉身心，规范言行，请组织和各位同学多加监督！"

在总结的最后一行，许子鹤端端正正地写下了八个字，作为座右铭来指导自己今后的行动："修己以敬，止于至善。"这八个字，不是许子鹤自己所创，而是从两篇古文中各摘四字，琢磨出来的。"修己以敬"是《论语·宪问》里孔子说的一句话，意思是成大事者贵在修身，而修身必须保持严肃恭敬的态度。"止于至善"出自《礼记·大学》，宋代理学大家朱熹曾对此句作过解释，说修身育人不能浅尝辄止，必须达到完美的境界而毫不动摇。

在随后的一次会议上，俞清澜专门提到了许子鹤的这八个字。古文功底扎实的他先是对出处做了一番诠释，然后连说八个字撮合在一起实在精妙，前四个字是"方法和态度"，后四个字是"目标和追求"。俞清澜的一席话把会场里坐在第一排的许子鹤说得手足无措，因为他本人想到这八个字时，压根没有考虑得如此周全，古话说"三分书，七分评"，许子鹤原来对此语尚存疑惑，现在服了。服气之后，许子鹤从心底佩服起眼前正不紧不慢地侃侃而谈的俞清澜，身体虽然单薄消瘦，胸襟却辽阔无边；话音虽然低沉轻缓，透出的力量却让人折服。许子鹤抬头凝视讲台上俞清澜的时候，他同时也感到自己的后背热得滚烫，因为身后几十道仰慕的目光齐刷刷地炙烤着他的后背。

那次会议之后，许子鹤的八个字被东方大学的学员们铭记在了心里。回到国内多年之后，东方大学的同学偶尔见面，离得还有丈把远，一人喊"修己以敬"，另一人会立刻应答"止于至善"。那情形，犹如地下组织的暗号对接。

第二十一章

1925年2月底，许子鹤和他的同伴们结束了东方大学一年的学习。每个人都在打理行囊，准备踏上返回祖国的行程。

从1918年至今，许子鹤在外漂泊已经七个年头了。在德国和苏联七年里两千四百多个日日夜夜，许子鹤是扳着指头数着过的，每当想到回国的那一天，心里激动万分，寝食难安。

七年前，许子鹤赴德时，还是一个不满十九岁的稚嫩青年，而现在，许子鹤已是一个二十五岁的数学博士,一位二十三岁就加入组织并接受了系统培训的共产主义者。在当时的中国,兼备如此两重身份者,用旅莫支部书记俞清澜的话说,"比凤毛麟角还稀罕,用'鹤'立鸡群来形容一点都不为过"。自从通过朱德介绍加入了旅欧支部,许子鹤更加渴望尽早回国,为自己年轻的组织贡献力量,向年轻的组织证明自己这样的成员价值之所在。对自己而言,许子鹤也需要给予一个肯定的证明,证明七年光阴没有虚度,证明自己七年负笈求学聚集了巨大的功力。在莫斯科学习的日子里,许子鹤心里清楚同学们都在默默照顾自己。尽管许子鹤不希望如此,他本人也找党小组组长老董谈过,后来也找俞清澜反映过,希望大家把他当成一名普通党员对待。俞清澜和老董表面上笑眯眯地点头表示理解,也严肃诚恳地接受许子鹤的意见,但暗地里他俩及其他同志对许子鹤的照顾却一直没有改变。无奈的许子鹤只得把这种"特殊优待"当成组织对自己殷切的期望,学习比任何人都刻苦,成绩在全班同学中也遥遥领先。随着学期结业的临近,许子鹤归心似箭,比任何人都渴望踏上迢迢千里归程,从心底希望尽早把自己所学的知识发挥出来,不辜负大家对自己的期望与信任。

七年光阴,在历史长河中如同白驹过隙,在浩瀚的宇宙中不过短暂的一瞬。但对许子鹤来说,这七年时光,承载过太多的思考与向往,积压了太多的辛劳与苦痛,也享受过难得的欢乐与荣光。现在,这一切就要结束了,终于可以踏上回国的旅程了,他多么希望尽快看到在梦里千转百回的江河山川,见到朝思暮想的亲朋好友,听到满蕴轻愁的土音乡韵。

但许子鹤怎么也不会料到,归国之途竟是如此地惊心动魄,九死一生。

在临行的前三天,国内组织突然发来了一封十万火急的密码电报,要求即将回国的学员分成三批秘密回国,原来打算大队人马集体回国的计划被取消。

事出有因。

1905年日俄战争后,日本从俄国人手中接收辽东半岛和长春至旅顺的南满铁路经营权,东北南满地区从此逐步变成日本的势力范围。从1914年开始,日本占领当局的关东州提督从日本山口、长野等地招收青壮年农民入殖到辽宁金州,启动了通过移民长期占领中国的阴谋。东北人民看穿了日本的野心,纷纷起来抵抗,年轻的共产党更是采取多种形式揭穿日本人的罪恶阴谋。日本一直奉行遏制共产主义传播的政策,外加此次共产党积极参与揭穿他们霸占东北的活动,使得驻守在东北的日本人和当地傀儡军阀要一起把共产主义扼杀在摇篮中的野心更加膨胀。除了这个原因,日本和东北军阀还有隐藏更深的目的,就是通过破坏第一批回国学员的计划,起到敲山震虎的作用,不但使第二和第三批人员因惧怕而推迟甚至不愿回国,也让国内的共产主义组织不敢大规模地再向苏联派遣学员,同样,迫使苏联虑及中国学员的人身安全,不愿再招收学生。

一个针对共产主义者的秘密计划启动了。

东北共产主义小组及时觉察到了日本人的险恶用心,立刻通知即将从苏联踏上归途的东方大学学员注意自身安全，并且要分批回国，尽可能减少旅途中意外事故的发生。

但对于可能出现的危险，所有人都无法预料。

苏联特工专家瓦西里和旅莫支部一致认为，三批成员的第一批最为危险，也最为重要，必须选拔精干人员来组织。至于原因，瓦西里的理由是，日本人和东北军阀派出的人在暗处，这些乔装打扮者何时何地以何种身份出现无人知晓，中国学员却在明处，一举一动都在被监视和掌控，时时刻刻处于危险之中。最让人揪心的是，在敌暗我明的严峻形势下，日本和东北军阀的人狡诈老道，而中国学员却没有一次实战经验，第一批出发的九位同志不但要保护好自己，还要收集相关的情报并迅速反馈给东方大学，为随后的两批回国学员提供应对方案，无疑任务最为艰巨和复杂。

国内和苏联方面的情报都显示，来自日本和东北军阀密探的危险主要在中国东北境内，也就是说一旦东方大学的学生抵达东北后，在要乘火车或者坐轮船分散到中国其他城市时，危险就可能出现。瓦西里也作出了同样的判断。

经过瓦西里和旅莫支部的反复磋商，许子鹤的申请被允许，他被批准作为第一批成员回国。许子鹤自己没有想到的是，他被任命为第一批人员的组长。

这是许子鹤第一次在共产主义组织内担任职务，尽管手下只有八个人，时间也只有一个月左右，但他真正的革命斗争生涯就此开始了。

整个白天，别人都在紧锣密鼓地购买俄罗斯礼物，马不停蹄地打点行囊，许子鹤一个人仅仅出去了半天，然后很快就回到了宿舍，拿着俄罗斯地图苦思冥想。晚上，劳顿了一天的学员们逐渐进入了梦乡，但许子鹤和老董没有睡，两个人手握电筒，对着放在桌子上的中俄地图观察思索，一两个钟头一动不动。

到了第三天，由于晚上就要乘火车回家了，第一批回国的同志计划再去购置一点回国的礼物，因为何时能再来莫斯科，大家谁都说不准。

这天早上，许子鹤却把大家留在了宿舍里。

"同志们，我和老董这两天仔细琢磨了好几遍苏联和我国东北的地图，发现了个问题。我们这次回国，从西部的莫斯科至东南的海参崴，几乎横跨苏联东西全境，长途跋涉九千多公里。耗时最长，路最难走，上下车人数最少的，既不是在我国境内，也不是在中苏边境地区，而是在漫长路途上。我怀疑，日本人和军阀密探很可能在这一段路途上动手，因为时间越长，他们寻觅到的下手机会越多。同时，在这段苏联的路途上，大家会因为有足够的安全感从而放松防备。如果我是日本人，我还有另外一个理由选择在这段路途上下手——在中国境内或者在边境地区出事，中苏两国肯定怀疑是东北境内日本人及手下所为，但中国人在苏联境内出事，事情就说不清了，因为苏联境内也时不时地发生残余白俄分子和土匪滋事生非、蓄意破坏新生的苏维埃政权的恶性事件。嫁祸于人，让中苏两国之间产生误解，也是日本人一贯的歹毒计谋。"

许子鹤的分析和瓦西里的观点明显不同。这是他经过深入研究和缜密思考后做出的判断。

　　和老董一番琢磨后，许子鹤开始实施设计好的应对计划。

　　不让大家去购物，而是留在宿舍内理发。许子鹤早已约好了东方大学理发店里的师傅，按照许子鹤的要求为大家剪出了不同的发型。理完发，许子鹤要求大家取出旧衣服，让同组的罗琳、张宜珊为大家改造成各式工作服，有中餐馆的，有皮毛店的，还有大家谁都不会想到的一个职业——马戏团表演者。发型配上服装，宿舍内好像来了一群为东方大学学生服务的师傅。外形上有模有样之后，许子鹤从自己的提包内拿出了锅铲、菜刀、擀面杖、铁勺、磨刀石、推子、剪刀、掸子、螺丝刀、老虎钳、起子、锥子等各式工具。这些工具是许子鹤一天前从莫斯科旧货市场淘来的老物件，半新，个个还能使唤。每个人根据自己的身份，开始熟悉这些工具的使用方法。

　　东方大学原来准备傍晚时分派辆大客车把第一批学员集中送到火车站，许子鹤委婉地拒绝了这个方案。他把九个人分成三组，一组是扮成中餐馆老板的老董带领张宜珊和邢威武，三个人假装成开店夫妻和雇佣的大厨子。第二组是魏乾带领的耿之江和另外一位年轻人，扮成把茶叶贩到莫斯科，再从俄国倒腾皮毛生意到中国的中国商人。第三组则由许子鹤自己亲自率领，只见他头上戴着一顶白色圆沿帽，身上穿一套咖啡色方格西服和深色的皮毛大衣，脖子上系着一条鲜红色的领带，见过世面的人都知道，这是欧洲马戏团典型的着装。在莫斯科学习期间，许子鹤课间和周末总是闲不住，不是在同学们面前玩点小杂耍，诸如抛石子、嘴咬筷子顶酒瓶、算扑克牌点数、猜三五个茶缸里有无硬币等，就是模仿鸡鸭牛羊的叫声和姿态，逗得周围的人捧腹大笑。无心插柳柳成荫，许子鹤没有想到，平常练就的这点小本事今天派上了用场。许子鹤后面跟着一位打扮时髦的姑娘，不用多猜，就知道是其助手，这个姑娘不是别人，正是罗琳。在罗琳周围，一位五十多岁的老人手提两只皮箱紧跟不舍，这是一位同志扮成的马戏团管家。

　　许子鹤要求三组人员从下午开始分别出发，抵达火车站后会合。

　　三组人马不声不响上了火车，分住在三个包厢内。乘客中绝大部分是苏联人，小部分是中国人。

　　在漆黑之夜，一声长笛之后，火车启动，开始了长达十天十夜、惊心动魄的东方之行。

　　在飞奔的火车上，几乎所有同住在一个包厢的苏联乘客都站在过道内聊天，包厢门是打开的，目的是透换一下里面的空气。但绝大部分中国乘客进入包厢后，就急忙关上门，再也不出来，只有极少数中国乘客和苏联人一样在过道聊天。正当大家不知如何是好时，许子鹤说："白天关门和夜里开门都不正常！"因此，三个包厢的同志们都站在包厢外面，有说有笑地聊天。

在包厢门口，东方大学的中国学生们一身职业打扮，泰然自若地畅谈着在莫斯科开店与生活的体会和辛酸。过道中，时不时有苏联人和同胞借道通过，近身时大家互相点头问好。

深夜时分，火车在广袤的西伯利亚高原穿行，像一条浑身涂满发光粉的长蛇，在原始森林和皑皑冰雪之间忽明忽暗地逶迤穿行。所有包厢的门都被关上了，在有节律的车轮撞击声中，乘客们都安睡了。许子鹤的包厢内，罗琳和那位年长的同志已经休息，他一个人静静地坐在靠包厢门的床铺上，侧耳倾听着过道内的动静。

这是许子鹤的安排，三组成员每天夜里都必须有人值班。

白天，许子鹤带领的三组人马都和苏联人一样走出包厢，活动一下筋骨腿脚，然后站在过道里谈天说地。许子鹤不但和大家聊天，还在过道内抛开五色魔术球表演起来。开始时是单手，接着是双手同时抛，到了最后，在大家的掌声中，他左右手互换着抛起一串串的彩色小球，最多时达到了八个。过道内来来往往的乘客都停下脚步驻足观看，纷纷向许子鹤伸出大拇指。

两天过后，很多乘客都知道，火车上有个刚从欧洲巡演归来的中国马戏班。

火车上，始终有不少中国人夜里关闭包厢门，白天也一直关着。许子鹤明白他们的意思，中国人出门图个平安，不愿与陌生人打交道，害怕招惹是非，如果不上厕所不打开水，一般不开包厢门。

第三天的夜晚，许子鹤一如既往，一个人静静地坐在靠包厢门的床铺上，侧耳倾听着过道里行人走动的声音。

第四个深夜悄然而至，行程近半，乘客进入了疲劳期。

第五天清晨，传来一个骇人听闻的消息，列车上一个包厢内的三个中国人，本来购买了去海参崴的车票，但半夜时分，在某个加水的小站私自打开车门，提前下车了，连声招呼都没有打，巡查的乘警开车十几分钟后才发现车门开着，包厢门也开着。列车员反映，包厢内三个文绉绉的中国人一天到晚关着门看书。

许子鹤、罗琳和年长的老同志随着互不相识的人群，如常人一般去三个中国人住过的包厢瞧瞧发生了什么事，目的是去仔细打探一番真实的情况。包厢内挤满了中国人，个个面带惊慌的神色。出门在外，大家都是同路之人，每一个前来的中国人都不希望三位同胞出什么意外。在包厢内环视一圈之后，许子鹤看到，包厢门和里面通风的窗户完好无损，木质地板也打扫得干干净净。看到眼前的一切，许子鹤内心顿生疑惑。

一般而言，长途列车的包厢地板上多多少少会存在饭粒菜迹或者碎片纸屑，况且三人还是暗自匆忙下车，地板上如此整洁违反常理，一定是有人事后进行过处理。内心产生极大的怀疑，许子鹤的观察更加仔细。三人用过的床单没有扯拉性损坏，上面也没有任何血迹，床头边的枕头上同样没有任何可疑的痕迹。许子鹤没有停止勘察，同时也不能让其他中国人察觉自己的行动，于是，开口自言自语说了一声:"看看他们枕头底下忘东西没有,有的话赶紧交给列车员,等他们三个回来时好取走。"说完这话,许子鹤动手掀开了一个枕头,枕头下面干干净净。正当许子鹤感到有些失望时,他灵敏的鼻子闻到了一股细微但刺鼻的腐臭气味。

味道来自哪里?刚才没有,为什么掀开枕头后才出现?机警的许子鹤马上意识到,枕头有问题。枕头的正面已经观察过,要是枕头有问题的话,一定会出在枕头的另一面。许子鹤这样想,却没有半点声张,功夫全在手上。放回枕头时,另一面被他朝上倒置着放下了。这一切,没有一个人发现,包括同来的罗琳和那位老同志。

果然不出所料,蛛丝马迹出现了。

枕头朝上那面的里侧一端,留有一滩湿淋淋的痕迹。许子鹤用眼瞥了下那滩痕迹,根据瓦西里课堂上教过的方法,立马判断出那不是水洒在或者不慎泼在上面的痕迹。水洒在或者泼在棉布缝制的枕头上,呈现出来的向四周浸透的痕迹应该是圆润的、自然的,而这滩痕迹,大头一方是圆润的,后边拖着一个长长的尾巴,如果液体为自然流淌扩散,尾巴应该越来越细,但这条尾巴却是一样宽窄。许子鹤立马得出结论,这滩痕迹显然是人为擦拭造成的结果。

许子鹤放回枕头后,嘴里不经意地说了一句话:"这个枕头下面没有,看看其他两个底下有没有?"

其他两个枕头同样被许子鹤用手掀起。有同样味道,也有相同的擦拭痕迹。

最后,随着乱哄哄的人群,许子鹤三人一起回到了自己的包厢。半掩着包厢门,许子鹤闭目思考起来,其他两位瞧他这个样子,知道他发现线索了,就不再打搅。

包厢内静悄悄的。

许子鹤首先思考那种气味到底是什么。

半个钟头过后,许子鹤得出了结论。那种气味不是酒味,也不是饭菜味,是胃中呕吐物的味道。三个人在同一时间同一地点同时呕吐,唯一的可能是他们三人吃或者喝了有毒的东西。三人同时发生这样的后果,不是食物中毒,就是有人在水或者食物中下了药。

想到这里,许子鹤的心猛地抽搐了一下。

许子鹤继续着自己的分析,食物中毒或者遭人毒杀哪种可能性最大?一般的食物中毒,人虽然呕吐且四肢无力,但不至于猛然毙命,如果三人同时食物中毒,他们肯定要拼命敲门或者爬出包间门呼喊求救。而饮用或者吃下剧毒药物,几秒钟之内整个人就可能发生昏厥,断然毙命,毫无反抗之力。

分析比较两种情况之后,许子鹤有了自己的判断。

"你们两位发现有什么可疑之处没有?"许子鹤问。

"没有啊,我还正想着呢,那三个中国人也真是的,事情再急也得和列车员打声招呼呀!"罗琳回答。

"这三个人，是不是犯了什么事，在火车上露出了马脚，不得不提前溜掉啊？"老同志说出了自己的猜测。

"我们这三位同胞，现在看来，凶多吉少。"许子鹤低下了头。

罗琳和老同志大吃一惊。

"这三位同胞喝过或者吃过有问题的东西后，肯定是先发生了呕吐，枕头上面的痕迹就是呕吐物留下来的。既然发生了呕吐，人肯定四肢无力走不动，更不可能再手提肩扛沉重的包裹下火车！"许子鹤开始述说自己的分析。

"你怎么知道他们三个有很多行李呢？"罗琳问。

"五天前上火车时，你们两人都知道，我们的包间在离火车头最近的8号车厢，本可以从站台上直接进到这节车厢，这样既省力又快捷，为什么我让大家假装上错了车厢，从1号车厢一直摸到8号车厢？现在应该明白原因了吧。"

罗琳和老同志自然记得此事，望着许子鹤点了点头，内心钦佩他的细心谋划。

"既然中毒走不动，三人就一定会在包间内躺着，但奇怪的，半夜人却不见了，地板被打扫得干干净净，侧脸吐在枕头上的残留物，也被人清理得干干净净，最关键的是，枕头还故意被人上下倒了个面。"许子鹤停下话来。

"一定是有坏人陷害，还故意破坏现场。"罗琳惊慌地说道。

许子鹤点了点头。

"那是谁干的呢？"老同志问。

许子鹤没有回答，再一次闭目思考起来。

这时候的许子鹤，一幕一幕回忆起前几天夜里，他静静地坐在靠包厢门口的床铺上，侧耳倾听过道内行人发出脚步声的情况。在莫斯科学习时，瓦西里喜爱才华出众的许子鹤，私下里曾经单独教给他几个绝招，耳听行路者步幅、步频和路面发出的响声判断行路者身份就是其中一招。

前几天的后半夜，是许子鹤最紧张的时刻。白天，过道内人来人往，许子鹤很难发现什么可疑的情况。这样的情况对许子鹤难，对坏人也难，因为人来人往，火车上的旅客倒是安全的，因为光天化日和众目睽睽之下，谋害很难实施。后半夜就不同了，每个包厢都关上了门，过道内黑黢黢的，几乎没有行人，外加由于包间保暖和隔音效果很好，里面说话隔壁包间很难听得见。因此，这期间实施谋杀，就比白天容易得多，而且还不会被别人察觉。

上车后第一和第二天的后半夜，许子鹤听到了两个人走路的声音。由于他们每天各走了三个来回，许子鹤判断出这两人为一男一女。

第三天的后半夜，除两个人外，新增加了一个陌生人。由于当夜此人只走了一个来回，且走走停停，许子鹤确定不了是男还是女。

第四天的夜晚，许子鹤更加谨慎小心。那三人再次出现，已分辨出来的两个人中，男的走了三个来回，女的走了一个来回。第三个人仍然只走了一个来回，细心的许子鹤还是抓住了这次机会完善了自己的判断——第三人为女人，要么体态胖，要么手中或者肩上背着东西。

分析出结论后，已是第五天的中午，许子鹤知道，自己下一步的任务就是要赶紧找出这三个人来。这三个人中，定有凶手。三个失踪的中国人和许子鹤同住离火车头最近的8号车厢，8号车厢内共有六个包厢，许子鹤的包厢离车头最远，中间两个包厢住着老董和魏乾所带的两组人马，离车头驾驶室最近的包厢住的正是那三个中国人。如果排除火车司机是凶手的话，那就是其他人实施谋杀。而其他人要想接近住在8号车厢的这三个中国人，必须从许子鹤门前经过，只要经过，他许子鹤就一定会听到他们的脚步声。

许子鹤从中午开始，开着包厢门，竖起耳朵，仔细倾听着走过通道的每个人的脚步声。

时间刚过半个小时，许子鹤发现了第一个目标——女列车员，那个前三天各走三趟，第四天夜里走了一个来回的人。

三个小时过去了，许子鹤一无所获。罗琳给许子鹤准备好了晚餐，他一动未动。

到夜里十点，列车上的广播通知进入休息时间后，许子鹤还是没有发现第二个人。正当罗琳再次把饭递到许子鹤手中的时候，坐在床铺上的许子鹤突然像触电般身体猛地一抖，他听到了一个熟悉的声音。

包间里的三人个个十分紧张。

这时候，有人敲他们已经锁好的包间门。

许子鹤向两人使了个眼神，按照预定的计划，先用暗号通知了隔壁老董一帮人，然后三人手握菜刀和扳子等工具，准备应对来袭之人。

包间门猛然被许子鹤打开，门外站立着一个人。这个人高高大大，身穿制服——原来是火车上的乘警。正当乘警惊慌惶恐不止之际，老董一帮人闪电般出现了在他的身后。

乘警就是那个每天夜里都要来回走三趟的男人。他这次来，是逐个包间检查安全情况的。

一场虚惊。

三个可疑之人，许子鹤已经找出了两个。对这两个人是否存在谋害中国人的可能性，他思索推定之后，都排除了。许子鹤排除这一男一女，不是因为他们是火车上的工作人员，而是根据他自己测算出的时间。许子鹤目测过8号车厢大约二十来米长，他自己所在包间和失踪三个中国人的包间相隔大概十四五米。从自己包间门口经过再回来，如果中途不作停留或不做其他事情的话，一般人走完这样的距离，快一点三十秒，慢一点边走边瞧也就一分来钟。前四天后半夜，男乘警所用的时间每次都不到三十秒，女列车员的时间稍长，但也不到一分钟。三十秒或者一分钟的时间，无论如何是不能完成把人毒杀，然后再秘密转移尸体，最后还能把现场打扫得干干净净这个过程的。

因此，造成三个中国人失踪的真正凶手最后落在了第三个人身上。

第三个人的脚步声一直萦绕在许子鹤的脑海里，经过反复的琢磨与推敲，只要他一经听到，感觉就会如同炸雷一般。从第五天中午到傍晚，许子鹤一直在静静地守候，希望过道内能有他期盼的轰隆隆的雷声，但一无所获。

三个包间的中国人虽然相互之间不交流，形同陌路，但暗地里却一直用瓦西里上课教的密码敲墙进行着联络。许子鹤不睡觉，其他同志虽然安静地躺在包间内的床上，也难以入睡。怀着焦虑的心情，大家都渴望许子鹤能用他的火眼金睛，尽快找出暗藏的凶手，为自己的同胞报仇。几天几夜的担心和焦虑，很多人嘴上都起了水泡，张宜珊更是发起了高烧，她默默地忍受着，怕自己的病影响大家的情绪，更怕影响许子鹤的工作。

第五个夜晚过去了，第三个人仍然没有出现。守候了一整夜的许子鹤疲惫不堪。他心里明白，自己遇到了对手。

到第六天中午，又是半天过去了，满眼血丝的许子鹤仍然毫无线索。

张宜珊挺不住四十度的高烧，昏厥过去。老董急忙去找火车上的医生，医生很快就背着药箱跟着老董跑着过来了。打完退烧针之后，张宜珊睁开了眼睛，老董他们包间里的所有人悬着的心这才平静下来。医生打完针，从药箱中取出几种药留给张宜珊，怕中国人俄语不好，就向包间里的人要了一支笔和一张纸把药名和剂量写了下来。

许子鹤三人坐在包间内等候张宜珊的消息时，可谓如坐针毡。突然看到老董送别医生经过自己门口时，许子鹤知道，张宜珊已经脱离危险了。一直暗自啼哭的罗琳脸上顿时现出了笑容。同一包间内的老同志说："这下没事了，没事了，闺女没事了！"

老董陪着医生刚走出三四米远，坐在床上的许子鹤突然站了起来，仿佛屁股被锥子猛刺了一下。

罗琳和老同志不明就里。

"是她，是她，就是她！"杵在原地的许子鹤一连三声自言自语。

对第三个人，许子鹤推测了很多种可能性，但不管哪一种可能性，他都认为对方应该是长着东方面孔的日本人或者中国人，绝对不应该是苏联人。但现实却跟他开了个玩笑，偏偏就是苏联人，还是个苏联女人。

一声叹息之后，许子鹤抱怨自己还是缺乏缜密的思考和斗争的经验。

许子鹤确信无疑，自己找到了第三个人——就是这个背着大药箱来给张宜珊治病的女医生。因她走路的步幅、步频和地板发出的反馈声，与许子鹤双耳侦测的一模一样，这是第一个理由。另外一个理由，第三天夜里女医生来回经过他门前的时间间隔为一分来钟，但第四个晚上，时间长达四十来分钟。正好在这四十分钟的时间里，火车在一个小站停车加了水。

藏匿在列车上的嫌疑人找到了，许子鹤怎么也没有想到，又是一个列车工作人员。他无法向列车乘警汇报，立刻控制或者监视她继续作案。原因很清楚，许子鹤一是不知道乘警、列车员与这位医生是什么关系，二是不确定列车上有没有医生的同伙。如果她有同伙且携带武器，许子鹤一旦挑明真相且被对方获悉，事情很可能无法控制。

列车在呼啸着奔驰着向前。

窗户外忽明忽暗闪现着超乎想象的西伯利亚的独特风景。一会儿是无边无际白茫茫的荒野，一会儿是斧劈刀切突兀险峻的奇峰峻岭，一会儿是乌压压铺天盖地树皮脱落的原始森林，一会儿是车灯映照下透出逼人寒气的冰湖白霜，一会儿又是凛冽寒风卷着漫天飞沙的不毛之地……这里什么都有，就是没有人迹，没有炊烟，没有鸟鸣，没有绿色，没有阳光，没有月色。

凝望荒凉无际的窗外，许子鹤满头冷汗，心脏怦怦跳个不停。他从来没有遇到过如此困难和惊险的处境，毕竟他还是个二十多岁的年轻人，毕竟是第一次真正地置身于一场看不见却到处弥漫着硝烟的战斗。包间内的其他两人还是第一次见许子鹤这么紧张，罗琳递给了他一条毛巾，老同志也端来了一杯开水。望着一老一少安慰与期望的眼神，过了很长时间，许子鹤的情绪才慢慢地镇定下来。

许子鹤的紧张，发生在他找出这个可怕的医生之后进一步的分析和推测。分析和推测的结果让他顿时心有余悸。许子鹤的结论是——女医生谋害错了对象。女医生真正要谋杀的不是既无钱财，又无特殊身份且胆小怕事的三个书生模样的中国人，而是他们这些从莫斯科东方大学毕业的信仰共产主义的中国人，由于他们经过了精心化装才没暴露出来。

许子鹤的紧张，还因为另一个疑问逼迫他必须做出回答：接下来还有一半的行程，女医生和她的同伙会就此收手吗？

不会，绝对不会，凶残的虎狼绝不会有丝毫悲悯之心。因此，对车上每个东方大学的中国学员来说，危险时刻存在。

许子鹤心急如焚。

只能使用最后一招了。

夜里八点，火车到达了贝加尔湖畔的伊尔库茨克。伊尔库茨克是个较大的中转站，列车要在这里停留二十五分钟。许子鹤走出包间，手拎布袋跟随着苏联旅客，不慌不忙下了车，他要为包间里的人购买新鲜的面包和香肠。

在面包房短暂停留之后，许子鹤环顾四周，没有发现可疑人员跟踪自己，立刻转身退出面包房，咻溜一下闪进了五米开外的车站站长室。

许子鹤向惊魂未定的站长出示了一张公函，他要给莫斯科打个万分紧急的电话。公函上加盖有苏维埃莫斯科保卫局的红章，签名人是主管反特工作的副局长瓦西里。这是瓦西里临行前单独交给许子鹤的绝密公函，不遇到万分危急的情况不能展示。

五分钟后，电话接通。

许子鹤和瓦西里低声交谈了七八分钟。放下话筒，许子鹤又从站长室拿了一叠旧报纸，揉成一团装进了手中的布袋，然后与站长道别离去。

许子鹤拎着鼓鼓囊囊的布袋上了车，边走边喊："新鲜的大列巴，新鲜的大列巴！"

火车继续前行。两个钟头后将到达下一站乌兰乌德。

上车后的许子鹤与同包间的其他两人低声沟通了一番，又通过敲打密码的方式通知其他两组人马后，便上演了一出让所有人意想不到的大戏。

许子鹤和其他二人换上马戏团服装，开始在列车上一个包间接着一个包间表演魔术和杂耍。

"憋屈了几天几夜，动弹不得，真是无聊至极！闲着也是闲着，不如及时行乐！我给大家表演一场魔术或者来上一段杂耍，有烟的掏支烟，不抽烟的女士小姐赏点小钱也行！"

许子鹤逐个包间进行表演，每个包间里的旅客见到许子鹤三人到来，都兴奋不已。旅客心里琢磨，几乎不花钱的表演，如果不是在火车上幸运遇到，哪里能够看得到！

按照瓦西里的布置，在乌兰乌德车站，将部署特种部队上车突击搜查。在火车快到乌兰乌德时，许子鹤他们必须掌握好乘警、列车员特别是那位女医生的行踪，不得让他们三人提前下车，或者火车未停稳前跳车逃离乌兰乌德站。

还有四十分钟的车程，许子鹤三人来到了乘警的小工作间，给他单独表演了十分钟，接着又给隔壁的女列车员同样进行了十来分钟的表演。两人都希望马戏团再表演几个节目，许子鹤说："你们俄罗斯不是有句民谚'有马大家骑，有肉大家吃'吗，好戏也一样啊，不能一个人看，得让大家都看看！"

最后的二十分钟，许子鹤三人来到了火车车尾的医务间，女医生个头一米七几，体格健硕，正面窗而坐，一个人沉默地抽着烟。许子鹤三人笑呵呵地站在门口，用相同的开场白说明了自己的来意，女医生没有说同意，也没有说不同意，只是瞪大眼睛观望着几米开外的三个中国人。

许子鹤不等对方表态，就拉开了架势，开始表演抛掷五色球。三四分钟之后，女医生说："Спасибо большое（多谢）！Спасибо большое！你们可以到别处表演了！"

"你在火车上为全车旅客辛苦操劳，再为你表演一个藏球游戏，这个不要一根烟，也不收一个硬币，是赠送的节目！"

说罢此话，还是没等女医生做出反应，许子鹤就从罗琳手中拿过三个小碗，哗啦啦分别把一个、两个和三个小球按顺序扣在了三个碗下。女医生在许子鹤和罗琳的再三鼓动下不得不开始猜球。结果，三个碗下面小球的数量女医生全部猜错了。猜错了就得重猜，许子鹤又开始了新一轮的藏球……离停车还有七八分钟的时候，两个矮个子亚洲人慌慌张张地跑到医务间来找女医生，说是有急事。话音刚落，就急切地挤进了医务间。

这时候，老董、魏乾、耿之江、邢威武几个人来到了门口。

"哪里都不去，哪里都不去！"五大三粗的老董和魏乾推开了两个矮男人。

"就是这位女大夫救了我们老板娘的命，小伙子，多给俺这位救命恩人好好表演几个拿手的，俺口袋里有的是硬币。"老董朝许子鹤肩膀上拍了一巴掌，接着又用手摇了摇自己的口袋，哗哗啦啦一阵硬币声响。

医务室的门被七八个笑呵呵的中国人给堵上了。

两个矮个子男人被挤在医务间内动弹不得，女医生更是无法脱身。许子鹤卖力地进行着表演，老董一个接一个地往收钱老同志的棉帽里扔着硬币……

乌兰乌德到了。

火车一进站，车上的每个旅客都惊呆了，探照灯大开着，警报声此起彼伏，铁轨两边站满了荷枪实弹的士兵，枪口对准了车头、车窗、车门和车尾。火车刚一停稳，站台上一群手提短枪的警察从各个车厢两端冲了进来。

两个小时的突击审问后，指挥官押走女医生和那两个矮男人时告诉许子鹤："谢谢你和中国同志们的帮助，否则，三个被抓的人早溜了。想知道真相吗？"

苏联指挥官告诉许子鹤，那两个矮个子不是中国人，是日本人，专门堵截从莫斯科东方大学回国的中国学生。日本人绑架了火车上女医生的儿子，她儿子在法国里昂读大学。日本人强迫女医生帮三次忙，作为交换，他们释放她儿子，否则，就让她等着孩子的死讯。女医生对乘警和列车员夜间巡查时间十分熟悉，日本人告诉她那三个中国人就是他们寻找的共产主义者，逼迫女医生实施毒杀。第三天夜里，女医生去熟悉了一次环境；第四天的白天，女医生以例行卫生检查为名来到三个中国人的包间，说他们三人有流感预兆，而这在火车上是最危险的。还请他们不要对外声张，以免引起旅客恐慌，她半夜会再来复查一次。后半夜，她先在自己同事，也就是那位女列车员咖啡杯里放了安眠药，制止列车员正常的巡查，女医生便利用乘警刚巡查过，列车员又不会来的时间潜入了三个中国人的包间，轻松哄骗三人喝下了含有剧毒的药剂。三人被毒杀后，她把人和他们的行李，逐个从窗户扔进了旷野里。打扫一番后，时间正好和预谋的一样到达小站，女医生悄无声息打开车门，伪装好有人偷偷下车的现场后，便神不知鬼不觉地回到了医务间。

"还有一个更可怕的消息。"指挥官严肃地告诉许子鹤。

女医生交代，她在给另外一个中国女人治疗高烧时，需要写下药名和剂量的钢笔和纸张，而那个包间两个开饭店的厨师，竟然都能从上衣口袋里掏出钢笔来，还十分麻利地从行李中找出纸张。她把这个事讲给了日本人，日本人说："这三人不是厨师，而是我们要找的在莫斯科东方大学学习的危险分子，杀了他们，算你帮了我们第二次忙。"

听完指挥官的话，正为自己和同志们成功抓住三个凶手而兴高采烈的许子鹤惊愕万分。

张宜珊包间里的所有人闻听此事,半天没有回过神来。

"谢谢你们,谢谢瓦西里同志!"许子鹤向苏联指挥官挥手告别。

年轻的许子鹤和他的同事们知道,漫长的革命道路绝不会一帆风顺,处处布满着夺命的险滩暗礁。

火车离开乌兰乌德,呼啸着继续前行。许子鹤倒头在床,呼呼大睡。

第二十二章

轰轰隆隆四天四夜后,火车于第十一天凌晨时分到达海参崴。

许子鹤一行九人全部换上了马戏团的服装,他们对外宣称刚刚参加完摩纳哥蒙特卡洛马戏大赛,回国途中在海参崴短暂停留两天,有可能的话,还要为该市远东大学的学生免费表演一场。

九个中国人走下火车的那一刻,内心翻江倒海,五味杂陈。他们每个人都十分清楚海参崴的前世今生。

海参崴曾是中国的领土,而现在却与中国完全脱离了干系。

这座美丽的海港之城,依山傍海,北部为高地,其他各面濒临乌苏里湾、大彼得湾和阿穆尔湾。优越的自然和地理环境使得这里风调雨顺,宜居宜商。

走在火车站的狭长站台上,许子鹤满脑子都是海参崴的历史。海外多年的漂泊经历,使他对祖国的山山水水比国内的人更觉得亲切。很多时候,许子鹤喜欢一个人坐在床头,静静地翻阅朱德从国内带来的一本中国地图册,一看就是两三个钟头。许子鹤特别喜欢一个词——"山河入梦"。他总是期盼每天夜里,梦中徜徉在祖国的山河,置身其中,陶醉其间,哪怕只有片刻的逍遥也会心满意足。但这样的感受只是偶尔出现过一两次,第二天早上,许子鹤就会高兴得心花怒放,逢人便述说自己的梦境,好像自己刚从国内那方山水回来一样。海参崴虽然一直没有人过许子鹤的梦境,但他刻骨铭心地记住了海参崴的历史。1858年沙俄逼迫清政府签订《瑷珲条约》,规定包括海参崴的乌苏里江以东地区为中俄共管。两年之后,中俄《北京条约》被迫签订,乌苏里江以东包括库页岛在内的约四十万平方公里的领土遭割让,其中就包括海参崴。海参崴逐渐成为沙俄在远东地区的一个军事基地,与千年东方文明古国的血脉渐行渐远。

在德国哥廷根留学时,每当许子鹤看到自己宿舍信箱内花花绿绿宣传去"俄罗斯海参崴"旅游度假的广告,都会怒不可遏,不由分说便把广告撕得粉碎。

如今,他自己来到了海参崴,满眼都是俄语的标牌,满街都是俄语的对话,他和同行的同学一样,一时间变得无语,情绪也低沉起来。雨浇土墙倾,国弱山河残,台湾、香港、澳门、青岛还有海参崴,一个个就是例证,一个个都是许子鹤的心头之痛。虽然年轻的许子鹤对之无能为力,但他不会忘记。走出车站的时候,许子鹤叹了一口长气,他和东方大学的同学们都有一个心愿。在他们这一代人手中，绝不能再让中国出现第二个台湾、第二个香港、第二个澳门、第二个青岛，还有第二个海参崴。如果出现那样的情况，他许子鹤会第一个站出来，愿意用自己的血肉之躯去换回哪怕一寸疆土。

想到这里，许子鹤扶正帽檐，整理好服装，挺起胸膛，朝八名同志使了个眼色，大步流星地向前赶路，很快就把所有旅客都抛在了后面。

出站口，两辆马车在等待他们。马车是耿之江的爷爷派来的。

许子鹤一行九人没有下榻交通方便的市内旅馆，也没有入住位于港口附近的客栈。东北党组织提供的情报显示，几乎所有海参崴的旅店宾馆，还有饭店酒庄都有日本和东北军阀的眼线。苏联方面事先在远东大学内的"海豚旅馆"预定了几个房间，这里不但僻静，而且出入的闲杂人员极少。

一路上，马车的摇晃和连日的劳顿折磨得大家昏昏沉沉，大部分同志低头闭目，渐渐入睡，无意留连海参崴的海滨风光。许子鹤和老董两人没有合一会儿眼，而是一刻不停地观望窗外，像是陶醉在异国风情之中。实际上，他们是在全神贯注地观察着道路两边的情况。马车从远东大学正门进入到位于校园内"海豚旅馆"的路途中，许子鹤更是睁大眼睛，目不转睛地凝视着窗外，把道路两旁的建筑、广场、雕塑、书店、图书馆、树林、聚集人群的密集地点看得清清楚楚，然后一一记在了脑海里。

宾馆安顿好之后，所有的人没有出门，而是在各自房中休息。这是许子鹤的部署。在其他八位同志休息的过程中，许子鹤迅速换上了一套西装，戴上眼镜，脚蹬锃亮的皮鞋，手里拎着一个装满书籍的皮包，像是一位应邀前来远东大学讲学的教授，文质彬彬，不紧不慢地迈着方步从宾馆正门走了出去。

中午时分，留在旅馆的八人没有出去吃饭，午饭由"哈尔滨贸易商行"送来。商行是耿之江的爷爷在海参崴开的。耿之江的爷爷本来想邀请许子鹤九人到店里去坐坐，喝杯东北人参茶，然后再到附近饭店吃顿热乎饭，但却被许子鹤以要在旅馆抓紧排练为由巧妙地谢绝了。九人在海参崴总要吃饭，耿之江就让爷爷最信任的一个掌柜雇了一辆人力车前来送饭，许子鹤拗不过耿之江的好意，只好同意了。

其他人吃过午饭，打扮得温文尔雅的许子鹤才从外面悠闲自得地走进宾馆。

吃过午饭，许子鹤依然着正装出门，其他八位同志按照要求继续留在宾馆。

傍晚时分，商行掌柜再次坐着一辆人力车送来了晚饭。

送饭的人走后，大家都没有动饭菜，都在等着许子鹤回来。大约半个钟头，许子鹤趁着夜色回到了宾馆。刚一进门，他急匆匆把大家集合到一起，一句话刚出口，众人立刻惊慌失措。

"同志们，我们的身份可能已经暴露了。"

每个人都不知道问题出在哪里，他们一整天都没离开房间，身份怎么会暴露呢？

许子鹤告诉了大家他所看到的一切。

从早上到傍晚，许子鹤换装离开海豚旅馆，并没有去海参崴市内购买东西，也没有去浏览海参崴的秀丽景色，一个人走进了旅馆对面七八十米开外的大学图书馆。之所以去图书馆，是许子鹤到海豚旅馆不久，一番观察之后想出的主意。海豚旅馆是座两层楼高的建筑，而对面的图书馆足有五六层楼高，并且朝向旅馆的一侧全部是落地玻璃窗。从那里瞭望海豚旅馆，毫无死角，观察得一清二楚。同志们在房内休息的时候，如果在旅馆大厅设一个观察岗，或者在房间内不时探出头来向外观望，那样等于此地无银三百两，会主动暴露一行人的身份。为此，作为组长的许子鹤必须选择一个安全合适的地方，在那里为大家站岗放哨，以期绝对保证每个人的安全。走入图书馆后，许子鹤选择了一个临窗的位置，从拎包内取出一本厚厚的数学书，从容镇定地阅读起来。低头读书时，许子鹤眼角的余光一直不停地扫视着进出旅馆的行人。

许子鹤在图书馆佯装看书的时候，还发生了一段趣事。坐在他座位附近的两个俄罗斯学生看到许子鹤手里厚厚的数学书，好奇地凑到跟前，询问起他的身份来。当听说许子鹤是远东大学数学系刚聘任的教授，两个学生顾不上初次见面，急忙掏出高等数学习题集，请求许子鹤为几道难题答疑。许子鹤简单明了地做了回答，两个学生一下子就被眼前这位西装革履，从头到脚一副绅士派头的数学教授所折服。

中午时分，许子鹤在图书馆中看到，送饭的掌柜和雇来的人力车停在旅馆门口，耿之江取走了饭菜。

下午，在图书馆里的许子鹤再次遇到了俄罗斯学生，来的不再是两个，而是变成了四个，同样是向许子鹤请教数学难题的。临走时，他们问许子鹤晚上还有没有时间，因为他们马上要进行一次数学大考，还想请教几个问题。

"教授先生，我们一直在图书馆复习考试，您如果有空，晚上就来这里帮助我们吧！"四个学生礼貌地征求许子鹤的意见。

"如果有空，我一定来。"对四个年轻人的邀请，许子鹤心里十分理解。但现在的他，不仅仅是一个数学博士和教授，他肩负使命，身不由己，只能如此应对。

临走时，许子鹤要了学生的电话号码。"如果我实在来不了，就给你们去个电话说一声，免得你们在图书馆久候！"

俄罗斯学生给了许子鹤号码，一遍又一遍地道谢："晚上见！晚上见！"

夜幕降临，校园内的路灯一下子亮成一片，是吃晚饭的时间了。许子鹤收拾完书本准备离开时，无意的一瞥，看到远处耿之江家送饭的人力车再次到来，但这次和中午不一样的是，在距海豚旅馆一二百米时，后面尾随着一辆自行车，离旅馆还有四五十米的时候，自行车突然停了下来，躲在了一棵大树后面。耿之江出来取走了饭菜，人力车离开，自行车再次尾随而去……

听完许子鹤的话，旅馆内其他八位同志心急如焚。

说话间，一个令许子鹤预料不到的，更为可怕的情况出现了。大树下面，忽然出现了两个骑自行车的人，他们把自行车藏在树后，蹲在树下，朝着旅馆这边观望起来。许子鹤还从旅馆房间的后窗发现，旅馆后面的树林中一眨眼工夫又多了两个散步者。

大家清楚，海豚旅馆已经被全面监视了起来。

许子鹤一行不知道，事情暴露在送饭这件事上。

耿之江爷爷不知道自己孙子是共产主义者，因为这在东北是掉脑袋的事儿，只知道乖孙子去苏联学文化长本事，将来回来挣大钱。孙子学习吃了不少苦，现在和一群同样有出息的年轻人回来了，他得好好招待，就让掌柜的到最好的饭店订了十几个菜送去。等送第二顿时，被安插在饭店里的日本人的耳目察觉，密探随即跟了过来。

按照原定计划，明天上午八点，一行九人离开旅馆，乘坐十点邮轮回上海。现在，许子鹤他们面临的天大问题是，九个人怎样安全离开和上船。

"悄悄出去把门外的几个密探捆起来，交给学校，然后九个人半夜偷偷转移到耿之江爷爷店里！"

"我马上出去告诉爷爷出事了，让他领一帮人来，分别围住旅馆前面和后面两帮人，我们趁机换到另一个地方藏起来！"

两个方案被提了出来。

"大家目前看到的仅是对方派出的几个流动耳目，更多的训练有素的人藏在哪里我们根本不知道，况且我们在明处，一举一动都会受到监视。在没有想出更好的主意以前，不能外出，也不能蛮干。"许子鹤不同意两个方案。

"打电话出去，告知苏联方面，派人来解救我们！"

又有人提出了一个新方案。

"如果我们的对手是日本人，我推测，旅馆的电话可能已经被窃听了，他们有这样的手段。我原来也想打电话向苏联方面求援，但仔细琢磨之后，这事不能做，因为日本人还在怀疑和确认我们的身份，如果我们此时打电话求救，无疑自曝身份，在苏联同志派人到达之前，他们很可能先动手，我们不但人少，而且手无寸铁，最终吃亏的是我们。"

许子鹤否定了这个建议。

真实情况果然如许子鹤所料，海豚宾馆的外线电话在四个暗探到来之前，已经被窃听了。

九个人聚到一个房间内，苦思冥想寻找着对策。

大家最后的一致意见是，不到万不得已，日本人不会在苏联旅馆或者在邮轮上动手，因为这样也会暴露他们自己的身份，引起苏联方面的大搜捕，日本特务机关和东北军阀在海参崴多年苦心经营的成果就有可能被彻底铲除。最可能的动手地点应该是在从旅馆去码头的途中，人多车杂，互不相识，熙熙攘攘，川流不息，是实施袭击和脱身的最佳时机。

此时的许子鹤他们必须想出一个万全之策，平安度过在海豚宾馆的最后一夜，然后第二天一大早能够顺利登上邮轮，事情就算成功了。时间在一秒一秒过去，不知不觉天色渐暗，大家仍然没有想出好的方案，全房间的人最后都齐刷刷盯着许子鹤。

就在大家如坐针毡的关头，一直坐在沙发上的许子鹤忽然站了起来。

分散在房间各个地方，或站或坐的其他八个人立马停止各自的动作，呼啦啦不约而同地围到了许子鹤身边。

十分钟过去了，许子鹤详细叙述了自己的方案。众人一致赞同，大家按照各自角色，立马回到房间，紧张地准备起来。

许子鹤独自在房间内布置起来，他要带头演的这场大戏，必须演好，不能出纰漏。出纰漏的后果他许子鹤清楚，同志们和自己都会为此付出生命的代价。

许子鹤用房间的电话联系上了白天在图书馆遇到的俄罗斯学生，说晚上可以在旅馆房间内给他们辅导数学。

半个小时后，来了十多个俄罗斯学生。有人免费辅导最难学的高等数学，得到消息的人不止下午的四个了，又多了几个。

两个小时的悉心辅导后，十几名同学的疑难问题全部得到解答，学生们个个心满意足。

"从解答问题的情况来看，你们几个高等数学中复变函数部分都学得不够扎实，而这一部分恰恰是必考的内容，分数所占的比例也比较大，等明后天我处理好烦心的私事，专门抽半天时间给你们辅导一次。"许子鹤说。

"教授先生，你刚来我们远东大学就遇到了烦心事，我们能为您做点什么吗？"

"是啊，您给了我们那么多的帮助，我们应该为您做点事情。"

十来个俄罗斯学生七嘴八舌地向许子鹤表明自己的态度，许子鹤像是受到了感动。

"你们太年轻，我的事也不知道你们帮上帮不上忙。"

在场的学生们一听这话，信心不但没有受到削弱，个个情绪愈加高涨。年轻人最怕别人以年轻来否定他们的热情和能力，许子鹤当然知道他们的心理特点，所以采取了激将法。

从许子鹤嘴里，十来位学生知道了面前这位风流倜傥数学教授的遭遇。从法国巴黎大学博士毕业应聘为数学教授的他，刚到海参崴两天，中国老家齐齐哈尔就来了两批人。一批是他的姐姐妹妹和堂兄堂弟，住在海豚饭店里，受父母之命哭哭啼啼劝说他回去成婚的，已经折磨了他一天一夜。另外一批是女方派来的人，是狠角，在旅馆前后日夜守候着，监视男方家来的人能否把数学博士劝回去。劝不回去的话，女方家人就不客气了，扬言要打断博士的双腿。至于逼婚的原因，是因为男方家为供儿子留学，借了女方家的高利贷，现在女方家小女儿看上了洋博士，不再要钱改成要人了。

一群学生对女方家的不义行为义愤填膺，个个摩拳擦掌，并提议他们十来个人力量不够的话，可以把他们所在的两个班九十来个学生都叫到旅馆来帮忙——只要教授允许他们聆听复变函数辅导课的话，他们肯定会来。

"反正我讲课辅导，十个人是听，九十来人也是听，就请他们一块来吧。"

在学生的再三请求下，许子鹤同意了学生们的方案——劝回男方家亲戚，抓住女方家来人。

学生离去，许子鹤一夜无眠。

第二天，快到八点的时候，五十多位学生乘坐十来辆马车从四面八方来到了海豚旅馆门口。

旅馆里，老董他们七八个人正围着许子鹤，一个劲地夸他通达事理，体谅父母之难，终于同意回去和女方成婚，还主动请来了十来辆马车，拉人载物乘船返乡。正在说话的当口，马车到达，学生们五六个一伙，拉着一个中国人分别上了各自的马车，哒哒哒哒一溜车队向港口出发了。

其余四十来个体格健壮的学生并没有来到旅馆，而是分成两批扑向了旅馆前后的大树下面和树林里，三下五除二就把稀里糊涂的四个暗探捆绑了起来，从他们身上搜出四把手枪和十几颗手榴弹后，押着人就往大学附近的警察局送。

学生们哪里知道，他们做了一件救人于危难之中的大事。殊不知，日本暗探已经作了周密布置，计划途中向几辆马车内投掷手榴弹，炸死九个从莫斯科来的中国共产主义者。

原本拉载着人和行李，一溜烟驶出校园，朝着海参崴码头方向前进的十来辆马车，在经过警察局门口时少了一辆。因为队伍最后一辆马车悄悄掉头直接驶入了警察局的大门，停在了警察局内不易暴露的后院里。马车上走下了许子鹤。同行的学生们都知道，教授来这儿是办理长期居留申请的。

学生们离开警察局，回学校去了。他们个个异常兴奋，今天他们班的同学实在不简单，上演了电影里才能看到的大戏。在这场大戏中，他们不但帮助教授摆脱了前来劝说的家人的纠缠，使他今后可以在海参崴全神贯注地教他擅长的数学，还抓住了滋事闹事的四个坏蛋。

许子鹤的真正目的可没有这么简单。

他来警察局，是为了后两批回国同学的安全。他要向苏联警察同志说清楚，远东大学学生抓住的四个人，并不是女方派来"逼婚的人"，而是日本潜伏在海参崴的特务。他希望苏联的同志通过审讯这四个人，挖出日本人在海参崴建立的特务机关，避免他们再去暗杀和袭击途经这里的中国共产主义者。

警察局长看完许子鹤掏出的瓦西里签署的特别通行证，马上知道了许子鹤的身份。等许子鹤交代完毕相关情况，警察局长随即派了一辆汽车，亲自护送许子鹤来到码头，经特别通道把人送进了船舱内的包间。警察局长告别离开时，许子鹤请他给远东大学的学生带个口信:"实在对不起学生们,数学辅导课这次上不了了,算我许子鹤食言了!等中国像苏联一样国泰民安,我一定会再来海参崴,为远东大学的学生补上一次复变函数辅导课!"

后话前说。

两天之后,海参崴警察局经审讯撬开了其中一个日本特务的嘴巴,日本设在海参崴的特务机关被一举捣毁。

但也有一个坏消息。一个月后,在上海汇报完留苏情况并接受党组织分配任务后,耿之江回到了家乡哈尔滨,此时日本人和东北军阀已通过海参崴事件追溯到了他的真实身份。第二天早晨,准备外出的他被东北军阀的密探暗杀在家门口,身中七枪仍未闭上双眼……

在呜呜的汽笛声中,许子鹤一行九人离开了海参崴,踏上了海上漫长的归国征程。邮轮历时半个月的日夜颠簸,经日本海,穿朝鲜海峡,过黄海,越东海,终于抵达了上海。

轮船乘风破浪向前行驶,浪花飞溅,海鸥掠空,许子鹤抑制不住激动的心情,旁若无人地朗诵起匈牙利诗人裴多菲的著名诗句。开始朗诵的时候,周围的人都看着他笑,当他朗读到一半的时候,没人能笑出声来,到最后,他抬头凝望天空,双眼充满热泪。

  我是你的,
  我的祖国!
  都是你的,
  我的这心、这灵魂;
  假如我不爱你,
  我的祖国,
  我还能爱哪一个人?
  ……

站在船头,凭栏远眺,一片陆地隐隐约约在海之尽头出现,轮船继续逆流前行,当金色阳光下美轮美奂的上海滩映入眼帘时,许子鹤眼眶湿润了。倦鸟知归林,狐死必首丘。历尽磨难也满怀信心的游子终于回来了!

甲板上的许子鹤张开双臂,面朝蓝天,在心里默默重复着一句话。

You shall see the difference now that we are back again.

"如今我们已经回来了,请你们且看分晓吧!"这句话是荷马史诗《伊利亚特》第十八章中的经典台词。

第二十三章

　　1925年的早春三月，黄浦江上空银鸥的啼叫更加欢畅，苏州河岸的杨柳吐出了嫩芽，城隍庙里的香客也一天多过一天，春天正悄然而至。

　　在微沐清寒的上海滩，空气中蕴藏着一片蓬勃生机。

　　从莫斯科回来的三批人员全部安全抵达了这里。经过两天短暂的休整，中央便给他们分配了工作任务。旅莫支部书记俞清澜赶赴北京，在北京党组织内担任宣传部长；党小组长老董去了金陵制造局，负责南京工人的宣传与发动；魏乾去了上海棉纱厂，邢威武回了西安，张宜珊留在上海协助组织部门管理重要人事档案，罗琳则在静安寺旁开了一家书店，当起了年轻的书店老板，书店是上海党组织活动的秘密场所。

　　许子鹤被分配到心仪已久的上海大学，组织关系落在了中共上海地委兼区委。上海地委兼区委机关设于上海，领导上海和江浙地区党的工作。许子鹤在上海大学的任务有两个，一是受聘自然科学院教授，担任数学教学工作；二是受上海区委委托，筹办一个理论刊物——《发动机》，宣传共产主义理论，介绍新生的苏维埃政权的真实情况以及共产国际的主要活动——这是他始料未及的。

　　在许子鹤赶赴上海大学报到的前一天晚上，他的老朋友为他举行了一场热闹非凡的欢迎晚宴。晚宴是在家操办的，主人是上海大学总务长邓翰生和他的妻子中学教师李贞。

　　许子鹤很早就赶往邓翰生家，在距离其家三十来米时，他看到邓翰生和一位女士站在大门外等候。相距还有四五米，两个七年未曾谋面的挚友各自快步奔向对方，紧紧拥抱在了一起。

　　"子鹤老弟，不，该喊子鹤博士，欢迎你载誉归来，你现在是我们组织内唯一一名洋博士，不简单，不简单啊！"邓翰生拥抱着许子鹤，激动地拍着他的后背。

　　"翰生兄，子鹤在你面前永远是小弟！"

　　李贞多次从邓翰生嘴里听说过许子鹤，今日一见，小伙一身西服，外罩一件毛呢短大衣，果然意气风发，倜傥风流。

　　"这应该就是嫂子吧？"许子鹤眼睛望着李贞。

　　"叫李贞吧，是我们党的年轻同志，刚入党半年。"邓翰生说。

　　"在组织内叫李贞同志，在私人场所还是得叫嫂子！"许子鹤做了一个鬼脸。

　　"好！不愧是洋博士，公私分明，西方习惯，西方习惯。"

　　三个人正站在门外寒暄，突然，一辆黄包车"叮铃铃"停在了门口。车上稳稳地走下一位穿长衫的男士。

　　"啊！是恽先生！"走下车来的男士刚一站定，许子鹤就从熟悉的身材判断出了对方的身份，于是一个箭步冲了上去，紧紧地握住了恽长君的手。

"转眼就是七年，老弟别来无恙？"恽长君看着成熟俊朗的许子鹤，目光中满是关心和爱护。

"日月如梭，一切皆好，只是思念兄长之情日日见长啊！"许子鹤机智地接了问话。

大门外顿时响起了一阵爽朗的笑声。

四目相对，感慨万千。许子鹤看出，恽先生苍老了许多。而此时在恽长君的眼中，原来那位十八九岁的青涩小伙，如今已经长成风度翩翩、儒雅稳重的谦谦君子了。

"恽先生，贵夫人怎么没有一道同来？我还给她带了一件礼物呢！"许子鹤见恽长君独自一人，开口问道。

这一问让恽长君一时怔住了。

"快进屋，快进屋！"邓翰生这时说话了。他一手拉着恽长君，一手拉着许子鹤进了屋。邓翰生在拉许子鹤手的时候，轻轻向下顿了两下，提醒许子鹤不要再提这个问题。

屋里已经坐着五个人。其中三位是上海区委宣传部、上海大学人事部和自然科学院的客人，另外两位是德济医堂的主治大夫崔汉俊和夫人。崔汉俊是许子鹤在哥廷根大学的校友，返沪后不但事业有成，还找到了一位貌美可人的女护士夏薇薇作为人生伴侣。夏薇薇的父亲是上海滩有名的银行家夏苓吾，爱女结婚时，就在市区给一对新人购置了一套三层别墅洋楼。

在邓翰生的介绍下，许子鹤逐一与来宾握手寒暄，刚准备坐下，一串门铃声忽然响起。

"子鹤老弟，你是喝了洋墨水的人，西方人聚会喜欢给宾客惊喜。今天就给你一个惊喜，你猜谁到了？"邓翰生问许子鹤。

"从每次门铃声短促且两次门铃声相隔较长的情况来看，来者应该是位女士。"许子鹤思考了一下，很快回答。

邓翰生笑而不答。

李贞向门口走去。

这时，门铃再次响起。

"等一等！这次门铃的响声和刚才的不一样。从每次铃声短促且一声接着一声不间断的情况来看，这回按门铃的换了人，应该是位先生！我向大家保证，门外应该站立着一男一女两位嘉宾！"许子鹤肯定地说。

在众人的疑惑中，李贞打开了大门。

一男一女站在门外。

屋内人个个对许子鹤精准的判断瞠目结舌。

"啊！全道兄，馨倩妹！"许子鹤一声大喊。

王全道和许子鹤两人先是按照上学时的老习惯互拍了一下手掌，然后是一阵紧紧相拥，之后，郭馨倩张开双臂走向许子鹤。郭馨倩从德国柏林艺专毕业后回到上海，现在是上海艺专最年轻的讲师，也是学校爱乐乐团的首席小提琴家。

"我和全道都是硕士，也沾沾博士的喜气！"大大咧咧的郭馨倩与许子鹤相互拥抱了一下。

"大美人不能只有全道兄一个人抱，这次我也来抱抱！"许子鹤的话一出口，王全道、邓翰生夫妇和恽先生一起哈哈大笑。

"子鹤兄是我的大恩人，没有你柏林万湖的舍命搭救，就是美女成群，一个也搂抱不上啊。"王全道向来直来直去。

话音一落，又是一阵笑声。

"你们怎么相互认识？"许子鹤面朝邓翰生，流露出一脸的疑惑不解。

这次是恽长君回答许子鹤的疑问："我和全道先生在国民党上海中央执行部是同事，一次聊天时偶然提及你，原来都是熟人。"从两人的通信中，许子鹤知道恽先生身兼三职，主编《中国青年》，在上海大学开时事讲座，还兼任国民党上海执行部的宣传秘书。而王全道则是国民党上海执行部的全职人员，从事党内的武装和军事事务。

宴席开始，邓翰生首先致辞。

"各位朋友，于校长右任先生说过一句话，'欲建设新民国，当先建设新教育'。国共两党合作，建立上海大学，旨在培养国家亟需之栋梁，经世济民之英才，上大创立未久，校史虽短，进步却速，尤其在文学、语言学、史学、政治学、教育学、经济学、艺术学等领域汇集了一大批优秀教师，他们不但学术造诣精湛，而且率先垂范，施教得法，深受学生喜爱，广受社会认可。但就上大学科专业而言，自然科学领域仍然缺乏学识渊博的知名教授，这与今后国家发展对科学技术的巨大需求极不相称，于校长对此一直是忧心忡忡，为弥补此等缺陷，学校不久前成立了自然科学院，但庙新和尚少。在这个节骨眼上，许子鹤博士从赫赫有名的德国哥廷根大学学成归来，领聘教授加盟我校自然科学院，可谓济困解危，雪中送炭，我代表于校长，代表校方热烈欢迎许子鹤先生的到来！"

众人起立，频频与许子鹤祝酒碰杯。

接下来，恽长君做了即兴演讲。

"偌大一个上海，偌大一个中国，有几所符合民治精神的大学？有几处忧国忧民的讲堂？这是中国国民的耻辱，更是当今教育举办者的耻辱！但上大，两点都做到了，因此，上大的师生不必自感羞愧，而是应该自豪！自豪来之不易，应该感谢国共两党的合作，感谢孙中山先生'联俄、联共、扶助农工'的政策，感谢陈独秀先生、李大钊先生克服重重困难对学校的鼎力支持。刚才翰生说，子鹤博士的归来对上大克服办学人才之短缺是一件特大喜事，我本人十分赞同。但我还要进一步表达的是，子鹤博士的归来，对我党队伍的壮大也是一件喜事，据我所知，我党组织内至今还没有一位国外回来的博士，子鹤填补了这个空白！为什么我对高级知识分子如此重视？因为我相信，今后国家的发展与建设，更为急需子鹤这样的理工科博士！因此，我提议，在座的各位举起酒杯，向了不起的许子鹤博士表示祝贺和欢迎！"

许子鹤同每个人碰杯，将杯中之酒一饮而尽。

王全道在郭馨倩的怂恿下站了起来，也要讲几句。

"子鹤老弟，一别就是四年，我和馨倩一直盼望你早日回来，现在终于在上海见面了！我们五人几年前在哥廷根的一幕幕，现在回忆起来，犹如昨天发生的一般。汉俊一家在上海，等过一段时间，当阳从柏林回来，我和馨倩做东，咱们去上海最好的饭店，五人重聚首，来他个不醉不休！"

王全道说完这段话，崔汉俊和郭馨倩鼓掌表示认同。一圈人都为他们留德同学的再次见面鼓掌祝贺。

"刚才邓总务长代表于校长欢迎你，长君先生代表贵党欢迎你，那我在代表我们留德校友欢迎你的同时，也斗胆代表国民党欢迎许先生子鹤博士的归来。原因有两点，一是你回到上大，上大是国共两党共同创办的学府，你为上大效力，同时也是为国民党效力，所以我要欢迎你；二是你回到国内，壮大了贵党的力量，为贵党肌体注入了能量异常的新鲜血液，但不要忘了，现在我党孙先生采取'联俄、联共、扶助农工'之举，贵党发展壮大了，我党的事业自然也将得到极大的扶持，所以我真诚地欢迎你！在欢迎你的同时，我还要向你发出邀请，现在贵党很多成员都以个人名义加入我党，像子鹤老弟这样的人才，我党会随时随地热烈欢迎！"

王全道的祝酒词赢得了全桌人的热烈掌声。

郭馨倩赴宴时带了一把小提琴来，等丈夫王全道的话音一落，她就兴致勃勃地拉了一曲《高山流水》，为接风晚宴助兴。《高山流水》这个曲目是王全道选定的，那是他当年带领许子鹤等三位好友赴柏林参加音乐会时郭馨倩演奏的曲目。在悠扬婉转、清澈华丽的《高山流水》声中，客厅一下子像拆除了门窗和屋顶似的，变成了万物勃发、一望无垠的旷野，变成了纵览蓝天白云飞瀑直下的观景琼阁，人人心旷神怡，个个陶醉其间。许子鹤闭目神游，仿佛自己不是坐在朋友家的客厅里，而是置身于仙境般的世外桃源。

《高山流水》一曲终了，感性的郭馨倩触景生情，说了一段肺腑之言。

"子鹤，刚才他们几位大男人这个党那个党，这个主义那个主义说了一大通，你这个大博士评评，哪个有我的琴声悦耳动听？所以呀，我劝你还是捣鼓你的数学，不要和他们搅和在一起。我虽然在德国待的时间没你长，但前前后后也学习过四年，从没有听说过贝多芬、莫扎特是这个党是那个党，但哪个党不喜欢听他们的《命运交响曲》和《费加罗的婚礼》？数学我不懂，只知道勾股定理，也叫什么毕达哥拉斯定理，你说说，毕达哥拉斯是哪个党？几千年时间过去了，天下所有的党不都佩服他的学问！我常劝我们家全道，他就是不听，后来我想想，他不听也有一定道理，他学军事，军事是枪是炮，不是钢琴也不是小提琴，他是上了贼船下不来了。而你学的是数学，数学哪个不用？我知道，上海各个大学大都禁止学生教员入这个党入那个党，上大是个例外，但作为女人我说句公道话，你是个大博士，偌大的沪上也不会有几个，上大待你好，你留下来，待你不好，就去复旦、沪江，或者到北京的北大、杭州的之江，你到哪，哪个学校不争着抢着当菩萨供啊！"

"大家听听，把我卖了不是，把我卖了不是！不过，我们家馨倩呀，是刀子嘴，菩萨心！"王全道说完，自己忍不住先哈哈笑出声来。

"把我们上大也给卖了！"邓翰生同样呵呵笑了起来。

"还有全道弟的国民党和我们共产党！"恽长君先是拍了一下王全道的肩膀，然后又指了指自己，一阵爽朗大笑。

宴席进行的过程中，老朋友崔汉俊、上大人事部以及自然科学院的人也都表达了对许子鹤的欢迎。席间，觥筹交错，其乐融融。

最后，到了许子鹤答谢的时刻。

许子鹤手端葡萄酒杯，从座位上站了起来。

"各位兄长，各位朋友，今天是我回到国内，来到上海的第二天，明天就要到上海大学报到，今晚参加邓总务长翰生兄与李贞嫂隆重的家宴，万分荣幸！刚才几位同志和朋友纷纷致辞，既是对我的谆谆教诲，也是对我的殷殷期望。离别七年再归故土，参加这么一个既有美味佳肴，又可推心置腹交谈的宴会，子鹤内心感慨万千，此时此刻，请允许我借此机会略表衷肠。"

这是许子鹤的开场白。许子鹤心里清楚，今晚在座的每个人都希望听听他的心声，毕竟在座的每个人都不了解一个留洋博士归国后的真实想法。不认识他的人自不必说，即使熟悉他的几位朋友，也都至少四年未曾谋面，四年的时间足够改变一个青年人的世界观，况且他还是一个聪颖过人的数学博士。认识和不认识他的人都在期待着。

饭桌一圈静悄悄的。

"子鹤出国，一去就是七载，先去西欧工技强邦德国学习数学，再去革命成功的苏维埃进修共产主义，并非为了光宗耀祖，为了荣华富贵，为了高官厚禄，而是要睁眼去看看外边的世界——看看是否和我们这里一样，外强肆意横行，军阀各自为政，战争连绵不断，平民任人宰割。这一点，并非我许子鹤个人所思所想，我当时的年龄和认识还远远不能达到这样的高度，是在北京大学结识翰生兄，从他那里，我得到了启蒙。从翰生兄的言行中，我知道了一个人活着不能只为自己，还要为别人，为民族，为国家。与他一起，我参加了北京的学生运动，翰生兄还替我遭受了凶狠的毒打，为此断过几根肋骨，兄弟之情，患难与共，生死相扶，我不会忘记！

"到德国后，学习的目的和宗旨到底是什么，人生的价值到底为何？在我遇到这些问题和个人困惑的时候,恽先生和翰生兄给予了我无私的帮助和指导,他们的来信坚定了我的信念,使我认识到我也应该担当家国责任,每次都给我醍醐灌顶的感觉,给我奋发图强的动力,给我枕戈待旦的激情,通过这么多年和恽先生与翰生兄的接触,我知道了自己人生的真正价值就是要活出一个模样来,为自己争气,为家族争气,为国家争气。

"在哥廷根的时候,子鹤有幸结识了全道、汉俊、当阳和馨倩四位好友,我们无话不谈,情同手足,学习上相互帮助,生活上相互照顾。我们一同远赴法国巴黎参加了对西方列强瓜分青岛的抗议,一同在哥廷根市政厅广场举办为中国人争光的活动,我们还许下了身着洋装,口说西文,但永远忠于自己的祖国,毕业即回国效力的诺言。我们共同的奋斗目标只有一个,就是通过我们共同的努力,使每个中国人在国内不受权贵欺凌,在国外不受洋人歧视。参加哪个党派,走什么样的道路,仅是个人的自由和选择,只要能达到此等目标,我们就应彼此理解,相互鼓励,永不对抗。"

客厅内静悄悄的,每个人都盯着笔直站立的许子鹤。他的脸色因喝过几杯葡萄酒略显红润,饭桌上方白炽灯发出的亮光映照着他棱角分明的脸庞,眉宇间透出非凡的睿智和英气,脸颊上洋溢着自信与坚定。

"在德国的数学专业学习,我没有给中国人丢脸,每年的考试成绩都是所在年级的前两名。博士学位更是没有给咱们中国人丢人,是当年五位博士答辩人中的唯一'优秀'等级获得者。在专业学习收获颇丰的同时,我也从数学系主任、大数学家希尔伯特先生那里学会了数学世界以外的东西,那就是正直、善良、博爱和不畏权贵。从数学系副主任、我的导师迪特瑞希教授那里学会了对专业的敬畏,对事业的执着,对他人的无私关心和帮助。可以说,哥廷根大学六年的学习,赋予我逻辑思辨的头脑,教会我做人处事的基本准则。以上提到的这些都是令人愉快的方面,但我今天同时还要说的是,几年的欧洲学习生活也是我人生中十分痛苦的阶段。痛苦不是来自学习上的困难和生活上的压力,而是在欧洲所见所闻对自己思想的折磨。大学课堂上,外国学生明目张胆歧视中国学生;在国际会议上,英法美日诸国集体蔑视和随意践踏中国主权;在外交场合,中国政府包括派出的外交官在洋人面前委曲求全甚至卑躬屈膝;在英法欧洲诸城,参与'一战'致残,合法寄寓的华工生活凄惨,形如猪狗,无人问津……自身和同胞的一次次遭际使我这个有自尊心的中国人逐渐清醒。数学能满足我一个人的求知欲望,但解决不了所有中国人的生存现状;数学能解决我一个人的工作和前途,但改变不了一个古老国度和民族的命运和前途。几年痛苦思索,让我个人逐渐认识到,如果不从思想上、体制上改变中国之现状,唤起广大民众的觉醒并付诸行动,摒弃旧思想推翻旧体制,建立新制度,即使中国人个个都是数学家,也不能根据现有的公式、定理、公理在练习本上,在黑板上演算出一个崭新的有尊严的中国!如果这样的理想从数学课本上,从物理课本上,从生物课本上,或者从画夹里,从乐谱里,从国语字典里能够获得，那我愿意一辈子埋首在课本里！但这可能吗？不行！那仅仅是空想者的乌托邦而已。"

许子鹤的话深深触动了在场的每一个人，他们确信面前的这位小伙子在欧洲的求学生涯没有虚度。因为，留洋博士的头脑里不但充满同龄人的激情，同时还流淌着数学的理性。

"科学包括我所学的数学，可以服务于国家和时代，但却改造不了国家和时代。实际上，这个观点早在一百多年前就有一位著名的德国人提出来了。这个人就是伊曼努尔·康德，他说过一句著名的话：'我不得不悬置知识，以便给信仰腾出位置。'康德的这句话是我在苏联时，伊万诺夫教授告诉我的。我听后，立马感觉到大师康德是说给我许子鹤听的。我后来看了许多康德的论著，对他有了进一步的了解。大家都知道康德是位伟大的哲学家，然而与此同时，他还是位杰出的天文学家，同时代没有多少人比他掌握更多的天体和星象知识，在比较知识和信仰的重要程度之后，他得出了这个著名的论断。我想，康德并非不知道知识的重要，但当涉及到自由问题，涉及到信仰问题时，就要把知识放在一边，为信仰留下地盘，为人的自由和发展留下空间。

"通过阅读康德的作品和传记，我还有一个不成熟的推断，请大家听听正确与否。康德说过的这句话对他自己也产生了巨大的作用，因为他后来同意担任柯尼斯堡大学校长，由以个人学术为中心变成以社会为中心，逐渐成为了一名自由主义者，支持法国大革命以及共和政体，还于1795年发表了一篇意义深远的长文《永久和平论》。康德的这些认识虽不完全合乎现实，但在'人'与'知识'两者之间，更关心'人'，这一点，不但令人信服，更令人钦佩。"

饭桌上的每个人都曾读过康德的书籍，但是许子鹤讲述的这些内容他们闻所未闻。许子鹤的一番话使得满桌人惊愕不已。

话音刚落，大家随即报以一阵由衷而发的热烈掌声。

在大家兴致勃勃的期盼中，许子鹤继续着他的叙述。

"单凭数学不能实现这样的人间理想，那么怎样才能实现呢？我所加入的共产党与全道兄所在的国民党联合起来就能实现！也正是因为这一点，我成为了共产主义组织的一员。在此我要坦陈的是，从对共产主义产生好感到愿意成为她的忠实信徒，促成我思想和观念上转变的是我应该感谢的一个特殊集体及其内部的几个骨干成员。"

桌边所有的人都被许子鹤的肺腑之言所吸引，无人动筷，更无人饮酒，目光如炬，期待许子鹤的下文。

"这个特殊的集体就是中共旅欧支部，负责人是张申府、周恩来、赵世炎、李维汉等。朱德君是我哥廷根大学的校友，他先我一步加入这个以德法留学生为主的年轻组织，帮助我完成了思想上的转变，并介绍我加入信仰共产主义的组织成为其中的一员，这件事对我个人而言，与我在哥廷根大学取得博士学位相比，重要性毫不逊色,甚至有过之而无不及!我想要告诉大家的是,加入旅欧支部的留学生大部分家庭背景较为富裕,他们本可以通过欧洲留学镀金,未来回国寻到一份待遇优厚的职位,但和我一样,他们在异国他乡也遭遇了西方人的冷眼和恶语,这使他们痛苦不堪。当然,这还不是主要的,最令他们感到痛彻心扉的,是西方诸国对自己祖国和民族的肆意侮辱歧视。我们中国人对两种侮辱最为忍受不了,一是侮辱父母祖宗,二是侮辱民族国家。是可忍孰不可忍!这么一帮人最终行动了起来,人人从'本我'迈向了'超我',从'小家'迈向了'家国'。我恰在欧洲,受感染熏陶,自愿成为了他们中的一员,一想到今后能为国家为民族特别是为最广大的劳苦阶层撑腰做事,至今仍感到热血沸腾!"

围坐在饭桌旁的皆非等闲之辈,大家知道,许子鹤的讲话是以时间为序的。从北京大学到哥廷根大学,从认识邓翰生、恽长君到后来与两人多年情同手足的交往,从在哥廷根大学先认识王全道到后来朱德的启蒙和介绍入党等等,现在轮到他讲述在苏联莫斯科学习进修的情况了。

果然不出大家所料。

"受旅欧支部的派遣到莫斯科东方劳动大学进修,对我来说是一次非常难得的机会。刚开始时,我还不愿意去,现在想想,当时真是十分幼稚。在莫斯科的一年时间,我结识了苏联的一大批布尔什维克,他们个个精神抖擞,干劲冲天,在我所去过的国家中,我还从没有见过哪个民族的精神面貌能像他们那样,让人从心底对他们产生钦佩。

"在那段时间内,我还结识了一批从国内各个省份选拔去的优秀同仁,比如中共旅莫支部书记俞清澜和党小组长董义堂等,他们不但对国内情况比我更为了解,而且比我更具有吃苦精神、大局意识和坚韧的毅力。正是在他们的帮助之下,我克服了生活上的许多困难,把全部精力都投入到了学习当中去。在苏联知名教授和其他老师的帮助下,我不但较为系统地了解了马克思所论述的共产主义的基本思想和观念,还深入地研究了崭新的苏维埃社会主义制度的成立过程和目前的运行状况,我想这些都会对我今后的工作大有裨益。"

许子鹤所说的这段话,实际上是对自己欧洲七年的生活轨迹做了简明扼要的总结。他想用这样的方式感谢在座朋友对自己多年的牵挂。

饭桌一圈人先是报以热烈掌声,然后纷纷站起,举杯向许子鹤表示庆贺。

邓翰生和李贞还特意为许子鹤准备了四个广东菜,蚝油豆腐、白云猪手、香芋扣肉和佛手排骨。故乡的味道有着一种特殊的魔力,纵然这些菜许子鹤在老家基本没有享用过,每道菜一上桌,他还没有动筷子,就已经垂涎欲滴了。

"子鹤,我听中央组织部的同志讲,回来的路上并不太平。"邓翰生一直为许子鹤的归国行程捏一把汗,现在才敢问问许子鹤。

许子鹤把在火车上和海参崴遇到的情况简短地述说了一遍,然后说:"我以前从没有料到国内斗争形势会这么严峻,这次的行程教育了我,使我知道社会上

'人的集合'较之'数字的集合'可要复杂多了!"

对于许子鹤的数学表达,大家意味深长地点了点头。

"我听说,你和苏联从事马克思著作研究的大学者伊万诺夫教授有很多交往?"恽长君主编的《中国青年》转载过几篇伊万诺夫教授的理论文章,青年人读后,都有如饮甘霖之感。

许子鹤只字未提自己为伊万诺夫教授翻译德语书籍的事,只是笑着谦虚地回答:"岂敢说和他交往,应该说向他讨教。向他提过很多理解不了的理论问题,他都耐心给予了解答。我回来时,他还送我两本书作为纪念。"

恽长君的眼光一下子明亮了几分:"子鹤,麻烦你与他保持联系,我的杂志和你将要创办的刊物都需要他这样的学者指导和赐稿呢!"

"好的!我没有一点办刊物的经验,今后还得继续向恽先生讨教。"党组织交给许子鹤的刊物《发动机》,与在国内已经赫赫有名的《中国青年》不一样,以介绍国外特别是苏维埃社会主义活动为主。许子鹤心中早已打好了主意,一定要多向恽先生请教。

晚宴在欢快的气氛中进行。

临近结束的时候,郭馨倩先做了一个滑稽的鬼脸,然后向许子鹤提了一个问题。

"大博士,你们原来在哥廷根大学一道学习的四位好友,三人都成家了,唯有你孑然一身,可能要钓一条比夏府里的千金更大的美人鱼了?"

郭馨倩说完,又朝崔汉俊夫妇一番鬼脸,逗得两人红着脸暗笑不止。郭馨倩的话是有根据的,除了在上海的王全道和崔汉俊结婚生子外,在柏林的李当阳也成家了,娶了一位柏林最大茶叶商行华侨老板的混血独生女,她集父母优点于一身,是柏林华人圈公认的"小赛金花"。

"我钓到美人鱼后,一定告诉你们几个,请你们看看,能否与三兄弟的娇妻相媲美!"

一句话引来一阵哄堂大笑。

在众人的笑声中,许子鹤心头突然感到一阵莫名的失落。

失落还是源自郭馨倩的那句玩笑话。许子鹤今晚见到典雅华贵的郭馨倩和崔汉俊天生丽质的妻子夏薇薇后,年轻的心顿时一阵怦怦直跳,之后就是一番幻觉。在幻觉里,他自己也像王全道和崔汉俊一样,身边坐着一位楚楚动人的名门闺秀,举止端庄,知书达理,一笑一颦都优雅动人,一举一动都尽显教养……郭馨倩的这句玩笑话,触动了他敏感的心灵,毕竟他还是个二十五岁血气方刚的感性青年。许子鹤的心情变了,是啊,和自己一起在哥廷根大学留学的三位同窗,如今都找到了称心如意的妻子,建立了温馨美满的家庭,他们是幸运的,而自己呢……想到这里,一阵失落和酸楚涌上许子鹤的心头。过了一阵儿,理性的许子鹤还是平静了下来。

陪同邓翰生夫妇送完客人，许子鹤一番真诚致谢之后也准备离开。

"有个谜还没有解开，不知你还是否想要知道谜底？"邓翰生问许子鹤。

"哪个谜？"

"你见到恽先生时，问过他为什么没有带夫人来这件事呀！"李贞从旁边提醒。

"哦！对，对！当然想知道！"

李贞开始讲述恽先生的故事。

"恽先生太爱他的妻子啦，如果今天能带，一定会带的！"李贞说。

"怎么回事？"许子鹤不知其中缘由。

"他妻子早就不在人世了。"

邓翰生接着告诉了许子鹤恽先生的遭遇。

恽先生与爱妻结婚几年后，妻子怀孕，双方家人都欢天喜地。妻子产期将至，他打算把妻子送到条件较好的医院生产，而家里的亲戚朋友不同意，说女人家生孩子见不得外人。迫于世俗压力，他屈服了，最终把妻子安置在家里临产。天有不测风云，妻子难产大出血，接生婆无法处置，生下一个男婴之后，妻子朝他脸上疲倦地望了一眼，便撒手人寰。悲痛欲绝的恽先生长跪在闻讯赶来的岳父岳母面前久久不起，号啕痛哭，自责误了妻子年轻的性命，向两位老人发誓永不再娶。安葬爱妻之后，他在亡妻灵位前郑重保证永不再娶，"使此心如古井不波"，"吾愿吾托身为女子，与汝为妇，亦一尝怀孕分娩之苦，以赎此生之罪"。他还毅然决然地改号为"永鳏痴郎"，以示对妻子的追思。更让人痛心的是，他们苦难爱情唯一的结晶不久也因病夭折了。

听完邓翰生的叙述，许子鹤的头脑一阵眩晕。许子鹤与恽先生通信交往多年，还多次向其请教爱情婚姻问题，但他从来没有在对方的来信中察觉到其爱妻已经不在人世多年。恽先生的信字里行间不但没有流露过半点失落和消沉，还一直充盈着对妻子热烈的爱恋和由衷的称赞。

"子鹤，朋友们都知道恽先生写给亡妻的一首诗，翰生在笔记本上抄了下来，这会儿你想看吗？"李贞问道。

许子鹤默默点了点头。

一会儿工夫，李贞递来了一个打开的笔记本，一首诗一下子映入了许子鹤的眼帘。

郎君爱唱女权论，
幸福都拼付爱神。
常欲寸心如古井，
不妨人笑未亡人。
横风吹断平生愿，
死去已看物序更。

>我自修身俟天寿，
>
>且将同穴慰卿卿。

一字一句读完，许子鹤潸然泪下。

临出门时，李贞还告诉许子鹤，恽先生的婚姻不是自由恋爱的，是父母包办的，起初他自己也不同意。为亡妻守义马上就要九年了，不是真情君子和真心汉子是坚持不下来的。在这九年中间，家人、亲戚和朋友多次以"不孝有三，无后为大"和"通情达理的亡妻在九泉之下也会理解"这样的话来劝导他，让他续弦再育。每次，恽先生都以一句话断然回绝："女子丧夫，须守寡终身，男子丧妻，就可以转眼即忘之而另结新欢，这是何等的不平等，何等的罪过！"

坐人力车回家的路上，许子鹤回想起了郭馨倩和夏薇薇，并由此联想到了自己的境况，心中无限惆怅。

恽先生对爱情有着如此的忠诚，自己能做得到吗？许子鹤一时回答不了这个问题。他双手捂住自己的脸，在摇晃的人力车上颠簸了一路，昏暗的灯光下，叶瑛稚气未脱的清秀脸庞若隐若现，忽远忽近……

在下车的那一瞬间，许子鹤终于做出了决定。晚上回到公寓，他要马上提笔给远在广东澄海的叶瑛写信，告诉她等把这学期课程教授完毕，就回澄海与她见面。

第二十四章

租界西摩路29号上海大学的校园里来了一位年轻教授。

年轻教授一身雍容雅致的西式装束，深色西装配上鲜艳的红色领带，锃亮的皮鞋映衬笔挺的西裤。年轻教授右手拎着一只方方正正、半旧半新但内容充实的牛皮公文包，左手虽然空着，却没有闲着，而是前后均匀地、幅度得体地摇动着，他目视前方，神态自然，心无旁骛地走在碎石铺就的路上……这是上海大学校园内极少看到的景致，是学生们在《摩登》、《万花筒》或者《East Paris》杂志上才能看到的画面，但那些杂志上极少有中国人的面孔，大都是高鼻子蓝眼睛的西洋人。上大校园里陡然出现的这一幕，悄无声息地构筑起一道流动的风景线。这道风景线每天在严肃庄重的校园里一出现，人行道上路人的步履乱了，教室内学生的目光也乱了。

许子鹤来到上海大学的第三天，应邀参加了一次学校发展评议会。会议的主旨是向参会的教授们征言纳谏，为上大未来发展出谋划策。在这个会议上，许子鹤提出了两项建议。

"校长先生，我校办学历史虽然不长，但操行规范，发展迅猛，照此以往，今后必将位列国内名校之林。若要达此目标，除吾辈携手奋力作为之外，还必须像欧洲大学一样，建立约束办学者和求学者双方的大学章程，各赋其利，又各担其责。因此，我建议，将1923年制订的《上海大学暂行校规》修订为《上海大学章程》，以便接轨国际惯例，内为治校之母法，外可作为与他校他国交流之依据。"

会议室内，众多教授纷纷投来诧异目光，认识了这位西装革履的新聘教授。

"许教授，请您再谈谈第二项建议。"于右任校长和蔼地提醒道。

"谢谢校长！我的第二个不成熟的建议是，能否修改一下我们学校的英文名字？"

会议室内一片哗然。

校长于右任微笑着向许子鹤点了点头，示意他继续发言。

"我们现在的英文校名叫 People's College of Shanghai，这显然是我们中文习惯的翻译方式，我以为有两点瑕疵之处：一是 College 这个词，英语语境下指的是专业较少的学院，不是大学，而我们现在的上海大学设置国文、政治、法律、经济、商业、外语、艺术以及自然科学等多个学科，显然不是 College 所能完全涵盖的；二是 People 这个词，在'上海大学'中找不到对应的中文母词，翻译出来有点牵强附会，并且还会引起外国人的误解，认为不是全日制专门学校，而是进修或者补习知识的业余学校，比如夜校。"

这一下，会议室内的哗然之声不见了。

"许教授，您认为什么样的翻译较为合适呢？"于右任校长问道。

"校名英文翻译不是给我们自己看的，而是给外国人看的，换句话说，外语和国文之间的翻译转换，'通达'是最高境界，'上海大学'最通达的翻译应该是 Shanghai University。如果考虑到中文的语言习惯，也可翻译成 The University of Shanghai"。

许子鹤此言一出，会议室内开始了热烈的讨论。精通英文的少数人都建议改成 Shanghai University，其他人则同意改成 The University of Shanghai。

一个月之后，《上海大学暂行校规》修订为《上海大学章程》。崭新的《上海大学章程》第一条的内容由原来的"本大学定名为上海大学（People's College of Shanghai）"，修订为"本大学定名为上海大学（The University of Shanghai）"。

许子鹤在学校附近的租界区租赁了一套三居室的公寓，算是在上海安顿了下来。这样一位每天步行出入校园年轻儒雅的教授，逐渐成为了上大学生津津乐道的人物。

第一学期，许子鹤在自然科学院开设了两门课程，一门是《高等代数》，一门是《高等几何》。一听说是哥廷根大学数学系博士开设的课程，出于对该系教授——"数学王子"高斯和当代最为著名的数学家希尔伯特的膜拜仰慕，学生们争先恐后地报了名。三十多人的小教室，一下子涌进了九十来人，教务长瞿秋白只得把学校最大的教室破例批给了许子鹤。

许子鹤的数学课讲得风生水起。在他一连两节的课堂上，没有人迟到，没有人早退，更没有人缺席，天天座无虚席，次次鸦雀无声。一次，许子鹤早到了七八分钟，临时起意课前点起名来，不点不知道，一下子多出了十五六名学生，那是来偷听数学课的商业学系、经济学系和艺术系的学生。

而许子鹤在全校几百名学生中声名鹊起，不仅由于他数学课的生动有趣，还源自一场学术报告。

那场学术报告的名称叫做"学术之美"。

在座无虚席的大礼堂内，许子鹤伴着潮水般的掌声走上了讲台。

"各位同学，我知道，大家今晚是冲着高斯和希尔伯特两位大师的美名来听我这场讲座的，我也和大家一样崇拜高斯和希尔伯特，但我向大家保证，听完我这场报告，大家不但崇拜高斯和希尔伯特，还会崇拜——"

"许子鹤教授！许子鹤教授！"台下一片呼喊。

"不！不是我，是另外一个人！"许子鹤纠正道。

台下无人响应，因为在场的都不知道另外一个人是谁。

"请问各位，'吾爱吾师，吾更爱真理'这句话是谁说的？"

同学们经许子鹤这么一提示，方才明白过来。

"亚里士多德！"台下知道的学生喊道。

"回答'亚里士多德'，可以说正确，也可以说不完全正确。崇拜亚里士多德应该，但我们最应该感谢和崇拜的还不是他，而是发现真理、探究真理、揭秘真理的'学术'。"

偌大的报告厅顿时安静了下来。

"我今天就给大家讲讲什么是'学术'，讲讲学术说不完道不尽，亘古不变却又斑驳陆离，惊天动地却又悄无声息的美！"

礼堂内掌声雷动。

"学术之大，浩如烟海，我从哪里开始谈起呢？就从在座的各位都熟悉的数学开始吧！"

就这样，许子鹤从他擅长的数学开始了抑扬顿挫的报告。

"数学在不少人眼中是枯燥的数字、看不懂的公式，以及折磨人的问题，然而在另外一些人看来，数学则是世界上一切规律之母，是上帝在创造这个世界时留下的最美好的东西，比如在古希腊时期，毕达哥拉斯和他的信徒们就是一群把数学奉为神灵的信仰者，在他们看来，世界上的一切都可以用数学来解释，即'万物皆数'；数学家与哲学家伯特兰·罗素说，'数学不但拥有真理，而且也具有至高的美'。当然，虽然很多人惊讶于数学的美妙，但是很少有人能够用通俗的语言把这种感觉和奥秘表达出来，今晚我们将开启'学术之美'这扇大门。"

许子鹤灵巧的"卖关子"起了作用，讲台下响起一阵热烈掌声。

"自人类诞生以来，大自然的绚烂多姿、千变万化就吸引着我们迈开探索世界的脚步，面对着自然界的日出日落、四季轮回、斗转星移，迫不及待地想了解这些现象背后隐藏的奥秘和规律。在这一动力之下，科学与技术史上诞生了诸多英雄：诸葛亮发明了孔明灯，张衡发明了地动仪，爱迪生发明了灯泡，伽利略发明了望远镜，贝尔发明了电话机，等等。如同自然界的现象之下存在规律一样，这些发明背后的某些基本原理让我们切实体会到学术的神奇魅力。"

许子鹤的讲座大大出乎听众的预料，并非以数学为中心，而是以数学为楔子，为导火索，刹那间像一滴油落在了水盆里，四处飘散，并折射出斑斓的色彩。座位上的每个人都被深深吸引，目不转睛地盯着讲台。

"美分为许多种，有自然之美、艺术之美、技术之美、实践之美，也有学术之美。当然，技术之美、实践之美以及其他类型的美与学术之美或许有重叠的地方。就拿学术与艺术来说，两者都与美有着密不可分的关系。然而，学术美感却有着不同于艺术美感的鲜明特点。一方面，学术之美是一种客观的美，无我的美，这种美不因人类的存在才存在。在学术美感中，抽象思维处于优势地位，而在艺术美感中，形象思维占主导地位。另一方面，学术与艺术都需要灵感，学术之美与艺术之美都源于人的天性。学术之美更多受到理智的浸染，凭的是科学直觉，而艺术之美凭的是艺术直觉，更多受到情感的陶冶。正如意大利著名文艺批评家贝奈戴托·克罗齐所说，'艺术与科学既不同而又互相关联，它们在审美这一层面交会'。"

礼堂内来了不少音乐、美术等艺术类专业的学生，这些人一听台上的教授谈起了自己所学的专业，哗哗啦啦就是一阵鼓掌。

他们哪里知道，许子鹤对艺术的涉及才刚刚开始。

"研究自然之美和艺术之美的人很多，技术之美、实践之美人们谈得也不少，但学术之美涉足的人却相对较少。诚然，学术研究讲究严谨求实，往往更倾向于科学性、技术性的一面，很少有人注意到学术之中蕴含的美。其实，学术研究不仅要求真，还要求美。学术是个人兴趣的自然流露，要激发人们对于学术的兴趣，就必须培养人们对学术的审美情趣和鉴赏力，挖掘出学术中最具美感的东西，增强学术的文化含量和感染力。"

艺术类的学生再次报以热烈的掌声。礼堂内，其他专业的学生笑了起来，接着就是一阵抗议，他们渴望台上的教授能谈及自己的专业。

许子鹤笑着说："莫急，莫急，三十年河东，三十年河西！"

人群中爆发出一波会心的笑声。

"在谈'学术之美'前，请允许我先来阐述一下'学术'之定义。《史记·老子韩非列传》出现过'学术'这个词：'申不害者，京人也，故郑之贱臣。学术以干韩昭侯。'此处'学术'指纵横治国之术，经过历朝历代之拓展翻新，'学术'逐渐由政治学延伸至其他领域和范畴，最后衍生出现代意义上的'学术'概念。"

许子鹤这段话刚讲完，国文系和政治系的学生一阵欢呼。

"上面所说的是我们汉语的定义，现在，请让我们看看西方对'学术'的理解，他们对'学术'的解释是——involving a lot of reading and studying rather than practical and technical skills（从大量阅读和研究中，而不是从实践和技术层面获取知识）。"

一听到流利的外语，英文系的学生报以暴风雨般的掌声。

"下面，我解释一下我所理解的'美'。对这个概念，千百年来，众说纷纭。德国哲学家康德这样定义美：'美，是道德上的善的象征。'英国浪漫主义诗人威廉·布莱克曾写道：'一粒沙里有一个世界，一朵花里有一个天堂，把无穷无尽握于手掌，永恒不过是刹那时光。'这诗句有点近似于中国古代陆机的名句'观古今于须臾，抚四海于一瞬'，他们都用诗一样的语言，表达了对宇宙之美的喟叹。"

许子鹤洪亮和富有磁性的声音在空中萦绕回荡。

"学术之美是对自然法则和科学规律的感受、认识、领悟、探索、发现、归纳和提炼，既是客观存在的事实，也是一种主观的认知感觉，更是一种需要用心灵去体会感悟的美。不仅仅是数学方面的黄金分割、天文方面的宏观宇宙、物理学方面的微观世界、化学反应的色彩斑斓、音乐学的节奏与韵律、生物学方面的物种百态做作美，对奥秘的向往，对知识的领悟，对真理的追求，对科技的幻想，对探索的执着，对创新的热忱等等，本身也是一种美。学术的魅力无处不在，学会欣赏学术之美，乐于追索学术之美，才能更好地献身学术，揭秘未知，探索世界……"

大礼堂内，不再有专业之分，所有人都拼命地鼓起掌来。

许子鹤的报告，从学术的本真之美、多彩之美、发现之美、应用之美四个方面进行了详尽的诠释，在专业上涉及数学、艺术、建筑、化学、物理、天文和生物，在地域上，覆盖亚洲、欧洲、美洲、非洲和澳洲。生动的举证、妙趣横生的语言以及与每个人生活密切相关的实例，把高深玄幻的知识变成了通俗易懂的常识。

上海大学的学生第一次听到内涵如此丰富的报告，个个陶醉其中。

不知不觉中，精彩报告接近了尾声。

"同学们，提到'学术'，没有从事过学术研究的人会感觉离自己非常遥远，非常陌生，而对于那些从事但还没有深入学术研究，尚未发现学术之美的人来说，'学术'甚至是枯燥乏味、毫无生活情趣的代名词。希望通过我今晚的报告，同学们能深刻意识到，'学术'与自己的生活息息相关。'学术'在我们的国家现在仍然是少数人所从事的事业，但不能永远这样，否则，我们国家民族只能陷于落后贫穷、受辱蒙羞的境地。作为有幸接触这个伟大事业的我们，有责任和义务揭开学术的神秘面纱，把它倾国倾城的大美展现于国民面前，引导大众对它的接纳，唤醒大众对科学的求知欲，最终使更多的人热爱学术、尊重学术，并自觉地加入到科学救国的队伍中来……"

两个小时的报告结束了，许子鹤被在场的上百名学生团团围住，连续回答将近一个小时的问题后，方才脱身。

第二十五章

每天傍晚，许子鹤回到公寓，草草吃完晚饭，便钻进书房，进入了另一个与数学迥然不同的世界——编译和印刷《发动机》。

单身的许子鹤一个人居住，原本一室一厅的公寓就绰绰有余，之所以租赁三居室的房子，就是为了方便出版《发动机》，为此，他每月要支付掉自己一大半的薪水。三间房子中，最小的一间是卧室，半大的一间用作书房，最大的一间当作印刷间。印刷间里放置着一大一小两张桌子，小桌子是刻蜡版用的，大桌子上有一台油印机，蜡版刻好后，可以在其上面一张张复制出来。除了油印机，大桌子上还有裁纸刀、订书机和一大摞白色纸张。

出版《发动机》所需要的成套设备中，油印机是组织提供经费购置的，但房间里的其他东西包括印刷用的桌椅、蜡版、切割和装订设备，以及两辆用作运输、分发的自行车，都是许子鹤自己出资悄悄购置的。泰国的父母给他寄来了五百大洋作为在上海的安家费，他把一半用在了印刷设备上，另一半全部用来采购印刷纸张。在上海纸行中购买印刷纸张，一次性采购十包以上有百分之十的折扣，精明的许子鹤不会放过这样的机会，他的书房一半空间囤积着打折购置来的成包纸张。

《发动机》是半月刊。按照许子鹤的提议，组织上批准成立了一个编辑部，工作都是编辑部成员利用业余时间去做，没有半厘钱的薪酬。

开始的十余天，许子鹤一个人独自挑灯工作，他把张宜珊从各个渠道收集到的俄文报纸以及从欧洲寄来的英文、法文、德文杂志上的资料一篇一篇地浏览，凡是涉及苏维埃政权的重要新闻、理论文章以及报道欧洲各国共产党活动的文章，他都仔细甄别，选出其中有用的东西，先分类，再逐篇逐句进行翻译。随后三天，待静安区的书店晚上打烊后，罗琳便匆匆赶到许子鹤的公寓，按照许子鹤翻译后的文稿开始刻蜡板。每刻完一张，许子鹤还要认真校对一遍。与罗琳一道来的还有一个叫艾静的十九岁上海女孩，她在上大学美术，自愿为杂志绘制插图，偶尔也会搭手帮忙在上海几个大学分发杂志。半个月的最后两天，魏乾不到七点就及时赶来，他不但负责油印和装订，还要骑车四处分发。有时杂志分发时间要求急，魏乾还会把弟弟魏坤带来打个下手。十九岁的魏坤还是个毛头小伙子，在电报局里做收发员，一来到许子鹤的公寓就埋头干活，从来不多说一句话。

在上海，许多人都喜欢阅读散发着油墨香味的《发动机》。

慢慢地，《发动机》的影响扩展到了南京、杭州、武汉、济南、北京……邓翰生每次在校园内碰到许子鹤，都要兴致勃勃地和他谈论一会儿《发动机》上最新刊发的文章。

教学和编译刊物的双重任务使得许子鹤每夜的睡眠时间极少，脸上经常带着倦意，邓翰生看在眼里，疼在心里。每隔三五天，便让妻子李贞炖一小锅鸡汤送给许子鹤。香喷喷的鸡汤许子鹤自己舍不得吃，而是朝里面加双倍的水，在厨房内煮一大锅面条，均分成几碗，与罗琳、魏乾、艾静，有时也与魏坤一起当夜宵吃。

临近四月的时候，邓翰生告诉许子鹤，他要到广州去，党组织决定五月一日在广州召开第二次全国劳动大会，成立中华全国总工会，他要去负责会议的筹备工作。许子鹤望着眼前的这位兄长，心中依依不舍。

"翰生兄，你作为总务长，刚刚把上海大学带入正常运行的轨道，就要离开这里，去做另外一项完全不同的工作，真是难为你了！"

"我也不想离开上海大学啊，秋白、长君和子鹤老弟等一大批好友都在这里，但真正熟悉工人和工会工作的人不多，党组织最后还是决定让我去。"

"是啊，我许子鹤就做不了工人和工会工作，我和他们没有接触过，但你就不一样了。"

许子鹤的话是有根据的。三年前，邓翰生就作为总部主任组织了第一次全国劳动大会，这是中国首个真正意义上的工人组织，拥有二十多万名正式会员。

"子鹤，我们俩算是各有所专吧，你能做的很多事，我邓翰生也做不了。"

半个月后，许子鹤从报纸上得到消息，第二次全国劳动大会在广州如期召开，会员发展到了五十多万人。邓翰生和林伟民、刘少奇一起被推选为该组织领导人。

和邓翰生一样，许子鹤满怀热忱地为自己的组织工作着。

依旧是白天充实的教学，晚上忙碌的编辑工作。

每天天黑之后，许子鹤的公寓内便灯火通明。直到夜深时分，四五个人忙完各自的工作，才能围坐在客厅的饭桌旁，手捧许子鹤提前做好的夜宵，狼吞虎咽地吃起来，那是他们倍感幸福的时光。

"许教授，您白天教四节数学，晚上还要翻译好几个钟头外语文本，您自己不累，我看着都替您感到累，要是我的话，三天都坚持不下来。"艾静是听完许子鹤的那场"学术之美"的报告后主动找来的，见面后还未开口，就先交给许子鹤一本自己画的插图，希望能为杂志绘制插图。这个女孩尽管说话细声细气，但热情、率真。

"请问楚楚动人的'小绵羊'，我经常看你绘一幅插图时一动不动，少则一小时，多则三四个小时，请问你绘画累吗？"许子鹤给艾静起了一个绰号叫"小绵羊"，他经常与落落大方的艾静开玩笑。

"我是学美术的，什么都累就是绘画不累！"

"别人也和你一样呀！比如我是学数学的，所以教数学就不累，我还是学外语的，所以翻译外语也不累呀。"许子鹤冲着艾静先是努了努嘴，然后把双手的两个指头齐放在头顶，扮成小绵羊模样。

坐在一旁的罗琳、魏乾和魏坤看着教授可爱的扮相嘻嘻笑了。

"知道是什么原因吗？都说旁观者清，这回让魏坤解释解释！"许子鹤睁一只眼闭一只眼，滑稽地看着魏坤。

魏坤红着脸回答不上来。

"德国一位哲学家说过，艺术和科学都是人类天性的表现，它们因在人类自身的生物学需要之上而具有终极价值。"许子鹤说出的这句话，魏坤听后，脸部没有丝毫表情。这是许子鹤预料到的结果，他接着往下说。

"刚才是洋人说话的方式，现在我用个比喻解释解释，你就听得懂了——我们中国人喜欢吃饺子，饺子不但要好吃还得好看，吃完饺子后还要喝碗饺子汤。为什么呢？因为啊，吃饱只是人最基本的需求，喜欢吃好看的饺子是人们对美的追求，是天性，吃完饺子喝饺子汤有助于消化，以便下次能吃更多的饺子，是人们对科学的追求，也是天性。对人类来说，天性的东西不但与生俱来，而且如影随形，不用教也不用学，是本能的表现，所以从事与天性相关的工作不但不累，还很幸福。"

许子鹤的一段话，说得魏坤边挠头边笑，这下他明白了教授的话意了。

每次几个人吃完夜宵，罗琳都主动帮许子鹤洗碗扫地。许子鹤起初不同意，说怎么能让客人做家务活，但罗琳说，大博士大教授该干的事一大堆，刷碗扫地这些鸡毛蒜皮的小事不值得浪费时间。罗琳一说这些话，许子鹤就不好再争，因为她看准了他的时间安排。每天晚上十点之后，许子鹤确实还要再一次变换思维，继续挑灯准备明天的数学课。

"大教授，我们四个人的家都在上海，就你不一样，独自一人在这里生活工作，热一顿凉一顿的，身体受不了。所以呀，我们都希望，您还是快点成家，好找个人料理家务，我们这些人的心也就安定了。"罗琳洗完碗筷，擦过饭桌，又打扫起了厨房的卫生。手握拖把拖地的时候，她也不忘说话。

罗琳的话说到了魏乾的心坎里。许子鹤来上海工作后，魏乾给了他很多帮助。需要缝补的衣服、被褥、桌布和窗帘，魏乾经常拿回家请妻子收拾打理好，洗干净后再带来。

"我说也是，已经在外漂泊了七年，不能老是一个人马马虎虎对付着过了，得找个女人家烫烫衣服煲煲汤，还有呀，冬天有人暖暖脚。"罗琳、魏乾和许子鹤在苏联结下了深厚的同窗之情，三人之间无话不说，很多时候，玩笑话和正事是搅和在一起说的。

魏坤和艾静站在一旁偷笑，这样的玩笑话，他们不好意思和教授说。两人虽然不说话，但都笑嘻嘻地看着许子鹤，用期待的眼神"逼迫"许子鹤给予反应。

"一男一女两个媒人，旁边还有一男一女两个看客，不能说沆瀣一气骗取钱财，但至少可以说串通起来劝婚逼婚！"

许子鹤的一句话，把房间里的四个人都逗乐了。

恽先生对《发动机》更是钟情有加，经常从上面摘选文章，刊登在《中国青年》上。许子鹤编译文章时，用的笔名有四个，俄语的用伯勒，英语的用宝霞，德语的叫古艮，法语的叫紫兰。许子鹤这么做，本来的目的是让读者在读杂志时，不产生倦怠心理，可是没有想到的是，由此发生了许多有趣的事情。恽长君经常从全国各地《中国青年》的读者当中收到来信，女读者希望和"伯勒"与"古艮"结识，男读者则询问能否跟着"宝霞"和"紫兰"学习外语。

看完许子鹤编的第三期《发动机》，恽长君约他见了一面，一如既往地一番赞扬之后，话锋一转，对许子鹤说：

"子鹤老弟，大家都称赞你们杂志办得好，总体上我也这么认为，但以我办期刊积累下来的点滴体会，仍然可以改进的地方，愿意听听不是表扬的声音吗？"

"在办期刊杂志上，我现在的一点点成绩也离不开您的指导，当然愿意您继续赐教啊！"

"《发动机》是文摘性选刊，《中国青年》里的一个栏目编选用其他刊物的文章，也具有一点选刊的性质。不论办选刊，或者办摘编性栏目，我的体会是，应该尽力做到'四个系统性'。"

"请先生指教！"

"第一点是理论上要有系统性。每一期尽量选定一个或两个主题，再去精心摘选文章把它们说清就可以了，而不能一期选多个主题，到最后哪个主题都没说清。"

恽长君的话刚说到一半，许子鹤就像身上被针刺一般，因为犀利的话字字如针尖，不偏不倚扎到了他的穴位上。他所办的三期杂志，每一次都多于三个理论主题，看起来纷繁热闹，但是确实有主题不明确的短处。早先许子鹤自己隐隐约约也有这种感觉，但这种感觉还是被刚印出的杂志发散出来的油墨清香或者说他自己激动的心情冲淡了。

"请先生说说第二点！"

"第二点是文章编撰的系统性。选定其他刊物的文章后，囿于篇幅，编辑们只能按照短小精悍的原则进行缩写或改写，这是最基本的要求。问题是，短小精悍的原则，有时候很可能破坏原文的系统性。原因很简单，编辑们看过原文，知道原文中有关结论产生的背景和环境，但他们在编撰时，只摘录原文中的结论部分，虽然编辑自己清楚文章的逻辑性，但读者就不清楚了。我相信，《发动机》上的东西对我们组织的很多工作都有指导意义，但只介绍结论而不揭示背景，难免会有断章取义之嫌。因此，在缩写、改写原文时，一定要同时诠释原文的背景和结论，只要做到主次分明就可以了。"

恽先生的话，再一次让许子鹤如坐针毡。原来，他无论翻译马克思的著作章节，还是编排苏联伊万诺夫等几位理论专家的文章，都是只介绍结论，很多情况下，为了便于读者理解，自己还要把结论按照顺序用阿拉伯数字一一标明，从没有解释原文中的条件和背景，许子鹤一直认为这样简明扼要，却没有想到因小失大了。

恽先生开始阐述他的第三点意见。

"还有期和期之间耦合的系统性。大部分期刊杂志每年不是只办一期，而是要办很多期，周刊、旬刊、月刊、双月刊和季刊不等，因此，期和期之间要精心琢磨衔接，每期既要有自己的小主题，全年也应有自己的大主题，且小主题要按照从简单到复杂，从单元到综合，从低级到高级'三规律'逐步衍生出大主题，特别是《中国青年》和《发动机》这样的刊物，更应该这样。"

联想起自己的三期刊物，许子鹤频频点头，恽长君说得恰如其分。

"恽先生，太有用了，请明示最后一个'系统性'！"

"最后一点是期刊自身体系的系统性。每一种面向普通大众的期刊，只要是真心让人去读并最终乐意去读的，都必须融思想性、历史性、趣味性于一体，形成形而上和形而下系统结合的刊物体系，避免僵化说教和单纯灌输。《中国青年》和《发动机》的读者群不是大学里的高级知识分子，而是广大青年和我们的普通党员。在选编理论、知识和逻辑性强的文章的同时，应该选发一些读者喜闻乐见的典型案例，使'阅读'变成'悦读'。比如你上次给我们讲的'列宁与卫兵'的故事非常生动，就可以在期刊中用短文加配图的形式发表出来。"

许子鹤刚刚回到上海时，一次和恽长君谈起苏维埃政府和列宁，就随口讲起了他在《莫斯科日报》上看到的一篇报道，没有想到的是，恽长君记在了脑子里并以此作为例子。

尽管过去了一年的时间，报纸上那篇生动的报道许子鹤至今记忆犹新。

"十月革命"期间，布尔什维克党军事革命委员会设在圣彼得堡涅瓦河畔的斯莫尔尼宫，是当时十月革命的总司令部。一个阳光灿烂的早晨，斯莫尔尼宫的大门前人来人往，一个重要的会议将在这里举行。当天值班的是刚入伍的新战士洛班诺夫，班长提前嘱咐了好几遍，说作为新战士第一次站岗更应高度警惕，因为列宁同志要来这里开会，所以必须认真核查每个人的通行证，不能让坏人混进会场搞破坏。随着开会时间的临近，聚集到门口的人越来越多，新战士洛班诺夫不慌不忙，逐一认真检查他们的通行证。这时候，列宁来到了入口处，"同志，您的通行证？"洛班诺夫把列宁拦在了门口。"噢，通行证，我马上拿。"列宁把手伸进口袋找起通行证来。列宁身后一位同来开会的同志看到卫兵拦住列宁盘查身份，大声对洛班诺夫嚷道："请放行，放行！这是列宁！"可洛班诺夫只认通行证不认人，严肃地回应："对不起，没有通行证，谁也不能进！"片刻之后，列宁找到了自己的通行证。洛班诺夫核查完通行证，确认是列宁本人后，内心非常不安，先是一个敬礼,然后轻声说道:"列宁同志,请原谅,我耽误了您的时间。"列宁不但没有对洛班诺夫发火,反而紧紧握住他的手,真诚地说:"谢谢你,年轻人,你做得对!你对工作很负责任。"说完这话,列宁转身对旁边那位同志说:"你不该责备他。我们就需要这样认真负责的人。纪律是每个人都应该遵守的,列宁也不能例外。"

回忆完这则简短的报道,许子鹤立刻顿悟,自己之所以对这个故事记忆犹新,而忘记了那张报纸上的其他文章和报道,不正是因为这则故事的趣味性强吗?想到这里,许子鹤从心底更加钦佩恽长君精辟独到的意见。

在两人畅谈之后回家的路上,许子鹤思绪万千。

过去几年,从学识到做人,许子鹤从心底尊敬年长自己的恽先生。回国来到上海,从邓翰生和李贞夫妇嘴里听说恽长君与妻子的故事后,许子鹤更是把面前这位兄长当作自己学习的楷模。与这样的楷模相比,许子鹤自叹弗如,尤其是在隐忍、毅力和胸襟方面。许子鹤记得,在德国学习和苏联进修的七年间,自己每次遇到生活、学习特别是情感上的困惑和难题时,都写信向恽先生倾倒苦水,认为自己是这个世界上最不幸和最痛苦的人。每次,恽先生都像对待自己的亲兄弟一样,耐心开导劝说,从来没有在回信中流露出一点自己所遭遇的不幸与痛苦。

许子鹤由此想到了最近一段时间和恽长君的交往。受命办《发动机》杂志,他自己毫无办刊经验,在束手无策之际,也是恽长君给予自己热情的鼓励和精心的指导,从泛读精读搜寻文本到文章选定,从字体选择到版面设计,从刻板插图到油印装订,恽长君在《中国青年》的编辑部里,手把手培训了许子鹤和他的几个同事。独具一格的《发动机》出版后,在众人交口称赞之际,恽长君又对杂志提出了建设性的批评,句句说中了自己的迷茫和困惑,字字点到了自己的疏忽和遗漏,许子鹤打心底庆幸,自己遇到了一位良师,一位挚友……

李当阳从柏林出差来到上海,许子鹤做东在"上海之春"为其接风,四位老同学再次相聚,并特意邀请克虏伯驻沪总代理、老朋友汉斯一道参加。

许子鹤在饭店门口迎客,李当阳不止一人回来了,他把混血妻子和尚在襁褓之中的双胞胎女儿也一同带回来了。

"当阳兄,还记得一句古诗吗?"

"子鹤弟,请问哪句诗?"

"藕花深处田田叶,叶上初生并蒂莲!"

"怎么想起了这两句诗?"

"一年多不见,两朵美丽多彩的鲜花就在你身边悠然绽放了。"

众人大笑。

汉斯是个爱开玩笑的人,弄清许子鹤的话意之后,操着不太流利的汉语说:"好,好,许博士说一对漂亮的女孩是两朵鲜花,我完全同意。但我还要补充一句,她们的妈妈是第三枝漂亮的花朵!大家请看这三朵中国和德国共同培育的鲜花,最大的一朵中国和德国各做了一半的贡献,两朵小的鲜花,中国的贡献大德国的贡献小,是四分之三和四分之一的比例,因此,还是你们中国人伟大!"

房间内又是一阵欢声笑语。

李当阳是苏州人,爱吃上海本帮菜,许子鹤特意让"沪江之春"的大厨烧了几道特色菜,生煸草头、白斩鸡、鸡骨酱、糟钵头、松江鲈鱼和枫泾丁蹄,主食是热气腾腾的生煎包,吃得李当阳和他的妻子赞不绝口。汉斯虽是德国人,但每道上海菜他都十分熟悉,席间不停地给李当阳一家解说介绍,活脱脱半个主人。

话语扯到了许子鹤新办的杂志上。

话头是郭馨倩引起的。

"子鹤,最近在全道那里看到了你主编的《发动机》,我就是不明白,你一个德国大博士,还忙活那些事干吗,白天上数学课,晚上和周末要是有雅兴,就去百老汇听听音乐,去百乐门跳跳舞,去东方之魅品品咖啡,那该多美呀!天天这个党那个派的,烦人不烦人?"

许子鹤没有马上回答郭馨倩的问题,他心里明白,郭馨倩只是唠叨,并不渴望得到他的正面回答。

"萝卜白菜,各有所爱!"许子鹤也没当回事,随意敷衍道。

王全道放下筷子,不赞同郭馨倩的观点。

"我们家馨倩是典型的自由主义和无政府主义,天天在家唠叨我,出门就唠叨别人。如果国家都是像她这样的人,不讲任何主义,不入任何政党,也不支持任何派别,国家不就成了一盘散沙,怎么抵抗外辱,怎么防止内乱?"

郭馨倩朝王全道吐吐舌头努努嘴,逗得大家呵呵直笑。

"全道兄说得对,我们的国家不就是因为一盘散沙才吃尽了苦头吗?"许子鹤在饭桌上替王全道说话,两人会心地挤了一下眼。

"看看这两个家伙,狐朋狗友,狼狈为奸!"郭馨倩看到了两人之间的挤眉弄眼,大声嚷嚷起来。

席上众人乐不可支。

"不过,子鹤老弟,我有一个建议,不知当讲不当讲,像你这样的人才,还是多为自己今后的前途考虑考虑!"王全道话锋突然转了向。

"此话怎讲?"

"我们是同窗,我就借酒壮胆,说几句知心话。国共两党现在是合作之党,关系不错,你们党内的不少人也都入了我们国民党,子鹤老弟不如趁此机会,从共产党转到我们党内算了。"

"全道兄,为什么这样说?"

"子鹤老弟,没有别的意思,我只是有个感觉,今后国民党会比共产党发展得快发展得好。你看,去年年初,我党在广州举行第一次全国代表大会,宣布党内改组完成,接着就在广州正式组建了为国家培养急需军事人才的黄埔军校,从今年二月到现在,在蒋先生中正校长的率领指挥下,军校师生发动东征,平定广东,征伐乱贼,我想,如此发展下去,前景定会十分光明,而贵党……"

许子鹤放下了筷子。

"全道兄,话不能这样讲!我们两党是关系密切的友党,目标只有一个,解救封建中国,解放苦难民族,因此,贵党这两年取得的成就我听后也非常高兴,今后仍然希望听到贵党的好消息。我想对全道兄说明的一点是,正是贵党在孙先生的带领下与苏联和我党精诚合作,才有了一个接一个的好消息。就以刚才谈到的黄埔军校为例,军校并非由贵党独自建立,而是在前年八月,由孙中山派出国共两党组成的蒋中正、张太雷、沈定一三人'孙逸仙博士考察团'访问苏联后,按照苏联模式,在苏联共产党的帮助下建立的。现在的黄埔军校,我党一大批成员都在其中任职,我所知道的就有周恩来、叶剑英、萧楚女、聂荣臻、张秋人等人,在东征平叛陈炯明的行动中,我党同志和贵党成员一样,冲锋陷阵,不畏流血牺牲……"

饭桌上的气氛变得有些紧张。此时的许子鹤还不知道,自从三月十二日孙中山患肝癌在北京逝世后,国民党内与苏联和共产党合作的氛围已经悄悄发生了变化。

看到原本其乐融融的饭局涉及到了政治,崔汉俊急忙打起圆场来。

"要我说,两党就像两兄弟,都是一家人,谁也少不了谁,和则两亲,背则两伤。"

听完崔汉俊的话,许子鹤和王全道笑了起来。

汉斯最后说话了。

"许博士和王先生,你们热衷共产主义和三民主义的事情我不感兴趣,共产主义和三民主义在中国哪一个更有前途,我同样不感兴趣,但有件事情我想转告各位,上个月我回了一趟哥廷根,爸爸妈妈围着我不停地问,那一帮中国孩子现在怎么样?我说,回到中国的都在上海呢,许博士在上海大学当上了数学教授,王先生做了高级官员,郭女士成为了上海第一小提琴演奏家,崔先生被一家德国医院聘为主治医生,除了许博士,他们都结婚生子,有了幸福美满的家庭。听完我的话,两位老人高兴得像孩子一般手舞足蹈。第二天,爸爸在哥廷根大学数学系里逢人就讲他的博士在中国当教授的消息。

"作为你们的朋友,我真心希望,你们几位老同学能一直像今天一样,彼此尊重地坐在同一张饭桌旁,吃上海菜,喝绍兴酒,谈哥廷根往事。如果那样的话,我从心底为你们祝福,爸爸妈妈也会虔诚地为你们祈祷……"

大家以一阵掌声感谢汉斯衷心的祝福。

崔汉俊的夫人夏薇薇受过很好的家庭教育,在丈夫和同学同事聚会时,一般不爱多讲话,只是当有人开崔汉俊玩笑时,偶尔替丈夫帮帮腔,解解围。听完汉斯的一席话,她忽然想起了汉斯还有一个妹妹,崔汉俊曾说过姑娘的名字,只是一时想不起来了。

"您好，汉斯，听我们家汉俊讲，您有个学汉语的妹妹？"

汉斯一脸惊讶，他没有想到在这样的场所会有人提起克劳迪娅。既然有人问，他只好回答，否则会令场面很尴尬。

"是的，她叫克劳迪娅，去年秋天从哥廷根大学汉学系毕业，现在在哥廷根一所中学当德语老师，业余时间为学生们开中文课。"

"她学汉语，来过中国吗？"夏薇薇好奇地探问。

"没有！"

"学汉语，应该来中国看看呀！"

汉斯停顿了一会儿，才说出如下的话。

"克劳迪娅的性格好像变了，过去性格开朗的姑娘，现在不爱说话，一毕业就从家里搬了出去，自己租了一个小房间，不乐意与人交往，也不谈朋友，天天在房间内不是读书，就是傻盯着墙上的地图。"

许子鹤出奇地安静。

"刚才你说，她应该到中国来看看，我也这么认为。上个月回上海之前，我去看她，问了她类似的两个问题。"

"什么问题呀？"夏薇薇用急切的目光望着汉斯。

汉斯说："我问她，想不想去中国？"

克劳迪娅眼睛直直盯着哥哥足足三分钟时间，才从嘴里吐出一个字："想！"

汉斯说："我又问她，那你打算何时去中国？"

好几分钟后，克劳迪娅没有说话，一个字也没有说，双眼呆呆地盯着墙上的一张中国地图。

汉斯告诉夏薇薇，他离开克劳迪娅时，她还是没有说一句话，他关上小屋房门时，看见泪水从妹妹的眼眶中涌了出来。

听完汉斯的话，许子鹤怅然无语，心像是被什么东西重击了一下，隐隐作痛……

第二十六章

5月29日下午，一场全体学生参加的报告会在上大礼堂举行。

报告由上大学生会主席李硕勋主持，赵君陶、许乃昌、何秉彝等学生会委员在会场里维持秩序。

大礼堂内座无虚席，由于是临时通知的一场紧急报告，学生们私下交头接耳，相互打探报告的内容，但无一人知晓。

上海大学的绝大部分教授也来到了会场，默默地坐在前几排。许子鹤一如往常，西装革履，手提黄色牛皮公文包，早于大部分学生到来，静静地在座位上等待。

李硕勋走上讲台，宣布举行报告会的目的是为声讨枪杀中国工人顾正红的日本纱厂厂方。

"现在请纱厂工人魏乾向大家报告事件经过，他和顾正红是同一个车间的工友，他的左腿也被日本人打伤了。"李硕勋介绍报告人的身份。

纱厂工人着装的魏乾拄着拐杖走上了讲台。

日商枪杀中国工人的事件发生在上海日商内外棉七厂，魏乾原本不在这家工厂上班，由于日商压榨行为在七厂最为严重，该厂工人的反抗也最为激烈，从莫斯科回来后，他便被组织指派到这家工厂去领导工会的工作。

"同学们，你们知道，日本在咱们上海有多少纱厂吗？"上台后刚刚站稳的魏乾，就向学生们抛出了这样一个问题。

无人回答。

"二十二家！有将近五万名中国工人守在轰隆隆的机器边，日夜为日商纺纱织布。纺纱工人们大都家庭穷困，不少人还是孤儿，因为要活命，才到这些条件最差的纱厂，每天工作十二小时以上。尽管这样，日本人还是经常寻找各种理由克扣我们的工资，如果有人敢做一点点反抗，就立即开除，开除时还不发他们过去半年或者几个月的工钱……中国人也是人啊，不是猪狗！到今年二月，沪上二十多家日本纱厂的几万工人实在忍无可忍，不得已举行罢工，抗议日商把中国人不当人看，在日商眼里，工人甚至还不如纺纱机器。狡诈的日商说会解决问题，可是嘴里一套背后一套，拖到五月初，借口'棉贵纱贱'，竟然撕毁协议，解散工会，停工关厂，拒发工人工资，数以万计的人突然没有了活路。"

魏乾讲到这里，会场内鸦雀无声，气愤的学生不知道能为自己的同胞说些什么做些什么。

"为了活命，也为了咱们中国人残存的一点点尊严，在大伙中威望很高的顾正红带领工友们与日本人开展了针锋相对的抗争，可是日商毫不理会他们的正当申辩。最后，义愤填膺的顾正红和工人们推开厂门，冲入厂内，在场的数以百计的中国人接连高呼积压多年的愤懑之声——'反对东洋人压迫中国工人！''不允许扣发工人工钱！'七厂大班日本人川村率领持枪的一伙打手，站在工人面前，枪口对准抗议的人群，气势汹汹地恫吓中国人，可是咱们中国人不是软蛋，在顾正红的带领下，没有一个人后退半步。"

寂静的会场内，顿时响起了一阵铺天盖地的掌声。

许子鹤也和学生们一样，长时间地热烈鼓掌。他为自己同胞勇敢的血脉和无畏的血性感到自豪。

"经常殴打咱们中国人，打残好几位工友的那个日本人川村急红了眼，他早已盯住了队伍的领头羊顾正红。川村见顾正红率众没有丝毫惧怕，便立即朝他举枪射击，顾正红的左腿被击中，顿时鲜血淋漓，我和另一位工友上去搀扶，他不但没有躺下，反而挣脱我们，挺起胸膛，拖着残腿向前走去，同时连声高呼：'工友们，这是咱们中国的土地，大家团结斗争啊！'凶残的川村又朝他连开几枪，踉跄几步后，顾正红倒在了血泊中，纱厂的工友们看到他被川村杀害，人人怒火满腔，不顾一切冲上前去，同凶手们展开了扭打搏斗，川村一伙接着又开枪射击工友，十几位工友中弹倒地……"

会场内，师生们双目怒睁，急切地希望知道事件的最后结果。当大家听到杀人凶手川村、元木等一伙人在持枪巡捕的保护下离开，并未被缉拿归案，随后不久，日本人与西方列强在上海的代言人沆瀣一气，准备对在沪中国工人采取更加严厉的管控和镇压时，会场内所有的人都握紧了拳头，愤怒的情绪在积聚，在燃烧。

魏乾离开讲台后，李硕勋宣布，请学生代表赵君陶发言。女学生赵君陶声泪俱下，号召同学们行动起来，与上海工人一道，发起更大规模的抗议活动，让日本人知道，让租界内西方列强的代表们知道，上海人民不可欺，中国人民不可辱。

赵君陶同学的发言，得到了台下师生们的热烈响应。

"现在请教授代表许子鹤博士讲话！"李硕勋宣布。

许子鹤人还未走到台上，全场掌声雷动。

"上海大学的教授们，同学们，上海是中国的上海吗？"许子鹤大声喊道。

"是！"寂静的全场爆发出惊天动地的回应。

"不！我看不是！"许子鹤断然否定。

众人皆惊，但都知道这位年轻的教授话里有话。

"上海不是中国人的上海，上海是日本人的上海！区区弹丸之地，竟有二十二家日商纱厂，五万中国工友像机器一样，像牲口一般，不分白天黑夜为日本纺纱织布——每天百万支纱锭疯狂旋转，把纱纺成线，然后，一车又一车的布匹被拉到了十六铺码头，最后，一船又一船的布匹被海运到了东洋岛国。上海没日没夜在为日本创造着价值，为日本增强着国力，而日本人呢？他们在上海飞扬跋扈，轻者可以谩骂中国人，殴打中国人，重者还肆无忌惮地开枪射杀中国人，我要问，上海还是中国人的上海吗？"

会场内的每一位听众都被许子鹤的演讲所震撼，一时不知如何应答。

会场一片死寂。

"在这里，我还要说的是，上海还不仅仅是日本人的上海，还是英国人的上海，法国人的上海，美国人的上海，同时也是丹麦、意大利、葡萄牙、瑞典人的上海！各位教授，各位同学，每当你们走出上海大学的校门，一抬脚一迈步，正前方看到的是什么？是禁止华人入内的标牌，是令人目眩的星条旗、米字旗、三色旗、十字旗和膏药旗！标牌竖立的地方，旗帜猎猎的区域是英国的租界、法国的租界、美国的租界！我在欧洲德国学习六年，学业虽然没有太大建树，但对国外的基本情况还是有所了解。我去过柏林，在那里，我没有看到英国、法国和美国的租界。我去过巴黎，在那里，我没有看到英国、美国和德国的租界。我也去过英国首都伦敦，在那里，我同样没有看到法国、美国和德国的租界。美国我没有去过，但昨天问过上大去过美国的几位教授，他们告诉我，在纽约，在华盛顿，在洛杉矶，没有人见过英国、法国和德国的租界。现在，我要向大家提出的问题是，为什么在英国，在美国，在法国，在德国看不到的租界，在我们中国却遍地皆是？！"

许子鹤的呐喊字字见血，说得会场里的人个个如坐针毡。

"各位教授，各位同学，日本人和西方诸国沆瀣一气把我们的上海变成了他们的上海，大家都在黄浦江边看见过外滩公园的大门，我也一样，大家还记得租界工部局在公园门口牌子上刻着的六条园规吗？'一、脚踏车及犬不准入内；二、小孩之坐车应在旁边小路上推行……五、除西人之佣仆外，华人一概不准入内；六、小孩无西人同伴则不准入内。'大家看到了吗，在中国的土地上，我们中国人的地位竟然和狗一样！在中国的土地上，洋人可以明目张胆地侮辱国人，可以随意殴打国人，现在竟然随意屠戮国人，一个泱泱大国何以沦落到今天这样一个任人欺凌的地步？因为国弱民众好欺负，因为中国人一盘散沙，因为中国人一身奴性，缺乏刚烈血性！如果我们今天不拍案而起，团结抗争，明天还会有李正红、王正红、张正红和许正红被杀。同时，我还要告诉大家的是，这种状况今天发生在上海，明天后天就有可能发生在天津、汉口、北京、广州和青岛……"

台下的师生无不怒目切齿，群情激奋。

"为了上海人不屈的尊严，为了中国人不屈的尊严，现在，到了我们上海大学挺身而出，为民族尊严，为国人权益，展示血性的时候了！"

许子鹤双手举起，一声呐喊。

"上海大学，站出来！"李硕勋一声高呼。

"上海大学，站出来！"学生们齐声呼应。

"上海大学，站出来！"师生们齐声呼应。

数百人的震天呼喊回荡在大礼堂内，人人血脉贲张。

会议最后一致通过提案，次日上海大学的全体师生奔赴租界区举行游行示威。

29日晚，许子鹤没有顾上吃一口饭，就把罗琳、艾静和魏坤召集到自己的公寓，不是印刷新一期《发动机》，而是赶印一批明天游行示威用的传单，传单的内容是上级组织白天提供给许子鹤的。许子鹤知道，不但他们《发动机》今晚要连夜印刷标语口号，《中国青年》也在分秒必争地加班。一个星期前，许子鹤已经获悉，中共党员顾正红被枪杀的第二天，中央就发出了第三十二号通告，紧急要求各地党组织号召工会等社会团体一致援助上海工人的罢工行动。三天之后，中央又发出第三十三号通告，决定在全国范围发动一场反日大运动。28日，中央召开紧急会议，决定以反对帝国主义屠杀中国工人为中心，发动群众于30日在上海租界举行反对帝国主义的游行示威。为加强抗议活动的组织力量，瞿秋白、蔡和森、李立三、刘华以及后来抵沪的刘少奇组成了一个委员会，负责行动的统一指挥。上海大学的学生游行示威，就是对工人示威游行的支持和响应。

30日上午，上海工人和学生两千多人，分成几组在公共租界各马路散发反帝传单，进行讲演，揭露帝国主义枪杀顾正红、抓捕工人和学生的罪行。租界当局开始大肆拘捕爱国学生。

此举进一步激怒了上海的学生、工人和市民。

当天下午，集合的哨音在上海大学校园内骤然响起，四五百名学生迅速集结完毕，两人一排，队列整齐，绵延数百米，浩浩荡荡向南京路进发。两个小时后，上大学生与南洋大学几百名学生汇合，队伍规模更为浩大。学生抗议游行队伍经过外滩公园时，看到了许子鹤教授提到的那块悬挂着的"外滩公园园规"的竖牌，李硕勋从皮匠摊上借来铁榔头，一连七八下就把牌子给砸掉了。五六个印度巡捕出来抓人，立刻被数以百计的学生团团围住，动弹不得："你们国家已沦为英国殖民地，自己不起来反抗，反而帮英国人欺压中国人，不是走狗是什么?!"巡捕们手足无措，灰溜溜地手提警棍离开了。

公共租界区到了，眼前的一切使学生们震惊万分，荷枪实弹的巡捕任意殴打振臂高呼的市民，很多人在游行中受伤。莘莘学子并没有被洋人暴行所吓倒，依旧高昂着头，整齐地向前行进。队伍中，每位学生左手握拳，右手都举着写着标语的小旗，边走边呼："上海是中国人的上海!""为顾正红报仇!""打倒帝国主义!""释放被捕工人和学生!"一声接一声的口号响彻租界上空。路边许多中国人驻足观看，他们被学生们的勇敢和骨气所折服，情不自禁地鼓起掌来。

越来越多的学生赶到了南京路，越来越多的工人和市民也赶到了南京路，愤怒的人们攥紧拳头，呼喊声震耳欲聋。最后，队伍形成滚滚人流，涌向南京路上西方列强统治租界的心脏——老闸捕房。巡捕气焰嚣张，不顾中国人的强烈抗议，在老闸捕房门前拘捕了一百多名参加游行的人。数以万计的愤怒的群众没有退却，在老闸捕房门口继续高呼："上海是中国人的上海!""打倒帝国主义!""收回外国租界!"许子鹤英文好，他从队伍中走了出来，代表游行学生跟英国巡捕展开了激烈争辩，要求立刻释放被捕学生。学生们情绪高涨，每当许子鹤义正辞严地阐述完自己的观点，队伍中就爆发出一阵热烈掌声。

一阵你来我往的语言交锋，巡捕争辩不过许子鹤，拒绝再与他对话。气急败坏的巡捕头目走上前来，用手枪枪口顶着许子鹤的前额，逼他后退，扬言不后退就扣动扳机。许子鹤没说半句话，而是把头抬得更高，眼睛瞪得更大。僵持两三分钟后，巡捕头目不再张狂，只好放下手枪，退回了捕房。

许子鹤站在原地一动不动。

"哗啦啦"，全场学生为自己老师许子鹤教授的胆略鼓掌。

一个小时后，狗急跳墙的英国捕头爱伏生调集来了通班巡捕，公然下令对手无寸铁的群众放起排枪，枪声响起，群众成排倒下，当场死十三人，重伤数十人，一百五十余人遭逮捕，这就是震惊中外的"五卅惨案"。

在这次枪杀事件中，走在学生队伍前面的上大学生，同时也是共青团上海区委组织主任、共产党员的何秉彝身中数弹，倒在血泊中。和何秉彝一样，一直站在队伍最前排的许子鹤也是捕头爱伏生的"眼中钉"，但怯于影响不敢让手下向许子鹤开枪，他心里明白，射杀此人，后果天大。枪声响毕，一排学生猝然倒下，在万分危急之中，许子鹤没有离开，而是和另外一位学生一道，背起伤势最重的何秉彝奔向了医院，他要救活这位关键时刻挺身而出的上大学生的性命。一连跑了三四里路，许子鹤和学生浑身都被鲜血染红，终于到达了崔汉俊所在的德国诊所，可惜何秉彝伤势过重，虽经多方抢救，第二天还是含恨离开了人世。

眼睁睁地望着自己的学生死去，在给何秉彝的尸体盖上床单之后，许子鹤蹲在地上撕心裂肺地抱头痛哭。

巡捕屠杀学生工人的暴行彻底激怒了每个爱国的中国人。6月1日，上海全市开始总罢工、总罢课和总罢市，二十余万工人罢工，五万学生罢课，绝大部分商人参加了规模空前的罢市活动。

上海大学与工部局巡捕们的激烈斗争仍在继续。

6月4日上午九时左右，上海大学西摩路校园突然驶来十余辆卡车，从卡车上跳下六七十名全副武装的外国巡捕，半个小时后，又有同样数量的英国海军士兵到来，上大所有在校的师生员工都被强行驱赶至空地上。许子鹤也在刺刀逼迫下被押到空地。来者借口学校师生藏匿武器，先是喝令每人高举双手，逐个搜身，稍有不从，就用拳头和枪托击打，当即有五人重伤倒地。许子鹤口袋里的钱包被一个大胡子巡捕没收，备受羞辱的他上前与之争辩，哪里料到，两个英国士兵立刻围拢上来，不问青红皂白，一人朝着他的腰部就是重重的一枪托，扑通一声，许子鹤被击倒在地。枪托一下又一下重重地砸在身上，许子鹤面部因疼痛和愤怒痉挛不止。

英国士兵和巡捕没有善罢甘休，又蛮横闯入学生宿舍，翻箱倒柜，打砸撕烧。宿舍内的贵重物品，一概被他们掠为己有。搜查好大一阵儿，并未找到半件武器，对这个结果，工部局早有所料，捕房总捕对此直言不讳："捕房之所以为此，是因为上海大学自成立以来，乃煽乱与布尔什维克之根源，上海罢工运动殆全为彼所布置。"

原来，此次事件发生之前，英、美、德、日控制的上海工部局就多次派遣巡捕搜查过上海大学。上海大学以培养建国人才、促进文化事业、倡导民主平等，反对列强侵略之办学宗旨闻名上海，工部局据此认定"该校学生的大部分人是共产主义的信徒，他们所受的训练，无疑企图使他们成为出众的共产主义宣传家"。在这次游行抗议活动中，上大数百名学生成为了上海学生的领头羊，工部局把上大视作眼中钉，必欲除之而后快。

找不到任何证据，负责租界警戒的保卫团司令戈登仍然下令驱逐所有上大师生员工，强占校舍用来安顿美国海军陆战队士兵，借机拔掉这座培养中国未来革命力量的堡垒。至中午时分，上海大学的所有师生全部被驱赶离开校园。

6月8日，上大师生在《民国日报》上发表宣言，痛斥帝国主义滥施淫威，郑重申明，永远不承认强权即是公理，"无论如何的淫威来压迫自由，如何的黑暗侵袭独立，断然师生合作一起，努力抗争，决不退让"。

在6月11日的《民国日报》上，上海大学校长于右任再刊发谴责之文："查敝校缔造经营，所费不赀，今无故被英兵恣意蹂躏，侵入驻扎，有形之损失固属不少，而优美之校誉，亦被破坏殆尽。试问该英兵等究奉何人命令，而发命令者究根据何项法律？如此蛮横，中外罕见。"

尽管校方多方呼吁和谴责，上海大学还是没有被归还给中国人。

被几名学生搀扶回到公寓的许子鹤独自一人躺在床上，不禁潸然泪下。

在自己的国度，在自己的校园，他许子鹤遭受到了在法国，在德国同样的屈辱，他接受不了这样的现实，但他又不得不面对这样的现实。连着一天一夜，他茶饭不思，夜不能寐。

"如果在强权面前就此屈服，上海大学绝不会有任何希望，这个民族绝不会有任何希望。平常时刻，我许子鹤在课堂上，在礼堂里，在研讨会上，仪表堂堂，侃侃而谈，难道一到危险流血的关键时刻，就贪生怕死地隐居到众人身后，藏匿在好汉胯下，做起贪生怕死、蝇营狗苟的伪君子？不！我许子鹤绝不能那样，也绝不会那样！"

第三天凌晨，许子鹤忍着剧烈疼痛从床上坐了起来，坐在书桌前给学生会主席李硕勋和校长于右任疾书两封信函："特通过李君向不屈学生致敬，建议学生会近日举行大会，以示中国青年可杀不可辱，以示我校虽被解散而精神仍在，集会上如若需要，我愿以一中国教授的不屈人格再作发言……"；"从一人观一校，从一校观一国，特向尊敬的于校长建言，虽然校区被霸权所侵，但中国青年对国家强盛，对自由民主，对理想和学术的追求任何时候都不能被夺走和玷污，希望校长果敢决定，另选合适校址继续办学，尽早且堂堂正正重挂'上海大学'之不倒校牌，断然掐灭外强扼杀我校于襁褓之妄想……"

两天之后，上海大学学生会在静安区跑马场举行全体学生大会。到场学生按系科和班级列队集合，点名报到，因死亡和受伤未达同学也被空出席位，由前后同学代为报到。列队和报到完毕，所有学生含泪举起右手，宣誓永远是上海大学学生，永远不向侵占上海之外强低头。许子鹤再次登台演讲，话语慷慨激昂："……上海大学没有谁能霸占得了，现在封占不了，以后永远也休想霸占！因为她已经永驻我们每一位上大师生的心里，永驻千千万万上海市民的心里，永驻炎黄子孙世世代代不屈不挠抵御外辱的精神里！"

6月中旬，上海大学复学，校址先是迁回闸北中兴路，后租闸北青云路师寿坊十五幢民房为校舍。两个月后的9月10日，上大新学期准时开学，弄堂口高高悬挂起校长于右任所书"上海大学临时校舍"的牌子。学生不但没有减少，反而增加至八百多人，另外还附设有平民学校和青云学校。

"五卅运动"爆发后，在上海、广州、天津、汉口、青岛租界和外国管辖区以及整个香港，每个被雇佣的警察和巡捕手里都持有一份秘密名单，上有人名和"主要罪证"，要求如若发现名单上之人在租界区开展"煽动活动"，应立即羁押拘捕，对反抗和逃遁者，"无需示警，击毙不贷"。

二十多人赫然在册。

其中排在第三位的是邓翰生。

"邓翰生原系上海大学之校总务长，该校学生今日之偏激极端，与其过去共产主义宣传瓜蒂相连。此人五月受派抵港，即以所谓'中华全国总工会'头目身份与香港海员工会苏兆征等人组织各界工会滋事。上海学生游行事件甫出，邓及其同党即蠢蠢欲动，谋划针对友邦之非法活动，尤其是日本和英国。六月中旬以来，香港电车、印刷、船务等工会罢工和学生罢课，游行人数达二十五万之众，在香港历史上绝无仅有。在邓、苏等人煽动下，广州沙面英租界华工拒向英商及领事馆提供服务，后引发广东各界游行示威，23日，十多万工人、商人、学生在东校场非法纠集，呼喊污蔑西方友邦口号，并游行到沙面租界对岸的沙基。下午三时左右，双方发生冲突，驻港英军即从沙面开枪弹压，驻扎白鹅潭的英国军舰亦同时向北岸开炮。游行队伍死五十余人，伤一百七十余人。经核查，香港及广东之今日工会活动系由共产党人邓、苏以中国国民党员身份组织，以全国总工会名义召集……"

排在第八位的是恽长君。

巡捕手里的材料上写道：此人是中国传播与散布共产主义邪恶思想的主要人物之一，不但编辑发行影响极大之反动刊物《中国青年》，还在事件中直接领导了所谓"上海学联"和"全国学总党团"的所有抗议示威活动。尤其是在抗议活动萌芽发生之际，此人即以上海执行部名义通电全国，以极具煽动性之言辞鼓噪各地迅速行动，声援上海。在上海示威过程中，更是猖狂来往于沪宁之间，蛊惑南京各界配合上海之非法活动。

许子鹤的名字位列第十一位。

"此人系上海大学数学教授，从相关渠道获悉，上海以及半个中国发行量和影响极大的《发动机》，此人也参与编印发行，该油印期刊大力吹嘘苏俄布尔什维克言行以及欧洲各国反政府时讯，肆意攻击西方友邦在华租界政策、贸易政策和外交策略。具体年龄不详，何地人氏不详，约二十六七岁之年龄，一米七五至一米七八之身高，无须，蓄平头，体型偏瘦，日常一身欧式打扮，手提一黄色公文包，反应迅速，思维敏捷，疑留学欧洲英、法、德其中一国，因其不但对欧洲历史政体谙熟，且能操持英、德、法语言流利对话，是数次通过集会鼓动上海大学学生游行示威的主要人物，语言表达能力超众并极具煽动性，在上海学生中具有极高威信，是极难对付的危险人物……"

排在第十五位的是王全道。

对王全道的描述如下——"此人三十岁左右，体格魁梧，系国民党青年骨干和激进分子，是此次该党所领导的上海以及全国抗议游行的重要策划者，特别是在此次香港和广东的游行活动中，此人受指派窜至香港和广州，与国民党组织者汪精卫、胡汉民、廖仲恺，跨党分子谭平山以及共产党邓翰生、苏兆征等来往甚密，是国民党和共产党并以国民党名义举行的各项活动的串联人之一。此人对德国首相奥托·冯·俾斯麦'铁血政策'推崇至极，熟悉军事，宣扬武力，之前在《民国日报》多次发表文章，鼓动用抵制外货方式驱赶友邦人士，用枪炮对抗方式收回中国各地租界。"

第二十七章

七月上旬，上海大学放了暑假。

两天之后，许子鹤就要乘火车回广东，车票和行李已经置办妥当。他期待在澄海与未曾谋面的叶瑛相见，同时还打算拜访吴校长和儿时的伙伴。一星期之后，再乘船从汕头赴泰国华富里省亲，许子鹤已经八年没有见过父母和弟弟金涛了。

就在许子鹤动身出发的前一天晚上，上海区委组织部韩部长带着一位同志突然来到了他的住处。

许子鹤把两人领进书房，倒了开水，打开电风扇，三人在桌旁坐定。

"子鹤同志，咱们是老朋友，我就不和你绕圈子了，有一件棘手的事得请你出面。"部长望着许子鹤说。

许子鹤回答，只要他能做，一定全力去办。许子鹤原以为是翻译外文资料或者为派来的苏联专家当向导之类文绉绉的工作，区委过去多次请他做过这方面的事情。

但这次事情的难度远远出乎许子鹤的想象。

"好，那我就长话短说。谢方理同志是上海人，咱们地委兼区委的委员，现在是南京地区的负责人。昨天来沪开会，会后本来计划乘火车回南京，但区委领导临时交给他一项工作，完成工作后，他昨晚住在法国租界区贝勒路博文女校附近的家中。不料后半夜一大批巡捕突然包围了他家，人被抓走，现被关在警务处地下室羁押间内。"部长说。

"组织上要我做什么？"

部长面容顿时显得十分凝重，说一定得把方理同志尽快救出来，这也是中央的意见。还说区委几个领导琢磨了半天，租界里法国巡捕讲法语，印度巡捕说英语，要救方理同志，难免要和他们打交道，能同时听懂这两种外语的，上海区委里也只有许子鹤一个人了，外加许子鹤在苏联时多少还接触过营救方面的知识，所以区委研究决定，让许子鹤放下手头一切工作，立刻参与到营救谢方理这件事中。现在首要的问题是夜里得出个方案，明早报区委，所需人马由区委调拨。

多年的历练让许子鹤遇到困难从不退缩，听罢部长的话，二话没说，点了点头。

胆识归胆识，但许子鹤还是有些顾虑。他从来没有做过这方面的工作，担心自己没有经验做不好，便直率地提出了个人的想法："区委有没有相关的保卫或者军事部门？有的话，最好由他们牵下头。"

"子鹤同志，你不是不清楚，我们党成立还不到五年时间，不要说咱们上海区委，现在就连中央也没有专门的军事部门，哪个地方出事，哪个地方自己解决。区委领导认为，你牵头较为合适。"许子鹤无言以对，就这样成了营救行动的负责人。

韩部长看许子鹤接受了任务，接着说："区委里懂点营救皮毛的，也就是丕洲了，他过去曾在部队里干过几年，今天我把他也带来了。"

武丕洲是租界区水厂的抄表工，同时也是区委的交通员，对法租界十分熟悉。武丕洲向许子鹤介绍说，根据打听来的消息，巡警已经折腾方理同志一整天了，方理同志戴副眼镜，文质彬彬的样子，但骨头硬得很，不该说的话一字未吐，一口咬定自己是南京夫子庙中药铺的掌柜，这次抽空回沪瞧瞧八十来岁老母，就莫名其妙地被抓了。从武丕洲口中，许子鹤还知道，法租界一直在寻找时机报复共产党近来组织的抗议游行活动，这次抓到人，一定不会轻易放过。他们一方面轮番审讯，明早还要派华人巡捕去南京核实。方理同志上半年刚到南京，在中药铺埋设的关系很浅，出不了三天，狡猾的巡警就会挖出他真实的身份。所以，营救方理同志的时间，就在巡警从上海至南京一去一回两天，加上在南京的三天，最多不会超过五天。五天之后，像他这样的人物，立马就会被押到工部局虹口"提篮桥外国牢监"，俗称"西牢"，也叫"东方巴士底"，那是座现代鬼窟，再想营救，就不可能了。

"谢方理同志当天做了什么工作，到过哪些地方，见过哪些人？"许子鹤问。

韩部长回答了许子鹤的问题——英美管理的公共租界和法租界面积经过二三十年的扩展，已经从原来的几百亩疯狂扩张到了将近五万亩，上海好的商埠和居住地段几乎全部被其囊括。自从五月底上海工人和学生抗议游行以来，两个租界的嚣张气焰方才得到一点遏制，但他们继续蚕食上海地盘的野心并没有彻底打消。国共两党都在想办法戳穿他们的野心，各自也都在采取行动，不能再让洋人在上海的地盘增加半寸。谢方理对法租界地盘十分熟悉，昨天开完会后，就受命到他的几个在法租界谋职的华人巡捕处以访友之名打听情况，准备时机成熟后，在其内部成立组织，在法租界心脏里插上一把尖刀。不知哪个环节出了问题，谢方理被巡警盯上了，晚上就出了事。

时不我待，营救活动必须当即开始。

许子鹤经过短暂思考，请区委协助通知两拨人一并参与行动。一拨是南京方面，要尽量缠住派去的巡警，保证上海方面有足够的时间准备。许子鹤告诉韩部长，南京浦口车辆厂有个党员叫董义堂，他在苏联学习过，可通知他参与，部长朝许子鹤点了点头，说区委也想到了这个人。另一方就是上海，马上成立行动小组，除了他和在场的武丕洲外，还想请在苏联接受过训练的魏乾、罗琳和张宜珊参加，麻烦通知他们今晚尽快赶来。

韩部长同意许子鹤的要求后就回了区委。

夜里十点，魏乾等三人气喘吁吁地赶到。

将近零点的时候，根据武丕洲的描述，位于卢湾区薛华立路上法租界会审公廨和隔壁法租界警务处的地形图，被许子鹤一笔一画绘制了出来。谢方理就被关押在警务处地下室羁押间内。

对照地形图，行动的路径越来越清晰，欲进入谢方理所在的羁押间，必须突破三道关卡。

第一道是警务处大楼门卫。门口终日有两名持枪警卫站岗，出入都要核查证件。整个警务处和隔壁的会审公廨，一共有三十名持枪警卫倒班把守，一处异常，相互间联动反应。

第二道是大楼地下室入口大门。地下室入口处设有警卫值班木阁，木阁内二十四小时有一人持枪值守。木阁左边有一个大房间，是全楼警卫的休息房，值班和换班的十几名警卫都在里面睡觉。木阁右边是地下室的入口，实际上是一道黑色铁门，铁门上锁紧闭，打开铁锁后，才能进入关人的牢房区。内部关人的牢房区分成两部分，一部分是大通铺，地上铺着稻草，黑压压一片躺的全是人，中间放置着几只拉屎撒尿用的马桶，一天到晚臭气熏天；另外一部分就是单独的羁押间，也被称作"牢中牢"，位于大通铺最后面。地下室黑色铁门钥匙不在当班的华人巡捕手里，而是被一个巡捕头目"红头阿三"随身携带，此人是印度人，吃住在警务处大楼里。

最后一关是羁押间铁门。大通铺最后面的"牢中牢"羁押间，进去更是难上加难。羁押间装有厚厚的一扇铁门，配有法国造保险铁锁。羁押间面积不到六平米，没有窗户，没有光线，终日漆黑一团。警务处设羁押间，主要用来囚禁新捕要犯，俟罪行勘清，即交会审公廨宣判。最为关键的是，这个羁押间的钥匙，"红头阿三"身上也没有，而是由警务处一个法国矮子巴西勒掌管，法租界里的中国人对他恨之入骨，给他起了个绰号"刽子手巴西勒"。这个绰号与一起血案紧密相连——1898年7月，法国人看中位于租界内的宁波人修建的四明公所，欲攫为己有，武力迫令公所迁移。宁波同乡群起反抗，法国人竟然开枪残杀十七人，宁波人没有屈服，而是掀起大规模罢市罢工斗争，得到上海各界响应支持，迫于反抗怒潮，法国人最终放弃了侵占计划。在这一事件中，第一个举枪杀人的就是巴西勒，那时他还是个下士。

许子鹤最后向大家布置了任务——"四天之内，必须从'红头阿三'和'刽子手巴西勒'手中获取两扇牢门钥匙，然后把人从三关之内救出。"原来预估行动的可能时间是五天，严谨的许子鹤减少了一天。

大家你一言我一语开始了营救方案的讨论。

请区委组织众多人马强攻警务处的方案被许子鹤否定。

带领上海大学学生包围警务处的方案被许子鹤否定。

绑架"红头阿三"或者"刽子手巴西勒"换取人质的方案同样也被许子鹤否定。

房内静得瘆人，每个人喝水和呼吸的声音成了房间内最大的响动，时间已经是夜里一点半，丕家还是没有想出一个成熟的方案。

"丕洲，麻烦你再说一遍警务处从早到晚的动静，特别是'红头阿三'和'刽子手巴西勒'活动的规律。"心急如焚的许子鹤一边安慰大家，一边再次梳理可能被忽略的线索。

武丕洲已经说过三遍。

"好，我还从大清早说起……"

第四遍说完，将近一个小时的时间过去了，许子鹤紧闭双眼，坐在椅子上一动不动。

凌晨两点半，许子鹤身子动了一下，睁开了眼睛。

大家的目光齐刷刷地投向了他。

"根据丕洲前期掌握的情况，还有大家所提方案的启发，我有了一个初步的想法和大家谈谈。"

许子鹤花了一刻钟时间讲述完自己的方案。房间内的所有人听罢，个个惊叹不已。

许子鹤对屋子里的人说，这只是他个人的意见，还要得到区委批准。于是，他把人员分成两个行动小组，武丕洲和张宜珊天亮后去区委汇报。如果区委同意，就请区委准备人马，负责人由武丕洲担任。魏乾、罗琳和许子鹤组成另外一个小组，这一组由许子鹤带领立刻出发去薛华立路警务处附近实地观察。许子鹤还决定，每组当中的女同志中午回公寓碰头，有特殊情况立刻相互转告通气。

布置完任务，许子鹤三人换了身服装，跨上自行车，瞬间消失在夜幕里。

三人到达警务处大楼附近时，时间还不到五点。他们没有匆忙靠近大楼，而是在马路对面找了个隐蔽的地方，远远地观察大楼门卫的动静。

正如武丕洲描绘的一样，五点刚过不一会儿，一辆人力马桶车吱吱作响地来到了大楼门卫处，来拉地下室通铺犯人一夜的屎尿。马桶车是上海大清早满街都能看到的那种双轮车辆，拉车人统一服装，戴着口罩，车厢为长方形棺材状木箱，顶部有活动盖板,用来倒入粪便。许子鹤一个人骑着自行车跟在马桶车后,一路细心观察。到达门卫处,拉车的中年汉子从胸前取下一张工作卡递给其中一个门卫,门卫捂着鼻子瞟了一眼,然后走出值守处,用手拉动马桶车上方木盖的麻绳,木盖张开后,向里面瞅了一眼,这才挥手允许车辆进入。

大约半小时之后,马桶车再次出现在大门口,按照许子鹤的安排,轮班的魏乾正好行走在大门外。他看到,一名门卫再次拉动麻绳,打开上顶盖进行了检查……

收集犯人粪便这个重要的环节确认之后,魏乾留在警务处附近继续观察,许子鹤则带着罗琳赶往吕班路上的基督教惠中堂。从收集的信息看,每个礼拜天上午九点,"刽子手巴西勒"都会雷打不动地来到惠中堂,先是诵经,然后祷告,最后去忏悔室向牧师做忏悔。

今天是礼拜六,明天就是礼拜天,许子鹤只有一个白天的时间摸清教堂的情况,因为傍晚以后教堂是关闭的。

惠中堂每天都有不少来人,尤以礼拜天最多。许子鹤在德国时,去参观过很多欧洲的教堂,除了哥廷根圣约翰和圣雅科比教堂,还去看过科隆大教堂、柏林天主教堂、慕尼黑圣彼得教堂、巴黎的圣奥古斯丁教堂等等,他对教堂内部的设施和气氛十分熟悉,在惠中堂内外走了两圈之后,教堂的结构已经印在了他的脑海里。

教堂内,中国人极少,为了不引起外国人的注意,许子鹤和罗琳扮成一对恋人,一直手拉手走路说话,并且低头呢喃细语,在耶稣像面前,两人双手合一,虔诚的样子没有引起任何人的怀疑。

八点半的时候,他们一直期待的目标出现了。目标是穿着一身黑衣的牧师,一个法国人。牧师被黄包车拉到了教堂的后门,下车后,从口袋摸出钥匙,打开后门,直接进入了教堂。

二十分钟后,牧师出现在了教堂中的忏悔室。

早在半个钟头前,许子鹤和罗琳已经对忏悔室观察了多遍。惠中堂的忏悔室与其他教堂的并没有太大的差别,同样是一个小小的房间,昏暗的房间内开了个窗户,窗户里面坐着牧师,忏悔者看不见牧师,但可以把心中的罪恶全部说给他听,牧师引经据典,指点迷津,祈求上帝宽容忏悔者并给予赎罪的机会。

一个白人妇女进入了忏悔室,半个小时后,女人哭哭啼啼从里面走出。许子鹤低头闪入了忏悔间。二十分钟左右,许子鹤也走了出来。

罗琳轻声问:"是他?"

许子鹤回答:"正是'刽子手巴西勒'最信任的牧师安德烈!"

行动完成。

离开忏悔室,好奇的罗琳问许子鹤:"大博士,你向牧师忏悔了什么罪过?"

"非要说吗？"

"你给外国人都说了，如果不给中国人说，就是崇洋媚外！"

罗琳用手指着许子鹤，许子鹤无可奈何。

"我向安德烈牧师忏悔，一个有妻子的男人拉了一个未婚女青年的手！"

顽皮活泼的罗琳扑哧一声笑了，接着又问："那安德烈牧师说什么呀？"

许子鹤模仿安德烈牧师的声音，叽里咕噜说了一阵法语。这次来教堂，许子鹤一个重要的任务就是能和牧师对上话，了解他说话的语速、语调和口音。

"《圣经》里说，一个男人，要学着离开父母找到自己的妻子，与妻子合为一体。你现在既然已经找到了妻子，并与妻子合为了一体，还去握其他姑娘的手，是对上帝教诲的亵渎！"

许子鹤将法语翻译了一遍，罗琳说："对，对，亵渎上帝教诲就得赎罪，牧师叫你如何赎罪？"

"他让我今后每个礼拜天都来教堂忏悔，至少八个月时间！"

"好，好，看你今后还敢拉人家姑娘的手！"罗琳哈哈大笑。

罗琳的一句话，把许子鹤的脸说红了。

从惠中堂出来，已经接近中午时分，罗琳骑自行车回许子鹤公寓与大家会合，而许子鹤本人则雇了一辆黄包车，赶往薛华立路。许子鹤去那里不是与魏乾在警务处大楼附近会合，而是前往那里的一家土耳其浴室。中午是这家土耳其浴室客人最少的时段，许子鹤此时到来的目的，当然不是想以泡澡和桑拿消除半日劳顿，也不是因为人少清静图个安逸。他进这家土耳其浴室，是奔着"红头阿三"去的。每隔两天，这个印度人都要来这里一趟。明天晚上，猎物将在这里出现。

进入这家土耳其浴室，许子鹤的眼睛一刻也没有得闲。

浴室内的地板、穹顶、水槽、石凳无一例外全部都是洁白的大理石材质，四周墙壁上雕刻着精美的奥斯曼城市风景画。浴室分上下两层，一层中心是个雾气弥漫的泉池，约一间房屋大小，顾客不得踏进泉池，而是用铜勺从中舀出热水浇在身上。泉池一圈分布着更衣室、冲澡室、桑拿间和可以躺在上面睡觉的长条大理石石板，石板底下一直用炭火加着热，另外还摆着几排长条木板凳，顾客可以躺在上面请侍者搓澡或者按摩。

许子鹤进入浴室，没有在一层的更衣室换衣服，而是直接上了二层，因为"红头阿三"每次都去二层。二层一共八个贵宾包间，包间结构很简单，外面一扇门、一把锁，内部一张床、一张椅和一个衣柜，此外还配备茶具和茶水，如需冲澡、桑拿等必须下到一层。许子鹤用钥匙打开包间门，再出来时人已经变了模样，土耳其浴禁止全裸，只见许子鹤上身和双腿赤裸，中间用一种土耳其棉特制的叫作Pestemal的大浴巾紧紧裹住，优哉游哉下到一层去了。

许子鹤在一层泉池边见到了他寻找的人，同样围着大浴巾的武丕洲。两人没有讲话，武丕洲沿着热气弥漫的泉池边走动，经过许子鹤身边时，从大浴巾下掏出了一个小包，迅速塞给了许子鹤，许子鹤把小包悄无声息地藏在了自己的大浴巾下，若无其事地继续蒸烤享受。

几分钟之后，武丕洲就离开了浴室。十几分钟后，十来个商人打扮的人来到了浴室，一下包完了二层剩余的七个包间。

经历完土耳其浴正宗的"烤、洗、刷、蒸、睡"五道程序，许子鹤关上包间门，惬意地喝了一杯茶水，方才坐上门外一辆等待多时的黄包车离去。

半小时后，商人们个个红光满面，三五成群有说有笑地离开了。

傍晚时分，两个小组成员全部回到了许子鹤的公寓。

上海区委同意了许子鹤的方案，只对几处细节进行了弥补和修正。另外准备了三组人员随时出动配合，其中一组人马中午时分已经参与了许子鹤指挥的行动。

营救的各个环节都进行了摸底，只有一个环节无法实地踩点观察，许子鹤只能采用瓦西里传授的异地模拟法。

被模拟的是警务处大楼地下室的牢房区。整个牢房区域，不论是紧挨铁门的大通铺，还是最后面的单独羁押间，都是漆黑一片，没有一丝光线。进去解救谢方理，只能摸黑进摸黑出，连接铁门后通铺与羁押间的路大约三十多米长，其间只有半米宽的一条空道，其他地方密密麻麻都躺着人。经过这段距离时，如果点灯，即便不被狱警发现，也一定会被上百名在押人员察觉。许子鹤心里再清楚不过的是，在押人员中虽不乏受欺压的反抗之士，但也有鸡鸣狗盗之徒，法国人在监狱内实行"相互监视，举报减刑"措施，假如这类人员起哄纠缠，问题就大了。

许子鹤在自己公寓院子里的地面上用粉笔画出了地下室的平面图，数学博士画这样简单的图形，既明了又精确。许子鹤紧接着要训练的项目是，进入地下牢房救人者必须蒙上眼睛准确找到三十米后的羁押间。

按照区委批准的方案，进入地下室执行任务的人是魏乾。魏乾被张宜珊用一块黑布蒙上了双眼，接着被牵到了"铁门"前。魏乾进入牢门之后，顺着半米宽的空隙向羁押间方向行走，前面三五米还好，走到十米左右时，就开始左右摇摆不定，一连踩了两边的好几块砖头。许子鹤叫停了训练。

"老魏，每块砖都是个大活人，一块砖都不能踩，再练！"

魏乾蒙着眼睛继续训练。

两个小时后，满头大汗的魏乾还是没有一次摸到正确的羁押间。

许子鹤知道，问题来了。他没有责怪魏乾一句，因为他从瓦西里那里知道，蒙眼盲走，起作用的是大脑中的平衡细胞，两三天时间是无论如何训练不出来的。

正在许子鹤一筹莫展之际，武丕洲举手要试试。

武丕洲开始盲走，三五遍下来，效果还没有魏乾好。

许子鹤急得额头冒汗，旁边的罗琳、张宜珊都不敢正眼瞧他，都低着头瞅着自己的脚尖。这个时候，任何一点无助的目光都会给行动的负责人带来巨大的压力。

"要不再让区委选几个人来试试？"张宜珊打破了院子里的寂静。

片刻之后，许子鹤才说道："来不及了，让我试试！"

"不行，你是行动负责人，区委反复给我俩交代过，入地牢救人的事不能让博士去。"张宜珊和武丕洲不同意。

"我也没说去，只是试试。"

许子鹤被蒙上双眼，站到了起点。

第一次走，他就走到了二十五米左右。三遍之后，许子鹤摸到了指定的羁押间。

许子鹤开始加快步伐，半走半跑起来，脚下却没有发出半点响动。刚开始的几次还有三五米的偏差，七八遍之后，次次都能精确地找到地方。

"大家都看到了，我们三个人中，我的盲走平衡要好得多，就是再让区委找人，能找到比我更合适的人吗？况且时间也来不及了。"

先是张宜珊和武丕洲不同意，接着罗琳和魏乾也不同意，大家一致认为方案变动需要上报批准。

"我们在制定方案时忽略了这个细节，更没有考虑到参与人黑暗中行走的平衡能力，区委的领导估计也不可能想到这个问题。而现实是，胜败乃瞬间之事，战机不可失，这也正是古人所说'将在外君命有所不受'的道理。"

张宜珊和武丕洲正要开口说话，被许子鹤抢先了一步，只见他双手合一，嬉笑着走到每人面前"乞求"。

"各位女士，各位先生，请放心，我不会出现任何问题，就替我保这么一次密吧！"

大家只得默默准许。

那天晚上，许子鹤在院子里蒙着眼又练习了将近两个钟头。前面一段时间是单人走，后面则是背着个人走。大家问他为什么？许子鹤说，他是学数学的，不能忽略小概率事件，谢方理同志很有可能受刑走不动路，尽管谁都不希望看到那种情况发生。由于不知道谢方理同志的体重，许子鹤把魏乾、武丕洲、张宜珊和罗琳四个人轮流背了个遍。

深邃的夜空中，偶尔有流星划过，而地面上一位年轻人蒙着双眼在黑暗中来回穿梭——这个怪异的场景，似乎象征了一种黑暗世界里的奋斗与抗争。而许子鹤夜风中略显瘦削的身影，让在场的几个人不由得泪水盈眶……

第二十八章

星期日凌晨五点，营救谢方理的行动正式开始。

行动的第一站是基督教惠中堂。

住在教堂附近的牧师安德烈和往常一样，八点一刻从家门口坐上了一辆黄包车，十来分钟后，车子来到了教堂后面的一片寂静的树林，穿过这片林子，再过两三分钟，他就要在忏悔室见到他最虔诚的信徒巴西勒先生了，想到这些，安德烈牧师不禁露出会心的微笑。突然，黄包车一个九十度陡转冲进了树林，差一点从车上摔下来的安得烈牧师惊魂未定，哪里想到又从树林里早已停好的两辆黄包车里闪出四个人来，其中两人持刀顶住他的脖子和脑袋，另外两人不由分说就扒光了他身上的黑色牧师袍，并摘掉了他的眼镜，最后他的嘴巴被堵住，眼睛也被蒙了起来。

三辆黄包车两辆折返，一辆朝教堂后门跑去。朝教堂去的那辆黄包车上坐着一身牧师打扮的许子鹤。

许子鹤下了黄包车，掏出钥匙打开后门，直接进入了忏悔间。

许子鹤刚刚坐定五分钟时间，"刽子手巴西勒"进来了。

忏悔者进来，许子鹤正想着怎样和对方打招呼，没有想到的是，"刽子手巴西勒"低着头就呜呜嚷嚷地说开了，内容多是抓了和打了几个中国人等等，七八分钟后才停下来。

"牧师，接下来的一个礼拜，我该如何办？"

"和上个礼拜日我告诉你的一样，要用对神的虔诚来铲除心中的恶魔！"

"上个礼拜日，您没有说过这句话呀？"

"阿门，阿门！这位先生，你一定身携不祥之器物，把万能的主经我所传递的劝诫之言在即将入你心扉之前，就活生生地给镇压啦！"

"刽子手巴西勒"吓得浑身哆嗦。

"先生，请把身上的外来之物放进来，容我核查一下。"

皮带、一把钥匙、钱包、香烟、打火机等被"刽子手巴西勒"一个接一个递进了忏悔间内。许子鹤迅速找到了他所期盼的钥匙，在随身携带的胶泥模里用力一按，羁押间铁门钥匙的模具就这样做好了。

在翻看"刽子手巴西勒"东西的过程中，许子鹤在他的钱包里发现了一张金发碧眼裸体女人的照片。

"不祥之凶物找到了，就是这个！"许子鹤把照片从钱包中抽出，连同所有东西扔出了忏悔间。

"刽子手巴西勒"大汗淋漓。

许子鹤说话了。

"万能的主啊，听我给你控诉一个男人的罪恶吧！圣经上说，一个男人，要学着离开父母找到自己的妻子，与妻子合为一体。可是他现在既然已经找到了妻子，并与妻子合为了一体，但还心有所图，希望再与其他女人的身体合为一体，这是对上帝教诲的亵渎，他的罪恶还能饶恕吗？"

声音低沉地说完这段话，许子鹤沉默无语。

"刽子手巴西勒"慌了手脚，声音颤抖地祈求起来。

"尊敬的牧师，救救我吧，我该如何办呢？"

许子鹤沉默了好长一段时间，方才慢慢悠悠道出一句话来。

"今后每个礼拜天都来教堂忏悔，至少要八年时间，说不定才有可能得到万能之主的宽恕，阿门，阿门！"

行动的第二站在土耳其浴室。

下午五点刚过，许子鹤一个人出现在浴室的二层。今天的许子鹤与昨天的形象判若两人，昨天戴着一副墨镜，今天，人则变成了满脸胡须的中年汉子。

六点刚过，许子鹤享受过土耳其浴四道程序之后，回到了自己的包间，再过半个小时，"红头阿三"将会出现在二楼。二楼还有七个包间，许子鹤并不知道"红头阿三"将会在哪个包间中更衣和休息，但一切都不重要了，许子鹤手里攥着二层八个包间的所有钥匙。这些钥匙不是许子鹤变出来的，而是昨天中午许子鹤和武丕洲以及区委派来的几个人配合，把八个包间门上的钥匙都做了模印，连夜赶制出来的。今晚无论印度人进入哪个包间，他许子鹤都能毫不费力地进入，然后从"红头阿三"口袋里找出地下牢狱第一道门的钥匙，神不知鬼不觉地印制好模具。

"红头阿三"来了。

一个身材壮硕，留着大胡子，面孔黝黑，头上缠着红头巾，腰间挂着警棍的巡捕从底楼走上了二楼。十几分钟后打开包间门，裹着大浴巾的"红头阿三"活脱脱像只褪了毛的公猪，一摇三晃走下二层，坐在泉池边从头到脚浇起热水来。

许子鹤进入了"红头阿三"的包间，迅速找到他的口袋，里面沉甸甸的，并且哗哗作响。许子鹤心中一阵暗喜，费了九牛二虎之力，现在终于找到了，只要把钥匙复制之后，前期的准备就算大功告成。口袋里沉甸甸的东西被许子鹤掏了出来，是一把盛酒的锡壶和一个酒杯，不要说一串钥匙，半把钥匙也没有。许子鹤翻遍"红头阿三"所有的口袋，始终没见一把钥匙。

许子鹤复原好东西，回到了自己的包间。

一屁股坐在椅子上的许子鹤，抱头晃动不停，此时的他心急如焚。如此周密细致的设计，到头来还是一声闷雷就把几天几夜的辛苦打回原地，许子鹤接受不了这样的现实，因为已经没有时间再一次进行设计或者补救。

片刻之后，许子鹤还是冷静了下来，他知道，任何的冲动和急躁都是徒劳。

难道"红头阿三"没有随身携带钥匙？思考片刻，许子鹤断然否定了。因为根据自己的日常习惯，其他时间不注意口袋里的东西，但脱衣服或者换衣服时，一定会留意。那串钥匙是"红头阿三"的饭碗，他在换衣服时，不可能不留心。假如发现钥匙不在身上，"红头阿三"一定会十分紧张，甚至会立刻赶回到警务处寻找。但换完衣服的"红头阿三"神态悠闲,并无丝毫焦虑。

既然随身带了钥匙,在包间里怎么会找不到呢?

许子鹤开始了推敲。

许子鹤想到了昨天浴室中的武丕洲和自己。昨天的胶泥不就是先藏在武丕洲的大浴巾里,然后再转到自己的大浴巾里的吗?难道"红头阿三"把钥匙藏在了他的大浴巾里?

事情出现意外,许子鹤必须随机应变。只见他裹好自己的大浴巾,下楼坐在了"红头阿三"的旁边。一番仔细观察,许子鹤发现了秘密,胖如肥猪的"红头阿三"腰间的大浴巾和自己的不一样,前面多缝了一个小口袋,里面鼓鼓囊囊装着东西。许子鹤不知道的是,这条浴巾是浴室专为这位老顾客订制的。

必须尽快摸清"红头阿三"口袋里装着什么东西,如果是钥匙,还必须巧妙地伺机"窃取"到手。

"红头阿三"尽情享受着,但旁边的许子鹤焦急万分,他的头脑一刻未停地思考着对策。"红头阿三"每次来,都要经过土耳其浴正宗的五道程序。前面四道"烤、洗、刷、蒸",对方是清醒的,许子鹤只能等到最后一道"睡"的程序,他才可能下手获得钥匙。

一个小时后,浑身如猪肝样通红的"红头阿三"终于躺在了长条大理石石板之上,不一会儿,均匀的鼾声便响彻整个浴室。

是行动的时候了,许子鹤从门卫处要了几块木炭,走到"红头阿三"身下的大理石石块旁,小心翼翼地一点一点向里面加木炭。加前面两块木炭时,周围的人还瞥上一眼,慢慢也就没人留意了。许子鹤开始行动了,他的一只手高高举起加炭的时候,另一只手则伸向了"红头阿三"腰间的口袋。

钥匙,是一串钥匙!许子鹤的手触碰到"红头阿三"口袋里物件的时候,差一点喊出声来。他轻手轻脚地把钥匙从狡猾的印度人口袋里掏了出来,同时把手里的一块肥皂塞了进去。这一切,熟睡着的"红头阿三"浑然不知。许子鹤在二层自己的包间复制完毕,并没有急着放回,而是等到大理石下的炭火微弱后,再一次取了几块木炭走到呼呼大睡的"红头阿三"身边……

两道大门的钥匙全部到手,区委决定星期一清早实施最后的营救行动,地点在警务处大楼。

三组人马按照区委的统一部署,在薛华立路警务处大楼附近几百米的范围内以各种身份藏匿,做好接应的准备。

五点差十分的时候,一辆马桶车出现在与薛华立路垂直的华莱士路上,再有十几分钟的时间,这辆车就要按时来到警务处大楼门口。这辆车今天就没有往常那么顺利了,在从华莱士路转到薛华立路的一个拐角处,与同样拐弯的一前一后两辆自行车撞在了一起,两辆自行车后座上都带着人,后排座上的人扑通通都摔在了地上，其中一个人的腿上还流血不止。四个人人多势众，围住拉马桶车的人推推搡搡，旁边还围观了一群人，都在为四个人帮腔说话。

五点刚过五分，一辆同样的马桶车出现在警卫处大楼门口。

拉车的人穿着与刚才那辆车同样的服装，戴着同样颜色的口罩，胸前也挂着同样的证件牌。

拉马桶车的人不是别人，正是乔装打扮的许子鹤。他胸前的工作卡是真的，上面有警卫处清晰的钢印，是十分钟前被区委派去的人从撞车车夫身上取下来的。许子鹤到达门卫处，主动从胸前取下工作卡递给门卫，门卫依旧是捂着鼻子瞟了一眼，接着走出门房，用手拉动马桶车上方木盖的麻绳，确定木箱内无异常，摆手让车辆进入了院子。

按照事先摸清的地形图，许子鹤从后院拉着车子来到了地下室门口，距离门口还有十来米的时候，一座木阁出现在他的视野里，木阁顶部挂着一支昏黄的灯泡，一个巡捕怀抱长枪，正偎在里面打盹。许子鹤走到木阁旁边的时候，打盹的巡捕睁了一下眼，看是拉屎倒尿的人，招呼也不打，眯上眼继续睡起觉来。当班犯人在半个小时前，已将几个马桶里的屎尿收集倒进了洋铁皮扁盒里，而这些洋铁皮扁盒已通过大铁门下的洞口推了出来。

观察周围没有异常动静后，许子鹤戴上手套，开始了他演练多遍的突然袭击。

只见他像猛虎一样扑进木阁，一只手死死卡住了巡捕的脖子，另一只戴手套的手捂住了对方的鼻子和嘴巴，昏睡之中的巡捕挥舞双手四五秒后，戴着帽子的头就软绵绵地歪向了一边，呈酣睡模样。

许子鹤的两只手套都是湿漉漉的，是区委提供的麻醉药剂。

用从"红头阿三"处获得的钥匙，第一道大铁门被打开。

三十多米从大通铺到羁押间的狭窄空道，许子鹤不到一分钟就走完了。

再用从"刽子手巴西勒"处获得的钥匙，第二道铁门被打开。

许子鹤背起已经软弱无力的谢方理就走，刚走完不到十米的时候，意外的情况发生了，一个准备起来撒尿的人听到了响动。

"谁？"

许子鹤愣住了，他没有回话，仍然径直向前快走。

"谁？"这一次的声音比刚才更大。

许子鹤知道，不能再走，再走就会出乱子。

"五爷，撒无（大便）！"许子鹤声音虽低但很威严。

对方不再言语，老老实实地重新躺了下去。为了这次营救，区委派人找到了一个刚刚放出来的"瘪三"，向他打听到了家住城隍庙的"五爷"是羁押人员的头目，还了解到了"五爷"说话的腔调。

风险化解，许子鹤毫无差错地走出了剩下的二十多米。

来到马桶车前，许子鹤先把谢方理放在地上，然后打开了上面的盖子，抱起谢方理，把他塞进了木箱里。这辆马桶车，和街上跑的其他马桶车外形一样，但内部结构不同，是区委派人临时做了改造。

藏好谢方理，许子鹤本该拉起马桶车就往大门处走，他却没有，而是戴上手套，重新返回到木阁内，再次用手套捂在了昏迷的巡捕鼻孔和嘴巴上，半分钟之后，从地上端起一只洋铁皮盒，回到了马桶车旁。

许子鹤把里面的屎尿倒在了木箱上面。

马桶车出现在了大门口，一名门卫持枪从里面走了出来，按照惯例，他要拉开木箱上面的盖板，用手电筒检查木箱里面是否藏有东西。

门卫走到车前，正准备伸手拉动麻绳时，眼前是一番令人作呕的景象，麻绳上、木盖上粘着一堆臭气冲天的粪便。

"滚，滚，滚！"巡捕狠狠地朝许子鹤屁股上踹了一脚。一阵点头哈腰之后，许子鹤拉起马桶车一溜烟跑出了大门……

第二天，上海的报纸纷纷出了号外，法国报纸把神秘的营救者称之为"安德烈的幽灵"和"冷面火枪手"，中文报纸则形容为"上海之狐"。

后来，法国本土派来一批高级侦探前来侦破此案，结果无功而返。上海人最终从报纸上获得的该事件的准确结果是，"刽子手巴西勒"被解职回国，"红头阿三"则被关进了羁押间，听候会审公廨审判定罪。

第二十九章

10月9日上午，上海大学校园里发生了一件意想不到的事情。

许子鹤正在教室里为自然科学系学生上《初等几何》课，距最后一节课结束还有五六分钟的光景，两辆乳白色福特轿车驶进校门，一前一后停在了狭小的校园里。

五六个穿戴体面的人从汽车上走了下来，静静地围在一起，眼睛齐刷刷地观望着许子鹤上课的教室，像是在等人。

上完课迈出教室大门的许子鹤被人事部长伸手拦住了。

"许教授，请留步，这是上海泰禾米行的大老板韦德林先生，他找您有事！"

被称作韦德林先生的男士急跨几步走到许子鹤面前。

"许博士许教授，久仰大名，久仰大名，我是上海泰禾米行韦德林，我这次是向导，给您带来了几位远道而来的尊贵客人，您看看他们是谁？"

许子鹤的眼睛从韦德林身上转移到了他身后第一辆汽车旁。

"阿爸，金涛！"许子鹤惊叫一声。

一身泰国富商打扮的许繁昌早就看到了久别的儿子，没等许子鹤反应过来，三步并作两步奔向许子鹤，一把将儿子揽入怀中。

下了课的学生还没有离开，他们对给自己上课的年轻教授的一切都十分好奇，围在四周驻足观看。

八年未曾相见，父子俩泪流满面。

澄海中学的老校长吴文生也来了，许子鹤向自己的启蒙老师深深地鞠了一个躬。吴文生看着自己得意的学生，眼含泪花频频点头。

许子鹤又与弟弟金涛紧紧拥抱在了一起。

"儿子，你看看后面是谁?"许繁昌和许子鹤说话的同时，用手指了指另一辆汽车所在的位置。

许子鹤扭头向后面一辆汽车望去。只见从汽车后排座位上走下来一位满身绸缎、一身东南亚服饰的中年妇女。

"啊，是阿妈!"许子鹤认出了头发斑白的母亲。

阿棉也同时认出了许子鹤，她怎么也不敢相信，眼前这位风度翩翩的教授就是自己日思夜想的儿子！傻傻地站在汽车旁边的阿棉，恍若隔世，弹指之间，儿子已经赫然成人，她想向前仔细端详自己的儿子，可怎么也迈不动哪怕一步，泪水像断了线的珠子，从眼眶中扑簌簌地滚落下来。

许子鹤奔向母亲，母子俩相拥而泣。

在场的学生们还是第一次见到这样的场面，纷纷为之动容。

阿棉凝视着许子鹤，左瞧瞧右望望，上看看下瞅瞅，像是在确认一个失而复得的宝贝。

周围学生瞧见阿棉的样子和神态，不少学生再次为这对母子的真情所感动。

"儿子，阿妈这次给你带来一个人!"好大一会儿工夫后，阿棉终于开口对儿子说。

"阿妈，什么人?"

阿棉朝汽车后排座瞥了一眼，用手轻轻敲打了一下车窗玻璃。

汽车的后门从里面缓缓向外推开，车上走下了一个人。

走下来的是一位年轻的姑娘。

姑娘面容白皙，两条长辫，高挑身材，上身穿着一件浅蓝色哈当衫，下身穿着条板板正正的黑裤，裤管直且长，把修长的双腿悄无声息地展现了出来，脚上穿的是双黑色宽口布鞋，里面是雪白的袜子，一黑一白，把稳重与灵动恰如其分地糅合在了一起。

从瞥见姑娘的第一眼起，许子鹤就想到了一张照片，那是他在莫斯科东方劳动大学学习的时候，收到的一张姑娘的照片。眼前这位姑娘的装扮，就是那张照片的复原。

那张照片，许子鹤不知道看过多少遍，照片上姑娘的每一个细节，像投影一般映射在了他的脑海里，已经丝毫不差地定格在他记忆的每一个细胞里。那是一张美丽的照片，一张每个细节都毫无瑕疵的照片，许子鹤在莫斯科时，无数次夜晚梦中遇到的姑娘，就是自己眼前的这个俊俏模样。

现实宛如梦境，梦境变成了现实。

这时候的许子鹤，像着了魔似的，不知不觉地在脑海里核对起照片上的姑娘与站在自己不远处的真人的差别来。如果两者一模一样，他认为是真实的，美丽的，两者哪怕有一丝一毫的不同，他都会怅然若失。照片在许子鹤的脑海里模式化了。

怦怦心跳的许子鹤睁大自己的双眼，开始了心中的甄别。

在浅蓝色哈当衫上，许子鹤看到了脑海中的第一个印记，那是一排花瓣状的"如意纽"。"如意纽"是潮汕一代年轻姑娘典型的衣饰，许子鹤熟悉，亲切。带"如意纽"的衬衫，大娘穿过，村子里的很多姑娘和媳妇穿过，那是游子对家乡向往和眷恋的寄托之物。

许子鹤脑海中的烙印远远不止这一个。

他很快找到了第二个，那是姑娘白色棉袜上绣着的一朵花。而这次，他也同样看到了，一朵黄色小花在姑娘雪白的脚面上闪闪发光，璀璨夺目。许子鹤甚至担心，姑娘抬脚迈步的动作稍微大一点的话，金黄的花朵就会从她的脚面上滑落下来，使花瓣抛撒一地。

在记忆的细胞中，照片上姑娘胸前还别着一枝花。许子鹤想起来了，那是在姑娘哈当衫最上方一枚"如意纽"旁边，别着一枝毛绒状的花。这种花，许子鹤当时不假思索就认了出来，那是澄海家乡最为常见的春夏之花——合欢花，一种散发着浓郁清香的绒球状的红花。在澄海，在广东，合欢花具有特定的含义，象征忠贞恩爱和男女好合。

现在，站在自己面前羞涩的姑娘，胸前也别着一枝花。

照片上姑娘胸前的花形是绒球状的，而眼前的这朵也是绒球状的，两者一模一样，是红色的合欢花。合欢花每根鲜红的花须在阳光照耀下从底部慢慢向外舒张开来，径直地伸向空中，宛如太阳射向四周的一束束红色光芒，灿烂，妩媚，向外延伸的每根花须不是为所欲为，而是齐齐整整地以花心为原点，错落有致在空中均匀扩散着，每根花须都有自己的方向、自己的位置，而所有这些方向和位置排列组合后，最终组成了一朵红彤彤的圆形花苞。毕达哥拉斯说过，"圆是最美的图案"，因此，圆形合欢也是学数学的许子鹤最喜欢的花。

许子鹤对合欢花的观察还在继续。

别在眼前姑娘胸前的这朵合欢花，许子鹤认为从花的大小和位置都经过了精心设计。合欢花大小不一，大者如碗口，小者如纽扣，而姑娘胸前的这朵合欢如鸡蛋般大小，别在从上而下一尺见长的"如意纽"最上方，不出格也不平淡，既为单调的线形纽扣的圆形补美，又为单一的白色哈当衫增色添彩。

一切如自己梦中所想，许子鹤激动不已。

突然，许子鹤想到了一个问题。

合欢花是春夏季节盛开的花朵，现在已经是金秋十月，哪里采摘来的合欢花？

许子鹤不自觉地向前跨出了三四步。这一下，许子鹤彻底看清了，姑娘胸前的花千真万确是朵合欢花，而这朵合欢花不是别在哈当衫上，而是一针一线绣上去的，精美别致。

　　眼望如此栩栩如生的刺绣，许子鹤感叹，姑娘要花费多少时间、多少心血去制作啊！

　　心至此，情已至，何需言表？一下子，许子鹤觉得，这朵合欢比照片中的那朵更鲜艳，更美丽，也更可爱。

　　心甘情愿，许子鹤满身心地接受了这朵合欢花。

　　围观的学生看到自己的教授走向了车前的年轻姑娘，两人先是羞涩一笑，接着相互问好。学生们不知道这个姑娘是谁，他们唯一看得出来的是，平常大大方方的教授，此时乱了方寸，说话的声音变调了，走路的姿势也变得矜持和僵硬，甚至略显拙笨。

　　站在许子鹤面前的姑娘不是别人，是叶瑛。叶瑛是第一次来上海，也是第一次见到许子鹤，在众目睽睽之下，不知如何是好，只能羞涩地低着头……

　　事后，许子鹤才知道家人和叶瑛突然造访的原因。大半年前，他给泰国华富里的父母和澄海的叶瑛写过信，说把这学期课程教授完毕，暑假就回澄海和华富里省亲。由于许子鹤参与营救谢方理的秘密活动，以及随后学校搬迁等变故，他回不去了。许繁昌和阿棉思儿心切，同时担心儿子的婚期拖久了节外生枝，就从泰国回到澄海，然后带着叶瑛悄无声息地来到了上海。上海最大的米行泰禾米行的大米都是从许繁昌那里进口的，韦德林作为贸易伙伴，自然充当起了东道主的角色。

　　在大学校园里大家急急忙忙见过第一面后，泰禾米行老板韦德林把许子鹤及一帮客人迎到了外滩边沪上最好的汇中饭店。

　　在汽车驶往汇中饭店的途中，叶瑛感觉自己身处梦境一般。

　　叶瑛第一眼看见许子鹤，并不是她走下汽车和许子鹤面对面的时候，而是坐在汽车后排座位上，透过暗色玻璃，心跳加速的她瞥见一位风度翩翩的男人从教室里不紧不慢走出来。男人的装扮，她在冠陇村不曾见过，在澄海不曾见过，在从广东来上海的火车上也不曾见过，只是在来上海大学的路上经过外滩时看到过。叶瑛一看到那样的服装，知道那就是外国人穿的衣服，叫西装。这个名字不是她自己想出来的，而是冠陇村的私塾先生告知的。一次，她壮起胆子去问见过世面的私塾先生，洋人穿的衣服和冠陇村的人是不是一样，先生回答其他都一样，就有一点不同，那就是脖子整天用一根布条子扎着。叶瑛问先生为什么，先生说咱们冠陇村一年四季暖和得很，而外国天寒风大，不扎着脖子，从领口往里面灌风，容易着凉。叶瑛知道私塾先生在开玩笑，但她还是从先生嘴里知道了外国人的服装都是机器纺织的，瞧起来光亮，穿起来洋气。第一眼看到自己的男人领口处也扎了根布条子，她忍不住暗自在心里笑了起来，但看两眼之后，正和自己梦中多次见到的一样，自己男人面容清秀白皙，穿着亮丽得体，脚上穿的那双黑色的皮鞋在阳光下闪着光，看起来要多洋气有多洋气。

这次来到上海，与自己的男人许子鹤能否顺利牵手成婚，叶瑛没有奢望，也没敢奢望。但自从嫁到冠陇，叶瑛就日思夜想着这个男人，一直费尽心思努力靠近这个男人。过去的几年，许子鹤的每封来信，她不知读了多少遍，想从中揣摩对方的情感和态度，凡是许子鹤喜欢的事和话，她下封回信中一定会提起，凡是许子鹤未曾谈过或者不愿谈及的话题，她都一直回避。许子鹤每封信都和她谈读书写字，叶瑛每天干完农活家务，就抱起识字课本读，拿起字帖练，冠陇村的很多女人都嘲笑她，甚至辱骂她破坏了"女子无才便是德"的祖训，但叶瑛没有一天停止读书写字。许子鹤去苏联学习的时候，叶瑛认识的字已达到了三千多个，信纸上的毛笔字也写得有模有样了。

一次去澄海赶集，叶瑛路过一家照相铺时，看到一个年轻女人刚刚照完相走出来，便好奇地走上前打听照相做什么用，对方告诉她寄给过番下南洋的男人，看看能不能拴住他的心。第二天，叶瑛穿上自己最喜欢的衣服和鞋袜，也来到了这家照相铺，路过照相铺边一棵合欢树下时，摘下一枝红花别在了胸前。这次来上海，叶瑛又穿上了照相时穿的那身服装，但唯独摘不到合欢花，在来时的火车上，她一路没有合眼休息，低头在自己的哈当衫上一针一针绣出和照片上一模一样的合欢花……

在动身来上海的前一天，许繁昌告诉内心忐忑不安的叶瑛，他已经在祠堂跪在列祖列宗像前磕过头，说这次去上海一定要把大儿子的婚礼补办齐整，儿子同意也好，不同意也罢，都得办，不能坏了许家世世代代的规矩。阿棉还拉着叶瑛的手安慰她，等办完婚礼圆了房，他们就和小儿子金涛一道回泰国，叶瑛则留在上海和大儿子一起生活，需要租房子就租房子，需要买房子就买房子，反正两个人不能再分开。阿棉趁家中没人，还凑在叶瑛耳旁，悄悄地说等将来有了孙子，她就不在泰国忙这忙那了，而是跑到上海来哄孙子，等孙子会走路了，还要买辆汽车，接送他上最好的幼稚园。

许繁昌和阿棉越是这么说，叶瑛自己心里越是没个底。水中的月亮再圆再亮，捞起来也是困难，叶瑛知道这个道理。自己与许子鹤从来没有见过面，她看得上人家，可人家见过大世面，肚子里又有那么多的学问，假如对方死活不同意，或者说暗地里早已有了别的女人，"儿大不由爹，女大不由娘"，两位长者还能管得住吗？冠陇村的女人听说叶瑛要去上海，就把闲话故意传到了她耳旁，说许家大公子在洋人那里挣了大钱，在上海已经娶了一房姨太太，这回叶瑛去了也是自讨没趣，在上海待不了三天，就得灰头土脸回到冠陇村继续守活寡。

叶瑛忧心忡忡地来到上海，她不知道在上海将会发生什么样的事情，她也很难想象事情的最终结局是什么。因为她的婚姻，她的幸福，她的命运，她一切的一切都由不得自己决定，决定权掌控在这个许家大公子手里。对这个男人，她思念，她向往，她倾慕，她尊敬，她痴情。尽管许繁昌和阿棉在澄海，在路上，甚至在上海大学的校园里给叶瑛许过很多遍的愿，表过很多遍的态，但叶瑛心中还是没有底，她心中真正的主人是欢迎她，接纳她，还是厌恶她，驱赶她，她叶瑛确定不了，只有天知道。

汽车戛然停在汇中饭店门口时，叶瑛这才如梦方醒。

在饭店吃过午饭，韦德林按照许繁昌的意思，把许子鹤拉到了叶瑛的房间，然后轻轻地关上门离开了。

叶瑛低头坐在床边，许子鹤坐在沙发里，一连就是好几分钟的沉默。

"坐了四天四夜的火车，一定很累吧？"许子鹤首先开口找话说。

"不累！"叶瑛低头轻言轻语。

"我每次坐火车和轮船，为了不使自己空虚寂寞，都看书打发时间，你在火车上看书了吗？"

"没看！"

"那么长的路程，怎么不看会儿书呢？"

"看不进去！"

叶瑛简单的回答一下子把许子鹤逗乐了，他知道面前的姑娘说了句大实话。许子鹤站起来给叶瑛倒了杯开水，端到了叶瑛面前。

"喝杯水吧！"许子鹤说。

叶瑛红着脸，站起来，手足无措地接过了杯子。

但她嘴里还是轻轻地说了声："不渴！"

"不渴怎么接杯子！"许子鹤望着双手捧着茶杯的叶瑛，不紧不慢地回了叶瑛一句。

一句话把叶瑛说笑了。

房间里的气氛顿时轻松了许多，两个人开始东拉西扯，但还是一个人问一个人答。

"上海大不大？"

"大！比澄海大，还有高楼和汽车。"

"中午你去了我教书的上海大学，好不好？"

"好！比冠陇的私塾大，娃儿多，还有姿娘仔（女孩子）！"

"黄浦江宽不宽？"

"宽！不过没有韩江好！"

许子鹤吃了一惊。

"为什么这样说呢？"

"你信中教的苏轼的两句诗我还记得，'竹外桃花三两枝，春江水暖鸭先知'，澄海的韩江和这两句诗对得上，黄浦江对不上。"

许子鹤终于听到了叶瑛嘴里说出的一个长句子。

"快说说，怎么回事？"

"这两句诗里提到的东西，韩江上都有，黄浦江就不一样了。黄浦江上鸭群有，没有桃花也说得过去，因为现在不是开春，但没有竹林就不对了，不管秋天还是初春，竹林都应该看得到的！"

许子鹤望着叶瑛，一时说不出话来。

一个小时后，两个人的话进入了正题。

"来的路上，阿爸阿妈怎么给你说我们俩的事？"

"没说！"

"刚才他们都给我说了，难道没有给你说一句？"

叶瑛一开始没有回答许子鹤的问话，过了好长时间，嘴里终于冒出来一句话。

"给我说能有什么用？！"

许子鹤同样沉默了一段时间。

"那你在上海有什么打算？"

叶瑛不说话了，她知道，这个时候她还能说什么呢？

"现在和过去不一样了，两个人的婚姻应该由两个人自己定，不能只听家族和父母的安排，只要一个人不同意，就不能强迫。"许子鹤严肃起来，吐出的话语掷地有声。

听到这句话，叶瑛心里咯噔一下，知道该来的终究会来，她的脸由红变白，渐渐失去了血色，为了不让对方看出自己的窘态，她把头压得更低了，但她的眼泪却不争气地掉落下来，打湿了胸前红艳艳的合欢花……

房间里寂静一片。

叶瑛在死一般寂静的煎熬中，低垂着头说出了一句话。

"我就一个要求，让我在这待三天吧，我回到冠陇好抬头见人。"

许子鹤不知道叶瑛说这话的含义，惊诧不已。

"你不能在这待三天！"许子鹤立马回应。

心好像被一下子撕裂一样，叶瑛死死抓住床单，告诫自己千万别哭出声来。

"那，那我能待多久？"

"婚姻是两个人的事，如果你愿意，应该跟着我待一辈子！"

许子鹤的话像一声炸雷，惊得叶瑛瞠目结舌，傻傻地坐在床边一动不动，她怎么也不敢相信自己的耳朵，但千真万确地听到了这句话是从许子鹤嘴里说出的，这也是她在心底祈祷过千万遍的一句话啊！过了好大一会儿，叶瑛才如梦初醒，禁不住捂脸放声痛哭。

许子鹤一把将叶瑛搂在了怀里……

10月10日，五省联军总司令孙传芳驱逐奉军，占据了上海，易主之城算是得到了片刻的安静。五天后，一个天高云淡的中午，一场隆重的现代婚礼在南京东路与外滩交叉口的汇中饭店举行。汇中饭店里装有上海最早的两部电梯,邀请的贵宾乘"替人爬楼的阁子"到达楼顶,上面是全上海唯一的屋顶花园,婚礼就在一眼揽尽外滩风光的花园里举行。

许繁昌委托韦德林公司打理一切婚礼事务,全部费用由他承担,风风光光办好长子的婚事,是他和夫人这次上海之行的最大目的。

许繁昌和阿棉原准备置办十桌酒席款待各方嘉宾,但被许子鹤劝止,最后压缩到了三桌。

嘉宾名单由许子鹤提供。

主桌是新郎父母、亲属和吴文生老校长。第二桌是上海大学的同事,这一桌就缺邓翰生。他还在香港和广州忙于两地的工人运动,就派在沪的妻子李贞代为参加。最后一桌,是许子鹤的朋友,恽长君、王全道、汉斯、郭馨倩、崔汉俊、夏薇薇、魏乾、罗琳、张宜珊、艾静和魏坤在座,南京的董义堂专程赶到上海,代表一帮在莫斯科学习的外地校友前来道贺。

婚宴由恽长君主持。

"各位嘉宾,各位朋友,今天我们来到上海最繁华最喧嚣的地方,来做一件世界上最庄严最真诚的事情,参加上海大学许子鹤博士和叶瑛小姐的婚礼。上帝造就了男女,男的称亚当,女的称夏娃,从此之后,亚当和夏娃两人的故事成为了这个世界上所有故事中最浪漫,最精彩,最永恒的话题。我今天想说的是,这种浪漫、精彩和永恒,需要亚当和夏娃共同用真情、辛苦和生命去维护,去实现。有人说,爱情就像悬崖峭壁上的玫瑰,摘取它,需要具备十足的勇气还有信念。这样的一对青年男女,时间、地位、金钱、名誉还有世俗的眼光验证了他们的勇气和信念,今天,他们就要心怀真诚,手执玫瑰,演绎一场世间最浪漫,最精彩,最永恒的爱情故事……"

开场白之后,恽长君介绍了两人的恋爱故事,引来朋友一阵接着一阵的掌声。在场的大部分人都认识恽长君,听到他如此精彩的主持,都从心眼里替许子鹤和叶瑛感到高兴,认为他们为自己的婚礼选对了主持人,这个人有能力,也有资格站在如此神圣的场所讲话。

许子鹤认为,恽先生一方面是向自己表达美好的祝福,另一方面是在表述他自己对爱情的深刻理解。

站在主桌旁的许子鹤落落大方,彬彬有礼,而出席有如此众多人员参加的宴会,叶瑛还是第一次,紧张、羞涩、激动和幸福糅合在一起的复杂情感,使得她满脸绯红,心跳加速。站在一朵朵玫瑰簇拥的屋顶花园,头顶是高远的蓝天和随风飘动的白云,近处是鳞次栉比的中西式建筑,远处是黄浦江上川流不息的大小船只,此起彼伏的汽笛与号角声似乎在为新人欢唱,他们俨然成为了上海滩的主角——美轮美奂的一切使叶瑛浮想联翩,如临仙境,她努力控制着自己的情绪,但幸福的泪水依然湿润了她的双眼……

第三十章

1925年底,恽长君奔赴广州,许子鹤去车站送行,两人依依不舍。许子鹤回到上海刚刚一年的时间,在沪的两位老朋友先后远赴外地,兄弟间聚少离多,怎不令人惋惜留恋。

新年刚过去几天,郭馨倩在上海音乐厅举办个人小提琴演奏会,许子鹤带着叶瑛前去参加。叶瑛刚开始不同意去,说自己听不懂,别人问起来怕丢人。许子鹤拉起叶瑛的手说,孔夫子还讲"三人行,必有我师焉"呢,更何况我们这些凡人,不懂就向郭馨倩请教,有什么丢人的,小提琴在西方被称为"乐器中的王后",不去看看,哪里知道"王后"长什么样。

演出结束后,郭馨倩请朋友们在音乐厅旁边的一家咖啡馆喝咖啡,许子鹤带着叶瑛也去了。

咖啡馆里聚集了郭馨倩、王全道邀请来的二十几位朋友,留声机里播放着优美的爵士乐,漂亮的女服务生走到每个人身边提供可心的服务,客人们纷纷选择着自己喜欢的咖啡和蛋糕。许子鹤和王全道、郭馨倩以及崔汉俊四个人围成一圈,回忆起当年在柏林万湖一起游泳的趣事,众人开怀大笑,一时没有顾及到旁边的叶瑛。恰好这时,服务生来到了叶瑛面前。

"女士好,请问您要卡布奇诺、摩卡、焦糖玛奇朵、康宝兰,还是布雷卫半拿铁?"

叶瑛不知道服务生口中咕噜咕噜说些什么。

"请你再说一遍?"

女服务生不耐烦地重复了一遍,这一遍说得更快。

叶瑛更是一头雾水。

旁边一群陌生人好奇地望着叶瑛。

"要!"无奈之下,叶瑛只得轻声回答。从丈夫那里,叶瑛知道咖啡就是"外国茶",这时的她以为服务生用外国话报了一遍"外国茶"的长名字,根本没有想到咖啡还会有那么多种类。

"全要?"女服务生诧异地确认。

"全要!"叶瑛回答得十分干脆。和大家一道从音乐厅来咖啡馆的路上,许子鹤给叶瑛进行过几分钟的培训,说中国人第一次喝咖啡,糖、牛奶一定要全加,否则苦味受不了。叶瑛是潮汕人,喜甜怕苦,能减弱咖啡苦味的东西她全要。

几分钟之后,五杯咖啡一齐端到了叶瑛面前,而别人面前都是一杯。

"这位女士,这是您点的五杯咖啡!"

周围一圈陌生人纷纷瞅着叶瑛,掩面而笑。

明明要了一杯,一下子端来五杯,窘境中叶瑛手足无措。

从旁边人的目光中许子鹤感觉到咖啡厅里出了状况，转过身来，看到了被冷落在一边的叶瑛，马上明白了她面前五杯咖啡的来龙去脉。

"这么快都点好了！我说的那四杯也都点好了啊！"许子鹤走了过来，用手轻轻拍了拍叶瑛的肩膀。叶瑛不知道丈夫说的话是什么意思，更不知道自己造成的尴尬局面接下来该如何收场。

"各位快过来瞧瞧啊，我家叶瑛真能干，大家的咖啡全都点好了！"许子鹤朝三位老同学喊了一声，三人急忙走了过来。

"这是馨倩的焦糖玛奇朵、全道兄的卡布奇诺、汉俊兄的摩卡、夫人的康宝兰，这最后一杯呀，是我最喜欢的布雷卫半拿铁。"许子鹤把四杯咖啡一一端给面前的四个人，最后一杯留给了自己。

"我只说了一遍，就全点对了，大家还不谢谢许夫人！"许子鹤用手抚摸着叶瑛的乌黑长发，笑呵呵地对大家说。

四个人连声称赞。

崔汉俊是个认真的人，突然想起一件事来。

"子鹤老弟，在哥廷根的时候，你不也和我一样爱喝摩卡吗？"

许子鹤先是一声苦笑，然后解释起原因："都是不得已啊，在莫斯科的时候，咖啡馆女主人自己喝布雷卫半拿铁，每天也只卖布雷卫半拿铁，就这么喜欢上了这种咖啡！"

叶瑛和大家发出了一阵笑声。叶瑛知道，自己的丈夫在莫斯科不喝咖啡，今晚也没准备喝咖啡，现在自己出了差错，不但要喝咖啡，还如此巧妙地帮自己解了围，她从心里钦佩许子鹤的聪明和机智。

端着咖啡杯，王全道、郭馨倩和崔汉俊分别与熟人聊天去了，留下了许子鹤和叶瑛两个人。

许子鹤看着叶瑛，做个鬼脸嬉笑着说："许夫人，等一会呀，还有蛋糕和甜点，我在路上给你说了我们四位老同学爱吃什么，到时还得劳驾你帮点一下！"

叶瑛噗嗤一下笑了。笑完之后，用手在许子鹤的胳膊上使劲拧了一把，痛得许子鹤"哎呀"一下喊了出来。

咖啡馆聚会快结束时，三个家庭又围在了一起。

"子鹤，看报纸了吧，昨天，我们党第二次全国代表大会在广州结束了，恽先生在会上当选为中央执行委员呢！"

"看到了。这说明两个问题，一是两党的关系紧密，相互包容认可；二是恽先生个人得到了两党共同的认可。"许子鹤说这话时兴奋不已，为有恽长君这样的朋友感到自豪。

"听参加会议的朋友来电话讲，这次大会国民党左派和你们共产党员占优势，比如会议选出的中央执监委员中，共产党占七人，国民党左派占十五人。你们共产党的地位真是越来越高了！"王全道说话的嗓门很高。

"全道兄，允许老弟我说说不成熟的观点，你我都清楚，咱们中国被封建势力统治了几千年，军阀各自为政，割据一方，还有以坚船利炮作为后盾的外国势力介入，国民党和共产党都是年轻的政党，哪一家都可谓势单力薄，能斗得赢他们吗？两支木筷子能轻易折断，两支竹筷也能轻易折断，把两支木筷和两支竹筷绑在一起，你还能轻易用手折断吗？所以，要我说呀，只要大家的目标一致，就别计较谁人多，谁人少的问题！"

王全道说："子鹤老弟，好不容易举行一次全国性代表会议，选举成立新一届的委员，你不关心组成人数的问题，那你关心什么呢？"

许子鹤笑了笑，一板一眼地回答："相比人数和比例的问题，我更关注这次会议的宗旨和导向。今天早上从报纸上读到，大会不但重申了反帝反军阀的政治主张，还通过宣言，明确提出了'中国之生路'，对外当打倒帝国主义，对内当打倒一切帝国主义之工具，首为军阀，次则官僚买办阶级与土豪。关于实现后者的'必要手段'，更是非常清晰地归纳成四个方面，一曰造成人民的军队，二曰造成廉洁的政府，三曰提倡保护国内新兴工业，四曰保障农工团体，扶助其发展。更令人振奋的是，大会形成了决议，继续执行与苏联合作，与共产党合作以及扶助农工的三大政策。"

"子鹤老弟，不愧是博士呀，外加还在苏联布尔什维克那里取过真经，就是比我这个国民党员站得高，看得远啊！"王全道一声叹息。

"大家都看看，明明是来听我小提琴演奏会的，不评论音乐会水平高低，两个人又说起国民党共产党来了，烦不烦人！"郭馨倩噘着嘴打断了两人之间的争论。

一桌人顿时安静了下来。

崔汉俊这时候拉着夫人夏薇薇的手站了起来。

"我们明天早上还有一个大手术要做，就先回去了！"

崔汉俊夫妇走后，许子鹤和叶瑛留在原地，和王全道夫妇一起送走了全部客人，才告辞回家。

在回家的黄包车上，叶瑛拉着许子鹤的手，轻声问了丈夫一句："子鹤，我也不懂这个党那个党的，听你和王大哥说来说去好半天，心里挺害怕的，你们老同学都这样争论，那其他人呢？"

回去路途中，许子鹤紧紧握住叶瑛的手，一句话也没有说。

许子鹤不知道自己该说什么，能说什么，所以只能沉默。晚上与王全道的争论，是他内心极不情愿做的事情。多年来，他与王全道一直以兄弟相称，关系亲密无间，私人交往上没有任何间隙和隔阂。但两人分属不同政党，自从去年三月孙中山去世后，国民党内的左右派力量都有所发展，两极分化明显，国民党右派一直对苏联顾问团和共产党员以个人身份加入国民党特别是担任领导职务耿耿于怀，在各种场所排挤苏联顾问，抵制与共产党合作。

许子鹤不愿意看到的事情愈演愈烈。到了去年十一月下旬，国民党中央委员会中的右派林森、居正、邹鲁、叶楚伧等十余人在北京西山碧云寺召开了"国民党一届四中全会",通过了反苏、反共、反对国共合作等议案。不但如此,紧接着他们还在上海成立了"国民党中央党部",在北方等地设立了地方党部。对国民党右派的行为,许子鹤看得清清楚楚,王全道同样也看得清清楚楚,两人尽量避免谈到他们,因为两人还都希望两党像兄弟一样精诚合作,共同发展,把矛头对准封建军阀和外国在华势力。但近段时间以来,许子鹤发觉王全道渐渐有了变化。有几次他们俩共同参加朋友聚会,其他人不经意涉及这个话题,许子鹤一直不讲话,但王全道每次都按捺不住自己的情绪说上几句,说出的话与原来不是一个味道了。在刚刚召开的国民党第二次全国代表大会上,通过了弹劾西山会议派的决议案,处分了邹鲁、谢持等人,许子鹤本以为这件事可能对王全道有所冲击和震动,但今晚,令他没有想到的是,自己的老同学却主动谈及此事,无奈之下,他也只能简单地发表了自己的观点。

许子鹤为之内心隐隐作痛,他不希望同学之间的厚重情谊受到损害,因为他和王全道有着共同的目标。从他们在德国相识的1919年开始到现在,这个目标一直未曾改变。为了这个目标,他们曾发誓结盟,相互激励,奋斗不懈。

但现在,裂痕还是出现了。

令许子鹤内心隐隐作痛的还有一个原因,他谁都没说,也不愿说,甚至也不愿想。在这次国民党广州会议上,虽然西山会议派受到了弹劾,但许子鹤从报纸上看到,仍有不少国民党右派被选进了相关的委员会。许子鹤不知道他们是否改变了自己的主张,更不知道今后是否还会发生类似的事情。

许子鹤从心底里希望,也坚信老同学王全道和自己一样,希望两党之间相互包容,同舟共济。

三月初,许子鹤收到了恽长君从广东的来信。

在七八页洋洋洒洒的长信中,恽长君告诉了许子鹤很多新鲜的消息。

从二月中旬以来,恽长君一直在许子鹤的老家广东各地调查。下旬的时候,他以国民党中央执行委员的身份到达东江,出席指导潮汕海陆丰各县党部代表大会,在东江、潮汕半个月的考察时间内,他接触拜访了社会各界人士,做了大量的国民和社情调查,最令他兴奋和没有想到的是,他见到了一位自己一直期待的人,一位许子鹤认识和多次提到过的人——周恩来。周恩来不再担任黄埔军校政治部主任,现在是国民政府东江行政委员、东江各地党务组织主任。在周恩来主持的东江行政会议上,两人虽然是首次谋面,但一见如故,内心仿佛早已神交多年。"我还代你向恩来问好,他立刻想起了经常和朱德在一起的你,并且经知道你从苏联回来后在上海工作,让我向大博士 Dr. Xu 问好。"

看到这里,许子鹤放下信纸,周恩来身材凛凛、相貌堂堂的形象立刻浮现在他的脑海里。恽长君说自己和周恩来神交已久,他许子鹤何尝不是呢?许子鹤也期待着有那么一天，能与比自己大两岁的留欧同学周恩来见面。

在信的结尾，恽长君特别写到了他广东之行的收获和体会，说要与许子鹤分享："我所得到的材料，我觉得每一件都能证明我们的革命理论是正确的，我们今日所号召的革命运动，实在是中国被压迫民众最迫切的要求。"恽长君说周恩来不但赞成他的观点，还给予了进一步的阐述和呼应："被压迫民众有革命要求，这诚为可贵，关键是我们革命党人，如何去发动民众，使他们由有革命要求变为走上实际的革命道路……"

一连几天，许子鹤沉浸在恽长君来信带来的兴奋之中。

恽长君的来信，正好验证了许子鹤心目中期待的国家和社会的变革——"五卅运动"掀起的反帝大风暴席卷各地，广东革命根据地的统一和全国工农运动的此起彼伏，不但为国共合作提供了契机，也为在全国范围内推翻帝国主义和封建主义的代理人北洋军阀创造了条件。因此，许子鹤坚信，只要两党精诚合作，通过正在策划和准备的北伐，广东蓬勃发展的革命局面也一定会在上海、在南京、在北京出现。

在许子鹤心目中，恽长君和周恩来是自己的榜样，现在看到两名共产党人在广东国民政府内担任重要的职务，还发挥了巨大的作用，许子鹤更为他们自豪，也为两党亲密的合作而兴奋。许子鹤把恽长君在广东调查的情况讲给上海大学的学生听，讲给魏乾、张宜珊、罗琳听，讲给妻子叶瑛听，也同样讲给王全道、郭馨倩和崔汉俊夫妇听。

每次的讲解，许子鹤都激情昂扬。

令许子鹤始料未及的是，一个星期后，"三二〇事件"爆发了。

3月18日，掌控国民党军事指挥权的黄埔军校校长蒋介石指使下属以军校驻广东省办事处的名义，命令海军代理局长、共产党员身份的李之龙调派中山舰到黄埔候用。可是，当中山舰抵达黄埔的第二天，他却突然变卦，诬陷中山舰进入黄埔为擅自行动，是共产党有预谋的暴动。二十日，李之龙被逮捕，中山舰被扣押，与此同时，蒋介石宣布广州全市戒严，包围省港罢工委员会，收缴工人武装，拘留第一军第二师中的左派党代表和政工人员四十多人，还派兵包围苏联顾问团住处，三名与蒋介石政见不一的苏联顾问被迫回国。

事件发生的第二天，许子鹤在一次会议上碰到了老同学王全道。王全道现任国民党中央上海执行部军事部部长秘书，知道的内情自然比在大学里当教授的许子鹤多。

许子鹤把王全道拉到了僻静处："全道兄，两党不正合作得好好的吗，怎么就突然不明不白动起手来了？"

"具体什么原因，子鹤老弟啊，你最好去问问贵党的李之龙和在身后指使他的人，其他的情况我还真不清楚！"

许子鹤无言以对。

"不过呀，子鹤老弟，这也不是什么大不了的事，况且黄埔军校校长蒋先生已经取消戒严，下令交还收缴的武器，并释放了被软禁的贵党代表，贵党没有一点损失啊！"

听完王全道的话，许子鹤只是笑了笑，没有开口回话。敏锐的直觉告诉他，这件事绝不是老同学所说的那么轻描淡写，在国民党内如日中天的这位蒋先生也绝不是他过去想象的那么简单。

从此，许子鹤与广东的恽长君和邓翰生保持着更加紧密的联系。

六月份，恽长君的来信让许子鹤对广东形势的担心趋于平缓。

许子鹤在信中得悉，恽长君被任命为黄埔军校的政治总教官及军校中共党团领导成员，还兼任中共广东区委青年部部长、广州农民运动讲习所教员。这说明，国民党和共产党两党之间的合作还在正常开展，"三二〇事件"或许正如老同学王全道所说，不是什么大不了的事。恽长君还告诉许子鹤，他现在为两党不知疲倦地工作着，一方面，他在黄埔军校讲授《军队中政治工作的方法》，并着手编写《政治讲演大纲》《政治学概论》《中国国民党与农民运动》等讲义，为即将开始的北伐做好政治宣传工作；另一方面，他还在广州农民运动讲习所里开设讲座，在那里上课的有彭湃、毛泽东、肖楚女等人。

"子鹤，在所里讲课以及与我党同志们交流的过程中，我对武装斗争重要性的认识得到进一步提升，目前的中国到了转折关头，我们应该号召广大农民团结起来，组织农会，编练农军，拥护国民政府和国民革命军，打倒帝国主义、军阀及一切反动派，实现国民革命的胜利，实现农民的完全解放。"这是恽长君信件的结尾语，许子鹤读后激动不已，他读到了自己敬重的朋友对两党合作的赤诚之心，对两党合作最终目标的无限期待。

邓翰生也从广州给许子鹤写来了长信。

"子鹤老弟，我目前正在着手做两件事，第一件是正在收集材料，准备出版一个小册子《一九二六年之广州工潮》，我们的工作需要这样的小册子，而我们还没有。通过这个小册子，通过广州的工人运动，我想告诉大家，中国革命的政权是工人、农民、小资产阶级联合的民主主义的专政。这个专政是将一切被压迫阶级——工人、农民、小资产阶级联合在一起，一方面要消灭一切封建残余，另一方面继续反抗帝国主义的斗争，成立一个反帝国主义联合政权。这个联合政权的建立，使革命不致向资本主义的道路发展，而是在无产阶级领导下向社会主义的道路发展，达到中国革命之完全胜利。"

读完邓翰生的这段话，许子鹤被这位北大学兄的个人魅力所折服。在许子鹤心目中，邓翰生绝对是个做什么成什么的人。他担任上海大学的总务长，校长于右任和全体师生对他赞赏有加，现在他从事工人运动，竟能在很短的时间内，把书本上的理论与一个城市的工人运动完美结合起来，不但可以继续指导广州，还可以推广到其他城市，这是多么了不起的事情啊！

"我们花最多时间和精力做的第二件事,就是为国民革命政府出师北伐做一切筹备,数千名参加省港罢工的工人目前被改编成运输队、宣传队、卫生队、慰劳队,训练不停,等北伐将士开赴前线,他们即随之前往,为北伐的胜利提供全力的保障。我想告诉子鹤老弟的是,我们目前的工作与大罢工之初衷一脉相承,等北伐成功了,我们就有了坚强的武装和底气,从英帝国主义手中收回香港。"

读完这一段,一方面许子鹤知道了邓翰生和恽先生一样,也为即将开始的北伐做着准备,因此,他对国共两党之间的合作不但没有了丝毫的怀疑,而且还认为自己过去的猜疑都是多余的。另一方面,他的神经一下子被'收回香港'四个字深深地触动了。

作为一个在国外学习多年的人,许子鹤对祖国有着一份特殊的情感。

小学时,许子鹤知道了英国人在广州为非作歹,官府无能惧外,三元里人民忍无可忍,不得已发起了民众自发保卫家园的战斗;在哥廷根时,他和中国同学一起远赴巴黎抗议《巴黎和约》以避免列强再次瓜分青岛,结果无功而返;从苏联回国途中,他亲眼目睹了划归他国的美丽港口海参崴,内心凄凉无限;在上海,他更是看到了庞大无边的英美公共租界和法国租界……在他二十多年的记忆中,日本、英国、德国、俄国一直在扩充自己的疆土,而自己祖国的领土在一天天地遭到侵蚀和剥离。

从去年开始,当得知邓翰生领导发动省港罢工,把"收回香港"作为贯穿始终的最高目标时,许子鹤兴奋不已。

许子鹤读过很多有关香港的书,中文的、英文的、德文的和俄文的他都读过,他的父亲已经把泰国米行的生意做到了香港,但至今许子鹤还没有去过香港。许子鹤不是没有机会,父亲邀请过他和叶瑛一道去那里看看自家的米行,路费和在香港的费用不必他俩操心,但他不愿现在去,想等到香港重新回到祖国的那一天再去。许子鹤不知道这一天要等多久,但他告诉叶瑛,多久他都会等。叶瑛开玩笑说,等得时间太长,她老了就走不动了。许子鹤回答她,走不动他就背着她去,一句话,竟把叶瑛给说哭了。

眼含泪花的叶瑛清楚地记得丈夫许子鹤一个月前也和自己一样,像个不懂事的孩子,说哭就哭了。那时他在报纸上看到一则新闻后,一转脸就泪流满面,站在旁边的叶瑛不知所措。报纸上的新闻不是别的,正是老朋友邓翰生在香港总工会成立会上陈述香港被割的悲惨历史,并明确提出了收回香港的"三个步骤"。许子鹤至今都能够一字不落地记得邓翰生的"三个步骤",那是中国人第一次在香港以专业语言理直气壮地提出"收回香港"的设想。

许子鹤常常一个人一遍接一遍地背诵邓翰生的"三个步骤",有时候叶瑛也会被拉着坐下,听他一字一句地复述:

"第一步要政治自由,就是要争得集会、结社、言论、出版、罢工之自由。我们只要有这些自由,就可以把工会整顿起来与敌人斗争;第二步要普遍选举。从前是贵族选举,一般买办阶层才享有这种权利。现在我们要实行普遍选举,香港三十四万人,无论是商人也好,工人也好,一律有选举权和被选举权;第三步要民族自治。我们民族要自治,不要受外人统治。香港三十四万人中的三十三万中国人,要自己组织政府……"

第三十一章

许子鹤时刻关注着广州的动态。

1926年7月9日,十万国民革命军正式北伐。

几天后,国共两党分别发表了《中国国民党为国民革命军出师北伐宣言》和《中国共产党关于时局的主张》,一致号召全国人民支持国民革命军进行北伐。

许子鹤翘首以盼的局面终于到来了。两个年轻的政党所引领的革命力量犹如两股躁动的江水在广州交汇,日夜不息地盘旋、激荡,酝酿着一场更为凶猛的洪流。许子鹤坚信这场洪流必将以排山倒海的气势从广州向全国各地奔涌而去,湖南、湖北、河南、北京、江苏、上海……整个神州大地都会被革命的赤潮所涤荡。到那个时候,军阀割据的藩篱将被一扫而光,四分五裂的局面必定会结束;到那个时候,古老国度将会经历一场凤凰涅槃般的重生,从此不再暗无天日、民生凋敝……想到这些,许子鹤激动不已,他没有动一下叶瑛为他盛好的晚饭,而是闭着眼,坐在桌边摇头晃脑地憧憬着。

"到那个时候啊……"许子鹤自言自语,似神游天外。

"饭都凉了!"叶瑛推了一把许子鹤。

许子鹤动了一下身子,身体刚一坐直,嘴里又唠叨了一遍:"到那个时候啊!"

看着丈夫的样子,叶瑛"扑哧"一声笑了出来:"你这个人,今天怎么像孩子梦到过年似的!"

"到那个时候啊……天天都像过年!"

说完这句没头没脑的话,两口子不约而同地笑了起来。

为庆祝北伐开始,许子鹤编发了一期《发动机》特辑,把苏联和其他国家对北伐的积极评价汇编成集,为北伐摇旗呐喊。一天晚上,赶印完几百份报纸,叶瑛做了满满一桌饭菜犒劳大家,张宜珊、罗琳、艾静以及魏乾兄弟俩都来了。

张宜珊说:"子鹤博士,这一期的《发动机》肯定特别受欢迎,我想不论我们共产党,还是国民党,甚至普通的市民都想知道外国人对北伐的看法!"

许子鹤说:"宜珊说得对,我们中国人讲'旁观者清',西方也有类似的一句话叫'第三方最公平',我们就借旁观者或者说第三方的评价,来让老百姓更清楚地了解北伐的意义,从而更支持北伐!"

"那我们今后就多出几期这样的报纸,及时宣传北伐军的进展,让老百姓知道吴佩孚、阎锡山、张作霖、张宗昌还有孙传芳这些军阀,是秋后的蚂蚱,蹦跶不了几天了。"

"好，那我们几个今后就得多受点累，多加点油！"许子鹤接了罗琳的话。

大家一致赞同。

"许教授，你是数学家，推算推算，北伐军什么时候打到咱们上海？"艾静问。

满屋子人都笑了。

"具体时间我也说不准，但我相信会有那么一天！腐朽的、落后的东西总会被新生的、先进的事物所取代，这既是自然界物竞天择的规律，也是人类社会发展的必然趋势。正如孙中山先生所言：'世界潮流，浩浩荡荡，顺之则昌，逆之则亡！'"

听完许子鹤的讲话，魏乾补充说："这次北伐的部队中有我们党的许多同志，其中不少还是指挥官，只要两个兄弟一起干，人心齐，泰山移，我相信胜利的那一天一定不会太遥远。"

一直没有说话的魏坤抬头看了许子鹤一会儿，终于大胆地提了一个问题："等北伐军来到了上海，我们这里会是个什么样子啊？"

"到那个时候啊，英国和美国的公共租界没了，法租界也没了，外滩边的黄浦公园每个中国人都可以进了；到那个时候啊，你哥哥工厂里那些工友们日日夜夜纺的棉纱和布匹就不再被一船一船运往日本了，工友们不但不会整天挨打受骂，还可以吃饱穿暖，像个人样；到那个时候啊，上海人的日子就好了，年轻人可以到上大、复旦、震旦还有沪江上大学，想学什么就学什么；中年人下了班之后，可以到罗琳的书店去逛逛，书店里有各种书，有戏本、有小说、有图画，还有教你怎么治病、怎么做饭、怎么钓鱼的书；老年人腿脚不方便，他们就会掏钱让你魏坤给他们装'德律风'，装完'德律风'，他们就能和儿子通话，和女儿通话，还有和孙子孙女通话……"

魏坤在电话局工作，许子鹤最后把话收在了他身上。当时很多中国人把电话称做"德律风"，是英文 telephone 的音译，许子鹤不说"电话"而用这个词，魏坤听着亲切极了，但说到将来普通人家也能用上"德律风"，他还是半信半疑。

"真的会这样吗？"

"会的！我留学过的城市哥廷根就是这个样子！英国、法国和德国的其他城市，也都是这个样子！今后啊，我们上海也会是这个样子，中国的其他城市也一定都会慢慢变成这个样子！"

魏坤的眼睛似乎闪现出一种奇异的亮光——许子鹤描绘的生活场景不知怎的让他有点想哭的感觉。房间里的其他人心里也热乎乎的——对未来的向往与憧憬，像黑暗中的烛光，带着温暖而幸福的情致，让人迷醉。

北伐军势不可挡。

在苏联军事顾问的指导下，以黄埔军校校长蒋介石为总司令的北伐军首先向

"吴贼"吴佩孚盘踞的湖南、湖北进军。各界民众欢欣鼓舞，奔走相告，倾囊相助。

七月间，攻克长沙、醴陵，北伐军取得了第一场战役的胜利。

八月下旬，北伐军浴血奋战，攻占汀泗桥、咸宁和贺胜桥，击溃吴佩孚主力。叶挺领导的以共产党员为骨干的独立团作战勇猛，战功赫赫，所在的第四军因此被称做所向披靡的"铁军"。

十月上旬，北伐军攻占武昌，并继续向江西、福建进军，北伐军所经之地，共产党各级组织带领群众积极参与运输、救护、宣传、联络等工作……

这时的上海，一场风暴正在酝酿之中。

广州国民政府驻沪代表钮永建主动约见浙江省长夏超，双方经谈判约定，夏超脱离孙传芳，倒戈归顺国民政府，并向上海发动进攻。中共上海区委立刻决定和钮永建合作，23日深夜组织联合暴动，以帮助夏超部队夺取上海。

许子鹤知道这个消息后，内心一阵狂喜。自己几个月来的秘密工作，看来要派上用场了。

事情还得从八月初的一个晚上说起。

那天晚上，区委组织部韩部长带着武丕洲来到许子鹤公寓，交给他一项新的任务，赶印一批宣传材料，并交代对任何人都不能讲，只能许子鹤独自一人秘密完成。原来，上海区委根据中央军委指示，为配合北伐军正面进攻，决定开展武装起义的准备工作，着手组织两千人的工人纠察队，培训纠察队的材料要在许子鹤的公寓内印刷。从九月到十月两个月的时间里，每天傍晚武丕洲送来区委的手写材料，部分重要的材料仅是口授。每到后半夜，许子鹤就神不知鬼不觉地从床上爬起来，把自己反锁在书房内，拉上黑色窗帘，先是把文字和口头材料归纳整理，然后刻成钢板，最后印刷装订，直到大清早由化装后的武丕洲将材料藏在一车木材里拉走。几天之后，叶瑛还是发现了丈夫的秘密，但叶瑛没有问一句，因为丈夫和她有过约定，不该问的事情不能问。她一个人睡不着，只能睁眼躺在床上，心里隐隐约约地担忧着什么。

许子鹤在静静等待风暴的到来。

10月17日，夏超进军嘉兴失败，急忙率剩余部队退回余杭，不料被孙传芳部打死在余杭公路上。当晚，按原定计划，各区工人纠察队先后进入岗位待命，但此时的钮永建获悉夏超兵败被杀，立马转向，不再赞成工人起义。可惜的是起义人员半夜方才得知消息，在没有接到通知的情况下，有些地区的工人纠察队已经开始行动。由于缺乏统一组织，第一次起义失败了。

失败的代价是十余名工人牺牲，百余人被捕。

起义失败的第三天，魏坤跑到许子鹤家，说哥哥一连哭了两天，不吃不喝，谁也说不动他。许子鹤来到了魏乾家，这是他第一次来到魏乾的家，入了楼道，一股凄凉酸楚顿时涌上了心头。

这是一座典型的上海石库门砖木结构二层楼房，魏乾的家位于一楼。一楼共两个房间，七口人居住。魏乾一家四口住一间，魏乾父母和弟弟魏坤住另一间，黑洞洞的楼道内杂乱无章地摆着煤炉和碗筷，算是厨房。许子鹤一走进楼道，一股浓烈的汤药味迎面扑来，紧接着就听到两个人剧烈的咳嗽声。魏坤说，他父母原来都是纱厂的工人，纺了一辈子棉纱，最后得了矽肺病，一天到晚躺在床上咳喘不停，喝药吃饭都得人喂。

许子鹤进了魏乾一家住的房间，虽然是下午时光，但房间内昏暗如夜。借助木门外透进来的一丝光亮，他看到十二三平米的房间内，铺着两张床，摆着一大一小两张桌子。小桌子上堆满了大人小孩的衣物，下面是一堆鞋子。大桌子上摆放着三个装粮食的坛子，下面用箩筐装满了灰白相间的煤块。来的路上魏坤告诉过许子鹤，嫂子白天都不在家，带着两个孩子去附近日本工厂的煤渣堆里捡没有烧干净的煤核，傍晚才回来生火做饭。

和魏乾相识三年，看着整天乐呵呵的人儿，许子鹤竟不知道他的家庭是如此的困窘。

一看许子鹤来了，躺在床上的魏乾哇的一声哭了起来。

"本来都安排得好好的，哪里知道说出问题就出问题，陶静轩、奚佐尧一帮弟兄都死了，还有很多人都被抓了进去，这往后怎么办啊？"

许子鹤没有说话，一直坐在魏乾的床边听他哭诉。

大概半个小时的光景，魏乾停了下来。

"魏乾同志，你我都知道谭嗣同这个人，他说：'不有行者，无以图将来，不有死者，无以召后起。'他是这样说的，同样也是这样做的，在大难将至之际，他没有退却逃避，而是慷慨赴死，'各国变法无不从流血而成，今日中国未闻有因变法而流血者，此国之所以不昌也。有之，请自嗣同始'。我相信，工友们的鲜血肯定不会白流，他们将唤起更多的上海工人行动起来，砸烂这个旧世界！"

魏乾从床上坐了起来。

"泱泱中华如此之大国，积千年之难之伤，累亿人之仇之苦，如果想通过一次两次起义，就解决全部问题，又怎么可能呢？！"许子鹤接着说。

魏乾停止了抽泣。

"工友们的血不能白流，血债要用血来偿。"魏乾说这话的时候，双目圆睁。

"对！第一次不成功，就第二次，第二次不成功，就第三次，只要我们擦干眼泪，汲取教训，总有一次会成功，只有成功了，才能对得起死去的工友！"许子鹤攥紧了拳头，像是对魏乾说，又像是对自己说。

"魏坤，给许教授烧水！"魏乾指使弟弟。

"不，不喝水，等会儿我在这吃晚饭！"

一听教授要在自家吃饭，兄弟俩窘迫不已。

"你们兄弟俩在我那里吃了不少顿饭吧，难道不让我在这儿蹭一顿？"

魏乾和魏坤面露难色。

那天晚上，许子鹤在魏坤家吃的是一碗稀粥和一块玉米面饼。魏乾媳妇特意给许子鹤烧了半碗青菜豆腐，许子鹤没有动筷子，端给了两位老人。两位老人的稀饭是许子鹤一勺一勺喂下去的，喂完一勺稀饭，就接着夹一筷子菜。每从瓷碗中舀出一勺稀饭，许子鹤都会用嘴吹一吹，两位老人一顿饭，整整花去了一个钟头的时间。

第二天，魏乾和魏坤上班去了，两位老人的床头不知何时多出了两布袋大米、两盒枣泥千层糕和一个月的中药。兄弟俩问了许子鹤很多次，他都说自己那天从早到晚六节课，一整天没有出过上海大学的校门。

转眼进入风云变幻的1927年。

2月19日，上海总工会趁北伐军占领杭州，先头部队到达嘉兴之际，颁布罢工令，参与罢工人数达到了三十六万。罢工到22日演变成了第二次武装起义。上海军阀勾结公共租界工部局势力，对工人进行血腥镇压。起义再次失败。

上海工人没有就此屈服，一直寻找时机东山再起。

时间到了3月21日，北伐军占领苏州，先锋部队进入上海龙华。万马合围，兵临城下，驻沪军阀军心动摇，租界武装也惶惶不可终日，上海工人、学生和市民再次看到革命成功的希望，情绪空前高涨。

当日上午九时，上海工人发动第三次武装起义。中共中央军委书记兼江浙区军委书记周恩来任总指挥，并与江浙区委负责人罗亦农、赵世炎以及上海总工会委员长汪寿华一起组成指挥部。

第三次上海武装起义绝不能失败，这是当时中共的底线。因此，对第三次武装起义的准备慎之又慎，区委组织了五千人的纠察队，聘请了几位专家秘密进行政治、军事训练，许子鹤就是政治训练的教员。

三月初以来，按照区委安排，许子鹤每天晚上穿梭于沪西、虹口、闸北和吴淞几个区，为准备参加起义的工人们上政治课，每次来回都有武丕洲和另一位扮成黄包车师傅的工人接送掩护。

3月19日凌晨，刚给虹口区工人纠察队上完三个多小时培训课的许子鹤和另外两人在经过舟山路时，遇到了上海警备司令部的便衣侦缉队。手持短枪的侦缉队员不容分说，就把三人押至虹口一处警务所审讯。

许子鹤和武丕洲十分镇定，没有经验的黄包车师傅则满额头汗珠。

侦缉队长察觉到黄包车夫的慌张，一把抓住他的衣领，啪啪就是两个耳光，大声呵斥："瞧侬个熊样，就知道心里有鬼，快交代！"

黄包车师傅额头上的汗珠越来越多。

许子鹤走上前去，不紧不慢地说："Unfounded（多虑）！Unfounded！他一个拉黄包车的，拉我这么一个大活人跑了几条街的路，能不出汗吗？！"

"为什么我们队长一问话,汗就更多?"一位侦缉队员瞧出了破绽。

"Do not be a storm in a teapot(不必大惊小怪)!你把人弄到这里,没有三两个钟头过不了关,他一个靠腿吃饭的,现在腿不能跑,车钱自然也就泡汤了,能不急吗?他是我雇来的,要打就打我!"许子鹤果断应答。

武丕洲很是纳闷,许子鹤嘴里怎么突然冒出了洋文,这是原来没有过的事儿。尽管不清楚许子鹤葫芦里卖的什么药,但武丕洲心里思忖,许子鹤一反常态,肯定是在随机应变地上演一出好戏。

侦缉队长看出来许子鹤不好对付,没有接着再问他,而是朝着武丕洲,甩出一句话:"干什么的?"

没等武丕洲反应过来,许子鹤抢在前面笑嘻嘻地说:"Two-face(双面人)!平常当帮忙的伙计用,遇到麻烦时也替我挡挡险。"

武丕洲是个机灵的人,许子鹤的话音刚一落,他就摇身一变当起了配角,先抬了一下头,接着晃了一下身板,显现出彪悍强壮的样子。

次次都是许子鹤抢先答话,矛盾的焦点被他引到了自己身上。

"上海共产党吧,深更半夜出来联络暴动?"侦缉队长看见许子鹤西装革履,知道是有点身份的人,自然不能贸然动手。于是,他强压怒气,一屁股坐在板凳上,手指向许子鹤开始问话。侦缉队长说这话是有缘由的,近期,上海警备司令毕庶澄已经嗅探到工人准备第三次武装起义的风声,在沪上各区增派密探加强了戒备。

"That is my dream(那可是我的梦想)!但我想加入,人家共产党回话不要!"许子鹤一副玩世不恭的样子。

侦缉队长一下子从板凳上跳了起来,顿时暴跳如雷:"假洋鬼子,给我耍嘴皮子不是,来,让这小子收敛收敛!"

两个队员解下腰间的皮带,挥舞着冲了上去。

许子鹤立刻变了脸色,手指侦缉队长,一声呵斥:"bodacious(胆大包天)!你敢动老子一根毫毛,老子让你吃不了兜着走!"

许子鹤的愤怒起了作用,侦缉队长的气焰顿时被压了下去。

"别人你们动手没问题,对他你们无论如何动不得啊!"武丕洲见许子鹤在侦缉队长面前毫无怯意,知道许子鹤心里已经有了对策,便见机行事地撂出了这么一句话。

侦缉队长一把抓住了武丕洲的衣领,用枪口顶住了他的额头:"说,他是什么来头,敢在老子这里充大头要威风?"

武丕洲一时语塞,不知该如何应答。

刚才还慢条斯理的许子鹤像换了一个人似的,呼啦一下冲了上来,抓住侦缉队长的手腕,使劲往里一别,把枪口对准了自己的额头,随即厉声说道:"Kid(小子)!有胆你就开枪!"

满屋子的人一下子傻了,没有料到文质彬彬之人竟有如此胆量。

几名侦缉队员正要往许子鹤身上扑来,却被他们的队长一嗓子喝住:"慢!"
　　侦缉队长把枪口紧紧压在了许子鹤的太阳穴上,他想吓退许子鹤。许子鹤面色不改,呼吸均匀,泰然自若。
　　是个不要命的主儿,侦缉队长软了下来。
　　"请问是哪路神仙?"
　　"想当神仙,我没那本事! 只能做个 British! British!"
　　"什么意思?"
　　"本人大英帝国公民,在中国教教书混碗饭吃!"
　　许子鹤的话音一落,武丕洲和拉车的工人师傅差一点笑出声来,活脱脱一个中国广东人,怎么忽然间变成了英国佬。
　　"给何人教书?"原来是个英国人,侦缉队长始料未及,但他并不相信许子鹤的话,于是继续盘问。
　　"我的学生是个无名小卒,但付教书钱的人却有头有脸。"
　　"谁?"
　　"General Changxiang Xiong,用你们汉语讲,叫熊昌襄将军。"
　　三个字从许子鹤口中一出,侦缉队长握枪的手顿时抖个不停。
　　熊昌襄是上海警备司令毕庶澄的副官,原是浦东一名屠宰店的小刀手,打打杀杀几十年后,成了上海滩声名显赫的流氓恶棍。毕庶澄来到上海后,迷恋上了素有"花园大总统"美名的富春楼名妓老六,军政要务主要由熟悉上海滩的熊昌襄打理。熊昌襄父母双亡,从小由一个本本分分的瘸腿姐姐带大,他姐姐的女儿刘舒静在上海大学读书,思想上倾向共产主义。上大党小组为保护许子鹤夜间外出活动,通过学生会做通了姑娘的工作,让她对外就说许子鹤定期到家里为她补习英文。
　　狡猾的侦缉队长生怕其中有诈,便让一帮人看押好许子鹤三人,自己则溜到隔壁房间挂起了电话。
　　电话里传来熊昌襄一阵恶骂声,说他宝贝外甥女准备留洋,正跟着一位先生学洋文,谁敢动洋文老师一根指头,他就用杀猪刀给谁开膛破肚。
　　侦缉队长悻悻回来后,当着一帮手下的面,左右齐动手,连扇了自个儿四个耳光。
　　"爷,不,不,先生,小子狗眼不识泰山! 小子狗眼不识泰山!"
　　"Bastard(混蛋)! 这样就算完事?"许子鹤不依不饶。
　　"先生,您说怎样惩罚,小子都认!"
　　"惩罚倒没有,但你得发一张特别通行证,否则再出现这样的情况,熊昌襄外甥女的课我就没法教了!"
　　"先生宽宏大量,先生宽宏大量,明天小子置办好通行证,呈送到府上。"
　　"No! No! 明天下午我派他到这里来取。"许子鹤看着武丕洲说了一句话,话音一落，抬腿就向门外走去。

侦缉队一帮人列队敬礼，直到许子鹤三人消失在茫茫夜色中。

后来，许子鹤不但自己畅通无阻，还用这张通行证多次帮助起义人员运送武器弹药。

3月21日上午九时，经过精心准备的上海第三次武装起义正式开始。中午十二时起，在周恩来等人的领导下，上海八十万工人开始罢工，学生开始罢课，商人开始罢市。

总罢工全面展开后，旋即转入武装起义。

工人纠察队是武装起义的先锋，依照计划攻打各警署和兵营。起义前几天，铁路工人中断了上海的铁路运输，使北洋军阀驻沪警备司令毕庶澄部三千余人和当地警察两千余人处于孤立无援的境地。起义工人率先攻下市电话局、电报局，旋即占领了警察局和兵营。在起义过程中，上海市民和学生积极支援，为起义工人赶制食品、修筑工事、救护伤员。当晚，南市、沪东、沪西、浦东、虹口、吴淞六个区相继被各路起义武装占领，只剩下了敌人兵力部署较强的闸北区。

许子鹤一再请缨和工人们一起到前线参加作战，但未得到组织批准。上级答复他的理由很简单，说是有更重要的工作交办，实际上是保护他这个党内极为稀缺的人才。不能亲临前线，许子鹤就率领学生游行和支援战斗，到22日下午，他已经一天一夜没有合眼。

傍晚时分，江浙区委忽然派人找到许子鹤，让他立刻赶往闸北区。

闸北地区的军阀部队已经被起义的工人武装分割包围，为了减少人员伤亡，区委决定调派足智多谋的许子鹤去做军阀守军的分化瓦解工作。

未带一枪一弹的许子鹤只身一人走进了敌人的前沿指挥部。

刚踏入大门，西装革履的许子鹤就被团团围住，十几支黑洞洞的枪口对准了他。

许子鹤正欲说话，只见满脸横肉的熊昌襄从里间走了出来。

"许先生，看在你是我外甥女先生的面子上，我劝你还是赶快回去，一介书生还是好好教你的书，不要搅和你不该搅和的事。"

"熊将军，上海滩已经被搅和成现在这个样子，我的书教不成了，来这里凑凑热闹。"

"就凭那帮瘪三们的几条破枪，还想进攻我闸北，我看他们是吃了豹子胆了，看我老熊如何收拾他们。给你一分钟时间想一想，扭头回去还能捡条命，时间一过，别怪老子翻脸不认人！"

"熊将军，既然来了，就想和你聊聊。不聊就走，不是我许子鹤的风格。"

许子鹤的话刚说完，熊昌襄脸上的一丝谦恭顿时一扫而光，从腰间拔出一把剔骨用的尖刀，咣当一声扔在地上，扭头走进了里间。

一个脸上留着道长长刀疤的彪形大汉从地上捡起尖刀，眼都不眨，扑哧一下就把刀扎进了许子鹤的大腿。

许子鹤的身体摇晃了一下，没有喊也没有叫。片刻之后，又直起了身子。

半分钟过去了，许子鹤脚上的白色皮鞋被鲜血染红。

两分钟过去了，鲜血流到地面上，一点一点向四周扩散。

持刀的卫兵惊呆了，屋子里十几个端枪的士兵都惊恐地望着眼前的这条汉子。

三分钟后，熊昌襄走了出来。

"熊将军，两军对垒，不杀来使，讲究！"许子鹤首先开口说话。

"现在不杀，不等于过会儿不杀！有屁快放，老子没有那么多时间！"

"熊将军，我这次来，不是为我个人，也不是为外边围你们的人，而是为您和您的一帮弟兄。南市、沪东、沪西、浦东、虹口、吴淞六个区已经被他们攻下了，难道闸北还能保得住？！况且闸北还被他们分割成了三块，三块之间又孤立无援。"

"你个秀才懂个屁，据我所知，他们也就几十条破枪，抵不上老子手里家伙的零头，让他们打打试试？！"

"熊将军，看来你的情报出了问题。我来之前，亲眼看见他们从虹口运来了两卡车的枪支，还有几十辆黄包车的弹药，与你相比谁多谁少，我不清楚。"

许子鹤的这番话，是他来之前预先琢磨好的。围攻熊昌襄所在区域的工人武装不到一百支步枪，其余的都是大刀、斧头和长矛。

"诈我不是？老子一枪崩了你！"

"围你的人诈你没诈你，我不清楚，但我保证，我没有诈熊将军。要是你不信，要杀要剐，随将军的便！"

许子鹤说话不紧不慢，熊昌襄一时没了主意。

"熊将军，我这里有一封信，你看完之后，给我回个话，放我走，我就走，不放我走，再响枪也不迟！"

熊昌襄接过了信。

"舅舅，我是舒静，上海那帮工人用枪逼着许先生去见您，您千万别欺负他呀！许先生是个好人，他一直是只管教书，从来不问政治的。这一次，他只是不想看到你们和他们打起来、成堆成堆的人非死即伤罢了！围闸北的那帮工人我不知道有多少，但是我从来没有见过这么多的人，他们手里有刀，更多的是枪，而且个个都不怕死，嘴里喊着说如果守军不投降，今晚就让你们个个见阎王！舅舅，您打拼半辈子不容易，我不希望妈妈没有弟弟，舒静没有舅舅！没有您，我们可怎么活……"

信是许子鹤草拟，刘舒静誊写的。

熊昌襄读信的时候，四面八方传来了排山倒海的呼喊声。

"缴枪不杀，熊昌襄！"

"缴枪不杀，熊昌襄！"

"缴枪不杀,熊昌襄!"

熊昌襄示意卫兵给许子鹤简单包扎伤口,自己背对着众人沉默不语。

半个小时后,熊昌襄决定放弃抵抗。

22日晚,工人纠察队攻占上海北站,消灭了闸北另外两个据点负隅顽抗的守军。三百多位工人在武装起义中献出了宝贵的生命,负伤人数多达一千余人。

上海工人武装起义胜利后,国民革命军东路前敌总指挥白崇禧进驻龙华,接收督办公署,就任上海警备司令。

当天夜里,上海市民代表会议召开,宣布上海特别市临时政府成立,推选钮永建等十九人担任临时市政府委员,其中共产党员九人,工人代表一人,国民党左派、右派及资产阶级代表共九人。次日,白崇禧、钮永建、汪寿华、杨杏佛、王晓籁五人当选临时政府常委。

夜深了,许子鹤没有休息,而是在叶瑛的搀扶下,拖着伤腿来到大街上,和人山人海的群众一起欢呼庆祝。他要亲眼目睹上海的新生,目睹军阀割据时代的灭亡!

"这一天终于到来了!这一天终于到来了!"

此时的许子鹤,内心激昂澎湃,泪水顺着脸颊流了下来,他盼这一天盼得太久了。

第三十二章

上海回到了人民的手中,许子鹤和他的战友们欣喜若狂。

时间进入四月,上海正是春暖花开的季节,许子鹤却没有半点心思欣赏春天的美景。他白天在大学上课,晚上足不出户,加紧赶印《发动机》特刊,一方面宣传上海工人和市民在第三次武装起义中的英雄壮举,另一方面跟踪报道国民革命军一个个势如破竹的胜利消息。

《发动机》在上海一时洛阳纸贵。

王全道一直阅读这份老同学办的刊物,但当魏乾把最新的两期《发动机》一如既往送到他办公室的时候,事情却发生了变化。

"回去告诉许教授,今后别送了。"王全道坐在办公桌旁,没有像往常一样起立相迎,而是板着脸冷冷地回了一句。

手里拿着报纸的魏乾一下子愣在了门口,不知所措。

"你们共产党这次可是出尽了风头,沪上的老百姓都认为是你们把军阀赶跑的,而我们国民党只是配角,配角啊!"王全道没有正眼瞧一下门口站立的魏乾,旁若无人似的一声叹息。

魏乾性格耿直,要说的话他自然不会拉下。"王先生,《发动机》虽然是我们办的,但每篇文章和报道都是从两党合作的角度来写的,从来没有抬高自己,更没有压低友党。特别是对北伐部队作战的报道，许教授更是把贵党的作用和影响置于突出地位，不信的话，请先生看看这两期的报纸。"

"你没有看到我桌子上一大摞文件么，我可没有你们共产党清闲，有时间翻看小报。"

魏乾扭头离开了王全道的办公室。

当魏乾晚上回来把遇到的情况告诉许子鹤时，许子鹤表现出从没未有过的低落情绪。他双手抱头伏在台灯下，一语不发。憋了一肚子气的魏乾本来还想发一通牢骚，见此情景，只得悄悄退出了许子鹤的书房。

看来这位老同学真的变了，许子鹤心中忽生一种不祥的预感。

北伐军进入上海后，王全道一下子忙活起来。白天，他进进出出国民革命军总司令部，晚上还经常与驻上海的日、英、美、法等国的领馆人员会面，这是他的夫人郭馨倩一次领着两岁的儿子蒙儿来许子鹤家玩，同学之间发牢骚时无意说出来的。从上大学生刘舒静处，许子鹤还获得了另一个信息，自从王全道登门拜访了惶惶不可终日的熊昌襄，他便一反常态，不再整天哭丧着脸待在家里，而是频频外出，见的都是上海滩的帮会大佬，黄金荣、杜月笙、张啸林、王晓籁一个个都接触过了，不知道谈了些什么。

许子鹤曾经将这些信息告知了江浙区委，但区委的领导说，不要干涉友党正常的交往，他也就没有往深处想。

令许子鹤万万没有料到的是，他的老同学正在执行着一项绝密的任务。

王全道在国民党上海执行部工作期间，得到了国民党位高权重的人物汪精卫、胡汉民的赏识，白崇禧率部进驻上海后，汪、胡把在德国学过军事、精通德语和英语的王全道推荐给了他。见过两次面后，白崇禧认为王全道对国民党忠心耿耿，是个可造之才，便指派他跟时任国民革命军总司令部特务处处长的杨虎做事。杨虎何许人也？因围剿军阀英勇，此人深受孙中山赏识，中山先生逝世后，追随蒋介石并与其结为拜把弟兄，成为了蒋介石的心腹，这是在国民党内人尽皆知的，但杨虎的另一面，即便在国民党内部也只有极少数人知道——他是个铁杆反共分子。

王全道追随杨虎，从此进入了国民党核心机关。

跟随杨虎的第一个星期，王全道知晓了一个天大的阴谋。年轻的王全道寝食难安，神情恍惚，几天之后整个人便消瘦了一圈。杨虎和副手陈群看出了王全道的胆怯，两人一起与王全道进行了一次深夜长谈。第二天凌晨，当王全道推开特务处处长办公室那两扇沉重的木门时，头发蓬乱，双眼惺忪，面色铁青。他狠狠地朝地上喷了一口唾沫，昂首挺胸而出，脚上的皮鞋踏在地面上发出以往从未有过的"咚咚"撞击声。

杨虎和陈群望着王全道的背影，相视一笑……

王全道从此走向了他人生的另一面——这是一个他自己无法掌控，不得不走到底的极端。

一场血雨腥风正悄无声息地向上海袭来。

中国最大的城市上海到手，大权在握的蒋介石认为，现在到了他弹压国民党左派，消除共产党威胁的时候了。对蒋介石而言，清除共产党势力的想法，并非国民革命军抵达上海后才有，其实早在北伐初期他就有所谓"清党"的念头。但那时的蒋介石感到自己在国民党内的地位尚未稳固，国民党的武装力量也并不十分强大，尤其是"三二〇"事件招来了党内党外一片反对之声，使他不得不暂时藏起杀心，等待时机的降临。

1927年一月下旬，蒋介石暗上庐山，在鲜为人知的仙岩旅馆内，与亲信密商五天，确定了"离俄清党""弃俄联日""底定东南，联系绅商"和"联合阎（锡山）冯（玉祥）"等方针，筹划消灭共产党事宜。

蒋介石在庐山密谋策划之后，随即着手分步实施计划。新成立的"清党委员会"成为行动的指挥机构，杨虎和陈群即是该委员会的得力干将。行动的第一步是解除共产党主导的上海工人武装，使得共产党无兵可调，无枪可使，最后束手就擒。杨虎带领陈群和王全道充当了马前卒，昼伏夜出，他们秘密监视国民党左派的行踪，不动声色地削弱他们的影响和势力；与日本和西方诸国代表在上海频繁接触，以期在必要时取得国际势力武装援助；他们拉拢、利诱上海的财团和资本家，迫使他们答应在财政上给予全力支持，不仅如此，他们还在短时间内得到了财阀们提供的三百万元的"清党"经费。更为阴险的一招是，他们联络了上海帮会组织，以上海青洪帮为主成立了秘密的"中华共进会"和公开的"上海工界联合会"，向他们许诺了今后在上海滩的地盘和利益，行动时希望他们冲在一线，充当打手。

一切就绪之后，蒋介石粉墨登场，从幕后走到了台前。

四月刚过两天，蒋介石便召集国民党中央监察委员开会，抛出了蓄谋已久的《检举共产分子文》，提议对共产党采取"非常紧急处置"，主张暴力"清党"。此时的国民党并非铁板一块，存在不同的利益集团。国民党元老之一的汪精卫不同意蒋介石的做法，原因很简单，一直对蒋心存芥蒂的他担心"清党"会使党权由一介武夫的对手独揽，所以他极力主张召开党内会议，解决国共两党之间的问题。

军权在手的蒋介石自然不理会汪精卫，决定与武汉国民党中央党部分道扬镳。三天之后，蒋介石迫不及待地发布通告，责令上海工人武装和工会一律听从总司令部的指挥，否则以违法叛变论处。

上海的革命形势急转直下，第三次武装起义后成立的上海特别市临时政府被蒋介石操纵的上海临时政治委员会取代。四月九日，波澜再起，蒋介石发布《战时戒严条例》，严禁集会、罢工、游行，并成立了淞沪戒严司令部……与此同时，上海帮会也在暗地里纠集各股力量，分发武器，磨刀霍霍，为一场大规模的血腥镇压悄悄准备着。

王全道的忠诚和干练换来了白崇禧和杨虎的信任，他被任命为戒严司令部少将处长，归顺国民革命军的熊昌襄也因效忠有功被委任为侦缉处长。

　　一切都在秘密进行。但敏感的许子鹤还是从老同学王全道神秘的行踪以及报纸上察觉出了一丝不祥之兆，他再一次向江浙区委反映，提出了自己的担忧。这一次，许子鹤的汇报换来的是一顿严厉的批评。批评来自中共高层，认为他的担忧是多余的，尽管国民党内部对国共合作存有异议，但为了两党友好相处，我们的组织必须怀抱赤诚和包容之心，绝不允许出现影响两党关系的杂音。

　　许子鹤只好听从。

　　风暴来临之前往往是异乎寻常的沉寂。又是两天过去了，事态没有进一步恶化，许子鹤的心也就渐渐放了下来。这时候，妻子叶瑛趴在许子鹤耳边告诉了他一个意想不到的消息：她怀孕了。两口子一下子沉浸在无比的幸福之中。

　　"瑛，你想要个男孩还是女孩呢？"许子鹤问妻子。

　　"男娃女娃虽然都是天注定的，但我还是想生个男娃，长大之后像你一样，光宗耀祖，为咱们许家撑门面。"

　　许子鹤一阵大笑。

　　"好好好，不愧是许家的媳妇，处处为我们许家着想，但可不要像我啊，到处流浪，几年都不进一回许家祠堂，没有半点孝子贤孙的样子。"

　　"那你希望是个男娃还是女娃呢？"躺在许子鹤臂弯里的叶瑛问道。

　　"我呀，希望是个女孩，男孩不省心，像我一样，一个人天天在外边跑来跑去，陪伴不了父母亲。女孩就不一样了，可以天天跟在你后边。"

　　两个人窃窃私语一直到半夜，最后两人商定，这辈子要生两个，一男一女两个孩子。

　　"男娃就送他去德国哥廷根大学读书吧，回来后也到上海大学当教授，像你一样，在学生娃堆里多神气！"

　　"女孩我也要送她到德国去，不过不学数学，学音乐，等我们老了，那时候天下就太平了，上海一定会像维也纳、巴黎、布拉格或者华沙一样，我们没有事做了，就跟在女儿屁股后面，天天听她弹钢琴，要多幸福有多幸福！"

　　"我才不让女儿弹钢琴呢，那么大的一张桌子，女娃要手忙脚乱按一晚上，多累呀，还是拉我们老家的椰胡，不但好听，也不费劲……"

　　叶瑛的话一出口，许子鹤忍不住笑出声来。

　　4月12日凌晨，风暴骤至。

　　许子鹤编辑完《发动机》的最后一个版面，已是两点时分，他回到卧室刚躺下不久，街上便响起了一阵阵刺耳的警笛声。

　　许子鹤不清楚出了什么事，一骨碌爬起来透过窗户向外看。借着街灯和汽车前灯射出的光线，许子鹤看到了一辆接一辆的卡车在大街上呼啸而过，每辆卡车上挤满了统一着装的人员，这些人左臂上戴着白色袖标，上面写了一个黑色的"工"字，下身穿着蓝色短裤，手中不是提拎大刀，就是握持短枪，一派杀气腾腾的样子。许子鹤在上海还从来没有见过如此装扮的大队人马，既非正规部队，也不是租界的外籍巡捕。许子鹤正在疑惑之际，远处便响起了零零星星的清脆枪声，接着是一阵阵惊天动地的嚎叫。

难道工人纠察队有新的行动？自己可一点也没有相关的信息啊！许子鹤迅速穿好衣服，准备下楼探个究竟。

许子鹤怎么也不会料到的情况发生了。

一个小时前，蒋介石发布了血洗共产党的命令。卡车上运载的不是工人，而是全副武装的青洪帮和训练有素的特务，他们事先藏匿于法租界内，接到命令后，便分乘多辆汽车倾巢而动，突袭位于闸北、南市、沪西、吴淞、虹口等区的工人纠察队，抓捕分散在各区的共产党员。

打开公寓大门，许子鹤正欲抬腿，一个意想不到的情况出现了。一辆黑色轿车从马路上向他的公寓大门快速冲来，炫目的车灯照射得他睁不开双眼，他下意识地用手遮住了眼睛。汽车戛然而止，轮胎与地面发出一阵锥心的尖叫，汽车刚一停稳，从里面就跳下一个人来。

眼前突发的一切，使许子鹤根本无法回过神来。

"子鹤，是我！"一个声音传到了许子鹤的耳朵。

"谁？"许子鹤大声问道。

"是我，馨倩！"

许子鹤放下遮掩灯光的双手，定睛一看，果然是老同学郭馨倩。站在面前的郭馨倩满脸惊慌，额头上铺满豆粒般大小的汗珠。

"子鹤，没有时间了，你赶快走，马上走，越快越好，离开上海，否则，否则——"

"否则会怎样？"许子鹤根本不知道发生了什么。

"子鹤，全道让我来的，估计不会超过一刻钟，抓你的车就会赶到，一旦被他们抓到，你的命，你的命就没了！"

"我没有犯法，怎么会抓我？"

"子鹤，你别问了，全道不让我说，我们同学一场，你就听我的话吧！"郭馨倩说完这句话，哇地一下哭出了声。

四周突然响起了一排枪声，接着又是一阵嚎叫。

许子鹤意识到了问题的严重性。

"子鹤，我走了，这事今后千万不要说是我告诉你的，你要保重啊！"

郭馨倩说完，跳上汽车，哭着离开了。

许子鹤转身关好大门，叶瑛已经站在院子里等他，看到丈夫凝重的脸色，知道出了大事。

"瑛，刚才一位朋友来告诉我，马上就会有人来这里抓我，我得出去躲一躲，过两三天我不回来，你就去汉斯那里打听我的情况，去时千万注意，看看后面有没有人跟着。"许子鹤是个守信之人，他没有说明来者是叶瑛认识的郭馨倩。

从没经历过这种事情的叶瑛吓得一下子哭了起来。

"你说说，你到底做了什么坏事，弄得人家来抓你？"

"瑛，你跟我这么长时间了，应该知道我是一个什么人，我没有做过任何亏心事，我自己也不知道谁来抓我，为什么抓我，请相信我！"

叶瑛止住了哭泣。她知道，此时丈夫的安全才是最重要的。

"那你快走，快走！"

"这样走不行，把你的旗袍和围巾拿来，我换上。"

叶瑛回屋取出了自己的旗袍和围巾。

"我走后，你赶快把我换下的衣服叠好放在衣柜里。另外，洗洗脸，不要让人看出来你哭过。"

许子鹤换衣服的时候，叶瑛从抽屉里取出一沓钱塞给了丈夫，许子鹤拿出一半留给了叶瑛。

突然，门外传来了汽车急刹车时轮胎与地面尖锐刺耳的摩擦声，接着就是一阵砰砰砰的砸门声。

没有时间了，许子鹤深情地望了一眼妻子叶瑛，便转身撩起旗袍下摆，五六步就跑到了后院，然后纵身一跳，逃出了自己的公寓。

叶瑛回屋打开灯，放好丈夫换下来的衣服，故意把自己的长发弄乱，这才走进院子里去开大门。

大门咣当一声被撞开。

四五个手提短枪的黑衣人没有理会眼前的叶瑛，恶狼般直扑里屋。

十几分钟后，一群人气汹汹地返回到院子里。

"许太太，让你受惊了，请问教授呢？"领头人问起了叶瑛。

"我先生犯了什么法，你们来抓他！"

"犯了什么法，说出来吓死你，他杀了人，死罪！你敢包庇窝藏，也是死罪！"

叶瑛一听，心里有了底。她了解自己的丈夫，一个文质彬彬的人绝对做不了杀人越货之类的事。

"他不在家。"叶瑛不慌不忙。

"到哪里去了？"领头人用手枪对准了叶瑛的额头。

叶瑛双手捂住脸，惊慌地回答："他，他，他不让我说。"

两个黑衣人走上前来，一人扭住叶瑛的一只胳膊，哗啦一下就把她按倒在地，叶瑛疼得尖叫一声，哭了起来。

领头人变得气急败坏："不说，老子扒光你的衣服信不信？"

叶瑛哽咽着说："他，他，他昨天晚上去北京了！"

"去北京哪个地方？去见谁？什么时间回来？"

"去，去，去北京大学，找一个姓蔡的校长，说是后天回来。"

许子鹤经常在家里提及北京大学校长蔡元培，说他也在德国留过学，是自己的前辈，说话间流露出仰慕敬重的神情。说的多了，叶瑛也就记住了蔡先生。她突然想到了这个人，便顺口说了出来。

领头的人扭头问了问旁边的一个瘦高个，得到回复，北京大学的校长确实姓蔡，叫蔡元培。

"找那个姓蔡的干什么？"

"他，他，他不想在上海教书了，听说那个姓蔡的校长给的薪水高，想换到那边去，事情办妥之前，他不想让上海这边知道，所以不让我乱说。"

理由合情合理，但这一点并非叶瑛想到的。叶瑛记得，郭馨倩带着孩子来家里玩时，说过一句半当真半是玩笑的话："水往低处流，人往高处走，让你家子鹤去找北大蔡校长吧，那边的名气不但比上海的大，薪水也高，听说是这边的两倍！"

一群黑衣人一时无语。

片刻之后，瘦高个突然问道："话是这么说，有什么证据？"

两个黑衣人松了手，叶瑛坐在地上抽泣着，丝毫没有停下来的征兆。

"他一个穷教书的，又不是官府的人，出个门还能有个什么证据？"

"没有物证，就得有人证，不行你就得跟我们走一趟。"

叶瑛抱头想了一会儿工夫。

"对了，对了，北京冷，他走时，特意换了一身薄棉衣，把在上海穿的西服扔在了家里。"

叶瑛话刚说完，领头人瞧了一眼瘦高个。

"他在上海只穿西服，一套白的一套黑的。"瘦高个顿了一下，告诉领头者。

"去搜搜两套西服在不在。"

五分钟后，许子鹤经常穿的两套西服被拎到院子里，扔在了地上。

"走！"领头人一声令下，四五个人把手枪插入腰间，冲出了院子。

屠杀在疯狂地进行着。

分布于上海各区的工人纠察队大都还在睡梦之中，突遭青洪帮和特务偷袭围攻，死伤惨重，但工人们还是用手中简陋的武器奋起抵抗，战斗异常激烈。

这时候，正规编制的国民革命军第二十六军忽然开来，哗啦啦将两帮人马围成铁桶一般，对外声称调解"工人内讧"，强行收缴了工人纠察队的枪械。

时间到了下午，上海总工会和各区工人纠察队驻地均被占领，大量共产党员被逮捕。与此同时，租界内的外国军警也采取了同样的行动，千余名共产党员和起义工人被抓，都被五花大绑地交给了戒严司令部。

杀戮惊醒了上海。

13日,上海工人和市民举行二十万人参加的总罢工,不屈不挠的上海总工会在闸北青云路广场召开十万人参加的抗议大会。当会后抗议队伍游行至被蒋介石收编的第二十六军第二师司令部时,突然街边枪声大作,一百多个手无寸铁的群众被当场打死,伤者无数。

接下来的三天,大上海被鲜血染红了。

大街小巷变成了刑场,无数共产党人不是被枪杀在自己的家门口,就是被打死在众目睽睽的闹市区,不少人甚至被青洪帮砍去了头颅,悬挂在街头示众。一时间,上海滩哀鸿遍地,血流成河……三百多名共产党员和工人被杀,五百多人被捕,五千多人失踪。

血腥的屠杀疯狂蔓延到了全国。

上海的汪寿华、陈延年、赵世炎,南京的萧楚女、李启汉,北京的李大钊、张挹兰等不是被枪杀,就是被送上了绞刑架。其中不少人许子鹤非常熟悉,比如一同留学莫斯科东方劳动大学的俞清澜以及同期留学法国,后又到莫斯科东方劳动大学进修,回国后担任黄埔军校政治部主任的熊雄。

叶瑛孤零零一个人在家里伏案痛哭,她不知道自己的丈夫是死是活。

许子鹤翻过围墙,紧贴墙根穿过一条漆黑的里弄,来到了百米开外的街道上。这条狭窄的街道汽车无法通行,又逢深夜,路上没有一个行人,阴森得瘆人。走到一半的时候,迎面过来了一辆黄包车,速度比平时快了许多。

许子鹤上前拦住了车子。

黄包车夫"哎呀"一声惊叫之后,看到是个女人,方才停下车来。

"师傅,去仁济医院。"许子鹤嘴里发出了一句女声。

仁济医院是个偏僻的地方,旁边有一大片茂密的树林,许子鹤决定先在那里藏上一阵,天亮后步行到附近的一个汽车站点,如有必要,可乘车逃往苏州或者嘉定。

"不跑了,不跑了,再跑命都没了!"黄包车夫惊魂未定。

"我快不行了,先生又不在家,请师傅帮帮忙吧,我给你五倍的钱。"许子鹤说完,把一张百元大钞塞给了车夫。

车夫发愣犹豫的时候,许子鹤已经上了车。

"要不是看你是个女人,给两百元我都不拉。"

"怎么回事?"许子鹤先是放下布帘,随口问了一句。

"杀人了,杀人了,我亲眼看见的,在我车边就打死了两个大活人,脑浆洒了一地。那两个人惨啊,但个个是条汉子,开枪之前,嘴里还大喊不停。"

"喊什么?"

"一个喊'老子共产党没有死在洋人和军阀手里,倒死在你们这群王八蛋流氓手里,憋屈!'另一个人戴着眼镜,像个文化人,死活不愿跪下,是站着挨的枪,嘴里翻来覆去就一句话'我知道你们是蒋介石派来的,我知道你们是蒋介石派来的!'"

车夫的话,对于许子鹤而言,犹如寂静的夜空突至一声炸雷。他急忙捂住了自己的嘴,否则,他会发出一声惊叫。

"为什么?到底为什么?"

许子鹤怎么也想不通,几天之前的友党,一夜之间就举起了血淋淋的屠刀。

"一切都完了,一切都完了!"

捂住嘴不敢出声的许子鹤想到这一切,心如刀绞,禁不住潸然泪下。他不相信眼前发生的一切,但四周此起彼伏的警笛声和一阵接着一阵的枪声使他确认这一切真的发生了。

"师傅,我害怕,有人问话,你就说我得了伤寒,快点到医院吧!"

车夫边跑边自言自语说着话,许子鹤再也没有听清。

经过两个路口的时候,穿着国民革命军军装的士兵提枪上前检查。

"伤寒病人!伤寒病人!"车夫说。

士兵用刺刀撩开布帘,见车内坐着一位穿旗袍的女人,便放了行。

黄包车在阴晦恐怖的夜色里穿行。

行车半个钟头的时候,许子鹤突然喊了起来:"师傅,我还是害怕,不去医院了,去我表嫂家,让她把大夫请到家。"许子鹤随后说了一下表嫂家的地址,因路途比仁济医院近,车夫也就没再说什么。

许子鹤嘴里的表嫂家其实是魏乾的家。许子鹤预料到了问题的严重性,他必须尽快通知自己的伙伴,他们都是从莫斯科回来的,和自己一样,一定是对方捕杀的重点。他计划先到魏乾家,带着魏乾外出藏匿,然后让不是共产党的弟弟魏坤骑上自行车去通知罗琳和张宜珊,她们两人住得很近。

一个小时后,许子鹤赶到了魏乾家所在的里弄口,石库门内一片黑暗和死寂,说明搜捕的人马还没有来到。

许子鹤轻轻敲开了魏乾的家门,魏乾两口子和弟弟魏坤怎么也不敢相信这时候许子鹤会出现在眼前。

许子鹤把了解的情况向他们简短地通报了一下,两人惊骇地张大了嘴巴,差点叫出声来,许子鹤赶紧打了个手势,生怕大家惊动两位生病的老人和床上酣睡的孩子。

魏坤立刻骑车出了门。

魏乾开始收拾包裹,准备和许子鹤一起出门。

仅仅过去了五六分钟光景,里弄口就响起了汽车刹车的声响。许子鹤立刻明白,抓捕的人赶到了。

魏乾家没有后院,也没有窗户,要想逃走,必须经过家门前唯一的里弄,两个人被堵在了家里，命悬一线。

三人思考着对策。

"桌子下面有一个洞，把箩筐抬出来，一个人可以藏进去！"魏乾老婆想起了一个地方。魏乾在家里桌子底下挖了个半米见方的洞，洞里放了一个竹编的箩筐，用来盛放拣来的煤渣。

"你赶快藏进去，我穿着这身服装，能骗过他们。"许子鹤不由分说，就拉着魏乾去抬箩筐。

魏乾刚走了两步，突然停了下来。

"不行，骗不了他们，这么小的房间，他们用手电筒一照，一定会认出你！"

"许博士，还是你藏进去，这一带我熟悉，好逃走！"魏乾拉了一下他老婆的手，两个人弯下腰从桌子底下抬出了箩筐。

"不行，不行，你跑不了，你一定要藏进去，我来对付他们。"

门外传来了急促的脚步声，还有子弹上膛的枪栓声。

"没时间了！"魏乾说这话的时候，趁许子鹤不注意，一把扭住他的右手，然后迅速闪到其背后，许子鹤被按倒在地。魏乾没有停手，顺势向前一推，许子鹤身体卷曲着落进了洞中。魏乾用簸箕从箩筐中铲了两次煤渣，倒在了许子鹤的背上，然后和老婆一起抬着箩筐放进了洞内。

"许博士，咱们兄弟一场，希望两人都好好的，还在一起干。如果谁有个三长两短，那就等到下辈子，再一起干！"

魏乾说完这话，手里操起捅煤炉的铁火棍。

魏乾老婆哭了起来。

洞内的许子鹤泪流满面。

敲门声骤然响起。

躲在门后的魏乾一把拉开木门，朝着门外一个人影的脸上就是一火棍，门外立马一阵鬼哭狼嚎，魏乾随即冲出了门外。

几秒钟后，几声枪响从里弄的过道里传出。

跑出门外的魏乾老婆看到自己的丈夫倒在血泊之中，双腿还在不停抖动。正在这时，一个提手枪的抓捕者又朝魏乾的头部连开了三枪。

魏乾老婆昏厥了过去。

许子鹤把手指塞进嘴里，咬得手指鲜血直流。

两天过去了，自己的丈夫没有回来，叶瑛慌了手脚。

从第三天开始，叶瑛没有待在家里，她独自一个人来到街上，寻找丈夫的下落。她心里清楚，如果丈夫死了，她自己也无法活下去。

在街头一堆堆的尸体旁，她一个个仔细辨认，看看丈夫是不是躺在里面；在悬挂人头的旗杆旁，她痛哭着举头辨认，看看丈夫是不是尸首两分。她去过上海大学,上海大学内军警重重,一提"许子鹤"三字,无人敢搭话。她找到了王全道,王全道没透一句话。在王全道的心中,许子鹤曾救过自己的命,这次自己还了他一次机会,两人之间算是扯平了,彼此之间,从此两不相欠。叶瑛接着去找崔汉俊,去找米行老板韦德林,去找她认识的丈夫的几个熟人,无人能够告诉她丈夫的下落。

在到处寻找丈夫的时候,叶瑛不知道,自己的身后一直有两个人远远地跟踪着。跟踪者是熊昌襄侦缉处的人马。对许子鹤这样的人物,杨虎和陈群自然不会放过,抓不住无异于放虎归山。他们相信,这只虎最终必将成为一只猛虎,后患无穷。鉴于许子鹤和王全道的同学关系,杨虎和陈群没有把继续捕杀许子鹤的行动告知他,而是直接交熊昌襄办理,密令只有四个字——"见人即杀"。江湖人物熊昌襄接受密令之后,心明如镜,曾经与自己交过手的这位书生着实不简单,一旦今后召集人马与自己对着干,人就不会再像过去那样文质彬彬了。自己虽然打打杀杀几十年,但对手都是些有勇无谋之辈,而自己见识的这位人物要勇有勇,要谋有谋,一旦在刀光剑影的上海滩遭际,鹿死谁手,熊昌襄心里没底。对付许子鹤,熊昌襄下了狠手,趁虎落平阳之际,及时捕杀,绝不留半点后患。

熊昌襄的人马一连跟踪四天,看到叶瑛漫无目标的寻找,显然没有半点头绪,定是不知疑犯藏匿地点,也就放松了警惕,有一搭没一搭地跟着。

到了第五天中午,叶瑛左拐右拐来到了外滩边的一座大楼门口,等待德国人汉斯的出现。这一天半晌午,两个跟踪者疲惫不堪,终于失去了耐心,躲到一个茶铺喝起茶来。

在叶瑛等待汉斯出现的前一天,已经有一个人也在那里守候,并且见到了汉斯。

见汉斯的人是魏乾的弟弟魏坤。

汉斯手拎皮包走出大厅,走下台阶正准备上汽车,一个人闪了上来,交给他一封信,信是许子鹤用德语写的。

"汉斯,您好!可能您已经知晓,上海出现了没经任何法庭审判的大规模屠杀事件,我也不明不白地在对方捕杀之列。这是一场天大的阴谋,历史将告白于天下,正如一位德国作家所言,'真理是时间的孩子,不是权威的孩子'。现在,我不能再给在上海的朋友添麻烦了,由于您的特殊身份,思考再三,也只得请您帮两个忙。一是我夫人叶瑛若来找您,告知她不要在上海待了,上海不安全,回广东老家吧,等我这边事情解决了,一定回去把她接回来。二是麻烦您帮订一张三天后从宁波去香港的丙等舱船票,我到那里待上一段时间。船票费用,事后两个月之内由我或者我父亲许繁昌通过汇票形式归还。您若不愿牵扯进中国国内复杂的政治斗争,我也理解并尊重您的选择,今后不再打扰您,只是请您务必不要向外透露我的情况⋯⋯"

汉斯的专业虽然不是中文,但从妹妹克劳迪娅嘴里经常听说,中国人最讲

"情义"二字，他来上海几年，也亲身感受到了这一点。在他心目中，许子鹤就是一位最讲情义的人，他从内心敬重这样的人。尽管汉斯不愿涉及中国内部的纷争，但帮助许子鹤这样的人，再理性的人也没有理由拒绝。

二话没说，汉斯告诉魏坤，请转告博士务必保重自己，他会办妥一切事宜。

汉斯第五天见到叶瑛，一改德国人的古板和理性，双方还没有开口说话，他眼眶里已经滚动着酸楚的泪水。

"许博士还活着！许博士还活着！"

一句话令叶瑛哽咽不止。

当天中午，汉斯用自己的汽车直接把叶瑛送上了开往广东的火车。临行前，他递给了叶瑛一个信封，里面装满了钱款。叶瑛不收，汉斯说："就算许博士借我的！就算许博士借我的！"

眼望渐渐远去的上海，叶瑛潸然泪下。

"子鹤呀子鹤，你在哪里？今生今世我们还能见面吗？"

第三十三章

六天之后，许子鹤抵达香港九龙。

这个时候的许子鹤，已不再是德国哥廷根大学的数学博士，也不再是上海大学的知名教授，而是一个来港做苦力的潮汕劳工。他身着一套魏乾留下的破旧的工作服，在贫民窟"九龙城寨"安下身来。他住的房子被称为"一楼十四伙"，即十四户人家挤住在一层楼，每户的房间只有五六平米大，床不能同时铺开，为了多住人，就将三张床重叠着架在一起。许子鹤用最低廉的价格租了个上铺，铺面距离天花板不到一米。与他同室的两个是在码头装卸货物的夜班工人。许子鹤到达时正是中午时分，蜷曲着身子，他钻进自己的床铺。

两位在码头装卸货物的同室者正在呼呼大睡。躺下之后，许子鹤用随身携带的旧床单裹住头，泪如雨下。

在两天一夜来港的客轮上，许子鹤一直暗暗流泪。悲愤的泣哭，不是因为自己的天涯沦落。

从离开北大到德国学习，许子鹤一直怀揣救国理想，要为改变自己民族的多舛命运出一份力。自己的这一份绵薄之力，如能使国家发生一点点的改变，他就心满意足了。看到德国、法国、英国、奥地利、意大利这些欧洲国家的国富民强，许子鹤充满由衷的羡慕和感叹，他多么希望有那么一天，中国人都能吃饱穿暖，大人们悠闲地坐在花园里喝茶聊天，孩子们在银白色的沙滩上嬉闹玩耍。病了，可随时到医院诊治，起争执了，可以到法庭提起诉讼，人人都有尊严，个个都有自由。

到苏联后，他看到了工人农民自豪的神态，看到了城市的秩序井然，看到了农场的广袤无边，看到了新制度的欣欣向荣，看到了新国家的蒸蒸日上，领袖和普通市民一样排队购物，将军和士兵之间互相问候。他多么希望有那么一天，中国人甩掉"东亚病夫"的耻辱帽子，工人穿上工作服走进机器轰鸣的工厂，农民们戴着斗笠忙碌于绿油油的稻田，西方人在上海，在广州，在南京，在武汉文明经商，东北不再有张作霖，山西不再有阎锡山，湖北不再有吴佩孚，上海不再有孙传芳，取而代之的，是整个国家只有一个民主政府，一部至高无上的民生宪法，一支强大的抵御外辱、威武刚强的军队……

　　回到上海，所见所闻与自己的想象南辕北辙，大相径庭，但许子鹤没有因此伤心失望。他知道，天上不会掉下馅饼，沙漠不会生出繁花，其他国家的繁荣是他们国民的努力，其他民族的昌盛是他们先行者所缔造，中国的美好明天绝不能靠上帝赐予，也不能等待皇帝的恩泽，必须靠自己的双手，靠国民的齐心协力，靠不同党派的同舟共济。认识到这一点，许子鹤没有懈怠，而是以满腔的热情投入到工作之中，他想用自己的知识和激情影响周围的人，然后周围的人再去辐射更多的人。他坚信，数学上有几何指数，社会上也一定有几何指数，成倍增长的结果必定由量变到质变，总有那么一天，自己的国家也能像德国，像法国，像英国，像苏联一样国富民强。

　　许子鹤感慨自己遇到了轰轰烈烈的火热时代。年轻的共产主义者人人不计个人得失，个个不畏艰难困苦，把救国救民的火种带到城市，带到乡村，带到苦难民众干涸的心海里；年轻的国民党高擎抵御外辱、惩办军阀的大旗，立志推翻军阀统治，建立"民生、民主、民权"的新社会，两党志士不因信仰不同而相左，不因主义有异而不和，于是，便出现了精诚合作的北伐，出现了并肩作战的胜利，出现了从南到北的统一。那个时候，许子鹤和老同学王全道无话不谈，亲如兄弟；与国民党同事推心置腹，毫无间隙；对上海大学国共两党的学生不分厚薄，一视同仁。他整天生活在亢奋的激情之中，身上仿佛有用不完的力气，使不完的劲头。

　　孙中山逝世后，许子鹤觉察出了国共两党关系的微妙变化。

　　蒋介石掌控军权后，他进一步感觉到了这种变化。

　　许子鹤之前曾经为此困惑过，自己的感觉是不是过于敏感，特别受到组织批评后，他更是责怪自己多心多疑。一家兄弟尚会磕磕绊绊，两个政党怎能避免疙疙瘩瘩？阴霾过后总会有晴天，风雨过后总会见彩虹，许子鹤相信这些话。

　　直到4月12日凌晨血雨腥风到来之际，许子鹤仍然没有意识到大难已经来临。数学上何时出现拐点，许子鹤能够准确地计算出来，但政治上的拐点，中共领导层没有算出，普通党员许子鹤也未能算出。

　　获悉满街持枪提刀屠杀共产党和起义工人的队伍是蒋介石幕后指使的，许子鹤无论如何也不会相信眼前发生的一切。他希望自己是在做一场噩梦，一觉醒来，所有的不幸都烟消云散。后来他自己的亲身经历，彻底打破了他的幻想——魏乾死了，上海大学的同事刘知秦死了，自己的学生董欣死了，无数的同仁暴尸街头，无数的市民惊慌失措,一连数天,上海枪声大作,警笛刺耳。

蜷曲在魏乾家黑暗的地洞里,许子鹤的心在流血,"为什么?到底为什么?"一个个问题像魔咒一样令他五内俱焚。

"共产党有什么错?"许子鹤首先扪心自问。两党合作,目标一致,皆为推翻帝国主义的欺压蹂躏,推翻盘踞在中华大地上为非作歹的军阀势力,建立一个民主新生的统一国度。既然目标一致,所走的路径不同有什么问题呢?数学题可以一题多解,比数学题不知要复杂多少倍的社会问题,难道就只有一种解决的办法和路径吗?就算两党在实现路径上存在差异,存在摩擦,甚至存在争执,难道不可以通过对话、协商、谈判来平息吗?最坏的结果,两党不再合作,各走各的路罢了!德国是这样,英国是这样,法国是这样,美国也是这样,而在中国,为什么一夜之间就能举起屠刀呢?怎么能昨天还谦恭相待今天就翻脸杀人呢?共产党员也是人,是中国的合法公民,是谁赋予的权力,可以不经任何法律程序就残暴剥夺他们的生存权呢?

"武装起义的上海工人有什么错?"这是许子鹤自问的第二个问题。为了对付日本人、英国人、法国人对上海工人和市民的残杀,国共两党戮力同心,共同组织上海以及全国各地的罢工、罢学、罢市,轰轰烈烈的"五卅运动"昭告日本人、英国人、法国人,也昭告全世界,中国人民不可欺、不可辱。为了恢复国家的统一,两党携手共进,发动了惊天动地、意义深远的北伐战争,在前线,两党将士不分你我,并肩作战;在后方,两党志士惺惺相惜,同勉共励。上海人民受尽了西方列强的剥削和欺凌,决心配合北伐部队赶走洋人和军阀,接连发动三次武装起义,为北伐军最后占领上海扫清了障碍。起义成功之后,国民党和共产党以及工人代表一起共同组成了上海特别临时市政府。能够共同组织一个政府,说明国民党对起义是认可的,认可的事情怎么能一夜之间就否定了呢?退一万步讲,即使不认可,也没有任何理由就举刀杀人啊!上海工人也是人,是中国的合法公民,是谁赋予的权力,可以不经任何法律程序就残暴剥夺他们的生存权呢?

一连几个昼夜,许子鹤冥思苦想,却百思不得其解。

"完了!一切全完了!"

面对四分五裂的祖国,受尽苦难的同胞,许子鹤最大的愿望就是两支年轻的政治力量聚集起来,共同改变当下中国落后的局面。为了这个愿望,他可以放弃一切,甚至牺牲自己的生命。现在,国民党忽然用暴力手段背叛革命,这不正中西方列强和各路军阀的下怀吗?许子鹤的愿望彻底破灭了,他痛苦,沮丧,更多的是感到无能为力。

"本是同根生,相煎何太急!"

"完了!一切全完了!"

来到香港后,许子鹤变了。

晚上，两个同室去码头做工，许子鹤便在狭小的板间内喝起酒来。他买来的是香港最劣质的二两一瓶的白酒"太白龙"，一喝就是三瓶，有时四瓶，直到酩酊大醉为止。

"完了！一切全完了！"

"Scheiße（臭狗屎）！Alles ist vorbei（一切全完了）！"

在昏暗潮湿的板间内，许子鹤蓬头垢面，边喝边骂，先用汉语骂，然后用德语骂，直到另外两人下班返回，自己才安静下来。

大清早，许子鹤离开板间，摇摇晃晃来到大街上，在一个人少的报栏前，先是看完当天的《华侨报》和 Times（《时代周刊》），然后躲到公园一个偏僻的角落里，开始一句接一句地骂，骂累了就喝一口"太白龙"，随即是一阵剧烈的咳嗽。饭是许子鹤自带的，中午吃两个饭团，晚上还是两个饭团。直到公园关门，他才摇摇晃晃回到自己的板间。

许子鹤在九龙的时候，侦缉处长熊昌襄可没有闲着。

根据掌握的情报，熊昌襄布下了天网地罗。除了北京大学、上海火车站、码头、上海大学和许子鹤的公寓，崔汉俊、韦德林、张宜珊、罗琳、汉斯甚至王全道家周围都被他设置了便衣暗哨。几天之后搜捕无果，熊昌襄估计狡猾的许子鹤已经逃离上海，在通报国民党各地特务机关协助缉拿之后，专门派人赶赴广东澄海，秘密监视叶瑛的行踪。叶瑛整天足不出户，茶饭不思，根本不知道丈夫的下落，守候人员自然毫无头绪。猎网继续扩大，三组人马分别奔赴泰国华富里、曼谷和香港，这三个地方是父亲许繁昌、弟弟金涛和许家米行分店的所在地，除了定点守候，三地的电话都已被监听。

熊昌襄给各地人马的指令只有四个字——"见人即杀"。

两个星期以来，许子鹤没有给任何一位亲人和同事通过电话，也没有到过父亲在湾仔和铜锣湾开的两家米行。

双方的博弈在继续。

又是一天的清晨，许子鹤看到了一条惊人的消息：在王全道指挥下，大批军警进入上海大学，以藏匿军械之名逮捕了几十名教师和学生。一天之后，淞沪警备司令杨虎颁布命令，查封上海大学。

咣当一声，许子鹤的拳头重重砸在了报栏的木框上。

来港一个月零五天的时候，许子鹤身上的钱已经所剩无几，他一天都不想再在香港待下去，也待不下去了，他想回到上海，或者回到自己的家乡，见一见日夜思念的妻子。他多么希望上帝在新的一天能给自己一个好消息。大清早，他就买了一个饭团作为全天的口粮，再次来到了报栏前，阅读当日的报纸。但首先映入他眼帘的仍是一张张屠杀现场惨绝人寰的照片。

抓捕和屠杀仍在继续！他想离开报栏，但双腿像灌了铅，残酷的现实把他彻底击垮了。四肢无力的许子鹤禁不住蹲在地上，抱头痛哭。

"完了！一切全完了！"

"Scheiße！Alles ist vorbei！"

哭泣声在灰蒙蒙的清晨显得格外孤独和凄凉。

忽然，三米开外传来了一声呼喊。

"许子鹤！"

听到声音，许子鹤预感大难临头，触电般站了起来，来不及四周张望，拔腿就逃。

"Dr. Xu，ich，ich bin Claudia."

跑出六七步远的许子鹤听到背后传来一个女人的声音，是德语的呼喊："许博士，是我，克劳迪娅。"

许子鹤停下并扭过头去，不远处站着一个金发姑娘，千真万确是克劳迪娅。

克劳迪娅没有走上前，而是远远地望着许子鹤。她怎么也不敢相信，面前站着的就是自己三年多来魂牵梦绕的人。长发及耳，蓬松凌乱，面色苍白，双眼红肿，肩膀耷拉着，穿着一身皱巴巴、脏兮兮的衣服，人整整瘦去了一圈，像个乞丐，再没有半点昔日德国博士的风采。

克劳迪娅不希望站在面前的人是许子鹤。

克劳迪娅又希望站在面前的人就是许子鹤。

面前的人的的确确就是许子鹤。

"子鹤！"克劳迪娅哇地哭出声来，跑着扑向了许子鹤。

两位故人紧紧地抱在了一起。

"你，你怎么在这里？"许子鹤冷静了一下，轻轻地推开了克劳迪娅。

"我，我找你找得好苦啊！"

克劳迪娅开始了断断续续的倾诉。

屠杀开始后的第二天，克劳迪娅就从德国报纸上看到了上海镇压共产党的报道。从哥哥汉斯那里，克劳迪娅早就知道许子鹤是个共产主义者，她的心一下子悬了起来。虽不理解许子鹤为何参与政治，但克劳迪娅绝不希望任何人伤害她曾经爱恋的人，尽管这个人已经和别的女人结婚成家。从那天开始，她每天都给哥哥打几次国际长途，希望从哥哥那里获得许子鹤的星点消息。当汉斯把许子鹤仍然活着的消息告知妹妹时，话筒里传来的声音由哽咽变成了放声大哭。克劳迪娅想进一步知道许子鹤在哪里，汉斯死活就不开口了。几天之后，当话筒里传来克劳迪娅撕心裂肺的嘶哑哭声时，汉斯这个当哥哥的心软了下来，告知妹妹许子鹤去了他最想去的地方。克劳迪娅明白哥哥的意思，汉斯还在等着妹妹回复，电话吧嗒一声挂断了。原来，半年之前的一次朋友聚会，许子鹤在饭桌上说过他今后最想到香港看看，汉斯回哥廷根时把这话转述给了妹妹。

三天之后，克劳迪娅登上了开往香港的客轮。迪特瑞希教授和夫人到码头送别自己的爱女，望着女儿走进船舱之前头也不回的样子，夫妻俩老泪纵横。

香港如此之大，该到哪里去寻找许子鹤？在轮船上，克劳迪娅没有睡过一次囫囵觉，不是在船舱里询问香港城市区域划分、街道分布，就是左思右想许子鹤可能躲避的地点。也许是上帝眷顾这个痴情的女人——克劳迪娅分析到了许子鹤可能出现的地方——他一定会出现在一个偏僻贫穷的区域，在那里，他会想方设法打探国内的情况，而最佳最合适的地点，一定会是张贴报纸的社区报栏。

每天清晨，一身亚洲服饰的克劳迪娅天不亮就匆匆离开酒店，一个接一个远远地观察报栏，直到第九天才看到了失魂落魄的许子鹤。

"和我一起回德国吧！来之前，妈妈告诉我，德国驻香港总代办达曼先生也是哥廷根大学的校友，他是个有爱心的艺术家。如果需要帮助，她和爸爸会一起给总代办打电话，只要你申请，就能以避难者的身份去德国。"

"避难者？我许子鹤没有触犯任何法律，也没有做一件违背天良的大逆不道之事，怎么就成了避难者？"

"你们中国不是有一句谚语'好汉不吃眼前亏'吗？子鹤，你是个聪明的好汉，就聪明地选择一次吧！"

"我这个时候去德国，不就成了见风使舵，避害趋利之徒，还是什么好汉！你赶紧回你的德国吧，我哪里都不去！"

"那你怎么办呢？"

"他们毁了我的组织，害了我的国家，我一个人还能怎么办？"

许子鹤说完，又是两句大骂。骂完后，扭头就往公园的角落走去，克劳迪娅想和他一起去，被他一把推开。摇晃着走到公园的尽头，许子鹤一屁股坐在了草丛中。

克劳迪娅没有离开，而是坐在公园中央的石凳上，远远地望着许子鹤。许子鹤先是喝酒，接着骂人，最后歪着头打盹睡去。睡醒后，他又重复了一遍之前的动作，直到再次不声不响地睡着。傍晚五点多钟的时候，许子鹤拿出一个鸡蛋大小的饭团，一口塞进了嘴里，如饿狼般地咀嚼起来。

一整天，泪水在克劳迪娅的眼眶中打转。

天黑了，在克劳迪娅的远远注视中，许子鹤回到了自己的住处。

第二天，许子鹤依旧来到报栏前。读完报纸，他抱住头就往公园走，今天的他，已两手空空，一无所有。走到角落坐下，许子鹤揉了揉惺忪的双眼，忽然发现身边多了一个小布袋。打开布袋，里面装着两瓶果汁，四五个面包和几根香肠，底下竟还有三瓶"太白龙"。

许子鹤抬头望去，克劳迪娅远远地坐在公园中央的石凳上忧郁地注视着自己。

泪水顿时从许子鹤的眼眶无声地滑落，他摇摇晃晃站起身来，走向克劳迪娅。

"回德国去吧！克劳迪娅，我已经是一个废人了，不值得你怜悯，更不值得你去爱！"

克劳迪娅扭过头去不说话，过了良久，她才哽咽着说："子鹤，我放不下！"

随后的三天，一如往常。

第四天，情况终于有了转机。许子鹤从《华侨报》招工栏中看到了一段文字："铜锣湾富熙酒楼急招一名大厨，做南粤特色菜，会讲简单英语，祖籍江门人优先，薪金面谈。"

这是许子鹤离开上海前用俄语写下的一段联络暗语，只不过由俄语翻译成了汉语。铜锣湾富熙酒楼是父亲三番五次给他介绍的香港最好吃的广东菜馆，离自家的米行不远，父亲希望儿子去香港时一定前去品尝。联络暗语在报纸上登出来，说明在上海的张宜珊或者罗琳已经安全地从魏坤手中得到了联络暗号并汇报给了组织，组织正在设法和他取得联系。

多少天没有获得组织的点滴信息了，看到熟悉的联络暗语，许子鹤真想大声喊上一嗓，宣泄一下积郁心中长久的苦闷，但他很快让自己的内心平静下来，加快步伐，来到了公园的角落里，轻轻盘腿而坐，他要仔细盘算接头的事项。

克劳迪娅看出了许子鹤的改变，但她还是静静地坐在石凳上，观察着他的一举一动。

熊昌襄派往香港的人马同样注意到了这条招工启事，他们一大早就来到富熙酒楼询问，得知该店根本没有刊登广告后，四五个杀手扮成食客早早潜藏在酒楼内外，静候许子鹤自投罗网。

许子鹤对此浑然不知。按照约定，刊登广告的当晚六点，双方在酒楼大厅最后一排靠右窗的双人桌前会面。

穿着破旧服装出入高档酒楼，显然不合时宜，许子鹤无奈只得求助于克劳迪娅。听到许子鹤要买一套衣服，克劳迪娅喜出望外。了解完衣服和鞋子尺码之后，整个人儿像燕子一般轻快地离开了公园。

中午时分，克劳迪娅回来了，手里拎着一个大包。

许子鹤突然变了卦。

"克劳迪娅，你今晚能帮我一个忙吗？"

"子鹤，只要我能做到的，我什么都可以去做。"

"请你今晚去酒楼吃饭。"

"Pefect（太美好了）！Pefect！你已经很长时间没有认真吃顿饭了，只要和你在一起，吃什么我都觉得很香，很香。"

"不！你一个人去，去见一位能帮助我的朋友。"

"我一个人去，为什么？"

许子鹤思考了一下，说："克劳迪娅，请你体谅有些话我不能和你说，但请你相信，我并没有做什么不好的事情，只是无奈而已。"

克劳迪娅去购物的时候，许子鹤突然意识到，此时报纸上刊登的任何寻人启事或者广告也一定会引起对手在港人员的关注，自己公开露面，无异于飞蛾扑火。

便想到让会讲汉语的克劳迪娅前去联络，在饭桌上再与对方约定下次见面的地点。

不能与许子鹤一道吃饭，克劳迪娅虽然有些失望，但还是满口答应了下来。

晚上的铜锣湾灯火通明，富熙酒楼大门前人来人往。熊昌襄的人马早已埋伏到位，一旦目标出现，一场刀光剑影的鸿门宴便会如期上演。

克劳迪娅准时走到了指定的桌前，已在座的一位戴眼镜的年轻学者心中一阵惊慌。

"先生，请允许我自我介绍一下，我是许子鹤教授的学生克劳迪娅，他下午在香港参加国际数学年会，由于要回答很多学者的问题，可能要晚到一会儿。"克劳迪娅用眼睛余光观察着周围的情况，压低嗓门说。

听到许子鹤的名字，对方这才定下心来，但仍心存疑惑。

点菜、吃饭、碰杯、聊天，宛如一场正常的朋友聚会。吃到一半的时候，克劳迪娅交给对方一个纸条，上面写着八个字"修己以敬，止于至善"。见到这八个字，对方这才确认面前的这位姑娘确为许子鹤所派。言谈中间，克劳迪娅希望对方作为朋友能好好和许子鹤谈一谈，他不能整天再像个酒鬼那样酗酒了。戴眼镜的年轻学者点了点头，临走时告诉了克劳迪娅明天见面的时间和地点。

直到晚上饭店打烊，熊昌襄的人马也没有见到许子鹤的人影。

第二天上午九点，许子鹤如约来到一家不起眼的早茶铺。许子鹤走进最里面的一个雅间，推开门，看见里面坐着一个人。定睛一看，许子鹤差一点惊叫出声——

坐在桌旁的人不是别人，是邓翰生。

在粤港两地领导工人运动的邓翰生受组织委派，前来与许子鹤会面。

邓翰生看到了脸色苍白、神情沮丧的许子鹤，没有起立相迎，而是用手招呼他坐下。

见到老朋友，许子鹤再也抑制不住自己的情感。

"完了！一切全完了！"

"Scheiße！Alles ist vorbei！"许子鹤含泪重复了一遍他来港后不知说了多少遍的两句话。从许子鹤急促的呼吸中，邓翰生闻到了一股酒味。

"喝酒了？"

"昨晚喝了一点。"

"你从来不喝酒的，怎么突然喝起酒了？"

"我们的组织完了，我们的将来完了，一切都完了，我心里实在难受啊。"

"啪"的一声，邓翰生拍案而起。

"谁说完了？我没有想到你许子鹤原来是个胆小鬼！"

许子鹤惊愕地望着邓翰生，想张口说话，却一个字也吐不出来。

"本以为你见识广、阅历丰富，受过系统的理论培训，这个时候应该比其他同志更加坚强，但却变成了这个样子，我真替你感到羞愧！"

许子鹤低下了头。

"内地和香港报纸上天天都有声明退党的人，你也完全可以这样做！"

一听这话，许子鹤呼地一下站了起来，大声嚷嚷道："我不是胆小鬼，更没有退党的打算！"

"坐下！"

许子鹤坐了下来。

"再这样颓废下去，你一定会走到那一步。"说完这话，邓翰生也坐了下来。

送早茶的服务生来了，两个人默不作声，静等他放下茶水，关门退去。

邓翰生要许子鹤谈谈自己的想法。许子鹤一五一十地把自己的意见和盘托出。邓翰生明白了许子鹤的复杂思想，他不理解国民党的所作所为，无法接受这残酷的现实。

邓翰生开始了他的谈话。

"你我都清楚，为了打倒军阀，赶走在中国大地上恣意妄为的西方列强，我们共产党和国民党走到了一起，联手合作，古老的中华萌发出崭新的气象。可是令人没有估计到的是，国民党内部出了问题，一部分人，也就是他们党内的右派集团在党内逐渐强大之后，起了野心，容不下另外一个政党的存在，人为制造了一系列的摩擦，不过由于一大批左派的反对，没有形成大的气候。但没有形成大气候，不等于他们就会轻易改弦更张。蒋介石掌握军权后，我们党对他抱有极大的希望，对两党合作抱有极大的希望，尽管这个人一而再、再而三地耍弄政治手腕，但我们党内的许多同志，特别是陈总书记采取了迁就退让的政策，没想到铸成大错，酿成无法挽回的悲剧。到现在为止，我们党在上海的组织几乎损失殆尽，其他几个大城市也大都如此。四月底，我们读书时的先生李大钊已经被绞死，前些天，上海的江浙区委书记陈延年同志由于叛徒出卖不幸被捕入狱，仅仅相隔十几天，接替他职务的赵世炎同志也接着被捕，据可靠消息，很快就会被杀害，我与延年和世炎是多年的好朋友……"

邓翰生说到这里，哽咽得不能自已。

陈延年和赵世炎都是与许子鹤同期留学欧洲的中国学生，许子鹤还在法国巴黎见过他们两位。许子鹤非常敬重陈延年和赵世炎，因为他们两位和周恩来一起创建了旅欧共产主义组织，成为了该组织的主要骨干，而他当时则是其中的普通成员。现在两人即将被杀害，许子鹤内心充满无限的悲伤。

"两个多月以来，蒋介石纠集上海的青洪帮和军阀残余势力，暗地里还串通日、英、法等国的在华武装一起制造了血腥的大屠杀。他之所以这样做，就是要排除异己，一党独尊，施行独裁，到最后，和其他军阀一样，用武力统治中国，做中国最大的封建土皇帝。蒋介石完全背离了孙先生的建党宗旨，除了我们党的成员，他还清洗了一大批国民党内的左派人士，已经变成了彻头彻尾的反革命。"

"我这一辈子最讨厌的是什么？是刺龙画虎、飞扬跋扈的街头流氓，但这些人可以从外表上认出来，从而避而远之，但政治流氓就不一样了，他们表面上温文尔雅，背后却暗藏杀机。现在，背信弃义的蒋介石一伙就是一群典型的政治流氓！"许子鹤气愤之极，说起话来两眼瞪得滚圆。

"对的，政治流氓更可怕！街头流氓欺行霸市，打架斗殴，老百姓的财产受损失，身体受伤害，但毕竟涉及的范围是有限的，政治流氓一旦实行流氓政治，遭殃的就不是几家几户了，而是一个国家，是整个民族。对政治流氓和他们实行的流氓政治，我们决不会坐以待毙！"

许子鹤望着邓翰生，聚精会神地听着。

"那我们党现在是怎样的态度？"

"我们党虽然遭受了巨大损失，但没有被残暴的反革命暴行所吓倒。血的教训警醒了我们，苏联同志和我们党正在总结教训。我们过去和蒋介石合作就是要推翻各地军阀的统治和赶走盘踞在中国的帝国主义，现在他自己变成了中国最大的军阀，并且与欺凌中国人民的外国列强站在了一起，那么，他就变成了人民的公敌，变成了与人民完全对立的反革命！我们现在的首要任务，就是要联合国民党左派人士，揭开他的画皮，粉碎他的阴谋。屠杀事件发生后不到十天，在宋庆龄、邓演达、毛泽东还有恽长君等人的带领下，武汉就掀起了反蒋斗争的高潮，《汉口民国日报》发表了他们联名讨蒋的通电，那里的三十多万群众在阅马场举行了声势浩大的讨蒋大会，一致通过了《讨蒋通电》。"

邓翰生对国内形势的分析令许子鹤豁然开朗。

"那我们党还有多远的路要走啊？"许子鹤道出了自己的担忧。

"只要方向正确，道路再漫长，终有到达目的地的那一天。你是学数学的，有1就有2，有2就有3，以此递进衍变，从少到多，从多到强，野火烧不尽，春风吹又生！"

一席话，说得许子鹤激动地站了起来。

"翰生兄，我懂了。"

接下来，许子鹤向邓翰生承认了自己的错误，保证从今天开始滴酒不沾，也不再抱怨骂人。

望着许子鹤一脸释然的表情，邓翰生点了点头。

两个人整整谈了一天，晚上许子鹤回到住处，彻夜未眠。

三天后，两人在另一个早茶铺再次碰面。邓翰生告诉许子鹤，中央已经决定让他离粤回沪，负责重新组建遭受破坏的中共江苏省委。

"我现在也想立刻回去。"许子鹤说。

"为什么？"

"我一天都不想待在这里，想回去接受组织上分配的任务。"

"就这样回去？"

"是的。"

"不！"

许子鹤疑惑地看着邓翰生。

"你明天就在报纸上用真名声明退党，在克劳迪娅的帮助下避难去德国。"

听到邓翰生这样说，许子鹤惊愕地瞪大了眼睛。这种话如果从克劳迪娅口中说出来，他还可以理解，但现在却明明白白出自令他尊敬的邓翰生之口，他难以置信。

"不！我不会走！苟利国家生死以，岂因祸福趋避之！"许子鹤用林则徐的一句诗做了回答。

邓翰生摆摆手，示意许子鹤不要着急。

"你不能这样回去，我们组织的成员既要有决心，同时也要有智慧。'许子鹤'的名字出国了，'许子鹤'真人要回国，从今以后，你就叫陈鑫涛。"

陈鑫涛是共产党在美国斯坦福大学学生中发展的秘密党员，在回国途经香港时不幸病故，他的个头和身材与许子鹤十分接近。

许子鹤想了一会，说："子鹤已乘浮云去，自此世间无许郎。让我来完成鑫涛同志未能完成的任务吧！"

邓翰生先是点了点头，然后望着许子鹤说："好！四个月以前，鲁迅先生在香港发表了两次演讲，号召青年们'大胆地说话，勇敢地进行，忘掉了一切利害，推开了古人，将自己的真心的话发表出来'。先生的话虽然针对文学而言，但又何尝不是拯救和振兴民族的呼声呢？应先生之呐喊，我们一起行动吧！'寄意寒星荃不察，我以我血荐轩辕'。"

"寄意寒星荃不察，我以我血荐轩辕。"许子鹤重复了一遍。

三天之后，《华侨报》上刊登了许子鹤退党赴欧的声明。

熊昌襄尽管痛骂部下无能，但还是出了一口长气，以后的日子要安生多了。

克劳迪娅劝说许子鹤不知多少次，还是没能动摇许子鹤的决心。远在哥廷根的迪特瑞希教授夫妇询问许子鹤的态度，克劳迪娅在电话里泣不成声地引用了《圣经》里的一句话。

"If ye will not believe, surely ye shall not be established."（你们若是不信，定然不得明白）

许子鹤送走了双眼红肿、泪眼涟涟的克劳迪娅。

当客轮缓缓驶离码头时，许子鹤看见了站在甲板上栏杆边的克劳迪娅。她并没有挥手致意，只是朝向许子鹤的方向长久地伫立，直到消失在海天相接的海平面上。

那天的海风好大，吹得眼睛那么酸痛……

邓翰生与许子鹤拥抱告别，码头上他赠送了许子鹤一句话，是孔子说的。

"遁世不见知而不悔,唯圣者能之。"许子鹤自然明白这句话的含义:"一生默默无闻不被人知道也不后悔,只有圣人才能做得到。"

许子鹤抱拳回应:"翰生兄,小弟凡人一个,我虽然知道自己做不了圣人,但这辈子还是想要试试!"

第三十四章

香港驶来的"永嘉号"客轮刚一停泊到位,上海十六铺码头上迎接亲友的人群就呼啦啦地向前涌了过去。

出口处的入关检查格外严格,穿制服的警察和穿便衣的特务两人一组,逐一盘查每一位下船旅客的身份。

一位留分头,戴眼镜,脚蹬一双黑色牛皮凉鞋,上身穿一件印有"New York"(纽约)的白色 T 恤,下身着咖啡色七分休闲裤,体态清瘦的年轻人,随着人流缓缓走下了客轮扶梯,腰间的铜制皮带扣随着舷梯的摆动不时泛着金光。

这位年轻人就是重新返沪的许子鹤。

"You shall see the difference now that we are back again."(如今我们已经回来了,请你们且看分晓吧!)此时许子鹤的心里,翻来覆去重复着的这句话,是他从苏联回到上海时,心中念叨的荷马史诗《伊利亚特》第十八章中的那句经典名言。

在香港经历了两个多月的身心煎熬,许子鹤比原来瘦了十多斤,再加上一番乔装打扮,人已经完完全全变成了另一番模样。

许子鹤手提一只夏威夷风格的藤条方箱,边走边环顾四周,近观远眺,似乎对眼前的一切充满好奇,那模样俨然是第一次来到上海这座"东方巴黎"的海外游子。

"叫什么名字?哪里人?出生年月?从哪里来到哪里去?"穿制服的海关人员手持旅客护照,逐一询问核对。

"英文名 Leo Chen,中文名陈鑫涛,山东青岛人,1905 年 7 月出生,从美国加利福尼亚州来,几天之后去南京。"

核对完毕,护照被加盖印章递回到许子鹤手里。

忽然,旁边的黑衣人一把夺过许子鹤的护照。

"在美国干什么?来上海干什么?今后去南京又干什么?"

"六月刚从帕罗奥图的斯坦福大学毕业,在南京金陵大学附属中学获得了一个英语教师职位,九月份开学之前,先去了一趟香港,这就到了上海。"

询问不出任何破绽,许子鹤的藤条箱被黑衣人强行打开。

许子鹤的心顿时悬在了半空。

箱中的东西被翻了个底朝天,除了一双皮鞋、几件换洗衣服、盥洗用品和几本英文书籍外,并无其他可疑之物。

"走!"十几分钟后,黑衣人终于放行。

许子鹤悬着的心放了回去。一声"谢谢"之后,拎起箱子,大摇大摆地汇入了熙熙攘攘的人流中。

在霞飞路一家僻静的小旅馆住下,许子鹤精心盘算起今后几天的行程来。

按照约定,七天之后,邓翰生将要从香港来到上海。许子鹤先期抵沪,主要有两个任务,一是与原江浙区委,现江苏省委组织部韩副部长联络,转达邓翰生的指示;另一件就是为邓翰生租下一套隐蔽的房子,作为工作接头的地点。这一切办妥之后,许子鹤就要离开上海,赶赴南京,以金大附中英文教师的身份作掩护,负责南京党组织的重建工作。

临行前,邓翰生反复交代许子鹤,原来的中共江苏省委损失殆尽,杨虎、陈群目前正像猎狗一般想方设法打探是否成立了新的江苏省委。为了防止许子鹤与韩部长接头之前出现泄密,邓翰生说他没有将许子鹤的真名告诉韩部长,甚至连即将使用的化名"陈鑫涛"也没讲,只是说回沪的同志叫"大鹏"。按原计划,须待两人如期见面后,许子鹤才能如实说出自己的真实身份。

一连三个多小时,许子鹤把接头的每一个细节在脑海里像放电影般都过了一遍——经历了严酷的"清党",他分明比以前更加谨慎小心。

傍晚时分,许子鹤换上另一套服装,走出了旅馆的大门。

后天晚上,许子鹤将要在南京路上一家名叫"上海人家"的饭店与韩部长接头。他要提前去认认路牌,熟悉环境。

"上海人家"是南京路上一家出了名的本帮菜馆,上海人喜欢在那里请客聚会,所以门口天天都是车水马龙。许子鹤沿着南京路走,慢慢悠悠的像个观光的游客走到"上海人家"附近,他没有进去,而是一如既往地向前走。个把小时之后,许子鹤又折返回头,再次经过"上海人家",他还是没有进去,仍然一直朝前走,好像压根就没有注意到"上海人家"似的。距离"上海人家"二十多米远的斜对面有一家书店,许子鹤这次走了进去,买了一本《上海景象》,十几分钟光景,他边走边翻阅着杂志出了书店。出门时,他还给门外的一个玩杂耍的扔了两个铜板,乐得对方连连鞠躬道谢。

半个小时过去了,天渐渐暗了下来,许子鹤坐上黄包车,他告诉黄包车夫,自己对大上海的民居感兴趣,想去看看,黄包车绕到了"上海人家"后面的里弄里。

第二天傍晚,许子鹤优哉游哉地重走了一遍头一天的路线。

每天回到旅馆,许子鹤立刻躺在床上,闭上眼睛,一两个钟头一动不动,仿佛在回忆思索着什么。

第三天清晨,许子鹤早早起了床,他要去自己两个多月来一直牵挂的一个地方。先后换乘三辆黄包车,许子鹤这才来到了魏乾家的里弄口。

付完车费支走车夫，许子鹤来到了一群玩耍的小孩子旁边，先是递给每人几粒糖果，然后问他们是不是认识魏毛子。所有孩子都认识魏毛子，说他跟着妈妈捡煤渣去了。

"把这包东西转交给毛子爷爷吧！"许子鹤说。

"他爷爷死了！"一个孩子回答。

许子鹤心头一沉。

"那就给他奶奶吧！"

"他奶奶也死了！"另一个孩子回答。

听完孩子的话，许子鹤内心痛苦万分，刚刚两个月的时间，一家人中就走了三个。

"毛子姐姐妮妮在家做饭呢！"一个小姑娘说。

"我还要赶路，那就请你把这包东西交给妮妮吧！"

"那你是谁啊？我好告诉妮妮。"

"我姓朱，和她爸爸原来都在纱厂上班，现在回苏北老家做点小生意。这次到上海进货，顺便给孩子带了两件衣服。"

小姑娘接过东西，跑着找妮妮去了。

许子鹤拦了一辆黄包车，匆匆离去。

片刻工夫，满脸煤灰的妮妮跑到了里弄口外，黄包车已经消失在茫茫人海中。

从香港回内地前，在香港地下党组织的帮助下，许子鹤和弟弟金涛取得了联系。当从曼谷一家普通的电话间里听到哥哥的声音时，金涛激动得连声音都变了调，说全家人都快急疯了，要赶紧把这个好消息告诉爸妈和嫂子。许子鹤的回话口气十分严厉，说不告诉是对家人的保护，如若告诉，就再也不和弟弟联系了。金涛流着泪答应下来，说一定听哥哥的话，不告诉任何人。金涛后来不但还清了汉斯的借款，还给哥哥汇来了一笔费用。这笔费用的一半，许子鹤塞到了给妮妮的包裹里。

与韩部长约定的见面时间是晚上六点半；下午四点半刚过，许子鹤换了两辆挂前帘的黄包车，早早赶到了"上海人家"附近的南京路上。

细心的许子鹤要再提前勘察一遍周围环境有无异常变化，一是为自己负责，同时更为韩部长的安全负责。

沿着街道，黄包车缓缓向前移动。许子鹤从布帘缝中上下左右观察着，不错过任何一个细节。走完一趟的时候，许子鹤的眉头突然紧锁起来。待返回来再次经过饭店门前时，他已无法平静下来，心脏怦怦直跳的声音，自己仿佛都能听得见。

许子鹤坐着黄包车绕到了"上海人家"背后的里弄里，一遍走过，心跳更加猛烈，他没有预料到的最坏的情况出现了。

话还得从两天前说起。许子鹤坐着黄包车经过"上海人家"周围四次，用苏联老师瓦西里的话说叫"踩点"。每次回到旅馆，许子鹤都会花费很长一段时间梳理"踩点"得到的信息，以便与行动当天目测的实地情况进行比对。前两次，他将"上海人家"周围一百米的店铺、流动摊位、门口摆放物、窗户的开闭情况以及打开角度都一一记在了脑海里。今天，黄包车布帘后面的他突然发现"上海人家"门口两边各多了一个擦皮鞋和看西洋镜的摊位，饭店对面一家布店的二楼也出现了异常，玻璃窗户打开的程度与前两天的明显不一样。更让许子鹤吃惊的是，饭店后面里弄口，有两人在一个香烟店前安静地下着象棋，旁边还有两人观棋，虽然香烟店主与前两天为同一人，但表情明显不同于往常，眼光没有落在选购香烟的顾客脸上，而是一会儿看看门前的四个人，一会儿望望里弄两头流动的人群，显出惊惧不安的样子。

"上海人家"周围设了铁桶般的埋伏，一旦进入这家饭店，必将插翅难逃。

离会面的时间还有五十分钟，许子鹤的头脑在飞速转动着，他必须想出一个万全之策，尽快告知韩部长取消会面，撤离此地。

黄包车按照许子鹤的要求停在了书店门口，车费已经提前付过，车子一停，许子鹤掀开布帘就闪了进去。许子鹤选择了一个临窗的座位坐定，思索着怎样通知毫无察觉的韩部长。但他没有料到，自己的屁股刚坐定，就看到一辆黄包车停在了"上海人家"门前，韩部长跳下车，头也不回就进了店里。拉黄包车的师傅许子鹤也认出来了，是过去上海第三次武装起义时，拉过自己的那个老实巴交的黄包车夫。

按照组织规定，双方最多只能比约定时间提前一刻钟抵达，现在还有五十分钟的时间，韩部长就已来到店里，这不但使许子鹤十分诧异，同时也使他提前告知对方出现意外情况，取消会面的想法化为了泡影。

许子鹤从书架上随手取了一本书拿在手里，表面上是在看书，内心却翻江倒海。第一次回到国内开展地下工作就遇到这样的紧急情况，他万万没有料到。

趁着对手还没有发现韩部长，必须想尽一切办法告知他迅速撤离。

许子鹤一刻不停地盘算着对策，额头上沁出了一层密密的汗珠。

离见面还有半小时的时候，许子鹤终于计上心来。他走到门口，把正在门口用三个小瓷碗罩住铜板晃来晃去骗人的杂耍艺人叫到了桌前。

"这小把戏我也耍过，你一天能赚几个铜板？"

一听碰见了同行，杂耍艺人说了实话："唉，上海人不但精明还很小气，一天能弄十来个铜板就谢天谢地了！"

"帮我个忙，给你十个铜板！"

杂耍艺人说话江湖味十足："那得看什么忙了。"

"对面饭店二楼'聚贤'包间里坐着我父亲，他带着一个姑娘约我俩见面相亲，我刚才透过窗户瞧见了姑娘，又矮又胖，不想见了。我写个字条，你替我送给他就可以了。"

"啊,原来如此,小事一桩,愿效犬马之劳,拿钱吧!"

"先给五个铜板,送完纸条后再来取剩下的五个铜板。"

"聪明,聪明,是干我们这一行的料!"两人相视一笑。

许子鹤在纸条上写下一句话:"姑娘已看到,丑陋无比,饭不吃,先走了!大鹏。"这是暗语,意思是取消见面,立即撤退。

许子鹤看着杂耍艺人大摇大摆地进了"上海人家"的大门。

大约一刻钟光景,南京路上一片哗然。先是从饭店冲出五六个手持短枪的饭店服务员装扮的人穿街直扑书店而去,接着一辆带篷卡车不知从何处冒了出来,一个急刹车,停在了饭店门口。

卡车刚停稳,杂耍艺人就被三四个人押了出来,扔进了车厢里。同样的情况也在书店发生了,五六个提短枪者反扭着一位被头罩裹住面部的人上了卡车,然后呼啸而去。

从书店被押上车的人不是许子鹤。

原来,杂耍艺人前脚刚离开书店,许子鹤后脚就走了出去,躲到对面茶叶店里,装模作样选购起了当年的新茶。五六个持枪者冲进书店,把正坐在许子鹤刚坐过的座位上的一个戴眼镜的读书人扑倒在地,不容分说罩住头部,提溜起来就走。

卡车从自己跟前驶过的时候,许子鹤看清了驾驶室座位上的指挥者是一个脸上带着刀疤的家伙。许子鹤想起来了,刀疤脸不是别人,正是那位曾经在熊昌襄司令部扎过自己一刀,后来又听魏乾媳妇讲,朝她丈夫头部连开三枪的胡大宝。

大街上的行人呼啦一下涌进饭店和书店看起了热闹。

许子鹤藏匿在人群当中,不过他没看书店方向,而是双眼死死地盯着"上海人家"门口,他为饭店内韩部长的安危捏着一把汗。

五分钟后,手执纸扇的韩部长走了出来,停在门口的那位车夫起身赶到,韩部长上了车。

有惊无险,许子鹤在心里长长地出了一口气。

但韩部长接下来的一个动作,许子鹤感到在自己头顶上炸响了一声晴天霹雳。

韩部长上车之后,从布帘后面伸出手来,在空中哗啦一下打开了纸扇。看见纸扇打开,门口两边擦皮鞋和看西洋镜的摊位迅速收摊,匆匆离去。

天啊,韩部长是叛徒。许子鹤顿感心口剧痛,冷汗涔涔。

许子鹤庆幸自己逃过一劫,急忙转身离去。走出二十多米后,许子鹤停下了脚步。不行,不能就这样溜掉。四天之后,邓翰生就要抵达上海,这时的他已经不在香港,而在广东的几个地区秘密交接工作,肯定是无法取得联系,现在韩部长叛变,邓翰生的生命势必危在旦夕,必须在邓翰生抵达之前处理好上海的事情。

许子鹤急中生智地想出了一个主意,决定随着看热闹的人群进入饭店。

饭店内的服务员个个呆若木鸡，看热闹的人挤得满堂都是。许子鹤悄悄上了二楼，来到了"聚贤"包间门口。包间内空无一人，桌子上放着一只还剩半碗茶水的瓷碗。许子鹤知道，那一定是韩部长用过的茶具。许子鹤闪了进去，掏出手绢，裹住瓷碗，倒掉茶水后装进了自己的口袋，然后迅速下楼，混入了杂乱的人群。

许子鹤再清楚不过的是，熊昌襄和韩部长回去后不久就会弄明白抓的人不是他们所要的大鹏，必定在上海大小旅馆展开地毯式搜查。他匆匆回到旅馆，取出行李，直奔火车站，坐上了最后一班开往苏州的夜车。

果不其然，上海当晚警车满街，宾馆客栈被翻了个底朝天。

在苏州一个不起眼的客栈住下，许子鹤一夜未眠，策划着反制的手段和方法。黎明时分，许子鹤决定再入上海，实施自己的计划。

出发之前，许子鹤心里十分清楚，到打开藤条箱的时候了。许子鹤携带的藤条箱，正反两面都是用厚厚的几层藤条编制，只有连接正反面的箱脊处为了箱身牢固，外面裹了一层薄薄的铜皮。秘密就藏在薄薄的铜皮之内。许子鹤用水果刀拧开固定铜皮四个角的螺丝，取下铜皮之后，一个红布包哗啦一声掉了出来，红布包中裹着一支比利时造6.35毫米口径的袖珍勃朗宁手枪。

藏好手枪，许子鹤踏上了清早第一班开往上海的火车。

下了火车，许子鹤直奔昨天晚上拉韩部长的那位黄包车夫所在的公司。中午刚过，回公司交份子钱的车夫被许子鹤瞧见，受雇后就奔向许子鹤指定的一处废弃的民居，刚到门口，车夫正要转身询问，枪口对准了他的后脑勺。

"进去！"许子鹤一声呵斥。

黄包车夫两腿筛糠般抖动不停，老老实实走进了里面。

刚进屋，黄包车夫扑通一声跪在了地上："大爷饶命，大爷饶命，我家里上有老，下有小啊！"

许子鹤真想一枪打死这个上海工人的败类，但他心里清楚，自己平生第一次射出子弹击中的绝不应该是眼前的这个人。

"我们十来个弟兄跟踪你已经好长时间了，早就想要了你的狗命，但考虑到你家里有老人小孩，暂且放你一马。没想到，你昨天继续作恶，该不该杀？"

"大爷饶命，大爷饶命，我家里真是上有老，下有小啊！"车夫边说边跪在地上磕起头来。

"今天是你最后一次机会，不听我们的话，这里就是你的坟场。"

"大爷说，大爷说，小的如果有半点违抗，你们就开枪。"

黄包车夫交代，韩部长和他是同一个地方的人，多多少少还沾带一点亲戚，所以一直对他很照顾。但大事韩部长从不告诉他，只是用得着的时候才叫他，图个安全保密。

许子鹤询问了韩部长和胡大宝家的住址、电话和生活规律。黄包车夫一一作答，不敢有半点隐瞒。

最后，许子鹤告诉黄包车夫，让他第二天下午同一时间来此见面，只是让他转交一封信，然后他就可以离开上海，保一条活命。

临走时，许子鹤警告道："今明两天我们四个人会一直跟着你，这是你将功赎罪的最后机会，胆敢向别人告密或者逃跑，就别怪我们不客气了！"

胆小怕事的车夫慌忙磕头饶命，千恩万谢。

放走车夫，许子鹤分别去了韩部长和胡大宝家附近侦查，地址是正确的，但流动暗哨众多，许子鹤不好下手。

许子鹤准备了两套方案，第一套方案是直接暗杀，但无法实施，只能采取后一套方案了。

第二天下午，黄包车夫按时来到了指定地点，许子鹤交给他一封信，让他明晚六点左右在韩部长离开家之后，把信交给门前的暗探。

"交完之后，你就马上离开上海，这是去西安的火车票和一点零钱，去那里混碗饭吃，再干坏事，我们那里的弟兄照样会杀你！"

黄包车夫感激涕零地离开了。

根据黄包车夫提供的信息，刀疤脸胡大宝每隔两天，就会在"上海人家"的"夜莺"包间请一个沪剧女演员吃饭，酒足饭饱之后，两人就到对面街上的一家旅馆开房。

今天又到两人见面的时间了。

许子鹤早早来到了与"夜莺"隔壁的"丹凤"包间，悠然自得地喝着茶水。在赶到"上海人家"之前，许子鹤办了两件事：一件是去南京路百货楼购置了与韩部长同一款式和颜色的长袍穿上；另一件是去了一趟黄包车夫的公司，给门卫递了一封信。这封信黄包车夫是看不到了，因为他已经在去韩部长家的路上。

信的内容很简单，只有草草的两行字："六子，见信后就赶快离开上海吧，越快越好。千万别回老家，走得越远越好，给你一百大洋当路费，切记，切记！四舅公。"

信是许子鹤写的，笔迹却是韩部长的。过去韩部长经常给许子鹤的《发动机》写稿件，字是独特的魏碑字体。许子鹤十分欣赏，闲暇时间有意无意地拿出来加以临摹，最后到了以假乱真的地步，没想到现在用上了。

不到六点，胡大宝如期来到了"夜莺"包间，端起瓷碗喝茶等待女戏子的到来。

见胡大宝到来，许子鹤悄悄走到大堂，先是给领班经理甩去一张十块大洋，然后交代道："胡队长已到，给这个号码的韩先生打个电话，请他快来和弟兄们一起喝杯薄酒！"

黄包车夫按时来到韩部长家附近，他这次没有拉车，而是躲到暗处。六点过五分，他看到韩部长匆匆走出家门，像是遇到了什么急事，这才蹑手蹑脚把封好的信件交给了他认识的暗哨。

一切都按照许子鹤的计划在进行。

六点一刻，行动的时间到了。

许子鹤从腰间拔出勃朗宁手枪，哗啦一声拉动了枪栓。

这是许子鹤第一次开枪杀人。

在苏州的小旅馆内，他不知演练了多少次，但右手还是抖动不停。许子鹤是个文人，以前从没有真枪实弹地打过仗，甚至连想也没想到过要去打仗，在苏联的培训也仅仅是防身和隐蔽，可是残酷的现实强迫他不得不拿起武器。真正拿起武器要战斗的时候，他一时还是难以镇定下来。直到刚才看到满脸横肉的胡大宝，魏乾被他连开三枪击中头部的画面在他头脑中一而再、再而三地出现，如此凶残的家伙，还是人吗？如果今天不铲除这个祸害，不知还有多少同志和无辜的市民会死在他的枪口之下。

替天行道，除暴安良的时候到了。

许子鹤镇定了下来，敏捷地装上消音器，提枪而出。

闪进"夜莺"包间时，胡大宝正坐在椅子上闭目哼着小曲。见包间门打开，他以为自己等待的女人来了，站起来敞开双臂就去拥抱，待看清是一不认识的陌生男子，顿感不妙，急忙伸手从腰间摸枪，但为时已晚，许子鹤的枪响了。

子弹打在胡大宝的天灵盖正中，人猝然倒地，血汩汩地向外流淌。

枪响之后，许子鹤没有马上离开，只见他从大褂中掏出用手绢包好的瓷碗，与胡大宝对面的一个空瓷碗做了调换。

做完这一切，许子鹤不慌不忙地下楼，离开了"上海人家"。

大堂嘈杂，值班经理根本没有听到楼上的任何响动，直到听见女戏子来到后的尖叫声才知道出了大事。

韩部长来到"上海人家"，里面已经乱作一团。他察觉情况不对，便匆匆离开饭店往家赶。

王全道和熊昌襄带着大批人马赶到了，根据值班经理的描述，怀疑韩部长涉及此事，于是，正在回家路上的韩部长被抓获。

当天夜里，韩部长被打得死去活来，死活就是不承认自己杀死了胡大宝。

啪啪几个耳光后，熊昌襄把两封信拿了出来，破口大骂："王八蛋，看看，一封是你写给那个拉车亲戚的，一封是他送到你家里的，还有什么话，现在说还来得及！"

送到韩部长家的那封信，许子鹤是用左手写的。

"老韩：谢谢您昨晚的精心安排，估计那两个家伙前天夜里受了不少苦吧！我已经拿到了您放在接头地点的东西，勿念！组织上认为此事之后，狡猾的熊昌襄一定会对您产生怀疑，为了安全，见信请迅速撤离到我们原来约定的地址。如果走之前方便，最好除掉胡大宝，他身上背有我们二十多位同志的性命，罪该万死！大鹏。"

"'大鹏'是什么人？"王全道问。

"邓翰生只告诉我接头人名叫'大鹏'，真实姓名和身份我确实不知道。"满脸是血的韩部长回答说。

"王八蛋，你这个吃两家饭的家伙到现在还嘴硬！"熊昌襄上去又是两个狠狠的嘴巴。

"队长，这是共党的离间计，离间计啊！"韩部长望着熊昌襄嚎啕大哭。

"大宝跟了我二十来年，救过老子几次命，就这样被你这个吃里扒外的王八蛋一枪给敲了，看老子不宰了你！"熊昌襄说完，从腰间拔出杀猪用的剔骨刀，就往韩部长肚子上捅去。

王全道一把拦住了熊昌襄，板着脸说："慢，我请了两个技术专家，正在鉴定信件笔迹和大宝对面座位上的人留在瓷碗上的指纹，明天上午就会出结果。"

第二天临近中午，鉴定结果送到了王全道和熊昌襄手里。鉴定结果是，信件笔迹与韩部长极为接近，是否他亲自书写或者说他故意改变部分书写方式，不能完全确定，但瓷碗上的指纹，百分之百是韩部长所留。综合两项鉴定，人是羁押疑犯所杀。

王全道一时无语，熊昌襄二话没说，径直来到了审讯间。

"大宝，大宝，哥给你报仇来了！"

熊昌襄朝着韩部长的肚子一连捅了二十多刀，直到对方在鬼哭狼嚎的惨叫声中断气而亡。

两天之后，邓翰生平安抵达上海。

又过了三天，安顿好邓翰生的许子鹤奔赴南京。

许子鹤出发的前一天晚上，邓翰生宣布了中共江苏省委的任命，许子鹤担任中共南京市委书记。

第三十五章

在去南京的火车上，许子鹤和一对年轻夫妻坐在一个包厢内。男人一会儿削苹果，一会儿剥核桃，一路上对妻子照料备至，忙个不停。原因很简单，女人小腹微微隆起，怀孕了。

看到眼前发生的一切，许子鹤心潮难平。

自上海匆匆一别，夫妻分离已近半年，妻子叶瑛应该也像对面的女人一样孕态明显了。对面女人旁边有丈夫的呵护照料，自己的双手搭在肚子上抚摸不停，神情祥和而满足，流露出对未来生活不暇深究的憧憬。想到叶瑛孤苦无依的生活，在最需要他陪伴的时候，自己不但不能给予她一丝温暖，甚至连一个音讯都不能告知，对一个女人来说，每天过着诚惶诚恐的日子，该是受了多大的煎熬啊！想到这些，泪水从许子鹤的眼角无声地滑落下来。为了不让对面的小夫妻看见，他用白色的遮阳帽盖在脸上，佯装起睡觉来。

火车不断前行。

轰隆隆的车轮声中，一幕幕温馨的景象浮现在许子鹤的脑海中。

一大早，他就悄悄起了床，先是到冠陇村头一家烧饼店买来带糖心的酥油烧饼，然后急忙掉头回家，在炭炉上蒸上一碗嫩嫩的蛋羹。一切准备停当，他才扶起行动不便的叶瑛，坐在方桌前享用美味早餐。吃罢早点，他就拉着叶瑛的手，在韩江边宽宽长长的岸堤上散步。晚春的阳光透过大榕树华盖般的树冠，洒在林荫道上，形成斑驳的光影，一直铺陈到望不见的远方，路上的行人像是走在童话的世界里。有时候他只是揽着叶瑛的肩头，一起凝望静静流淌的江水，享受难得的静谧时光。有时候他会给叶瑛讲格林兄弟的童话。每个童话结尾，他都会说："瑛，这个童话可是真的呀，写童话的格林兄弟是我们哥廷根大学的教授，我们哥廷根大学的人都不说假话的。"一句话逗得叶瑛笑上半天。到吃午饭的时辰，他就会雇辆人力车，带着叶瑛来到县城的韩江饭店，点她最爱吃的鲜竹筒炖乳鸽和千禧一品汤。除了这两道菜，他当然不会忘记点蚝仔烙和冰糖莲藕，那是自己的最爱。望着他，叶瑛笑嘻嘻地说："你这人，名义上为我点菜，实际上饱自个儿口福！"吃过午饭，两个人没有回家，而是来到了县城的潮州戏院，他点了一杯绿茶，叶瑛要了杯花茶，观看起人人皆知的潮剧《潮州女状元》来。戏散场后，两个人手拉手走进了县城十字街的一家裁缝店，先是为女主人做了一身丝绸旗袍，接着为肚子里的孩子备了红色的棉肚兜和洁白的小布衫……

火车经过苏州和无锡，许子鹤浑然不知，一直沉浸在美好的憧憬里。

叶瑛喜欢孩子，自己更是喜欢。每次王全道和郭馨倩领着两岁的儿子蒙儿来家中玩，自己也立刻变成了一个孩子。先是和蒙儿在屋子和院子里玩捉迷藏，玩累了两个人就一前一后滚到床上，一个绘声绘色、手舞足蹈地讲《白雪公主》或者《小红帽》，一个竖起耳朵、如痴如醉地聆听，不到叶瑛喊吃饭这一大一小绝停不下来。郭馨倩经常和叶瑛开玩笑，说最好叶瑛能生个女娃，这样两家可以结为一对亲家。王全道附和着郭馨倩的话，说谁做他的儿媳妇，他就会在上海给儿子和儿媳买一套大房子作为结婚礼物。叶瑛光笑不说话，许子鹤接了王全道的话："大房子我们才不稀罕呢，谁家公子要娶我们的宝贝千金，就一个条件——必须学数学，因为数学啊，是一切科学之母。"一句话说得满桌人大笑不止。王全道和郭馨倩经常到外地去，就把蒙儿丢给叶瑛照料。许子鹤每次从大学上完课回来，都给蒙儿带上一包点心或者糖果。时间久了，蒙儿喊叶瑛"小妈"，乐得叶瑛一天到晚合不拢嘴，可称呼许子鹤却和别的孩子不一样，张口闭口喊"博士"，许子鹤不但不生气，还拍着蒙儿的头对叶瑛说，"瞧瞧，瞧瞧，不愧为全道和馨倩的儿，德国做派!"跟着许子鹤,两岁多点的蒙儿已经能从1数到20。郭馨倩每次领蒙儿回家,都会给叶瑛带点外地的糕点,这时的许子鹤就会朝着蒙儿嚷:"蒙儿,给你妈汇报一下这几天的数学成绩,证明一下你小妈可没有白吃!"

火车到了镇江,对面的小夫妻要下车,提行李时叮铃咣当的声音把许子鹤惊醒了。叶瑛从脑海中消失了,他又回到冷冰冰的现实之中,无限惆怅之情立刻涌上许子鹤的心头。

站在车窗前,许子鹤望着走下火车的小夫妻,不自觉地举起手在空中轻轻挥舞,嘴里不停地喃喃自语"再见!再见!"——究竟是和梦境中的亲人告别,还是和这对幸福的小夫妻告别,许子鹤也不知道。小夫妻手挽手缓缓向前走去,并不知道车厢内发生的这一幕。望着小夫妻渐渐远去,直到消失在出站口外,许子鹤才停下挥动的右手,默默无语地回到空荡荡的包间,此时,他再也控制不住自己的泪水,坐在座位上哽咽起来。

火车在傍晚时分抵达南京,许子鹤压低帽沿,混在熙熙攘攘的人群中出了站。这是许子鹤第三次来到这座城市,前两次是带着叶瑛来游玩。这次不但不能像前两次那样悠然自得地闲逛,甚至失去了使用自己真名的权力。

来到南京的第二天,许子鹤在金大附中办完报到手续,在学校附近转悠了一天,最后在高家酒店租了一套民居作为自己的住所,同时也作为南京地下党活动的据点。高家酒店不是店名,而是一条路名,传说清代一位高姓老者在此开酒馆,名为高家酒店,后成巷名。租房时,许子鹤坚持"三多三有"——多邻居、多路口、多大树,有后院、有围墙、有窗户。许子鹤最后选中的高家酒店三间瓦房的民宅,除符合这些原则外,屋后十几米外的巷道边还有一个自来水下水管道的窨井,上面罩着铁盖,这使他对这处住宅更加满意。

第三天晚上,许子鹤要在学校附近盔头巷里的一家酒馆与南京地区的地下党接头。一如既往,他前两天几次乘黄包车暗中实地察看了这家酒馆,第三天,又提前一个多小时在酒馆周围来回折返了几次,确认万无一失后,才走进预定的包间。

刚一进门,许子鹤就认出包间里的两个人是自己在莫斯科东方劳动大学的党小组长董义堂和同学罗琳,但他没有立刻相认,残酷的现实使得许子鹤不能放松丝毫的警惕。

"请问这是仙鹤堂诊所吴昕盛大夫订的包间吗?"许子鹤问。

"吴大夫让家人代订的,前台登记的是他夫人殷清梅的名字。"董义堂答上了正确的暗语。

两双手紧紧握在了一起。

"欢迎您,鑫涛同志,我姓董,叫董义堂,这是罗琳同志。"董义堂介绍完自己,把目光转向了身边的罗琳。罗琳的眼睛睁得圆圆的,望着上级派来的南京市委新负责人，面露惊讶之色。

"省委邓书记应该给您说了南京这边的情况吧？"三人坐定，董义堂问道。

"来之前，翰生同志给我讲了南京的情况，你们真是不容易啊！"

一句话说得董义堂两眼满是泪水。

"我们在南京地区的组织基本上被破坏殆尽，目前连同我和她只剩下了四个人！"董义堂的语气十分沉重。

"慢慢说！"

"您知道，7月15日，武汉国民政府的汪精卫召开'分共'会议，最终和蒋介石站在了一起，提出了'宁可枉杀千人，不使一人漏网'的口号，武汉地区我党大批同志惨遭杀害，南京的情况更是雪上加霜。"

许子鹤问："具体什么情况？"

"蒋介石从上海来到南京，这里变成了国民党的首府。不光蒋介石一个人来了，国民党一系列的机构也都搬来了，这些机构的头头都是蒋介石的忠实走狗，别的不说，这个月初，为镇压共产党，蒋介石把各省市县警察机构改称为'公安局'，一个星期前，一个叫王全道的从上海调到南京任公安局长，还带来了一个副手叫熊昌襄，两人上任不到一周，就把南京地区的负责人谢方理和十位同志抓捕杀害了。"来南京前，从邓翰生那里许子鹤知道了南京党组织遭受破坏的情况，董义堂是唯一一个打倒了两个前来抓捕的特务，跳进秦淮河得以逃生的人。

尽管许子鹤知道南京发生的一切，但当董义堂再次提起谢方理的名字，他仍然感到一阵剜心的疼痛。组织在上海费尽周折救出的人，没有死在外国人的牢狱里，倒惨死在同胞的屠刀下，这让他尤为难过。

"前一段时间，组织上让我暂时负责南京的工作，现在您来了，我会全力配合您的。"

"讲讲其他同志的情况吧。"

"按照组织要求，他们三位互不联系，也不知道各自的住址，我一个人分别与他们接头。罗琳和武丕洲原是上海的同志，为躲避追捕不得已才来南京的。还有一位是南京本地的党员，三十一岁，叫姜立伟，家里在鼓楼开了个钟表店，父亲年龄大了，钟表店由他打理，方理同志在时，那里是一个接头的地点。"

自始至终，罗琳一直没说话，而是上上下下仔细打量着许子鹤。

"罗琳同志，上海的情况怎么样？"

"我们在上海的组织也和南京一样全被破坏了，大部分躲过一劫的同志都用化名转移到了外地，我和丕洲来到了南京，上月末，我在新街口一家咖啡馆里找到了一份出纳的工作，丕洲在中华门外的金陵机器制造局当卡车司机。"

听完罗琳的介绍，许子鹤心中虽然沉重，但也有一丝的暗喜，他没有想到，昔日杳无音讯的两位战友在南京安定了下来。

"现在你们四个还经常活动吗？"

"江苏省委要求我们目前蛰伏不动,等待新领导的到来,所以这段时间一直没有公开活动。"董义堂回答。

"这样做是对的,我们自己首先要活下来!我来南京之前,翰生同志明确了我们南京市委的主要工作有三项。一是首先我们自己安全地隐蔽下来,漂白我们过去的身份,'留得青山在,不怕没柴烧';二是恢复被破坏的南京党组织,但要用最严密的方式来进行,一人只联系另外一个人,目前党内出现了不少变节者,狡诈的敌人甚至还会安插进他们的卧底,我们必须提防这一点;最后一点,如果有可能,还要营救目前关押在南京监狱内的同志,很多同志使用假名字没有暴露,但敌人正想尽办法甄别他们的身份,一旦身份确定,立刻就会被杀害。"

"是啊,南京的监狱都关满了人,每天都有人被押往雨花台枪决。"

"押往哪里?"

"雨花台,中华门外的雨花台!"

"就是那个'江南第二泉'所在的雨花台?"许子鹤惊讶地问道。

"是!就是那里!"

许子鹤万万没有料到,往昔美丽的景点现在成了蒋介石杀人的刑场。去年春天,他还带着叶瑛到那里游玩,当时上海大学一位南京籍的女学生给他们做的导游。姑娘兴致勃勃地给两人介绍了雨花台的来历——相传南朝的时候,金陵城有一座著名的禅寺叫高座寺,寺里的云光法师经常在石子岗上设坛说法,大师不但德高望重,而且法也说得精妙绝伦,一时法事兴旺,信者云集,盛况感动了天人,当云光法师讲经说法时,不可思议的天象出现了,石子岗上方的天空竟落花如雨,绚烂如虹。这事在金陵城人人皆知,一时传为美谈。到了唐朝,当时的金陵城主顺从民意,依据这一美丽传说,将石子岗改名为雨花台。

"雨—花—台,雨—花—台,多好的名字啊!雨似花,花似雨,一滴滴一片片,五彩缤纷地从天空落下,铺满石岗,焕然成台,可谓人间仙境,可谓世上大美!"许子鹤那时对叶瑛如是说。

"天上落下来的一个个雨滴变成了一片片花瓣,好!真好!"叶瑛回味着许子鹤的话。

游览完毕,姑娘带着两人来到了高座寺,见到了名叫"永宁泉"的两眼清泉。从姑娘的讲解里,许子鹤知道了永宁泉的故事——南宋著名诗人陆游到四川任职途经南京时也曾经来到这里,品尝清澈甘甜的泉水后,雅兴大发,称永宁泉为"江南第二泉",从此雨花台更加声名远扬。许子鹤和叶瑛各要了一杯用泉水沏泡的新茶,两人赞不绝口。叶瑛说:"子鹤,你今后再来南京,一定要带上我,我喜欢这个地方。"许子鹤满口答应了妻子的要求。

时间刚刚过去一年,雨花台就变成了枪杀谢方理和无数共产党人的刑场,许子鹤无法接受这样的现实。

沉默了好大一阵,许子鹤才开口说话。

"老董，罗琳，莎士比亚有句经典名言，叫 Tragedy is to destroy all the pretty things for people to see，意思是说，悲剧就是把美好的东西撕毁给人看，雨花台就是这样一个天大的、活生生的悲剧啊！是谁把这么美好的东西毁掉了？中国人说，冤有头，债有主，罪魁祸首就是蒋介石！他不但毁坏了雨花台，也毁坏了多少革命者前赴后继为之赴汤蹈火也在所不惜的反帝反封建大业。难道就这样眼睁睁看着他肆意妄为、涂炭生灵吗？不！坚决不能！我们现在所做的一切，就是要阻止他继续把更多美好的东西给活生生地毁坏，从而制造一个又一个雨花台似的人间悲剧。"

"鑫涛同志，您讲得真好！只要能阻止蒋介石制造更多的悲剧，我董义堂随时准备和方理等同志一样捐躯赴难雨花台！"

罗琳说："前几天听老董讲，押往雨花台的人中还有不少年纪轻轻的姑娘，请你们放心，我也随时愿意去那里和她们作伴。"

"好！我们每个人都要有这样的思想准备，但阻止悲剧发生最好不要采取牺牲的方式，我们这一届南京市委绝不能成为蒋介石、王全道和熊昌襄一伙屠刀下待宰的羔羊。"

三人边吃边谈，拟定了新一届南京市委班子的组成及其分工的方案，待上报江苏省委批准后宣布实施。新方案的大意是，董义堂负责市委组织工作，罗琳负责宣传工作；根据工作对象的具体分工是，董义堂和姜立伟负责工人运动，罗琳和武丕洲负责学生工作，许子鹤除了主持全面工作外，还要负责去联络和争取那些同情支持共产党的国民党内进步人士以及无党派民主人士。许子鹤的住处成为了新的联络地点，三人还商定了严密的联络时间和方式。

正事谈完，董义堂说出了积压内心好一阵子的疑惑。

"鑫涛同志，有句话不知当讲不当讲？"

"从今天起，我们之间应当什么话都能说。"

"从见到您的第一眼开始，我就想起了过去的一个熟人，除了不戴眼镜，没您瘦以及发型不一样外，个头和说话的声音都特别像。"

董义堂的话刚一出口，罗琳就一个儿劲地点起头来。

许子鹤暗自发笑，他知道对面两位同志所指之人就是真实的自己。

"这个人叫什么名字？"

"许子鹤。是个德国博士，原来表现还蛮好，但蒋介石在上海杀人后，这个人变了，变成了一个胆小鬼，听罗琳说，退党跑到德国去了，找他的一个德国女相好去了。"

许子鹤盯着董义堂和罗琳半天没有说话。

"老董，你说这话什么意思，不会认为我今后也会成为一个胆小鬼吧？"

"鑫涛同志，我老董绝对没有这个意思，只是话憋在心里不舒服，就说出来了。您在美国学习过，这个人在德国留过学，可能在国外待久的人相貌打扮都差不多。"

许子鹤哈哈笑出声来。

董义堂和罗琳不明白许子鹤的笑意，一时非常尴尬。

"老董，罗琳，你们再看看我和你说的这个人像吗？"

"不像！不像！鑫涛同志，我就随口说说，您千万可别介意啊！"董义堂有些窘迫地望了许子鹤一眼，先是否认，接着就是一通解释道歉。

罗琳低下了头，不再有任何表情。

"你先别否认，我提几个人名后你们再说话。北京俞清澜、上海魏乾、武汉张宜珊，还有莫斯科的瓦西里和伊万诺夫，这些人不知道你们认识不认识？"

董义堂和罗琳大惊失色，个个紧张地望着许子鹤。

"您，您就是许子鹤？"董义堂像是在做梦。

"您真是许博士？"罗琳嘴巴张得大大的。

"本人不是别人，正是你们莫斯科的同学，广东澄海人许子鹤。"

包间内的空气顿时仿佛凝固了一般。

许子鹤把事情经过简单地说了一遍，董义堂和罗琳这才从惊魂中回过神来。

"老董，罗琳，本来想趁离开时给你俩说明我的身份，但老董先把问题给提了出来。翰生同志交代过，我的真实身份只能给你俩讲，其他任何人都不得透露。你们今后在交往中一定记住，我就是陈鑫涛，许子鹤跟我没有任何关系。"

"好！好！"

"一定，一定！"

许子鹤和董义堂紧紧拥抱。

满眼泪花的罗琳握着许子鹤的手，像是自言自语地说："说是跑到德国去了，我不相信，不相信！"

包间内的气氛变了。

"罗琳，几个人的下落我想向你打听一下。"

"许博士，不，不，鑫涛同志，您请说。"

"和我们一起办报纸的张宜珊、魏乾的弟弟魏坤还有上大的女学生艾静现在情况怎么样？"

罗琳理了理头发，开始逐一讲述她所知道的情况。

先讲的是张宜珊的情况。罗琳说，大屠杀发生半个月后，张宜珊化装成一个老太太回了湖北，从此再无她的音讯。大前天，她在南京的一位同学收到了张宜珊寄自武汉的一封信，这位同学的地址是她和张宜珊在上海分别前约定的一个信函中转点。从信中获悉，张宜珊回武汉后，联系上了恽先生并在他身边工作。七月份武汉反革命政变，三镇变成了血腥之地。恽先生成了汪精卫捕杀的重点人物，在残酷的现实面前，张宜珊没有退却，而是大胆地向恽先生表白了爱慕之情，追求之意，愿意在最困难的情况下陪伴他、掩护他，甚至献出自己的生命。恽先生刚开始没有同意，但张宜珊一而再再而三地表达自己的心愿，恽先生最后为情所动，接受了这份爱情。

"你们俩知道宜珊姐和恽先生家的关系吗？"

"不知道。"许子鹤和董义堂回答。

"原来我也不知道，前天看完宜珊姐的信后才知道的。恽先生原来的妻子就是宜珊姐的亲姐姐。"

许子鹤和恽先生交往多年，此事从来没有听他提过一句。

"宜珊姐过去从没有说过自己和恽先生之间的关系，怕组织上和同志们对她个人给予特殊照顾。从姐姐去世，她就这样默默无闻地等待恽先生，到现在已经整整十年了！"

听完罗琳的讲述，许子鹤和董义堂异常激动，为恽先生和张宜珊志同道合的结合感到万分高兴。

"宜珊姐信中说，结婚当天，两人来到姐姐的墓前，手拉手跪下之后，恽先生真诚地说，小妹已长大成人，她与自己有着共同的理想，希望九泉之下的妻子同意他们结合，并发誓照顾好妹妹；她则含泪说，先生十年来孑然一人，东奔西跑，无人照顾，现在又面临日日被捕杀的凶险，是自己首先向先生提出追随之意的，请姐姐理解，表示一定替姐姐照顾好先生……"

罗琳、许子鹤和董义堂的眼眶湿润了。

"宜珊姐真是好样的，她说到做到了。结婚几天后的一个傍晚，装扮成收破烂的敌人密探发现了他们在武汉的住处，她察觉后先让先生从后门撤离，自己故意把房间内的灯大开着。密探回去报告这个特大消息时，宜珊姐不慌不忙脱下旗袍，换上长衫，戴上一顶破草帽，把头发盘在里面，手里拄着一根木棍，蹒跚着离开了家。刚走出家门两百米，三辆载满宪兵的卡车就从她身边呼啸而过。后来，宜珊姐在江边和恽先生会合，然后搭上一条小船，渡江北上。抵达对岸后，两人奔行几十里崎岖山路，来到了汉阳乡下一个远亲家里躲避。第二天《武昌日报》发表消息，说共产党要犯恽长君狡猾逃脱，当宪兵抵达家中时，洗脸盆里的水还是温热的。"

许子鹤情不自禁地鼓起掌来，董义堂和罗琳也激动地跟着鼓掌。

三人一番议论之后，罗琳开始讲述其他两人的情况。

罗琳说自己能从上海平安转移到南京，多亏了魏乾的弟弟魏坤。他骑着自行车把罗琳从上海送到昆山，在那里换车来的南京。一路上，小伙子三番五次要求罗琳找到许博士，说他要像哥哥一样加入共产党，为死去的哥哥报仇。一个星期前，罗琳的同学还转来魏坤的一封信，说许博士偷偷到过他家，给家里很大一笔钱，他想尽快见到博士，一是转达嫂子和侄女侄子的感激之情，二是想加入共产党，为哥哥报仇。

"这个小伙子不错，观察一段时间再说！"许子鹤从内心喜欢魏坤，但他还需要时间考验他。

"艾静怎么样？"

"听魏坤说，姑娘给毁了。"

"怎么回事？"

"大屠杀时，艾静在上学的路上正好看到了青洪帮打死几个五花大绑的共产党员，脑浆涂地的惨相把姑娘吓疯了，一天到晚就是一句话：'我怕，我怕！'"

"多好的姑娘啊！多好的姑娘啊！"

屋子里的气氛变得一片死寂。

三人离开之前，许子鹤的拳头重重地砸在饭桌上。

"血债要用血来偿！"

一个星期后，中共江苏省委做出决定，新一届南京市委成立，陈鑫涛任书记，董义堂任组织部长，罗琳任宣传部长，姜立伟和武丕洲任市委委员。

半个月之后的一个深夜，江苏省委交通员从上海秘密来到南京，交给了新成立的南京市委一项十分艰巨的任务，营救羁押在南京公安局看守点的我党八位骨干成员。

交通员告诉许子鹤，这八位同志现在都使用假名，因为混在狱中几百位被国民党怀疑的人之中，他们的真实身份暂时还没有暴露。五天之后，一卡车秘密档案就会从上海运往南京，八位同志的档案就在其中。有了这些档案，敌人很快就会得出甄别结果。上级的任务是，必须把运载档案的卡车或者卡车上的档案处理掉。

交通员还传达了邓翰生的指示，根据线人提供的消息，运送档案的厢式卡车由四名持枪警察押运。因为油箱容量原因，通常都在沪宁公路常州段的一个加油站补充燃料。对这辆卡车，不能硬性抢夺或者炸毁，那样不但救不了自己的同志，反而会引起敌人的怀疑，结果必定事与愿违，必须采取万无一失的办法。

且不说上级不允许武装袭车，就是允许，只有一把手枪的南京市委也根本无力那样做。这事难坏了许子鹤三人。

两天过去了，三个人暗暗谋划了不知多少次，还是毫无思路。

董义堂提出了一个方案，在卡车经过沪宁公路镇江段一座桥梁时，炸毁桥墩，使卡车落入河水之中。但问题是，炸药是严控物品，几天之内根本找不到那么多的炸药。

罗琳说，能不能自制土地雷，埋在公路上，待卡车经过时，引爆地雷，炸毁车辆？许子鹤说，同样的问题是，哪里能弄来炸药和引信，还有另外一个问题是，沪宁线上的大小车辆很多，如何保证炸毁的就是敌人装载档案的那辆。

武丕洲是罗琳单线联系的成员，他通过罗琳递交了一个方案，实在没有办法，他就驾驶金陵机器制造局的车辆，迎面向敌人的卡车撞上去，自己能跳车就跳车，跳不了车，能救出八位重要的同志，自己死了也值得。姜立伟也通过董义堂向市委建议，从上海到常州汽车一般要跑四个小时左右，长途奔波之后，卡车司机和押运人员一定会在加油站茶水铺里喝口开水，如果能在茶水里放置安眠药，就会制造出一幕车毁人亡的好戏。

许子鹤——否定了上述方案。

第二天夜里，董义堂和罗琳都回去了，许子鹤抱头思考了一个通宵，仍然毫无头绪。

第三天早上，许子鹤有两节英语课，他早早来到了附中。当他路过化学教研室门口时，遇到了同样准备上课的金老师，她手里拿着一个盛满液体的玻璃瓶，隐约可见浸泡在瓶中的一块白色固体。

"金老师好，您也上一二节课？"

"陈老师早！对的，是两节实验课。"

"什么实验呀？"许子鹤随便问了一句。

"白磷的自燃现象！您看看放在水中的东西就是白磷，这东西遇热超过四十度，就会自燃。不光自燃，燃烧后产生的气体还有剧毒呢，吸入0.1克就会令人窒息丧命！"

"那您在教室内做实验时，可得注意点啊！"

"谢谢陈老师提醒。"

两人说完话，各自走进了教室。

刚刚在讲台上站稳，许子鹤茅塞顿开，"有了！有了！"他情不自禁地喊了一声。台下的学生听到讲台上老师不明不白的话语，立刻哄堂大笑。

"同学们，这几天我一直在琢磨，我们的英语角在学校的哪个地方落脚，刚才忽然想到了一个好地方。"

台下的同学期待英语角已久，随即报以热烈的掌声。

许子鹤实际上想到的是对付运载档案卡车的办法。

当天中午，许子鹤在家里告诉了董义堂和罗琳自己的方案。把一大块白磷装入一个铁质饭盒内，里面盛上水储存好，事先埋伏在沪宁线常州段加油站内，等上海来的卡车在油站停车加油时，伺机行动。如果运档案的卡车顶部有天窗，就把白磷从饭盒里面取出，从天窗扔进车厢。如果没有天窗，就把白磷用绳子固定在卡车的汽油箱下边。不管哪种方式，白磷在四十度的温度下遇到空气中的氧气都会自燃，从而神不知鬼不觉地烧毁档案或者车辆。

董义堂和罗琳为许子鹤想出的办法拍案叫绝。

"这得感谢金老师！不过她做梦都不会想到帮助过我们。"

"到哪里去找白磷呢？"董义堂想到了一个关键问题。

"从金老师那里呀！"罗琳不假思索地回答。

两个人把目光汇聚到了许子鹤脸上。

"不行！一是实验室不可能有那么多的白磷，二就是有，忽然丢失了，也会引起怀疑，这样做会引火烧身。"

许子鹤说罢，两人谁也不讲话了。

"我今天上午课后到邮局走了一趟，翻看了那里的电话黄页，有了一个重要的发现。"

"什么发现？"董义堂和罗琳几乎同时问道。

"南京有一家磷肥厂，这个厂不但生产磷肥，还提炼高纯度的白磷供研究所、大学和中学做实验用，可以去那里弄白磷。我想，既然他们销售白磷，那里的存量一定不会少，少一块多一块也不会被察觉。"

董义堂和罗琳恍然大悟。

董义堂说，这个任务就交给他和姜立伟吧，他们两个是本地人，熟悉南京市区和周边的情况，今晚就去栖霞山附近的南京磷肥厂。

许子鹤点头同意。

过了几秒钟，许子鹤忽然想到一个问题，望着董义堂问："我没有去过磷肥厂，但我想厂区一定不小，里面的库房也一定很多，你们有办法了解到白磷放在哪个库房吗？"

董义堂一时回答不上来。

"大家看这样行不行？"

许子鹤接着说出了自己的想法："我在电话黄页上查到南京有一家化学研究院，等会儿，我到邮局用他们的名义给磷肥厂打个电话，说明天上午开车去那里购买白磷，问问车子应该停在哪个库房门前。"

众人赞同。

第五天的清晨，武丕洲开着从南京去苏州送货的汽车早早就上了路。驾驶室内坐着一身工人打扮的许子鹤和董义堂。不到半晌午，汽车来到了沪宁公路常州段加油站。三人没有下车，而是停在加油站的僻静处，佯装长途行驶后的休息，实际上是等待上海卡车的到来。

午饭时辰，运载档案的卡车终于来到了加油站。卡车停在了加油处，从双排座的驾驶室内走下了四名持枪的警察，一阵张望观察之后，确认四周并无异常情况，几个人便一起向远处的厕所走去。

待四人走入厕所，武丕洲迅速发动汽车，紧紧贴在了卡车后面，装成等待加油的样子。

前面的卡车加完油，司机坐进了驾驶室准备发动汽车，这时候，许子鹤三人同时行动起来。戴着油腻腻手套的武丕洲走到前面卡车的驾驶室旁，问起去苏州工厂的路来。同行问路，毫不知情的司机一五一十解释起来。董义堂走到加油站工作室内，向油站的师傅问起汽油的价格来，他问话的时候，用身体完全挡住了对方的视线，使他看不到窗外即将发生的一切。许子鹤在确认卡车顶部没有翘起的天窗后，敏捷地钻进卡车的底部，用一根麻绳把四四方方砖头大小的白磷固定在了汽油箱的下部，然后还松动了刚才被卡车司机拧得很紧的油箱盖。

许子鹤刚坐回驾驶室，四个警察就走出了厕所，很快钻进了卡车的驾驶室，车就离开了加油站。

武丕洲的汽车加过油后，也上路赶往苏州方向……

第二天清晨，《大公报》刊登了一则新闻，一辆从上海出发的卡车途经镇江句容山区路段时，油箱因天气炎热不幸自燃起火，最后爆炸并烧毁了整个车辆，司机轻伤，另有两人死亡，两人重度烧伤。

一个月后，江苏省委通知许子鹤，关押在看守所的八名同志因敌人无法确认其共产党员身份，已经被组织上委派的担保人交钱保释，安全撤离了南京。

第三十六章

深秋的玄武湖，碧水澄澈，清波荡漾。

湖畔的明城墙巍峨厚重，玄武门高大威严，九华山挺拔秀美，鸡鸣寺古色古香，更为这座中国最大的皇家园林湖泊增色三分。

环洲、樱洲、菱洲、梁洲和翠洲之间，一水相连，堤桥相通，各式游船散落于湖面，或快或慢，或左或右，远远望去，似一只只水鸟游弋于水色潋滟的湖面，给一泓秋水带来了光彩，带来了活力。

1927年11月底一个晴朗的上午，湖中一条游船上，许子鹤正在主持南京市委的全委会。短短几个月的时间，在新一届市委的努力下，南京地下党成员已经发展到一百八十多人。

"同志们，我提议，为在反帝反军阀割据大业中牺牲的谢方理等一百一十多位南京战友默哀三分钟。"

许子鹤的话音一落，整条游船上顿时寂静一片，船上所有人都低下了头，向长眠于地下的战友表达最虔诚的敬意。

"同志们，四月份以来，我们党遭受了惨痛的损失，但我们不能一直沉溺于悲伤之中，那是懦弱无能的表现。我坚信，真理，是任何手段都不能征服的！同样，我们所从事的正义事业，也是任何强权和屠刀都不可能扼杀的！"

许子鹤铿锵有力的宣言，打破了凝重肃穆的气氛，大家都抬起头来，神情中有了更多的坚毅。

"事实证明，我们党没有被蒋介石的淫威和血腥暴力吓倒，七月中旬，中央进行了改组，新的领导集体决定，集合我党掌控下的国民革命军南下广东，会合当地的革命力量，实行土地革命，恢复革命根据地，然后进行新的北伐，完成孙中山先生未竟的革命大业。大家熟悉的邓翰生、恽长君和李立三、谭平山、聂荣臻、叶挺等同志负责这次计划的实施,但随后发现原来答应革命的张发奎暗中勾结汪精卫,在部队中开始迫害共产党人,他们当机立断,向中央建议,依靠自己掌握和影响的部队,在南昌举行暴动。中央采纳了他们的建议,指定周恩来、李立三等同志组成前敌委员会,以周恩来为书记,前往南昌领导这次起义。"

听完许子鹤的话,大家的眼睛顿时明亮了许多。处于革命低谷的同志们,是多么期待这样的信息啊!

"8月1日,周恩来、贺龙、叶挺、刘伯承等同志领导发动了南昌起义,全歼守军数千人,取得了巨大胜利。第二天,南昌市各界群众数万人走上街头,集会庆祝起义的胜利,各界青年踊跃参军,当天,仅报名的学生就有数百人。为了保存力量,起义部队后来主动撤离了南昌,在朱德、陈毅率领下,目前正转战闽粤赣湘边区,与蒋介石的围剿部队周旋作战。这次起义,是我党直接领导下的一次不屈不挠的武装起义,可以说,起义打响了武装反抗国民党反动派的第一枪,宣告了我党把中国革命进行到底的坚定立场,也标志着我党独立创造革命军队和领导革命战争的开始。我坚信,正义的事业一定会成功,革命的武装也一定会逐渐壮大,最后终将战胜反动的、违背人民意志的反动力量,不管它目前是多么强大,多么猖狂!"

许子鹤的激情讲话感染了船上的每一个人,大家都想鼓掌,但没有那样做,而是把拳头攥得紧紧的。

"8月7日,中央政治局在汉口召开了一次紧急会议。据到会的翰生同志回来讲,会议由瞿秋白、李维汉主持,共产国际驻中国代表罗明纳兹也参加了本次会议。会议不但总结了我们党革命失败的教训,而且最重要的是,确定了实行土地革命和武装起义的方针,并把领导农民进行秋收起义作为当前最主要的任务。会议讨论通过了《告全党党员书》《最近农民斗争的议决案》《最近职工运动的议决案》等文件。翰生同志还说,他特别欣赏湖南老乡,也是他在北大的老相识毛泽东在会上的发言,即党必须坚持政治上的独立性,同时也必须非常注意军事力量的那段论述,他提出的枪杆子里出政权的说法尤其令人印象深刻。有了这次会议,我们思想上通了,方向上明了,从今以后,前一阶段我们组织内部在白色恐怖面前存在的思想混乱和组织涣散的情况再也不会发生。"

许子鹤讲话从来不带稿子,讲话所涉及的时间、地点和数字,都烂熟于心,信手拈来,讲起来抑扬顿挫,充满激情。船上的每个人都对这位年龄不满三十岁的市委书记钦佩至极。

坐在董义堂身边的青年工人方辉拉了一下他的衣角,悄悄地问:"老董,听说陈书记是美国硕士,美国的硕士和我老家县城读高小的到底哪个学问大呀?"

董义堂知道许子鹤是比硕士还要高的博士,但他不能掏出实话,便微笑着回答:"高小高小,再高还是小,'硕'这个字的意思是大,硕士就是大士,大士大士,再小还是大,所以呀,我认为硕士一定比读高小的学问大。"

方辉瞪大眼睛望着许子鹤，羡慕之情溢于言表："原来是这样，怪不得咱们书记话说得这么有水平呢！"

"哪里有暴政，哪里就有反抗！大家都知道世界上有个罗马帝国，它全盛时期是图拉真在位末年，当时的疆域近六百万平方公里，是世界古代史上最大最强的国家之一，但后期当政者施行暴政，诛杀异己，闹得众叛亲离，诸国反叛，最终走向了灭亡；法国是欧洲另一个强大无比的国家，但他们的皇帝昏庸无能，实行专制，试图阻挡代表进步力量的资产阶级革命，导致1789年爆发了法国大革命，从攻占巴士底狱到热月政变，法国人民接连发动三次起义，势如破竹，气势如虹，最终把路易十六送上了断头台，统治法国一千多年的封建专制制度被彻底推翻。世界上这样的例子还很多，在英国，在希腊，在日本，还有俄国沙皇时期，比比皆是。外国如此，我们国家也一样。秦二世胡亥上台后实行暴政，以'税民深者为明吏'，以'杀人众者为忠臣'，酿成天下灾难，百姓的苦难达于极点，陈胜、吴广揭竿而起，强大的秦国最终土崩瓦解。近代的不说别人，就说说大家都熟悉的孙中山先生，他不愿自己的国家遭受列强欺凌，不愿自己的民族遭受战争蹂躏，面对强大的对手，从一点一滴做起，从一人一事做起，今天，孙先生的思想为许多人接受，他也成为了推翻帝制民主革命的先行者，如果不是蒋介石违背先生的革命宗旨，背叛三民主义，中国当今的形势将完全是另外一番景象⋯⋯在这里，提醒大家牢记孙先生的一句话，也是我在很多场合反复提及的一句话，'世界潮流，浩浩荡荡；顺之则昌，逆之则亡'，世界革命反复证明的规律和真理，不是一个什么蒋介石、王介石，或者李介石、赵介石所能推翻的！"

游船上爆发出一阵笑声。

开会之前，许多市委委员还是第一次见到许子鹤，看到新任市委书记如此年轻，心里不免存在一些顾虑。但听完他的一番讲话，个个都被他澎湃的激情所吸引，被他的旁征博引所折服，由这样的人作为市委的领头人，大家都觉得心里有了底气。

"我们的事业不仅是为自己的民族而战，为自己的国家而战，也是为规律和真理而战！我是学英语的，但对数学和物理也有一点了解，大家都知道我们祖先总结的勾股定理，直角三角形的两条边之平方和等于第三边的平方，这个定律在我们国家适用，在英国、法国、日本、美国也照样适合，对小的直角三角形适合，对大的直角三角形也照样适合，因为它是规律，是真理！大物理学家牛顿说过，'真理的大海，让未发现的一切事物躺卧在我的眼前，任我去探寻'，让我们团结起来，为了苦难中国去不懈探寻真理！'君看磊落士，不肯易其身'是伟大诗人杜甫的名句，也应成为我们共产党人的豪迈誓言。"

游船在玄武湖上慢慢移动，尖尖的船头犁开清澈的湖面，浪花从船舷两边向后涌动，在船尾重新合在了一起，汇成了一串翻滚的涡流，宛如一条白色的巨龙尾随潜行，护卫着荡漾的游船。船上没有一个人去欣赏这一切，个个目不转睛地盯着许子鹤。

"我在这里要说的是，为真理而战，可能会遇到困难，遇到挫折，甚至还会有牺牲——十六世纪哥白尼提出'日心说'，宗教势力认为他是个'叛教者'，三番五次地'查禁邪教'，并对他进行了长期的威胁和迫害，直到他临终时，身边还站着密探和奸细，但哥白尼始终没有屈服；意大利哲学家和自然科学家布鲁诺为了捍卫哥白尼日心说，被投入牢狱长达八年之久，受尽酷刑和凌辱，但他丝毫没有动摇自己的信念，最后被活活烧死在罗马广场，面对熊熊大火，布鲁诺昂首高呼'火，不能征服我，未来的世界会了解我，会知道我的价值'——历史证明，真理是任何人封杀不了的，'日心说'很快打垮了'地心说'，广为世人接受。布鲁诺为了科学殉道，我们也要准备好为自己的民族和国家殉道，为规律和真理殉道，只要我们做到了这一点，我相信，我们的子孙后代会了解我们，会知道我们每个人的付出……"

游船上每个人的内心都激荡不已，几个月来的灰暗心境顿时一扫而光。

"我在老家听过高小的先生说话，也在工厂里听过有学问的人说话，都没他讲得好，这回呀，我算是知道什么是硕士了！"方辉凑近董义堂耳边激动地说。

董义堂看着方辉，笑而不语。

看到游船上同志们的目光都变了，神情也变了，许子鹤心里清楚，大家的思想通了，到了该布置下一阶段具体工作的时候了。

"同志们，我们党在全国的各级组织都在行动，江苏也一样，近两个月来，先后爆发了宜兴起义、无锡起义、江阴起义和丹阳起义，虽然大部分起义由于国民党的疯狂反扑而失败，但革命的火种在江苏蔓延开来，希望的火种在成千上万江苏大众的心坎里逐渐明亮起来，江苏人民看到了希望，看到了未来。星星之火，可以燎原，我坚信，只要我们不畏牺牲，继续奋斗，坚定挽救民族于危难之中的理想和信念，那么这滚滚春潮般的革命形势是任何人都阻挡不了的！"

随后，许子鹤在会议上布置了下一阶段南京市委的工作，核心内容是采取分组的形式在南京工人、学生和国民党内部宣传鼓动，揭露蒋介石的丑恶嘴脸，争取最大范围的社会支持，把反帝反军阀的斗争进行下去。

许子鹤做了明确的分工后，每个小组随即在船上进行了热烈的讨论。

最后，许子鹤还对大家进行了地下工作方法的培训。如何防跟踪、反侦察，如何书写、藏匿和销毁机密文件，如何在房间内设置识别物判断陌生人是否闯入，如何根据城市地形藏匿和逃脱追捕，还有如何根据对方的衣着、言语和表情辨识其身份等等，他都讲得十分认真，也十分详细，大家听得更是十分入神。

等许子鹤讲完，方辉马上朝着董义堂竖起了大拇指，啧啧称赞："硕士也懂这些，真是想不到！敌人要想抓到他，一定比登天还难！"

"不是跟你说过了嘛，硕士什么都懂，上知天文，下知地理，像诸葛亮一样能掐会算，像孙悟空一般七十二变！"

年轻的方辉再也无话可说，眼睛眨也不眨，直直地盯着船头的许子鹤。

会议一直开到傍晚时分，晚霞洒在波光粼粼的玄武湖水面上，把湖水染成了温暖的金黄色，格外绚烂多彩。下船离开时，细心的许子鹤观察到，每个人都是跳下去的，双脚砸得岸边的木踏板咣咣作响。

许子鹤最后一个下船，他也是跳下去的。

1928年的初春，冠陇村许家祖宅里传出了一声婴儿的啼哭，叶瑛生下了一个男娃。

为了这一天的到来，千里之外的许子鹤不知数着指头计算了多少次，期盼了多少回，但这一切真正发生时，他却浑然不知。

每当夜深人静之时，奔波一天的许子鹤便躺在床上，闭上双眼，思念起远方的妻子来。许子鹤原来有写日记的习惯，从事地下工作后，不能再写在纸上，于是他每每把自己想说的话和憧憬的事牢牢刻在了心间。即将出生的孩子的模样是他每夜必想的内容，是男娃还是女娃？是像自己还是像叶瑛？是圆脸还是方脸？是爱哭还是爱笑？一个个问题每夜都萦绕在许子鹤的脑海里，他却始终给不出明确的答案。在梦里，许子鹤不止一次变成了白鹤，越过千山万水，回到了冠陇村，回到了妻儿的身边，三口之家兴高采烈，其乐融融……

梦醒时分，望着空空荡荡的房间，许子鹤每次都忍不住潸然泪下。

七八天前，许繁昌和妻子阿棉就从泰国回到了冠陇村。喜事降临，老两口本应欢天喜地，现在却是悲喜交加。喜的是，许家香火绵延，家丁兴旺，泰国和中国庞大的生意有了承继人，悲的是，孙子出生，长子却杳无音讯，生死不明，老两口日日念叨，夜夜祈祷，度日如年。

婴儿叫许晓羽，名字是一年前许子鹤就起好的，不管男娃女娃都用这个名字。当时许子鹤给叶瑛一五一十地解释了每个字的含义，实际上她都没有听进去，因为当丈夫开口说出这三个字时，她就喜欢上了。

许繁昌在村子里大摆宴席五十桌，大鱼大肉招待全村男女老少，还请来了两个潮州戏班，连演大戏三天三夜，冠陇村一时张灯结彩，锣鼓喧天。与院子里人山人海的景象相反，屋子里的叶瑛却是以泪洗面，孩子出生后，她更是足不出户，一天到晚坐在床上，目光呆滞地望着襁褓中的婴儿，思念着不知身在何方的丈夫。

已经九个月了，叶瑛没有得到有关丈夫的丁点信息，而村中女人们背后的闲言碎语也逐渐传入她的耳中。有的说，金海在外边当了大共产党，早就被官府抓住砍头了；有的说，官府没抓到脑瓜机灵的金海，人家现在是隐姓埋名，仍在外边干那些掉脑袋吃枪子儿的事；还有的说，金海瞧不上没文化又土气的老婆，偷偷去了早年留过学的德国，和一个又白又胖的洋女人结了婚，还生了一男一女两个洋娃儿。

起初，村子里的女人说这样的话，还背着叶瑛，只在后面指指点点。到后来，她们也不再避讳，当着叶瑛的面，半开玩笑半当真地说来说去。叶瑛听到这些话，从来不接话茬，转身就离开。

叶瑛不再和村里的女人交往，除了下地干活，她要么把自己深锁家中，要么去附近的妈祖庙，每次去都跪在妈祖像前，嘴里念叨不停，一跪就是大半天。尽管公公婆婆寄来了足够的钱款，但整个人终日郁郁寡欢，变成了一个面黄肌瘦的女人。孩子也成了提前十几天来到人世的早产儿。

三天过后，众人散去。

"瑛，金海那孩子现在肯定是遇到了什么麻烦，他可能是出去暂时躲一躲，等过上一段时间，他一定会回来接你们母子二人的。"婆婆阿棉坐在床头劝媳妇。

"我知道。"叶瑛回答。

"瑛，村里女人家的话不要听，她们嘴里的话没个谱，金海不是那样的人。"

"我知道。"

"我和你阿爸商量过了，你一个人带孩子不容易，还有村子里生活条件也不好，咱不能在这儿长待下去了。"

"我哪儿也不去。"

"不去别的地方，去泰国华富里咱们家，我替你照顾晓羽，对你对孩子都好一点儿。"

"我哪儿也不去。"

阿棉一连劝了两天，叶瑛丝毫没有松口，公公许繁昌加入了进来。

"孩子，不管金海出了什么事，你都是我们许家的媳妇，我们不会亏待你。"

"我知道。"

"晓羽是我和你阿妈的长孙，你和孩子我们今后都管，要什么给什么，你不要发愁。"

"我知道。"

"跟我们一起去华富里吧，你和孩子去后，你阿妈不再到店里去，帮你一起带晓羽。"

"我哪儿也不去。"

又是一天的苦心相劝，仍然没有劝动叶瑛。

离开前的最后一个晚上，老两口迫不得已做出了让步。

"瑛，你暂时不去泰国也可以，咱们就在澄海县城买个宅子，给你寻个保姆，帮你一起带孩子！"阿棉说。

"我哪儿也不去。"

屋子里再也没有了说话声。

正当一片寂静之时，叶瑛哇的一声哭了起来。

"你们走吧，我哪儿都不去，就留在家里和晓羽等他！我回来时，他托人给我说了，让我待在家里等他，他处理完事，就马上回来看我，如果我去了别的地方，他回来找不到人，会怪我的！"

许繁昌和阿棉忍不住老泪纵横。

叶瑛望了望眼前的两位老人，用手擦去了眼角的泪水。

"你们都走吧，他一个月不回来我就等一年，一年不回来我就等十年，十年不回来，我就等一辈子！"

距澄海三千里之遥的南京，一场没有硝烟的战斗正在悄悄地进行。许子鹤把反击国民党斗争的重点放在了铁路线上。

津浦和沪宁铁路是横穿江苏境内的两条主干线，是在华西方列强和蒋介石重点控制的交通、经济和军事命脉。蒋介石来到南京后，对铁路采取了铁腕的管理手段，颁布了一系列法律、条例、路规和厂规，不允许工人罢工、集会和结社，违反者以"通共"论处，甚至"禁止工人两三人在一处谈笑，察出以捣乱分子论罪"，成千上万的铁路工人被剥夺了政治自由。与此同时，两条铁路的主管当局也加重了对工人的经济盘剥，病假扣工资，年关不加薪，工人如厕长短超过所谓的"规定时间"也要扣除工资，除此之外，工人们的工作时间被无端延长，增加了莫名其妙的夜工、礼拜工和"贡献工"。最令工人无法容忍的是，许多在北洋军阀时代争取到的合法待遇也被一笔勾销，拖欠工人工资成了家常便饭。苦难深重又缺乏组织的工人们敢怒不敢言，只能把痛苦悲愤积压在胸膛中。

许子鹤敏锐地感受到了铁路工人的满腔怒火，带领董义堂和姜立伟多次与津浦和沪宁线上的工友们秘密接触，成为了他们信任的联络人。通过半年的走访调查，大量的摸底结果让许子鹤非常震惊，铁路工人家庭生病无钱医治者高达55%，其中孩子因无钱抚养而病死者达到了7.5%。

许子鹤他们的工作越深入，工人们对他们越信赖，绝望的工人们恳求他们帮助自己伸张正义，讨回公道。

许子鹤默默地答应了工人们的请求。他一方面在他们当中秘密发展党员，作为今后斗争的中坚力量，一方面等待合适时机的到来。

时间到了1929年的下半年，沪宁铁路当局的剥削变本加厉，开始掠夺侵吞工人的"储蓄赡养金"。本应每月提供给工人的赡养金被无故停发，累积金额已高达一百余万元。南京国民政府企图将其移作战争的费用，计划从原存的汇丰银行提出，存进政府的中央银行。许子鹤从潜伏在政府部门的地下党员那里获知了这个消息，便在火车车厢里张贴告示，铁路工人们了解事情真相后，个个义愤填膺，纷纷要求政府将苦苦挣来的血汗钱归还自己。

在悄悄发动沪宁铁路工人斗争的同时，许子鹤也在暗暗策划津浦铁路工人的反抗运动。一连八个月，津浦铁路上的工人没有领到一文钱的工资，生活在绝望的边缘，再也无法忍受。

此时的许子鹤敏锐地察觉到，时机成熟了。

八月中旬的一天，浦镇机务处的一名地下党员获悉铁道部长孙科由北方返回南京，许子鹤当即决定，发动工人拦截他的专车集体请愿。

当日清晨，孙科的专车抵达浦镇。由于不是铁路职工，按照组织规定，许子鹤三人不能亲自赶赴现场，只能由其他同志代为负责。地下党发动的几百名工人本来准备包围专列，上车请愿，但由于走漏风声，大批持枪警察赶到，缺乏斗争经验的工人们最后只得同意派代表上车送达要求发放所欠工资和"储蓄赡养金"的呈文。但善良的工人们哪曾想到，选出的工人代表上车后即被当局重金收买，孙科的专车仅仅被围十几分钟，就匆匆离开了车站。隐藏在几百米外的许子鹤得知情况后，急忙组织几十名工人抄近道围堵列车，但为时已晚，列车一溜黑烟，轰隆隆地逃走了。

第二天，一个铁路工人在孙科专列的废纸篓里发现了原封未动的呈文，情况很快被反映到许子鹤那里。许子鹤抓住了这一难得的机会，一方面委派地下党员在工人居住区广为传播此事，另一方面连夜赶印了几百份标语传单，在南京车站、码头、大学以及鼓楼、新街口、夫子庙、下关等繁华地带四处张贴散发，揭露铁道部长的厚颜无耻，号召全市工人和学生第二天走上街头请愿示威，包围津浦路局长办公楼，帮助可怜的铁路工人讨回养家糊口的救命钱。

数以万计的南京市民看到了标语传单，消息如狂风一般瞬间刮过整个南京城。王全道、熊昌襄得到消息时已是深夜，慌忙组织大批军警封锁街道和重点地区，企图抓捕张贴标语散发传单者，直到第二天凌晨始终未捕获一人，他们企图阻止消息扩散，但为时已晚。

此时的许子鹤，正坐在鼓楼街边一家茶馆里品茶。透过窗户，他看到了十几米外大街上的王全道和熊昌襄。看着两人气急败坏的样子，他微笑着对身边的董义堂说："瞧瞧，瞧瞧，我的那位老同学发怒了！"

"明天他会更愤怒！"董义堂回应道。

"只要我许子鹤在南京，全道兄恐怕就没有愉快的日子喽！"

许子鹤和董义堂会心一笑，端起茶杯一饮而尽。

第二天上午，三万多名铁路工人、学生和市民包围了津浦路局长办公楼，抗议的口号咆哮如雷，震天动地，抗议的人们群情激愤，热血沸腾。南京媒体记者成群结队地赶来报道此事，一时全城骚动，妇孺皆知。到了下午，南京政府终于无奈妥协，答应发放工人工资和退还"储蓄赡养金"。

许子鹤为组织这次抗议活动做了精心的准备，一是告知工人不能动手打砸东西，二是不达目的决不撤离。王全道、熊昌襄带领几百名警察自始至终对组织严密有序的大规模抗议活动无计可施。看着满头大汗、恼羞成怒的王全道和熊昌襄，站在人群中的许子鹤与董义堂开起了玩笑。

"老董，我昨天晚上说的话应验了吧？"

"对！对！瞧他俩那副熊样，气得不轻呀！"

一身制服的王全道心里明白，这次抗议活动背后肯定有一位精明的策划组织者，并确信这位组织者此时正隐藏在自己面前的人群中，他甚至能嗅出他的气味，听见他的心跳，让他万万没有想到的是，自己今后一辈子的生死对手就站在眼前十几米的地方——这个人不是别人，正是他的老同学许子鹤。

许子鹤先后在四所国内外大学学习工作过，目前为了用教师身份作掩护，又在金大附中教书，自然知道莘莘学子们集聚的学校是一座城市的眼睛和大脑，是城市的神经和灵魂，他不可能将这块先锋阵地让对手轻松地占领。来到南京后，他就委派罗琳带着武丕洲对大中学校的情况摸排了一番，最后把组织发展的重点放在了晓庄师范学校。

在北大学习时，许子鹤就知道美国教育家约翰·杜威如雷贯耳的大名，到德国后，他还在哥廷根大学的 Aula 礼堂内聆听过他的精彩演讲。在那次演讲中，许子鹤得知他为中国培养了两位大名鼎鼎的学生，一位是北大教授胡适，另一位就是目前在南京晓庄师范当校长的陶行知。许子鹤在北大见过胡适多次，可陶先生却始终未曾谋面。来到南京不久，他几次和金大附中的教员一起到过晓庄师范，坐在大礼堂内聆听这位校长的报告。先生提出的"生活即教育""社会即学校""教学做合一"三大主张与许子鹤在欧洲大学所见所闻完全一致，陶先生倡导培养具有"康健的体魄、农夫的身手、科学的头脑、艺术的兴趣、改造社会的精神"的乡村教师，藉此"改造一百万个乡村"，"为三万万四千万农民烧心香"的理念更让许子鹤心驰神往，这正是许子鹤多年来梦寐以求的目标。要不是社会动荡，他许子鹤真想投奔陶先生门下，为晓庄师范的每个学生塑造"科学的头脑"出一份力。

一次听完报告，许子鹤等陶行知走下讲台，便迎上前去。

"陶先生，我是金大附中英语教师陈鑫涛，能问您一个问题吗？"

"哦，原来陈先生是位英文教员，请问在哪里学的英文？"陶行知看着许子鹤询问道。

"有幸在美国斯坦福大学学习过几年。"许子鹤回答。

"那我们还应该算是留美同学呢！"

"岂敢，岂敢！先生回国后，我才去的美国，您是前辈，我是后生！"

"请问陈先生的问题是什么？"

"先生在国内首次提出将'教授'改为'教学'，虽只一字之差，但内涵完全变了，真是太好了！"许子鹤兴奋地说。

"陈先生既然在美国学习过，现在又在中学当教员，应该知道我这话的目的，我们国家倡导师道尊严是好事，但不能把学校教育的主体只变成'教师'一个，教员的'教'重要，学生的'学'同样重要，或者说更重要。"

两人边走边谈，不知不觉来到了陶先生的办公室门口，许子鹤止住了脚步。

"谢谢先生教诲，不耽误先生时间了！"

"不客气，随时欢迎陈先生来晓庄师范，下次我们用英语交流如何？"

"完全可以，谢谢先生，再见！"

"再见！陈先生。"

去过几次晓庄师范之后，许子鹤确信，这所刚刚建立的学校必将成为引领中国教育风潮、培养救国救民栋梁之材的风向标，便指示罗琳和武丕洲格外关注这所学校的师生。巧合的是，大革命失败后，江苏各地特别是苏北很多进步青年都慕名来到晓庄，这为南京市委有针对性地开展工作创造了前提条件。

1928年春，晓庄师范建立了石俊任支部书记，叶刚、郭凤韶、谢纬荣、姚爱兰、袁咨桐等为骨干的中共支部。

晓庄师范逐渐成为南京传播进步思想的重要阵地。两年之后，在南京市委支持下，晓庄师范支部联络中央大学、金陵大学、金大附中等学校的一些进步学生，筹划成立"南京中国自由大同盟"，号召南京的知识分子和青年学生团结起来，反对国民党独裁统治，争取集会、结社、出版和言论自由。

4月3日，一场席卷金陵城的风暴平地而起。

南京城有一家英国人开的洋行，名叫"和记洋行"，为南京开埠后外国人开办的第一家工厂，也是当时南京乃至全国最大的食品加工厂。英国人和他们的洋买办从工厂开办之日起，就绞尽脑汁盘剥工人的血汗钱，到了1930年，更是到了无以复加的地步。工厂将雇佣工人分成长年工和短工两类。从事电气、锅炉、机器房、修理间的技术工称长年工，月酬介于十到二十元之间，仅有的这点工钱还要被扣去百分之十的"储蓄保证金"。工厂规定，这笔钱平时不得领出，必须等到被裁减或辞退时才能提取，实际上最后还是被工厂侵吞掉了。

短工的情况更为凄惨。

和记洋行招用大量短工，最多时人数可达万人，绝大多数为女工和童工，每天的工作时间都在十小时以上，男工的月酬只有七元，童工和女工还不到五元，连基本的生活都难以维持。短工除了受英商盘剥，还要遭受工头的二次剥皮抽头。在和记洋行，厂方无法无天，不但肆无忌惮拘押、吊打工人，而且每位工人不分男女，出入工厂必须接受搜身检查，稍加违抗就被挂牌示众，打伤致死之事屡见不鲜。不堪负重的工人们只能以罢工来抗争。

当天的一大早，和记洋行厂门口张贴出南京国民党当局的一张布告，宣称工人和厂方劳资纠纷拖延已久，严重妨碍了首都的社会治安，从即日起，工人必须返厂复工，"如有不良分子从中阻挠，图谋不轨等情，必加严惩不贷"。看着政府明显偏袒洋人，工人们再也无法忍受，上前就把布告揭下来撕得粉碎。王全道、熊昌襄暗地里布置的下关红帮头脑、和记工厂总稽查李松山带领几十名流氓打手闻讯赶到，二话没说，一刀就劈倒了领头的工人宋如海。集聚在厂门口的工人们看到对方暴行，立刻冲上前去，和打手们厮打起来。正在这时，一队英国水兵突然从附近街区冒了出来，谎称"保护侨民"，持枪包围了工人，明目张胆为厂方和地痞流氓撑腰打气。三方僵持之时，工厂四周忽然响起了刺耳的警笛声，熊昌襄带领大批国民党警察和宪兵乘车而至，以"弹压失业工人和在业工人械斗"为借口，开枪镇压手无寸铁的几百名工人。当场致几十人重伤，轻伤者不计其数，和记工厂门前被一滩又一滩的鲜血染红。

当天晚上，许子鹤主持南京市委会议，针对地痞流氓、英国军队和政府警察三方联合弹压伤害无辜工人事件，决定举行大规模的抗议活动，为成千上万的和记洋行工人讨回公道。鉴于敌人目前对工人们监控严密，会议决定，以晓庄师范党支部作为支点，发动敌人不会想到的广大学生起来抗议，声援身处绝境的工人们。

从当天中午开始，王全道、熊昌襄一直在封锁和记洋行发生的屠杀事件的消息，严令南京的报纸一律不得报道。除此之外，两人预料，中共南京地下党一定会再次鼓动市民起来闹事，必须把共产党的行动扼杀在摇篮里，于是派出了大批便衣特务，分别藏匿于南京的各主要交通要道、商业集中地和居民区，并明令遇到散布消息和散发传单的可疑人员立刻抓捕；对反抗和逃逸者，当即开枪击毙。

布置完晓庄师范支部与其他大中学校的秘密联系工作，确定在后天上午赶赴和记洋行门前举行抗议活动之后，许子鹤没有空闲下来。他知道，仅凭学生的力量，造不成巨大的影响，必须想办法发动成千上万的南京市民积极响应，策应配合学生的行动。

从3日傍晚开始，许子鹤带领人员做了两件事。

他分别先用汉语、英语、法语撰写好屠杀事件真相的新闻稿，委派几位机灵的同志连夜赶往镇江、无锡、苏州和上海，按照他从报纸上找到的那些喜欢深挖猎奇的外国记者的地址，悄悄把稿件塞进他们门下。而如何在南京市民中传播消息，许子鹤对敌我形势做了清醒的判断——如此重大的事件，他的老同学一定不会像上次戒备津浦与沪宁铁路工人抗议活动一样疏于防范，必将采取万无一失的对策。

一份详细的行动计划很快制定出来。随后，许子鹤和十几名南京市委的同志分别在各自的住所忙活了一夜。

5日一大早，南京政府部门的许多职员、大中学教师、商店主、工厂工人都从邮差手里收到了信封，里面是一张打印好的抗议信，信的结尾号召所有有良知的市民都行动起来，走出家门，到和记洋行去，为饱受苦难、目不识丁的童工和女工们伸张正义。

蒋介石、南京市长魏道明、王全道、熊昌襄等也收到了同样的信，信封是许子鹤用左手写的。前一天深夜，写完信封，许子鹤还和其他人开起了玩笑。

"我在哥廷根和莫斯科时，和全道兄通过很多次信，近几年我一直没再给他写过信，他一定会认为我这人不讲交情，这次算是补上了！"

罗琳边笑边说："你这个人有个别人没有的优点，就是能及时改正错误，我相信王局长收到信后，会原谅你的。"

"给王局长写信我理解，那你为什么还给蒋介石写呢？"董义堂参加了进来。

"蒋先生满口'礼义廉耻'，他本人又是我老同学的顶头上司，只给部下写，不给上司写，我许子鹤不就是不明'礼'，不知'耻'了吗?！"

屋子里的人哄堂大笑。

当王全道、熊昌襄发觉大事不妙，慌忙调集宪兵警察全城布控堵截时，为时已晚。在晓庄师范学生的带领下，中央大学、金陵大学、东方公学、钟英中学、钟南中学、金大附中等十多所学校的六百余名学生已经在和记洋行门前会合了。临近中午，收到信件或听到消息的众多南京市民也纷纷赶到，参与抗议者多达万人。

王全道、熊昌襄率领队伍赶到后，急忙关闭工厂前后门，在屋顶上架起机枪，如临大敌。长龙般的抗议队伍本来计划进入厂区抗议，见此情景，为防止不必要的牺牲，便高喊抗议口号，绕工厂游行一周后，来到了附近的煤炭港广场。

许子鹤走在队伍之中，把握着事态进展。在人群中，他一直用暗语和手势指挥着庞大又井然有序的游行队伍。地下党和学生们分成多组，向在场的群众进行宣传。越来越多的南京市民从四面八方赶到，听着青年学生们的动情介绍，人人泣不成声，纷纷解囊相助，为穷苦和受伤的工人们捐款捐物。

抗议整整进行了一天，夜幕降临时分，满腔激愤的学生和群众列队涌到江边，对着江面上的英国、日本的兵舰和水雷艇，一遍接一遍地振臂高呼，口号声震耳欲聋。

"反对英帝国主义血腥屠杀和记工人！"

"反对日本兵舰侵入长江！"

"英国军人滚回去！"

"日本强盗滚出去！"

镇江、无锡、苏州和上海的外国报纸纷纷报道了南京抗议事件。全国各地纷纷响应。上海数十个工人、学生团体成立后援会，并举行了声势浩大的示威游行。

从此之后，和记洋行的英商和代办收敛起了自己的嚣张气焰，上万名工人为之振奋不已，六十五人秘密加入了许子鹤领导的南京中共组织。

第三十七章

风狂枝坠，夜寒星孤。

乱石穿空，惊涛拍岸。

晓庄师范不畏强权的壮举令南京政府恼羞成怒，蒋介石密令停办该校。

4月8日，南京市颁布法令，以"违背三民主义，散发反动传单，勾引反动军阀，企图破坏京沪交通"等为由，勒令晓庄师范停办。

不卑不亢的陶行知凛然不屈，连夜拟就《护校宣言》，指出当局悍然以卑劣手段停办学校，所列种种罪状，归总起来只是因为晓庄师生不肯做少数人的工具，不肯做"文剑子手"去摧残现代青年之革命性。

随后几天，晓庄师生响应校长号召，迅速组织起"护校会"，游行至教育部请愿并散发《护校宣言》，"反对停办晓庄学校""保障乡村教育事业"等口号响彻南京上空。

许子鹤通知南京市委的各位成员，全力支持晓庄师范的正义行动，同时，采取了一系列防范措施，保护广大学生的人身安全，避免毫无斗争经验的青年学生遭到阴险毒辣特务们的残害。

4月11日晚，晓庄师范的几十名进步学生自发聚集在一间教室内，一个个走上讲台挥舞着拳头演讲，声讨蒋介石政府的独裁专制，后来十几位学生地下党员也赶了过去。教室内群情激昂，教室窗户外趴满了听众。晓庄师范由罗琳和武丕洲直接负责联系，许子鹤多次指示两人劝说学生这段时间特别是晚间不要私自聚会，应该听从校方的统一安排。虽然两人反复强调叮嘱，但青年人的冲动和热忱还是占了上风。

在教学楼附近巡视的许子鹤看到了学生们的集会。由于不认识学生，他准备去找在学生宿舍周围值班的罗琳和武丕洲，请他们出面劝说学生们停止演讲。许子鹤刚要转身离开，突然看见从对面树林里钻出一中年人来。这个人径直走到教室窗前，挤进人群，趴在窗户上向内窥视。

片刻后，中年人挤出人群，在四周观望起来。许子鹤站在十几米外的墙角处，死死盯住此人。中年人忽然从口袋里摸出一把铁哨，呜呜地吹了起来。

许子鹤顿时断定，此人系便衣特务，正在为远处的同党通风报信。

教室内的学生一下子骚动起来，不知发生了什么事。

铁哨声刚停，中年人便强行进入教室，将门关闭，用身体堵住了教室门，接着大声嚷道："我是学校校风稽查室人员，你们这帮学生不经登记就在教室内喧哗起哄，影响其他学生晚间自习，谁都不能走，我要逐个登记处理。"

学生们见是校方人员，一时没了主意。

情况十万火急。

许子鹤没有片刻迟疑，转身离开。跑出十几米后，他闪进了教学楼尽头一个勤杂工工作间，从墙上取下一件打扫卫生用的蓝色大褂和帽子，迅速穿上。离开勤杂间时，许子鹤看到墙上贴着一张出勤表，上面标明当天一个名叫王金贵的人请了假。

许子鹤快步跑回教室，学生们仍然被中年人堵在教室里。

"快走，快走，俺今天已经忙活三遍了，这么晚又被你们弄脏了，明天怎么上课?!"许子鹤推开大门,闯进了教室。

中年人一把推开许子鹤,气势汹汹地说:"等会再打扫,等会再打扫!"

"不行,不行,俺家住孝陵卫,现在都快十点了,到家非要半夜不可,明早五点半又要赶到,要是你,你吃得消吗?"

中年人一时无话可说,但还是堵住门不让学生们走。

"要登记到外边登记去,我现在要扫地!"许子鹤一把拽住中年人,打开大门,将他推出门外,许子鹤用的力很大,中年人一下子摔倒在地。紧接着,许子鹤指着学生吼道:"滚,快滚!还不快滚!"

正愁不能离开的学生们抓住机会,呼啦啦从教室一涌而出,四散而去,瞬间就消失在夜色里。

当学生跑完,许子鹤正要找机会从教室离开。中年人冲进了教室,一把抓住许子鹤的衣领,"扫地的,让你坏了我的大事!让你坏了我的大事!"一边破口大骂一边用拳头猛击许子鹤的头部。

"老师还打人,老师还打人!"许子鹤喊着与中年人扭打起来。

突然,四周传来了一阵急促的脚步声,七八个手提短枪的黑衣人闯进了教室。

"王八蛋,学生呢?"领头者冲着中年人嚎叫。

"刚才还满满一屋子,都是这个傻里吧唧扫地的瞎捣乱,人才跑光了!"

中年人把刚才的事复述了一遍。领头者听完,不由分说,一脚把许子鹤踹出两米远,摔倒在地。

"把这个傻瓜带走,明天让那个姓陶的来领人,到时候给他点颜色瞧瞧!"

许子鹤被两个人从地上提起,胳膊反扭着带出了教室。

教室外,黑压压围着上百名手提大刀和长枪的宪兵。见此情景,许子鹤不寒而栗,如果学生没能提前离开,那将是什么样的后果啊……

许子鹤被押至晓庄师范附近的一个看守点。

坐在牢房阴暗潮湿的角落里,倚墙半蹲的许子鹤立刻认识到了问题的严重性。

自己意外被捕,许子鹤首先想到了对南京工作的影响。市委书记一夜之间突然消失,是死是活,是逃是降,无人知晓,这会在同志们中产生多么巨大的震动啊!且不说大家为自己的安全担心受怕,更为严重的是,上届南京市委遭受灭顶之灾后,新的一届市委建立时间不长,一切才刚刚走上正轨,如果自己出现意外,会给南京地区地下党的信心和士气带来多大的打击啊!许子鹤心里比谁都清楚这次意外的严重性。当然,这仅仅还是站在南京地区的角度考虑问题,当站在更大的范围考量自己被捕这件事时,许子鹤更感到焦急万分。南京成为蒋介石的首府后,中央和江苏省委对南京市委寄予了厚望,多次专题研究南京市委的工作,对许子鹤领导的每次重大行动都会派交通员提出明确的指导意见。两年多来,南京市委的工作如火如荼地开展,对其他城市地下组织工作的影响和带动都很大,恰在此时，作为市委书记的自己意外失踪，许子鹤不知道该如何向省委和中央交代。

必须想尽一切办法逃离这个虎狼之地，许子鹤满脑子思考的都是这个问题。刚才为解救学生，他冒充晓庄师范请假一天的勤杂工王金贵，到了明天，这个人一旦回校上班，谎言就会不攻自破，王全道、熊昌襄在晓庄师范耳目众多，自然也就会第一时间得到消息，到那个时候，自己必将有口难辩，插翅难逃。再者，明天一早，敌人就会对自己进行审讯，冒充不了王金贵，自己还能用什么身份和理由蒙混过关呢？更为麻烦的是，自己明天在金大附中还有六节英语课，学校找不到人，一天尚能应付，第二天、第三天就搪塞不过去了，学校必将四处寻人，极有可能认为出现意外而报告警察局协助找人，到那个时候，局面将会变得不可收拾。

想到这一切，许子鹤感到头皮发麻，后背沁出了一层冷汗。必须想尽一切方法离开这个虎狼之地，而留给自己的时间仅仅只有一个晚上。

正当许子鹤抱头思考时，忽然从牢房墙角里传来一个人的问话声。

"我说兄弟，是搭架子的、趟活的，还是开天窗的？"

许子鹤一听，就知道对方是一个被抓的贼。他嘴里说的是盗贼间的行话，"搭架子"是指采用障眼法，遮挡"目标"人的视线，"趟活"就是"检查"对方身上是否有财物，"开天窗"是用刀片划开衣服口袋，盗走财物。

一边思索如何回答，许子鹤一边还要琢磨下一步的对策。

"大哥，小弟干不了那眼明手快的功夫活，只能靠笨脑瓜混饭吃！"

"那你是干啥的？"

"在学校起早贪黑管管蒸米炒菜之类的事。"

"原来是个伙夫头。"

对话之间，许子鹤的脑瓜飞速转动。

"把你弄进来，是贪污了，还是往饭菜里下毒了？"

"大哥，都不是啊，小弟今天算是倒了大霉！"许子鹤说完，大声叹了一口长气。

许子鹤与贼说话的时候，两眼没有闲着，而是借助门缝里透进来的光线，抬头观察起牢房内部的结构。牢房内部空荡荡的，没有任何桌椅，也没有床，只在地面上铺了一层薄薄的稻草，供羁押人员睡觉用。整个牢房的面积有普通住宅的四五间大小，前墙中间一人多高处开有一扇窗户，后墙中间也开有一扇窗户，但与前墙的不对称，足有三人高。后窗上面不到半米，是一条横贯前后的圆木大梁。许子鹤不知道，这个看守点原是一间破庙，由于学生不停"滋事"，羁押场所不够，才被临时改造成牢房的。

看完这一切，许子鹤的心里立刻凉了半截，单凭自己一个人的力量要想逃出这个牢房，比登天还难。因为要想逃出，后窗太高自己上不去，只有通过大门和前窗，大门和前窗之间的距离不到四米，四米之间设置有一个值班的木阁，里面坐着两个手握长枪值班的宪兵。

思来想去，许子鹤最后认定，要想逃出，只能寄希望于难以攀爬的高高的后窗。

贼耐不住寂寞，又开始没话找话。

"倒什么大霉，反正这里只有我们两个倒霉蛋，闲着也是闲着，说来听听。"

"小弟不像大哥，风里来雨里去，凭真本事吃饭！小弟干的事说起来大哥可不要笑话。"许子鹤说着这话，心中还在盘算，自己要想离开此地，必须借助牢房内这个贼的帮忙。目前要做的是，必须让贼相信自己，并按照自己的思路去做。贼个个精明，要想做到这一点，许子鹤知道事情的难度。

"说说，说说！"贼一直催促许子鹤。

"大哥非要听，那小弟就说了。都说饱暖思淫欲，这话用在小弟身上，那是再恰当不过了。家里老婆成了黄脸婆，小弟手里积攒了一点钱，一直想找个黄花姑娘耍耍。"

贼一听这话，立刻来了精神，从另一个墙角蹀到许子鹤身边，坐了下来。

"好，好，老子这次坐班房比哪一次都强，皮肉受苦，耳朵却享福，接着讲，接着讲！"

"学校里一个长得不孬的女学生家里穷，被小弟瞧上了，我就三番五次给她送些粮票菜票，姑娘对我开始好起来了！"

"食堂里的粮票菜票就没个数？"

"都是小弟印的，有个屁数！"

"那后来呢？"

"后来，后来，晚上我就把姑娘带到学校的花园里——"

"说说，都干了什么？"

"搂搂抱抱。"

"光搂搂抱抱，就没做点别的？"

"还真没有，心里慌啊！直到今天晚上——"

"今天晚上怎么啦，快说，快说！"

"今晚小弟不知咋地狠下心，就把姑娘带到了一间偏僻的教室里，想，想——"

"想什么，你这人讲故事，急死人，快说，快说！"

"刚把教室门从里面顶好，正要想，正要想，正要想——突然门被撞开了，几十个学生闯了进来，把我按在了地上，这不就上这里来了！"

说完，许子鹤一声叹息。

贼也跟着一声叹息。

许子鹤知道贼已经上钩，扯线的时候到了。

"我今天要是出不去，被家里那个黄脸老婆知道了真相，事情就大了，她哥是南京城南一霸，要是知道我的丑事，非把我的双腿打断不可！"

"小弟，你今天真是和老哥一样倒霉啊！"

"大哥今天怎么啦？"

"大哥极少失过手，今天在夫子庙'开天窗'，哪里知道女人穿得单薄，一刀下去伤了皮肉，啊呀一声惊叫，就把老子弄这来了！"

两人顿时惺惺相惜，哀叹时运不济。

"大哥，你久经沙场，进来一次也就十天半月时间，受点罪就能顶过去，而我就不同了，两条腿肯定是保不住了。"

贼一时无语。

"就不能想想办法？"

"小弟笨，有个屁法子呀！"

牢房内一片寂静。

好大一阵之后，许子鹤从手腕上捋下一只手表来。

"大哥，帮帮我吧，这只手表就给你了！"

"老弟，这是什么地方你又不是不知道，我咋帮你！"

"大哥，你先看看这是什么手表。"

许子鹤不由分说，把手表塞到了贼手里。贼一托手表，沉甸甸的。凭多年道上的经验，立刻明白这不是块普通手表，立马从地上站起，悄悄踱到门口亮光处，仔细看了一会，又悄悄坐回在许子鹤身边，压低嗓门说起话来。

"小弟，不得了啊，一块 1918 年产正宗瑞士劳力士啊！"

"大哥，小弟买时花了三条小黄鱼！"

贼嘴里的话一点不假，手表确实是瑞士劳力士。那是许子鹤父亲许繁昌送给儿子的结婚礼物。对这块表，许子鹤珍爱有加，就是在香港沦落之时，他也没有舍得当掉。

贼动了心。

"哥咋帮你，你说说听听！"

许子鹤与贼交流时，早已想好了对策。自己要想逃跑，只有通过高不可攀的后窗。而要想爬上后窗，只有一个办法，就是将绳索悬挂横梁上，向上攀爬到窗户口，破窗而逃。房间内没有绳索，可以把衣服撕成布条拧成绳索。而这一切，必须得到同屋贼的帮助。

许子鹤把自己的主意告诉了贼。

贼摇了摇头。

"小兄弟，你跑了，大哥算是知情不报，那后面就不是十天半月的事啦！"

"大哥，我有个点子，小弟既能逃，也保证与你无关。"

"说说听听！"

"我把你捆起来，嘴里再堵上布条，不就没你的事了？"

贼托着沉甸甸的手表想了好一会儿。

"不行！不行！没那么简单，门外人没那么好骗。"

许子鹤一时没了主意。

令许子鹤没有想到的是，过了一会儿，贼突然开口了。

"小兄弟，你还得再做一件事！"

许子鹤不知道对方还要提什么要求，没有接话，眼睛直勾勾地望着他。

"你捆好大哥之后，还得照哥鼻子上擂两拳，外边的人不见血不相信。"

"那就委屈大哥了！"

"半斤血弄一块劳力士，妈的，值！"

两人嘀咕完毕，许子鹤脱下大褂，撕成了布条，贼还嫌不结实，把自己身上的衣服全部脱了下来，和许子鹤一起撕成了布条。布条拧成一根长长的绳子，许子鹤脱下贼的一只布鞋，用绳子的一头拴紧。站在贼的肩上，握着另一头，许子鹤把鞋子抛向横梁，反反复复捣腾了十几下，终于成功。

许子鹤用剩余的布条捆好了贼。

到见血的时候了。

"小弟，下手狠点，要不出不了半斤血！"

咣！咣！两记重拳砸在了贼鼻梁上，顿时鲜血飞溅。

不大工夫，许子鹤用布条塞好贼的嘴巴，贼点了点头，示意许子鹤赶紧离开。

顺着布条，许子鹤爬到了高高的窗户上。窗户中间用木棍隔离着，由于风吹雨打，木棍大都已经朽掉，很快被许子鹤一根根地折断了。

许子鹤把绳头抛到窗外，顺着滑溜了下去。

晓庄师范的几十名学生虽然得救了，但整个学校成了蒋介石独裁政府的眼中钉、肉中刺。

四月中旬，国民党政府丧心病狂地撕下了所有伪装和遮掩，以"非法组织委员会，发布宣言，四处诱惑，希图扩大反动浪潮，实行破坏京沪交通，扰乱社会秩序"的罪名，强行取缔了晓庄师范。王全道、熊昌襄带领几百名军警闯进学校，利用暴力强行驱散师生，先后被捕的晓庄师范师生多达三十余名。校长陶行知更是被强加莫须有罪名，因"阴谋不轨，秘密布置党羽，企图暴动"遭到通缉，他先隐于上海，后赴日避难。

接下来的几个月，蒋介石对晓庄师范进行了血腥镇压，四处秘密捕杀进步学生，将叶刚、石俊、郭凤韶、谢纬榮、胡尚志和年仅十六岁的袁咨桐等先后枪杀于雨花台。风华正茂的学子们用热血和挚爱谱写了一曲壮丽的青春篇章，践行了校长陶行知先生"捧着一颗心来，不带半根草去"的理想。

后来，陶行知从国外回到上海，和闻一多、李公朴等人一起，继续抗争国民党反动派更加残暴的统治。许子鹤受周恩来委托，还专程赴沪看望这位坚强的民主斗士。两人见面，陶先生立刻认出了许子鹤。

"陈先生，我认得你，现在还在教授英语？"

"陶先生，不能说教授英语，应该说从事英语教学！"

一句话把陶行知说得哈哈大笑。

"陶先生，原谅我过去给你说了谎话，我不姓陈，姓许，叫许子鹤，也没有在美国留学，而是在德国学习。"

"我理解，那是无奈的谎言，希望有那么一天，我们中国人都不再说这样的谎言！"

"一定会有那么一天！"

许子鹤传达了周恩来的嘱咐，希望陶行知尽量少出门，注意自身安全，因为他已经受到了国民党特务的跟踪和监视。

陶行知表达谢意后，铿锵坚定地回答："李公朴、闻一多先生已经被罪恶的黑手杀害了，但是这吓唬不倒我，我等着第三枪！"

……

1931年的初春，许子鹤接到了中共江苏省委的命令，设法为中央工农红军找到一套打仗所需的地图。

省委秘密交通员告诉许子鹤，中国工农红军已发展到十多万人，在十余个省先后开辟了大小十几块革命根据地，极大地撼动了国民党的反动统治。随着蒋冯阎军阀混战的结束，蒋介石从去年秋季开始腾出手来，调集大量军队，对红军和根据地发动大规模的"围剿"行动，企图消灭红军的有生力量。敌人围剿，红军部队就开展反围剿，目前阶段，必须避敌锋芒，开展灵活机动的游击战。敌人装备精良，而大部分红军指挥员连一张可用的地图都没有，不是靠人带路，就是采用老旧的民用地图，一旦双方交战，缺乏军事地图的红军必将损失严重。南京是国民党的政治和军事中心，获得这种地图的可能性最大，省委要求许子鹤必须在一个月之内完成此项任务。

送走省委交通员，许子鹤一屁股坐在了板凳上。

许子鹤内心十分清楚，对他个人和南京市委来说，这是一项极为艰巨的任务。许子鹤在金大附中与几位地理老师处得十分融洽，他们经常在许子鹤面前抱怨教学缺乏地图，尤其是国内地图，上课使用的还是几十年前粗糙不准的东西，尽管政府出版过新地图，但控制极为严格，学校无法购置。

连小比例尺的民用地图在南京都找不到，搞到大比例尺的军用地图的难度更是可想而知。许子鹤思考了一个晚上，没有理出一点头绪。

第二天晚上，许子鹤召集市委委员商议此事，整整一个晚上，仍然毫无进展。许子鹤只得要求大家回去思考，两天之后再次汇合。

两天时间里，许子鹤满脑子想的都是地图之事。从哪里弄到一套这样的地图呢？金大附中一位学生家长在南京最大的扬子江印刷厂工作，许子鹤旁敲侧击从他那里打听到，所有军事设施和交通地形之类的印刷品，都由军队的人开车运送，持枪警卫监督工厂印刷装订，然后连书带版以及地上的废纸片一并带走，片甲不留。许子鹤在宪兵后勤处发展的一名党员也提供消息说，大比例尺军事地图册在部队中属绝密级资料，全部控制在师以上军官手中，平常锁在保险柜里，只有作战时才能取出，一般人连见都不会见到。

焦急地等待两天，大家再次聚集时，还是没有找到一丁点儿有用的信息。

南京市委委员在一起研究设计了很多方案——绑架敌人高级军官获取钥匙，深夜潜入保密室盗取；收买掌管保密室钥匙的值班士兵，在其帮助下获取地图；假扮在军事区上班的勤杂工，神不知鬼不觉地混入其中……没有一个方案得到大家的一致认可。正当大家灰心丧气准备离开时，罗琳的一句话引起了许子鹤的注意。罗琳说，她工作的咖啡馆这段时间经常来几个外国人，呜呜哇哇不知道说的什么话，门外还有便衣暗哨做警卫。

第二天晚饭后，许子鹤约了金大附中"英语角"几位口语最好的学生，结伴来到了咖啡馆，他要现场教授喝咖啡的西式礼仪。

一进门，许子鹤就发现靠窗的一张桌子旁围坐着几位外国人，正在兴致勃勃地喝着啤酒。他带着学生坐在了离他们最近的一张桌上。

"同学们，咖啡的种类和喝法十分复杂，那我先从咖啡杯讲起吧！"

学生们一阵鼓掌。

"先说小咖啡杯，它的容积一般都在五十至一百毫升之间，多半用来盛装浓烈的意大利式咖啡或单品咖啡，比如卡布奇诺。这类咖啡浓度特别高，一滴入口，你五脏六腑的每个细胞，顿时就会被刺激得激情澎湃，圆圆鼓鼓的像豆粒……这样的咖啡一晚上最多喝两杯，你要是不听劝告喝三杯，对不起，说英语时喷出的唾沫星三米之外都能砸死人……"

一阵笑声后，两个学生点了小杯的卡布奇诺，在其他同学等待他们品鉴意见的时候，许子鹤把注意力放在了隔壁外国人身上。

许子鹤断断续续听出来了，对方说的是德语。他们在讨论飞机飞行的事。

"现在讲中型咖啡杯，容积一般在两百毫升左右，里面的咖啡不多不少，不浓不淡，可随个人口味加糖加奶调配，美国人最喜欢用这种咖啡器皿……"

又有几名同学要了这种杯子的咖啡。

德国人还在兴致勃勃地聊天，他们谈论着中国上空的航线，从上海到兰州，从南京到成都，从重庆到昆明，从北京到广州……很明显，个个都是飞行专家。

"同学们，最大的咖啡杯呀，最出名的要数马克杯了，一杯下去，能把你的肚子撑得圆鼓鼓的！不过杯大并不等于咖啡因多，因为里面最主要的成分是水和牛奶，最好喝的是拿铁……"

许子鹤终于听出来了，对面桌旁坐着一帮德国汉莎航空公司的飞行员，他们正在谈论公司在中国新开辟的航线以及客机和运输机飞行的情况。其中一个高个子飞行员喜欢摄影，他时不时给同伴们展示自己拍摄的照片。

飞机航行必须有地图，许子鹤心想必须抓住这次机会。他暗暗思考一会之后，便想出一个点子，设法接近这帮人。

"李美莉，你的口语最好，能不能到隔壁桌上问问，如果他们外国人有时间和兴趣，愿不愿意陪你们练练英语口语？"

李美莉满口答应，走到了隔壁桌旁。

德国飞行员见是位漂亮的姑娘，个个来了精神，不但满口答应，还提出他们几个可以分成两组，在两张桌子边当陪练。

许子鹤轮流在两桌之间充当起了辅导和翻译。德国人来到中国后，还是第一次能和中国人特别是姑娘们流利交流，问什么回答什么，兴奋得像喝过三小杯浓烈的意式咖啡。许子鹤最终坐在了大个子德国人旁边。

"你好，我是施耐德，德国汉莎航空公司的飞行员，谢谢您给我们提供了这样一个美好的机会。在中国没人说话，我都快憋死了！"

"谢谢施耐德先生，很高兴认识您，我叫陈鑫涛，是南京一所中学的英语老师……"

许子鹤的英语地道纯正，令施耐德十分钦佩。很快，两个人就熟识了，无拘无束地攀谈起来。许子鹤要求旁边的学生开始练习听力，看看能否听得懂他和施耐德先生的对话。

施耐德的话匣子打开了。他说自己不但会开飞机，还酷爱摄影。他来到中国后，已经飞遍了所有开辟的航线，除了西藏和新疆没有去过，可以说是去过中国城市最多的外国人。

随着许子鹤和桌边学生们的一阵掌声，施耐德更是来劲，讲话时变得手舞足蹈。

"我的相机是目前最好的莱卡-2型，坐在驾驶室内，同事们无聊时就打瞌睡，我可没他们那么懒，而是打开镜头，在一千米至二千五百米的高空采用中长焦镜头拍摄。我的照片画面美得让人陶醉……"

"都拍些什么啊？"许子鹤十分好奇地问。

"拍些什么？要什么有什么！城市俯瞰图、县城全貌、绵延的山脉、无边的沙漠、蜿蜒的公路、废弃的要塞、行军的部队等等，要啥有啥，几千张下来，可以说是美丽中国的全貌……"

许子鹤的心思一直在大比例尺地图上，他对施耐德的显摆不感兴趣。

"施耐德先生，我和我的学生们都不会开飞机，开飞机一定要地图吧，否则本来是飞昆明的，说不定就飞到了西安？"

"外行，绝对外行，我们不需要地图，要的是航线飞行图，航线飞行图比民用的地图,甚至比部队打仗用的地图还要准确,经度纬度高度,标得准确得很呢!"

施耐德说完,从提包里拿出一张飞行图,图上城市名、距离以及经度纬度高度都用德语标得十分详细。学生们大开眼界,满脸羡慕之情。

许子鹤看后,却是十分的失望。这样的地图对飞行员有用,但对红军来说却一文不值。施耐德在从包中掏飞行图的时候,许子鹤看到了包里面有一大摞照片。

"施耐德先生,您包中就是您说的美丽中国照片吧,能让学生和我开开眼界吗?"

"没问题,没问题!"

施耐德从包中取出了四五张照片,许子鹤和学生们开始互相传看。许子鹤看过照片,心中大吃一惊。

施耐德拍摄的每张照片的右下方,不但写明了城市乡村的地名,还清晰地标注了拍摄的经度、纬度和高度。如果对照航线图和比例尺,学数学的许子鹤很容易算出照片上道路的宽度、山峰的高度和城市之间的距离,不但比军事地图详细,而且更为直观,这对绝大部分文化水平不高的红军指挥员而言,更为实用。

许子鹤的心怦怦直跳。

"真是太漂亮了,太漂亮了!施耐德先生,这些照片您都是在德国冲洗的吧?"

"拿回德国冲洗?太麻烦了,我在南京的公寓里有个暗房,几千张照片都是自己洗的。将来啊,我准备出一本自己的摄影集《中国飞行》,可惜你们都看不懂,是德语的!"

"那我们赶紧学德语,今后好给您做翻译,在中国用中文出版。"

"太棒了,太棒了,陈先生您可不能食言啊!"

许子鹤和施耐德的手紧紧握在了一起,算是君子约定。

原本陌生的两人迅速熟稔起来。

分别时,许子鹤邀请施耐德去学校"英语角",继续讲他飞越中国的故事,施耐德满口答应。

两天后,施耐德如约来到金大附中,和学生们畅谈了一个下午。晚上,许子鹤在高家酒店巷子里的"状元楼"款待这位热心的飞行员,十几个学生和许子鹤轮番敬酒,斤半白酒下肚,大个子很快不省人事。许子鹤雇了一辆黄包车,送施耐德回公寓。

拉黄包车的不是别人,正是董义堂。

来到公寓,许子鹤把烂醉如泥的施耐德放在床上,从他皮带上解下暗室钥匙,便开门钻了进去。

走进暗室,许子鹤没有发现任何照片,只看到了墙角一人高的保险柜。许子鹤明白,照片是施耐德的命,他一定把上千张照片锁在了里面。

保险柜有密码,许子鹤开始尝试打开保险柜。

许子鹤试遍了施耐德的门牌号、工作服上的飞行号和他的生日,两个保险柜门纹丝不动,一个都打不开。

许子鹤心急如焚,满头汗水。

又试了几十个不同的号码,保险柜仍然打不开。慌忙之中,许子鹤碰倒了保险柜上的莱卡-2相机。许子鹤赶紧把相机扶正,以防明天施耐德察觉。扶正相机的时候,含在嘴里的手电筒突然照到了相机上的一串号码,那是打在相机底部的六位数的编号。

许子鹤灵机一动,急忙用六位数去尝试,保险柜哗啦一下打开了。

喜出望外的许子鹤十分镇定,他迅速打开随身携带的照相机,把保险箱里的图片一张张拍了下来。

凌晨四点,许子鹤拍完了所有照片,他扶着墙离开施耐德公寓,一坐进董义堂的黄包车里,人一下子就昏睡了过去。

第三十八章

1931年2月底,南京,乍暖还寒。

一天深夜,许子鹤的公寓突然响起了一阵急促的敲门声。睡梦中的许子鹤从床上一跃而起,摸出枕头下的手枪,躲藏在大门后。

"咣咣,咣,咣咣咣。"

"咣咣,咣,咣咣咣。"

"咣咣,咣,咣咣咣。"

敲门声一连响了三遍,许子鹤这才长长地出了一口气,是自己的同志。

门打开后,闪进来一位年轻人。

来者进屋后,许子鹤迅速拉上书房的窗帘,打开了电灯。

"啊,魏坤,怎么是你?"

魏坤笑着没有说话,弯下腰从右脚布鞋的鞋帮里取出了一封信,递给了许子鹤。信是邓翰生写的。

许子鹤看完信,连说了三声:"好!好!好!"

"许书记,终于见到您了,我早就盼着有这么一天啦!"

两双手紧紧地握在了一起。

许子鹤给魏坤倒了一杯水,两人坐了下来。

邓翰生在信中首先告知许子鹤,他拍摄、翻译和计算整理后的一千多张照片,已经安全送达中央红军指挥部,指挥部编印成册后下发给了红军的各路指挥员。利用这些比军用地图还详细的照片,三支反围剿部队在十万火急的关头躲过了国民党军队的多次袭击。更令人惊喜的是,从照片上,一位参谋还甄别出了敌人的两座秘密军火库,派人半夜偷袭,一举将其全部炸毁。

"谢谢,谢谢,没有你,照片就发挥不了那么大的作用!"看完信,许子鹤拍着魏坤的肩膀说。邓翰生在信里告诉许子鹤，历经千难万险把照片送到红军指挥部的人正是魏坤。

"应该谢谢您！没有您，哪有这些照片！"魏坤回应许子鹤的话。

"不说这些了，说说，怎么想到我这里工作？"在信中，邓翰生指示，组织派遣魏坤到南京市委工作。

"首先得感谢罗琳、张宜珊还有您，你们三人向邓书记推荐了我，组织上考察我半年后，批准我加入了组织。加入组织后，我就提出来跟着您工作，邓书记说时机未到，他实际上是不想给您添麻烦，因为那时我没有地下工作的经验，需要在上海培训一段后再说。我所在的沪西支部对我很关心，因为我当过电话修理员，对上海情况又熟悉，很快就上手了，一年之后在上海当起了江苏省委的交通员。几个月前，邓书记更是把送达照片的绝密任务交给了我，我完成了！"

望着魏坤，许子鹤心里既欣慰又有些酸楚，过去的一个毛头小伙，现在已经成长为一位成熟的革命同志，要是昔日的战友魏乾地下有知，该多么高兴啊！

"许书记，邓书记还要我转告您，中央工农红军的情况目前很好，第一次反围剿胜利后，蒋介石没有死心，他调集二十万军队，采取所谓的稳扎稳打、步步为营的战术，对中央革命根据地进行第二次'围剿'，声言这次要彻底消灭红军。打仗仅靠人多就能赢吗？决不是那样！三万多红军在毛泽东同志的指挥下，正采用牵着牛鼻子走的'诱敌深入'战略，集中兵力，灵活机动，各个歼灭……"

听着魏坤绘声绘色的描述，许子鹤激动地站了起来，在房内转了好几圈，握紧双拳在空中有力地挥动了五六次，方才坐下。

"送完照片回到上海，尽管我不知道您在哪里，我还是向沪西支部申请跟着您工作，最后申请报到了邓书记那里，他批准了！"

"上海的同志们都很关心你，为什么一定要跟着我呢？"

"我也说不清，只知道您是个好人，从哥哥死的那一天开始，我就发誓一定要找到您，跟着您做事，为广大穷苦人做事，为哥哥报仇！"

许子鹤没有说话，而是伸出双手，再次与魏坤的双手紧紧握在了一起。

说完令人振奋的事，魏坤还告诉了许子鹤一件邓翰生在信中没有提及，要求当面向许子鹤口头汇报的事。

听完魏坤的介绍，刚才还异常兴奋的许子鹤顿时变得心情沉重。

魏坤汇报说，南昌起义后，作为革命委员会成员之一的恽长君9月下旬到达香港。一个月后，中央成立了新的广东省委，张太雷任书记，恽长君被任命为省委常委。当年的12月11日，恽长君与张太雷、叶剑英等领导发动了广州起义，建立了中国第一个城市苏维埃政权——广州苏维埃政府，恽长君担任苏维埃政府的秘书长。

魏坤所说的这些，许子鹤都清楚，因为前几年，他和恽长君一直通信联络。

魏坤接着说，在国民党和帝国主义联合夹击下，广州起义最终失败。国民党特务四处悬赏缉拿恽长君,他不得不暂时隐避于香港。1928年秋,恽先生回到上海,担任中共中央组织部部长秘书,协助周恩来工作。之后,他又被任命为中央宣传部秘书长,负责编辑党刊《红旗》。在工作中,他对当时的中央主要负责人李立三推行的"左"倾路线先是开展了批评,随后进行了坚决抵制,因此遭到了排挤和打击,从中央重要岗位上被撤了下来,任沪中区和沪东区行动委员会书记。

对恽长君遭受的不公正待遇,许子鹤也十分清楚。恽长君在上海基层区委工作时,许子鹤多次写信安慰他,也通过张宜珊转达自己愤愤不平的看法,而恽长君的回信每次都很淡然,"我做理论宣传工作时间久了,对地方具体工作不熟悉,现在就去补上这一课,并且会认认真真地做好。"许子鹤十分敬重恽长君,两人亦师亦友,读罢来信,更为他坦荡磊落的胸怀所感染。

但魏坤后面讲述的内容,许子鹤却一无所知。

1929年5月6日,当化装成工人的恽长君在杨树浦韬朋路附近散发传单时,不幸被捕。在巡捕房内,他化名王作霖,虽遭酷刑毒打,仍坚决否定共党身份。巡捕无计可施,将其引渡上海公安局,以共党嫌疑犯的身份羁押于龙华国民党警备司令部看守所内。数次审讯后,敌人仍然没能发现他的真实身份,最终只得以"工人擅自开会"的罪名判处他五年徒刑。宣判后,敌人始终对这个"王作霖"心存疑虑,从谈吐和气质上不相信他仅是一名普通工人。先把他押送至苏州监狱服刑,1931年2月,又转入关押重犯要犯的南京"中央军人监狱"开始进一步的甄别。

为防止走漏消息,对狱中的恽长君产生不利影响,除中央主要负责同志外,无人知道他的下落。一年多来,许子鹤再也没有收到恽长君的来信,他多次问过邓翰生和张宜珊,都没有得到明确答复,只是说恽先生正在从事一项中央交办的重要工作,这一段时间不便与外界联络。

现在,恽先生被羁押在南京!许子鹤忧心忡忡。

魏坤最后传达了江苏省委同时也是中央的指示,在上海和苏州时,周恩来同志曾多次指示中央特科组织营救,虽然对掩护恽长君的身份和刑期减少起了不少作用,但还是没能把他营救出狱。现在恽先生被押至南京,中央和江苏省委指示南京市委必须不惜一切代价,将他解救出来,且越快越好。

许子鹤接受过多次江苏省委和中央的特别任务,但对这个任务,他内心有一种说不出的滋味。他想哭,却又哭不出来。

对于魏坤今后的工作,邓翰生指示,他将以许子鹤外甥的身份和许子鹤住在一起,在南京找一份工作,同时作为省委和南京市委之间的秘密交通员。

魏坤用一个星期时间熟悉了南京车站、码头、街道、学校、工厂等情况后,在位于大行宫的"扬子江书店"当上了伙计,这个书店的经理李光润是一位五十多岁的老党员,同时也是南京市委委员。

安顿好魏坤,许子鹤领导的南京市委迅速展开了营救恽长君的行动。

许子鹤在行动，王全道和熊昌襄也在行动。

就任南京公安局正副局长之初，王全道和熊昌襄就抓获过几十名共产党人，对其中的少数实施了暗杀，将大部分送上了刑场，令蒋介石对两人刮目相看，器重有加。但随着时间推移，一个接一个的难题接踵而来，让他们两人饱受上峰的痛斥。先是蒋介石亲自过问的南京监狱共产党要犯甄别之事，正当真相即将水落石出时，运送秘密档案的卡车却在沪宁公路上自燃起火，一把火把计划烧掉了；接着就是津浦和沪宁铁路工人闹事，不但使铁道部长孙科颜面尽失，还使政府暗地里征用铁路工人"储蓄赡养金"的计划化为了泡影；还有晓庄师范学生上街游行抗议以及围攻和记洋行的举动，把政府与学生、工人、市民的矛盾激化到了顶点，甚至有人用英法两种外语通告外国记者，把政府暗地里采取的行动公之于天下，其活动组织缜密，行动方案有序，事先和事后都未曾泄露半点蛛丝马迹，简直视南京市公安局为无物；最为可气的是，政府便衣人员在晓庄师范教室里抓获了一名冒充勤杂工王金贵的南京共产党要员，此人打伤并制服同室羁押人员，深夜翻窗逃之夭夭……王全道和熊昌襄知道自己遇到了真正的对手，感到了莫名的恐慌。

时间回溯到上周，王全道和熊昌襄进一步感到了事情的严重性。

蒋介石为满足"围剿"苏区红军的需要，在南昌行营秘书处派驻了大量特务，由自己的心腹，后来被称为复兴社"十三太保"之一的邓文仪掌控。针对红军几次神出鬼没跳出包围圈和两座秘密军火库被炸毁之事，蒋介石勒令邓文仪彻查。邓文仪的调查结果是，红军指挥官从上海或者南京（极大可能是首都南京）搞到了最新版的军用地图，从而一改往常"盲人骑瞎马"的状态，不但寻秘路及时转移，甚至还偷袭政府军队和军事要地。

调查结果上报后，蒋介石把王全道和熊昌襄叫了去，歇斯底里地臭骂了一通，限令二人一个月内破案。诚惶诚恐的王全道和熊昌襄并不知道，蒋介石同时还把这个任务秘密交给了他手下的特务组织国民党中央组织部党务调查科（中统前身）的徐恩曾。

领受蒋介石的命令后，王全道和熊昌襄不敢懈怠，立刻召集南京所有的心理、特工和技术专家，根据相关人员的交代与描述，对神龙见首不见尾的南京市委的神秘领导人展开了归纳分析。

很快，对手的九个特点被整理了出来：

一、身高一米七六左右的男性；

二、年龄应在四十岁以下；

三、头脑聪明冷静；

四、行动果断敏捷；

五、熟悉学校情况；

六、熟悉技术手段；
七、熟悉军事知识；
八、熟悉政党理论；
九、掌握英法外语。

王全道看完这份分析报告，浑身起了一层鸡皮疙瘩，他没有松手，两页纸的报告却从手中滑落在地。

符合这九个特点的人，在他认识交往以及听说的人中，只有一个人完全符合，这个人就是自己的老同学许子鹤。至于第九条中唯独没有德语，王全道认为这正是他老同学的高明之处，他在故意回避能引起怀疑的一切线索。

几年前，许子鹤已在香港公开声明退出共党并隐居德国，现在怎么会出现在南京、成为了自己的对手呢？从内心深处，王全道愿意和任何人擂台过招，最不希望与这位老同学兵戎相见，但现在他最不希望的情况还是发生了，这是他万万没有想到的。

王全道坐在办公桌前，紧闭双眼，抱头思考起来——近几年在南京发生的一系列蹊跷事件，件件与这位老同学的做派吻合，精于思而敏于行，悄无声息，却能惊动天地。

想到这儿，王全道不寒而栗。

如果真是自己的这位老同学，凭能力论智力，自己肯定在这位数学博士之下。王全道尽管对外从不承认，但心里清楚，他今后的日子不会再风平浪静，必将如履薄冰，度日如年。

一番深思后，王全道决定暂不把自己的判断对外讲。原因有两条，一是一旦如实上报对手可能是自己的老同学，以许子鹤精明机敏，善于筹谋的心性，他一定会精心设计种种圈套让自己钻，把一盆盆脏水往自己身上泼，到那时，面对生性多疑的蒋介石，他王全道就是跳进扬子江也休想洗清身上的种种通共嫌疑；二是自己假装不知道对手的身份，他许子鹤就不会有针对性的防范措施，也许只有这样才有将其缉拿归案的机会。待到把许子鹤押往雨花台之时，再宣告许子鹤与自己的同学关系，并亲手将其枪决。这样的结果，既彰显了自己胸有韬略、性格坚忍的风范，也表现出对党国的忠心，必将得到蒋介石的赏识，受到他的信任和重用。

王全道把自己的心里话只告知了一个人，就是他的副手熊昌襄，他要把熊昌襄和自己绑在一起，共渡难关。

熊昌襄一听许子鹤的名字，半天没有回过神来。

"老熊，我琢磨来琢磨去，在上海打死你兄弟胡大宝的幕后黑手不是韩部长，很有可能也是这个许子鹤。"

王全道一番分析后，熊昌襄光亮的脑门上渗出了一层细汗。

"第一次，他以你外甥女英文补习教师的身份做掩护逃脱，让你上了一次当；

第二次，他一个人闯入你的司令部，信口雌黄说动你缴械投降，又让你上了当；第三次，他借刀杀人，让你亲手杀死了投诚党国、可能发挥巨大作用的韩部长，再次让你上了当！事不过三，如果你还上他的当，不是为虎作伥，暗地里通共是什么？"

熊昌襄平日飞扬跋扈，满脸杀气，此时却像泄了气的皮球，瘫在原地一声不吭。

"我们只有齐心协力铲除其害，才能为党国换来安定，为我们两人换来清白。"熊昌襄点头不止。

"能抓就抓，不能抓就当场击毙。"王全道从齿缝里挤出一句恶狠狠的话。

"抓什么抓，要是见到这个让老子吃尽冤枉亏的王八蛋，非把他的脑袋打得稀巴烂不可。"说完话，熊昌襄的手"咣当"一声砸在面前的桌子上。

"此事只做不说，只能我们两人知道。"

"明白！"

一张铺天大网在南京城撒开。

一场风雨交加，电闪雷鸣的暗战即将来临。

接到中央和江苏省委指示的第二天，许子鹤骑着自行车，化装成钓鱼者，董义堂和魏坤扮成挑着萝卜、白菜、豆腐和粉条的菜贩，去了中央军人监狱附近踩点侦察。

中央军人监狱位于南京江东门外，是一处独立的建筑，四周筑有六七米高的围墙，整个建筑坐北朝南，大致呈正方形，长宽各约两百米。监狱一周的围墙上架设着电网，围墙外挖有四米左右的宽大深沟。更为阴森恐怖的是，围墙内四角筑有高大的岗楼，上面装有脸盆大小的强光探照灯，荷枪实弹的军人二十四小时持枪守卫，院墙内外发生的风吹草动都不可能逃过狱警的视线。

侦察之后，许子鹤知道，强行从外部进入监狱以及从内部带出被救人员是不可能的了。

当天夜里，许子鹤在一家茶铺紧急召见了从中央监狱内释放的两名地下党员，他们都是成功隐藏真实身份从而得以出狱者。为安全起见，许子鹤并没有说出自己的身份，也没有告知他们市委即将采取的行动，仅是向他们了解监狱内部的结构。

两人一番回忆后告诉许子鹤，中央军人监狱关押人数大约一千有余，羁押者大多是所谓的政治犯和有待甄别的政治嫌疑犯。整个监狱分东、西、中、南四部分——东监又分天、地、人字监，西监分为日、月、星字监，中监分智、仁、勇字监，南监分改、过、自、新字监。每个监区各有十几到三十几间牢房。"狱中之狱"的南监关押着从全国各地转来的"重要人员"，已确定身份的刑期一般都在十年以上，亟待甄别的身份也都在省委书记或较大城市市委书记以上。此监由重兵把守，在监人员脚镣手铐加身，与外界完全封闭隔离。

恽长君早在黄埔军校时期，就与邓演达、张治中、高语罕一起被蒋介石视为"黄埔四凶"，大革命失败后，更是国民党重赏缉拿的中共"要犯"，现在他是中央委员，省委书记，还是共产党内首屈一指的理论家和思想家，如果敌人知道或者怀疑他的身份，将其羁押在南监，营救的难度便可想而知。送走两位地下党员，许子鹤一个人留在茶铺，足足坐了半个钟头，他一边盘算一边在内心祈祷，上天能够眷顾恽先生，眷顾南京市委，眷顾他许子鹤。只要恽先生不被关押在南监，他许子鹤就一定能解救他出来。

离开茶铺时，许子鹤把杯中余下的雨花茶一饮而尽，暗自下定决心，就是恽先生被关在南监，历尽千难万险，甚至牺牲自己的生命，他也要把先生从龙潭虎穴中解救出来。

监狱内外情况摸清后，许子鹤主持召开了五次秘密会议，分别制定了三套方案，每套方案的细节，他和市委的同志们都反复琢磨，来回推敲，决不允许存在一丝一毫的差错。三天之后，中央批准了南京市委的第一套方案。

方案被批准后，许子鹤没有立刻布置实施，而是开展了模拟训练。参与营救的地下党员分成了三组——入狱联络组、交通掩护组和武装护卫组。

许子鹤本人领衔最危险的入狱联络组，成员只有他和书店经理李光润两人。两人设计出化装入狱后可能遇到的几十种情景，每种情景他们都策划了灵活的应对方案，在许子鹤所住的房屋内和院子里，他和李光润扮成"我方"，市委的其他同志扮成"敌方"，反复推演练习。罗琳、魏坤带领十几个地下党员负责交通掩护，他们摸清了江东门外以及出城的所有路线，每条路线都亲自趟了一遍。董义堂、武丕洲、姜立伟所在的武装护卫组按照许子鹤的要求，秘密潜入南京市郊方山和句容茅山山林深处，反复练习夺车、开车、跳车、射击、狙击和护送转移等各个步骤……

营救行动正式启动。

恽长君关在监狱哪个区域成为了必须摸清的首要问题。

李光润以探监亲属身份首先进入中央军人监狱。他表面上探视的是一个因在中央大学组织游行被抓进去的远房侄子，实际上是要去联络狱中支部书记谈祝斌。谈祝斌被捕前是上海杨浦区书记，多次聆听过恽长君的演讲，也参加过他主持的理论培训班，如果恽长君关在监狱内，他应该知道一些情况。李光润回来后，带回一个好消息，恽先生被关押在西监区的"星"字监。

得知恽先生的身份未曾暴露，许子鹤一方面惊叹恽先生的机智和顽强，一方面更坚定了营救的信心和决心。

当天夜里，按照江苏省委的安排，中共徐州市委组织部杨部长带着一个人悄悄来到南京，在一家客栈内与许子鹤见了面。恽长君冒充的"王作霖"确有其人，是上海黎昌布店的一名裁缝，也是中共地下党员，因长相与恽长君相似，组织上安排恽先生必要时"盗用"其名。恽长君被捕后,组织上第一时间通知王作霖去了东北。王作霖老家在徐州沛县,杨部长所带之人是他的一位堂弟,这位堂弟在王作霖众多的亲戚中身高和长相与许子鹤最为接近。杨部长把王家的情况详细介绍后,许子鹤与这位堂弟进行了长时间的交谈,交谈到最后,许子鹤已经可以模仿对方的语音和语调,相似得令那位堂弟惊叹不止。分别时,堂弟不但提供了自己的户籍证明,还借给许子鹤一套自己日常所穿戴的大褂和皮帽。

许子鹤回到住处,一屁股坐在板凳上,心事重重。原来,他可以模仿王作霖堂弟的任何其他方面,但有一点相当困难,对方鼻梁上有一颗豆粒般大小凸起的黑痣,黑痣圆而光亮。

夜深了,隔壁的魏坤已经入睡,许子鹤还在思考着对策。

不知过了多久,计上心来的许子鹤激动地站起来,快步走到镜子前,"刺啦"一声划着了火柴,在火柴头烧得通红之际,一下子将它按在了自己的鼻梁上,一阵钻心的痛疼之后,才把火柴头从肉里取了出来,半个豆粒般大小的凹坑显现在鼻梁上。对着镜子看了半天,许子鹤不满意,凹坑太小。又一根火柴被点燃,通红的火柴头又一次被按在了凹坑内,一股鲜肉烤焦的味道充斥了整个房间……

第二天早上,鼻梁上的凹坑处结了一层薄薄的硬痂,许子鹤再次坐在镜子前,用牙签蘸着黑色皮鞋油,一点一点把硬痂表面涂得油光发亮。许子鹤穿上昨天王作霖堂弟的长衫,戴上皮帽,开始做早饭。

魏坤起床后,看到了正从厨房走出来,往客厅饭桌上端饭的许子鹤。

"啊呀"一声大叫之后,魏坤回身跑向卧室,从枕头底下摸出手枪,跑出来对准许子鹤大声喊道:"你是谁?"

许子鹤没有吱声。

"不许动,你是谁?"

"徐州沛县辉煌首饰店的王师傅。"语音语调和说话的姿势,许子鹤都模仿得惟妙惟肖。

"怎么到这里来了?"

"前来会会大名鼎鼎的许子鹤!"

许子鹤说完,自己忍不住哈哈大笑起来。

魏坤这才认出面前的人就是许子鹤,惊魂未定的他想笑却笑不出声。

"太像了!太像了!"过了好长一段时间,魏坤才镇定下来。

"我的扮相只有你一个人知道,绝对不能外讲。"

"一定!"魏坤回答。

许子鹤想好了对策,等探视完回到住处后,他就用酒精除去黑色鞋油,再在硬痂上涂一层肉色广告颜料,一般人不会发现破绽。

草草吃过早饭,许子鹤便单刀赴会。

风尘仆仆来到中央军人监狱,许子鹤以徐州沛县王作霖堂弟的身份办完手续,坐在西监区"星"字监探视室内不到一刻钟的光景,两名狱警押着恽长君沿着狭长的专用通道向探视室走来。

两年不见,身着囚服的恽长君变了模样。发长及肩,胡茬寸长,原来敦实魁梧的身材变得后背微驼,清瘦异常,走起路来一瘸一拐。待人坐下,许子鹤看见他额头、脸颊和脖子上留有大块大块的青紫色淤血斑痕,十个手指用纱布包裹着,白色的纱布透出斑斑血迹。眼望这一切,许子鹤差一点哭出声来,这就是自己心目中仪表堂堂,文质彬彬的恽先生吗?

探视会面时间是二十分钟,两名狱警同时在场。

"作霖哥,我是作宇呀,文韬大伯、文胜二伯还有文全小叔托我看你来了!"许子鹤眼中噙满泪水。

眼前的人似曾相识,恽长君盯着许子鹤怔了几秒钟。

恽长君生在武汉,祖籍是江苏武进,在武进还有几位堂叔堂伯。许子鹤说的是王作霖家的人,名字却是武进家族的。恽长君顿时明白,眼前的这位探视者知道自己真假两种身份,而知道自己两种身份的,不会是别人,只会是党组织派来的人。

"作宇弟,几百里的路,苦了你啦!"恽长君对王作霖家的情况自然十分熟悉。

趁两名狱警相互点火抽烟,许子鹤向恽长君使了眼色,轻声说了一句:"二堂兄子鹤也托我向你问好。"许子鹤故意把"子鹤"两字拖得很长。

听到"子鹤"两字,恽长君恍然大悟,知道眼前的人正是许子鹤,眼光刹那间明亮了许多。

"老家大伯都盼你早点出来,他们说虽然咱们家族穷,但就是扒房子卖地也要保你出来。"

恽长君明白许子鹤的意思,组织上正在想尽一切办法营救自己。

"回到沛县向几位堂叔堂伯问好,不要花冤枉钱了,作霖哥我没犯什么罪,待一段时间就出去了。"

许子鹤明白恽长君的意思,敌人目前还没有从他身上发现蛛丝马迹。

"那你在这里一定要好好表现,老老实实听官府的话,争取政府宽大减刑。""减刑"两字许子鹤说得特别明显,恽长君心里清楚,组织上让他在狱内做好配合,内外一起努力,通过减刑方式出狱。

"堂叔堂伯筹集了一点盘缠钱,让我在这里住一段,可能的话也在南京寻个活儿,你需要时好有个照应,你一出来,咱们就一起回家!"许子鹤的话很明显,组织上派了专人且筹集了专门的钱款,委派他负责营救工作。

"我的事让堂叔堂伯操心了。"

"谁让你是咱们家族这一辈的老大呢!老大就像咱们老家沛县舞龙的龙头,它要散了,龙身龙尾就舞不起来了。"

恽长君的心中一阵温热。

"作霖哥，你没蹲过号子，千万不要想不开，有空多和别人聊聊，说不定有好心人还能给你一些开导。"许子鹤的话在明确地告诉恽长君，狱内的同志也在设法帮助他，恽长君对此心领神会。

离探视时间结束还有五分钟的时候，监狱内突然警笛大作。

一名狱警慌慌张张跑进探视室，冲着两名狱警喊："快带进去，快带进去！"

"咋回事？"一名狱警问。

"上面突然来电话，要所有犯人集合，找一个要找的人。"

面对突如其来的意外情况，恽长君和许子鹤各为对方捏了一把汗。许子鹤担心走漏了消息，敌人发现了恽先生的身份。而恽长君则担心许子鹤的探视引起了敌人的怀疑，自己已经身陷囹圄，对方再认出许子鹤，对组织来说，将是多么大的损失啊！

恽长君深情地看了许子鹤一眼，许子鹤同样深情地望着恽长君。恽长君随即被狱警带走，朝着先生远去的背影，许子鹤深深地鞠了一躬。

许子鹤从探视室回到监狱大门入口处准备离开，但铁门已经被关闭。所有探视人员被带至十几米外的一间会议室内等候。

十分钟后，四五名持枪狱警领着七八个黑衣人员来到了会议室门外。

"叫谁的名字谁就出来！"一名狱警朝会议室内喊道。

"湘潭李天宝。"

一个人走了出去。

"合肥崔金柱。"

又一个人走了出去。

这时候的许子鹤明白，为寻找一个人，敌人不但在已经羁押的人员中逐一辨认，连当天探视的家属也不放过，可见这个人物的重要性。他从心底更为恽先生的安危焦急万分。

"徐州王作宇。"

当许子鹤走出门外，眼睛扫视了一下四周，忍不住倒吸了一口冷气。

门外黑衣人员的领头者不是别人，正是他在晓庄师范教室内见过的那个中年男人。

原来敌人要找的人是自己。

"叫什么名字？来这里看谁？"中年男人问道。

"俺叫王作宇，来瞧俺堂兄王作霖。"许子鹤怯生生地回答。

中年男人走到许子鹤正面，开始审视许子鹤的脸。

上上下下，左左右右足足看了两分多钟，中年男人才把目光从许子鹤脸上移开。

"走段路给我看看！"中年男人命令道。

对方要许子鹤走路，是有根据的。王全道自从内心确认南京市委的领导人是许子鹤后，他便整天苦思冥想琢磨许子鹤的特点。一周后，他忽然回忆起一件事来。许子鹤在哥廷根大学选修了他所学的军事学专业的一些课程，一次德国教员让每个学生走路，以便分析归纳出每个人的行走特点。许子鹤走后，德国教员说许子鹤一定是位好学生，一天到晚在做数学题。众人大笑后，德国教员解释说，这位学生左右两个胳膊前后摆动的幅度有细微的差别，左大右小，原因就是右胳膊整天一个姿势架在桌子上，日久天长，就没有左臂灵活了。

王全道把许子鹤的这个特点告知了手下。

一听中年男人命令自己走路，许子鹤心里立刻明白，对方一定知道了自己行走的特点。而自己行走的特点，他比任何人都清楚。

许子鹤前前后后走了四个来回，左臂右臂摆动的幅度一模一样。

"停！停！干什么职业的？"中年男人问。

"在老家一个首饰店当伙计。"许子鹤回答。

中年男人盯着许子鹤没有说话，心里却在不停地思索。首饰店的活都在一方小工作台上完成，每个工序都是左右手齐动，左手固定，右手操持工具打磨、刨光和雕刻，不可能单手完成。

"滚！"中年男人一声吆喝。

"谢谢长官！谢谢长官！"许子鹤赶紧离开。

从会议室到大门出口的这段路上，中年男人的目光一直没有离开许子鹤。许子鹤知道背后有眼，左右臂摆动幅度一如之前，直到消失在大门外。

摸清恽长君在中央军人监狱的情况后，许子鹤立刻向江苏省委做了汇报。周恩来指挥三方人员同时进行营救——一是委派陈赓、顾顺章等利用江苏省高等法院一位律师是中央特科的地下关系，通过这位神通广大律师的辩护，赢得进一步减刑；二是指示狱中支部书记谈祝斌，发动狱中党员，尽一切可能掩护恽长君出狱；三是命令许子鹤，打通关押恽长君西监区的上下关节，必要时花大价钱收买敌方人员，使他们关键时候为恽长君说好话，为律师辩护创造条件。

三组人马奔波不停。

律师答应尽最大努力为恽长君辩护。

谈祝斌发动监狱内的所有党员，从各个方面保护恽长君。尽管出卖眼前的这位"当代圣人"能换来自由，同时还可以得到重赏，但却没有一个人站出来告发。同监有一个黄姓江西人，是黄埔军校的学生，认出了曾在黄埔军校当过教官的恽长君，但先生的魅力和精神深深感动了他，所以他始终没有向国民党供出恽长君。

打听到西监区负责管理囚犯事务的监狱长是洪更生后，许子鹤通过众多关系，联系上了洪的老婆潘大梅。潘大梅虽然是个家庭妇女，但娘家资助过洪更生上学升官，因此在家里说一不二。趁洪更生值班，许子鹤找到了潘大梅。

看到六包点心放到洪家八仙桌上，潘大梅立刻赶人。

"走走走，俺家老洪不讲这一套，况且他那监狱里关的都是重刑犯，这不是让俺老洪丢饭碗吗！"

许子鹤苦苦哀求，最后从口袋里摸出了一个红绒布包。

潘大梅打开布包，四枚黄澄澄的金戒指哗啦啦散落在桌面上。

"拿回去！拿回去！"

"大姐，俺在徐州老家是做这个的，不是在南京买的，上面没有任何记号，不会出事。"

潘大梅不再赶人，但还是不表态。

"大姐，老家店里想给大姐打对金镯子，不知道手腕粗细，小弟今天带了尺子，让小弟给您量量。"

许子鹤不由分说抓住潘大梅的手，用布尺子量了起来。这次潘大梅没有推脱。

"你家堂兄到底犯了啥罪？"

"大姐，他一个老实人，别人给了他几个铜板，让他去散发传单，糊里糊涂他就去了，结果被逮着了，就这点破事！"

"既然是小事，关个三五年出去就是啦，何必让你们费这么大周折？"

"大姐，你不知道啊，我老家那里规矩多，老大犯事，家门就低贱，其他弟兄想找媳妇，比登天还难！媒婆正在给我们三兄弟撮合姑娘家，要是对方知道老大犯事蹲监，一切都全毁了！"

潘大梅不说话了。

"大姐，三五个月还瞒得过去，时间久了，纸包不住火，请洪大哥帮帮忙吧！"

潘大梅的口气软了下来。

三天过后，许子鹤再次给潘大梅送去了一个红绒布包，里面装有一对金手镯。

许子鹤购买金首饰的所有花费，都是弟弟金涛通过李光润书店的一名地下党员到香港购书时带回来的。

一个月后，恽长君的刑期由五年减为两年，由于已服刑一年十个月，下个月的5月9日就可被释放出狱。

所有人员都为恽长君的即将出狱欢欣鼓舞。

让人意想不到的情况犹如晴天霹雳骤然而至。

4月24日，张国焘及陈昌浩从上海赴鄂豫皖苏区工作，中央决定由特科的顾顺章护送至武汉。完成任务后，身为秘密人员的顾顺章并未立返上海，而是在汉口以"化广奇"的艺名表演起魔术来，不料被特务认出。顾顺章被捕后即叛变，供出了自己知道的一切中共机密。好在中共地下党员，担任徐恩曾机要秘书的钱壮飞及时获取顾顺章叛变的绝密情报，赶在特务抓捕行动之前通知在上海的党中央及江苏省委转移，才避免了不可估量的损失。4月27日，顾顺章被押解至南京，他立刻向蒋介石供出中共领导人之一的恽长君被关押于南京中央军人监狱，并且即将获释出狱。

蒋介石立刻命令自己的心腹、军政部陆军署军法司中将司长王震南来到关押恽长君的"星"字监房进行劝降。王震南拿出一张恽长君在国民党第二次代表大会上当选为中央执行委员时的照片，与面前这位身穿三色囚衣的"王作霖"核对一番后说："你不是王作霖，你是大名鼎鼎的恽长君！"

恽长君知道身份已经暴露，便理了理乱发，挺胸抬头回答道："告诉蒋先生去吧，我就是他一直悬赏捉拿的恽长君！"

发现恽长君后，蒋介石立刻委派徐恩曾、张冲、顾建中、王全道轮番到狱中许愿劝降，均无功而返。

蒋介石闻讯后气急败坏，亲口下令："立即处决！"4月29日中午十二时，恽长君被押往雨花台刑场行刑。

秦淮呜咽，金陵落泪。

苍穹怒吼，大地悲鸣。

去意已决的恽长君神色坦然，身戴手铐脚镣一路高唱《国际歌》，至声音嘶哑不歇。临刑前，面对监刑的王震南和一排举枪的刽子手，他发表了慷慨激昂的演说，高声朗诵了自己在狱中创作的绝命诗。

  浪迹江湖忆旧游，
  故人生死各千秋。
  已摒忧患寻常事，
  留得豪情作楚囚。

枪声骤响，恽长君身中数弹，倒在了血泊之中。

当天晚上，还在自己屋内与几位南京市委委员讨论下一步营救方案的许子鹤得到消息，脸上瞬间血色全无，咣当一声昏倒在地……

第三十九章

对于接连两次大规模"围剿"红军的失败，蒋介石认为一定是共产党地下人员从中作祟，其程度已到了"猖狂至极""罪不容诛"的地步，于是痛下决心，誓将"谍匪"斩草除根。国民党特务机关借助顾顺章的叛变，先是抓获恽长君等一批中共要员，接下来的四个月内，又将中共中央总书记向忠发、中共政治局常委同时兼任中共中央秘书长的蔡和森秘密捕杀。

之后，蒋介石将魔掌伸向了上海和南京的中共组织。中共中央在上海的所有机构被迫撤离。

南京的地下党顽强抵抗。

至七月底，六名南京地下党员先后被捕，形势十分危急。

深夜，许子鹤躺在床上，辗转难眠。

从市委摸到的情报以及中共江苏省委反馈的消息看，首都南京有三股国民党势力正在千方百计地抓捕自己——一是王全道、熊昌襄的公安局；二是徐恩曾的国民党中央组织部党务调查科；三是正逐渐壮大的一个新的秘密特务组织——国民党调查通讯小组，成员全部是死心塌地追随蒋介石的黄埔学生，戴笠是这个组织的头目。对这三帮人，许子鹤有着自己的判断。徐恩曾和戴笠人手不多，过去与自己也没有任何交集，一时半会对南京市委还构不成重大威胁。而王全道、熊昌襄就不同了，彼此间知根知底，他们是南京市委面临的首要敌人。

虽然明确了自己的主要对手，但许子鹤也没有轻视另外两帮人。邓翰生过去一直提醒他，从我们党打入南京国民党内部的一名情报人员处获悉，徐恩曾和戴笠两人不但凶残暴戾，而且老奸巨猾，与王全道、熊昌襄相比，"只在其上，不在其下"。三帮人员各有后台，在蒋介石面前相互争宠，内斗不止，要充分利用他们之间这种"狗咬狗"的局面开展工作。许子鹤牢牢记住了邓翰生的话，但当时的他还不知道打入敌人内部人员的姓名，直到顾顺章叛变事发，他才知道这位无名英雄就是钱壮飞。

四月初，看到南京的街头巷尾便衣特务忽然增多，许子鹤便隐隐约约感到王全道、熊昌襄嗅到了自己的一点踪迹，那时的他仅是猜测，但地下工作不能靠猜测，他因此也就没有给其他同志讲过这件事。自己去南京中央军人监狱联络恽长君时意外遇到的中年男人，许子鹤刚开始也以为对方在抓捕与晓庄师范事件相关的人员，但自从中年男人强迫自己走路那一刻开始，他彻底明白了过来：王全道、熊昌襄已经知道南京市委的领导人就是他许子鹤。他才立即告知南京市委的主要成员，一是对自己身份严加保密，二是提醒大家小心谨慎，注意防范。

除获悉王全道、熊昌襄知道自己在南京外，在中央军人监狱遇到中年男人一事也令许子鹤深思——中年男人当天与自己同时去那里难道仅仅是巧合？地下工作不相信巧合。不是巧合的话，只有一种可能，自己的组织内已经被敌人安插了卧底！许子鹤最后得出的结论是，这个卧底不是南京市委的主要成员，仅仅是一般成员，仅仅了解一些市委的外围活动。如果敌人卧底是市委主要成员的话，恽长君早就被发现了，他许子鹤那天也一定走不出监狱的大门。正当许子鹤和南京市委的同志思考对策、设计挖出内奸的时候，又有六名同志相继被捕，许子鹤意识到了问题的严重性，打入南京地下党内的敌方卧底不但存在，而且越来越猖獗。

到第二天黎明，许子鹤谋划了一个挖出和铲除内奸的计策。当天晚上，董义堂、罗琳、李光润和魏坤等七八位同志来到许子鹤住处，对许子鹤提出的方案整整讨论了一个晚上，大家在细节上集思广益，使方案更加完善。

方案的第一步，许子鹤要求大家绝对保密，只能由南京市委委员亲自完成。三天之后，南京夫子庙、鼓楼、大行宫、中华门、下关、浦口等主要区域赌徒喜欢聚集的地方被南京市委委员们一一摸清。当时的南京城私赌盛行，政府虽明察暗访，严厉打击，但屡禁不止。

第四天，南京市委的各位委员有意无意向身边的普通党员提及，明天晚上南京市委将举行全委会，讨论撤离南京之事。提及的会议地点，正是各个区域赌徒暗赌的场所。

许子鹤一如往常在金大附中上英语课，从容等待即将发生的事件。

第六天早上，南京各大报纸报道了政府禁赌稽查大队在大行宫"大三元"酒店抓捕二十名赌徒的事件。

事实并非如此。当天晚上，十几辆卡车忽然间从四面八方冒了出来，开到"大三元"酒店附近，车上跳下四百多名军警宪兵包围了酒店，本来想趁最后一次机会一网打尽南京中共地下党，没想到却抓了一帮无赖赌徒。

许子鹤迅速判定，问题出在李光润负责的大行宫区域。李光润被两位党员带至位于清凉门附近的"鸿运旅社"地下室，那里是南京市委的一个秘密交通站。

"老李，你是老党员，这几天得委屈你一下，我们要对党和其他同志的安全负责。"许子鹤冷峻地说道。

"陈书记，我理解，问题出在我负责的区域，我愿意接受组织上的任何调查。"

"你前天都给哪些人透漏过消息？"

由于是事先策划好的行动，李光润不用回忆，便脱口说出了几个人的姓名。

"陈立春、夏广泽、潘林和卫留柱。"

"你好好回忆一下，上次我们去南京中央军人监狱前，你事先给谁说过？特别是这四个人！"

李光润低头陷入回忆，沉思不语。

许子鹤让人给他倒了一杯开水。

七八分钟过去了，李光润抬起了头。

"陈书记，我前前后后回忆了一遍，我以党性保证，那次的事我不但没给这四个人说过，其他的人也没讲。"

"没给人直接讲过，有没有引起其他人的猜测或者推断？特别是这四个人！"

李光润再次低头陷入深思。

五六分钟光景，李光润忽然想起了一件事。

"我想起来了，我去监狱和狱中支部联系的那天上午，夏广泽同志正好到书店里给我送钱，由于从大行宫到江东门很远，他自己又有车，就让他把我送到江东门，说去看一个亲戚，到了江东门，他开车回去了，我后来从那里雇辆黄包车去的监狱。"

"当时发现后面有尾巴没有？"

"没有！我先后换了三辆车。"

"说说夏广泽的情况！"

"广泽同志是最近刚在南京成立的中国国货银行南京分行的经理,我去年刚发展的党员,这个人忠诚可靠,不但完成了组织交给他的所有工作,还几次主动向组织上交过自己的薪水,用来印刷标语传单。"

"你前天给他说过召开南京市委会议的事后,他有什么反应?"

"没有什么可疑的地方,广泽同志当时还说,如果组织需要,他可以不撤离,愿意留在南京,继续为党工作。"

听完李光润的话,许子鹤走出地下室,来到了楼上的一个房间,让旅社经理、地下党员汤正辉拿来南京地图,埋头仔细研究着自己心中的问题。

许子鹤在地图上找到了江东门。江东门一带不是南京的繁华市区,没有大学、工厂和商店,仅有的一些建筑也都是些低矮破旧的平房。

许子鹤思考问题喜欢逆向思维。他站在对方的角度开始了分析——李光润在江东门下车,说明他要去附近的地方,如果这个地方很远,没必要在江东门就下车。去江东门附近的地方,又不让汽车送到跟前,说明这个地方不想让别人知道。如果李光润说去看一位亲戚,亲戚家不需要保密,别人知道又有什么问题呢?既然不让别人包括自己的同志知道,说明这个地方一定特别敏感。

离江东门三四里远的地方,对共产党来说,有一处特别敏感的地方,就是南京中央军人监狱。

地图上,南京中央军人监狱的标识特别显眼。

许子鹤也去过监狱,在那一带,雇黄包车或者走路的大部分人去的目的地只有一个地方——南京中央军人监狱。

自己能分析出这一切,难道对手就不能?

能!一定能!

夏广泽有重大嫌疑。

确定夏广泽有重大嫌疑后,许子鹤立即决定,放李光润回书店,否则会引起夏广泽的怀疑。

许子鹤单独和李光润一番耳语后,李光润若无其事地回到了书店。

一星期之后,夏广泽和中年男人的底细被同时摸清。

通过定点和交叉跟踪,许子鹤指派的人确认夏广泽常与一位绅士打扮的先生定期会面。每次会面之后,这位先生拐弯抹角在街上一番折腾,确认甩掉"尾巴"后,最后进入了南京道署街的一个大院。这个大院的主人不是别人,正是国民党中央组织部调查科特务头子徐恩曾。徐恩曾原来以"正元实业社"的名义把特务机关设在中央饭店二楼,钱壮飞案发生后,他就秘密迁到了这里。许子鹤通过内线打听到了道署街这家大院的真实主人。

夏广泽被最终确认为敌人安插的奸细。

中年男人的情况也被全盘挖出。此人叫吉键,南京江中岛八卦洲人,现在王全道、熊昌襄手下任侦缉队长。吉键虽心狠手辣、杀人如麻,但尚存一丝人性,对父母颇为孝顺，时不时拎着荤菜和点心回家探望一番。

对夏广泽的身份，许子鹤原以为此人是王全道派来的，知道内幕后，他对身边的同志开起了玩笑，"看来我冤枉了全道兄。"不过，他接着又说了一句，"过去的冤枉并非事实，那现在我要真正冤枉他一回了，还要顺便带上他的熊老弟！"

一场精心策划的锄奸行动正式拉开序幕。

布置好针对夏广泽的计划，许子鹤马不停蹄，同时启动另一场彼此关联的行动——行动的对象不是别人，正是两次与自己打过照面的吉键。

许子鹤指示两组人马各自到位，待命令下达后随时动手。

这是一个礼拜天的半晌午，在八卦洲埋伏多日的武丕洲、魏坤等四名地下党员终于发现，吉键带着一名随从拎着两瓶酒和一只羊腿回到了老家。吃过午饭，两人抄近道准备到码头乘渡轮回南京，正摇摇晃晃走在半道上时，哪里料到，两边芦苇荡里突然窜出四个人来，不由分说将他们摔倒在地，摁入水中……十分钟后，两人没了半点动静。武丕洲、魏坤等四人迅速剥去两人身上的衣服，从他们身上搜出手枪和子弹，然后用准备好的绳索将赤条条的尸体绑上石块沉入江底。

当天下午，乔装打扮的许子鹤也赶到了八卦洲。

他带了两只母鸡和一大包点心，另外还给两位老人带来了一笔钱。临走时，许子鹤对两位老人说："吉键老弟接受了组织的一项特别任务，他中午回来时还不知道，现在托我来告诉二老一声，可能一两个月回不来，这是他让我捎来的一点钱……"两位老人感恩不尽，托许子鹤给儿子捎话，这年头出门不太平，自己多留点心。

许子鹤向两位老人鞠了一躬，匆匆离去。

星期天晚上，夏广泽和徐恩曾的手下一如往常在新街口一家名叫"梦都咖啡"的店内见面闲谈，趁机互换情报。

两人到来之前，身高与吉键相仿、穿着吉键衣服的董义堂和魏坤早已埋伏在咖啡馆最里面的"燕子矶"包厢，等待着许子鹤下达最后行动的命令。

夏广泽和徐恩曾手下若无其事地谈天说地，满嘴都是晦涩难懂的暗语。

许子鹤没有进入咖啡馆，而是坐在大街斜对面的一个鸭血粉丝摊上埋头吃着他喜欢的南京名吃。在呼呼啦啦享用的时候，他的双眼一直在扫视咖啡馆四周过往的行人和车辆，二十分钟后，确认咖啡馆外并无异常，便付钱离开了摊位。

离开摊位五十米远，一个七八岁的小姑娘在沿街卖玫瑰——前几天踩点时，许子鹤每天都见到这个小姑娘。许子鹤买了三枝，付了五枝的钱。小姑娘正要退钱，许子鹤摆手不收，只要求小姑娘把三枝玫瑰送到街对面咖啡馆"燕子矶"包厢。小姑娘满口应答，跑着进入了咖啡馆。

许子鹤与董义堂和魏坤事前约定，一枝玫瑰是"撤离"，两枝玫瑰代表"等待"，三枝玫瑰表示"动手"。许子鹤反复告诫两人，必须等小姑娘走出咖啡馆几十米外才能开枪,他不想让小姑娘看到她那个年龄不该看到的东西。

小姑娘刚回到原来卖玫瑰的地方,继续叫卖她的玫瑰花。突然间,"梦都咖啡"店里响起一阵噼里啪啦的枪声。

手端咖啡杯的夏广泽和徐恩曾手下每人身中四枪,扑通扑通倒伏在桌子上,白色的桌布瞬间被血色染红。

看见董义堂和魏坤闪入漆黑的深巷不见了踪影,站在咖啡馆对面的许子鹤才不慌不忙,悄然离开……

当天夜里,"扬子江"书店联络点废弃,李光润撤离南京。

三天之后,许子鹤得到了内线反馈回来的情报。

徐恩曾与王全道和熊昌襄在总统府相互谩骂,闹得不可开交。

徐恩曾向蒋介石举报埋伏在王全道和熊昌襄公安局的"共谍"开枪打死了他的人,理由很充分,出现在现场的两个人不但身高、衣着与公安局稽查队长吉键及随从完全一致,留在咖啡馆中的子弹壳经鉴定也全部是公安局的编码。这还不算,吉键的父母被徐恩曾带到了南京,两人作证,事发的头一天下午,一个陌生人专程去了自己八卦洲的家,说儿子执行一项特殊工作要离开南京很长一段时间,特意送来了一笔钱。更令王全道和熊昌襄无可辩驳的是,徐恩曾继续深挖,给吉键父母捎钱之人,从个头和体型上分析,就是晓庄师范和南京中央军人监狱那个两次得以逃脱的人。

从前一天夜里出事开始,王全道和熊昌襄便派出多组人马四处寻找吉键两人,但人已无影无踪。王全道和熊昌襄心里清楚,狡猾的许子鹤再次耍了他们。

事情闹得越来越大,到了不可调和的地步。蒋介石一怒之下,撤了王全道和熊昌襄南京公安局正副局长的职务,将两人关押禁闭,派与此事毫无牵连的亲信戴笠去调查甄别。

王全道和熊昌襄一关就是半个月,戴笠使用了他的惯用伎俩,不管不问,等待"困兽哀鸣"。

临近二十天的时候,王全道和熊昌襄扛不住了。最后向戴笠吐露了实情——对手不是别人,是自己留学德国的老同学许子鹤。他之所以没有向上峰禀报此事,仅是防止"狡诈"的对手往自己身上泼脏水,误了自己的政治前程。至于两名手下,王全道一口咬死,绝非什么"共谍"卧底,完全是许子鹤设计栽赃陷害。

戴笠一字不语,命令手下审讯熊昌襄。熊昌襄跪在戴笠面前,发誓与共产党不共戴天,可怜自己受尽许子鹤一而再再而三的算计,他要是有机会出去抓住此人,一定用杀猪刀把他千刀万剐,以解心头之恨。尽管熊昌襄交代的情况和王全道完全吻合,但戴笠始终不吐一个字。

戴笠派人在南京公安局内又做了一番调查,证实王全道和熊昌襄虽然知情不报,渎职误事,但从没有停止缉拿追捕。这下,他心中有了底。

一天深夜,戴笠突然出现在羁押点,在牢房门外的院子里摆了一桌酒席。

没有人样的王全道和熊昌襄一见戴笠出现在眼前，还设了一桌大鱼大肉的宴席，立刻明白黄泉大门已朝他们打开，戴笠送他们上路来了。

熊昌襄跪地求饶。

王全道则不慌不忙。"戴先生，请您回去转告蒋主席，我王全道虽然渎职徇私，但绝无枉法，更无背党叛道之心，落到今日地步，都怪我命运不济，交友不慎，要杀要剐，随便吧！"

戴笠仍然不语，与两人觥筹交错，直到天亮。

待一队持枪宪兵持枪赶到，戴笠放下了手中的酒杯。

"两位老弟，有两条路供你们选择。"

戴笠稍作停顿，看了二人一眼，王全道和熊昌襄不明就里，诚惶诚恐地等着下文。

"一是以死洗刷自身清白，愿意的请马上跟他们走！二是跟着我继续为党国效力，不抓到许子鹤誓不罢休。请二位看着办！"

戴笠说完，拔腿离开。

熊昌襄立刻表示追随戴先生，效力蒋主席。

王全道没有说话，一屁股坐在桌子旁，继续大口喝酒大块吃肉……半个小时后，酩酊大醉的王全道高声大喊："许子鹤呀，许子鹤，老子刚才还想以死明志，效表忠心，但现在老子改变了主意，不想死了，和你一辈子斗到底，我王全道倒要看看，国民党和共产党华山论剑，到底鹿死谁手！"

许子鹤的真实身份暴露了。

"擒贼先擒王"——戴笠率领手下联手新任公安局长，对南京军政部门、大学、中央研究院、外国洋行、媒体报馆、影剧院社、车站码头、宾馆客栈、大型实业机构等许子鹤有可能潜藏的地方展开了地毯式排查。由于南京城中小店铺、作坊、摊点和中小学及幼稚园众多，外加考虑一名洋博士不大可能委身于那样的场所，排查的重点暂时放弃了这些领域。

为防止"打草惊蛇"，戴笠采取了极为隐秘的手段，以检查偷漏瞒报个人税款为名，骗过了所有被核查人员。

石头城一片风声鹤唳。

转眼到了1932年2月，许子鹤从江苏省委得到消息，邓演达已于两个月前被蒋介石秘密杀害，与他一起极力反蒋的同仁绝大部分不是被杀就是被捕，尚有两名重要成员隐居南京，必须帮助他们尽快脱离虎口，转移至香港。

许子鹤与邓演达虽未曾谋面，但神交已久。

邓演达家乡是惠州，许子鹤祖籍澄海，两人都是广东人。这是他们的第一个交集。

他们两人的第二个交集不在国内，而在国外。1927年初，在国民党二届三中全会上，邓演达当选为中央政治委员会委员、中央军委会主席团成员和中央农民部长，与毛泽东一起在武昌举办了中央农民运动讲习所，逐渐成为了国民党左派的领袖人物。蒋介石发动反革命政变后，他和宋庆龄、毛泽东等联合发表《讨蒋通电》，遭蒋通缉。后来，他还与汪精卫展开了尖锐的斗争。见大革命败局已定，邓演达于当年11月与宋庆龄等人一起发表了《对中国及世界革命民众宣言》，倡议组织第三党——"中国国民党临时行动委员会"，正式与汪蒋分道扬镳。后来他们以退为进，赴欧亚考察，探索解决中国问题之路。邓演达一行欧洲的活动重点在德国，他们去了柏林、汉堡、慕尼黑，也去了许子鹤学习过的哥廷根大学。在那里，他们组织侨民和在德的国民党人士聚会，借鉴德国经验，研究救国救党方略。从欧洲回国前，邓演达做好了一切准备，"各种反动势力都不能阻扰我追随总理的步伐，我准备牺牲生命以赴！"从国外回到上海后，邓演达正式成立了中国国民党临时行动委员会，他个人被推选为总干事。蒋介石对邓演达恨之入骨，于1931年8月将他逮捕，同年11月底，又将其秘密杀害于南京麒麟门外沙子岗。

邓演达被杀害时，年仅三十六岁，比许子鹤仅仅大五岁。对于邓演达英年遇害，许子鹤一面兴叹惋惜，一面发誓一定要救出他的两位同仁，以告慰英雄在天之灵。

这两名同仁一个月来一直藏匿于南京朋友家中——夫子庙乌衣巷36号。邓演达被杀后，南京的宪兵警察外加特务机关加紧了对他们的追捕力度。几天前，密探已经大致确定两人隐蔽在夫子庙区域，正进一步落实具体的街道和门牌。

晚上九点，夫子庙游人如织。许子鹤和罗琳装扮成外地来夫子庙游玩的夫妻，走进秦淮河南岸的乌衣巷内闲逛。两人边走边聊，许子鹤还给罗琳讲起唐朝诗人刘禹锡描写乌衣巷的著名诗句"旧时王谢堂前燕，飞入寻常百姓家"的寓意。来回逛了两趟，许子鹤终于分辨出巷口两头埋伏的四个平民装扮的特务。确认之后，他便让董义堂、武丕洲、魏坤、姜立伟隐藏在他们附近，分头监视，见机行事。

一支由地下党组织的服饰统一的"旅行团"经过乌衣巷36号时，邓演达两位穿着同样服装的同仁混入了团队之中。团队在导游的带领下走到乌衣巷其中一个巷口时，许子鹤挽着罗琳的手来到了两个暗探面前。

"先生，我们找了好半天东晋开国大臣王导和指挥淝水之战的谢安的旧居，怎么找不到啊？"罗琳说的是上海方言，她故意把话讲得飞快。

"什么？"两个暗探没有听明白。

许子鹤又用上海话重复了一遍，暗探仍没有听清楚。

"他是大舌头，我来说，我来说！"漂亮的罗琳笑着说。

两个暗探这回听明白了，给许子鹤两人讲了具体的地点。

旅行团队已经离开了乌衣巷。

邓演达的两位同仁被安顿在清凉门附近的"鸿运旅社"地下室，许子鹤正在为他们办理相关证件。待证件办好后，再伺机将他们转移出戒备森严的南京城。

金陵大学附中是南京首屈一指的中学，经常邀请海外友好学校的教师来学校交流讲学。交流时，许子鹤自然成了双方的翻译，娴熟的英语深得金大附中校长的赏识。学校没有专门的外事科，许子鹤除了英语教学，学校的很多外事事务办理也就落到了他的头上。除此之外，"英语角"里有一个十分活跃的学生，是南京主管外事的副市长周敦吾的小儿子。周敦吾家有三位公子，老大老二身染纨绔之气，吃喝嫖赌，样样精通，就小儿子争气。市长一心盼望小儿子跟着许子鹤好好学外语，今后到美国留学深造。许子鹤在办理外事手续时遇到难题，就请这个学生给父亲带话，次次都能顺畅地得到解决。

许子鹤邀请两名香港辅仁中学教师来校讲学的提议很快得到了校长的批准，携带校长的邀请信和两张照片，在市长公子的陪同下，许子鹤两天就办妥了专家出入南京的所有手续。市长最后在电话里还特别嘱咐许子鹤，如果专家在南京游玩，他可以提供车辆，不知能否让小儿子全程陪同，好让孩子练练英语口语。许子鹤满口答应。

一切妥当，许子鹤决定后天上午护送临时行动委员会的两名成员离开南京，转道上海前去香港。

傍晚从学校下课回到家里，魏坤已经做好晚饭，两个人坐在桌边，有说有笑地吃着。

饭吃到一半，董义堂敲门到来，说"鸿运旅社"的一名地下党员告诉他，一个小时前，南京旅店业委员会下属的稽查组到旅社例行检查时，带走了经理汤正辉和住店旅客登记簿。

许子鹤急忙问："那两位先生安全吗？"

"安全！对方没有去地下室检查，就是去了，藏人的地方也不会轻易被发现。"董义堂回答。

"老董，登记簿是什么情况，你问过店员没有？"

"问过了，客人大部分是一般住店人，我们自己的同志用的都是假名字、假地址。"

许子鹤放下手中的筷子，坐在桌边一言不发。

"客人住店时，谁来登记？"许子鹤忽然想起了一个问题。

"店员说，其他客人都是自己登记，然后由店员核对，而我们自己的人，为了保密，都是由当天值班的店员按照正辉同志的要求代为填写。"

七八分钟后，沉默不语的许子鹤再次发问。

"店里经常代我们同志填写的人一共几个？"

"三个。"

"带走的登记簿用了多长时间？"

"两个多月。"

许子鹤站了起来，围着饭桌不停地在屋内来回踱步。

十几分钟过后，许子鹤突然停下了脚步。

"赶快去鸿运旅社，要出事了！"

许子鹤告诉屋内的两人，这次到旅店检查的人绝非仅仅是南京旅店业委员会下属的稽查组，里面肯定有国民党特务。三名店员代人填写姓名地址，短时间内笔迹不会重复，两个多月的时间，肯定会有重复，大部分住店客人都是自己填写，笔迹自然不同，而一部分客人由重复的人代填，肯定会引起特务的怀疑。他们带走经理回去询问可以理解，但同时还要带走登记簿，说明他们已经对登记簿产生了怀疑，需要进一步确认，而这种确认，对专业人士而言，半个钟头的时间就足够了。

马上转移两位先生，成为了许子鹤迫在眉睫的头等大事。

"只能走这条路了！"许子鹤一阵沉思后，低声自语。

对董义堂和魏坤做了一番交代，两人迅速离去。留在屋内的许子鹤穿好接待外宾时才穿的西服，来到街头公用电话亭，拨通了周敦吾的电话。

许子鹤在电话里告诉周敦吾，香港辅仁中学的客人下午刚到南京，他们想利用晚上唯一的空闲时间去登门拜访南京的几位朋友，而南京朋友住得分散，恳请市长派辆汽车救急。周敦吾满口答应，说市府已经下班，其他车辆不好联系，就用自己的专车吧。

四十分钟后，许子鹤坐着市长专车来到了"鸿运旅社"。两位先生按照许子鹤的要求穿好早已给他们准备好的西装，匆忙下楼。

三人刚走出旅社大门，意外的情况发生了。几十名稽查人员乘车赶到，哗啦啦里里外外包围了旅社。

许子鹤明白，来者身穿政府稽查制服，而非宪兵和警察服装，说明敌人只是对"鸿运旅社"产生了怀疑，前来扣押旅社员工和住店客人，搜查取证。

稽查队长跳下车，截住了许子鹤三人。

"不许走，统统回到旅社，回到旅社！"

"这是香港来的客人，他们还有急事！"许子鹤说。

"美国来的也不行，统统回到旅社！"

许子鹤见文的不行，立刻阴沉下了脸。

"我说你狗眼瞎了还是咋地，没看到对面停的是谁的车？"

稽查队长不知对方来头，嚣张的气焰顿时折了一半。

"谁的车？"

"别问我，去问司机！"许子鹤大声呵斥。

稽查队长走到车前，敲窗示意司机下车。

"这是谁的车？"

市长司机自然不耐烦，一把推开稽查队长。

"你小子昨天才上班是吧，我们周市长不知道，市府的车牌也不知道？"司机说完，将自己的驾驶证和市府特别通行证扔到了对方怀里。

一阵检查后，稽查队长再也不说一句话。

稽查队长转身走到许子鹤面前，检查了一遍三人的证件，没有发现任何问题，只得放行。

许子鹤三人坐进汽车，一溜烟离去。

当天晚上，两位先生就坐上了去上海的火车，上海地下党已替他们购买好了第二天一大早去香港的船票。三天之后，两人顺利抵达香港。

许子鹤回到住处，董义堂、魏坤、姜立伟已经到达，正在屋内焦急地等待着。
"都安排好了？"许子鹤问。
"都安排好了！罗琳和武丕洲已经到达通知地点。"董义堂急忙回答。

许子鹤所讲的安排，指的是南京市委可能暴露同志的撤离。许子鹤在去"鸿运旅社"前，已经对董义堂和魏坤做了布置，立刻通知相关同志连夜离开南京，两人已经传达完毕。自从得到"鸿运旅社"被发现的消息，许子鹤就做好了最坏的打算——为掩护临时行动委员会两名成员安全离开南京，他自己必须出面，自己一出面，很快就会暴露身份，自己的身份一暴露，与自己接触过的人也就有可能遭到怀疑。为了避免不必要的损失，他决定撤离南京。从火车站回来的途中，许子鹤在邮局给邓翰生打了一个紧急联络电话，邓翰生同意了他的意见。

许子鹤和其他三人开始在房间内焚烧文件和销毁一切容易引发后果的东西，最后，他们还用抹布把书桌、饭桌、门把、窗台、床帮、灶台等地方统统擦洗了一遍，所有的指纹都被清除。

四人背好行李，打开房门，熄灭灯光，准备走出院子。

刚走出房门两米开外的许子鹤突然停下了脚步，静默不动，其他三人也都安静无声。

许子鹤一挥手，示意大家赶紧回到屋里，随手关上了大门。
"同志们，我们被包围了！"

其他三人一阵愕然。
"现在必须采取第二套方案了！"许子鹤断然决定。

刚才许子鹤听到的细若游丝的脚步声骤然变成一阵接一阵的跑步声，尽管很轻，但夜深人静，屋子里的人依稀可以听到。

待脚步声停顿下来，院外边传来铁皮喇叭声："许博士，快投降吧，你已经被包围了，给你五分钟时间考虑，五分钟后就由不得你啦！"喊话的是熊昌襄。

许子鹤不知道的是，此次行动背后的总指挥是戴笠。戴笠手下发现旅馆登记簿中的破绽后，开始对"鸿运旅社"经理汤正辉用刑，十道酷刑上过八道，汤正辉再也扛不住了，便交代了他所知道的一切。

许子鹤心里明白，想从屋内冲出去，这次无论如何是没有机会了。

"全道兄，熊司令，给我十分钟时间，让我安静想一下！"许子鹤知道自己的老同学王全道一定也在院外，便连同他的名字一起喊了出来。

"好，十分钟就十分钟，现在开始算时间！"熊昌襄回应。

眨眼儿工夫之后，喇叭里传来吆喝："一分钟！"

屋子内的四个人一番讨论后，分头忙活起来。

"两分钟！"

寂静的深夜，熊昌襄的喊叫格外刺耳。

"三分钟！"

四个人仍然忙活不停。

时间在一秒一秒地过去。

"七分钟！"

屋内的准备接近尾声。

"八分钟！"

屋内趋于平静。

"九分钟！"

屋内寂静得瘆人。

"十分钟！"喇叭里传来了一声歇斯底里的吆喝声。

"许博士，请举起双手，走到院子里！"

屋子里悄无声息。

"许博士，请举起双手，走到院子里！"

屋子里仍然悄无声息。

"许博士，我再喊最后一遍，举起双手，走到院子里！再不回答，我们就动手了！"

屋子里依然悄无声息。

啪啪啪啪，房前屋后，几十支长短枪一起开火，大门和前后窗户被子弹打得哗哗作响。

枪声响毕，两个黑衣人翻过围墙跳进院子里，刚到门口，屋内忽然连响四枪，来者应声倒地。

啪啪啪啪，又是一阵长短枪的响声。在排枪掩护下，七八个人冲到了前门两边和窗户框下。

啪啪，啪啪，双方的近战开始了，门外又有两人倒毙。

又有五六个人趁机闪到了院子里。

"轰隆！"

"轰隆！"

"轰隆！"

敌人从前后窗向屋内投了三颗手雷，三间屋子内顿时地动山摇，火光冲天。

啪啪啪啪，屋外的人又朝屋内扫射了十几分钟。

屋子里没有了动静。

十几位黑衣人随即冲进了屋内。

手电筒打开了，黑衣人看到门后躺着一个人，已经断气身亡，搜遍三间屋子，再没发现其他人的踪迹。

"共党头目死了！共党头目死了！"屋里突然传来一阵高喊。

王全道、熊昌襄内心深处一阵狂喜，狡猾的许子鹤这次终于没能逃脱自己的手心。两人相继走进屋子，在手电筒的照射下，开始验明死者身份。

当王全道托起死者的头部，翻过脸一看，大惊失色——死者是一个陌生男人，根本不是自己期望的许子鹤。

"搜！快搜！"王全道大声吆喝起来。

三间房子被翻了个遍，没有一点儿活人的痕迹。

"搜！再搜！"王全道又是一阵狂叫。

十几分钟过去了，仍然没有发现丝毫线索。

王全道不得不命令房前屋后的大队人马撤离，留下几个人继续搜查。

直到黎明时分，敌人终于发现，床底下一层青砖下面铺了一个圆桌面大小的木板，木板下面，有一个水缸般粗细的洞口。进入漆黑的洞口爬行几十米，再向上攀爬两米，头上竟是屋后巷子中间马路上的窨井盖。

许子鹤在住进这栋房屋之前，就注意到了屋后有个窨井盖，于是打算深挖一个暗道，作为应急逃生之用。学数学的他计算好暗道深度、半径和角度后，便开始了行动。每逢下雨之夜，他都会移开木床，向下掏挖地洞。挖出的泥土被他用装垃圾的木桶放在院外的水沟内随雨水冲走，魏坤到来后，也加入了掏挖地洞的工作。

原来，许子鹤三人先是藏进洞中，待屋后大批人马撤离后，才打开窨井盖钻了出来。在黑暗中步行十几分钟后，离开高家酒店巷子口，坐进了武丕洲和罗琳等候他们的汽车，风驰电掣地离开了南京城。

回望南京，车上的五个人泪如雨下。

掩护许子鹤三人逃脱的钟表店经理姜立伟却再也没能睁开那双明亮的眼睛，倒在了敌人的枪口之下。

第四十章

许子鹤等人深夜逃出南京城后，再无任何踪影。

戴笠分析，许子鹤是中共江苏省委的重要成员，销声匿迹一段时间后，必定重新接受委派，极有可能还会在江苏境内某个地方出现。于是，他命令手下人员在上海、无锡、苏州、扬州、淮阴、盐城、徐州等有中共地下活动的城市布下天罗地网，等待许子鹤浮出水面。

　　王全道、熊昌襄被戴笠派往许子鹤最有可能出现的上海。临行前，王全道和熊昌襄各自暗地里向戴笠提出了一个请求——不愿意再与对方一起共事。王全道表面上的理由是熊昌襄这个人杀人越货可以，有勇无谋，不适合工于心计的智斗，实际上他是打心眼里看不起熊昌襄见风使舵，有奶便是娘的做派。熊昌襄不愿和王全道继续合作，原因就有点说不出口了。他心里明亮如镜，许子鹤善谋多智，手段老辣，南京城又一次金蝉脱壳使得他自叹弗如，如果再跟着王全道与许子鹤斗，必将凶多吉少，惹不起总躲得起吧！但熊昌襄说出来的话却冠冕堂皇，全道老弟智勇双全，自己在和不在都无碍大局，而他个人与"共匪"许子鹤不共戴天，愿亲率一帮人马另辟天地，与全道老弟相互策应，两面夹击，许子鹤必定成为网中之鸟，瓮中之鳖。

　　听罢两人的话，戴笠各自给两人做了同样的答复。"精诚团结，方能将许匪缉拿归案，各行其是，则许匪必将继续祸害党国。是合是分，两位看着办！"

　　王全道、熊昌襄从此不敢再提分道扬镳之事。

　　一晃二十天过去，上海和江苏其他地区没有发现许子鹤等人的任何踪迹。戴笠容不得王全道、熊昌襄两人在上海终日无所事事，除敦促两人加大对许子鹤的缉拿力度外，又将摧毁和策反鄂、豫、皖三地中共地下组织的任务交给了他们。

　　两人很快在河南方面取得突破。

　　1932年春，河南团省委书记李其正被捕叛变，亲领国民党特务包围了在开封的中共河南省委机关，省委书记吉国文、秘书长兼妇委书记杨丹萍等十一人被捕，一个月后全部惨遭杀害。出卖河南省委后，李其正又透露一个消息，两个月前，河南省委曾派遣其骨干成员许凤山赴上海学习，按日期算来，现在正是准备返豫的时间。国民党河南省党部立刻将此消息通报了王全道和熊昌襄。经过紧急摸排，化名"孙胜"的许凤山在上海静安寺被捕。

　　许凤山是郑州豫丰纱厂的工人，也是河南省委的委员。王全道和熊昌襄没有给许凤山上刑，而是将吉国文、杨丹萍等十一人被枪决时的照片递给他看。看完第七张血淋淋的照片，满头冷汗的许凤山扑通一声跪在了地上，哭求饶自己一命。王全道和熊昌襄自然不会轻信许凤山，便让手下带来一男一女两名在上海抓获的中共地下党员，责令他处置。许凤山接过熊昌襄递来的尖刀，朝两人脖子和胸口各戳了十几刀。杀死两人后，头和脸溅满鲜血的许凤山高喊："可以了吧？可以了吧？"

　　许凤山叛变后，王全道和熊昌襄并没有暴露其身份，而是让他继续以河南省委委员的身份在上海暂住，等待一个重要时机的到来。

　　果不其然，一个星期后，中共中央通过在沪的秘密交通员找到许凤山，告诉他中央已任命其为河南省委联络员，命其火速返豫，任务是联系失散的省委骨干成员和各地党组织主要负责人，为重建河南省委做准备，待时机成熟时，中央会派特派员抵豫，宣布新一届河南省委的成立。

许凤山立刻将消息报告了王全道。整整一天一夜，王全道将自己关在办公室内反复思量，最后在脑海里预谋成熟了一个大胆的计划。

在吉国文这一届河南省委之前，已有两届中共省委机关在河南被先后连根拔掉，要想建立新一届省委班子，王全道估计中共尚需一段时日，因此派许凤山回豫做相应准备应该是一个一石二鸟的好计划。王全道认为，目前中共在河南处于"真空"阶段，如果能利用好这难得的"真空"阶段，乘胜追击，将河南各地市县级的组织一网打尽，必能将中共彻底逐出中原，兵家常说"得中原者得天下"，到那时候，他王全道就可以一雪前耻，东山再起。

王全道将自己的计划告诉了熊昌襄，熊昌襄连说三声"妙！妙！妙！"很快，戴笠批准了王全道的计划，并拨来专项经费予以支持。

第二天，王全道和熊昌襄唤来许凤山。许凤山一进门，王全道就拿出一张公函，高声宣读起来："中共中央任命书，兹任命许凤山同志为中共河南省委书记，从即日起全面负责河南省委的工作……"许凤山不明就里，傻傻地站在原地一动不动。

"王主任，熊副主任，到底怎么回事？"望着并不像开玩笑的王全道和熊昌襄，许凤山急忙问道。

"许书记，机会来了，你下周即赴河南上任。"王全道回答。

"凤山老弟，升官了，今晚得请我们喝酒！"

许凤山丈二和尚摸不着头脑，正要接着追问，王全道先是哈哈一阵狂笑，随即笑声戛然而止，脸色阴沉下来。

"经戴处长批准，在当前共匪河南省委群龙无首之际，借助中共对你的信任和委派，立即回到河南去，不过不是以他们所任命的联络员身份，而是以新任省委书记身份回去，我们已经在当地为你物色了几个人，你和他们一起秘密组成河南省委，在中共发觉之前，以与河南各地中共组织建立关系为名，迅速摸清河南各市县组织机构和人员，然后再神不知鬼不觉地分别铲除……"

王全道嘴里所说的物色好的人选是河南省委军委委员汪斌、干事郭建森和于丽莹。这三人被国民党特务机关秘密抓捕后经不住严刑拷打，叛变投降。签字画押宣誓加入国民党特务组织后，又被秘密释放，充当卧底，等到关键时刻发挥作用。

两天之后，王全道、熊昌襄和许凤山悄悄从上海来到郑州。在王全道和熊昌襄两人的授意下，许凤山、汪斌、郭建森和于丽莹在开封成立了冒牌的中共河南省委。

一个罪恶的计划在中原大地上密谋实施……

离开南京后，许子鹤和几位南京市委委员没有去上海，也没有去江苏的其他城市。为躲避国民党的疯狂搜捕，按照邓翰生的安排，他们暂时隐蔽在茅山山区，由中共金坛县委负责掩护。护送他们出城的武丕洲没有留在茅山，而是继续在南京潜伏下来。

时间过去了一个半月，正当许子鹤他们急切希望江苏省委分配新任务的时候，邓翰生派人来到金坛。省委交通员转告许子鹤，中共河南省委两个月前遭到国民党彻底破坏后，中央派去了联络员，希望他能够为重新组建新省委做好前期工作，但联络员在河南的工作不理想，不但工作进展缓慢，而且最近还出现了极为糟糕的状况，开封、郑州两地的市委委员全部被抓遇害，河南目前的现状令中央极为担忧。许子鹤不明白自己和南京市委的同志们归属江苏省委，为何交通员讲了一大通河南的情况，正当他们迷惑不解时，交通员传达了中共中央的指示，任命许子鹤为中央特派员赶赴河南，独立评估河南工作，遇有特殊情况可以断然处置，滞留茅山的其他南京市委委员一同前往，协助特派员工作，为河南省委的尽快组建做好准备。

许子鹤之前从未去过河南，只是在北大读书时，坐火车经过河南而已，可以说对那里的情况一无所知，也从来没有想过要去那里工作。但中央的指示必须执行，许子鹤只能着手准备奔赴河南。

"中央是对派去的联络员的工作不满意，还是对他的身份产生了怀疑？"许子鹤提出了一个尖锐的问题。

"中央对此没有明确指示，由于对那里的真实状况还不清楚，所以派你们去独立调查，并将调查结果尽快汇报给中央。来茅山前，翰生书记要我告诉你，最近几年，国民党对河南的控制十分严密，派到那里的特务要比其他省份多得多，河南党组织内部也混入了不少叛徒奸细，突发情况常常出现，所以要充分预计到这次任务的艰巨性。"

"我们什么时候动身去河南？"许子鹤问。

"一星期后出发，明天中央派来的一位河南的同志到茅山来，他会介绍那里的情况，教你们一些日常所用的河南话，然后由他带着你们去。"

当天夜里，许子鹤辗转反侧，难以入睡。

自己担任南京市委书记转眼五年时间过去了。五年里，有许多令他振奋和难忘的记忆，烧毁敌人的档案车，策划铁路工人与和记洋行职工抗议活动，支持晓庄师范师生的正义行动，为红军搞到实用的军事"地图"，除掉徐恩曾手下的特务夏广泽，狙杀王全道、熊昌襄的侦缉队长吉键，营救邓演达的同仁使其安全离开南京，最终让自己的对手王全道和熊昌襄丢掉南京公安局正、副局长的职位……最令人振奋的是，南京市委成立后，地下党的人数已经发展壮大到五百多人，反独裁争民主的斗争从来没有停歇过，正义和革命的呼声此起彼伏，一浪高过一浪。这些成绩的取得，许子鹤感谢自己的同事，感谢勇敢善良的南京工人、学生和市民，感谢自己的兄长、江苏省委书记邓翰生，他的坚定从容，他的乐观豁达，他每一句对自己的表扬和批评，许子鹤都深深地印在脑海里。如今，自己将要离开南京，离开邓翰生，离开江苏省委，奔赴千里之外的河南，他心中有着无限的留恋和不舍。

五年时间里，对许子鹤来说，也有许多痛心疾首、不堪回顾的记忆。自己的前任谢方理等十位同志被捕遇害，晓庄师范的叶刚、石俊、郭凤韶、谢纬榮、胡尚志、袁咨桐等先后就义于雨花台，南京的六位同志被特务暗杀，还有为掩护大家撤离牺牲的姜立伟……每每面对这样的噩耗，许子鹤都会从心里深深责备自己，没有保护好自己的战友，没有尽到一个市委书记应尽的职责，他先后给江苏省委写过三次检讨，请求组织对自己工作失职进行处分。最令他刻骨铭心的疼痛仍是恽长君在南京的遇害，他整整在床上滴水未进躺了两天两夜。恽长君是许子鹤多年的良师益友，他的遇害使许子鹤在精神上失去了一根重要的支柱。要不是受到了邓翰生的严厉批评，他不知道自己还要精神萎靡低落多长时间。受到省委批评后，许子鹤发誓要为恽先生报仇，为牺牲的同仁们报仇，在一次南京市委会议上，他先是吟诵恽先生狱中写下的两句诀别诗"已摒忧患寻常事，留得豪情作楚囚"，然后动情地告诉大家："恽先生和我们的一批同仁长眠于雨花台，我今后要去陪伴他们！"

许子鹤睡着了。

故乡翩然入梦。

在梦中，他一手拉着妻子叶瑛，一手拉着许晓羽。一家三口亲亲密密并排走在冠陇村弯弯曲曲的小道上，走在韩江平坦宽阔的堤岸边，走在上海城隍庙比肩接踵的人海里，走在南京鸟语花香的莫愁湖畔……曾多少次，他还梦到一家人去了德国的哥廷根、法国的诺苏米和苏联的莫斯科。在哥廷根，他们三个人来到了"牧鹅姑娘"雕像前，许子鹤给晓羽手舞足蹈地讲解和尤利安叔叔的扑克牌竞猜；在诺苏米市政厅广场上，他津津有味地回忆在朱德学长指挥下，中国人把市长从办公楼轰出来的往事；在莫斯科救世主大教堂前，尽管他分辨出了二十个人中的十八个，但还是受到了古板严肃的瓦西里的严厉批评……

梦醒之后，许子鹤常常泪湿枕巾。

一周之后，许子鹤一行奔赴河南。

应许子鹤的请求，中央把他在莫斯科的老同学邢威武调到特派员工作组中。邢威武在西安工作，会讲地道的河南话。

对每个人的分工，许子鹤都做了周密部署。他自己化名老刘，去河南首府开封，在那里盘了一家布鞋店，一身丝绸打扮的魏坤当起了店主，头系毛巾的罗琳当起了老板娘，三间门面的鞋店成为河南工作的总据点。许子鹤对两人说："你们今后就是一对老板夫妻，我呢，就是你们的伙计老刘。"许子鹤的这句话，把两人说得满脸通红。原来，在茅山生活的那一段时间，许子鹤发现了一个秘密，魏坤和罗琳经常在一起窃窃私语。看到这种情况,许子鹤并没有多问,他喜欢魏坤和罗琳这对年轻人,从心底里希望他们能够走到一起。在分配到河南后的工作地点时,他故意把两人留在了自己身边,目的是给他们提供更多接触了解的机会。成为伙计的许子鹤精心打扮了一番,摘掉了眼镜,蓄起了胡须,一身旧布衣旧布鞋,外表看起来比实际年龄要多出十来岁,活生生一河南地头伙计。

特派员工作组的其他同志同时抵达河南,董义堂去了郑州,李光润到了许昌,邢威武则分配到了豫西重镇洛阳。

在省府开封安下身,鞋店开业一个星期后,许子鹤三人启动了对开封市委委员遇害案的调查。鉴于许凤山已经宣布成立新一届开封市委,许子鹤他们只能暗中秘密调查。

被杀害的原开封市委书记崔东生是杞县人,许子鹤一个人走了几十里土路来到他的家。崔东生原在开封一所中学教书,虽是文弱书生却有一副铁肩,担起了开封城的人间道义。许子鹤对崔先生心生敬佩,就以学生的身份看望师母。除了带一大包礼物,许子鹤还带来了一笔钱款,崔东生妻子死活不肯接受,许子鹤流着泪说:"崔老师虽然走了,但他永远都是我们的老师,请师母接受弟子们的一片心意吧!"说完即拔腿离开。七天后,是崔东生的忌日,许子鹤再次来到杞县,独自一人在坟头叩头烧纸,崔东生妻子搀扶着公公婆婆也来祭奠亡灵,见许子鹤哭得泪流满面,就从心底里接纳了他。许子鹤临走时,崔东生母亲拉着他的手说:"俺儿死这么长时间了,开封都没有一个人来看他,亏良心啊!"

"俺听说老师是为共产党做事的,最近开封城到处在抓新成立的共产党,说明开封已经有了新人,难道他们没派人来看看?"许子鹤开始了自己的试探。

"这么长时间了,一个没有!"老太太摇头叹息。

"学生当中都在传老师是被开封城的宪兵大白天抓去的,不知道是真是假?"

"不是的,俺儿没有那么笨!听俺媳妇说,半夜一个大高个,耳朵特别大的中年人来到家里,和俺儿嘀咕一阵后,两人一起出去后,第二天就再也没回来。几天之后,俺儿的尸体在汴河边被人找到了。"老太太还想往下说,被媳妇拉了一下衣角。

"娘,人都不在了,别说了,说多了不好。"

与崔东生同时遇害的开封市委妇委主任叫刘枫,原在开封古籍出版社当排版员,罗琳按照许子鹤的要求,装扮成过去的姐妹偷偷到她家里探望。从刘枫家里罗琳也打听到,新成立的开封市委从没有派人去她家慰问祭奠过,这令许子鹤感到十分诧异。

摸清开封的情况后,许子鹤立刻赶赴郑州,与那里的董义堂会面。董义堂已事先找到了已牺牲的郑州市委田宏彬书记的家。许子鹤两次秘密探访后,从其家人那里也得出了如出一辙的结论:新成立的郑州市委没有委派一人前去看望慰问,并且出事的前一天半夜,家里也突然来了个大高个,耳朵特别大的中年人,田宏彬和他一起出去后，就再也没回来，后来尸体漂在金水河里被人发现。

许子鹤得出了初步结论——破坏开封和郑州市委的手段完全相同，先是约见市委书记，然后让市委书记提供市委委员名单，最后分别予以秘密捕杀。两起事件的关键都集中在一个大个子、大耳朵的人身上。许子鹤分析，这个人不但知道两地市委书记的家，而且还能从他们嘴里套出市委委员的名单与住址，此人绝非一般人员，一定与两位市委书记十分熟悉且职位高于他们。许子鹤心中顿生一种不祥的预感，问题极有可能出在河南省委这一层面上。除了这个推断，许子鹤还有一个疑惑，就是新成立的开封和郑州市委的态度。不要说党内担任重要领导职务的同志，就是普通党员牺牲后，组织上都会采取适当方式进行慰问和抚恤，可开封与郑州两地牺牲了那么多同志，竟没有一次派人前去看望慰问，这是极不正常的。

没有证据，许子鹤只能将自己的推测埋在心底，他要进一步挖掘出事实的真相，才能向中央汇报。

许子鹤决定从河南省委层面上开始调查。为防止走漏风声，更为了不影响新一届河南省委的声誉，许子鹤的调查只能是秘密进行，连其他的小组成员都没有告知。

中央提供给许子鹤的材料表明，河南暂时还没有成立省委，只是派来了省委联络员许凤山。许子鹤决定，调查就从许凤山身上开始。

许凤山中等身材，与从开封和郑州两地反馈回来的"大个子、大耳朵的人"的信息明显不符，显然联系开封和郑州两地市委书记的人不是许凤山。难道许凤山手下还有其他人员？除许凤山外，中央没有再任命其他联络员，"大个子、大耳朵的人"一定与许凤山存在着关联，否则不可能得到两地市委书记的绝对信任。

许子鹤开始跟踪许凤山。

中央特派员许子鹤与中央联络员许凤山——两"许"对决的大戏就此拉开了序幕。

许凤山向中央汇报过他在开封的秘密据点是双龙巷内的一家布店。许子鹤在双龙巷口秘密蹲守一星期后，一天大清早终于等到了许凤山，可他待在店里不到一个钟头，就乘人力三轮车匆匆离开。按照组织规定，许凤山必须大部分时间守在店里，以便中央和地方与其保持联络，可他七八天才来一次，来过便匆匆离开，这是严重违反组织纪律的行为。

许凤山离开布店时，前后各有一辆三轮车掩护。许子鹤叫了一辆三轮车远远地跟在后面，直到前面的三辆车进入市区东北部的水车胡同，许子鹤才不得不下了车。

水车胡同在开封人人皆知，全长约三百米，胡同内有一口又深又大的甜水井，井不仅水旺，而且水质甘洌，胡同内的老百姓多以木桶水车卖井水为生。清光绪年间得名"水车胡同"，沿用至今。

胡同只有一个出口，许子鹤一直等到夜里，许凤山仍然没有出来。许子鹤断定，这里一定是许凤山另外一个秘密居住点，是一个没向中央汇报的秘密居住点。

从第二天开始，许子鹤便化装成不同身份的人，远远守在胡同出口瞭望监视。一连五天，始终见不到许凤山的身影。许凤山要吃要喝，还要与外界保持联系，一定会有其他人员与之联络。想到这里，许子鹤改变了监视对象，开始留意每个进出的人员，半夜回到布店，就对这些人员的信息进行梳理归纳。

又是五天过去了，一个年轻女人逐渐浮出了水面。

每天出入水车胡同的有万人之众，经过连续五天的观察，许子鹤能够判断出每个送水人的出行规律，哪个人是第一次来或者是第二次来，都逃不过许子鹤的眼睛。每天日落之时，都会有一个年轻的女人手提布包走进胡同，半个钟头后，从胡同口离开。

第六天，通过跟踪年轻女人，许子鹤确定了许凤山所住的那座平房。平房从早到晚都是大门紧锁。住在水车胡同的居民几乎都是穷人，其他人家都去推车卖水，只有这一户人家终日不见人烟，许子鹤断定，许凤山一定蛰伏其中。

许子鹤没有贸然进入这座平房，而是继续跟踪年轻女人。

三天之后，许子鹤探明了年轻女人住在几里外的太白胡同。女人出入的一座瓦房也是终日大门紧闭，只有出入时才临时打开。

许子鹤把监视的重点移到了太白胡同。

两天后的中午，年轻女人出门后不到半个钟头，一个身高足有一米八〇的男人从门内走出。一见此人，许子鹤立刻想起在开封、郑州两地出现的那个"大个子、大耳朵的人"。身高对得上，现在必须察看对方的耳朵，如果也能对得上，问题的突破点就被他许子鹤找到了。但高个子男人戴着一顶布帽，许子鹤看不到他的双耳。此人出门后，低头朝街上走去，许子鹤尾随其后，边走边思考着对策。两人一前一后来到街上走出十来米后，许子鹤忽然发现街边有一个卖甜甘蔗的地摊，急忙掏钱购买五六根连根带梢的甘蔗抱在怀里，快步从后面追赶上了那个男人。走到男人身后时，许子鹤故意用一根长长的甜甘蔗触掉了他的布帽。布帽落下的那一刻，许子鹤看清了对方的左耳朵——一只又长又大的和尚耳。许子鹤口里连说"对不住！对不住！"把甜甘蔗呼啦一下扔在地上，赶紧帮高个子男人去捡地上的帽子。当把帽子还到怒气冲冲的高个子男人手中时，许子鹤趁机看清了他的右耳，与左耳的大小一样。

"下次小心点！"高个男人一声训斥后匆匆离去。

许子鹤望着对方的背影，心中先是惊喜，后又变成了惊愕——惊喜的是，可能自己终于找出了谋杀开封、郑州两地市委委员的元凶，惊愕的是，这个狡猾的叛徒通过一个女人的联络，与中央联络员许凤山勾连起来，幕后最大最狡猾的凶手也许并非是他，而是许凤山。

许子鹤将自己的侦察结果迅速报告给了中央。中央反馈的意见是，许凤山和高个子男人有重大嫌疑，但在采取进一步行动之前，必须找到确凿证据，组织的原则是不放过任何一个叛徒内奸，但也不能冤枉党内的任何一位同志。对组织隐瞒个人事项，违反组织纪律的同志要查明原因后才能处罚。

许子鹤果断地把下一步工作的重点放在了豫西重镇洛阳。

开封和郑州两地的市委机关遭到破坏后，许子鹤分析，许凤山的第三个目标必定是洛阳。他总结出了三个原因——一是洛阳的中共党员人数仅次于汴、郑两地，人数越多，除掉市委后的效果就越好；二是许凤山实施计划的地点是从东到西，先是豫东开封，接着是豫中郑州，下面很可能就是豫西洛阳了；三是洛阳的中共组织还和陕西、山西、湖北有着密切联系，打掉洛阳的地下组织，说不定还能寻觅其他三地中共的蛛丝马迹，将会起到"拔掉萝卜带出泥"的效果。

许子鹤来到了洛阳，与邢威武会合。他这次洛阳之行的目的十分明确，一要找到许凤山叛变的确切证据，二要设法阻止国民党对洛阳市委的再次破坏。

开封、郑州两地党组织接连出事后，洛阳市委已有警惕，市委委员们都更换了新住址，过去的联络站也都同时废弃。邢威武在中共陕西省委的协助下，经过半个月费尽周折的努力，才联系上洛阳市委书记石丛山。

在邢威武的陪同下，许子鹤在白马寺里见到了他。许子鹤与石丛山的对话是极其困难的，他可以证明自己中央特派员的身份是真的，却无法让对方相信中央联络员身份的许凤山是叛徒，因为，他没有确凿的证据拿给对方看，但许子鹤必须说服石丛山配合自己的锄奸计划。

"老石，洛阳市委现在面临的情况十分危急，开封和郑州市委相继遭到破坏，下一个很可能就是洛阳市委，您作为书记，必须为洛阳党组织负责。"

"一个是中央任命的省委书记，一个是中央派来的特派员，我不知道到底该信哪一个！"石丛山说出了问题的关键。

"您说什么，哪里来的省委书记？"听完石丛山的话，许子鹤和邢威武惊愕万分。

"一个月前，吉国文同志当省委书记时没有被敌人破坏的河南部分市县的负责人到省会开封参加过一次秘密会议，凤山同志宣布了中央新的任命，中央决定凤山同志任新一届省委的书记，与汪斌、郭建森和于丽莹同志一起组建新的省委班子。"

此言一出，许子鹤和邢威武顿感五雷轰顶。

"老石，我要告诉您的是，中央只任命了许凤山同志一人为临时联络员，并没有成立新的中共河南省委。"

石丛山一听许子鹤的说明，也一下子紧张起来。但很快，经验丰富的他便镇定下来。从此之后，不管许子鹤和邢威武怎样解释，他都不再说话。

"老石，在情况不明的形势下，您的态度是正确的！开封市委出事十五天后，郑州市委就出了事，现在过去了两周时间，我估计很快就会有人来找您，因为他们已经做好了全部的准备工作，就等你们'送货上门'。由于时间紧迫，中央也不可能再派人来洛阳说明我和许凤山的真实情况，我的意见是，您不要相信我，也不要相信许凤山，咱们让事实说话！"许子鹤没有责怪石丛山，而是提议他采取"冷冻"双方的策略，从而保护洛阳的党组织。

"让什么样的事实说话？"石丛山追问。

"过不了几天，一定会有人主动找到您，让您通知洛阳市委的全部委员到一个地方开会，通知的人一定是您熟悉的人，人一到齐，他们就会动手。开封和郑州两地的市委就是这样遭到破坏的。"许子鹤神色严肃地说。

"那我们现在该怎么办？"石丛山问道。

"最好的办法是，您和市委的同志们现在就撤离洛阳，这样不会有一点问题！但话说回来，你们一走，洛阳没事了，但对方是自己的同志还是敌人的奸细，就没有办法验证了！这次验证不了，我们也预测不了他们下一个目标选在哪个地区，全面准备根本没有时间，这样的话，许昌、信阳、焦作、安阳、南阳、商丘几个地区的党组织就会遇到灭顶之灾！"

"我石丛山不是孬种，洛阳市委的委员也不是孬种，不会只顾我们自己！"石丛山语气坚定地说。

"好！我们需要您的配合！在真假分辨不了的情况下，我问您要洛阳市委委员的名单您不要给，其他人要，请您也一定不要给！目前最好的办法就是您一个人留下来，赶紧通知其他同志转移。"

石丛山从心底里认为许子鹤的话在理。

"如果凤山书记派人找到我，我该如何处理？"石丛山的语气缓和了不少。

许子鹤立即说出了自己的意见。

"根据开封、郑州两地的情况，来人都是夜里上门，说是传达省委紧急指示，让您立刻和他们一道去通知其他人开会。如果是这样的话，就充分说明来者是敌人的奸细，他背后的人也是敌人的奸细！请您务必不要去，就说几个委员当天夜里去外地未归，第二天才能回洛，把会议时间拖延半天或者一天。"

"如果来人当天夜里一定要委员的名单怎么办？"

"我给您准备好了一份名单，您可以给他。"许子鹤递给了石丛山一张名单。

"这些都是什么人？"石丛山看过名单，没有一位是洛阳市委的委员，便向许子鹤询问实情。

"放心，名单上没有一个好人，不信您可以暗地里去打听！这些都是洛阳警察局缉私大队的人，他们表面上打着缉拿文物贩子的旗号，暗地里却干着贩卖文物的勾当。用这些人当试金石，既能甄别来者的真实身份，同时对党组织也不会造成任何损失。"洛阳是九朝古都，地下文物众多，盗墓和贩卖文物在洛阳城自古泛滥猖獗，盗墓用的主要工具"洛阳铲"就出自这里。邢威武先期抵达洛阳后，已经把相关情况摸得一清二楚。许子鹤写在名单上的人都是缉私大队的一般人员，许凤山等人不可能认识他们。

石丛山一番思考后，同意了许子鹤的方案。

"老石，当天夜里来人走后，请您务必第二天就撤离洛阳，如果信任我们，我可以派人护送；如果您对我们的身份仍有疑问，也没关系，您可以自己走。不管您用哪种方式离开，都必须在走之前告知我对方请你们开会的时间和地点！"

石丛山决定自己单独撤离洛阳。

"时间那么紧，我如何联系你们？"

"不必直接联系，那样对您太危险，您家院墙外有一个垃圾箱，您撤离时装作扔垃圾，然后把写好的字条装在两个叠加的鸡蛋壳中，放在垃圾箱外的右墙角里即可，我们每天早上都会派同志去那里查看。"

石丛山点了点头。

"老石，剩下的事您就不用管了，我们会处理好一切，咱们后会有期！"

第二天，洛阳市委的全部委员秘密转移出了这座危险之城。

三天后的一个深夜，果然有人用省委确定的联络暗号敲响了石丛山家的大门。石丛山急忙让妻子朝自己脸上喷了两口水，躺在床上装起病来。

石丛山妻子开门后，闪进来一位高个子、大耳朵的男人。

"石书记，生病了？"

"建森同志，今儿下班回来就发起烧来，您这么晚赶来，一定有急事？"石丛山嘴里喊的"建森同志"，正是假冒河南省委委员的郭建森。

"省委许书记今天夜里从开封来到了洛阳，要连夜召集大家开会，传达中央的紧急指示，必须辛苦您马上通知洛阳市委的全部委员。"郭建森的口气不容置疑。

"人都病成这个样子了，咋还能出去！"石丛山妻子拦着不让丈夫出门。

"胡扯！再重的病也得出去！"石丛山瞪了妻子一眼。

"那就跟我一起去通知吧！"郭建森催促道。

石丛山正要翻身下床，忽然停了下来。

"建森同志，我想起来了，我们洛阳市委有五个同志，今天上午有三人去了栾川和洛宁宣布成立县委新班子，明天一大早才能回来！"

郭建森不说话，在石丛山床边踱来踱去。

"那这样吧，你先把名单开给我，然后明天一大早就去通知所有人，中午十二点到龙门石窟尽头的河洛蜡烛厂开会，一个都不许缺席！"

石丛山按照许子鹤的要求写下名单后，郭建森匆匆离开。

第二天一大早，拎着一包垃圾的石丛山把鸡蛋壳放到指定地点后，匆匆离开了洛阳城。

这天的半晌午，洛阳公安局缉私大队接到匿名举报，龙门石窟尽头的河洛蜡烛厂里中午有人出售武则天时期古墓中的编钟、青铜鼎和宝剑等文物，五六个买家十二点半赶来验货。缉私队长当即决定，委派六名精干队员化装成买家提前半个钟头赶到，先制伏卖家缴其货，再抓获买家收其钱。

六名化装成普通人的缉私队员十二点刚踏进河洛蜡烛厂的院子，怎么也不会料到，四周破烂的作坊内噼里啪啦响起了一阵阵的枪声。

六个人当场毙命，无一生还。

第四十一章

洛阳公安局缉私大队六名队员的尸体被抛入水流湍急的伊河之中。

当晚，王全道、熊昌襄从省会开封秘密来到洛阳，对负责这次行动的许凤山、汪斌、郭建森进行表彰嘉奖。当许凤山几人杯觥交错，吆五喝六一阵狂欢之后，王全道宣布了戴笠的密令，下一步行动的目标，是半个月内铲除活动猖獗的许昌"共匪"组织。酩酊大醉的许凤山回答，半个月时间太长，十天足矣！接着将手中酒杯"咣当"一声摔碎在地，大声吼道："许昌是一代枭雄曹操故地，昔有诸葛亮'火烧曹营'，今天就看我许凤山'曹营捉鳖'。"

王全道、熊昌襄两人离开时，要求许凤山几人留在洛阳一周时间，一是隐蔽，二是精心策划许昌事宜。许凤山和汪斌留了下来，当天夜里，郭建森却悄悄溜回了开封，去会他年轻迷人的情妇于丽莹。

第二天一大早，洛阳公安局里炸开了锅，六名执行任务的缉私大队成员集体失踪，不见了踪影。消息很快传到准备离洛返沪的王全道、熊昌襄耳中，两人急忙密令洛阳公安局长派人在伊河两岸寻找。半晌午，在距洛阳一百多里外的巩县伊河岸边的一个堤坝处，六名死者的尸体被找到，确为缉私大队队员。

听到巩县报告回来的消息，王全道、熊昌襄错愕不已，浑身直冒冷汗。如此缜密的设计，绝非小小的洛阳市委所能完成——难道，难道，难道那个人来到了河南？

两个人不敢再往下想，只是内心苦苦祈祷，希望不要再次遇到自己最不希望遇到的那个对手。

不能再返回上海，王全道、熊昌襄两人急忙回到许凤山在洛阳的秘密住所，打算迅速制定对策。当得知郭建森已经乘火车去了开封，在熊、许二人的一阵高声破骂之后，王全道叹息道："贪色的郭建森必死无疑！"

当龙门石窟尽头蜡烛厂内传出一阵接一阵的枪声后，埋伏在周围、化装成拾粪老汉的邢威武便将消息立即报告了许子鹤。至此，许凤山一伙的身份被彻底甄别清楚。当天中午，许子鹤就用密码电报向中央做了汇报。一个钟头后，得到回电，撤销中央特派员小组，即刻成立中央特别行动小组，许子鹤任组长，已电令洛阳市委石丛山等人隶属该组,授予特别行动小组无需请示的一切权力,采取断然措施,对叛徒许凤山一伙进行反制摧毁。与此同时,必须尽快打掉开封和郑州两地的假市委,避免其加害其他同志以及对党组织的声誉造成损害。电报还告知许子鹤,中央会通过其他途径通知许昌、安阳、南阳、焦作等地的党组织隐蔽转移,无需特别行动小组分散精力。

当天下午,许子鹤等人从洛阳急匆匆返回了开封。

在从洛阳返回开封的火车上,许子鹤眯起双眼,一动不动地坐在座位上,策划着下车后一环接一环的锄奸行动。

火车抵达开封站时已是傍晚时分,许子鹤一行回到布鞋店,见到了罗琳。罗琳几天来一直跟踪监视着于丽莹。罗琳说,于丽莹白天在外,一般夜里十点左右回到太白胡同,直到第二天早上出门。许子鹤和大家一阵商议后,便马不停蹄开始了行动前的准备。九点半的时候,不同装扮的许子鹤、邢威武和李光润赶到了太白胡同四周。

十点差五分,于丽莹出现在太白胡同口。挑着两小箩筐花生糕的邢威武紧随其后,当于丽莹准备掏钥匙打开院落大门时,转眼发现了邢威武。邢威武不慌不忙,在于丽莹身边轻轻放下了肩上的担子。

"大妹子,要花生糕吗?又甜又香的花生糕!"

"不要!不要!"

邢威武弯腰捡起地上的扁担,准备挑起木箱离开,于丽莹放松了警惕,转身就去开门。忽然,邢威武的一只胳膊从背后勒住了于丽莹的脖子,把她的整个身子吊在空中动弹不得。邢威武的另一只手迅速从于丽莹手中夺过钥匙,打开了院门。与此同时,许子鹤和其他几个人从胡同的两头走来,捡起地上的扁担和木箱,闪进了院内。

许子鹤开始了审问。

一个小时过去了,于丽莹嘴里没吐一个字。

"看来你是不见棺材不掉泪!"许子鹤知道,到了使出杀手锏的时候了。

"于丽莹,许凤山和郭建森去洛阳,是去唱一出在开封和郑州演过的老戏,对吧?"许子鹤说话时不急不忙。

于丽莹心中一惊,不过她没有表现出来。

"这场戏的套路我来说说,你看看对不对!先是郭建森通知对方去开会,传达所谓的省委紧急指示,一旦对方全部成员到场,此时,没有鼓声,也没有锣声,只有枪声!不同的是,演对手戏的一方始终没有变动,另一方却换了一批又一批,开封是崔东生,郑州是田宏彬,洛阳则是石丛山!"

许子鹤的一番话说完,于丽莹的身子不自觉地颤抖起来。

"不过,我要告诉你的是,洛阳的戏你们没有演好,石丛山他们没有出场,而是派了几个蹩脚的演员去配合,结果砸了你们的场子!"许子鹤说完,把一个纸条递给了于丽莹。

于丽莹看完纸条，扑通一下倒在了地上。于丽莹原是河南省委的机要员，她认识石丛山的字体。在纸条上石丛山清清楚楚写出了许凤山计划在洛阳暗杀市委委员们的时间和地址。

"于丽莹，你这个可耻的叛徒，表面上是人，暗地里做鬼，为敌人充当联络员，造成了我们多少同志不明不白地死在敌人枪口下，罪大恶极，杀你十次都不解恨！"

于丽莹全身筛糠般地颤抖。

"现在我问你几个问题，你如果老实回答，念及你是两个孩子的母亲，暂且饶你一条命，倘若仍然执迷不悟，今晚就是你的死期！"

一圈人的眼睛盯着于丽莹，双双都是喷着怒火的目光。

于丽莹开始抽泣，但仍然不说话。

许子鹤朝魏坤和邢威武使了个眼色，嘴里冒出冷冰冰的三个字："动手吧！"

邢威武和李光润从腰中拔出刀子，快步走到于丽莹身边。

这时候，于丽莹才知道一切都是真的，自己的死期已到，突然嚎啕大哭起来。

"我说，我说，我什么都说。"

抽泣不止的于丽莹交代了许凤山在开封双龙街和水车胡同的地址，以及汪斌的家庭地址，还有开封和郑州新成立的市委书记的家庭住址。许子鹤知道，于丽莹出事后，狡猾的许凤山肯定不会再回开封，便问许凤山在其他城市是否还有固定住址，于丽莹摇了摇头。当许子鹤问起许凤山的亲戚关系和嗜好时，于丽莹回答，自己只在开封和他联系，其他情况一概不知，关于许凤山的嗜好，她说许凤山这个人有一手染蓝印花布的本事，无事可做时，经常染布去卖，在水车胡同里的那一段时间，他就染了十几丈长的上等蓝印花布，正准备托人拿出去卖时，王全道通知他去了洛阳。

在许子鹤示意李光润将毛巾塞进于丽莹嘴巴时，她嘴里冒出的最后一句话令屋内的所有人大吃一惊。

"这次河南的计划，都是上海来的两个人策划的，一个姓王，一个姓熊。"

屋子里顿时寂静无声。

许子鹤这时才知道，不是冤家不聚首，他和自己的老对手在河南再次不期而遇。

"他们背后还有人没有？"

"我没有再见过有其他的人，只是听他们两个嘴里说过一个'戴处长'，具体叫什么不清楚。"

许子鹤恍然大悟，这次河南之行，自己最大的对手由过去的徐恩曾变成了江湖上只闻其名不见其影的戴笠。

从于丽莹嘴里掏出所有秘密后，按照计划，许子鹤迅速离开了太白胡同，他要在开封城部署下一步更大的行动。

邢威武、李光润两人没有走，捆好于丽莹后，他们留在了屋内，守株待兔，等待郭建森自投罗网。

黎明时分，郭建森敲开了院门，半个身子刚刚进入门内，就被一扁担重重地打在了脑门上，早已埋伏在门两边的邢威武、李光润以迅雷不及掩耳之势将他扑倒在地，结结实实捆好抬到了屋内。

按照许子鹤临走时的交代，必须从郭建森嘴里挖出许凤山今后可能的居住地。许子鹤知道，洛阳城的错杀事终究会被发现，一旦发现，许凤山就不会再回到他在开封水车胡同的秘密住处，而会另寻藏身处所。

郭建森苏醒后，看到被反绑双手的于丽莹也在屋内，便明白了一切。

不管邢威武、李光润两人如何审问，郭建森死活不开口。

时间过去了将近三个钟头，仍然毫无进展。

"咚咚咚！"

"咚咚咚！"

忽然，传来了急促的敲击院门的声音。

邢威武和李光润用毛巾堵住了郭建森、于丽莹的嘴巴。

三四分钟后，两名男人翻墙进入了院子，开始敲屋门。

"咚咚咚！"

"咚咚咚！"

屋内邢威武、李光润两人手握枪支，默不作声，准备应付可能发生的一切。

敲门人见屋内毫无动静，准备转身离开。

这时候，一个意想不到的情况发生了，坐在地上的于丽莹用双脚蹬倒了身旁的方桌，桌子上的锅碗盘碟摔在地上，哗哗啦啦一阵响动。

门外的人知道，屋内有情况。

一阵接着一阵的砸门声开始了。

一声巨大的咣当声后，门被撞开了。

两人刚一露头，门后啪啪就是两枪，闯入者应声倒地。

听到枪声，五六个人从前院翻墙进入院内，隐蔽后一起向屋内射击。

来者是开封公安局的密探，他们接到了洛阳打来的紧急电话，前来寻找郭建森、于丽莹并通知他们赶快撤离，但没料到遇到了埋伏。

屋内屋外交起了火。

前院正在激烈交火的时候，后墙上的一扇木窗被砸开，一个人从里面跳了出来。跳窗的人是邢威武，是被李光润用枪逼出来的："你再不走，外边的人不打死你，我开枪打死你！"

郭建森、于丽莹所租房屋的后面是一条狭长的巷子，一阵接一阵刺耳的枪声引来了大批围观的群众，把整个巷子堵得水泄不通。

邢威武从窗户上跳下,埋伏在墙根的四名密探一拥而上,把正要起身的邢威武扑倒在地。

"人被逮住啦,快去看呀!"

"快去看看,快去看看!"

距离窗户三四十米的群众本来诚惶诚恐地站在远处围观,听到喊声,便从两头向前涌去,团团围住了四个人。四个人正手忙脚乱制服着人高马大的邢威武。

"啪啪!"

"啪啪!"

人群中忽然连响四枪,站在最前面的群众发现,不知哪里忽然冒出了两支枪,朝着四个密探的后脑勺开了火。

"杀人啦!快跑啊!"

"杀人啦!快跑啊!"

人群中不知谁喊了两声,数以百计的群众四处逃散,巷子内一时大乱。

开枪和吆喝的是藏在人群中的许子鹤和魏坤。临近中午,许子鹤见邢威武、李光润没有按计划回来,便带着魏坤化装来到了太白胡同,混入了围观人群中。

邢威武与许子鹤、魏坤一道,趁乱离开了太白胡同。

半个钟头后,前院的枪声渐渐平息。

冲进屋内的密探发现,地上被捆的一男一女太阳穴上各中一枪,已经气绝身亡。

门后依墙而蹲的一个戴眼镜的中年人,下身和腹部被击中十几枪,太阳穴上也有一枪眼,正汩汩地向外流着鲜血,显然是自杀而亡。

九人在开封毙命,王全道、熊昌襄慌了手脚。他们知道,开封猎杀是洛阳谋略的延续,是精心设计的连环套。河南省委和开封市委已被铲除,突然冒出的如此周全之韬略决非本地人所为,定是中共高层发现了戴处长在河南布局的破绽,派遣高人前来破局拆计,在河南与戴处长一决雌雄。

具有如此智谋韬略之人,除了中共在上海以周恩来、陈赓为首的特科人员,就只有一个人,那就是江苏省委的悍将许子鹤。

这一次,王全道、熊昌襄丝毫不敢再遮掩事实,而是立刻用密电迅速报告了戴笠——许子鹤不在江苏,在河南!

戴笠收到电报不到十分钟,即给两人回电十六个字——"全力剿杀,不留后患。再有闪失,提头来见!"

王全道手拿电报,望着熊昌襄,两个人愣在原地,半天没有说出一句话。

许凤山没有回开封,而是被安排在郑州一处秘密住所暂住,另外汪斌的家也在郑州,王全道、熊昌襄认为,冤有头债有主,许凤山和汪斌是摧毁河南中共地下组织的一号和二号人物,许子鹤决不会放过他们,下一步定会想方设法打探到两人在郑州的地址，前来捕杀报仇。一番精心密谋之后，王全道、熊昌襄决定将计就计，布好陷阱，诱敌入瓮，最终予以围歼。

安插在河南各地的国民党特务齐聚郑州，布下了天罗地网，等待许子鹤自投罗网。

狙杀郭建森和于丽莹后的当天晚上，许子鹤和大家一起讨论了下一步的工作方案。

每个人的思路最终都回归到一点，从开封转移到郑州，先除掉二号人物汪斌，然后全力剿杀大叛徒——破坏河南省委的罪魁祸首许凤山，最后拔掉郑州和开封两个假市委。

对于大家高度一致的意见，许子鹤既没同意，也没否定，而是请求大家给他一个晚上的时间再仔细推敲推敲。

大家离开后，已是深夜，许子鹤一个人静静躺在床上，开始了对今后行动方案的思考。

中央交给特别行动组的任务有两项，首先对许凤山假河南省委断然采取反制措施，予以摧毁，避免影响中央对全局工作的部署；二是必须尽快打掉开封和郑州两地的假市委，避免对河南党组织从人员到声誉上造成损害。从轻重缓急角度上看，应该是先端掉假省委，再铲除假市委，半卧在床的许子鹤十分清楚这一点。

但许子鹤心里更为清楚的是，自己明了的事情，王全道、熊昌襄也自然明了，他们背后的戴笠则比任何人更清楚。

自己明了，敌人也明了的计划，许子鹤绝不会去做。

在许子鹤的头脑中，先后思考过三个周详的行动方案——第一是去郑州捕杀许凤山和汪斌，彻底打掉假河南省委，然后乘胜追击，一举端掉假郑州市委；第二是留在开封，先捣毁假开封市委，再去郑州寻找许凤山、汪斌以及假郑州市委；最后一个方案是去郑州，先猎杀假郑州市委，然后再端掉假河南省委，待两个问题在郑州解决后，全部人马移师开封，收拾假开封市委。

许子鹤很快就否定了第一个方案，虽然晚上特别行动组其他同志都赞成这个方案。但许子鹤自己坚定地认为，戴笠、王全道和熊昌襄不但同样想到了这个方案，而且早已布好局摆好阵，等待他和特别行动组的人往里钻。

经过一番艰难的思考，许子鹤又否定了第二个方案。这个方案显然最方便行动，因为特别行动组的主要人马都在开封，通知石丛山他们几人赶来就可以了。但这个方案有两大弊端，一是铲除假开封市委后，下一步的行动地点必是郑州，这样，王全道和熊昌襄不必四处打探他许子鹤在河南的行踪，只要静观其变，在郑州暗中守候即可。许子鹤估计到的第二个弊端更为可怕，王全道和熊昌襄知道他许子鹤下一步行动的目标是假河南省委，但不一定想到还有假郑州市委，就是想到了，也不会把防护的重点放在几个市委委员身上。如果特别行动组在开封对假市委动了手，无疑提醒王全道和熊昌襄，他许子鹤接着在郑州也会"搂草打兔子",来一个"一手牵两家",他们必定增派人手,调兵遣将,两个地点同时布控,搞一个"一线牵两雷",不管许子鹤踏入哪一个地点,都会粉身碎骨,有来无回。

　　反复琢磨至深夜,许子鹤最后又否定了第三个方案。许子鹤认为,第三个方案最大的好处是出其不意,打乱敌人重点布控,起到出奇制胜的效果。但同样也有两个弊端,一是郑州假市委被端后,再想继续端掉假省委,就没那么容易了;二是王全道和熊昌襄知道了他许子鹤连市级组织都不会放过,必定在开封采取严密保护措施,再想打掉假开封市委,就绝非易事了。

　　一连否定了三个方案,许子鹤陷入了极度的苦恼纠结之中。

　　不知不觉两个钟头过去了,窗外泛起了微微的白光,布鞋店后面的巷子里传来鸡鸣之声,疲惫不堪的许子鹤心中终于萌生了第四个方案。

　　自己率领在开封的特别行动组所有人员秘密赶赴郑州,石丛山一行则从洛阳来到开封。两地人员同时开展摸底排查,待搞清许凤山、汪斌以及郑州、开封假市委的全部地址后,逐一制定周密猎杀方案,待万事俱备,在郑州打响铲除假市委和假河南省委二号人物汪斌的第一枪,然后悄悄设计布局,释放假信号让对方以为防控奏效,特别行动组不得不放弃捕杀一号人物许凤山的计划,被迫移师开封继续行动,诱使王全道和熊昌襄调集主要人马从郑州前往开封布控抓捕,俟对方人马抵汴后还未站稳脚跟之时,郑州和开封两地同时行动,打对方个措手不及,首尾难以顾及。

　　第二天上午,许子鹤再次召集特别行动组全体成员开会,他的第四套方案得到了大家的一致赞同,随后用密电上报中央,中央回电同意,同时也对许子鹤提出了批评:"已授予特别行动小组无需请示的一切权力,却仍然上报方案,此举既不利于方案保密,又有可能造成战机延误,责令老刘同志在特别行动组内做出自我批评并立刻改进工作方法。"

　　许子鹤宣读完中央的电报,接着就进行了自我批评和反省检查。

　　"中央的批评是正确的,我完全接受。前一阶段,中央对我们特别行动组的工作方式已经做过明确的指示,大家清楚,我这个组长更清楚。但这次方案制定后,我还是循规蹈矩上报中央,请求上级核准,表面上是尊重上级,组织观念强,但实际情况并非如此,说明自己还是有依赖心理,还是存在万一方案实施效果不好,怕担责任的畏难情绪。心里总是想,只要自己向上级请示过,就是出问题自己的责任也会轻一点。这是什么工作态度?这是把难题推给上级的不负责任的态度!如果中央下属的其他地区和城市组织内的领导人都像我一样,中央还是把控全局的运筹决策机构吗?绝不会是,而是一个忙于具体琐碎事务,为下级承担所有责任,为下级解决所有困难的'万金油''受难所'和'出气包',如果真是这样,还要我们这些下属机构干什么?"

　　许子鹤神态严肃,屋子里静悄悄的。

　　"没有那么严重吧,你不是那种推卸责任的人。"董义堂首先打破了屋子里的安静。

"这么大的行动，请示一下也是应该的。"邢威武也替董义堂帮腔。

"敌人狡猾得很，我们初来乍到，人生地不熟，吃不准该怎么做，给上级汇报一下，好给我们一个定心丸呀！"魏坤也说出了心里话。

"你们不要为我开脱，我不是推卸责任的人，但不代表我能勇于承担责任！如果都这样事事汇报，次次请命，中央机关的人也不多，还身处千里之外，对一线的情况很难及时全面地掌握，让他们怎么决定？过去尚且遵循'将在外，君命有所不受'的古训，就是强调相机行事，避免贻误战机，更何况中央已经明确指示过，我们特别是我本人难道不应该受到批评？"

屋子里再没有人说话。

"同志们，大家都不要再说了，我许子鹤诚恳地、无条件地接受中央的批评！也希望大家今后对我做好监督，如果再有类似情况出现，请务必及时提醒我，中央就是一个大家庭的家长，如果我这个当长子的总是受到家长的批评，整天灰头土脸的，你们这帮弟兄难道心里就好受？"

大家纷纷表示今后一定做好监督。

向全体成员做过检讨以后，许子鹤提到了锄奸行动中英勇献身的老战士李光润，虽然已经牺牲多日，但英雄的音容笑貌仍时常萦绕在许子鹤的脑海中。

> 大宋善恶有杨潘，
> 一双火眼辨忠奸。
> 昼兴夜寐驰中原，
> 剑指逆贼定河南。

吟诵完李光润从茅山奔赴河南途中写下的一首诗，许子鹤提议大家静默三分钟，向把热血洒在河南开封的烈士三鞠躬。然后带领全体人员举起右手，齐声背诵在开封大败金军的河南民族英雄岳飞《满江红》的下半阙："靖康耻，犹未雪；臣子恨，何时灭？驾长车，踏破贺兰山缺！壮士饥餐胡虏肉，笑谈渴饮匈奴血。待从头，收拾旧山河，朝天阙！"

壮怀激烈的声音回荡在小小的布鞋店里。

"出发！"许子鹤下达了命令。

许子鹤一行到达郑州的同时，石丛山带领的人马也抵达了开封。郑汴两地的锄奸行动同时展开。

王全道、熊昌襄从洛阳来到了郑州，坐镇指挥即将打响的中原会战。他们一方面为许凤山寻觅到一处秘密居所，命其深居其中，终日不得出门半步，另一方面，对汪斌家中和四周秘密布控，遇有可疑人员立刻实施抓捕。出乎许子鹤的预料，王全道、熊昌襄同时命令假郑州市委书记薛保耕撵走家人，让其手下的两名委员集中居住在家里，吃喝有专人负责，四周增派了流动岗哨，严加戒备，以防不测。

抵郑之后，许子鹤将五人分成两个小组，自己和邢威武、董义堂负责打探许凤山的秘密藏身之地，魏坤和罗琳则根据于丽莹交代的住址，交替监视汪斌和薛保耕。

三天之后，许子鹤这一组没有发现许凤山的任何踪迹，魏坤和罗琳则汇报，两帮人住地戒备森严，极难接近。

特别行动组的成员有点坐不住了，许子鹤则不急不慌，告诫大家稍安勿躁，明确高手过招，比的往往不是拳头与力量，而是耐心和毅力。

许子鹤带领大家再次分析许凤山的藏匿地点。民宅、医院、监狱、客栈、商铺、工厂、学校被一一排除，这些地方不但人多眼杂，易于暴露，万一遭遇偷袭，也不利于守护狙击。

邙山山洞、黄河岸边、公园温室、大型粮仓、土砖窑、火葬场、古墓穴……许子鹤三人不但想到了，还扮成不同身份的人不分昼夜寻觅了四天。

仍然一无所获。

时间过去了五天，许子鹤三人再次静下心来琢磨了一夜，最后把目标锁定在了他们疏忽的一个地点——戒备森严的郑州公安局大院。许子鹤他们不是没有考虑到这个地方，只是认为许凤山隶属王全道、熊昌襄领导的特务部门，特务部门一般不与鱼龙混杂的公安局发生关系，才否定了这种可能。

第六天，董义堂找到了公安局后勤处的一名电工。原来董义堂来到郑州后，按照许子鹤的吩咐接近敌人要害部门人员，通过关系认识了这位电工。几次酒足饭饱之后，董义堂声称自己过去也干过技术活儿，比如修个桌椅，砌个花坛，烧个锅炉，换个玻璃什么的，现在自己在火车站当搬运工太苦，想让门道多、路子广的对方在局里帮他找个活儿混碗饭吃。这天晚上，两瓶"杜康"下肚，电工向董义堂神侃起来，说近段时间省府派来了一位核查档案、打击暗吃空饷的专员，住在局长楼上的档案室内，他还专门在档案室装了一部电话。这个人一来，局里上上下下都很紧张，自己没时间外出帮董义堂找活儿。趁对方酩酊大醉时，董义堂从电工那里套出话来，电工说也没有见过专员这个人长什么模样，因为他从不下楼。临走时，董义堂送给电工够做一身衣服的洋布布料和一条"大重九"洋烟卷。

两天之后，董义堂在路上再次"巧遇"电工，电工说，专员还没走，一走就给他去找活儿。

许子鹤断定，河南省府派来的专员一定有问题，因为核查档案、打击暗吃空饷一事是政府部门的重要公务，为公平起见，不会一个人前来办理；另外，执行此项任务的官员一定级别较高，吃住在简陋的档案室内，终日不出门，显然不合常理。

此人定是敌人重点保护的一号人物许凤山。

许子鹤指示董义堂，加紧联络讨好电工，争取早日混入公安局。

几天之后，董义堂手提两篓鸡蛋再次上门拜访电工。电工说，局里烧澡堂子的老霍得了湿疹，身上长满红红的斑点，怪瘆人的，局里领导不让他干了，正在找一个会烧炉子的人来顶。董义堂说，他愿意干，好歹比当搬运工强。第二天，电工带着董义堂找到了总务主任，试烧一天锅炉后，被留了下来。

与此同时，魏坤和罗琳一直严密监视着其他两帮人的一举一动。

魏坤和罗琳反映，汪斌家的暗哨没有放松警惕，但在家里闷了十几天的薛保耕三人则忍受不住煎熬，于前一天晚上说服三四名保护他们的暗哨，换了装束，偷偷跑到了附近的"杨家戏院"听戏。

听完一个多钟头的折子戏，三个人平安无事地回到了家。

依次猎杀薛保耕三人、汪斌和许凤山的方案在许子鹤的脑海里一步步成熟起来。

许子鹤开始排兵布阵。

上次听戏过后的第四天，薛保耕三人再次偷偷来到了小剧场，与第一次不同，这次他们放松了警惕。

许子鹤将行动组分成两拨儿，自己隐蔽在戏院门外观察周边环境，负责指挥整体行动，邢威武、董义堂和魏坤则进入了戏院。戏院门外假扮成卖香烟小贩的罗琳则负责两帮人之间的联系。

戏院内上演的是经典豫剧《穆桂英挂帅》。

放松警惕的不光薛保耕三人，还有四个保护他们的特务。大戏开场半个钟头后，站在三人后面的四个五大三粗的特务见戏台上一阵接一阵的咿咿呀呀，戏台下一波连一波的鼓掌喝彩，感觉无任何异常状况，便溜到戏院外，在对面面条铺子里各要了一碗郑州羊肉烩面，双手捧着海碗，呼呼啦啦享用起来。

薛保耕三人故意晚来五六分钟，到戏院后撵走了戏院右墙角最后一排的三名听众，每人手拿一包新郑蜜枣，摇头晃脑地听起戏来。

魏坤和罗琳上次侦察时已经发现三人所坐的位子，知道那里是一个既易隐蔽，又好撤退的地方，估计三人再来，仍然会选择同样的位子。一连三天，这三个位子对应的前排座位的戏票都被邢威武、董义堂和魏坤购下，终于在第四天等来了猎物。

大戏到了高潮。

每一位河南戏迷都知道，《穆桂英挂帅》最精彩的唱腔是那段人人皆能哼唱的《辕门外三声炮如同雷震》。

等到五十三岁老当益壮的穆桂英刚一亮相，后台就会响起三声震天动地的炮仗。为达到最好的舞台效果，河南各地的戏班子都选用小孩胳膊般粗细的炮仗

"轰天雷"来显示杨家出征炮的威力,因为戏院空间小外加封闭,每当大戏演到此处,戏迷们个个都会捂住耳朵,闭上双眼,避过这几秒既盼又怕的巨大声响。薛保耕三人酷爱梆子戏,称得上铁杆的老戏迷了,所以戏台一侧刚闪现出穆桂英的身影,三个人就不约而同地闭眼并紧捂双耳。

"轰!""轰!""轰!"

三声"轰天雷"在戏院里炸响。

> 辕门外三声炮如同雷震,
> 天波府里走出来我保国臣。
> 头戴金冠压双鬓,
> 当年的铁甲我又披上了身。
> 帅字旗,飘入云,
> 斗大的"穆"字震乾坤……

等到三声巨响之后,全场观众这才睁开了眼,松开了双手,摇头晃脑地和着锣鼓的节奏,与台上的穆桂英一起哼起了这段耳熟能详的铿锵唱段……

大戏在观众经久不息的掌声中结束,待主角连谢三次幕之后,戏迷们才恋恋不舍地走出戏院。

戏院里的观众即将散尽,右墙角最后一排的三名听众却耷拉着脑袋坐在位子上一动不动。看场子的老人提着油灯催促离场,油灯在三人脸前一晃,惊恐刺耳的喊叫声就响彻整个戏院。

"杀人啦!杀人啦!"

正在门外焦急等候、迟迟不见三人出来的四名特务刚进入戏院,就听到了喊叫声,他们急忙手拎短枪冲到了右墙角。看到薛保耕三人的额头上各有一个花生米大小的窟窿,满脸的血迹早已凝固。

原来,当戏院里响过第一次"轰"声,邢威武、董义堂和魏坤突然站立转身,三支黑洞洞的枪口同时抵在了薛保耕三人的额头上,当第二次"轰"声响起时,三人同时扣动了扳机。第三次"轰"声过后,当所有戏迷跟随穆桂英哼唱《辕门外三声炮如同雷震》时,邢威武三人先后悄悄离开了"杨家戏院"。

时间刚过去一夜,第二场大戏按照许子鹤的计划接着开演。

第二天的半晌午,汪斌洛阳的老家新安县来了两位陌生人,少者搀扶着老者走进了县城的一家中医铺。中医铺的主人也姓汪,是县城的一方名医,也是中共新安县的地下党员,多多少少与汪斌家还有点亲戚关系。石丛山事先已经派人来联络过,许子鹤和魏坤到后,并无过多寒暄,直奔主题,要其协助行动,引蛇出洞,打掉大叛徒汪斌。一番耳语之后,汪姓大夫点头同意。

每隔三五天,汪斌七十多岁的老父就在家人陪同下来到县城汪记中医铺,把脉取药，这一次，事情发生了变化。

看完舌苔号完脉，汪姓大夫眯起眼睛说："不妙哉，不妙也！老人家肌无力、气息浅、脉理乱、心声浑，伤寒所生，已至内经矣！小县城恐怕看不了啦，赶快去大地方找名医瞧瞧吧！"汪斌老父是个有名的怕死鬼，本来就多病缠身，药不离口，经本家大夫这么一说，当场吓得魂不附体，白眼珠多过黑眼珠，上气不接下气。

"前一段这个老不死的确实受凉了，没太当回事，哪里想到会这么严重，汪大夫，您快说说，俺去哪里给他瞧瞧？"汪斌老母一时慌了手脚。

"大侄子不是在郑州嘛，那里有一家很大的仁慈医院，大夫个个如华佗再世，妙手回春，快去哉，快去也，宜早不宜迟！"

郑州有好几家大医院，董义堂来到郑州后，从牺牲的前任市委书记田宏彬家人口中获悉这家医院的一位女护士是地下党员，便主动和她联系上了。女护士叫顾新娥，是个孤儿，田宏彬把她当作亲女儿对待。知道田书记被杀的真相后，顾新娥泣不成声，主动要求参加锄奸行动。

许子鹤委派董义堂与顾新娥单线联系，制定了三套随机应变的方案。

汪斌老父住进了仁慈医院，但汪斌并没有前来看望。薛保耕三人刚刚被杀，王全道异常谨慎，派熊昌襄前去观察了两次，见无异常动静，在医院病房内外布置多道暗哨后，才允许苦苦哀求的汪斌半夜乘车前去探望。

惊吓过度的汪斌老父又经途中一番颠簸折腾，到仁慈医院后咳血不止，脸色苍白。医生会诊后，提出必须马上输血救治。仁慈医院没有血库，所用血液必须由家人提供。汪斌与老父血型一样，心里本不想抽血，顶不住老娘长吁短叹，只得同意。

许子鹤命令启动第二套方案。

汪斌走到医院的每一个地方，身边都有五六个特务寸步不离，严加保护。在抽血室内，所有抽血用具被特务检查一遍后才允许使用。顾新娥用酒精棉球擦了两遍汪斌的胳膊，顺利地抽了一瓶救急血，整个过程无任何异常。

抽完血，汪斌便在众人簇拥下匆匆离去。

第二天早晨，汪斌老婆做好早饭，叫他下床吃饭。走到床头，她摇了汪斌几下，始终不见丈夫睁眼，顿感大事不妙，手无意间碰到前一天夜里抽血的针眼，针眼处红肿溃烂，针眼扎入的那根静脉不是往常的青筋样，而变成了可怕的乌紫色。汪斌老婆一阵撕心裂肺的嚎哭，惊醒了隔壁屋内的三个特务，他们冲进来手忙脚乱地抬着汪斌就往医院奔。

汪斌早已魂归西天。

原来，女护士顾新娥在酒精棉球上喷了几滴无色无味的蛇毒液，毒液顺着扎出的针口缓缓侵入静脉血管，最后抵达心脏。

得到消息，熊昌襄急忙赶到医院，命令封锁医院，扣押所有医务人员。半小时后，部下匆匆来报，昨夜给汪斌抽血的那位护士值完夜班后，并未在医院宿舍入住，去向不明。

汪斌被杀，王全道、熊昌襄感到一只巨大无比的铁手在向自己伸来，不寒而栗，恐惧异常。

"许子鹤呀，许子鹤，你把老子逼到了绝路上！"王全道暴跳如雷，一把掀翻面前的桌子，地上一片狼藉。

"许子鹤，有朝一日我熊昌襄抓住你，看我不千刀万剐了你！"熊昌襄瞪着充满血丝的眼珠，拔出腰间的杀猪弯刀，"哐"的一声插在跟前的茶几上。

汪斌已死，下一个就是许凤山，王全道、熊昌襄发誓决一死战，不抓住许子鹤誓不罢休。

郑州城警车呼啸，黑云压顶。

第四十二章

女护士顾新娥当晚神不知鬼不觉地离开了仁慈医院。

离开时，她给最要好的同事小黄悄悄透露过一句话，声称自己找到了一位称心如意的男朋友，马上就去见他，要和他一起干场大事。熊昌襄率领部下第二天逐个排查顾新娥社会关系时，获悉了这条信息。

第二天中午，王全道、熊昌襄正琢磨女护士嘴里所说的"大事"是什么时，百里之外的开封公安局打来电话，说上午接到协查顾新娥下落的任务后，他们有一重大发现——今天大清早，顾新娥在一位男人的陪同下出现在开封相国寺附近的济民医院，从护士学校同学康洁那里借了一身护士服和一套注射工具后匆匆离去。

康洁所描绘的顾新娥男友的形象令王全道、熊昌襄大惊失色——此人并非别人，正是许子鹤。

许子鹤在开封！

王全道命令熊昌襄留守郑州严密保护许凤山，自己则亲率精干人马火急火燎赶赴东京汴梁。

顾新娥按照预定方案乘火车去了洛阳。

当王全道一行分乘四辆汽车行驶在郑汴公路上时，许子鹤从济民医院出来后一番乔装打扮，在与石丛山短暂会面后，也直赴火车站，坐上了从开封开往郑州的火车。

两位老同学擦肩而过。

王全道到达开封时，已是傍晚时分。没有片刻喘息，他便立刻召集各路人马开会，部置针对假开封市委书记王崇高以及两位委员的保护工作，同时，严密布控，缉拿共党要犯许子鹤。这一回，王全道下了狠心，把自己在哥廷根大学与许子鹤的合影找了出来，手指照片上许子鹤的身像说："就是这个人，抓活的好，打死同样好，在开封绝对不能再放跑他！"

布置完所有任务，王全道站了起来，宣布紧急会议结束。就在大家起身离席时，开封公安局一位副局长从外边一路小跑进来，凑到王全道耳旁说，刚刚接到报告，王崇高下午被打死在粮店里，他的两位部下同时也被打成重伤。

王全道一屁股坐在椅子上，两眼发直，四肢颤抖。

石丛山开封一仗打得干净利落。

开封有一条宽约两百米的宋都御街，宽阔的街面由三部分组成，中间为皇家专用的御道，黎民百姓不得入内。御道两侧挖有河沟，河沟内长满塘荷，河岸上遍种桃、李、梨树以及灌木。河沟外是御廊，为市民活动区域，临街一间接一间开满各式店铺，整日人头攒动，熙熙攘攘。

宋都御街上的商户延承古风遗训，大都用良心作秤、以诚信为盘做世间买卖，但却有一家粮铺，表面上卖的是大豆高粱，暗地里兜售的则是龌龊与血腥，王崇高就是这家粮铺的老板。自从冒名顶替做了"开封市委书记"，他知道这事是个危险活，终日躲在粮铺里间，极少抛头露面。粮铺生意主要由管家李毛旦和账房刘圣悟打理。这两个人原来还算本分之辈，可惜被王崇高哄劝逼迫拉下了水，当起了风马牛不相及的市委委员，一天到晚惶惶不可终日，但又怕丢了粮铺饭碗，断了家里生计，所以有一搭没一搭地应付着。

许子鹤指示石丛山，击毙主犯，惩罚帮凶。

已跟踪监视粮铺十几天的石丛山终于等来了行动的命令。

这天的响午饭过后，正是粮铺顾客盈门的时候，突然，大街上传来了"房子着火了！房子着火了"的嘶喊声。

王崇高六间商铺屋顶苫的是一层厚厚的麦秸，石丛山派人从店铺后面往屋顶上神不知鬼不觉地扔了几个汽油瓶，一根烧火棍扔上去，六间屋顶部顿时浓烟滚滚，火光冲天。

粮铺内外顿时乱了套。正在这时，从街面上跑来几个手拎水桶救火的汉子，为了防止烟熏火烤，他们的头部和面部都用湿毛巾包裹着，只露出了两只眼睛。几个人不但自己挺身而出全力救火，还大声对围观者吆喝不停："大家都快去拎水帮忙，别让大火烧了王老板的粮仓！"

几个人刚进屋片刻工夫，里面噼里啪啦就是一阵响动。

三五分钟后，几个人手拎空桶跑了出来，边走边喊："大家注意点啊，王老板粮仓边存有陈年鞭炮！"

外出提水的几个人再也没有回来，后续的救火人群刚一冲进屋内，便嚎叫着跑了出来。王崇高的脑袋被乱枪打得开了花，李毛旦和刘圣悟各被打断了一条腿，正躺在地上嗷嗷哭叫……石丛山几个人没在开封久留，而是按照计划直奔火车站，与郑州的许子鹤会合去了。

当王全道指挥开封军警特务满街搜捕许子鹤的时候，猎杀许凤山的行动正式打响。

董义堂在澡堂烧了十几天水，与局里上上下下关系处得极为融洽，大家都说比原来一身湿疹的老霍不知要强多少倍。喜欢泡澡堂子的高局长批示总务主任，购买一批新衣柜，把澡堂里的破衣柜都换掉。总务主任把这事交给了有眼色的董义堂办理。董义堂货比三家，选好了物美价廉的新衣柜。

至于什么时候把新衣柜拉到局里，董义堂与许子鹤一番商量后，定在了开封锄奸后的当天晚上。

许子鹤从开封抵达郑州的当天下午，从车站直接来到了郑州公安局大门对面的一家茶铺，邢威武、魏坤、罗琳早已在一个包间内等着他。半个钟头后，董义堂出现在大门口，罗琳当作给哥哥送衣服的妹妹与他见了面，告诉他一切顺利，开始行动。

不一会儿工夫，董义堂和澡堂的一名帮工各拉一辆人力车出了门，去木器厂拉新的衣柜。一个多小时光景后，当两人快要返回到公安局的时候，董义堂突然发现对方没有在货物清单上签字，就让帮工回去找人补签。恰在此时董义堂巧遇一位熟人，就请他帮忙把车拉回局里。这位熟人就是守候在路边多时的邢威武。

董义堂和邢威武拉着满车衣柜顺利进入了公安局。

这时候的公安局内一片寂静，绝大部分人已经下班离开。

两人卸完衣柜，天色完全阴沉下来，行动的好时机来了。董义堂和邢威武快速地在腰间别好手枪，抬着一个水缸般大小的木桶走进了局长办公楼。

董义堂告诉两个值班警卫，局长吩咐，专员不去澡堂洗澡，只在屋内用水盆擦身，很不方便，于是特意购买了一个洗澡用的木桶。此举并非公安局长交办，而是许子鹤的精心策划。

警卫检查一番木桶后，允许两人上了楼。

两人来到了三楼，敲响了档案室的铁门。

咚咚咚！

咚咚咚！

咚咚咚！

一连敲了三次之后，屋内才传出一个人的声音："谁？"

"高局长让我们给专员买了一个洗澡用的木桶！"

"不要！抬回去！"

门没有打开。

咚咚咚！

咚咚咚！

咚咚咚！

又是三次敲门。

"我再说一遍，不要，抬回去！"

门还是没开。

"专员，您不要可以，签个字中不中，也算我们完成了任务，否则我们在长官面前不好交差！"

短暂的沉寂后，铁门猛然间拉开了一条缝隙。

说时迟那时快，站在门外两边的邢威武和董义堂一齐撞开了铁门。邢威武第一个冲了进去，冲进屋内的邢威武原以为对方站在铁门之后，举起短枪就要射击，可惜门后没有半个人影，正当他四处观望时，屋内突然一声枪响，子弹打在了邢威武的额头上，邢威武扑通一声栽倒在地。

见邢威武牺牲，董义堂举枪就往里面冲，半边脸刚出现在门框边，屋内骤然响起第二枪，子弹穿透他的右耳后呼啸而过。

董义堂这时明白，屋内之人早有准备，如若继续强行进入，必死无疑。按照许子鹤事先的交代，必须立即撤离。想到这里，董义堂顺手拉上档案室的铁门，接着一把将大木桶从楼梯上推了下去，咕咕咚咚一阵巨响在楼道内响起。

值班室的两名警卫听到两声闷响后，慌慌张张就往楼上跑，正好看到了滚下来的大木桶。

"怎么回事？"警卫提枪询问。

"抬到半道，手一滑木桶就咕咕咚咚滚下来了！"董义堂捂住双耳假装害怕，没让警卫发现自己受伤流血的右耳。

急匆匆的警卫没有停下，继续朝楼上跑去。

"我再去叫两个人来，我再去叫两个人来！"董义堂边说边快速从楼梯上跑下。

董义堂没有回澡堂，躲过警卫视线之后，直接走出了公安局的大门，与大门外边的几个人会合后匆匆离去。

许子鹤为邢威武的牺牲捶胸顿足，行动组沉浸在悲痛之中。

邢威武是许子鹤在苏联的同学，本不在河南工作，正是因为许子鹤的请求，中央才把他从西安临时抽调来豫，加入到了特别行动组。原计划河南行动结束后返回西安，可是现在对大叛徒许凤山的捕杀尚未成功，邢威武却牺牲了。出师未捷，损兵折将，作为行动的负责人，许子鹤犹如万箭穿心。

更让许子鹤痛心疾首的是，董义堂暴露后，特别行动组费尽心机在公安局内部建立的线索完全中断，下一步再想接近许凤山，比登天还难。

一切又回到了原点。

在行动失败总结会上，许子鹤从行动策划、过程组织和结果预判三个方面做了全面的自我检查，承担起了对此次行动失败的领导责任。在行动中负伤的董义堂更是坐卧不安，反复责怪自己在行动方式选择和行动预案准备上太粗心，请求行动组给予自己纪律处分。

分析会开了整整一天，傍晚时分才结束。众人离去后，许子鹤没有心思吃饭，而是一个人坐在客栈简陋的房间内，独自思考盘算。他必须尽快从悲痛中走出来，制定出继续猎杀许凤山的可行方案。

许子鹤开始一字一句地研读中央提供的许凤山的个人材料。

四十五岁的许凤山原是郑州豫丰纱厂的工人，因嘴皮子利索和交际广泛被推选为纱厂工会的负责人，在工人与厂方的劳资谈判中出手不凡，解决了不少棘手问题，逐渐在工人当中建立了威信，最后被任命为河南省委的委员，负责工人运动的组织和发动工作。但许凤山这个人文化水平较低，斗大的字不识几个，对工人运动政策的掌握和运用远远没有达到中央的要求，最后上级不得不派其赴上海学习进修。对于组织的培养，许凤山个人认为是河南省委主要领导对他歧视，窝了一肚子火，所以，当他被王全道、熊昌襄捕获后，立即叛变投降，给河南党组织造成了巨大的破坏。

研析完中央提供的材料，许子鹤开始琢磨许凤山这个人的性格、特长和弱点来，想从中找出哪怕一丁点细微的信息来，也许就能在关键时刻起到决定性的作用。

两个钟头的思考后，在许子鹤的头脑中，一个巨大的疑惑清晰地显现出来——许凤山哪里来的非凡的反捕杀应对能力？

与许子鹤一样，董义堂和邢威武两人都在苏联接受过瓦西里严格的训练，针对档案室的行动计划是经过反复推敲、缜密设计的，从两人进入公安局院内至办公三楼开始行动，时间只有短短的一个小时，躲藏在档案室内的许凤山不可能获知有人要袭击他，因此他也就不可能有充足的时间向王全道和熊昌襄请示，从而精密设局，应付袭击者。许凤山真正知道事有蹊跷，应该是董义堂和邢威武两人开始敲门的那一刻，据董义堂事后回忆，从开始敲档案室铁门到铁门被打开，前前后后也就两分钟的时间。这么短的时间，许凤山是不可能及时与王全道、熊昌襄取得联络和商量对策的，他应该是处于独自思考和行动的状态，处理如此紧迫危急的事态，需要敏捷的思路、机智的方式和娴熟的动作，而这些从事后的效果看，许凤山不但做到了，并且做得完美无瑕。可问题是，这些素质和能力如果不经过长期和特殊的训练，一般人不可能具备，许凤山这次做得毫厘不差，他从哪里获得如此过人的本领？这是许子鹤疑惑的第一个方面。

许子鹤继续分析。如果纱厂工人出身的许凤山聪明过人，及时识破董义堂和邢威武的用意，然后随机应变，使刺杀行动的第一步没有顺利得逞的话，还算情理之中，但接下来的反击他绝对做不到！门打开后，邢威武持枪闪入，如果许凤山站在屋内显眼的地方，一定会被充分准备的邢威武击毙，可是，邢威武没有发现对方身影反而被对方击倒在地，说明对方早已隐蔽到位，隐蔽的位置也恰到好处，既能在漆黑之中看清对方，又能精准射击，一枪取命。这种情况只有一种可能，那就是匍匐在地，双手托枪。

许子鹤的分析还在深入。退一万步讲，如果说一枪打倒邢威武还能说得过去，但两三秒之后，董义堂再次闪现在门口，人刚刚露出半边脸，对方的枪声就及时响起，打穿了董义堂的右耳，黑暗之中如此镇定和精准的射击技术，没有经过长时间的训练，常人绝对做不到。

在苏联时，许子鹤他们接受过不同姿势的射击训练，对稳定性较差的手枪来说，俯射和平射还算容易，匍匐在地仰射是难度最大的，何况还处于视线不清的夜晚。

中央提供的资料说，由于经费短缺，当时的河南省委只有省委书记和军委委员配枪，负责工人运动的许凤山没有配枪。一个连枪都极少摸到的人短时间内竟然具有如此娴熟的反侦探和射击能力，是违反常理的。难道王全道、熊昌襄对他进行了突击训练？稍作思考后，许子鹤断然否定了这种可能。许凤山回到河南后，一直躲藏在开封水车胡同三间草房内，最近一个月又隐匿于档案室中，他不可能有机会进行实弹演练，而如此精准的射击技能，没有大量的训练是不可能达到的。

其中有诈。

一个大胆的推测闪现在许子鹤的脑海中，藏在档案室内的人不是许凤山，而是一个训练有素的特工。档案室是敌人布下的一个"诱敌深入"的陷阱和圈套。

想到这里，许子鹤倒吸了一口凉气。

原来，一个月来隐藏在档案室的人并不是他们要找的大叛徒许凤山，而是经王全道和熊昌襄请求，戴笠从南京派来的一个训练有素的特务。特务听到蹊跷的敲门声早就做好了准备，猛然打开屋门后顺势卧倒在地，双手托枪，随时射杀闯入者。

"全道兄，没有想到这次你技高一筹，但我要看看，到底鹿死谁手，谁能笑到最后！"许子鹤在心里默默说道。

许子鹤是个言出计随的人，对档案室神秘之人产生怀疑后，他和特别行动组的同志们马上制定了对策，检验自己推论的正确性。

突破口选在了那位电工身上。

一连跟踪电工三天后，化装成黄包车夫的魏坤拉着许子鹤于第四天截住了下班途中的电工，一把将其拽进车厢内，放下了布帘。

"知道我们是干什么的吗？"许子鹤用手枪顶着惊魂未定的电工。

"明白！明白！"

"档案室内的人到底是谁？"

"不知道！"

"不说实话，今天你就回不去了！"

"长官，你们就是打死我，我也不知道啊！"

"那个人还在档案室内吗？"

"在！在！食堂每天都给他送饭，晚上楼下的警卫由两个增加到了四个！"

"许凤山这个王八蛋，陷害了我们多少同志，现在又打死了我们的一个弟兄，这个仇一定要报！"许子鹤故意说出了这几句话。

电工听罢不语。

"我们找你的事千万不能对公安局里的人说，否则小心你的狗命！"

"长官，两边都是爷，我谁都得罪不起，小的谁都不会说！"

在一个僻静处，许子鹤放走了电工。临走时，许子鹤给了他一笔钱，名曰情报费，说手下的人会不定时与他联络，如果档案室的人撤走，告诉一声即可，不麻烦他做其他事。

电工收钱后慌忙离去。

见过电工，许子鹤心里清楚，档案室里的人决不是许凤山。他根据三个理由做出了判断——一是如果隐藏之人真是许凤山，王全道、熊昌襄知道秘密地点已经暴露，肯定迅速将他转移到其他安全的地方；二是贪财的电工"引狼入室"，正常情况下，这个人不被抓去坐监，至少也会被开除出公安局，但现在这个人不但没走，仍然照常上班，只有一种解释，电工是个诱饵，通过此人之口，继续释放出假信息；第三个理由是，许子鹤审问电工时，此人虽然表面上神色慌张，但眼睛透出的目光却非常稳定，对每个问题的回答也干净利索，内容不但合情也合理，显然是事先经过精心谋划的。

王全道、熊昌襄针对许凤山的藏匿地点设了一明一暗两招棋。许子鹤决定将计就计，也对应布下一明一暗两个局。双方不同的是，王全道、熊昌襄把力量用在"明棋"档案室上，而许子鹤表面上盯着"明棋"，实际上，他要集中全部人马寻找未知的"暗棋"所在。

一场生死博弈在悄悄地进行着。

石丛山带领着十几位洛阳市委的同志加入了特别行动组的队伍，与许子鹤他们几个一起在郑州开始了对许凤山真正藏身地的秘密摸排工作。

客栈、民居、商铺、工厂、学校、火车站、汽车站、废弃工棚……

政府大院、部队营房、酒楼妓院、书场戏院、粮站煤场、监狱羁押场所……

一个星期过去了，特别行动组的二十来人马不停蹄寻遍了整个郑州城，仍然没有发现许凤山的半点踪迹。

心急如焚的许子鹤意识到靠如此大海捞针的方法不可取，决定召开一场"神仙"会，再次商量对策，另觅途径。

"神仙"会开得异常热烈。

有人建议，刊登寻人启事，把许凤山的外貌体征公布出去，用悬赏的方式获得有用线索；

有人建议，调集河南其他地方的地下党抵郑，人多力量大，加大寻找的力度和扩大寻找的范围；

有人建议，设伏抓获郑州公安局的高层人员，看看是否能够获得许凤山的真实地址；

还有人建议，改变寻找对象，不再把许凤山列为打探目标，改为寻觅王全道、熊昌襄的下落，然后顺藤摸瓜，找到贼窝……

许子鹤一一否定了大家的提议。

"放箭要对准靶子！"许子鹤说，既然我们的目标是许凤山，还是把对策集中在许凤山这个人身上。

大家又一次把分析的重点放在了许凤山的性格、爱好、生活习惯、亲属关系和社会往来上。

转眼一个白天过去了，到了吃晚饭的时间，大家的讨论仍然没有结束。罗琳从外边买了一竹篮黑黢黢的红薯面窝头来，大家每人手里抓着一个窝头，喝着白开水，继续讨论着。

自从来到郑州，许子鹤没有吃上一顿他喜欢的白米饭。作为一个广东人，他吃不惯面食，尤其是黏牙无味的红薯面窝头。刚开始时，他把窝头掰碎，放在碗中用开水泡软，放上一点砂糖当粥喝，但喝了几顿后，胃疼得厉害，再也咽不下一口。最后，许子鹤让罗琳给自己拿来几颗大蒜，学着河南人的样子一口窝头半粒蒜瓣，大口大口地嚼着，一顿倒也能咽下两个拳头大小的窝头。他风趣地对负责行动组饮食的罗琳说："都说以毒攻毒，看来还真不假，河南的大蒜把我的广东胃给降服了。今后我再见到父母和弟弟，就告诉他们别开米行了，开个河南馒头铺，卖一个馒头另送一颗大蒜！"

满屋子人笑个不停。

讨论仍在继续。

罗琳在给大家茶缸里添加开水的时候，无意间说了一句话："上次你们几个在开封审问于丽莹，回来后好像说过许凤山这个人耐不住寂寞，有空就喜欢捣鼓染蓝印花布，然后让人拿出去出售的事。"

罗琳的话一出口，满屋子安静下来。

许子鹤陷入了沉思，嘴里不停地嘀咕道："染蓝印花布！染蓝印花布！"

"有谁知道蓝印花布的制作过程吗？"许子鹤突然大声问道。

"俺二舅是个开染坊的，不过他染的不是蓝印花布，而是把白色的粗棉布染成黑色。"洛阳来的市委委员大李回应说。

"郑州或者洛阳有制作蓝印花布的作坊吗？"许子鹤问。

"郑州不清楚，听我二舅说过洛阳城有一家，但不是我们当地人开的，是南蛮子租房开的。"大李回答。

"我们俩明天去趟洛阳，找你二舅问清蓝印花布作坊的地址后，去那里瞧瞧是个什么模样。"许子鹤对大李说。

自从罗琳提到纺纱工人许凤山喜欢制作蓝印花布后，许子鹤心里就隐隐约约有一种预感，说不定能从这方面寻觅到许凤山的蛛丝马迹。对一个面临猎杀将近两个月的隐居人来说，爱好是打发时间、减轻和转移恐惧的最好方法，何况这个毫不声张的爱好同时还能挣钱。

第二天，许子鹤和大李来到洛阳，在迎恩巷里找到了南方人开的蓝印花布作坊。

三位来自江苏南通的手艺人热情地接待了假扮成商人的许子鹤。作坊前店后场连在一起，制作程序主要集中在后院。一行人来到后院，主人向许子鹤兴致勃勃地介绍起了蓝印花布的制作过程——染布前，先从蓼蓝草中提取靛蓝当作染料，然后把靛蓝放入温水缸中搅拌就成了染布的色液。根据主顾需要，把制作好的镂空花版铺在白布上，用竹板把防染浆剂刮入花纹空隙漏印在白面上，风干后放入染缸，二十多分钟后取出晾晒，半个小时后，再放入缸中，就这样经过多次染色，使其达到主顾所喜欢的颜色。染制程序完成后，把半成品挂在院子里的架子上晾干，用竹片刮去防染浆剂，蓝白相间的漂亮花纹就出现了。

穿梭于各式各样吊挂在长杆上的蓝印花布之间，许子鹤对这项发轫于明朝时期的染布工艺表现出了极大的兴趣，一遍又一遍地竖起大拇指称道不已。暗地里，许子鹤的心思却是另外一番天地，他在仔细寻觅能从哪一个环节顺藤摸瓜获得许凤山的下落。

当许子鹤走到院子中四个大染缸旁边时，看到了里面盛满的蓝色染剂，不经意地用手指在缸中划了一下，手指上立即沾满了蓝色的水珠，水珠被甩掉后，指尖上留下了一层淡淡的蓝色。

"你家的染料威力真大，一秒钟就把俺的手指染蓝了！"许子鹤称赞有方。

"祖传的！祖传的！"主人附和有道。

"这些染剂能一直用下去吗？"许子鹤好奇地问道。

"这位客官，要是能一直用下去就好了，那该省多少靛蓝钱！染几次布匹后，染料就没劲了，我们就把缸腾空，然后再制作新的染剂。"

听完主人的介绍，许子鹤看到四个大染缸边的地上都有一个倒废染液的明沟，明沟沿着墙边流到了院子外的排水沟里。明沟和排水沟的底部由于长期排放靛蓝废液，已经变成了醒目的湛蓝色。

许子鹤心中突然一阵惊喜。

这家染蓝印花布的作坊有废液，许凤山染布时自然也会有，有废液就需要倾倒，明沟和排水沟因废液中靛蓝的不断沉淀一定会变成湛蓝色。明沟在染坊院子里不好发现，但在院外的排水沟还是能分辨出的。

这下，许子鹤找到了他希望得到的东西。郑州的房屋结构和洛阳的一模一样，每栋房屋四周都有一条敞开的排水沟，每家每户的排水沟连接在一起后流向低洼处更大的沟渠，最后汇入市内的几条河流。如果在郑州能够发现哪条排水沟底部是湛蓝色的，再顺着这条排水沟摸排到上游废染液的出口，就可以发现许凤山的秘密住所。

"中！俺回到开封后马上给家父禀报，今后就不要再跑到上海进蓝印花布了，洛阳有，何必舍近求远呢！"许子鹤振振有词。

南通艺人挽留许子鹤和大李吃饭，被婉言谢绝。临走时，许子鹤灵机一动，提出购买一包靛蓝染料和几块蓝印花布作为样品，回家好让当家的老爷子相信洛阳商家货真价实，南通人欣然同意。

回到郑州，许子鹤立刻布置在郑州开展大规模的搜寻行动。

许子鹤拿来一张破旧的郑州地图，把郑州城分割成二十来个片区，给每个成员下达了承包负责的任务。

郑州城各个街道巷口内一时多出不少乞讨的、收破烂的、卖糖葫芦的、炸爆米花的、补鞋修伞的、戗剪子磨菜刀的、沿街卖唱小曲的……平民百姓无人察觉这悄无声息的变化。

弯腰驼背，衣衫褴褛的"要饭人"石丛山两天来不知走遍了自己片区的多少个街道、巷口和家户，仍然一无所获。今天一大早，他挎着破旧的竹篮，挂着一条榆木棍出现在火车站附近的福寿街一带。

福寿街地处郑州城西关，京广和陇海铁路在郑州交会后，这里就成为南来北往的货物的集散地，尤其是近几年火车站附近的棉花商行云集于此，更使这里变成了郑州城远近闻名的一个大集市。除了数不清的棉花商行，饭店、客栈、货栈、剃头铺、杂货铺、油盐店等铺面也是一家挨着一家，白天车水马龙，夜里也人流不断。

石丛山一条街一条巷挨着乞讨，眼里一刻也没有离开地上的排水沟。由于福寿街一带商铺饭店聚集，排水沟里的水不是油迹就是残渣剩饭，黑乎乎的一片，根本找不到他期盼的蓝色。

从一大早来到这里，现在已经到了中午，石丛山毫无进展。啃过两个要来的窝头，坐在树下喘息片刻的他决定改变策略，不能只在沿街的店铺前寻找，必须绕到店铺的后面，走进巷子内细细打探。

石丛山开始了新一轮在福寿街的摸排。

教化巷、富贵巷、归一巷、德信巷、百孝巷……傍晚时分，拖着麻木的双腿，石丛山蹒跚着步入了安居巷。

安居巷入口介于两个大饭馆之间，是一条弯弯曲曲的长巷，从街面到尽头足有百十米深。安居巷临街的排水沟，和其他地方一样全是污浊的黑色。石丛山走进巷子十几米后，排水沟的黑色逐渐褪去，变成了浑浊的黄水，黄水里夹杂着泥土、牛马饲料残渣和粪便。石丛山心里明白，饭馆后面是几家棉花商行的仓库，牛马车整日装货卸车，喂食洗车之后，自然少不了这些东西。经过这几家仓库，再往里走三十来米，两边都是带有院落的草房住家户，石丛山发现，围墙外排水沟里的水逐渐减少，流水的颜色也变得不再那么浑浊，显然是居民淘米洗衣所致。石丛山没有停下脚步，继续往里走，又走过四十来米，安居巷只剩下了三五户人家，院外排水沟是湿润的，但已经没有了流水，沟底一个日思夜想的颜色出现了——浅浅的蓝色！

石丛山忍不住打了个寒颤。

从石丛山发现蓝色的地段到巷尾还有十几米的距离，在这一段，越往里走，排水沟底部的颜色越深，到最后一座有着高高围墙的住家户院落外面时，排水沟竟是湛蓝色的。

聪明的石丛山没有立即离开，左顾右盼见无行人后，便脱下裤子撒起尿来，小便撒在排水沟里的一个点上，哗哗啦啦一阵冲击之后，湛蓝色丝毫没有褪去。最后一户院落外的排水沟底部绝对不是一次偶然被染蓝的，是长时间浸染而成。

狡兔之窟终于被猎人发现。

石丛山内心一阵狂喜，但表情显得若无其事，普通得像是寻找僻静处的撒尿者，只见他不慌不忙提上裤子，摇摇晃晃折返而去。

从第二天开始，许子鹤委派多名特别行动组成员，采用交替轮换的方式，把安居巷严严实实监视了起来。

第三天半晌午，两辆黄包车不约而同地出现在最后一户院落门外，院门敲开后，两位黄包车夫和车内坐着的两个人开始从车上卸东西，短短五分钟后，黄包车匆匆离去。

隐蔽在暗处的行动组成员跟踪着黄包车。经过七拐八弯之后，一辆黄包车驶入了附近的一座宪兵营，再也没有驶出。另一辆车则停在了郑州最洋气的德化街上的一家布店门口，从这辆车上走下来的是布店的老板柳瘸子。

稍后的摸排发现，柳瘸子的布店里有蓝印花布出售。

至此，大叛徒许凤山的秘密藏身之地终于被找到了。原来，柳瘸子送到安居巷的是布匹和染料，运出的是制作好的蓝印花布。另一辆黄包车装的则是面粉、肉食和蔬菜等，供许凤山和五六名值班特务日常所用。

两天之后，头戴礼帽，脚蹬皮鞋，身着丝绸长衫，鼻梁上挂着圆墨镜的许子鹤手挽一身艳红旗袍的罗琳，屁股后面跟着殷勤的魏坤，三人出现在柳瘸子的布店里。

许子鹤和罗琳呜呜哇哇讲着上海话，正眼瞅都不瞅柳瘸子，片刻工夫，已经购买下五块上等丝绸布料。

柳瘸子心中暗喜，今天遇到了有钱的主儿。

罗琳偶然间看到了柜台边的蓝印花布，左右翻看好大一会儿后，"哎呀"一声叫出声来。

"蛮好！蛮好！比江北人搞得好，拿国宁一定特欢喜！"上海人把江苏人叫"江北人"，把外国人叫"拿国宁"。

许子鹤从罗琳手中接过蓝印花布，一番审视后说："阿拉想不到乡哦宁蛮好手艺，拿国宁一定特欢喜！"上海人把其他地方的人都叫"乡哦宁"（乡下人）。

柳瘸子一句也听不懂两位贵客的对话，只能站在旁边点头哈腰地伺候着。站在一旁的魏坤看不过去，当起了翻译，他说，自己的两位主人在香港有生意，刚在郑州开了家棉花商行，主要是把河南的棉花销往国外。除了棉花，主人还特别喜欢手工印花布匹，这不看上了店里的蓝印花布，说手艺精湛，做工精细，比南方江苏那边做得还好。

柳瘸子一个劲地点头。

许子鹤和罗琳手持蓝印花布，又是一番叽叽咕咕。

魏坤接着给柳瘸子翻译，主人说，店里的蓝印花布手艺和做工都没问题，就是靛蓝不是最好的上等料，如果能用最好的靛蓝，在香港和国外一定会卖出好价钱。

柳瘸子明白遇到了真正的行家，许凤山的手工上乘，但自己送给他的靛蓝确实不是最好的。

许子鹤和罗琳嘀咕完一阵后，示意魏坤翻译。

"我们主人说了，如果能用上等的靛蓝，有多少这样的蓝印花布，他们就收多少，价格您说个数就行！"

精明的柳瘸子堆笑道："客官，那到底啥叫最好的靛蓝呀？"

许子鹤和罗琳又是一番商量。

最后，魏坤告诉柳瘸子："主人说了，等过上三四天，俺家主人弄一包最好的靛蓝来，你们店里把柜台上的这些式样各染一块蓝印花布出来，看后如果满意，我们就几十丈几十丈地购买。"

"如果你家主人看不上，那我们店里前期的投入不就泡汤啦？"柳瘸子腿不好使心眼好使。

"老板多虑，俺话还没有说完呢！主人刚才说了，今天就付二十大洋订金，满意了就继续合作做大生意，看不上的话，订金算是您的忙活钱！"

制作几块蓝印花布，从材料到工时费加在一起顶多不会超过五个大洋，对方出手阔绰，柳瘸子一口应允下来。

付过二十块大洋订金，三人头也不回就离开了布店。

三天之后，魏坤给柳瘸子送来了一盒包装精美的靛蓝。

第二天，负责监视安居巷的行动组成员向许子鹤报告，当天的半晌午，柳瘸子乘三轮车和另外一辆车同时来到了许凤山的住处。

听完报告，许子鹤淡淡一笑，嘴里只说了一句："三天之内，许凤山必死无疑！"

许子鹤的话仅仅过了一天，许凤山便一命呜呼。

当天傍晚，一名行动组成员急匆匆地来到许子鹤的住处，开口便要汇报。

许子鹤抬手制止："且慢！让我喝完这杯茶，别让孬人的可耻下场毁了这杯毛尖茶的味道！"从莫斯科回来后，许子鹤从不喝茶，今天他破例泡了一杯茶。

许子鹤一口饮尽杯中茶水，轻轻把杯子放在桌面上，然后面向行动队员："说吧！"

"许凤山，许凤山，许凤山一个小时前被四五个人从院子里慌慌张张抬了出来，走出安居巷口时，我随围观者上前去探望，老天爷啊，只见他耷拉着头，嘴歪眼斜，脸紫得像俺们这个地方的秋茄子，浑身一个劲地抽搐，裤裆里流出来的不知是尿还是屎……"

"善有善报，恶有恶果！"许子鹤说完八个字，接着就是一阵开怀大笑。笑声感染着屋子里的每一个人，这种胜利后的笑声持续了很久很久。

当天晚上，救治许凤山的医院传来消息，面目狰狞的病人气绝身亡。医院的大夫还说，他们从来没有见过如此怪异的病症。

原来，许子鹤在发现许凤山的秘密藏身地点后，一个大胆的计谋便产生了——毒杀罪行累累的大叛徒。因不能接近许凤山，许子鹤想到了瓦西里在苏联曾经说过的一种化学反应产生毒气的方法——氰化钾和草酸反应产生大量氰化氢气体。氰化氢是一种剧毒气体，人近距离吸入一点，就会意识丧失，出现强直性和阵发性抽搐，直至角弓反张，血压急速下降，尿便失禁，并伴发脑水肿和呼吸衰竭。对吸入者来说，最终的命运不是死亡，也一定终生昏迷，形同枯木。

许子鹤在郑州设法找到了普通的化学药品草酸，但怎么也弄不到政府严控的氰化钾，便向上海的邓翰生求援，邓翰生派人星夜兼程送到了郑州。

氰化钾和草酸都是无色无味的粉末，只有溶于水后才发生反应。许子鹤便把两者和从洛阳蓝印花布作坊得到的靛蓝混合在一起，让魏坤交给了发财心切的柳瘸子。

许凤山染布时把靛蓝倒入染缸中，脸朝缸口双手刚搅拌两下，一股刺鼻的气味顿时扑面而来，刚眨巴一下眼，便扑通一声栽进染缸里……

一周之后，中央组织部的一位副部长秘密来到郑州，宣布了中央的两项决定：一是撤销河南特别行动组；二是成立河南省委班子，任命许子鹤为河南省委书记，董义堂为组织部长，石丛山为宣传部长，罗琳、魏坤和中共许昌中心县委书记吴大明为省委委员。

第四十三章

中共地下组织铲除许凤山之事被郑州当地小报抖露了出去，一时间在河南引起轩然大波。

河南各地的中共地下组织无不拍手称快，但远在南京的蒋介石却恼羞成怒，下令押解王全道和熊昌襄回首都解职治罪。戴笠心中明白，许子鹤智力超群且胆识过人，如果现在再换生人应对，人生地不熟，一切还要从头开始，定会被他玩弄于股掌之间，便在蒋介石面前极力替二人求情，蒋介石最终收回了成命。

戴笠唱罢红脸唱白脸，召回王全道和熊昌襄关了半个月禁闭，最后向二人摊了牌。戴笠手指着满脸胡茬的两个人，结束了半个钟头声色俱厉的痛骂后，说奸诈的许子鹤扫清了"共匪"河南地下组织的潜在危险，中共不会马上撤走此人，必定任命其为河南负责人，发展壮大队伍，与党国对抗。还说此人已成校长心腹大患，如不尽快缉拿归案，不但中原不稳，党国也将永无宁日。戴笠转身离开之前，撂下一句话："半年之内除不掉许匪，自我了断！"

王全道和熊昌襄返豫后所做的第一件事，就是在河南各地发布悬赏公告："提供'共匪'河南头目许子鹤音讯者奖赏两千大洋，捉拿到案者奖赏五千大洋，毙杀者奖赏五千大洋……"

许子鹤在郑州除掉许凤山后，当天就赶到了开封，与同时从洛阳抵汴的顾新娥手牵手在夜市上露了一下脸，故意让济民医院的女护士康洁瞧见。石丛山在开封时跟踪过康洁，发现她每次夜班回家途中，都会在离家较近的夜市上吃碗馄饨。许子鹤在夜市上露了一下脸后，转身乘火车回到了郑州，制造了锄奸后潜回开封隐藏的假象。

王全道和熊昌襄紧跟着把缉拿许子鹤的指挥总部设在了省会开封。

隐身于郑州的许子鹤看到了满街张贴的悬赏公告，开会时他笑着对董义堂、石丛山、魏坤和罗琳说："全道兄也太小气了，我的人头才给五千大洋，十几年前我在德国哥廷根上学时，家里每年给我寄的学费和生活费加起来就有一千大洋啦！现在混成这样，要是让父母知道了，他们会嫌儿子没出息的！"

大家一阵哄堂大笑。

笑过之后，大家都为许子鹤的安全担心起来。

许子鹤主持河南省委的第一次会议，布置完所有工作后，他说："同志们，都说中原定，神州定，中原丢，社稷丢！中央对新成立的河南省委寄予了厚望，给我们提出了'反蒋抗日，壮大组织'的八字方针，我们绝不能辜负中央的嘱托，一定要把河南的工作做好。"

组织部长董义堂首先发言。

"我个人理解中央的八字方针，就是要我们集中做好三件事，一是揭露蒋介石政府独断专行，镇压异己，鱼肉人民的罪恶行径；二是发动群众，反抗日本对中国的侵略，抵制政府对日本人的妥协退让；三是发展我们党在河南的各级组织，建立自己的武装，为最后建立民主制度，让河南老百姓过上好日子做好准备。"

宣传部长石丛山接了董义堂的话。

"老董说得好！蒋介石嘴上一套背后一套，短短几年，我们党在河南的组织被他破坏了一次又一次，我们的同志被他杀了一批又一批，现在的河南，没人敢说政府一个不字，否则就套上'通匪'的帽子，不杀即关，这哪里还是什么人民的政府！新的一届省委应该广泛宣传，鼓舞同志们的斗志，唤醒千百万河南工农的觉悟，取得他们的理解和支持。让我敬佩的是，你们几个都不是河南人，千里迢迢来到中原，把脑袋别在裤腰带上为河南民众做事，我们这些河南人更应该冲在前头才对！"

负责地方和农村工作的省委委员吴大明也是河南人，对石丛山的肺腑之言点头称赞。

"俺是地方来的同志，对基层情况比较熟悉，前一个阶段，由于党的各级组织连遭破坏，大家的士气受到了很大打击。这次除掉许凤山、汪斌一伙，在河南引起了极大的反响，对新任命的省委班子，敌人胆战心惊，河南各地的同志们则深受鼓舞，个个翘首期待在新省委领导下，与蒋介石及日本人大干一场！"

罗琳是新的省委委员中唯一的女性，她负责妇委、文秘和财务事项，心直口快的她说话离不开自己的分工。

"原来以为特别行动组完成任务后就会回到江苏，现在看来短期内回不去了，我个人已经做好了当一回河南人的准备。不过，新省委开展工作，不能仅靠上级拨下来的有限经费，我们要有自己的经济来源，我建议在郑州建立一个稳定的收入渠道，一是支撑我们几个人吃穿住行，二是支持地方组织的工作，另外还可以作为一个秘密联络站。"

负责省委保卫、交通和后勤的魏坤对罗琳的提议极为赞成。

"都说'兵马未动，粮草先行'，我信这话！我们要在河南长期待下去，面临的对手凶悍强大，必须要有充足的枪支和弹药，不仅我们几个有，还要武装地方的同志们，敌人对我们心狠手辣，我们决不能束手就擒，要以武制暴，除暴安良，这一切都依赖我们自己动手去争取！"

许子鹤不但要负责河南省委的全面工作，还要分管郑、汴、洛三个中心城市的工人运动。从接受中央任命的那一刻起，他就意识到今后工作的艰巨和困难。让许子鹤庆幸的是，他遇到了一帮志同道合的伙伴，一帮意志如钢、毅力如铁的钢铁战友，没有任何危险能吓倒他们，也没有任何困难能战胜他们，因为他们个个都有坚如磐石的信仰，信仰给了他们坚强的意志，给了他们顽强的毅力。为了心中的这个信仰，他们愿意奉献自己的青春，奉献自己的人生，甚至献出自己宝贵的生命。

有一帮这样的同仁齐心协力，并肩作战，许子鹤相信，新的省委班子一定会在广袤无垠的中原大地唱响一出荡气回肠的人间大戏。

"同志们，中央信任我们，河南人民选择了我们，从今天起，不管来自何方，只要喝过黄河水，吃过淮河粮，我们就是河南人。作为中华文明的主要发源地，古代四大发明中的指南针、造纸、火药三大技术均产生于河南，在这里，文有李斯、商鞅、老子、庄子、玄奘、杜甫和白居易，武有吴起、范蠡、张良、苏秦、岳飞、司马懿和史可法，他们是河南人的骄傲，也是我们伟大民族的精英。现在，历史传承到了我们这一代，滚滚黄河，泱泱中华，舍我其谁？从今天开始，让我们每个人枕戈待旦，闻鸡起舞，与蒋介石反革命政权斗争，与觊觎我们富饶国土的日本人斗争，为了实现全民族解放的目标，不管遇到多么危急的形势，不管遇到多么深重的困难，我们都不会屈服，不会放弃！"

这次会议决定，在郑州繁华的福寿街开一家米行，在熙熙攘攘的德化街开家旅馆，作为支撑河南省委活动经费的来源。开店的经费由许子鹤负责筹措，店主和店员则分别由石丛山和吴大明从洛阳与许昌两地选拔可靠的同志来担任。

一个月后，远在泰国曼谷的金涛派人给哥哥送来了开店的费用。与费用同时送到的还有用红布严严实实裹着的一张照片。许子鹤仅仅瞄了一眼，泪水便从眼眶中滚落而下。

那是一张黑白的五寸照片，叶瑛拉着一个男孩的手笔直地站在照相馆里，身上穿的是"哈当衫"，最上方那枚"如意纽"旁边别着一朵合欢花，那是她和许子鹤初次见面时所穿的服饰。匆匆五年，照片中的叶瑛整整瘦去了一圈，变了模样，眉宇之间少了些少女的稚气，多了些母亲的慈爱坚毅。

孩子长得灵秀乖巧，圆圆的脸蛋，水汪汪的眼睛，小鼻子高高地翘起，简直就是个"秀姑娘"，甚是可爱。孩子左手拿着一串东西，许子鹤一打眼就清楚，那是家乡用竹签串起来的冰糖莲藕，小嘴里鼓鼓囊囊好像含着东西，不用猜，一定是一块还没来得及咽下的冰糖莲藕！照片上的那双大大圆圆的眼睛直直地望着前方，露出稚嫩孩童特有的无邪目光……

这就是自己从来没有见过面的儿子晓羽吗？这就是自己日思夜想的儿子晓羽吗？许子鹤企盼最大限度地看清儿子，几乎把照片贴在了自己鼻梁上。

许子鹤旁若无人地一连看了十几分钟才回过神来，举着照片在空中挥舞，又蹦又跳地对周围的几个人大声嚷嚷："快看，快看，我儿子许晓羽的照片！"

所有的人都没有见过许子鹤如此兴奋过，活脱脱一个顽皮的孩子。

董义堂看着照片说："照片里的孩子和许书记就好像是一个模子印出来的，正如俗话所说，老子英雄儿好汉！"

石丛山没有见过叶瑛，更没有见过孩子，一番观看后，笑着竖起大拇指："弟媳不孬！孩子不孬！一家都不孬！"

罗琳看的时间比其他两人都长，那是女性特有的眼光。"嫂子在家受苦了，嫂子在家受苦了！看都瘦成啥样了！"说着说着落下了泪。

屋内众人无语，气氛凝重。

董义堂打破沉寂："今天是许书记的高兴日子，大家都不往别处扯！"

"大妹子，快瞧瞧俺的大侄子！"石丛山提醒罗琳，算是解围。

罗琳用手抹去了脸上的泪水，重新看起了照片。

"有其父必有其子，小家伙是个贪吃货！"

屋内顿时响起一阵轻快的笑声。

许子鹤和新任省委委员们开始了大量的走访调研，许子鹤两个月内除郑、汴、洛三座城市，还去了许昌、焦作、信阳和南阳。其他几个人跑遍了安阳、商丘、漯河、周口、鹤壁、新乡、西华……河南各地组织期盼新省委已经很长时间了，见到许子鹤他们，很多同志流下了激动的泪水："这些天来，俺们都不知道该找谁，现在您终于来了，俺们有依靠了！"

到第三个月的时候，新省委委员把河南全境党组织的基本情况摸了个遍，了解到了一线党组织和河南民众的心声和诉求，决定打响新省委上任后的第一枪。

第一枪打在了日本人头上。

为了这一枪，许子鹤做了精心考量。

事情还得追溯到1931年2月。那时，经过中日之间的长期交涉，日本驻郑州领事馆正式开馆，这是日本在中国内地设立的为数不多的外交机构之一。时间刚刚过去半年，"九一八"事变爆发。东北地方当局和国民政府对日本的进攻采取不抵抗政策，日军得寸进尺，迅速占领东北各地。

日本人的侵略行径引起了中国人民的极大愤慨，郑州市民与其他地方民众一样纷纷走上街头，游行示威，抗议政府软弱无能。河南各地的中共组织响应中央发出的抗日通电，做了大量宣传鼓动工作，使广大群众认清了"九一八"事变是日本帝国主义长期以来推行对华扩张政策的必然结果，也是企图把中国变为其独占的殖民地而采取的步骤，河南各地抗日情绪异常高涨。原在河南省委工作的马尚德（杨靖宇）等一批经验丰富的豫籍干部被派往东北工作。

许子鹤和其他省委委员到河南各地巡视过程中发现，由于省委屡受敌人破坏，人员变动频繁，大家对新一届省委班子的能力还处于观望之中。同时，他们也想到王全道、熊昌襄一定预计到新中共河南省委上任伊始定会舞动"三板斧"，以此取得威信，所以敌人肯定会周密部署，织好天罗地网，等待他们自投罗网。许子鹤和大家经过反复论证，决定出敌不意，把第一枪射向全民公敌日本人，既能提升党组织内的凝聚力以及中共在社会上的影响力，又能躲开敌人所设的巨大陷阱。

许子鹤开始对日本驻郑州领事馆进行秘密观察。

半年多来，郑州学生和工人已经多次到日本驻郑领馆前游行示威，但由于没有发现该馆人员参与侵略中国的任何直接罪证，只是协调日商与地方政府的贸易关系，因此抗议始终没有引起广泛的社会影响。

许子鹤始终不相信中原地区唯一的日本领事馆仅仅关注民间商贸。

两个星期的日夜蹲守监控后，两个经常出入领馆的商人引起了许子鹤的怀疑。

在当时的郑州，有二十多家日商设立的贸易机构。三井、日信、武林、安部、铃木等洋行专门从事棉花购销，贸木、三宜、高田、黄泰、大仓、汤浅等洋行从事皮毛、杂货生意。在平原里，日本人开设了一家福原商店，专门销售日本本土和西洋商品，生意十分兴隆。

许子鹤怀疑的第一个日本人是日信商行的增田繁雄。这个棉花商行的雇员，每逢郑州学生和工人来到日本领馆门前抗议集会，便脱下工作服，装扮成记者模样出现在人群中，先是和中国人一起高喊抗日口号，然后就举起相机摄影。别的新闻记者照相，一般选取大场面视角，但这个人却不一样，每次镜头对准的都是队伍前面领头的几个人，次次都半跪在他们前面拍正面照。增田繁雄的举止引起了许子鹤的关注，从此盯上了他，后来发现他不是中国人，而是日信商行的雇员。在又一次抗议集会进行的时候，增田繁雄再次来到了会场。许子鹤带领魏坤悄悄摸进了增田繁雄暗地里租用的一座带院子的民房内。民房的其中一间已被增田繁雄改造成为冲洗照片用的暗房。暗房内拉满棉绳，绳子上挂满冲洗出来的照片。许子鹤定睛一看，一半是抗日游行组织者清晰的全身照，一半是郑州火车站、汽车站、市内河流、桥梁、交通要道和重要建筑物的全景照。

增田繁雄是个日本间谍！

许子鹤取出相机一番拍照，然后擦拭干净自己的脚印，悄然离开。

第二天中午，许子鹤来到了德化街，寻找另外一个日本人。通过一周多的监视，董义堂发现，来平原里福原商店买东西者，除日本和欧美人外，中国人也不少，但大多不是独自来，而是由一个会讲中国话的日本人志贺秀二带来。中国人在福原商店购买一大包东西后，并没有各自离去，而是与志贺秀二一道坐上黄包车，来到了德化街"大众西药房"，进入大堂后面的里屋十几分钟后才出来。出来时，每个中国人都是满脸堆笑，鞠躬离开。这一次，志贺秀二领来的是个身穿丝绸长衫，胸口挂着一只怀表的瘦小中国人。此人与志贺秀二告别后，乘黄包车直接去了附近一家旅馆，开了一个房间后再也没有出来。许子鹤几人尾随而至，在瘦小中国人对面开了个房间。一切准备停当，许子鹤让罗琳冒充送水的服务员敲开了对面房门，许子鹤和另外两人趁机冲了进去。瘦个子房间内的床上铺了一块白布，上面摆放的是几个玻璃针剂和一个注射器，原来他正在注射吗啡。

许子鹤冒充警察局侦缉大队队长，对瘦个子进行了突击审讯。瘦个子交代，他是国民党河南省部一等文秘，用几份内部文件从志贺秀二那里换了吗啡。许子鹤取出相机，一番拍照后，把文秘结结实实捆好，堵上嘴巴，留下一句"今晚自有人来看你"后，关门离去。

离开旅馆，许子鹤直接去了大同路通商巷9号，那里是志贺秀二的住地。此时的志贺秀二，正领着另一个中国人在大众西药房里。悄悄打开房门后，许子鹤发现志贺秀二床下藏着还没来得及拍照销毁的一大摞文件，河南铁路运输计划表、河南棉（花）钢（铁）粮（食）调配方案、河南水库及设施分布图等。

志贺秀二同样是个日本间谍。许子鹤又是一番拍照取证后离去。

当天晚上，郑州的《大公报》《中原报》《黄河报》同时登出附有照片的爆炸性新闻——"日本驻郑州领事馆指派日谍监控抗日人员，暗中推销海洛因、吗啡等毒品，收买官、商、地痞充当汉奸，从事特务活动盗取中国秘密情报……"报道署名是"河南一抗日团体"。

在把新闻稿送抵报社的同时，许子鹤还派人把照片和地址送到了郑州警察局。

当天晚上，增田繁雄和志贺秀二束手就擒。数以万计的郑州市民义愤填膺地来到日本领事馆前，举行了声势浩大的游行示威。

三天之后，日本驻郑州领事馆被迫关闭。

日本外交部就此事反咬一口，抗议河南警方无视国际法，跟踪监视在华日本商人。狡猾的戴笠认为这是个极好的借刀杀人的机会，便故意向日方透露，监视跟踪郑州日商的并非国民政府，而是中共河南地下组织，头目名叫许子鹤。

日本人第一次知道了许子鹤这个人。

日本樱机关设在柏林的分部很快从哥廷根查到了许子鹤留学时的档案，东京陆军总部随即对潜伏在中国内地的特务机关下达密令：

"逆らうやつは容赦するな（格杀勿论）"。

王全道、熊昌襄发现许子鹤并没有在省城开封，而是一直隐居于郑州开展活动，便又把总部迁往了郑州。

许子鹤预计到了两个对手的如意盘算，按照既定的方案离开郑州，和吴大明一起悄悄去了百里之外的漯河。

自古以来，河南豫西一带土匪多，农民武装更多。农民武装小农意识强烈，政治态度忽左忽右，关键在于如何引导。1927年4月，在中共豫西军事运动委员会的组织下，豫西农民武装十多万人围攻驻洛阳的地方军阀，有力地配合了冯玉祥部的西进。蒋介石上台后，对豫西农民武装采取排挤打压政策，很多农民武装首领要么被剿灭杀害，要么归顺投降。一位名叫马景斋的农民武装首领行侠仗义，在豫西大名鼎鼎，颇有威望。他的几万武装平时为民，战时为兵，利用丘陵峡谷等崎岖地形，声东击西，屡战屡胜，政府军对他奈何不得。屡剿不成，国民党洛阳党部改变策略，三番五次派人登门拜会马景斋，承诺送枪送弹，期望他召集队伍攻打豫西共产党游击队。马景斋接连发动了几次进攻，都被豫西游击队打得头破血流，却没有得到国民党许诺的一枪一弹。马景斋看清了国民党洛阳党部借刀杀人的阴谋，不管对方如何拉拢，再也不动一兵一卒。

国民党洛阳党部见拉拢不成，便开始威逼恫吓马景斋。为了自身安全，他带领一帮随从秘密藏匿于豫南漯河，通过信使指挥豫西的五万人马。

吴大明获得马景斋人在漯河的信息后，立刻报告了许子鹤。许子鹤意识到，若能争取此人，对唤起豫西民众自发反蒋抗日将会起到极大的作用。便决定单枪匹马会会马景斋。

马景斋听说豫西游击队队长徐麻子遣人来见，由于曾经有过摩擦，就以为对方是想趁他当前与政府闹别扭之机前来敲竹杠，便在院子里布置众多暗哨，伺机动手。

身着长衫，头戴礼帽的许子鹤只身前往，身无一枪一弹。来到门前，许子鹤递上了一封信。

信是徐麻子亲笔所书。马景斋和徐麻子在豫西几次交锋之后，不打不相交，后来倒成了朋友。两人逢年过节不但有书信往来，相互之间还馈赠一些野猪肉、虎皮、粗盐等之类的节礼。

"景斋兄：数月未见，别来无恙？知兄近来暂居豫南，甚为惦念，特托家中老幺代愚弟前去拜望。前日在浮戏山雪花洞捕获金钱豹一头，今由幺弟代为奉上豹皮，冬日天寒，以暖兄长龙身，万望景斋兄笑纳！家中老幺与不才之蠢弟有别，自幼偏嗜诗书，性情温良，并无党派纷争之嫌，家父母甚为宠溺。今令前往晋谒兄长，诚愿其广交有志之士，若幺弟治国修身之境藉此或有裨益，实赖兄之提携。万望景斋兄拨冗相见，弟阖家定会深念兄长抬爱之情……"

徐麻子的信写得有礼有节，柔中带刚，马景斋不敢怠慢，开门迎客。

走过戒备森严的两节院，许子鹤来到了最后面的门庭。马景斋出门相迎，许子鹤呈上名贵豹子皮。

"徐兄向来客气，这次又托贤弟带来如此厚重礼物，景斋无功受禄，惭愧，惭愧！"

"家兄多次在寒舍训导我时提起景斋长兄，今日一见，果然气宇轩昂，英雄气度，景仰，景仰！"

两人步入大厅。大厅中心放置一枣木八仙桌，桌上摆放着数不清的泥人。

"景斋长兄，这八十一尊泥人捏得栩栩如生，可谓匠心独运，巧夺天工！"许子鹤刚踏进厅堂，看了一眼桌面上的东西，随口赞道。

马景斋原是一乡村泥瓦匠，爱好捏泥人，桌面上是他新近刚捏好的一批泥人，数目只有他一人知道，没有想到客人瞥了一眼，便说出了准数。

"老弟不简单，神眼，神眼！请问，如何一眼看出桌子上有八十一尊泥人？"

"献丑，献丑！在我们中原传统文化中，九为极数，乃最多、最大、最长久之意。九个九乃八十一更是'最大不过'之数。古人认为过了冬至九九八十一日，春天即将到来。长兄寄寓异乡，捏塑泥人度过闲暇，一是图个吉祥，二是借物托志，物表心声啊！"

马景斋的心思全被许子鹤说中。内心错愕不已的他眼睛眨也不眨地望着许子鹤。

"兄弟一派书生模样，想不到却是高人啊！"马景斋一声感叹。

"贤弟再看看墙上这幅东西，有多少个字？"马景斋话毕，用手指着堂内的东山墙点了两下。

许子鹤顺着马景斋抬起的手看到了墙上悬挂的一幅字画，马景斋的手刚一落下，许子鹤脱口而出："两百四十九个字！"

马景斋张开的嘴半天没有合上。

墙上悬挂的是宋代哲学家周敦颐的《太极图说》，全文两百四十九字，一个不多，一个不少。

"献丑，献丑！"许子鹤抱拳谦让。

"贤弟，能告诉景斋何来如此功夫？"

"愚弟是家中老幺，上有两兄两姐，家务琐碎之事轮不到我做，便进私塾念书识字，书没念好，整天捣鼓耍弄这些雕虫小技，因此经常受到先生戒尺伺候。"

"兄弟的业师也算有眼不识金镶玉了，枉得奇才，枉得奇才呀！贤弟还有什么'雕虫小技'，景斋还想再见识见识！"

许子鹤佯作淡然地顿了一下，然后笑嘻嘻地说："别的没啥，如果还有的话，就是算个数报个账什么的比家里其他几个姊妹略快一点。"

马景斋一听来了精神，让门口护卫叫来了账房先生。

"贤弟，俺家账房有个绰号，豫西方圆几百里无人不晓，想知道叫什么吗？"

"当然！"

"张算盘！"

许子鹤起身抱拳施礼，"张算盘"瞥了许子鹤一眼，身体纹丝不动。

"今天，两位神人比试一下，看谁算得快！"

许子鹤点头同意，"张算盘"哗啦一声摇好了算盘。

"邙山脚下八条沟，每条沟里九窝猴，每窝公猴母猴大猴小猴共七个，请问共有多少猴？"马景斋口齿伶俐地给出了题目。

"五百零四！"两人几乎异口同声。

双方没有分出胜负。

马景斋再出一题。

"两位神人听清了，在茫茫豫西，追随我马景斋的村寨共计一百零八村，两百七十寨，每村平均六十五户，每寨平均三十二户，登记在册的每户平均七人，除去每户两个拄拐的两个吃奶的，请问我马景斋手下有多少精兵强将？还有，打仗作战，光靠人不行，还得有牲口驮枪运粮，因此，牲口也是兵力，每村有七马八牛九驴，每寨有五马六牛七驴，再问我马景斋有多少牲口兵力？"

马景斋的话音刚落，许子鹤立马报出了答案。

"长兄威武，统帅四万六千九百八十个精兵强将，支配七千四百五十二头牲口兵力！"

此时的"张算盘"仍在噼里啪啦拨打算盘。

约莫三分钟后，"张算盘"报出了结果。

"四万六千九百八十个人和七千四百五十二头牲口！"

胜负一目了然。

正当马景斋要开口宣布结果的时候,"张算盘"扑通一下半跪于地:"果然天外有天,人外有人,如今才知我'张算盘'枉得虚名,佩服,佩服!请受愚钝老夫一拜!"

许子鹤赶紧快步迎上前去,扶起"张算盘"。

"俗话说'狗仗人势,人仗年轻!'我吃的是年龄饭,等今后到了先生这般年纪,再给我三倍先生的时间我也算不出来!"

屋子里一片笑声。

一番热闹后,众人退去,马景斋不相信来者仅仅是为送张豹子皮。

"老弟,我与穿梭驰骋在豫西浮戏山一带的徐兄打过多年交道,知其厉害,今日开了眼,才知还有更厉害之人。恕我直言,贤弟不是徐兄之胞弟!"马景斋说出了憋在心中多时的疑问。

"何以见得?"

"若是亲兄弟,可以很多地方不一样,但绝不可能一点地方都不像,贤弟的五官、口音、眼神、举止、说话的速度、走路的姿势等等没有一点与徐兄相似!"

许子鹤知道对方也不是等闲之辈。

"既然瞒不过长兄的法眼,小弟那就如实交代了!"

"贤弟直言!"

许子鹤的声音很低,轻轻说了一句:"河南一抗日团体!"

"什么?"

"河南一抗日团体!"

怔了一下的马景斋呼啦一声从座位上站了起来,拉着许子鹤的手大声说道:"前一段从报纸上看到老日在郑州被耍弄之事,佩服至极,想不到英雄今天光临寒舍,请受景斋一拜!"

话毕,马景斋抱拳鞠躬。

许子鹤抱拳回礼。

"请问贤弟,不不,英雄,英雄!请问英雄来寒舍有何吩咐?需要我马景斋出钱出粮尽管说!"

"既没有任何吩咐,也不要长兄出钱出粮!长兄悬挂《太极图说》,想必一定喜欢其中天哲地理,愚弟虽不才,也能明白此文寓意,尤其欣赏文中引自《易经》的三句话,'立天之道,曰阴与阳。立地之道,曰柔与刚。立人之道,曰仁与义'。长兄是仁义之辈,故来交个朋友!"

"何以见得我马景斋的仁与义?"

"愚弟本是一介书生,本应安心读书习字,但政府无能,专心内战,戕害异己,对倭寇一再退让,国土渐失,不得已揭竿而起,独自为战。但愚弟之行为与长兄相比,不可同日而语。长兄在世道混乱之时,率众起义,为民造福,抗灾御匪，使数十万豫西百姓有饭吃有房住，谓之'仁'；在外敌侵略之际，长兄不受人教唆离间，拒绝手足相残，谓之'义'。不知愚弟说得对还是不对？"

一席话说得马景斋领首称是，熨帖不已。

"今日前来，仅是登门相识，时间不早，下次再会！"

许子鹤起身离开，马景斋挽留不成，一直送到门外。

过了一段时间，许子鹤的几次登门拜访，次次都为马景斋解决了几个棘手的问题，马景斋心怀感激。特别是许子鹤专门从巩县兵工厂领来地下党为马景斋修好的十几支损坏的步枪，更使马景斋感谢不尽。

每次来，许子鹤从未曾提出任何要求，马景斋最后坐不住了。

"英雄，您好歹言语一声，只要不是给老日做事，我马景斋绝不说半个不字！"

许子鹤亮出了自己的身份。

马景斋没有半点惊慌，一拍桌子，站了起来："就冲英雄的仁和义，我马景斋这辈子跟共产党干了！"

在马景斋的协助下，许子鹤不但在其地盘上建立了党组织，之后，他又利用这种关系，到宝丰、鲁山、临汝、郏县、洛宁、巩县、孟津等地，争取了一大批农民武装首领加入到了抗日反蒋的队伍。

许子鹤在开封、洛阳和焦作接连四次成功发动工人罢工后，来到了郑州豫丰纱厂。

豫丰纱厂是河南最大的纱厂，据档案记载："纱厂建成后，资本规模海关银二百万两，发动机马力四千匹，纱锭五万七千余。日出棉纱一百二十包，需用棉花五百余担。全厂工人五千余人，女工、童工占三分之一，职员一百七十余人。每日需烧煤四十五吨……"

"九一八"事变后，郑州百业肃杀，社会日益凋敝。纱厂工人平均每天工作十二个钟头以上，但月收入平均不过四元八角，被工头克扣之后，所剩无几，难以维持日常生计。特别是女工、童工，与成年男工同等劳动，所得不过男工工资的三分之二甚至一半。

纱厂资本家把连年亏损造成的损失转嫁到无辜的工人头上。除延长工作时间外，还强行颁布新"厂规"：不准工人请假，凡请假一日者加倍扣除工资，请假三日者即行开除。与此同时，任意废除契约，遣散工人。资本家的恶劣行径激怒了豫丰纱厂的工人。

一身工作服，嘴上粘着半寸长胡须的许子鹤出现在工人当中，与纱厂党支部一道讨论制定了周密的方案，旋即决定召开工会代表大会。

"工人兄弟们，现在咱们无工可做，无饭可吃，政府又袖手旁观，不管不问，与其坐以待毙，不如行动起来，大家齐心协力拧成一股绳去奋力抗争，只有这样才能保住我们自己的命，保住家人的命……"

许子鹤在工会代表大会上的一席话，引来了潮水般的掌声。

"我们听刘师傅的！"

"刘师傅为我们好，他挑头让我们做什么我们就做什么！"工人们不知道台上的刘师傅就是中共河南省委书记许子鹤，只知道刘师傅日夜和大家泡在一起，是个有主见的人。

"怎么办？出路只有一条，五千纱厂工人弟兄成立罢工委员会，用我们自己的力量反抗资本家的剥削，不准资本家减少一厘工钱，不准开除一个工人，不准增加一分钟工作时间……"

许子鹤的讲话再次被潮水般的掌声淹没。

苦海无边的纱厂工人有了依靠，在纱厂党支部的带领下浩浩荡荡地前往郑州专署示威请愿，许子鹤紧紧跟在党支部书记张治平之后，为行动出谋划策。抗议游行队伍到达专署后，由于厂方买通了郑州专署专员，张治平和其他代表遭到了大批宪兵的扣押。

许子鹤担当起整个行动的总指挥，通过同行的董义堂、石丛山、魏坤和吴大明与纱厂其他党支部成员紧急商议，立刻发动数千名工人把郑州专署里三层外三层地团团围住，震天动地的口号一浪高过一浪。

"做工讨资，何罪之有？"

"释放无辜工人！"

"发放工人生活维持费！"

数以万计的郑州市民和学生也加入到了工人的队伍当中。

抗议整整持续了一天，专员无奈不得不下令释放张治平等人，厂方代表被迫在协议书上签字，答应发放所欠工资的百分之三十。

游行抗议仅仅过去两天，厂方出尔反尔，不但撕毁协议，还悍然宣布"裁减工人一千两百名，工作时间每天延长两小时，工资减少五分之一……"

许子鹤再次召开了工会代表大会。

"工人兄弟们，古人说，'君子一言，驷马难追'，可现在这世道，白纸黑字落在协议书上的东西说撕毁就撕毁，天下还有什么王法？我们充牛马做工，还要当猪狗受气，如果我们再这样忍气吞声下去，下一步大家知道是什么结果吗？他们可以随意宰杀我们，白刀子进红刀子出，七零八落地大卸二十四块宰杀我们，可我们不是猪狗，我们是人！"

台下一片咬牙切齿的声音。

"刘师傅，你快说我们该怎么办？"一位年长的工人怒吼道。

"成立工人自救会，和他们拼到底！"

怒不可遏的人群一齐呐喊："和他们拼到底！和他们拼到底！"

四千多人的"工人自救会"宣告成立。恰在这时，许子鹤打听到河南省政府主席刘峙乘坐的专列要从郑州经过，便通知"工人自救会"全体成员到厂门前卧轨拦车，请愿示威。省长被堵在了厂门口，许子鹤委派张治平、董义堂上车呈信，刘峙迫于无奈被迫写了亲笔信，敦促工厂处理工人诉求。但刘峙人一走，厂方再次变卦，以工厂债权已抵押给美国慎昌洋行为由，拒绝工人提出的条件。

许子鹤见招拆招。第二天清晨，指示张治平带领"工人自救会"把收购该厂的洋人史丁培住处围了个水泄不通，一天一夜接连不断地高呼口号："宁做饿死鬼，不做洋人奴！"平日骄横跋扈的史丁培吓得魂飞胆丧。国民政府见事态恶化，旋即派中央候补委员程天力来郑"调解"。许子鹤闻知，便设计带人来到火车站"迎接"。待程天力一到站，站台上顿时锣鼓喧天，鞭炮齐鸣，一排排的标语拉出几十米："热烈欢迎中国人程天力！""天力先生年轻有为，廉洁奉公，定能匡扶正义！""天力天力，回天有力！"程天力下榻宾馆后，数千工人立刻将宾馆团团围住，声称保护中央要员安全，隔绝了其与厂方的联系，程天力心中的天平慢慢地偏向工人一边。

史丁培和厂方在程天力的主持下被迫在协议书上签字，答应工人们的要求。

程天力一走，史丁培和厂方又一次撕毁协议。"工人自救会"忍无可忍，在许子鹤指挥下来到仓库，不到一个钟头就把近四百包棉纱抬到了工会，并向史丁培下了最后通牒："三天内不发余薪，就把棉纱全部变卖！"狡猾的史丁培暗中指使商会成员不准买工人的棉纱，以期用此招降服工人。许子鹤将计就计，和工会代表商量后决定，棉纱全部分给工人，打九折拍卖。郑州的商会成员终究抵不住利益诱惑，纷纷与"工人自救会"联系，表示愿意购买。许子鹤的计谋终于见效，史丁培当天晚上就用现金把纱赎回，并发放了所欠工人的工资。

几天后，史丁培和厂方通过收买的工人代表获悉了这次抗议活动的幕后指使是一位名叫"刘师傅"的人，当即报告给了郑州国民政府。王全道、熊昌襄根据工人内奸的描绘，知道"刘师傅"就是许子鹤后，便带领大批人马杀气腾腾地扑向了豫丰纱厂。

此时的"刘师傅"早已离开豫丰纱厂，无人知道他去了何处，身在何方。

第四十四章

在郑州德化街省委秘密开设的济民旅馆内，一场婚礼正在悄悄地举行，新郎和新娘分别是魏坤和罗琳。

这是一场中西合璧的婚礼。

主婚人和证婚人为同一人，就是许子鹤。

"各位老少爷们，今天是新郎魏坤和新娘罗琳的大喜日子，公公婆婆特意为一对新人准备了新婚洞房，请二位老人铺床！"

抹了一脸黑灰的石丛山和董义堂出来了，众人大笑不止。两人手拉手走进旅馆内的一个房间，开始笨手笨脚地把一床新棉被打开铺展。河南有个习俗，儿子娶媳妇当天，公公婆婆都要被涂上黑脸，取悦大家，增加喜庆的气氛。

"现在请晚辈小子唱'撒床歌'!"许子鹤高喊道。

吴大明从里屋走了出来。实际上,吴大明比魏坤和罗琳都大,但在参加婚礼的省委委员当中,他的年龄最小,不得不当起了"晚辈小子"。

吴大明昂首唱起了河南一带十分流行的"撒床歌"。

  公公婆子抻罢床,
  欢欢喜喜撒喜糖,
  撒把枣,生个小,
  撒把糖,生上一对状元郎,
  核桃花生掺着撒,
  小子闺女一扑啦。
  你一把,她一把,
  孙子孙女床上爬。
  不要慌,不要忙,
  还有十把撒上床。
  头一把撒得莲生贵子,
  二一把撒得龙凤呈祥,
  三一把撒得三星高照,
  四一把撒得事事顺畅,
  五一把撒得五子登科,
  六一把撒得丹凤朝阳,
  七一把撒得七仙下凡,
  八一把撒得八仙还乡,
  九一把撒得天长地久,
  十一把撒得金玉满堂。
  上一把,下一把,
  儿子媳妇早点发,
  左一把,右一把,
  子子孙孙有钱花。
  东西南北都撒罢,
  老两口,拍拍手再拍拍床。
  两头一握,五子登科,
  中间一按,生个状元。
  抻得展,铺得光,
  全家老少喜洋洋。
  都快来把喜糖抢!

吴大明边唱边往床上撒红枣、糖果和花生，歌声一停，许子鹤带头扑到床上，和其他三个人一起呼呼啦啦争抢起来。每个人抓到东西都往口袋里塞，宛如一群顽皮的乡野孩子。站在一旁的魏坤和罗琳笑得合不拢嘴。

婚床铺就，婚礼正式开始。

"All right. Ladies and gentlemen. please take your place. The wedding ceremony is about to begin."

许子鹤嘴里忽然说出了几句英语，无人能懂。正在大家疑惑不解的时候，他自己做了翻译。

"好，女士们、先生们，请各就各位，婚礼马上就要开始了！"

众人大笑。

"OK! Start the music（好，请放乐曲）！"

"公公婆婆"石丛山和董义堂摇头晃脑，捏鼻捂嘴，哼哼哈哈演奏起来。

"婚礼进行曲响起，圣洁的婚礼正式开始。"

"晚辈小子"吴大明笑得东倒西歪。许子鹤瞪了他一眼，方才镇定下来。

"大家好，我们今天在这里出席这位男士和这位女士的神圣的婚礼。请问你们俩当中，有谁有什么理由认为你们的婚盟不合法吗？"

魏坤和罗琳止住了嬉笑，异口同声地说："没有！没有！"

"在场的各位当中，有谁能提供正当的理由指出这两位的婚姻不合法吗？如果任何人知道有什么理由使得这次婚姻不能成立，就请说出来！"

"公公"石丛山说："没有！俺儿好不容易找了个漂亮媳妇，哪有当爹的说儿子不好的！"

"婆婆"董义堂说："没有！俺老头子说没有俺就没有！"

许子鹤把目光瞄向了吴大明，吴大明想笑又不敢笑，慌忙回答："没有！没有！不过俺和你们说好，俺要是将来找个好媳妇，你们千万也得说'没有'啊！"

许子鹤扑哧一声笑了出来。

按照西方的婚礼，到了交换戒指的时候。

"请新郎魏坤拿出你的戒指，给尊贵的新娘罗琳戴上！"

艰苦条件下，魏坤不可能买得起戒指，他顿时慌了手脚，不知道怎样应付这个尴尬的场面。许子鹤走到了他跟前，把一个红纸包递给了他："新郎委托我保管戒指，现在归还给你！"

那是一对晶莹剔透的河南南阳白独山玉戒指，许子鹤送给新娘新郎的结婚礼物。

魏坤给罗琳戴上了戒指。幸福的罗琳满眼泪水。

罗琳也从许子鹤的手中接过戒指，给魏坤戴在了手指上……

到了吃饭的时候，众人走进厨房。

婚宴十分丰盛。桌面上摆着两素两荤四大碗——凉拌萝卜丝、凉拌脆藕片、韭菜炒鸡蛋和糖醋黄河鲤鱼。许子鹤几个人来豫已经五年，不知听说过多少回糖醋黄河鲤鱼这道河南名菜，但无一人有过这种口福。许子鹤说："婚宴没有鱼不中，今天破个例！"专门让对面一家饭馆做了份送来。省委在福寿街开的那家米行，厚道经营，所以生意兴隆，但和糖醋黄河鲤鱼这道名菜一样，大家谁也没有吃过一顿白花花的大米饭，偶尔米店剩下点陈米残粒，罗琳也要让厨师加上红薯干一起炖一大锅，能一连吃上几顿。许子鹤这次板着脸向罗琳交代，一块红薯干都不能加，让大伙尝尝白米饭的味道。

许子鹤还特意买来了两瓶杜康白酒，一本正紧地说："河南人说无酒不成席，咱们都是河南人，不能破了祖宗的规矩！"

那一晚，大家喝光了两瓶白酒。许子鹤也喝了不少，这是他来河南工作后第一次端酒杯。婚宴一直进行到半夜才结束。许子鹤回到自己的住处，躺在床上，手悄悄从枕头底下摸出了妻子和儿子的照片，刚刚看了一眼，泪水就止不住流了下来……

一个星期后，一个惊人的消息从上海传来：邓翰生三天前在上海被捕。

得知这个消息时，许子鹤正和大家一起吃晚饭，手中的瓷碗咣当一声落到了地上。

原来，十天之前的一个傍晚，邓翰生秘密来到法租界环龙路骏德里，找互济会援救部长林清琴研究和布置工作。他到达林清琴住处后不久，里弄口突然涌来大批法租界巡捕房的巡捕。巡捕在林清琴住处搜出了大量传单和书籍——《共产党宣言》《列宁生活》《为反对帝国主义和国民党摧残反帝群众领袖罗登贤等告全国民众书》《要求立刻释放反帝抗日的革命领袖黄平》等，邓翰生和林清琴被带走，第二天即解送江苏高等法院进行审判。

叛徒出卖的是林清琴，不幸的是邓翰生也恰恰在现场。当时，敌人不知道邓翰生的真实身份，邓翰生也一口咬定自己名叫施义，在湖南当教员，来沪访友走错了地方。不管敌人如何施加酷刑，邓翰生始终没有说出自己的身份。与此同时，他在狱中想方设法拖延时间，联系狱友，尽快告知狱外的党组织。党组织获悉邓翰生不幸被捕后，马上找到上海著名律师史良，没有透露邓翰生的真实身份，请她设法辩护营救"施义"。史良接受委托后，立即来到嵩山路巡捕房，用三块大洋支走巡捕。遍体鳞伤的邓翰生神情自若，只对她说了一句话："个人生死我早已不在乎，但我担任重要工作，如能出狱会为国家做更多事情，我要说明的是，不管能不能出去，都会感谢您的出手相助！"大律师史良见过许多求她帮助的委托人，但从没见过如此泰然镇定者。得知邓翰生没有证据落在巡捕手里后，史良坚定地说："这个案子我接了！"

在史良出面的同时，党组织还将邓翰生被捕的消息报告给了中国民权保障同盟主席宋庆龄,请她大力营救。坦荡正直的宋庆龄不怕受牵连,约史良到自己家里,和她商量营救邓翰生之事,史良这才知道自己的"委托人"就是大名鼎鼎的中共江苏省委书记邓翰生。宋庆龄和史良商定,不能让国民政府将邓翰生引渡到南京去。出于对邓翰生的敬重,史良邀请自己的老师、上海著名律师董康和自己一起承办此案,党组织为保险起见,还聘请了上海另外一名大律师唐豪加入到辩护队伍中。

许子鹤忧心忡忡,一天到晚从报纸上追踪"施义"案件的进展。几年前,他已经失去了人生中的一位良师益友恽长君。现在,他多么渴望另一位良师益友邓翰生能逃过一劫,平安归来。每天夜里,许子鹤都会梦见邓翰生被当庭释放,乘火车来到了河南,两个人相聚金水桥边的一间僻静茶社,对面而坐,以茶代酒,促膝长谈……

几天后,设在法租界的高等法院开庭审讯,史良、董康出庭辩护。法庭决定将施义"引渡"到上海市公安局,由该局处理后续事务。两位律师据理力争,法庭当天未作裁定。一个星期后,法庭第二次开庭。由于史良和唐豪的有力辩护,上海市公安局还是未能将邓翰生"移提"出去。隶属国民政府的上海公安局早已怀疑"施义"绝非一般人物,一计不成,又生一计,逼迫法庭做出了将林清琴移交上海市公安局的裁定。

获悉法庭的裁定,许子鹤从惶恐不安中得到了片刻的宁静,吃下了几天以来的第一顿饱饭。这些天来,他不知在心中默默祈祷了多少次,现在终于等来了自己期盼的结果。许子鹤深信,只要邓翰生不落到国民党手里,组织上就有办法把他营救出来。如许子鹤期待的一样,中央和江苏省委做了大量的工作,花费了巨额钱款进行营救,宋庆龄和何香凝也亲自为此募捐筹款。

上海市公安局收押林清琴之后,对其威逼利诱,林清琴很快成了叛徒。中共中央委员、江苏省委书记邓翰生身份暴露,国民党中央党部调查科如获至宝,随即报告了在江西南昌的蒋介石。蒋介石给首都宪兵司令谷正伦发了一张电报,内容只有寥寥的九个字——"邓翰生解到即行枪毙"。

遵照蒋介石的密令,国民党中央党部和首都宪兵司令部立即派要员奔赴上海,会同上海市公安局和上海警备司令部为"引渡"邓翰生四处活动。他们花费十几万现大洋收买了法租界巡捕房,并以国民党中央的名义,强令法院做出了准许邓翰生"移提"的裁决。

三个月后,法院第三次开庭。这次开庭,与前两次审判不同,数百名全副武装的国民党军警将法庭围了个水泄不通。在法庭上,尽管史良和唐豪义正言辞地全力辩护,邓翰生也拒不承认自己的身份,但上海警备司令部聘请的法律顾问詹纪风当庭指证"施义"就是中共著名领导人邓翰生。被买通的法官慑于国民党中央的淫威,竟不顾一切作出将该案移交国民党军事机关审理的"裁定"。法官刚刚宣判完毕,上海警备司令部的军警随即一拥而上,将邓翰生押上了警车。

许子鹤得知这一消息后,举头长叹:"完了,一切都完了!"

十天之后,蒋介石下令枪决邓翰生。

临行前,邓翰生给狱友写下了最后一封信:"同志们,我快要到雨花台去了,你们继续努力奋斗吧,最后的胜利一定是属于我们的!"

押运邓翰生的大卡车来到了雨花台。下车之后,邓翰生眺望四周,一阵朗声大笑之后,口中默默说了一句话:"同志们,前几年翰生没有时间来看你们,从今天开始,我陪你们来了!"

排枪举起前,宪兵队长问道:"你还有话吗?"邓翰生坦然回答:"对你们当兵的人,我有一句话说,请你们睡到夜深人静时好好想一想,杀死了为工农谋福利的人,对你们自己有什么好处?!"

排枪骤然响起,邓翰生猝然倒地。这一年,他三十九岁。

得知邓翰生遇难的消息,许子鹤独自一人攀上邙山翠云峰,先是凄凉悲愤地反复低吟"昔人已乘黄鹤去,此地空余黄鹤楼",接着发疯般抓起一把又一把黄土抛向空中,最后在黄土弥漫的荒芜山顶,仰天长啸,号啕痛哭……

一晃五年过去。

1938年6月,日军占领河南省会开封后,继续向西向南推进,逐渐控制中国腹地河南的许多地区。

除正面战场外,日本陆军总部派遣大量间谍特工撒向河南各地,搜集中原和华北地区各方面的情报,暗杀抗日志士和炸毁重要军事、民用设施。1939年秋,少将军衔的华北五省特务机关长、"中国通"吉川贞佐把总部迁到了开封。来到河南不到半年,吉川就抓捕中共人员四百六十六人、国民党人员一百零五人。吉川本人曾一次下令杀害抗日志士一百二十余人。

河南各地谈"吉"色变。

为配合部队与日军鏖战,蒋介石命令戴笠加强河南反特除奸力量,王全道、熊昌襄被任命为河南军统站正副站长。

根据抗日形势,中共六届六中全会决定成立中共中央中原局,地址设在豫南驻马店确山竹沟。中原局指示许子鹤,要充分利用抗日统一战线有利形势,同仇敌忾,一致对外,除毫不留情摧毁日特机关和人员外,可以与国民党在豫军统力量合作,联手对付罪大恶极的吉川贞佐。

这里不得不提及吉川此人。

吉川贞佐大额头、大鼻子、大耳朵、大嘴巴,但却长着一对鼠目贼眼,五官拼凑在一起,活脱脱一副人间怪胎的嘴脸。人长得凶神恶煞一般,但吉川的名字在日本特务界却是如雷贯耳。从日军陆军士官学校宪兵科毕业后,他便开始了一路飞黄腾达的特务生涯。先是因才华"出众"和能力"超强",被大特务土肥原贤二看中,抽调至身边从事情报工作。"七七"事变前,吉川被土肥原派往中国华北主管情报侦集。短短三个月时间，吉川不负众望，接连派出六批间谍以各种名目潜入华北、华中各重要城市，获得了这些地区中国军队部署情况的全部资料，为日军最终占领这些地区立下了汗马功劳，先后三次得到天皇的召见嘉奖。

吉川抵汴后，将华北五省特务机关总部设在了古城开封易守难攻的山陕甘会馆内。立稳脚跟之后，老奸巨猾的吉川先后扩充了河南、青岛、济南、太原特务机关和各下属机构，并通过遍布各地的"情报站""调查班""剿共队"（特务队）及"外勤情报员"组成了严密的情报网。他还与华北方面军宪兵司令部联合，向华北各地派驻了大量宪兵，同时组建伪军侦缉队，疯狂剿杀中国抗日队伍和人员。王全道、熊昌襄手下的十名军统特工被吉川击毙。中共河南省委在郑州德化街开设的济民旅馆也被其捣毁，抗战后从洛阳来到旅馆工作的顾新娥等四名中共地下党员被抓，头颅被悬挂在郑州大街上示众。

从小失去双亲的顾新娥在郑州工作期间得到了许子鹤的关心照顾。这个二十三岁的亭亭玉立的姑娘逐渐喜欢上了英俊潇洒的许子鹤。每次许子鹤来到济民旅馆召开会议，顾新娥都瞪大眼睛，从会议开始到结束，目光一刻也离不开许子鹤。会后大家在一起吃饭，顾新娥次次都会把许子鹤碗里的饭盛得满满的。许子鹤和其他省委委员没有察觉姑娘的心思，细心的罗琳看了出来。

"许书记，新娥姑娘看上你啦！"

许子鹤听后，沉思不语。

从此之后，许子鹤关心照顾顾新娥的事自己不再出面，而是请罗琳代办。许子鹤爱开玩笑，唯独在顾新娥面前说话拘谨了许多。姑娘察觉到了许子鹤态度的细微变化，等他再到济民旅馆来，姑娘打过一声招呼后，就低头躲在了一边……听到顾新娥遇害的消息，许子鹤悲愤痛苦不已，口中喃喃自语："可怜的姑娘！可怜的姑娘！"

面对吉川的疯狂捕杀，国民党和共产党各自组织人马，以血还血，针锋相对。王全道、熊昌襄指挥军统人员在开封接连暗杀开封伪警察局长全三虎和财政厅长方洪鸣，在河南各地除掉汉奸头目二十余人。许子鹤在洛阳、郑州、焦作和安阳猎杀了四名日本潜伏特务，在巩县城抓获准备炸毁孝义兵工厂的日本假和尚佐佐木，在漯河炸毁日军四辆南下信阳的弹药车。

吉川逐渐摸清了河南抗日秘密战线的底细，将三个人列为了自己的主要对手，他们是许子鹤、王全道和熊昌襄，他发誓半年之内抓获三人。尤其对许子鹤，吉川更是恨得咬牙切齿，几年前，正是这个人端掉了自己精心建立的郑州情报站，致使日本在郑州设立的领事馆被迫撤销。吉川把从德国获取的许子鹤的照片挂在了自己办公室门后，每天早上看一眼，夜里离开时再看一眼。

许子鹤经过一番思想斗争后，又用两天时间说服了省委的其他同志，决定主动联系王全道和熊昌襄领导的军统河南站，共同对付吉川。

日军侵占河南后，王全道、熊昌襄和许子鹤之间的搏杀渐渐平息下来，但双方仍然神龙见首不见尾，各自为战，相互提防。

全道兄、昌襄兄台鉴：

沪上一别，暌违丰采，数易春秋！今冒昧致书，以求教诲。

十余载来，兄弟之间因志向有别，虽先后盘桓于上海、南京、开封、郑州和洛阳等地，然数次皆君至我往，我往君至，终无缘执杯晤面，畅抒离别之思。悾偬之际，多生愁肠，念及你我二人近在咫尺，却每每失之交臂，则不无时局难测，造化弄人之叹！

东洋日本占我东北，侵我中原，泱泱中华今日沦为水深火热之地。全道、昌襄二兄身负民族重任，高举驱逐倭寇义旗，与吉川之流血腥搏杀，逐鹿中原，子鹤弟甚为钦佩！弟虽不才，但亦晓知大义，曾以坚决之行动积极响应委员长抗日主张，尽全力阻截日寇之猖狂，料两位兄长应有所耳闻。

河南自古多贤达，岳武穆《满江红》之余韵犹在，国族则又罹倾颓之祸！你我兄弟虽竭尽全力，但终不能以一己之力挽救危局。现国土为倭寇所据，外加汉奸败类为虎作伥，蛮夷吉川公贼仍逍遥中原，抢我物，烧我房，杀我男，辱我女，何时止？何时休？弟经三思，决定与两位长兄联手除凶，平我河南，定我中原。望兄深明大义，摒弃前嫌，携弟卧薪尝胆，以铁血忠魂捍卫吾中华民族尊严……

许子鹤的亲笔信经过八路军驻洛阳办事处转交给了国民党一战区司令长官卫立煌，最后送到了王全道、熊昌襄手中。

王全道读完许子鹤的来信，心中五味杂陈，翻江倒海。王全道将信递给了熊昌襄看，熊昌襄手动眼随草草读完，暴跳如雷地将信扔在地上。

"十几年来，这个人牵着我们的鼻子东拉西扯，害得我们家破人亡，至今不但没有瞧到他的半点人影，连一丝屁臭都闻不到。委员长训导我们攘外必先安内，现在这个人主动送上门来，我看不如顺势答应，约好见面地点，布好口袋，趁机将他除掉，对外就说是日本人干的……"

王全道也并非没有感念过民族大义和兄弟之情，可两人交恶已久，心结难解。这些年来，如果不是许子鹤从中作梗捣乱，自己凭借留学德国专攻军事的优势，应该早为党国重用，位居要职，可现在，仅是区区河南军统站站长，日日冲杀一线，夜夜提心吊胆，这种如履薄冰的日子不能不说是拜许子鹤所赐。如果趁机将这个心腹大患除掉，然后再设法干掉吉川，他王全道既"攘了外"也"安了内"，一石两鸟，实为兵家上策，说不定能够重新得到上峰的赏识，早日离开河南这个是非之地。

但王全道和熊昌襄毕竟不同，不是一介武夫，深知此事并非小事，左思右想之后，还是把自己与熊昌襄的想法报告给了戴笠。

戴笠来电，否定了方案。重庆发来的密电说，共产党目前大打国共合作、一致对外之旗号，两党间稍有摩擦，就极力渲染，闹得不懂事的青年学生一波又一波倒向他们一边。如果这时对如此重要的人物动手，必被"共匪"抓住把柄，非闹个天翻地覆不可。这是电文中直接指出的理由。实际上，重庆密电还隐藏了另外一层含义，狡猾的戴笠没有说出来，但王全道还是从电文中读了出来。吉川是一只久经沙场的老狐狸，仅靠军统河南站当前的力量斗不过他，只有拉上另外一个人共同参与，方有可能，这个人不是自己人，是军统的死敌许子鹤。密电最后暗示王、熊二人，既然许子鹤提出合作请求，就把最危险的事情交他处理，"'共匪'逞强，理应担当重任！"

双方没有直接会面，而是各派代表，在郑州一家宾馆定期碰头。三个星期密谈之后，许子鹤提出的方案被王全道、熊昌襄接纳，随后一个震惊中外的计划开始启动。

许子鹤的计划是最危险的一招——深入虎穴，在山陕甘会馆内刺杀吉川。

按照原来的商议，进入馆内实施刺杀者由王全道和许子鹤各出一人，可最后行动时，王全道忽然变了卦，改为他的人马在会馆外接应。许子鹤二话没说，选定吴大明和魏坤入馆行刺。

坐镇开封的许子鹤先是约见已经打入开封伪政府，担任财务科长的中共地下党员徐敬吾。徐敬吾与吉川的特务队长权虎较为熟悉。徐敬吾向许子鹤报告，权虎这个人有两个嗜好，一好色，二贪财。许子鹤决定用金钱利诱从权虎身上打开缺口，然后再设法接近吉川。拿下权虎需要费用，王全道答应承担一半。许子鹤通过中间联系人和王全道开起了玩笑："全道兄腰缠万贯，这次只在身上拔了两根毫毛，小气！"王全道回话："两党合作，二一添作五，公平！"

几天之后，徐敬吾在开封"天下第一楼"宴请权虎，酒过三巡，将身边瓷器店老板吴大明推荐给权虎，说他家表弟深感乱世生意难做，拜托权虎搭桥铺路，给表弟谋个能吃饱饭的新职位。权虎酒醉人不醉，始终不表态。临别时，徐敬吾将一个装满银圆的名贵钧瓷笔筒送给权虎，请其"笑纳"，权虎这才露出一丝难得的笑意。

时过三日，恰逢权虎老母六十大寿。吴大明雇佣黄包车拉来了一箱银元、一对宋代花瓶和几包银耳、鹿茸和大枣，表示自己打算"归顺皇军另谋出路"。权虎答应帮忙，但对吴大明的身份心存疑虑。许子鹤得知这一情况，决定实施第二套方案，打消权虎的疑心。

一个星期后，吴大明找到权虎，说自己劝说动了豫西山区的一帮土匪，他们愿意投靠皇军，不愿再受官府和游击队徐麻子三番五次的欺负。说完话，吴大明脱下脚上鞋袜，拿出了一份"花名册"。"花名册"上的人名全部是真的，是许子鹤事先与马景斋商谈后，从马景斋豫西农民武装中选派的可靠得力之人，魏坤化名"王栓柱"藏匿其中。狡猾的权虎接过名单，说自己考虑考虑。事后，权虎派人到豫西暗地里摸排一番，确认"花名册"没有问题，这才打消了对吴大明的疑虑。

权虎把吴大明愿意归顺之事告诉了吉川。生性多疑的吉川生怕其中有诈，提出仅有"花名册"不行，必须按"皇军"的要求进行"点验"。

许子鹤早已估计到吉川这阴险的一招，指示吴大明将计就计，同意"点验"。十天后的一个下午，魏坤带领二十来人赶到了开封城西的董章镇，吉川派来了两名日本军官乘车前来审核"点验"。

日本军官一到场，魏坤带头扑通通全部跪在了地上，一把鼻涕一把泪历数官府和"无赖"徐麻子的"滔天罪状"，发誓改弦更张，为皇军卖命，请求皇军接纳。日本军官询问了两个多钟头，没有察觉出丝毫破绽。

吉川初步打消了对吴大明的怀疑，决定见见吴大明和魏坤。

吴大明和魏坤应召来到山陕甘会馆，每人身背一只布袋，里面装着满满的炸药和爆破装置。见到吉川，两人呼啦一声跪倒在地，声称他们两人背的是自制炸药，只要吉川一声令下，要炸哪里他们就去哪里。吉川没有说话，手指山陕甘会馆对面的几间民房。吴大明和魏坤也没有说话，背起地上的布袋就往外走。当两人即将迈出山陕甘会馆大门时，被吉川叫住。

吉川彻底打消了怀疑，为两人颁发了两张特别通行证。

时机成熟，许子鹤命令伺机行动。

天助灭贼。

一个星期后，吉川召见吴大明和魏坤两人，准备向他们布置第二天深夜捕杀河南大学学生抗日团体的行动。许子鹤得知消息，立刻通知王全道、熊昌襄，双方做好准备，次日上午实施刺杀。

第二天上午六点，吴大明和魏坤按照约定赶到了山陕甘会馆。

山陕甘会馆位于开封城中心，建于清乾隆年间，由在开封的山西、陕西、甘肃三省富商为扩大经营、保护自身利益、彰显祖先文化而出资兴建。会馆是一座庭院式的建筑，主体建筑如照壁、戏楼、牌楼、大殿等置于中轴线上，附属建筑位于东西两侧。会馆设计最大的特点是将砖、木、石三雕汇于一体，题材丰富多彩，画面驳杂变幻，开封人称之为"三绝"。

吴大明和魏坤来过会馆几次，但从未有机会驻足欣赏这座"三绝"之院，这次也一样。两人亮出特别通行证顺利通过戒备森严的大门，沿着院中石板路快步穿过前院和中院，来到了后院的关帝庙大殿门前。

行动之前，许子鹤从旧书摊上觅到了会馆的建造图，给吴大明和魏坤两人做了详细的分工。吴大明负责刺杀关帝庙左侧西院的吉川，魏坤负责打死南屋的汉奸翻译。

站在关帝庙大殿门前的吴大明和魏坤相互点了一下头，从腰中拔出手枪，开始了行动。

吴大明刚刚冲到西院门前，忽然听到西院吉川居住的屋内有几人在用日语交谈，情况与事先掌握的仅有吉川一人不一样。事情发展到这个地步，吴大明已顾不上自己的安危，提枪冲了进去。恰在此时，一个日本卫兵从院内走出，看见了吴大明，正欲上前盘问，吴大明举起左轮手枪开了第一枪，对方被打死在门槛上。吴大明没有丝毫迟疑，乘势朝吉川屋内冲去。听到枪声，一名身跨军刀的日军军官探头张望，正好遇到迎面而来的吴大明。吴大明枪口对准军官的天灵盖，打响了第二枪。

屋内的吉川看到了眼前发生的一切，惊慌之后顺势卧倒在地，在地上打起滚来。吴大明第三次举起左轮枪扣动了扳机，但连续两次都没打响。吉川翻滚到办公桌后，伸手去摸桌斗里的手枪，吴大明见状，急忙用右手将哑火的左轮手枪砸向吉川，左手迅速从腰间拔出另一支二十响驳壳枪，当吉川取出手枪准备射击时，吴大明的枪先响了。一梭子弹打完后，吉川的头部和面部被吴大明打成了"蜂窝"，脑浆和鲜血溅了一地。

按照许子鹤的部署，负责南屋的魏坤听到西院第一声枪响后，冲进了翻译的房间。翻译正在和一个汉奸商议把重要的情报禀报给吉川，何曾想到，自己死期已到。两人刚抬头看清来者，子弹就射穿了他们的太阳穴。

吴大明和魏坤收拾完吉川和翻译桌子上的文件和军事地图，迅速撤离了会馆。

在撤离会馆前，两人面朝关帝庙大殿中的关公像鞠了一躬。

这里需要交代的是，许子鹤、王全道和熊昌襄已派人在山陕甘会馆提前布置了埋伏，当院内第一声枪响传来的时候，西院后面马上响起了鞭炮和唢呐声，附近的一户人家抬着花轿，吹吹打打，大清早出门迎娶新媳妇。

三天之后，东京朝日新闻社发布了一篇震惊日本朝野的新闻。河南开封发生惊天刺杀事件，除少将吉川贞佐外，日军驻开封部队参谋长山本大佐、日军视察团团长瑞田中佐、宪兵队长藤井治少佐，还有两名中国雇员遇刺身亡。

新闻稿的最后一句是："吉川贞佐是大日本帝国在华中战场被中国击毙的首位将官。"

刺杀成功的当晚，王全道就和熊昌襄一起向戴笠发了一封长长的电文。电文除详细叙述两位军统河南站队员舍生取义，冒死进入山陕甘会馆的惊险刺杀经过外，还重点描述了河南站如何全盘策划，精密布局，一次次躲过权虎、吉川的考察、"点验"和试探。戴笠收到电文后，立刻上报蒋介石，蒋介石一连说了三声"好"。

一个星期后，戴笠派人抵豫宣布委员长手令。王全道晋升少将军衔，离开河南，荣升上海军统站站长。多年以来一直是副手的熊昌襄终于了却心愿，就任河南站站长。

当天晚上，王全道和熊昌襄邀杯相庆，喝得天昏地暗，烂醉如泥。

日本陆军总部经过研究分析刺杀手段和参与人数，断定刺杀为中共河南地下组织与国民党军统河南站联手所为，随即派出三百多名梅机关和樱机关特务来到河南，开始疯狂报复，首要任务就是抓捕"罪魁祸首"许子鹤。

中共中央考虑到许子鹤等人的安全，一个月后做出断然决定，河南省委和江苏省委班子互换，命令许子鹤率领在豫的省委委员立即赶赴上海。

许子鹤登上了离开河南的火车，眼望广袤无垠的大地，恋恋不舍之情油然而生。

"别了河南！别了中原！等赶走日寇，我一定再回来听黄河涛声，看淮河麦浪！"

第四十五章

熊昌襄就任军统河南站站长后，大刀阔斧地开展了几场狙杀汉奸的行动。

令熊昌襄没有想到的是，其中两场"胜利"是日本梅机关精心设下的圈套，意在麻痹熊昌襄，便于日后放长线钓大鱼。果然三个月后，日本人发现了他在开封的秘密住处——西郊的一座破庙。梅机关再次设局，诱使熊昌襄派出主要人马前去古龙亭附近执行任务。等大队人马一走，日本人指挥一百多名便衣警察铁桶般围住破庙，一番对峙后，抓获了弹尽粮绝的熊昌襄。

梅机关派往河南的头目叫小野，是吉川贞佐的亲外甥，本以为自己抓住了杀死舅舅的"罪魁祸首"许子鹤，当众人从破庙里押解出五大三粗的熊昌襄时，他才清楚抓到的不是阎王是小鬼。

在梅机关设立的审讯室内，熊昌襄熬过了小野的"十八般兵器"，人被折腾得奄奄一息，始终没有说出日本人想知道的秘密。小野命令手下用冷水浇醒熊昌襄，剥光他身上的衣服，将四肢捆绑在一条倒置的板凳上。

"熊站长，我从你腰里搜出了一把弯刀，应该是杀猪用的剔骨刀吧，许子鹤和你杀了我舅舅，我今天要把你大卸八块！"说话的时候，小野脱光身上的军装，浑身只剩下一条短裤。他怕喷出的血溅脏了衣服。

小野一刀扎在了熊昌襄的右腿上，足有三五厘米深，然后握住刀把使劲就是一擢，半尺长的血口出现了，白肉翻外，血浆喷射。凶残的小野没有停手，紧接着第二刀扎在了熊昌襄的左腿上，又是一个半尺长的刀口。

满脸血迹斑斑的小野从嗷嗷狂叫的熊昌襄左腿上拔出弯刀，高高举起，瞪大猩红的双眼，猛然朝熊昌襄的肚子上捅去。

"慢！慢！我，我说！"

熊昌襄投降了。

从此之后，熊昌襄再没有在河南地界上露面。治好腿伤后，按照小野的安排，他去了上海,来到极司菲尔路76号,成为继汪伪大特务丁默邨、李士群后的第三号人物。熊昌襄去上海的目的只有一个,抓捕他的老上级王全道。

上海是许子鹤再熟悉不过的城市,不到半个月的时间,他和江苏省委的同志们就站稳了脚跟。

忙完公事,许子鹤专程去看望了一位朋友。这位朋友不是他德国哥廷根大学的同学、闻名大上海的西医大夫崔汉俊,也不是在外滩租下整栋楼宇开公司的汉斯,而是他多年以来一直牵挂着的上海大学的学生艾静。

在虹口一条破烂不堪的里弄里,许子鹤找到了艾静的家,楼梯口一个不到十平方的房间。自从1927年4月十九岁的姑娘被屠杀吓疯之后,许子鹤再也没有见过她。眨眼十余年过去,姑娘现在过得如何?许子鹤一无所知。敲了几下门,一位干瘦驼背的老太太拉开了房门,许子鹤一眼就看到房中间的砖地上坐着一个披头散发的女子,双手双脚被粗布绳捆绑在一张木床的床腿上。

老太太是艾静的母亲,许子鹤没有说出自己的真实身份,而是自称是艾静小学美术教师,刚从南洋回来,听说艾静的事后过来看看。

见有人来,艾静抬起了头,许子鹤看到的是一张惊恐万分的脸,一张蓬头垢面的脸,一张憔悴如妪的脸。这是过去那个美丽活泼、性格外向的上海学生艾静吗?!她才刚刚三十出头啊!

泪水在许子鹤的眼眶中打转。

见有生人,艾静狂喊起来:"我怕!我怕!"这句话,艾静已经喊叫了十几年。

许子鹤站在原地,静静地一动不动,十几分钟后,艾静喊累了,停了下来,不一会儿,就低头睡着了。

"老人家,艾静是我的学生,看到她这个样子,作为老师的我心里很难受,我也帮不了什么忙,这是我的一点心意。"许子鹤把一个纸袋留了下来。纸袋里装的钱足够母女俩半年的生活开支。

从此之后,每隔两三个月,许子鹤都会来到艾静家。开始几次艾静还是一阵狂喊,到后来取而代之的是一阵傻笑。艾静笑,许子鹤也笑,老太太最后也笑了起来。趁艾静笑着的时候,许子鹤解开了捆绑她双手双脚的绳子。许子鹤后面再来,艾静还是狂笑,但手脚上已没有了捆绑的绳子。

每次等艾静笑累了歪头睡去,许子鹤才悄悄离开。离开时,他都会把一个鼓鼓囊囊的纸袋放在房间里低矮的饭桌上。

日军铁蹄下的上海,豺狼当道,民不聊生。

许子鹤到达上海后,接连发生三起上海出租汽车司机在虹口日军占领区被无端残忍杀害的事件。日本人的罪恶行径不但引起了上海出租汽车行业协会的极大愤慨,事件在报纸上披露后,千万上海市民也恨得咬牙切齿,但慑于日军的淫威,敢怒不敢言，苦水只能往肚子里咽。

许子鹤决定抓住这个机会，发动一场声势浩大的抗议活动，为上海市民出口气，把日本人骄横跋扈的嚣张气焰打压下去。在日本统治下的上海，禁止中国人游行示威，否则就会被武力血腥弹压。经过几天的调查和研究，许子鹤找到了办法。

上海有一种习俗叫"大出丧"，每逢死者出殡，家属、亲戚和死者生前朋友都会前来送葬，车马人群要经过死者生前常去的街道绕行，之后再把遗体送往墓地。许子鹤秘密找到上海出租汽车行业协会，说死者是中国人，中国人是一家，家人遇害，我们都要参加送葬。

第二天，在许子鹤的精心策划和组织下，上海出租汽车行业协会为被害的司机举行"大出丧"。一百五十多辆汽车和一千余名职工组成了一公里长的送葬队伍，他们后面，还有数以万计江苏省委组织的工人和学生，人人臂缠黑纱。灵车前方高悬"有幸华年存远志，无辜饮弹空遗恨"的黑布挽联，也有"中国人可杀不可辱""遗恨必雪""民族共愤"等白布横幅，街道两边的上海市民看后，无不掩面而泣，同时又咬牙切齿。许子鹤化装成出租车司机，和其他人一样，手执"我们要自由""我们要报仇""上海是中国人的上海"等小旗缓缓行进，一路高呼口号，声震云天。按照许子鹤的部署，几家出租汽车公司还在送葬队伍所经之地开设路祭、献上花圈挽联，成百上千的上海市民自发送来了花圈，并在路祭处烧纸祭奠。日本宪兵和租界巡警虽然意识到背后有人组织，但碍于民间传统习俗，只得让步放行。

"大出丧"进行了整整一个上午。长期以来饱受压制，愁云惨淡的上海市民为之振奋，深信只要千百万中国人团结起来，同仇敌忾，上海不会亡，中国不会亡。这次事件之后，出租车司机被日军随意枪杀的事件再也没有发生。

上海日本特高课从此次"大出丧"事件中嗅出了隐藏其中的蛛丝马迹，认为必是能量巨大的军统上海站所为，便责令极司菲尔路76号的丁默邨、李士群和熊昌襄一个月之内将幕后组织者缉拿归案。

76号进行了疯狂的反扑，三个月后，两名军统特务被抓。一天一夜惨无人道的折磨后，两个人始终没有承认军统上海站组织了这场行动。军统没有干，熊昌襄忽然想起了一个人，只有他才能发动如此众多的市民，组织如此缜密的行动，这个人就是自己的仇敌许子鹤。难道不是冤家不聚头，许子鹤也来到了上海？熊昌襄这次不敢怠慢，直接报告了丁默邨、李士群。丁、李二人一嘀咕，转脸就把皮球踢给了熊昌襄。

熊昌襄迅速召集全部人马，对部下严词训诫，看到许子鹤本人杀，像许子鹤者杀，许子鹤的同伙也杀，"凡枪杀一个人，即发给五百元的'喜金'"。本是上海地痞的熊昌襄对上海的大街小巷了如指掌，开始在茫茫的大上海寻觅中共人员的踪迹。半年之内，十几位中共地下党员、进步学生和工人工会负责人死在熊昌襄手中，其中两名宣传共产主义的报社编辑被他抓住后，由于向他狰狞的脸上吐了一口吐沫，熊昌襄竟毫无人性地用腰中的弯刀挖出两人血淋淋的内脏，扔给了76号魔窟中一群狂叫不止的狼狗。

到了除掉这个失去人性的恶魔的时候了，许子鹤启动了斩凶行动。

灯红酒绿的上海滩有一位社交界的异域明星——苏玛丽公主。身着华美服饰、性感妩媚的苏玛丽住在外滩的和平饭店，夜夜笙箫，一掷千金，身边聚集着英国、德国、意大利、白俄罗斯和日本等几个国家风流多情的男人。这位混迹于上流社会生活的印度女人自称帕蒂亚拉邦公主，真正的身份却是一名间谍，谁出价高就为谁服务。

和其他潜伏在上海的各国特务组织一样，76号也盯上了这个神通广大的交际花。擅长与女人打交道的熊昌襄成了76号联络苏玛丽公主的"操盘手"。苏玛丽公主与男人谈交易不在咖啡厅，也不在花园里，而是在饭店的大床上。每隔两周的星期天晚上九点，熊昌襄都会在众多便衣保护下来到外滩和平饭店，与苏玛丽公主见面做交易。

通过监视苏玛丽公主，许子鹤发现了熊昌襄的踪迹。

又到了熊昌襄与苏玛丽公主见面的时间了。一如往常，苏玛丽公主坐在镜前精心打扮的时候，门铃如约响起，她以为熊昌襄准时到来，急忙打开了房门。

进来的不是熊昌襄，而是假扮成服务员的罗琳。这天，许子鹤在熊昌襄车队经过的路上制造了一起车祸，延误了他半个钟头的时间。

正当苏玛丽公主疑惑不解的时候，罗琳的手枪已经对准了她敞开的胸口。罗琳将苏玛丽公主押至浴室，堵住嘴并捆好后，迅速从腰间解下一盘绳索，一端固定在房间的圆柱上，另一端从窗口上扔了下去。五六分钟后，许子鹤和魏坤顺绳爬进了房间。原来，这天早上，东南亚商人打扮的许子鹤和随从魏坤住进了苏玛丽公主下层的房间。

迟到的熊昌襄在四名便衣的护卫下匆匆赶到，按响了门铃，屋内和往常一样传来了一声嗲里嗲气的女声。门打开后，四名便衣守护门外，火急火燎的熊昌襄扑了进去，一把抱住了昏暗灯光下穿睡衣的女人。穿睡衣的人不是苏玛丽公主，而是戴着一头长长假发的魏坤。房门咣当一声关好后，熊昌襄的双手就往魏坤怀里抓，还没抓着希望抓到的东西，三四公斤重的铁熨斗就重重砸在了他的后脑勺上。

被捆的熊昌襄被几个人抬进浴室，扔进了浴缸中。一阵凉水浇注，人醒了过来。

"知道我是谁吗？"坐在浴缸边椅子上的许子鹤问。

"许子鹤，不不，许博士，许先生！"熊昌襄被堵住的嘴巴里一阵呜呜囔囔。

"你抓了我这么长时间，没有想到今天我们在这里见面吧？"

"没，没，没有！"

"熊昌襄，你这个无耻之徒，国民党来了你跟国民党，日本人来了你跟日本人，我们共产党本与你无冤无仇，你却心狠手辣，杀害了我们多少同志！退一万步讲，与我们结仇也就罢了，无辜的青年学生和报社编辑宣传抗日和一些新思想，你也不放过他们，用刀子将他们一个个活活捅死，你还算是人吗？！"

"博士饶，饶，饶命！我今后跟，跟你们共产党干！"

"我们共产党不要你这样的民族败类！"

"饶，饶，饶命！"

"我今天代表中国人，也包括你过去的顶头上司王全道，宣判你的死刑！"

许子鹤说罢，拧开了水龙头，魏坤把熊昌襄面朝下翻在了浴缸里。开始时熊昌襄的身子还在浴缸里剧烈扭动，五六分钟后渐渐安静了下来。

魏坤将从熊昌襄衣服里搜出的一把左轮手枪和一沓美金交给了许子鹤。许子鹤晃动着两样东西走到了苏玛丽公主面前。

"你要哪一种东西，还是两者都要？"许子鹤用英语问。

"No！No！Neither！（不！不！两者都不要！）"

许子鹤手举美金说："这个东西你不要，说明你还有一点商人的良心！你今天没有给人家提供情报，也不应该得到这笔钱。这笔钱我们也不要，这个在浴缸里的魔鬼残害了多少好人，我们把这笔钱转给那些被害者的家属，你看如何？"

"Ok！Ok！"

接着，许子鹤举起手枪说："这个东西你不要，说明你还有一点女人的良心！你靠身体挣钱，不是靠这个东西挣钱，我说的对吧？"

"Yes！Yes！"

许子鹤把六颗子弹从左轮手枪中退了出来，把其中的一颗扔到了苏玛丽公主面前。

"这把枪和六颗子弹我们都不要，太脏！我们只用干净正义的枪去杀肮脏的人！但今天这把枪我们会留着，为你留着！六颗子弹中的一颗留给你做纪念，其余的五颗我们也留着。赶快滚回你的国家去，如果胆敢继续留在上海，我就把剩下的五颗子弹重新装回到枪膛里来找你！"

"Ok！Ok！I'll go tomorrow！（好！好！我明天就走！）"

许子鹤三人顺绳滑到下层房间，悄无声息地离开了和平饭店。

熊昌襄的死在汪伪76号魔窟引起了极大的震动，特务们一时人人自危，二号人物李士群更是夜夜噩梦，度日如年，不得不考虑如何为自己留条后路。一段时间后，中共特工潘汉年孤身一人来到愚园路李士群公馆进行策反工作。李士群表示中共和新四军方面如有什么需要他会尽量帮助，还透露了下一步日军"清乡"行动的部分计划。

1941年12月7日，日军偷袭珍珠港。

在东方巴黎上海，德、意、日三个轴心国与以美国为首的同盟国以及苏联展开了你死我活的情报战。

一年之内，英国、美国、苏联在上海建立的密电发报站全部被轴心国间谍组织悄无声息地摧毁。

万分危急之下，同盟国请求国民党特务机关的帮助，苏联则寻求中共在上海的地下组织支援，延安主管情报工作的中央社会部把这项任务交给了许子鹤。

许子鹤开始在茫茫大海里捞针，寻觅轴心国间谍机构的蛛丝马迹。

日本在上海的特高课盘踞已久，树大根深，不光防护严密，还有76号汪伪大批特务协助，势焰熏天。许子鹤没有正面与他们接触，而是把重点集中到了德国人身上。当时意大利在欧洲唯德国马首是瞻，在上海的间谍机关也都听命于德国纳粹，属于分支机构，发挥不了多大作用，许子鹤主动放弃了他们，把矛头直接对准了德国谍报机关。

许子鹤认为，纳粹派往上海的间谍一定与德国驻沪领馆有着密切的联系，便率领上海的同事们分成几个小组，轮流对德国驻沪领馆开始二十四小时的监视跟踪。

三个星期过去了，来来往往到领馆的都是像汉斯这样的德国商人、牧师、大学教授和旅行者，没有发现间谍丝毫的线索。许子鹤不知道的是，德国间谍对本国的驻外领馆也保密，从不与他们发生任何关系。

许子鹤及时调整了监视地点，来到了德国人在上海开的一家德式面包房，对那里的顾客开展跟踪。有多年留学德国经历的许子鹤深知德国人酷爱德式面包，每天不吃上一顿，整天都打不起精神。来面包房购面包的都是德国主妇或者雇佣的中国仆人，不到两个星期，许子鹤他们顺藤摸瓜找到了购物者的住址和家中的主人。

主人的行踪全部落入了许子鹤他们的视线。最后确定了三个主要怀疑对象。

许子鹤连续跟踪了两人，嫌疑一一被他排除。

只剩下了最后一个德国人。前期派去的监视人员告诉许子鹤，这个德国人有一个特点，经常外出到中国其他城市去，回到上海后便足不出户，一天到晚待在家里，不管外出还是待在家里，周围总有两个矮壮男人片刻不离。在上海的时候，只有每个星期六晚上，德国人才在两人的陪同下来到住地附近的一个酒吧，待上两三个钟头。

又是一个礼拜六的晚上，许子鹤化装成商人模样，坐在董义堂的黄包车上一路跟踪这个德国人。身穿风衣，头戴礼帽的高个子德国人在一左一右两个矮个子的陪伴下从家门走了出来，此人刚走出几步，附近的许子鹤心里咯噔了一下，此人走路的姿势怎么这么熟悉？许子鹤开始在脑海中慢慢搜索起来，当这个人走进酒吧之后，他仍然没有理出个头绪来。

许子鹤提前一步来到了酒吧，罗琳早已在门口等候，两人手拉手走了进去。

德国人来到了酒吧中间的一张桌子旁，已有三四个德国人在等他。两名同行者没有进屋，而是站在门外抽烟聊天。许子鹤和罗琳坐在了角落里的一张双人桌旁，面朝这个德国人。

坐定的德国人一番张望后，方才摘下头上的礼帽。当许子鹤看清对方面容的刹那间，心中惊叫了一声，这不是在哥廷根大学读书时与自己进行过扑克牌比赛的尤利安吗？！

学物理的尤利安博士来中国干什么？一个巨大的疑团顿时在许子鹤心里产生了。同是哥廷根大学博士的许子鹤再清楚不过的是，哥廷根大学物理系每年毕业不了几位博士，每位学位获得者不被聘为其他大学的教授，也会迅速被克房伯、蒂森、奔驰、宝马、西门子、大众等著名公司抢去，没有特殊原因，他们决不会来到比德国落后许多的远东中国。

德国博士尤利安来上海，背后定有蹊跷！

屋内播放着轻快的瓦格纳音乐，尤利安和几位德国朋友畅快地喝着德国啤酒，几杯下肚，他逐渐放松了警惕，再也不像刚进门时那样小心谨慎。

许子鹤和罗琳手端咖啡杯，窃窃私语，俨然一对亲密无间的恋人。只是许子鹤眼睛的余光一刻也没有离开过尤利安。

四五杯啤酒喝过，脸上洋溢着欢快笑容的尤利安彻底放松了警惕。他右手端着啤酒杯，左手下意识地在桌面上做出了一个奇怪的动作。许子鹤看清这个动作后，差一点惊叫起来，心脏怦怦跳动的声音他自己都能听得到。尤利安的左手在灵活有序地敲打桌面——这是典型的接发电报的动作！

一般人都是右手操作电报机按键，为什么尤利安用左手？许子鹤回忆起来了，在哥廷根和自己进行扑克牌比赛时，尤利安都是左手握牌，是个典型的左撇子。

尤利安是德国派到中国上海的间谍！

许子鹤开始对尤利安进行跟踪，一段时间后，他背后的一个神秘人物渐渐浮出水面。这个人就是在霞飞路开了家德国贸易公司的托马斯·厄尔哈特。

托马斯·厄尔哈特并非一般商人，而是纳粹德国派往远东上海的间谍头目，他在上海的主要任务是搜集同盟国和苏联在远东的军事、经济情报，同时暗地里监视日本伙伴的动向。在日本陆军总部的帮助下，厄尔哈特在上海建立了一个破译小组，专门破译盟军和苏联的电报。厄尔哈特本人对破译密码电报一窍不通，便在德国国内雇佣了一批无线电和密码专家，尤利安作为一个既懂无线电又懂密码的博士，成为了这批人的头目。尤利安来到上海两个月时间，就侦测出十几个英、美、苏的秘密发报站。厄尔哈特把这些情报报告给了德国纳粹总部，纳粹总部随即通报日本，不久，甄别出的发报站就被日本宪兵全部摧毁。

厄尔哈特因此受到纳粹和日本的嘉奖，除上海外，资助他在广州、北平、哈尔滨等地雇佣专家和特工，分别建立起破译小组。破译密电的技术总顾问仍是尤利安。

狡猾的厄尔哈特转发破译的电文时，一般内容用德国大使馆的"邮政电报"发送，但使用的军用密码外交人员是不知道的。对绝密级的内容，他是用当时德国最先进的Enigma密码机直接和德国纳粹总部联络，每台Enigma密码机的操作员每个月都会收到一本当月的新密钥，上面有当月每天使用的密钥。盟国间谍组织了大批精英企图破译密码，均以失败告终。为了减少Enigma密码机的使用次数，避免被对方破译，厄尔哈特和所属中国各地成员间的联络改用在上海和北平的意大利电台。

延安中央社会部指示许子鹤，尽一切可能接近尤利安，尽快摧毁德国在中国的间谍机构。

许子鹤经过反复琢磨，把接近尤利安的地点放在了警戒较松的北平。

每隔两周，尤利安就会来到北平，指导北平情报站的密码破译工作。在北平居住期间，每个周六的晚上，两个矮个子男人都会陪他到前门附近一家酒吧度过孤寂的周末。

两个矮个子男人是日本特高课派来保护尤利安的特工。

许子鹤和一帮人也来到了这个酒吧，坐在一个包间内兴致勃勃玩着扑克牌竞猜游戏，哪个人输掉就要罚酒一杯。一如往常，两个日本特工站在门外警卫，尤利安独自一人在酒吧里喝酒。尤利安坐定后不久就发现，对面包间内传来男男女女的嬉笑声，引起了他极大的好奇。在上洗手间回来的途中，尤利安从虚掩的包间门缝里看到，几个中国人竟在玩他酷爱的扑克牌竞猜游戏。尤利安敲开了包间门，用英语询问能否让他也参加进来，所有的酒钱由他来付。

二十多年前在哥廷根与自己交锋过的尤利安，正是许子鹤张网以待的猎物。

"请进，请进！"与许子鹤同来的一位年轻同志用英语回答道。

"这个游戏我玩了二十多年了，没有想到这次在中国也能玩上一场。"尤利安喜出望外。

尤利安走进包间，环顾了一下坐在桌边的几位中国人，最后把目光落在了头戴礼帽，嘴唇上下"长"满胡须的许子鹤脸上。

许子鹤看得出来，尤利安怔了一下。

"我叫尤利安，请问这位先生？"

"很高兴认识您，我姓朱，叫朱安迪。"许子鹤说的是汉语，年轻人做的翻译。

"朱先生的眼睛让我想起了二十多年前的一个中国人，他当时正在我们哥廷根留学，这个人是我见过的最聪明的中国人，在多年的扑克牌游戏中，他是唯一战胜过我的家伙。"

"这个中国人叫什么名字？"罗琳好奇地问道。

"许子鹤，当时在我们哥廷根大学读数学博士。"

"没听说过这个人！"罗琳、魏坤和年轻同志纷纷摇了摇头。

"我来中国后，到处打听这个人，可惜没有人认识他。如果能见到他，我一定再和他比拼一场。"言语中，尤利安一直保持着日耳曼民族的斗志和自信。

"你能赢他吗？"年轻人问。

尤利安回答这个问题时就没有刚才利索了，他想了一会儿，笑着说："我想，我会赢他！"

许子鹤说话了："我不是什么博士，书店卖书的，今天陪尤先生玩会儿，不过话说在前边，谁输谁喝酒，答案正确但速度慢者喝一杯啤酒，答案不正确且速度慢者，喝一杯啤酒加罚半杯白酒。"

尤利安爽快答应："没问题！按照我们德国人的习惯，罚酒不能请人代喝！还有，我纠正一下，我不姓'尤'，姓'尤利安'！"

包间内一阵哄堂大笑。

比赛以两副扑克牌开始。

双方不分胜负。

扑克牌增加到了三副。玩了五轮，两人写出的答案依然全部正确，许子鹤慢了一次，尤利安慢了四次。

扑克牌增加到了四副。三轮的结果都是尤利安既错又慢，尤利安不知道啤酒加白酒的威力，玩第四轮的时候，手里的扑克牌不时落到地上。

许子鹤提议休息一会儿再玩，尤利安欣然同意。

"尤利安先生，您扑克牌玩得这么好，不会是在德国开赌场的吧？"罗琳按照计划，开始刨根问底。

"开赌场？不！不！我在一所大学当教授，您今后去德国问问电子学界的女士和先生们，我敢保证他们都知道我，我尤利安！"酒后吐真言，尤利安说的都是实话。

"中国目前打仗乱得很，您怎么到中国来了？"年轻人继续问道。

"我，我，我也没有想到！一位德国朋友说他们在上海的公司遇到了电子学方面的技术难题，邀请我来中国帮助解决一下，时间最长不超过一周。问题解决之后，不但让我在中国免费旅行，还支付一笔数额巨大的酬金，我和夫人利用大学暑假就来了……可惜的是，来到之后，我们就再也回不去了。"

尤利安这次说的也全是实话。尤利安是柏林工业大学的教授，在德国电子学界大名鼎鼎。尤利安的盛名早已为厄尔哈特所知，当在上海破译盟军和苏联密码中遇到困难的时候，他第一个便想到了尤利安。但尤利安对战争丝毫没有兴趣，只埋头专心进行自己的科研和教学。厄尔哈特在纳粹总部的授意下采用诱骗伎俩，把他和夫人"邀请"到了上海。来到上海之后，厄尔哈特原形毕露，收缴了两人的护照，逼迫尤利安签订两年的工作协议。刚开始时尤利安死活不同意，阴险的厄尔哈特拔出手枪，亮出了盖世太保的密电："任何一位帝国公民违背元首指令，都是罪不可赦的叛国行为，可不经审判，立刻枪毙！"尤利安无奈与厄尔哈特签订了协议。

比赛又进行了两轮。当第七轮比赛刚要开始,摇摇晃晃的尤利安扑通一下趴在了桌子上。

尤利安酩酊大醉,不省人事,许子鹤从他内衣口袋里搜出了一本密码本,用相机迅速翻拍后,悄无声息地又放了回去。

一个钟头后,尤利安被门外的两个日本人架回了住处。

许子鹤以为从尤利安身上搜出的是 Enigma 密码机的密钥,其实不是。Enigma 密码机的密钥藏在厄尔哈特本人那里,他对谁都不信任。从尤利安身上得到的是厄尔哈特和他与中国各地组员联络使用的密码本。原来,厄尔哈特在上海与其他地方的成员联系时,通过意大利电台在新闻播报之后反复朗读一连串的五位数字,这些数字标明了事先约定的密码本的页数和字的位置,把这些字组合在一起就能获得指令的内容。

得到密码本之后,许子鹤日夜在短波收音机里追踪德国、日本和意大利的新闻播报。三天之后,终于锁定了意大利电台晚间新闻之后一串串五个数字组成的"天气预报"。

一个重要的情报被许子鹤破译出来:"五天之后,上海老板将来北平参加第四届贸易博览会,住前门饭店,请订房并做好接待工作。"

许子鹤将破译的电报迅速报告了延安中央社会部。延安将电报经八路军驻西安办事处转交给了国民党西北行政长官胡宗南。

第五天黎明时分,秘密前来北平的厄尔哈特刚踏进前门饭店,就被十几位藏匿在四周的"住店旅客"扑倒在地,抬进门口的汽车里。

托马斯·厄尔哈特及其组织在上海、北京、广州等地的成员全部被抓。二战胜利之后,设在上海的美国军事法庭开庭审判了这起间谍案,厄尔哈特组织的罪名是"为纳粹和日本提供情报",他本人被判终身监禁,其余成员均获五至二十年不等的刑期。唯有尤利安一人因有自首立功行为,被当庭无罪释放。

尤利安走出法庭时,被中外记者团团围住,问他离开中国前最想做的事是什么,尤利安略作思考后说:现在,他最想见一面哥廷根大学校友、北平一家书店的职员许子鹤,两人再来一场扑克牌竞猜。

一位上海来的女记者问:"您估计谁赢谁输?"

尤利安回答得十分干脆:"输赢早已见分晓,只想见上一面!"

第四十六章

十三岁的许晓羽以全县第一名的成绩考入了澄海中学。

九月份要到县城上学,晓羽舍不得离开村中学堂里的小伙伴,利用放暑假的时间,整天与他们泡在一起。十几位初生牛犊般的孩子最喜欢的活动就是在村旁的韩江里游泳，个个都有一身好水性。

叶瑛不让晓羽去游泳，实在阻拦不了的时候，就跟去坐在江边，只要晓羽往江中深水处多游出三五米，她就在江边一个劲地呼喊，直到孩子游回到浅水区。

这天上午，叶瑛去了澄海县城。她想购买几尺新布，为开学后到县城上学的儿子做一身漂亮的学生装。半晌午的时候，五六个小伙伴来到晓羽家里，喊他一块去江边游泳。晓羽起初不愿意去，因为妈妈临走时反复交待他不准离开家。但小伙伴们不由分说一起动手，生拉硬扯还是把晓羽架走了。

来到韩江边一处僻静的地方，晓羽和伙伴们一起，全身脱得赤条条的，光着屁股一头扎进了江水里。

孩子们在江水里捉鱼虾，潜水挖江底的沙土打水仗，在清澈的韩江中玩得不亦乐乎。但晓羽始终没有像其他伙伴一样向江中游去，因为那是妈妈的禁令。这时，一个小伙伴喊道："快去里面抓野鸭，谁不去谁就是怕死鬼！"

离岸边三十多米远的江水中，一群野鸭正在上下翻腾着捕鱼。

晓羽随大伙向江水中游了十几米后，停了下来。

"许晓羽，怕死鬼！许晓羽，怕死鬼！"游在前面的伙伴们都停了下来，朝晓羽喊道。

腼腆的晓羽没有办法，无奈随大伙一起向远处的鸭群游去。

野鸭看到有人游来，纷纷向江中心逃遁。

孩子们继续追赶鸭群。

十几分钟后，游到江中心的孩子们知道追不上野鸭，不得不放弃，开始往回游。

离岸边还有二十多米的时候，意外情况出现了。一个胖乎乎的男孩游不动了，在水中一浮一沉，嘴里呼喊着："救命！救命！"

其他伙伴被突如其来的情况吓傻了，谁都不敢上前救他。

最终，晓羽向呼救的小伙伴游了过去。游到小胖子身边时，晓羽伸出手去拉小胖子的手。筋疲力尽的小胖子没有伸出手，而是一下抱住了晓羽的脖子。晓羽在水中一阵扑腾，想掰开伙伴的双手，可是越掰，对方抱得越紧。

两个孩子在江水中浮浮沉沉，拼命挣扎着。其余的孩子看到这种情况，吓得目瞪口呆，不知所措。

绞在一起的两个孩子随江水向前慢慢涌动，一会儿沉入水中，一会儿又浮出江面……

中午时分，冠陇村的大人们从下游几里地外打捞出了两个孩子的尸体，两人还死死地抱在一起。

从县城回来的叶瑛听到消息，扔下布料摇摇晃晃就往出事地点跑，一路上不知摔了多少跤，爬起来之后又跟跟跄跄接着跑，嘴里不停地喊："晓羽，你可别吓妈妈啊！晓羽，你可别吓妈妈啊！"

看到晓羽冰凉的尸体,叶瑛的哭声戛然而止——她昏死了过去。

从此之后,叶瑛每天都独自来到韩江边,眼望湍急的江水,一蹲就是大半天,口中喃喃自语:"子鹤,子鹤,我没照顾好孩子,对不起……"

从泰国华富里赶回来的许繁昌和阿棉强忍失去孙子之痛,劝说媳妇一起去泰国,被叶瑛一口拒绝。

"我哪里都不去,我丈夫在外边忙事,我儿子在江里游泳,说不定等会儿他们就回来了!"

后来,叶瑛在村里看到与晓羽年龄相仿的孩子就追着跑,边跑边喊:"晓羽!晓羽!"

冠陇村的大人小孩都说:叶瑛疯了。

上海的抗日运动风起云涌。

中共江苏省委和上海文委领导创办了《时代》《苏联文艺》等刊物,出版了《西行漫记》《鲁迅全集》《上海产业与上海职工》《新民主主义理论和实践》《论持久战》等一批革命进步书籍,上海话剧界联合上演了《怒吼吧!中国》。一系列在"孤岛"上海开展的文化活动,不但扩大了中共的影响,也极大振奋了上海和全国人民的斗志。

针对当前的抗日形势,许子鹤和江苏省委的同志们讨论后,有了更广的思路、更大的计划。

太平洋战争爆发后,华东地区抗日民主根据地纷纷建立,抗日武装日渐壮大,在江苏省委的宣传鼓舞下,上海已有不少知名文化人士和青年学生去那里工作和学习,但还远远满足不了抗日战争和根据地发展的需要。另一方面,珍珠港事件爆发后,日寇丧心病狂,加大了用武力控制上海的力度,不但取缔了坚持宣传抗日救亡的报刊,还关闭了从事爱国教育的大专院校和中学,大批文化界人士和学校师生面临失业失学,甚至人身安全也受到极大威胁,不计其数的知识分子在上海被日伪枪杀和抓捕,人们大都处在彷徨和苦闷之中,不知道路在何方。

在延安,有一所为八路军输送干部的"抗大",江苏省委建议在江南也创办一所为新四军培养人才的大学。创办这样一所大学,一是可以不断发展壮大新四军的力量,巩固抗日民主根据地;二是为无数知识分子寻找用武之地,为争取民族解放贡献自己的力量。思考成熟之后,许子鹤立即来到盐城新四军军部商议此事,新四军领导人刘少奇、陈毅同意江苏省委的提议。陈毅亲自将学校定名为"江淮大学",中共中央华中分局决定由新四军领导该校办学并解决经费和给养,并聘请了曾任孙中山秘书和广东省教育厅厅长的韦悫教授担任校长。

许子鹤开始在上海广泛宣传并组织师生到该校工作学习。

江苏省委的同志们也分别到上海的之江大学、复旦大学、沪江大学、同济大学、交通大学以及众多中学进行宣传组织工作。

许子鹤来到了同济大学。抗战爆发后，同济大学因战乱已经迁往内地办学，当时年迈和生病的师生没有离开上海，几年的赋闲使他们百无聊赖，如火如荼的抗战热潮激起了他们的爱国热情。通过一名学生地下党员，许子鹤把他们召集到了一起。

"老师和同学们，国难当头，豺狼当道，身怀报国之术的你们难道甘心就这样沉寂下去？加拿大的白求恩来到八路军队伍里帮助我们打日本，德国的罗生特加入新四军帮助我们打日本，难道我们中国人自己袖手旁观，无动于衷？"许子鹤一阵慷慨陈词。

"同济大学远在边陲昆明，我们去不了，几年没学教没课上，身上的一点本事都荒废了！"一位头发花白的教授说。

"这一点我理解！但现在机会来了，我们准备在苏北新四军根据地建立一所大学，为抗战培养人才，为民族传承薪火，不知大家有兴趣没有？"

"有！"师生们热情高涨。

"请老师和同学放心，去，我们全程护送，生活不习惯要回来，我们也全程护送，绝不让大家承担一分危险。江淮大学拟设土木、农业、医学、教育四个系及普通科，同济大学的土木和医学系科国内出名，通过你们在那里的教授和学习，被日寇烧毁的建筑可以重建，被日寇伤害的军民可以得到救治，通过你们的参与，全民族的抗战将会被注入新鲜的力量，千万苦难的民众将会脱离灾难，这难道不是知识分子良心和价值最好的展现吗？这不正是德国伟大文学家歌德所言'世界上最伟大的美德是爱祖国'的真正含义吗？"

歌德的名言许子鹤是用德语说出的，同济大学的师生都会讲德语，大家听后不觉一惊。

"您会说德语？"一位教师好奇地问道。

"在德国学习过几年，讲得不好。"

"松涛同志是德国哥廷根大学的博士。"许子鹤化名许松涛，吴大明在旁边插话，做了一个最简洁的介绍。

屋子里一片啧啧称赞声。气氛顿时活跃了很多。大家向许子鹤提出了一个又一个问题，对每个问题，他都耐心给予了解答。

当天晚上，同济大学十二名教师和学生报名去苏北新四军根据地。

去过同济大学，许子鹤又把之江大学滞留上海的师生召集到一起，之江大学是美国教会学校，人人都讲英语。许子鹤一通娴熟的英语演讲，让大家热血沸腾，二十多位天文、地理、生物、化学、数学等专业的师生报了名。

不到三个月时间，上海一百五十多名大学和中学的师生自愿到新创办的江淮大学任教和学习。何封、李仲融、孙绳曾、陈端柄、姜长英、周国英等一批知名学者也应校长韦悫的聘请前去任教。后来，南京中央大学、北京清华大学等地不少师生也都前来报名。

江苏省委在新四军的配合下负责全部师生的护送工作。许子鹤、董义堂、石丛山、吴大明和魏坤分成四个小组,会同地方党组织沿两条线路带队秘密赶赴苏北新四军根据地。一条由镇江过江至扬州、高邮、宝应,然后乘船到淮宝的岔河镇,再转到仁和镇,另外一条从南京过江经六合到淮南新铺。当时的苏北地区,日伪一波又一波地扫荡清乡,为保证上海师生的安全,许子鹤在沿途设立了秘密交通站,交通员冒着生命危险一站接一站地护送。

一天傍晚,石丛山、魏坤带领十五名同志来到了宝应交通接应站。师生们吃过晚饭后都去休息了。奔波一天的石丛山没有休息,而是带领十几位地方上的同志在旅馆周边巡逻警戒。夜里十二点,一百多名伪军得到线报后,在县大队队长李步洲率领下跑步离开驻地,向两公里外上海师生居住的旅馆悄悄摸去。石丛山得到情报时,伪军离旅馆只有八百多米的距离了,他一边让魏坤组织师生撤离,一边委派当地游击队员爬上旅馆附近最高的房顶,居高临下向伪军开火,为师生撤离争取时间。经验丰富的石丛山一个人怀揣两颗手榴弹向伪军驻地跑去,到达伪军驻地门口,啪啪两枪打死值班的两个卫兵,接着就向三层的办公楼屋顶投掷了两颗手榴弹,屋顶上顿时火光冲天,院子里警报声骤然响彻整个县城。

腿部中弹的石丛山迅速折返到旅馆周围,混在人群中大声呼喊:"游击队攻打县大队总部了!游击队攻打县大队总部了!"

李步洲看到县大队总部燃起熊熊大火,又听到有人呼喊,慌忙撤离人马赶回驻地。等李步洲知晓中了调虎离山之计后,急忙带领队伍追赶到码头,堵截准备乘船逃离的石丛山他们。

当魏坤带领十五位上海师生乘船离开码头七八百米的时候,李步洲的一百多人扑了过来,启动了一艘机动船追赶。机动船马达刚刚发动,突然从船头处的水中钻出了一个脑袋,趁船上几十名伪军不备之际,一颗手榴弹就投进了船舱中,接着就是一声巨大的爆炸声。

岸上的伪军一起开枪,几十米外的袭船之人被排枪击中。那是石丛山。

他是由于腿部受伤,坚持留下来做掩护的。

当师生们踏入苏北新四军根据地,看到身穿新四军军装的战士们时,个个激动万分,禁不住放声歌唱。此时的魏坤面朝宝应方向,再也忍不住失去战友的痛苦,仰天大哭起来。

江淮大学开学了,学校利用根据地的祠堂、庙宇以及地主家的大院作为校舍,以广阔的田野和树林作为课堂,除由教授授课外,新四军和当地党政军领导也常为同学们作专题报告,陈毅、张云逸、谭震林、彭雪枫、邓子恢、罗炳辉、郑位三、方毅、汪道涵、潘汉年、范长江等都到校作过报告。

许子鹤应邀来到江淮大学,和十几年前在上海大学一样,用半天时间做了一场题为"学术之美"的讲座。讲台上的许子鹤看到台下一张张面孔,不尽感慨万千,如果不是这场烈火硝烟的战争,他定会在一个窗明几净的讲堂里,对着求知若渴的年轻学生们侃侃而谈，幸福满满……

讲座结束，掌声经久不息。许子鹤最后说："这些掌声我许子鹤受之有愧，我的亲密战友石丛山、罗峰、张明生等为了江淮大学的创办献出了生命，他们才应该当之无愧地得到掌声！"

眼含热泪的许子鹤带头鼓起掌来，教室里掌声雷动。

上海江苏省委秘密住地迎来了一件大喜事：罗琳生了一个胖小子。

罗琳和魏坤为儿子一连想了几个名字，都不十分满意，便请大博士许子鹤为儿子起个好名字。许子鹤欣然答应。经过几天琢磨，在满月酒宴席上，许子鹤怀抱婴儿，侃侃而谈。

"英国有位著名的浪漫主义诗人和作家叫 Percy. Bysshe. Shelley，中文名叫雪莱，我在德国学习时读过他的《解放了的普罗米修斯》《倩契》和《西风颂》，可谓美妙绝伦，醍醐灌顶！不仅我们这些普通人为其倾倒，恩格斯也一样，称他是'天才预言家'。大家看看魏坤和罗琳的小宝贝，红唇明眸，眉清目秀，气质多像一位诗人！雪莱是世界上最好的英文诗人，我相信，这位小宝贝今后也一定会成为中国最好的诗人！诗人都有共同的品格，而品格首先表现在名字上，我建议，小宝贝就叫'魏莱'吧，希望他成为中国的'雪莱'！"

众人都说名字起得好，罗琳和魏坤高兴得手舞足蹈，喜不自禁。

"这个名字还有另外一层含义，'魏莱'的谐音是'未来'，我们希望这个孩子的出生能给魏坤和罗琳带来好的未来，给我们和我们国家带来好的未来，希望魏莱的未来不再像我们一样居无定所，四处奔波，而是静居书房，手握笔杆，书写出比'冬天来了，春天还会远吗'更动人的诗篇。"

许子鹤充满激情地吟诵完雪莱《西风颂》中最经典的一句诗，屋子内沸腾了。罗琳和魏坤抱着自己的儿子，一时说不上话来。

在满月宴结束时，许子鹤从上衣口袋里摸出了一个小布袋，里面装着送给魏莱的礼物。

"罗琳和魏坤结婚时，我送给两人一对南阳玉戒指，前几天，我去豫园买了一个南阳白独山玉挂件，英国诗人名字中有个'雪'，雪是洁白的，独山玉洁白无瑕，寄寓着我们这群人对孩子美好的祝愿，希望他佩上这块玉健康成长，更希望他长大后生活在一个纯洁的、光明的、没有黑暗和污秽的世界！"

罗琳和魏坤把用红绳串好的南阳玉挂在了儿子的脖子上，小魏莱不知道是什么东西，咧着小嘴好奇地观看，婴儿的憨态引得满屋子人大笑不止。

看着孩子稚嫩的眼神，许子鹤脑海中忽然闪过晓羽的面容，那么真切，又那么缥缈。

许子鹤并不知道，那天是晓羽离世半年的忌辰……

抗战进入了战略反攻阶段，中央交给了许子鹤一项艰巨的任务。

这里还得从一位江湖上的风云人物谈起。

这个人物就是朱尚雄。朱尚雄出身官宦之家，南洋医科大学毕业后曾在日本见习进修，回国后，担任上海水月华医院院长兼上海法政学院的校医。淞沪会战爆发后，不甘于医学职业的朱尚雄在上海参加了上海洪帮组织的抗日团体"洪兴协会"，主政救护队。上海沦陷后，朱尚雄来到南京，在昔日故交、汪精卫维新政府内政部长陈群的帮助下，谋取了内政部卫生司科长兼任内政部主办的警官学校校医的肥缺。但随着时间推移，朱尚雄看不惯汪伪政府卖国求荣的嘴脸，主动放弃职位，自立门户。

戴笠的军统从朱尚雄来到南京，便开始注意他。一段时间跟踪监视后，认为此人神通广大，可以争取利用，就打起了他的主意。朱尚雄因有留洋背景，且医术精湛，所以自视甚高，不与一般人接触。经过反复琢磨，戴笠决定委派王全道出马接触朱尚雄。

王全道见到朱尚雄之后，先是一番"大义之士，民族栋梁"的称赞，说得朱尚雄心花怒放，最后王全道建议朱尚雄开山立堂，他自己愿意扶助并从各个方面提供支援。在众多朋友的帮助下，朱尚雄在南京成立了洪门，取名为"大亚山正义堂"。参加人员均为大学教授、政府官员和青帮人员。随着影响逐渐扩大，陈群胞弟陈事、汪精卫伪政府警察厅督察长张今吾、警察局局长余觉曾等都成为了会员，"大亚山正义堂"最后网罗门徒千余人。

朱尚雄开山后，声势日隆，地位也越来越高。他怀揣陈群赠送的手枪，密切联系汪伪政府官员，商界、报界及地方头面人物，在南京形成了一股不容小觑的"第三方"社会力量。

延安中央社会部注意到了南京非同凡响的"大亚山正义堂"，李克农部长根据前期获得的情报，综合研判并报给中央批准后，决定委派许子鹤赶赴南京，争取朱尚雄。

经一位打入汪伪政府陆军部、时任少将主任的中共地下党员引见，西装革履、文质彬彬的许子鹤见到了南京'大亚山正义堂'堂主朱尚雄。

这是一场枭雄与英雄之间的会面。

"请问英雄尊姓大名，在何方谋事，来我区区'大亚山正义堂'有何指教?"朱尚雄开门见山，话锋逼人。

"英雄不敢当! 免贵姓许，名松涛，在上海开了一家中德贸易公司混碗饭吃。这次慕名前来，主要是景仰大名，想请帮主为松涛指点迷津!"许子鹤不慌不忙，娓娓道来。

"先生气宇轩昂，脚踏东西两条道，手捧中外两只碗，还有何迷津可言?"

"堂主是一代名医，精通医术，我就借医道说起。我相信，来帮主这里求医之辈，绝大多数不是普通百姓，他们就是有病，也是营养不良、体力透支的贫血、胃疼和腰肩劳损之类，其实根本不需要吃药，就是吃药也无法治愈。患肿瘤、血管、肝、脾、心、肺之大病者，都是大吃大喝折腾来折腾去的富贵之人！"

朱尚雄听罢此言，顿感来者非同一般。"先生说这些，与迷津有何关系？"

"十几年打拼，虽然没有大富大贵，倒也积累了一些财富，但随着钱财越积越厚，我发现自己患的病也越来越重！早年出国求学，本想能为国家做点实事，以求国人与洋人平等相处，但国家这些年陷入战乱，民族已到危亡之际，外人占我河山，欺我同胞，钱虽在手，但气不顺，腰不直，度日如年，病入膏肓也！"

"国人万千，何必杞人忧天，一人身扛肩挑？"朱尚雄接话。

"松涛有此心，但无此能，所以心病重重！但在我心目中，一位英雄做到了！"

"谁？"

"此人远在天边，近在眼前！据我耳闻，堂主出身名门，父亲是上海大法官，早年留日学医，回国后悬壶济世，如华佗再世救治患者无数，但发现医道仅仅治愈个人体病，治愈不了国家和民族之重疾，便弃医从政，此乃大仁、大爱和大义！松涛佩服之至，故前来求教，为松涛指点迷境！"

许子鹤的话说到了朱尚雄的心窝里。"喝茶！喝茶！"朱尚雄对来者刮目相看。

两个人各自手捧茶碗喝茶的时候，朱尚雄的头脑中一直盘旋着一个问号。片刻工夫之后，朱尚雄放下茶碗，说出了一句让许子鹤始料不及的话。

"先生姓许不假，但名字不叫松涛！"

大吃一惊的许子鹤不承认也不否认，端着茶碗继续品茶，一连呷了两口，才抬头说话："此话怎讲？"

"河南开封有个日本大特务叫吉川贞佐，前两年被人活活打死在办公室内，震惊日本朝野，先生可知此事？"

许子鹤轻轻放下手中茶碗，淡然一笑："略有耳闻！"

"上海滩群雄聚集，有善有恶，极司菲尔路76号有个中国人叫熊昌襄，我打小就认识这个泼皮无赖，没想到小混混成了混世魔王，不做人而去当了狗，最后被人悄无声息溺死在洋女人的浴缸里，先生可知此事？"

许子鹤又端起茶碗，吹散浮茶，气定神闲地说："从报纸上看了报道！"

"德国在中国有一个间谍组织，头目叫厄尔哈特，是美、英、苏和中国特工们的死敌，皆欲除之而后快，但此人来无踪去无影，始终没有人见过他的庐山真面目。但去年下半年，不知哪位豪杰自华山提剑而下，将其斩于马下，先生可知此事？"

"此事恐怕只有堂主这样的人才能知道，我小小商人一个，哪里能听说这等事？"许子鹤淡定一笑。

朱尚雄看着许子鹤，忽然朗朗大笑起来。

许子鹤望着朱尚雄，也是一阵开怀大笑。

"许博士，子鹤老兄，请受尚雄小弟一拜！"朱尚雄突然从座位上站了起来，双手抱拳，鞠躬致礼。

"既然被堂主法眼看穿，小弟也就不再相瞒，请受子鹤小弟一拜！"许子鹤叩首还礼。

"不！许博士生于1900年，尚雄晚一年才来人世，您是长兄，我是小弟！"刚才还盛气凌人的朱尚雄变得谦卑了许多。

"请问堂主如何知道我就是许子鹤？"

"在我'大亚山正义堂'，至少三类人提起过您！一是陈群部长的弟弟陈事，他听长兄讲，日本人对您恨之入骨，却又无可奈何；二是我的老朋友王全道，每当提起您，一半咬牙一半摇头；三是中央大学陈立玢等一帮教授，说上海大学过去一个叫许子鹤的德国博士，不但数学课讲得好，德语英语娴熟流利，前些年在南京领导工人和学生闹事，把首都搞得天翻地覆，这些年杳无音讯，人间蒸发了！三方都曾给我描述过您的大致外貌，老兄虽经化装掩饰，但你我谈话进行到一半，尚雄心中已经有数了。"

"子鹤做了一点点中国人应该做的事，却惊扰几方关心，十分不安！"

"不！'大亚山正义堂'不但不怕这样的朋友惊扰，而且希望这样的朋友越多越好！请许博士直说，需要'大亚山正义堂'做什么事？"

许子鹤回答："我们希望的帮主已经做了，积极抗日，不做对不起祖宗和民族的亏心事！"

两人一直谈到凌晨时分，许子鹤准备离开时，朱尚雄提出了一个要求。

"许博士，我虽身为'大亚山正义堂'主人，旗下上千人马，但内心只敬佩一人，就是子鹤长兄！以您之身份入'大亚山正义堂'肯定为兄不齿，但小弟有一请求，博士能否屈尊，与尚雄个人盟誓结拜为兄弟？"

"好！"许子鹤欣然答应。

两人点上蜡烛，在关公像前三鞠躬，后又各自鞠躬，走完盟誓仪式。

几天之后，许子鹤委派的地下党员张春旺加入了帮会，成为了许子鹤和朱尚雄之间的联系人。

在江南地区，尤其是在沪宁铁路沿线的城市，日伪对进出人员和物资控制得十分严格，给新四军的抗战工作造成了较大影响。许子鹤找到朱尚雄，提议以保护铁路安全运输为名，成立"华中铁道护路总队"，目的是开辟一条到苏北解放区的交通线。

义气的朱尚雄欣然接受了许子鹤提议，利用陈群等各种社会关系，经过数月奔波和周旋，终于搭上了华中铁道警务课课长——日本人木村。朱尚雄与许子鹤密商后，三人在南京一家日本料理店吃饭。木村谈到铁路盗窃事件频发，共党游击队肆意破坏，使他伤透了脑筋。许子鹤趁机插话，他的几批从德国进口的物资也在铁路上没有了踪影。抱怨之后，许子鹤话锋一转，说正义堂对付盗窃有办法，能否请他们派人替皇军护路保个平安。朱尚雄顺势接过许子鹤的话，声称为皇军护路义不容辞。

一个月后，"华中铁道护路总队"在南京成立。护路队分为总队、区队、分队，朱尚雄任总队长，张春旺担任总队主任秘书兼督察长。护路总队办公室设在朱尚雄家，朱尚雄虽为护路总队长，但一心专注帮会工作，护路队的一切事务实际上全由张春旺主持。护路总队在每个车站都有护路小队，几个重要车站的护路队张春旺都按照许子鹤的授意，委派中共地下党员打入并担任负责人。镇江是联系和出入苏北根据地的要道，该站的护路人员全部都是地下党员，新四军的人员和物资几乎每天通过镇江站源源不断地从江南输送到了苏北。

后来，日本华中铁道株式会社警务课发给护路总队六张不贴照片的免费乘车特别通行证，张春旺得到后，除了一张给了朱尚雄本人，其余五张全部到了中共地下党手中。许子鹤他们利用这些通行证，穿梭于上海和南京之间，既有安全保障，又能由此接触到各色人等，获得了许多有价值的情报。

1945年8月10日，日本政府发出乞降照会，接受《波茨坦公告》。

8月15日，日本宣布无条件投降。

许子鹤从收音机里最早听到了西方电台的英文播报，从座位上一跃而起，在江苏省委的院子里举起双臂，跳跃着大声呼喊："日本人投降了！日本人投降了！"

江苏省委的同志们眼含泪水，紧紧地抱在了一起。当天晚上，许子鹤独自一人在院子里燃起火纸，祭奠牺牲的战友，看着红红的火焰在夜风中舞蹈，他在心中念道："威武、丛山、新娥、罗峰、张明生，我的好同志，日本人完蛋了，九泉之下你们可以放心了……"

八年，漫长的八年时光过去了！这时候的许子鹤最期望的一件事就是赶快回到广东澄海老家看望自己的妻儿，与分散十七年之久的家人团聚。

许子鹤还是没有走成，中央交给了他新的任务。日本宣布投降后，本应一同享受抗战胜利荣耀的共产党被蒋介石拒绝参加日伪军队的任何受降，当时江苏境内国民政府没有成建制的军队，为了夺取抗战胜利果实，蒋介石连发三道命令：一是命令朱德总司令所属部队"应就地驻防待命"；二是命令国民党军队"加紧作战"，迅速进入江苏，"对新四军受降要断然剿办"；三是命令日伪军"负责维持地方治安"，抵抗八路军、新四军收复失地的行动。与此同时，美国派出大批飞机和军舰，把国民党部队加紧送往敌占大中城市和交通枢纽。已经投降的日伪军看到这种情况，不但继续盘踞占领地，而且加紧秘密转运武器弹药和抢夺来的文物和钱财。中共中央决定独立自主地举行战略大反攻，命令华中分局和新四军向拒绝投降的敌伪军发起猛烈进攻和坚决打击，短短的两个多月时间里，苏北多座县城被中共领导的抗日武装收复，数万名日伪军被毙被俘。在许子鹤领导的江苏省委的策划下，汪伪国民政府专机"建国号"举行起义，由扬州直飞延安，一时轰动国内外。

1945年10月10日，毛泽东飞往重庆，国共双方签订了《双十协定》。每个中国人都相信，等待八年之久的和平曙光即将到来。

许子鹤又一次做好了回老家探亲的准备，但无情的现实再次和他开了个玩笑。中央没有批准他的请假，因为蒋介石正在重庆召开秘密会议，制定了"对共产党的全盘战争"的作战计划，拟定六个月内击溃歼灭八路军、新四军主力。

一个月后，国民党大批军队向解放区发起进攻，内战爆发了。

1945年12月，中共决定组建成立新的中共中央华中分局，负责领导华中区的各项工作。许子鹤被任命为华中分局的领导成员，全面负责敌占区的地下工作。

许子鹤已经给千里之外的妻儿写好了一封长信，但考虑到他们的安全，最终没有发出。他擦干眼泪，穿上长袍，戴上礼帽，踏上了开往南京的火车，开始了又一轮新的征程。这一次，与许子鹤同行的只有董义堂和魏坤两人，两人的职务分别是中共华中分局城市工作部主任和副主任。吴大明回了河南，就任河南省委副书记。罗琳带着儿子魏莱去了新四军总部，负责解放区的妇委会工作。

枪林弹雨纷飞的南京，等待着许子鹤的到来。这一次，许子鹤的对手不是别人，正是他的老同学、新上任的南京卫戍司令王全道。

坐在飞驰的列车上，许子鹤看着窗外饱受战火蹂躏的原野，忽然想起辛弃疾的名句"千古兴亡多少事？悠悠。不尽长江滚滚流。年少万兜鍪，坐断东南战未休。天下英雄谁敌手？曹刘。……"

"全道兄，我又来了！"

第四十七章

许子鹤、董义堂、魏坤三人来到南京，接待他们的是半年前从武汉调来的市委书记张宜珊和一直战斗在南京的副书记武丕洲。

五位老朋友再次相聚时，国共两党的实力已然发生了根本性变化，大家抚今追昔，个个感慨万千。许子鹤开起了玩笑，说他十几年前在南京当市委书记时，革命处于低潮，南京的党员只有几百人，现在，来了一位巾帼豪杰当书记，手下精兵强将过千，非把石头城折腾得天翻地覆不可。张宜珊说，有大博士坐镇金陵，运筹帷幄指导市委的工作，估计蒋委员长很难睡个安稳觉了。

许子鹤刚在南京安顿妥当，延安中央社会部就发来密电，交给他两项绝密任务。

经过周密思考，许子鹤把第一项任务交给了南京市委。具体任务是策反军统南京站站长周锋。周锋此人不简单，公开身份是汪伪军委会少将科长，但暗地里却承担着国民党军统局与周佛海等大汉奸之间的秘密联络工作和策反伪军的使命。

日本投降后，具有正义感的周锋率领手下人员抢先行动，接管汪伪报社、银行和仓库，抓捕了大批汉奸。本应得到政府嘉奖的周锋却因为接管行动触犯国民党内部的派系利益，被人诬告贪污和侵吞赃物，被军统头目戴笠扣押送往上海。

戴笠因飞机失事身亡后，事情出现了转机，周锋获释赋闲在家，此时国民党内贪赃枉法、卖官鬻爵的重重黑幕使他对政府渐生厌恶，政治态度出现明显转变。延安中央社会部获悉情况后，认为此人掌握大量有关国民党和汪伪的机密，如能策反争取过来，必将在国民党内部引起极大震动，打击军统的嚣张气焰。

许子鹤和南京市委仔细商谈后，董义堂、张宜珊带领武丕洲开始了对周锋的策反计划。半年之后，周锋秘密加入了共产党，经他又相继策反了不少国民党军官和军统人员。

延安中央社会部交给许子鹤的另一项任务也是策反，但这项任务更加艰巨，更加危险，其目标是策反一批国民党空军飞行员，促其驾机起义。

事关重大，许子鹤决定亲自出马，带领魏丕坤完成这项看似不可能完成的任务。

空军是战争之子。进入抗日战争战略反攻阶段后，蒋介石花费重金，购置美国先进轰炸机并选派优秀飞行员赴美培训。1943年秋，经验丰富的刘良本等人来到美国圣地安娜航校学习B-24型轰炸机驾驶技术。在美国学习期间，刘良本他们受到了当地华侨的热烈欢迎。华侨对刘良本一行刻苦训练的精神和以身报国的志向赞叹不已，其中一位华侨回国时无意中把消息透露给了一名中共地下党员。从此，延安中央社会部开始注意这批国民党空军精英的动向。

经过一年多严格的学习培训，圆满掌握所有飞行技术的刘良本一行终于得到美方批准，驾驶B-24型轰炸机飞回中国。此时正是1945年的春天，中国军民逐渐占据战场主动权，日军已呈强弩之末，抗战胜利指日可待。刘良本一行渴望尽快飞回国内，为抗战尽自己的一份力量，不辜负国家花费巨资购买飞机以及自己在美国的艰辛付出。但一个令他们意想不到的情况出现了，当轰炸机飞到卡拉奇时，却收到蹊跷的"就地待命"的指令。眼看千百万中国军民在千里之外的祖国与侵略者奋力搏杀，而自己却守着威力巨大的重型武器作壁上观，刘良本他们无法理解，失望苦闷，终日以酒浇愁。

这一待就是六个月。日本投降后，国民党当局才准许他们起飞回国。

回国后，刘良本等人受命进驻上海大场机场。飞机刚一停稳，空军司令贺耀祖即派人送来密令，迅速装载炸弹，飞赴新四军根据地上空投掷。本来为对付日本人购置的飞机，第一次投弹竟要扔在中国人头上，刘良本痛苦万分，但又不得不执行命令。第二天当他从报纸上看到，数以百计浴血抗战八年的苏北军民死伤在自己B-24型轰炸机下，刘良本和他的机组成员抱头痛哭。

许子鹤来到了上海，装扮成香港记者，和中外媒体一起赶到大场机场，进行劳军慰问。

"刘机长，B-24型轰炸机威力太大了，我刚从苏北报道归来，你们的飞机一过,八个村庄瞬间被夷为平地,我亲眼看到大树上挂着炸飞的孩童的胳膊和肠子……"许子鹤用英语采访刘良本,机场大厅的宪兵听不懂。

刘良本听罢提问,哑口无言。

"如果你们的B-24轰炸机能提前半年回来,像现在飞到中国人头上一样飞到日军的阵地上,那该有多少抗战军民免于伤亡啊!"许子鹤用平和的语气说出了这句英语。

刘良本听来,字字不啻惊雷。

许子鹤期待刘良本的回答,但此时的刘良本眼含泪水,一言未发。

这是许子鹤和刘良本的第一次见面。刘良本机组中有一位苏北盐城人,两天之后,在许子鹤的安排下,魏坤带着这位机组成员的舅舅来到了上海。舅舅一见外甥,张口就骂了起来:"村庄一眨眼就没了,原来是你这个没良心的外甥干的!"

通过这位机组成员,许子鹤和刘良本建立了联系。

对刘良本这批飞行员,国民党军统和宪兵的监控十分严格,不允许他们阅读国民党党报之外的任何读物。每次接触刘良本,许子鹤都把自己的"采访报道"给他看,使他能全面了解到外界真实的情况。

几次与许子鹤接触之后,刘良本的思想发生了动摇。目睹国民党当局不顾国人的和平呼声,蓄意制造内战的现实,刘良本的内心波涛汹涌,徘徊不定。

许子鹤与刘良本交往,从不施加任何强制因素,动之以情,晓之以理。到最后,不是许子鹤主动见他,而是他主动联系许子鹤。

"许先生,您不是一位简简单单的记者吧?"刘良本最后说出了内心的疑惑。

"记者不是,但是一个不期望内战的有良心的中国人!"许子鹤不惊不慌。

"许先生精通外语,见识广博,谈吐优雅,从不将自己的观点强加于人,良本佩服至极,该不是一般中国人吧?"

许子鹤笑而不答。

坐在一旁的魏坤这时说话了。

"刘先生,许先生和您一样,首先是一位有良知的中国人。如果说有什么不一般的地方,倒也有几处。一是与刘先生一样家境富裕,但身怀报国之志,身无半点纨绔之风;二是和刘先生一样留学西方,喝过洋墨水吃过洋面包,但不忘初衷,爱国之心丝毫未变;三是近年来干过几件不大不小的事情,毙了吉川贞佐,杀了汪伪大汉奸熊昌襄,逮了叱咤风云的纳粹间谍厄尔哈特……"

魏坤提及的几件事,刘良本耳熟能详。他瞪大眼睛望着许子鹤,一脸惊愕。

"看看我这位小弟兄,把我的一点点家底全给抖出来了,与雄才大略的刘先生相比,我这是小巫见大巫呀!"

"不!您千万不能这么说!良本与许先生决不能同日而语。良本原以为几件惊天动地的大事为不同人所做,能做成一件就足以让我五体投地,哪里想到,竟是您一人所为!良本今天见到英雄豪杰,真是三生有幸!"

刘良本激动得从座位上站了起来,向许子鹤行了个军礼。

"时至今日,我也不再相瞒,我是中共华中分局负责城市工作的许子鹤,受组织委派前来接触刘先生,目的只有一个,向刘先生阐明我们的政治主张,停止内战,建立民主政府,把民众从战争灾难中解脱出来,希望刘先生认清大局,不再做亲者痛仇者快的事!"

"许先生,这件事不光关乎我个人,还关乎我的一帮兄弟,请给我一段时间慎重考虑。"刘良本最后表态。

时间到了1946年6月,蒋介石公开撕毁国共两党签署的"双十协定",调集三十万大军疯狂进攻解放区,中国再一次陷入规模空前的内战浩劫。

避开军统特工和宪兵的重重监控,许子鹤一直与刘良本保持着联系。两人联系的地点和方式全部根据刘良本的需要,并以他的安全为前提。许子鹤坦荡的胸怀和真诚的态度感动着刘良本,他从内心对许子鹤充满信任和钦佩。

六月中旬的一天,刘良本突然约见许子鹤,许子鹤连夜赶到了上海。刘良本告诉许子鹤,他和那位苏北同伴一起做通了全体机组人员的思想工作,准备驾机起义。消息来得太突然,许子鹤非常激动,两双大手紧紧握在了一起,他果断地告诉刘良本:"刘先生,您在起义前的安全由我负责,与起义目的地延安之间的联系也由我负责,您不到达延安,我许子鹤绝不离开上海半步!"

许子鹤与刘良本密谈多次,等待着时机的到来。

六月底,天赐良机。国民党空军司令部委派刘良本机组由昆明飞往成都运送军火。从西南到西北,国民党空军对飞行管控较松。许子鹤和刘良本决定利用这个千载难逢的机会驾机起义。

许子鹤与延安多次秘密联系,为轰炸机的降落做好了充分准备。

刘良本在机组三名同事的配合下,机智、勇敢、沉着地摆脱了国民党当局的管控,驾驶530号B-24型轰炸机,飞抵延安。

延安沸腾了。毛泽东、朱德等中共高层亲临欢迎大会,接见了刘良本。

精心策划此事的许子鹤没有食言,一直留在上海等待消息。期待已久的密电终于传来:"弟已到家,请勿担心!"正是许子鹤和刘良本约定好的内容。

许子鹤喜极而泣。

刘良本的起义意义非凡。在他之后,国民党空军先后有四十余架飞机一百余人起义。

刘良本的起义和周锋的反水对蒋介石来说,无异于两记重重的耳光。蒋介石责令戴笠的后任毛人凤和王全道追查,两件事情的根源最后都汇集于许子鹤身上。听到"许子鹤"三个字时,蒋介石长叹一声:"区区共匪能逞强不亡至今,得此类英才辅助也!"最后,蒋介石抬手摔碎手中的茶碗,对站在眼前的毛人凤和王全道破口大骂:"娘希匹,此人不除,你们别再来见我!"

1946年5月，周恩来率中共代表团抵达国民党首府南京，同国民党政府进行和平谈判。中共代表团住在国民党政府指定的梅园新村。

中共代表团来到南京后，毛人凤和王全道采取了一系列跟踪监视的非常措施。其目的之一是企图提前获取中共代表团的内部意见，为谈判增加筹码；二是认为中共代表团在宁期间，一定会与隐藏在此的中共华中分局和南京市委的负责人见面，这是千载难逢的挖出这两个机构的绝佳机会。具有丰富地下工作经验的周恩来早已预知对方的意图，为防止特务的监视和破坏，中共代表团进驻后，将部分院墙加高了一倍，并在传达室上面加盖了小楼，使得对方的瞭望和监控行动落空。同时规定代表团在宁期间，不得与隐蔽战线的同志直接接触，只能通过密码电台联络。

尽管许子鹤与周恩来的联络一直没有中断，但毛人凤和王全道始终没有发现他的任何线索。

国民党一边与中共谈判，一边处心积虑准备内战。1946年6月，蒋介石不顾中共代表团和全国爱好和平的民主党派的抗议反对，悍然进攻中原解放区，全面内战爆发。在苏北地区，国民党部队对新四军华中军区也形成了围堵剿灭之势。

中共代表团一方面在政治上广泛宣传和平主张，揭露国民党假和谈真内战的阴谋，团结一切可能团结的力量，建立广泛的民主统一战线，一方面指示中共华中分局放弃幻想，全力投入对敌斗争，想尽一切办法支持苏北新四军作战。

国民党调集十五个旅共计十二万人，悍然进攻苏北地区，粟裕领导的新四军被迫进行抵抗。新四军浴血奋战，取得了很大胜利，但战场伤亡十分严重，急需大量盘尼西林、吗啡、阿司匹林等药品，新四军报告中共代表团后，周恩来把迅速筹集药品并运往苏北的任务交给了许子鹤。

与枪支弹药一样，药品也是国民党重点控制的物资，要想在国内筹集如此大批量的药品，简直比登天还难。临危受命的许子鹤一番思考后，决定只身前往泰国首都曼谷。

在曼谷的一家简陋旅店，金涛见到了分别十九年之久的哥哥许子鹤。当金涛走进许子鹤的房间，怎么也不敢相信面前这位清瘦无比的人就是自己的亲哥哥。

"哥哥！"金涛一声呼喊，朝许子鹤扑了过去。

"金涛！"许子鹤张开双臂，紧紧把金涛抱在了怀里。

"爸妈还好吗？"许子鹤开口问道。

金涛哭泣不止。

"爸妈还好吗？"许子鹤再一次催问道。

"爸爸老了，身体也不好，整天躺在床上唤你的名字。妈妈她——"

"妈妈怎么了？"

"妈妈三个月前去世了，死的时候也一直叫你的名字……"

"妈！"许子鹤再也抑制不住自己的情绪，在房间内捂脸痛哭。

金涛也跟着大哭起来。
过了好长时间，兄弟两人才平静下来。
"你嫂子还好吗？"
"嫂子，嫂子她老了，满头都是白发。"
泪水再一次从许子鹤眼中奔涌而出。
"晓羽呢？他今年十八岁了，有我这么高吗？"
"晓羽，晓羽，晓羽——"金涛说不下去了。
"晓羽怎么样？快说呀！"
"晓羽整天想爸爸——"金涛说完这句，哽咽得话都无法进行下去。
来旅店的路上，关于晓羽的事金涛想好了，要借这个机会告诉哥哥，陪他一起度过最痛苦的时刻。但当他走进旅店，便立刻失去了相告的勇气。哥哥是爸妈的骄傲，是自己心目中的偶像，金涛不知梦到过多少次头戴博士帽，西装革履，洋气潇洒的哥哥，而出现在自己面前住在曼谷最廉价旅店里的这个人就是自己的亲哥哥吗？面前的这个人身穿一件洗得发白的旧衣服，桌子上放着没有吃完的风干的馒头，整个人显得异常憔悴瘦弱。
金涛在曼谷市中心有一座大别墅，他请哥哥到家里去住，许子鹤谢绝了。不住家里，金涛又要让哥哥住曼谷最好的酒店，同样被许子鹤拒绝。他笑着对弟弟说："那样的酒店一天相当于我两三个月的生活费，哥哥是学数学的，账算得过来。"出于安全，许子鹤也没有到外边的饭店吃饭，每次都是金涛送来。许子鹤顿顿都能吃下两盒米饭，掉在桌面上的米粒他都用手捡起来塞进嘴里，边吃边说："香，真香，是小时候的味道！"看着哥哥狼吞虎咽的样子，金涛心里酸楚万分。
"金涛，过去这多年，你给哥哥寄了多少钱，我自己都记不清了，哥哥谢谢你！"
"哥哥，你是家中长子，家里的一切本来都该由你先继承，给你做事是应该的。"
"哥哥这次回来，最主要的还不是看你，请你原谅哥哥这么说。"
"哥哥你说，弟弟能做什么一定全力去做！"
"哥哥想请你帮助购买一批药品。"
"什么药品？"
"治枪伤刀伤之类的药，而且不是一包两包，是十几箱几十箱地购买。"
"怎么会要这么多？"金涛错愕不已。
"过去哥哥虽没有给你明说，但你也应该猜到了哥哥是干什么的，是吧？"
金涛点了点头。
"现在国内打仗，我这边的部队伤亡很大，药品在国内被对方控制得很紧，组织上只得派我到外边购买。"
"哥哥在共产党部队里做什么？"

"你能保证不对外讲吗?"

金涛重重地点了点头。

"哥哥这么多年,虽然很苦,但也做了点事情。当过河南省委和江苏省委的头头,现在组织上信任哥哥,让我做了更大的头,华中分局的一位领导,但在我们组织内,职位越高,需要承担的责任也大,别人买不到药品,只有派哥哥来买了。"

"从小我就相信哥哥不一般,果然如此!"

"你别夸我,愿意帮哥哥做事吗?"

"过去愿意,现在愿意,今后也愿意!弟弟永远听哥哥的!"

按照许子鹤的意见,金涛从泰国各地药店分批采购好所需药品,隐藏在从泰国运往上海的大型货船的米仓之中。由于货轮是许子鹤父亲公司的,所以十分安全。货轮到达上海吴淞口码头之前,停在东海的约定区域。到了晚上,由上海地下党淞沪地区游击队派出渔船取走药品。

许子鹤到达曼谷二十天后,上海传来消息:"礼物收到,谢谢东家!"

哥哥要回去了,兄弟俩在旅店里吃最后一顿饭。

"金涛,哥哥敬你一杯!"

兄弟二人一饮而尽。

"哥,弟弟敬你一杯!"

两人再次一饮而尽。

"金涛,都说忠孝不能两全,看来确实如此。哥哥这辈子顾不上爸妈和你嫂子他们,你知道吗,哥哥心里也很痛苦。"

许子鹤说完,端起酒杯,仰脖喝了下去。

"哥,弟弟知道!这么多年以来,爸妈没有埋怨过你一句,嫂子和侄子也没有埋怨过你一句,他们只是想你,想得狠了就哭。每次回华富里,爸妈看到我,他们都哭着喊你的名字,我后来也不敢回去了!"

泪水在兄弟两人的眼眶里滚动,房间里离别的气氛越来越浓。

"哥,你在外边放心去做你愿意做的事,算是为国尽忠吧!家里弟弟来尽孝。弟弟只有一个请求,等你在外边忙完事,赶紧回来看一眼爸爸和嫂侄吧,他们想你都快想疯了!"

许子鹤含泪点头。

"金涛,哥哥的行踪现在你还不能告诉家里的人,对方派出很多人马,到处打听我的下落,一旦他们抓住哥哥,我们就再也没机会见面了。"

金涛含泪点头。

分别的时刻到了。

"金涛,第一批买药品的钱哥哥给你了。现在我们的组织正在打仗,经费紧缺,后面几批买药品的钱你先替哥哥垫付,等打完仗,哥哥回来再给你补上,可以吗？"

"哥哥放心，买药品的钱弟弟付得起。"

临行时，金涛把一包东西递给了哥哥，里面是一身新西服和一双新皮鞋。

兄弟俩紧紧拥抱在一起。

他们二人谁都没有料到，自此一别，竟成永诀。

许子鹤离开曼谷，径直去了上海。到了上海后，许子鹤用街头公用电话给德济医堂的院长、老同学崔汉俊通了个电话，用德语约定了两人见面的地点。

在一家咖啡店里，崔汉俊见到了久别的许子鹤。

"子鹤老弟，这么多年，过得还好吧？"

"汉俊兄，你也知道，先是与全道兄因政见不同而闹翻，他带人到处追捕我，没有办法，只能东躲西藏。后来，日本人也加入了进来，要置我于死地，我更是疲于奔命，居无定所。但兄弟挺过来了，看看我这套行头，汉俊兄就应该明白了。"许子鹤这次的穿戴是弟弟金涛送给他的服装。

"前些年见过全道、馨倩和汉斯，他们说你脱党去了德国，我还托远在德国的李当阳打听你的消息。当阳去见了克劳迪娅，认为她可能知道你的踪迹，克劳迪娅说你确实在德国，但改了姓换了名，具体在什么地方，她也不清楚。后来，全道兄当个大官，就再也没和他联系过了。真没有想到，现在还能见到你！"

"汉俊兄，你知道我这个人是学数学的，认死理，我认准的事绝不会变调，子鹤从没有离开自己的祖国一步，过去如此，今后也如此。现在，子鹤从事的事业没有被国民党扼杀，没有被日本人扼杀，反而越来越光明，越来越强大，我相信不久的将来，我们的事业一定会成功，因为我们做事不是为我们自己，是为天底下所有受苦受难的人。"

"子鹤弟一如既往，激情满怀，钦佩，钦佩！"

叙过离别之情，话入正题。

"汉俊兄，我这次来找你，有一事相求，不知老同学给不给面子？"

"汉俊不但仰慕子鹤弟的才识，也敬重老弟的为人，有话请讲！"

"子鹤想托你这位上海滩大名鼎鼎的西医大夫为我做几次手术。"

"没问题！"

"一言为定？"

"一言为定！但我想知道子鹤弟有何大病，需要做手术？"

"好！那小弟就直言不讳了。不是我自己做手术，是我的兄弟们做手术，他们在苏北医疗条件差，只得跑到上海来。"

"你指的是——"崔汉俊略有所思。

"实不相瞒，是几位新四军的首长，过去和日本人打，满身都是伤病，现在又中弹卧床，奄奄一息，如得不到手术医治，恐怕难熬过这一关。请汉俊兄放心，费用我已经带来，不会让老兄蒙受经济损失。"许子鹤把弟弟金涛临别时给自己的一笔数目可观的钱款放在了桌面上。

崔汉俊沉默不语。

"汉俊兄，你若是为难，我也就不强人所难，毕竟你打拼这么多年也不容易。"许子鹤的话情真意切。

低头沉思一段时间后，崔汉俊开口说话。

"子鹤弟家境优越，非吾辈所能攀比，尽管如此，这些年来还是提着脑袋为他人东奔西跑，丝毫没有懈怠后悔，与您相比，汉俊十分汗颜！俗话说，来的都是客，我崔汉俊认病不认人！就这么定了。"

"好！"两位老同学的手紧紧握在了一起。

"汉俊兄，为了不给你添麻烦，我们的病人不住在你的医院里，而是住在上海朋友家，你方便的时间前去就是，如遇到特殊情况，我们理应承担全部责任。"许子鹤早已想好了保护崔汉俊的方法。许子鹤说完，崔汉俊说出了一句发自肺腑的话："子鹤弟做事周全之至，实在令汉俊佩服！"

崔汉俊说到做到。后来，先后有十二位团级以上新四军华中部队的干部来到上海，在他的主刀下成功做了手术。其中两位师级首长因伤势过重，不能在民房中手术，他用自己的轿车拉到德济医堂设备先进的手术室，挽救了两人的性命。

许子鹤在上海见过崔汉俊一面之后，两人再也没有相见，与崔汉俊联系的是新四军驻沪办事处的朱芸女士。崔汉俊经常叮嘱朱芸："请你们一定要照顾好我那位老同学，他是我们那一批留学生中最优秀的人，我比不上他，当阳比不上他，王全道也比不上他，他这个大博士要是在你们手里出了事，我就不给你们的病人做手术了！"

后来，由于新四军医院伤员众多，做手术急需的特效药和手术器械奇缺，金涛在泰国一时又买不到那么多，许子鹤不想再给崔汉俊增加负担，就给远在德国的留德同学李当阳写了一封长信。

当阳兄：

多年不见，一切安好？从汉俊兄那里得知，多年来你一直在关心我的安全之事，甚是感激！小弟子鹤并没有前去德国，而是一直留在国内，没有片刻偷懒懈怠，和众多国人一道，为民主呐喊，为富强奔走，赶走了烧杀抢掠的日本强盗，现在，我们正在为建立一个和平民主的新中国而忙碌，可以说，子鹤没有辜负当阳兄的期望和关心。

二十多年前，你我负笈西行，求学德国，其时国家积贫积弱，华人饱受歧视，你我感同身受。当年同学年少，壮怀激烈，不知道吾兄可曾忘记？如今，正如你所知道的一样，我们正在朝着最后的目标奋进，对这个目标，我们满怀信心，义无反顾！

现在，我们的将士遇到了困难，他们当中的许多人因为缺乏必需的特效药和手术器械而失去了生命，而国内又购买不到这些药和器械。子鹤只能求助神通广大的当阳兄了。当然，子鹤弟尊重当阳兄无党无派的政治选择，如果感到为难，我也不予勉强。不管当阳兄能否接受我的请求，都不影响我们之间多年兄弟般的情感。如果当阳兄接受请托，我会尽快汇去钱款……

二十天后，许子鹤收到了李当阳的回信。

"子鹤老弟：来信收悉，切勿挂念！知弟平安，万分欣慰！这几年与国内政界的朋友通过几次书信，听闻你驰骋疆场，游走于刀刃之上，屡有惊天动地之壮举，令当阳心潮难平，恨不得插上翅膀，飞回国内，鞍前马后随你共同奋斗，无奈当阳拖家带口，不能前行，内心实在愧疚难当！所托之事，正可一偿吾报国之心，即刻遵照办理，请立即告知贵方联系地址，钱款事宜不必多虑，当阳自当一力筹措，以尽绵薄……"

一个月后，两箱寄自德国的"中学化学课实验用品"寄到了上海。

需要补充交代几句的是，许子鹤的话后来应验了。面对国民党军队气势汹汹的全面进攻，江苏解放区军民沉着应战。华中军区主力在苏中地区七战七捷，歼敌五万余人，挫败了国民党"速战速决"彻底消灭新四军的计划。

第四十八章

蒋介石不顾社会各界和平呼声，悍然发动内战的行径引起了全国人民的愤慨，游行和抗议活动在全国范围内风起云涌。

为团结起来抵制内战，呼吁和平，一九四六年五月，民进、民建等五十多个社会团体在上海举行大会，成立了上海人民团体联合会。一个月后，该联合会组成代表团赴南京进行和平请愿，上海各界群众十万余人举行了声势浩大的集会游行，声援联合会的正义诉求。当以马叙伦为首的代表团乘火车抵达南京下关车站时，意想不到的情况发生了——埋伏于车站的国民党便衣特务和暴徒数百人将代表们团团围住，不由分说，举棍挥刀便开始袭击殴打，代表团组织者马叙伦、雷洁琼、阎宝航、叶笃义、浦熙修等被打成重伤。此事经媒体报道后，国内一片哗然。在宁的中共代表团成员周恩来、董必武、邓颖超等立即前往看望慰问受伤代表，并就此事向马歇尔、徐永昌、俞大维提出严重抗议。

蒋介石依然我行我素，时隔不到半个月，对爱好和平的社会团体和人士再下毒手。

西南昆明，国民党云南省警备司令部大肆捣毁宣传和平民主思想的书店，查抄民主进步人士的居所。非但如此，还到处散布谣言，声称民盟预谋组织暴动，夺取政权，称呼民盟中委李公朴为"暴动头目"，说他"奉中共之命，携巨款来到昆明"别有目的,诬告另一位著名民主人士闻一多"组织暗杀团"等等。

在黑云压城、血雨腥风的昆明,民盟云南省支部不畏强权,公开举行媒体见面会,揭露政府对公民自由的侵害。李公朴、闻一多和楚图南勇敢地站了出来,表达渴望和平的心声,揭穿云南省府的造谣污蔑。媒体见面会后,昆明城群情激愤,数以万计的市民签名支持民盟云南省支部"要民主,要和平,不要内战"的呼吁。昆明城的正义诉求换来的却是蒋介石的密杀令。7月11日,李公朴惨遭特务暗杀。四天之后,在李公朴追悼会上,闻一多面对现场便衣特务的威胁恐吓,大声疾呼:"你们杀死一个李公朴,会有千万个李公朴站起来!你们将失去千万的人民!"在当天回家途中,闻一多遭到国民党特务杀害。

举国为之震惊。

国民党的流氓暗杀行径激起了全国人民的极大义愤,全国范围内涌起了抗议国民党暴行、反对内战的更大浪潮。蒋介石没有心慈手软,密令毛人凤的军统组织以及各地警察宪兵,收集反抗政府带头人士的名单,暗地里予以"剪除"。

在国民党首都南京,十二人的暗杀名单被秘密甄定。他们当中,既有民主党派负责人,也有大学教授、爱国华侨和商界领袖。尽管职业不同,但都有一个共同特点,爱好和平,痛恨内战,多次在报纸和集会上抨击蒋介石的独裁统治。按照蒋介石密令,南京成立了毛人凤和王全道为头目的秘密小组,开始抓捕暗杀黑名单上的人员。为防止在社会上引起轩然大波,毛人凤和王全道决定,除非万不得已,不采用直接暗杀的方式,而是通过毒杀、溺毙、火灾和交通事故等方式秘密处置,整个行动必须在两周时间内完成。更为阴险的是,毛人凤和王全道为防止中共南京地下党以及媒体记者认出执行任务的本地军统和宪兵人员,特意从外地调来了上百名心狠手辣的陌生面孔冲在一线,一张看不见的大网在金陵城悄无声息地撒开。

隐藏在国民党军政部的一位中共地下党员获知这份名单后,立刻报告了中共代表团负责人周恩来。周恩来指示华中分局和南京市委不惜一切代价,迅速将十二人转移到苏北解放区。

许子鹤被任命为营救小组的组长,负责完成这项艰巨而又危险的任务。

接受任务后,许子鹤把自己关在房间里两天两夜没有出门,陷入深思的他根本没有时间概念,这是他多年养成的习惯。

这项任务,与许子鹤过去十几年遇到的诸多任务都不同。不同之处被他总结成了三个方面:一是救援人数多。许子鹤组织过多次营救任务——在上海,他设计让法国牧师和印度巡捕掉入陷阱,救出了身陷囹圄的谢方理;在南京,他巧施计谋,从羁押牢房中成功自救过,之后还和南京市委的同志们一道,救出并安全转移过邓演达的两位同仁,还有那次深入虎穴营救恽长君的行动,几乎大功告成;在河南期间,他巧妙布局,不但救出了洛阳市委石丛山等五位同志,还让敌人不明不白玩起了"狗咬狗"的游戏。但这么多起营救行动中,要营救的人少者一到两人，最多也就五个人，而这一次，营救的对象多达十二人，人多目标大，极易暴露行动计划。第二个方面，以前的营救几乎都是敌在明处，我在暗处，敌人不知道他许子鹤会出现在需要救人的那座城市，更不知道他会直接组织营救行动，在那样的情况下，往往可以出其不意，速战速决，而现在，双方都在明处，且敌人已经盯上了需要营救的人员，制定了详细的监视暗杀计划，在对方早有防备且力量强大得多的情况下，营救风险一定大得多。第三个方面，十二个人必须同时救出，一招制胜，否则，分批实施营救，前面几个人可能会顺利救出，但敌人很快就会发现。一旦发现，他们就会提前动手，后面的人再想救出，几无可能。

周恩来给许子鹤下的命令是，一个都不能伤，更不能死，十天之内必须安全转移到苏北解放区。他还反复嘱咐许子鹤，这次营救行动不但体现共产党的赤诚之心，也考验中共组织的处置能力。分析完三个方面的不利因素，联想起周恩来的命令，许子鹤感到了空前巨大的压力。

许子鹤在房间里走来走去，想到一个主意，他就赶快停下来，在桌面上的一张白纸上写下几个字，再接着走；又想到一个主意，他再次停下，在白纸上记下几个字。一天一夜下来，许子鹤用去了几十张白纸，每写完一张，他都用火柴点着，扔进旁边的铁皮桶里。

饿了，许子鹤就啃上几口馒头，渴了，就端起桌子上的瓷缸咕咚咕咚喝上几口凉开水。

艰难的思考仍在继续，到了第二天中午，许子鹤已经满眼通红，但仍没有停下沉重的脚步。

已经到了第三天凌晨，许子鹤实在走不动了，憔悴万分的他不得不坐了下来，趴在桌子上打一会儿盹。不到两分钟，许子鹤就睡着了。

许子鹤做起梦来——这是一个伸手不见五指的风雨之夜，他和自己的同志带领十二个人，沿着墙根穿行在南京一条狭长的巷子里。巷子尽头有一群穿着新四军军装的战士手举鲜花，呼喊着口号在等待他们，再有几十米，他们就可以安全逃出南京城了……突然，从前方不远处一条垂直的巷子里，窜出了一群个个手提双枪的黑衣人。许子鹤看清楚了，领头的不是别人，正是自己的老同学王全道。王全道认出自己后，二话没说，举枪就是一梭子子弹，子弹呼啸而来，走在前头的几位营救人员应声倒地……

"啊呀"一声，许子鹤被恶梦惊醒，惊魂未定的他捂住胸口，半天没有缓过气来。

许子鹤走进卫生间，从木桶里舀起两瓢冷水，浇在了自己头上。清醒许多的许子鹤再次在屋内来回走动起来。

到了第三天鸡鸣时分，一个成熟的计划在许子鹤的头脑中形成。烧掉字迹密密麻麻的四张白纸，匆忙啃下一个冷馒头，许子鹤走出房间和焦急等待他的同志们会合。

为防止泄密，许子鹤对参加方案研讨会的人员做了严格限定——除了他自己，还有中共华中分局的董义堂、魏坤以及南京市委的张宜珊和武丕洲。

在燕子矶一个僻静的亭榭中，许子鹤首先听取了其他四位同志两天来的思考，待他们一一讲述完，他也跟大家交流了自己的想法。

"同志们，大家的意见都不错，有些地方我没有想到，很多细节我也没有考虑得如此周全，我把自己的想法和大家交流一下，请大家一起讨论。"

许子鹤说话办事，一直保持谦谦君子的风度，没有一点领导的架子。

"我这个方案基于五种背景思考制定：一是十二人在南京居住点的分布；二是出城最安全的通道；三是最可靠的集合地点；四是最快捷的交通工具；五是敌人防范最薄弱的环节。"

许子鹤在接受任务后，迅速从南京地图上查到了所有需要营救人员的工作地点和家庭住址，将南京的人流集聚地、警察和宪兵驻地、主要道路、巷口、关卡、宪兵和便衣特务经常出没的地点在地图上标得清清楚楚。

大家聚精会神地看着许子鹤，聆听他胸有成竹的方案。

"敌人对这次暗杀行动可谓处心积虑，行动小组由蒋介石亲自任命就是一个充分的证明。所以我们这次一定要比对手更胜一筹，做好更周全更细致的方案，否则不但功亏一篑，完不成中央交给的任务，自己也会付出巨大的代价。基于以上背景，我制定了这次行动的方案，供大家讨论，方案可以用'两组两点两线'六个字来概括。"

亭榭里的每个人屏息静气，期待许子鹤对六个字的讲解。

"'两组'就是成立两个分别执行任务的小组，在总行动组的指挥下，各自行动，不相互通气，目的是对行动方案保密，同时保护大家的安全，如果出现意外，使损失降低到最小范围。这两个小组的组长由我和宜姗担任。"

大家点了点头。

"'两线'指的是两条撤离南京的线路，分东线和西线。东线是从中山门离开南京，经宁镇公路到达镇江，过江后再经扬州到达黄浦刘家潭，那里有我们的一个秘密交通站，该交通站已经打通苏中和苏北之间的联络，只要到了那里，他们就会将人安全转移到新四军华中军区司令部所在地淮安。西线是从南京下关过江，到达江北浦口，然后乘车到洪泽，那里也有一个我们的秘密交通站，交通站的同志会护送他们到淮安去。"

亭榭里静默无声，只有习习秋风和阵阵蝉鸣。

"我这里所说的'两点'指的是逃离南京前临时集合的两个地点，分东点和西点。如果最后决定选取东线离开南京，那么东点就定在紧靠中山门附近的御道街'石头城旅社'，大家知道那是我们南京市委的旅社。西点是江北浦口火车站附近的浦口中学。"

对东点的选择，大家一致同意，但大家都不明白西点为什么选择浦口中学。

"为什么选浦口中学呢？"武丕洲说出了大家的疑问。

"一个星期前，我从报纸上看到了六天之后浦口中学准备举行五十周年校庆的公告，这所中学是所老学校，毕业的学生很多，在南京城工作的更多，到时候，一定会有很多人从江南乘渡轮过江到浦口去参加活动，被营救的人混在其中，不易引起怀疑。"

大家的疑团解开了，个个惊叹许子鹤的博识强记和敏锐观察。

大家针对许子鹤提出的方案展开了热烈讨论。很多路线、方式、地点等细微之处得到补充和完善，日落西山的时候，方案被确定了下来。

"同志们，这个方案只有我们五个人知道，请大家以党性和生命担保，不向外泄露计划。我负责西线和西点，宜姗负责东线和东点，在各自小组内只说自己小组的事，对另外一个小组的行动决不能透露半句话。"

许子鹤说完，举起右手，庄严宣誓道："我许子鹤宣誓，即使头断血流，绝不泄露组织的任何机密！"

接着，董义堂、魏坤、张宜姗和武丕洲一一做了宣誓。

临别前，许子鹤宣布，行动日期确定在浦口中学举行校庆庆典的当日上午，之前与十二个人的联络由他和张宜姗负责。

前途未卜，危险重重，五位战友彼此握了握手，各自走向了自己的战场。

许子鹤和张宜姗马不停蹄开始了与十二个人的联络工作。

第一站，许子鹤来到了金陵大学，面见金大教务总长、著名气象学家丁家桢教授。此人不但在各种场所直言不讳痛骂国民政府的黑暗，还多次带头参加抗议游行活动，是出名的民主斗士。

"丁先生，感谢您百忙之中拨冗接待我，使我有机会当面请教几个学术问题。"为了安全，许子鹤委托上海的同志以"高博士"的名义提前从上海打了电话，与丁家桢约定了会面时间。

"我丁家桢没别的爱好，就是喜欢与同仁讨论学术问题，不吃饭不睡觉都可以。"

"我看过丁先生的几篇气象学论文，不但观点鲜明，写得也有理有据，令人信服，读起来酣畅淋漓。"

"您从上海跑到南京，不能只吹捧我，也应该对我的论文提点意见吧？"

"意见不敢当，只是有一点疑惑，不知当讲不当讲？"

"您还不了解我这个人，不仅学术问题敢讲，对无赖政府所做的无赖之事，我向来也都一吐为快。请赶快讲，大胆讲！"

"那我就冒昧说几句了！丁先生的论文在气象学专业知识和论证方法上毫无问题，只有一点瑕疵——"

国内气象学权威丁家桢望着许子鹤，示意他把话说完。

"气象学的论文除了本身的专业知识外,还有另外一个重要的方面就是数学方法的运用问题,对庞大气象数字背后规律的总结归纳,取决于数学方法选择的正确与否。教授在几篇论文中采用的方法可行,但太耗时。先生一定知道,今年八月,在美国普林斯顿大学召开了一次对气象学发展具有历史意义的重要会议,会议的组织者和主持人不是著名的气象学专家,却是普林斯顿大学的数学教授冯·诺依曼博士。如果用这位博士提出的算子环理论,我想,您会取得更大的成就!"

丁家桢瞪大眼睛,惊愕地望着许子鹤。

"您怎么知道冯·诺伊曼代数?现在整个中国知道这个理论的人不会超过十个。"

"冯·诺伊曼原来在德国柏林大学工作过,与我的老师希尔伯特和迪特瑞希是好朋友。"

"我的天啊!您是希尔伯特和迪特瑞希教授的学生,中国竟还有两位大师的学生!"丁家桢知道,不但自己,就是冯·诺伊曼、爱因斯坦也对国际数学协会主席希尔伯特和副主席迪特瑞希顶礼膜拜。

两个人的距离在慢慢拉近,最后到了无话不谈的地步。

"高博士,今后到我们金陵大学来当教授吧,甚至可以做数学系的主任,我在气象学方面还算凑合,就是缺乏现代数学的知识,如果我们合作,一定会在天文气象学上为咱们中国在国际上争脸!"

没有说出自己真实姓名的许子鹤面带为难之色:"可以,但现在还不行!"

"为什么?"

"先保命要紧!"

"怎么回事?"

"不是我的命,是先生的命,一条对国家对民族来说价值连城的生命!"

许子鹤说了来由,丁家桢绝对想不到蒋介石会如此恶毒。

"蒋介石就是再无赖,也不能动刀杀人吧?"丁家桢疑惑不解。

"几个月前,李公朴和闻一多先后被暗杀,先生应该知道此事?"

丁家桢一下子变得沉默不语。

"我这次来,并非代表我个人,而是奉周恩来先生的指示与先生接触的,我们绝无强求之意,只是不愿看到一批国家和民族栋梁就这样被人白白杀掉。"

听到周恩来的名字,丁家桢的态度缓和了一些。

"周先生前一段时间还宴请过我们,是一位胸襟坦荡、气宇非凡之人,我十分钦佩!"

"那您是什么人?"丁家桢警觉地问道。

"事到如今,我也就不再相瞒,中共华中分局负责城市工作的许子鹤。"

"许子鹤,许子鹤,就是无赖政府悬赏十几年终未得手的那个许子鹤?!"

"正是本人!"

丁家桢一脸钦佩之情。

"哥廷根大学数学系的博士，旷世奇才！旷世奇才！"

丁家桢的态度终于发生转变。

等许子鹤把自己想好的营救方案说完之后，丁家桢才知道许子鹤为此付出的艰辛努力。

"贵党在如此凶险关头不计个人安危想到我们，还考虑得如此周密，我丁家桢算是知道周先生所说的肝胆相照的真正含义了！好！我丁家桢一切听从许博士的安排！"

两人悄悄商量完撤离南京城的所有细节，许子鹤还与丁家桢确定了下一步电话联系的暗语。临别时，丁家桢说："我们金陵大学有校车，到时候我可找个理由调出一辆供出城使用。"许子鹤同意他的建议。

"先生，等国内和平了，我们就送您回金大，国家需要您这样的人才。"

"许博士，我们讲好了，到时候您要一起来，金大需要您，气象学需要您！"

"好！就这么定了！"

"好！一言为定！"

离开金陵大学，许子鹤旋即改作商人装扮，来到了南洋华侨邓文逢的公司……

四天之内，许子鹤和张宜珊分别联络完各自负责的营救对象。

第五天，许子鹤确定走西线离开南京。许子鹤负责的西线小组一共十名成员，许子鹤、魏坤、武丕洲，还有南京市委选派的七位得力的同志。为防止次日行动的秘密泄密，当天中午，许子鹤才把大家召集到一个临时秘密接头地点，向大家布置任务。南京市委的七名同志还是第一次见到许子鹤，个个怀着钦佩的心情表示坚决完成任务。为保密和慎重起见，许子鹤没向他们说出转移十二位民主人士离开南京的事，只是要从浦口火车站把路过南京的一位新四军首长和几位随从护送到江北根据地。许子鹤一番周密部署后，要求大家分头准备，第二天一大早在浦口车站广场碰头。

草草吃过中午饭，许子鹤一个人悄悄离开住地，再赴江北浦口中学进行最后一次实地勘察。

在此之前，许子鹤已经去过两遍，对浦口中学附近的环境已了如指掌。再去此地，细心的许子鹤是要保证营救行动百分之百成功。

下午四点钟光景，许子鹤抵达了长江对岸的浦口镇。一如往常，许子鹤叫上一辆黄包车赶赴浦口中学。

在路上，许子鹤和黄包车夫聊起了天。

"师傅，现在生意好做吗？"

"不好说！比如今天上午，俺才拉了两位客人，但下午不一样了，已经拉了四趟，您是第五位客人。"

"是不是上午客人少，下午客人多呀？"

"不是！一般是上午的客人多，因为城里的人赶到浦口坐火车，下午的火车少，基本上没有客人了，但今天不知咋地，翻了个个！"

黄包车夫无意的话引起了许子鹤的注意。

"下午火车出发的少，是不是下午火车到达的多，所以今天你才拉到这么多客人？"许子鹤故意找话说。

"不对！俺今天拉的客人都和您一样，是下午从城里过来的。俺拉了多少年的车了，坐火车出发和到达的顾客手里都有大包小包的东西，可俺今天拉的人都没带东西，两手空空的。"

许子鹤心里顿时一惊，没有再和车夫搭话。

一路上，许子鹤反复琢磨着车夫的话，越琢磨越感到今天的状况很蹊跷。或许车夫今天下午生意好是个偶然，但许子鹤是个不相信偶然的人。想到最后，许子鹤决定改变路线去另一个地方。

"师傅，我看望朋友忘记带礼物了，拉我去浦口中学附近的农贸市场吧！"农贸市场比浦口中学更远，车夫欣然同意。

来到市场内，许子鹤没有片刻停留，直接去了几个鸡蛋和肉食摊点，站在一旁听顾客和摊主讨价还价。

"我前天还来买你的鸡蛋，今天怎么忽然贵了两成？真不像话！"一位顾客气鼓鼓地说道。

"随行就市！随行就市！下午一下子来了那么多人，就剩这几个鸡蛋，你看着买吧！"摊主寸步不让。

肉食摊的情况也大致如此，肥肉和瘦肉已经卖完，只剩下下水和猪蹄、猪耳之类的东西。

离开农贸市场，许子鹤心里的疑惑陡然增加。今天下午浦口镇怎么会出现如此反常的事情？许子鹤边走边想，当他远远路过浦口中学时，抬头望见了大门上方的标语"热烈欢迎各界校友回校参加校庆"。许子鹤顿时豁然开朗，对了，一定是学校举行校庆，庆典后在学校食堂宴请校友，所以才造成浦口镇的鸡蛋和荤食脱销。

刚刚走出二十多米，又一个疑惑突然在许子鹤的头脑中产生。不对！不对！学校食堂购买如此大量的食材，绝对不会等到下午，一定会提前一天或者一大早就赶到农贸市场，这是工作惯例。一定另有大批人员下午才赶到浦口，为今天的晚饭和明天的早饭临时采购才造成了现在的情况。

"大批外来的人员？"许子鹤想到这里，心中不寒而栗。

半个小时的思前想后，许子鹤再次找到了验证的方法。

傍晚时分，许子鹤走进了浦口镇唯一的商场，来到了蜡烛和煤油柜前。许子鹤预料到的最可怕的情况发生了,售货员告诉许子鹤,一个钟头前,这两样东西全部卖光了。还说,他们商场从来没有遇到过这种情况。

浦口镇上的一般旅馆、饭店和住家户还没有通电,一个下午突然卖光两种照明用的东西,必定有大量晚上不睡觉的人来到浦口。这些人晚上不睡觉,一定是明天有重要的事情。浦口中学的校友都是明天上午才到学校,那么这些不睡觉而准备明天事情的人是谁呢?

"大事不好!"一定是明天在浦口中学的行动计划暴露,毛人凤、王全道派来了大批特务和便衣提前潜伏到了浦口,为明天的搜捕做着精心布局。

许子鹤悬着心匆匆回到南京,没有片刻喘息,立刻联系张宜珊,两人连夜用街头电话通过暗语通知了十二个人计划变动。

为确认西线小组内部确实出了内奸,许子鹤当晚没有通知该小组南京本地的七名成员,而是等到第二天凌晨五点,才委托魏坤以召开紧急会议的形式把他们召集在一起,向他们交代新四军首长今天发烧走不成,计划推迟。会后,魏坤没有让七个人离开,而是一板一眼研讨起下一次行动的方案来,直到十点左右,才放他们离开。

与此同时,武丕洲受许子鹤指派,秘密去了浦口火车站。他侦查到的情况正如许子鹤所料,火车站广场上便衣密布,火车站附近的巷口来回走动着平常不曾见到的人:修鞋的、补锅的、烤山芋的和卜卦看相的。

七人之中有毛人凤、王全道安插的内奸,最坏的情况得到了确认。

许子鹤再次召开总行动组组员会议,紧急商讨下一步的行动计划。西线受挫,又遇内奸,大家对今后的行动意见分歧极大。大部分人认为,应该立即隔离南京地方的七名成员,排查出内奸,从而保证今后的行动不再有风险。少部分人认为,西线出事,说明内奸藏在西线组内,东线则是安全的,马上启动东线行动方案。

半天的讨论,许子鹤一句话没说,自始至终只听大家讲。到了中午,意见仍然不统一,大家将目光投向了许子鹤。

"同志们,中央给我们规定的十天期限还剩最后三天。三天时间,是无论如何挖不出深藏于我们内部的奸细的,如果我们把精力用在抓内奸上,不但会耽误当下的主要工作,还有可能被敌人钻空子,顺藤摸瓜发现我们的秘密,抓捕我们的同志。目前敌人为什么没有动我们一个人,就是想放长线钓大鱼,将我们一网打尽。我们就利用他们这种心理,来一个将计就计,只当不知道内部有卧底,继续实施计划,才能不让敌人的计划得逞。"

大家讨论后,同意许子鹤的想法。

问题最后聚焦在如何开展下一步的工作上。

"下一步应该怎么做?刚才部分同志提议启动东线计划,我个人认为是合乎情理的。按常理而言,西线计划失败后启动东线,这样做毫无问题。不但我们这样想,我估计敌人也会这样想,从浦口走不成,他们一定分析到我们会很快启动其他方案，选择其他地点行动。既然敌我双方都这么想，问题就出来了，敌人会把主要精力用在防控我们的新地点上，这样的话，东线也就没有绝对安全可言了，而我们这次的行动，必须要求绝对安全。"

听到许子鹤把东线方案否定了，大家一下子急了，每个人都清楚，这时候再想寻求第三个行动地点，显然是不可能的。

"大家知道现在哪里是最安全的地方吗？"许子鹤问道。

每个人都摇了摇头。

"数学上有个统计规律，战场上一个地点落过一发炮弹后，第二发炮弹一定不会不偏不斜正好落在这个点上，所以有经验的士兵听到第二发炮弹飞来的声音，都会跳到前一发炮弹的弹坑里。数学规律是这样，人的想法也一样。所以，实施下一步方案最安全的地点不是东线，而是西线！敌人刚刚搜查过浦口车站，他们绝对不会想到我们会杀个回马枪！"

大家恍然大悟。

"为了使西线由最安全变成绝对安全，东线的计划照常启动，把东线的行动变成'明线'，西线的行动形成'暗线'，明线是幌子，暗线是实际，两条线一齐行动，敌人就会扑错地方。"

众人听罢，认为是"明修栈道，暗度陈仓"的妙计，无不对许子鹤的方案拍手叫绝。

"那怎样把东线变成明线，把西线设成实线呢？"魏坤问道。

"通知原来西线小组的七个人，说行动有变，后天改走第二套东线方案，即在石头城旅社集合，从中山门出城，并请他们参与此方案的行动。请大家放心，出不了半天，王全道、毛人凤就会得到消息，东线自然变成了明线。"

"妙！妙！"所有人情不自禁地嚷了起来。

"我要说明的是，后天同时实施的西线方案只有我们几个人知道，也由我们几个去完成，绝不能让其他人知道和参与。"

众人会意地点了点头。

"最后一个问题是，假戏必须真做，东线方案的实施必须派出我们中间的一位同志去牵头组织，现在看来，东线的危险要远远高于西线，因为到时候敌人会全部扑向那里。"许子鹤提出了他心中最棘手最难决断的一个问题。

张宜珊第一个发言："我是东线小组的组长，由我来组织上演这场假戏最合适！"

许子鹤最不希望张宜珊去冒这个风险，她的丈夫恽长君已经为革命捐躯，绝不能再让她来承担如此危险的任务。

许子鹤没有讲话。

董义堂第二个表态："不要争了，我去最合适，我对南京的情况十分熟悉，参与过多次营救活动，有经验。"

"你去西线，那里需要你去现场指挥。"许子鹤断然否定董义堂的申请。

屋子里剩下魏坤和武丕洲，两人争抢着要到东线。

"魏坤太年轻，万一遇到特殊情况，其他人能听你的指挥？不会！"许子鹤找理由拒绝了魏坤。

屋子里只剩下武丕洲一个人，武丕洲认为许子鹤会派自己，其他人也都认为会派他到东线去。

"我们几个人当中，就丕洲一个人会开车，我的计划是，等金陵大学的汽车到浦口火车站后，你换下学校的司机，去洪泽的路上你来开车，不要让人家的司机替我们冒风险。"许子鹤最后否定了武丕洲。

屋子里再无其他人，众人不知道许子鹤要如何决定。

"我去东线最合适！"许子鹤说出了一句令所有人都震惊万分的话。

"不行！"

"不行！"

"坚决不行！"所有的人都一致反对。

关于最后谁去东线组织假戏真做，许子鹤早已想好了人选，就是他自己。东线最容易暴露，最不安全，他不愿把风险让自己的同志去承担，而把安全留给自己。现在他的任务就是说服大家。

"同志们，大家想过没有，下一步行动的最大隐患出在西线小组中的内奸那里，西线小组的七个人都知道我是这次行动的最高组织者，如果行动时我不出现在东线，内奸肯定会及时报告，毛人凤、王全道都不是等闲之辈，他们必定会分析出东线是我们的声东击西之计，一定会在其他地方，自然也包括西线的浦口地区加强防备，到时候，那么多人要想从西线撤离，危险就大得多了！所以，东线的戏演得越像越真，西线的风险就越小。"

虽然许子鹤言之有理，但大家依然不同意，争着要去东线。

"我理解同志们的心情，但大家不要再争了，为了保证西线的绝对安全，我已经决定了，自己到那里去，为了十二位重要人士的生命安全，我们就是有一些牺牲也值得。"

没有人再说话，但大家心里都有一万个不同意。

"请大家放心，我许子鹤一定会平安归来，和大家一起把独裁政府打垮，建立一个崭新的、民主的和强大的中国。"

所有的人都低头无语，不敢再看许子鹤一眼。

两天之后，根据计划，董义堂、张宜珊、魏坤和武丕洲去了浦口车站，中午十二点整，规定的时间到了，乔装打扮的十二个人陆续上了汽车，武丕洲换下金陵大学的司机，风驰电掣地过江浦，过六合，驶向了洪泽……

东线的行动也定在了中午十二点。

早晨八点,许子鹤就来到了御道街石头城旅社。临近旅社的路上,许子鹤边走边用余光观察旅社周围的情况,四周比平常还安静。许子鹤心里立即明白,毛人凤、王全道来了。深流无声——高手过招,比的是耐心和沉着。到达旅社之后,他就急忙叫来地下党的两位同志一阵低语。两位同志挎上竹篮,和平常一样去菜场买菜,来到菜场后,两人从菜场后院跑了出去,再也没有回旅社。

旅社内只剩下了几位清洁工和房间服务员,他们均与中共地下党毫无关系,不存在任何危险。许子鹤向他们交代:"今天中午来的是位大人物,脾气大,他到来后,你们就到地下室坐吧,有事去叫你们!"众人点头。

十点钟,七个人准时赶到旅社。

许子鹤把七个人一一叫到楼上的经理房间,委派大家分头去为即将到来的客人购买香烟、白酒、面包和药品。实际上,他要利用最后的时间逐一谈话,分辨出内奸,尽可能多地让其他地下党员安全转移。当许子鹤谈到第三个人时,此人提出这时候再到外面购买东西不妥,会引起敌人的怀疑。许子鹤从他的话语和眼神中断定这个叫李顺安的人有问题,但他没有打草惊蛇,而是说新四军首长直接从市内的一家诊所出来,带的人又多,路上没有吃的喝的不行。李顺安不好再反驳,只得老老实实去买东西。剩下的四个人也都被许子鹤迅速派走。除了李顺安外,许子鹤让六个人前去的商店,他们都非常熟悉,那里有逃生的要道。

十一点钟,李顺安买完东西回来了,其他六个人已安全撤离。

十一点半,许子鹤透过窗帘看到,旅社四周一下子热闹起来,不少人在看报、散步、遛狗、围在一起下象棋和围观杂耍艺人表演。许子鹤知道,石头城旅社被团团包围了。

十二点刚过,国民党句容县党部的一帮人分乘几辆黄包车从汽车站来到旅社,他们今天到南京参加为期三天的代表大会。一天之前,张宜珊指示旅社经理通过关系以优惠的价格把他们引来了,"充当"新四军首长和随从。

许子鹤、李顺安和旅社人员热情接待到来的贵宾。

当八个句容县党部的人全部走进旅社,外边突然传来"啪啪"两声枪响,原来在附近隐藏的各式人等迅速从腰间拔出手枪,朝旅社直扑而来。

"里面的人听好了,你们被包围了,马上举起双手,走出旅社!"

"里面的人听好了,你们被包围了,马上举起双手,走出旅社!"

旅社内的人顿时惊慌失措。

许子鹤拔出手枪,对着句容县党部不明就里的人大声喊道:"共匪地下党袭击旅社,大家赶快还击!"

"不!不!他,他是——"李顺安左手指着许子鹤,右手就要从腰里拔枪。当他刚喊到一半的时候,许子鹤枪响了。

李顺安应声倒地。

"原来是这个内奸引来的共匪！"许子鹤一声大喊。

旅社内外枪战瞬间打响。

一波又一波的特务从四面八方赶来，许子鹤和屋内人一起向外射击。

半个小时后，枪声平息。

旅社门外横七竖八躺着一片尸体，屋内句容县党部的八个人全部被打死。

最先冲进屋内的几名特务发现，门后躺着一个人，双腿已被打断，鲜血流了一地，人已经气若游丝。

第四十九章

昏迷一天一夜之后，许子鹤苏醒了，他发现自己躺在床上。

"这是什么地方？"许子鹤问旁边一位穿着白大褂大夫模样的人。

"南京卫戍司令部医院。"对方回答。

"明白了！"

许子鹤清楚，自己负伤被捕了。

对这个结果，许子鹤早有心理准备。从西线行动小组内发现内奸开始，他就预料到这次营救行动必将危险重重。在从浦口返回南京城的路上，许子鹤对两位对手的心态进行了反复揣摩。王全道在与自己的交锋中屡屡失手，饱受蒋介石怒骂责难，职位岌岌可危，目前已经到了丧心病狂的地步。他一定会尽全力除掉十二个人，以解蒋介石的心头之恨，借此保住自己的乌纱帽，同时也会出动全部人马搜捕打探自己的下落。而毛人凤动用八方关系，使出浑身解数爬上军统局局长职位后，屁股还没坐热，军统南京站站长周锋和军统负责监视的刘良本相继起义，不但颜面尽失，个人能力也受到了严重质疑，对蒋介石的新指令，这次必定处心积虑，不遗余力，想方设法除掉十二个人，掘地三尺也要把南京中共组织挖出来。国民党宪兵与中统、军统特务机关向来不和，但这一次大家成了一条绳上的蚂蚱，必须共同进退，方能摆脱当前的困境。

情况正如许子鹤所料。蒋介石指令下达后，毛人凤和王全道几乎每隔两天就见面密商，发誓一雪前耻，除了确定除掉十二人的周密计划外，还约定待完成此项任务后，双方调动全部人马，寻觅许子鹤的下落，不惜一切代价与其决一雌雄，"剪除"党国大患。

政府几方人马正在紧锣密鼓布置陷阱期待十二个异己人士自投罗网时，突然获知许子鹤正密谋组织转移病愈的新四军头目从南京奔赴苏北战场这一天字号机密，认为天赐良机，便命令手下暂停对十二人的监视计划，全力以赴布控缉拿新四军头目和共党南京谍匪之首许子鹤。

获悉新四军头目和许子鹤接头地点在浦口火车站后，毛人凤和王全道当天下午就派出两百多名便衣特务秘密赶往浦口设局布控。可到了第二天上午，浦口车站广场没有发现任何可疑人员,在失望之时,突然得到密报,新四军头目因病推迟两天出发。

鉴于许子鹤向来"诡计多端",将信将疑的毛人凤和王全道当即召集众多专家分析"要情"。最后得出的结论是,许子鹤突然取消浦口火车站行动计划,最大可能是发现了他们在车站附近布控的蛛丝马迹。至于如何发现疑点,他们分析出了两种可能,一是卧底被识破,二是"狡诈"的许子鹤当天上午在现场观察辨认所致。不管哪种可能,许子鹤很有可能已经知晓内部有卧底,所以必须严密监控许子鹤,获得其最新动向后才能采取相应行动。

时隔一天,得知许子鹤仍让包括卧底在内的相同人员参与下一步行动,毛人凤和王全道感到匪夷所思,便紧急召开会议商讨对策。对许子鹤的举动,会议认为有两种可能,一是许子鹤虽然知道内部有卧底,但判断失误,怀疑错了对象;二是许子鹤知道内部有卧底,设计了一个将计就计的圈套。最后,与会人员形成一致观点,静观明天对方行动情况,如果许子鹤亲自出马,外加前来旅社人员的外表,且来旅社人员与新四军头目及其随从数量一致,就应该是第一种可能,这时候就调集全部人马布控御道街地区,把这群人一网打尽;如果许子鹤自己不出场,而是选派无足轻重的其他人员冒死组织旅社的行动,定是一出假戏,那就得立即实施全城戒严,通知南京城区和郊县的警察宪兵严加盘查,防范许子鹤另选他地,借御道街旅社的假行动虚张声势,趁机金蝉脱壳逃离南京。

毛人凤和王全道将行动的指挥部设在了距离御道街不远的明故宫内。当早上八点半获悉许子鹤出现在石头城旅社的消息后,两人欣喜若狂,立即通知全城的精干力量迅速到南京城东一带集结,不但将御道街里三层外三层团团包围,还派出大量便衣封锁了中山门和通往镇江的所有通道。

为防止打草惊蛇,毛人凤和王全道十一点多才开始缩小包围圈,将石头城旅社围了个水泄不通。两人心想,这一回,许子鹤和新四军头目纵有三头六臂,也已成瓮中之鳖,插翅难逃了。

激战开始后,屋内的人拒不投降,毛人凤和王全道下达了"全部予以歼灭"的命令。

枪声平息之后,毛人凤和王全道在大批人员的簇拥之下走进旅社,搜查后发现,除地下室几位吓瘫的服务员和帮工之外,门后还有一个人仍活着。

当王全道俯身细看这个奄奄一息低垂着头的人时,吓得连退两步,"许子鹤!许子鹤!"

身边的特务把从死者身上搜出的八张代表证递过来,王全道一看,顿时大惊失色:"许子鹤呀许子鹤,你再次耍了我们!"

许子鹤被送进南京卫戍司令部医院。

当天晚上,一个更坏的消息传到了毛人凤和王全道的耳朵里,前几天监视的十二个人全部失踪,不知去向。

两人咬牙切齿，命令医生，救活这个人，就是铁嘴钢牙，也要想尽一切办法撬开他的嘴巴。

听说许子鹤醒来，一直守候在隔壁房间的王全道立刻赶了过来。

这是两位老同学从1927年4月12日以来的第一次见面，到现在已经整整十九个年头过去了。

"子鹤老弟，你醒了？"

许子鹤看清了面前所站的人是王全道，没有开口说话，只是先笑了一下。稍后，嘴里吃力地吐出两个字："谢谢！"

王全道不知许子鹤的意思，急忙追问。

"谢什么？"

"还是老同学对我好，我已经是阶下囚了，仍让我住在这么好的地方。"

"你我兄弟一场，我怎么也不能委屈了你啊！"

"全道兄完全没有必要这样做，让我去该去的地方好了！"

赶走所有医护人员，王全道坐在了许子鹤的床边。

"子鹤老弟，十九年了，过得还好吗？"

"不好！"许子鹤摇了摇头，"全道兄这十几年过得如何？"

"不好！"王全道同样也摇了摇头。

尘埃落定，两人的心放下了，谈话自然得如同邻里相聚。

"怎么个不好法呢？"王全道望着脸色苍白的许子鹤。

"整天东奔西跑，能好吗？"许子鹤坦然回答。

"那你为什么还到处折腾呢？"

"不是被全道兄逼的嘛，中间消停八年，换成了日本人逼我，原来以为日本人走了，全道兄不再逼我了，可你还是老脾气！"

许子鹤的话说完，王全道一阵干笑。

"全道兄，能说说你这十九年为什么过得不好吗？"

"被一个人害苦啦！"

"谁？"

"老同学你是明知故问啊！"王全道一声叹息。

两个人相视而笑。

"不谈了！不谈了！"王全道止住了这个话题。

"子鹤老弟，你知道这十九年里，我想得最多的是什么吗？"

"你心里想的，我怎么知道！"

"我总是回忆我们在哥廷根大学的那段岁月，血气方刚，怀揣梦想，对美好未来充满憧憬，如果可能，真愿意把时间定格在那一段，永远不踏进现实一步。"王全道叹息道。

"我也留恋那一段峥嵘岁月,那是我人生的崭新起点,但我和你不一样的是,对踏进现实一点也不后悔。憧憬虽然绚丽,但终究是虚幻的,现实虽然灰暗,但却可以找到一个人的存在感。"许子鹤眼中洋溢着轻松。

"子鹤老弟,你一个大博士,家庭情况又那么好,选择这条道路走到今天,我都替你感到委屈。"

"全道兄,我的路还没有走完呢,不用替我委屈!"

"子鹤老弟,你现在躺在这里,还有机会再走路吗?!"

"全道兄这就把话说绝了,我的腿不行了,可以挂着拐杖走嘛,没有拐杖,我可以向前爬呀,如果爬也不能爬,也没有什么大不了的,有和我相同目标的人啊,他们可以替我走啊!"

"子鹤老弟,就是你的同伴继续走,退一万步讲,即使他们能够到达你所谓的目标,你不是还得躺在这里,对你有什么好处呢?"

"全道兄,这你就不对了,古人有云,今年种竹,来年吃笋;前人种树,后人乘凉。为了让我们的后代生活在一个清平世界里,我个人的舍得值得!"

王全道和许子鹤你来我往,一个小时过去了,不见分晓。医生实在看不下去了,过来劝说病人不能再说话了,王全道这才悻悻离开。

许子鹤望着王全道的背影,嘴角露出了一丝苦笑。

这样的"聊天"又进行了两次,双方唇枪舌战,不欢而散。

经不住妻子的软磨硬泡,王全道终于同意第二天上午让郭馨倩带着儿子蒙儿来看望许子鹤。

郭馨倩与许子鹤已经十九年没有见面,身边的蒙儿已然成人。瞧见许子鹤憔悴不堪的样子,她的眼眶湿润了。

"子鹤,我和孩子看你来了!你放心,我没有任何目的,也没有受任何人指派,是以老同学的身份来的。"

"知道!这是蒙儿吗?"许子鹤瞪大眼睛望着眼前高高壮壮的男孩。

"是的,叔叔好!"蒙儿回答。

"如果叔叔没有记错的话,今年二十一岁了吧?"

"是的,叔叔记得那么清楚!"蒙儿感到惊奇。

"还记得小时候叔叔给你讲过的《白雪公主》《小红帽》之类的格林童话吗?"

蒙儿一脸懵懂地看着母亲。

"那时他才两三岁,肯定不记得!"说完这句话,郭馨倩转过头来对儿子说,"你小时候,我和你爸爸都忙,经常把你放在叶瑛阿姨那儿,他们对你可好了,你还跟着叔叔学会了数数呢!"

房间里一阵笑声。

"现在在哪儿上学?"许子鹤问蒙儿。

"同济大学刚毕业,收到了德国大学的通知书,十天后就去德国!"蒙儿自豪地回答。

"好,好,老子英雄儿好汉!去德国哪所学校?"

"哥廷根大学。"

"好呀,子承父业!学什么专业?是艺术还是军事?"

还没等蒙儿回答,郭馨倩就抢去了话:"才不学军事呢,整天打打杀杀!可惜他没有艺术细胞,最后选了经济学。"

"专业都是中性的,关键是怎样运用专业知识。学经济学好呀,等我们这辈人把仗打完,你们就要建设我们的国家,经济学会派得上大用场啊!"

"叔叔,我的数学不好,德国大学经济学专业里数学的东西多吗?"蒙儿问道。

"还是比较多的,主要是概率、统计和函数方面的知识,最好出国前找位先生给你辅导一下。如果你爸爸他们同意,我也可以给你辅导,不过你得抓紧,叔叔的时间不会太多了。"

屋子里一片寂静,好长时间没人说话。

"蒙儿,好好学,等学成回来时,也像叔叔一样拿个哥廷根大学的博士!"

郭馨倩说完这句话,瞥了儿子一眼。

蒙儿点了点头。

"好,有志气,你们这一代一定会比我们那一代强!预祝蒙儿拿到哥廷根大学的博士学位,到那个时候,别忘了给叔叔报个喜。如果见不到叔叔,就麻烦你去给阿姨报个喜,你小时候,她经常给你做好吃的,一次能吃两小碗呢!"

郭馨倩眼眶里滚动着泪水。

"叔叔,我最崇拜博士啦,你是我见过的第一位博士,能给我写几句话吗?"蒙儿拿出一个小本子。

"好啊!"

许子鹤吃力地坐起来,从蒙儿手里接过钢笔和本子。

"蒙儿即将离开中国去德国留学,我非常高兴。西方诸国强盛,皆源于强大经济保证,吾邦战乱多年,民心向往和平,和平之日当指日可待!到那时,枪声息,机器鸣,战场变商场!衷心希望蒙儿心无旁骛,潜心学术,成为经世于德、济民以术的栋梁之才。"

写完这段话,许子鹤署了名并写好日期,递给了蒙儿。

"谢谢叔叔!谢谢叔叔!"蒙儿读罢许子鹤的赠言,异常激动。

"子鹤,有一句话我不知当讲不当讲?"郭馨倩说。

"都是老同学,什么都可以讲!"

"子鹤,你还记得吗,当你从欧洲回到上海时,我就给你说过,安心教你的数学吧,别涉及这个党那个派的,你没听我的。同样的话原来我也给全道说过,他也听不进去,真不知道你们这些男人都是怎么想的!别人苦苦奋斗,目的是往高处走,而你呢,本来就在高处,却往低处走。算了算了,不谈了,你现在成了这个样子,好汉不吃眼前亏,国家又不缺你一个人,就别再干了,写个东西退掉这个党那个派的去教数学吧,如果在国内干不成,就去泰国……"

"馨倩,这话该不是全道让你说的吧?"

"子鹤,我以人格担保,谁也没教我,是我自己心里的话。"

"叔叔,妈妈说的是实话。这几天,妈妈在家里天天和爸爸吵,两人都不说话了。"站在一旁的蒙儿插话。

"谢谢馨倩!你现在是小提琴家,每场演出都有成百上千的听众。但是,你当时学小提琴是多么苦啊,在上海学了十年,在德国又学了五年,才有现在的成绩。如果大家都吃不了这个苦,都想坐在音乐厅里欣赏美妙的音乐,可能吗?你个人是这样,一个民族何尝不是这样呢!?"

郭馨倩无言以对。

"馨倩,咱们不谈这些了,看在老同学的面子上,再给我拉一曲《高山流水》吧。"郭馨倩进病房时,许子鹤看到她背着小提琴进来的。

琴声在房间内悠然响起。许子鹤闭上了眼睛,病房一下子变成了旷野。无垠的旷野里,悦耳的琴声像风儿一样轻轻吹拂,小草点头,花儿微笑,旷野的尽头是一处山谷,"峨峨兮若泰山",山谷之巅飞流下一挂瀑布,"洋洋兮若江河"……

住进医院的第四天,许子鹤从病房报纸夹缝里看到一则消息,是被营救的南洋华侨邓文逢所在公司刊发的公告——"邓文逢总经理因病出国医疗,公司事务暂由副总孙湘君先生代理"。这是行动前约定的暗号,许子鹤明白,十二位被营救者已经平安到达苏北淮安。

第五天上午,病房来了一位贵客,国民政府交通部长俞大维。蒋介石委派此人充当说客,有着精心的考量。俞大维 1897 年出生,早年毕业于上海圣约翰大学,后留学美国获得哲学博士学位。1925 年又赴德国柏林大学学习,主修哲学兼修兵工研究专业。回国后,俞大维担任过广州中山大学的教授,其人生经历与许子鹤多有相似之处。

"许博士,您受苦了!"

"俞部长,您日理万机仍屈尊前来看望,真是白白耽误您的宝贵时间了!"

"大维虽在政府任职,但自身仍是一介学人,许博士为学界楷模,我的同事中不少都是您在上海大学的学生,经常在耳边谈起您的学识为人,无不敬仰膜拜,可惜一直没有机会会面,迟来见谅!"

"客气!如果我没有记错,俞部长应该大我三岁,留学美、德两个国度,学识和经历自在子鹤小弟之上,如今官至部长,从各个方面而言都堪称兄长!"

"许博士不也留学德、俄两国吗?从全道那里还知道,许博士不但是国内极其少有的数学天才,还能娴熟运用德、英、法、俄四种外语,这在国内学术界再无二人!"

"全道兄的话说过头了!子鹤以肤浅知识本来想回国教书混碗饭吃,可惜上海大学被人封闭,数学教不成了。至于外语,更没有机会说了,有时就连用最熟悉的国语讲几句实话都不让开口呀!"

"都是过去的事了,都是过去的事了!"俞大维急忙止住了这个话题。

片刻之后,俞大维另开话头。

"许博士,今后可有什么打算?"

"有啊!想回家看看妻儿,我能走出这个房间吗?恐怕俞部长做不了这个主吧?"

"我不是指这个方面的打算,是指今后的职业。"

"我还有自己选择职业的自由?俞部长不是明知故问吗?"

"不!你有!而且自由度还很大。许博士是个学问人,我建议就不要在政治上争个你长我短了,去做学问吧,政府几所大学还缺校长呢!如果许博士感兴趣,我愿意出面斡旋。"

"谢谢俞部长好意!不要说大学校长,就是大学教授我也做不了啊!你我都在德国学习过,哥廷根大学十八世纪初就倡导学术自由,在与宗教、皇权和世俗的斗争中取得一席之地,从而开创了世界大学的先河,俞部长所在的柏林大学也以'大学自治'而闻名世界,成为了现代大学的标志,而现在中国的大学呢?实话不能说,多说一句就要吃黑枪子,李公朴是这样,闻一多不也是这样?"

"大学是惹是生非的地方,如果许博士不感兴趣,就像我一样去技术机构就职吧!"

"谢谢俞部长!子鹤从十八岁开始,就一直梦想科学和技术救国,估计部长也和我有同样的经历,科学和技术救得了国吗?二十八年过去了,我没有看到一点希望,反而情况变得更糟。'五四'运动时提倡'德先生'和'赛先生'并重,我年轻时还不大理解,现在是完完全全地相信了。过去说'秀才遇到兵,有理说不清',现在不还是这样吗?甚至比过去还糟糕,连开口说理的机会都没有了。"

"那许博士还有其他意愿没有?"

"从子鹤进入这间房子,就没有任何个人意愿了。我是学数学的,喜欢用数学打比方,如果把人出生时设定为坐标原点,那么数值为零,五天之前,我个人的数值达到了最大,现在,我又回到了原点,这就是我的归宿。子鹤来世上一遭,圆圆满满地走完了一个周期,足矣!请俞部长放心,无论如何子鹤是不会做负数的。"

"还可以商量商量吗?"

"俞部长日理万机,子鹤还是不耽误您的宝贵时间了!最后只有一句建言,俞部长是哲学博士,又是交通部长,辩证法一定比我学得更好,今后不能只修铁路公路,而堵了国民的心路……"

俞大维一声长叹,离开了病房。

第六天中午,病房内突然架设了一部电话,许子鹤笑着对身旁的医生说:"看来又有更尊贵的客人了!"

电话架好半小时后,铃声骤然响起。医生把电话直接递给了许子鹤。

"是子鹤博士吧?我是建丰啊!"电话里传来一个并不熟悉的声音。

"对,我是许子鹤,是经国先生呀!"蒋经国字建丰,许子鹤对此并不陌生。

"别称什么先生,您比我大十岁,就叫建丰吧!我们虽未曾谋面,二十多年前我到莫斯科时,您刚离开半年时间,那里的苏联老师经常提起您,让我们向您学习!"1925年10月,蒋经国赴苏联留学,就读于莫斯科中山大学,苏联方面经常提及一个叫许子鹤的中国学生,不但学习成绩优异,还帮助苏联教授翻译马克思、恩格斯的德文原著,给年轻的蒋经国留下了深刻印象。后来,蒋经国还在莫斯科加入了苏联共产党,直到抗战爆发才回到中国。

"承蒙建丰弟念及,十分荣幸!"

"不说客气话,我听说您的双腿出了点问题,这次打电话就是通知您,明天转到陆军总院去,已安排最好的大夫给您做手术!"

"难为建丰弟有此心,子鹤的腿没必要治了,还是把药用在该用的人身上吧!"

"子鹤博士怎么说此类气话?"

"子鹤的病不在腿,在心!现在还没有治好我这种病的药,请建丰弟不必费心了。"

"治病的事我们等会再谈!子鹤博士雄才大略,做了几件响当当的事,特别是抗战期间,为民族立下汗马功劳,不但令建丰心生敬佩,就连委员长也称赞有加。"

"区区小事,还令委员长惦记,子鹤惭愧!"

"子鹤博士,过去的事不提了,现在国家急需像您这样的栋梁之才,开天辟地胆识壮,融冰化雪风物长,咱们摒弃前嫌,往后看如何?"

"建丰弟,子鹤是个书呆子,不知此话的意思——"

"目前,有三个地方缺乏称职的省长,委员长心急如焚,如果子鹤博士有意,我向委员长推荐昔日的学长。"

"谢谢建丰弟,委员长手下精兵强将众多,还是从他们当中选任吧,官府大员子鹤做不了!"

"不急,不急,子鹤博士可以考虑两天再回答。"

"建丰弟,没必要考虑了,我现在就已决定了,请转告委员长,谢谢他多年以来对子鹤的重视和关照!"

电话里好大一会儿没有回音。当许子鹤正要把话筒放下时,传来蒋经国的最后一句话——

"那好，子鹤博士好自为之！"

许子鹤也淡定地回应了最后一句话——

"再见！建丰弟保重！"

第五十章

第六天下午，许子鹤被秘密转往南京中央军人监狱，关押在"狱中之狱"的南监，双手双脚被戴上了镣铐。

从此之后，许子鹤进入了人间炼狱。

当天晚上，许子鹤被四个人抬着进入了审讯室。

"许博士，你敬酒不吃吃罚酒，到这里，就有点对不住了！"说话的是监狱审讯室主任刁三虎，人称"三爷"。十几年来，南京中央军人监狱流传着一句话："监狱好坐，三爷难过。"毛人凤专门指定刁三虎对付许子鹤。

"你认为的敬酒，在我这里就是罚酒！有些事，你自然不会明白。"

许子鹤被捆住双手，吊在了悬梁上。沉重的脚镣扯拉着许子鹤伤残的双腿，痛得他满头汗珠。

"许博士，我刁三虎没什么文化，喜欢直来直去，看你细皮嫩肉的，估计也吃不了这般酸苦，回答两个问题，就放你下来。"

"得看什么问题。"

"第一个问题，你们最近绑架了十二个人，把他们藏在了哪里？第二个问题，说出参与绑架的头目和他们的姓名住址，毛局长想和他们见见面。"刁三虎漫不经心地说。

"就这两个问题？"许子鹤装出惊讶的样子。

"我们没有绑架任何人，更不知道他们藏在什么地方，既然你已把人数都摸得如此清楚，就自己去找吧，第一个问题回答完毕；如果你们硬要血口喷人说我们绑架人，那是你们的自由，我是南京中共地下党的负责人，要绑架，肯定是我指挥的，姓名你们知道了，人就在这里，第二个问题也回答完毕。"

"许博士，我话绕不过你，对不住了！"刁三虎用手指从嘴里取下粗大的雪茄，二话没说，一下把烟头按在了许子鹤的脖子上。

许子鹤一声惨叫，浑身肌肉痉挛抽搐不停。

刁三虎移开了烟头，铜钱般大小的焦糊状凹坑留在了许子鹤的脖颈处。

"许博士，听说你是学数学的，我这一手相当于1，后面还有2，3，4，7，8，9，不行的话，还有12，13，14，17，18，19，你就等着享受吧！"

"问题我已经回答了，你就是有112，113，114，我还是这样！"

"好吧！咱们走着瞧！"刁三虎扔掉手中粘血的雪茄，重新点了一支，使劲吸了几口之后，烟头变得通红。刁三虎把烟头再次按在了许子鹤的脖子上。

又是一声撕心裂肺的喊叫。

一个小时过去了，地上扔了五个烟头。

"许博士，一般人顶不过我三个烟头，你竟耗了我五支上等雪茄，好样的！咱们开始数'2'吧！"刁三虎说完，朝身后的两个彪形大汉使了一下眼色。

两个打手抡起皮鞭，交替上阵，一鞭又一鞭狠狠抽打许子鹤。打一阵，就停下来逼问，问不出又继续打。两个小时后，许子鹤的上衣被撕扯成碎片，身体正面血肉模糊，他昏迷了过去。

刁三虎叫人端来几盆凉水，浇在了许子鹤头上，让他苏醒过来。

"许博士，我再问一遍那两个问题，如实回答，咱们还是朋友，免得让我的弟兄们再流那么多汗！"

"我许子鹤说过的话绝不说第二遍！"鲜血淋漓的许子鹤回答。

"那好吧！"

许子鹤的双手和双脚被接上了电线，这是南京中央军人监狱从美国进口的一台电击设备，国内共有两台，另一台在重庆中美合作所。美国设备与普通只改变电压的电刑装置不同，通过改变交流电的强度、波型、相位、频率等参数，对人体肌肉产生不同作用，导致受刑人呕吐、大小便失禁，严重时还会出现鼻口流血。由于强大的电流烧灼人体内部器官，身体的颜色不停变化，眼珠爆出，肌肉膨胀。

电压在不断增加，许子鹤全身抽搐不停。

除了电压，变动各项参数的按钮也被刁三虎按下。许子鹤的全身痉挛得更加厉害。

电压到了200伏，这是美国设备的极限，刁三虎闭上眼睛，按下了电钮。伴随着一声声撕心裂肺的喊叫，鲜血从许子鹤的口中、鼻孔和耳道里喷射而出，审讯室内充斥着一股难闻的焦煳味道。

电刑进行过三遍，许子鹤嘴里没有蹦出一个字。

第四遍开始后不久，许子鹤昏死了过去……

许子鹤醒来时，发现自己躺在五六平方米的牢房里。此时是白天还是黑夜，他已无从知晓。

许子鹤浑身都是黏糊糊的血。身体已经完全麻木，他已经感觉不到丝毫的疼痛。除此之外，他身体上能动的只剩下两个眼球和大脑。

漆黑的牢房内，许子鹤睁开了双眼。

突然，头顶上方竟亮起了星星，还有月亮。皎洁的月亮在缓缓移动，璀璨的星星在不停闪烁。

这是哪里的夜空呀？如此美丽，如此熟悉，如此让人着迷！

是故乡澄海的夜空吗？

许子鹤的头脑中，一个温馨的场面出现了。大娘拉着他的手在韩江边漫步，边走边数夜空中的星星。从 1 数到了 100，他还在数。大娘说："儿子，不数了，别累着了！"许子鹤对大娘说："只要星星不跑，我一定能数得过来！"大娘一把把他揽进怀里，说："儿子真有志气，儿子是大娘心中最大最亮的那颗星星……"

是北京的夜空吗？

与南方相比，北京的夜晚有着一种特有的深邃和宁静。在这样寂寥清冷的深夜里，北京大学附近一家小酒馆里却往往是另外一番景象，热气腾腾，温暖如春。在酒馆中，许子鹤正与恽先生和邓翰生一起谈天说地，酒桌上除了饭菜，还有几本杂志，许子鹤看清楚了，是《共产党宣言》《新青年》《警告全国父老书》，两人边吃边给许子鹤讲解里面的内容。不一会儿，三个人变得满脸通红，许子鹤很是纳闷，三个人的酒量都很大，怎么几杯酒下肚，脸就红了呢？

是哥廷根的夜空？

月是故乡明，哥廷根的月夜虽然明朗，但总是弥漫着一种淡淡的乡愁。而月色溶溶的哥廷根大学，就算是夜间也氤氲着浓厚的学术气息，著名的 Aula 大厅内座无虚席，许子鹤和王全道、李当阳、崔汉俊一起坐在里面。第一位走上讲台作报告的是自己的导师迪特瑞希教授，他的夫人、女儿克劳迪娅和儿子汉斯也来了，坐在自己身旁。克劳迪娅用胳膊碰了一下许子鹤问："爸爸讲的你听得懂吗？"许子鹤说："听得懂！"克劳迪娅则一脸迷茫，挠着头说："我一句也听不懂！"迪特瑞希讲完，一个中国人走上了讲台，啊，是朱德！他讲的是中国的四大发明，报告在掌声雷动中结束。激动的汉斯说："我今后要到中国去！"顽皮的克劳迪娅望着许子鹤做了一个鬼脸，低声细语："你教我汉语吧，我今后也要去中国！"

是莫斯科的夜空吗？

莫斯科的夜空是别样的，星星在寒风呼啸的黑夜里不但没有发抖，还异常明亮，明亮得令人目眩。在月光下的救世主大教堂，瓦西里正在给大家上课，上完课之后他还让大家做起了练习。俞清澜、董义堂、魏乾、邢威武、张宜珊、罗琳，还有年龄最小的耿之江都通过了，而他没有通过。正当瓦西里狠狠地批评他的时候，伊万诺夫走了过来，微笑着对瓦西里说："别批评他了，罚他今天给我翻译德文资料吧，一天一夜不让他睡觉！"瓦西里说："一天一夜不行，对他这样的人，起码两天两夜！"

是上海的夜空吗？

上海的月光之夜，人们总会陶醉在和煦的海风之中。可就在一间不起眼的屋子里，月光漫过窗棂，像碎银一般洒在了地砖上。许子鹤和一群人正忙着刻印，他们没有点灯，月光已经足够明亮。魏坤、张宜珊、罗琳、魏坤、武丕洲还有艾静忙得不亦乐乎，一会儿之后，已经印出了两大摞《发动机》，油墨的香味在房间内四处飘溢。印完期刊，趁着茫茫夜色，许子鹤穿上风衣出发了，他要去和平饭店会熊昌襄，去戒备森严的机场见刘良本，去同济大学看望十几位怀抱热切希望的师生……

是南京的夜空吗?

月光照在摇曳的梧桐树上,在地上映射出斑斓的图案。许子鹤带领董义堂、罗琳、李光润、魏坤和武丕洲走在这样的道路上,神不知鬼不觉。他们要去晓庄师范,去和记洋行,去夫子庙、去新街口的"梦都咖啡"、去浦口火车站、去御道街上的"石头城旅社"……罗琳问许子鹤:"大博士,你算算,我们今天走了多少里路啊?"许子鹤说:"我们今天走过了2150个电线杆,电线杆间的距离是35米,那么我们今天一共走了75215米,也就是150.43里。"

是大平原的夜空吗?

洒在河南大地上的月光坦荡无垠,一望无际。许子鹤走惯了河南的夜路,他一直认为,在这样的月夜行走,他的步履更轻盈,步伐更大,即使落下的脚步有声响,他也不用担心,因为,雄浑大地用广袤的胸怀接纳了他,包容着他。开封、郑州、洛阳、许昌、漯河等等,这些城市,许子鹤不知道去了多少趟,他和自己的战友董义堂、石丛山、李光润、吴大明、罗琳和魏坤一样熟悉每一条街道、每一家店铺,在这样的城市里,国民党找不到他,汪伪找不到他,日本人也找不到他……

半梦半醒幻想完这一切,许子鹤睡着了,甜蜜地睡着了。多年来,他很少有时间静静地思索,慢慢地追忆,每天不是枪林就是弹雨,不是隐蔽就是撤离,他没有吃过一顿安稳饭,没有睡过一次囫囵觉。现在,他人生的大戏即将谢幕,走下刀光剑影的搏杀舞台。许子鹤庆幸自己有时间思索,有时间追忆,他感到难得的轻松,难得的幸福。在轻松幸福的微笑中他进入了梦乡。

在梦中,仍然是明朗的、皎洁的、璀璨的月光之夜。

这是哪里的夜空呢?是澄海的吗,不全是。是上海、哥廷根、莫斯科、南京、河南的吗? 也不全是。那不是许子鹤熟悉的夜空,是陌生的夜空,是静谧的夜空,是灿烂的夜空,那是未来的夜空啊!

夜空下,伫立着三个人,许子鹤、叶瑛和儿子许晓羽。

"爸爸,天空中为什么有那么多星星呢?"晓羽问。

"儿子,天空太大,星星少了太孤单,所以上帝啊,就创造了很多星星,让它们相互陪伴!"

"星星们每天都能在一起,真好!爸爸妈妈,我们一家人也像星星一样永远在一起,不再分开,好吗?"

叶瑛说:"好!"

许子鹤也说:"好!"

叶瑛和许子鹤泪眼蒙眬。

许晓羽看着叶瑛,又提了一个问题:"妈妈,天空中有很多星星,只有一个月亮,在我们家里,谁是月亮,谁是星星呢?"

叶瑛和许子鹤笑了。

叶瑛抚摸着儿子的头说:"天空中月亮比所有星星的个头都大,在我们家里,谁的个头最大呀?"

晓羽不假思索地回答:"爸爸!"

"所以啊,爸爸就是咱们家里的月亮!"

许子鹤听到了,走到儿子跟前,同样抚摸着晓羽的头,笑着说:"儿子,你看天空,是星星走得快还是月亮走得快?"

晓羽抬头望了一会儿夜空,回答说:"月亮一直在走,星星不动!"

"在我们家里,哪个人不是忙这就是忙那,一刻也停不下来呀?"

"妈妈!"晓羽回答。

"那妈妈就是我们家的月亮!"

晓羽有点不高兴了,噘着小嘴不讲话。

许子鹤蹲下身去,拉着晓羽的手说:"晓羽,爸爸妈妈的话还没有讲完呢!"

"月亮看着大,实际上远比星星小,主要是它离我们最近,所以显得大。你说说,在我们家,谁的年龄和个头最小?"

"我!"晓羽说。

"所以呀,晓羽才是我们家的月亮啊!"

许子鹤一句话把晓羽说乐了,把叶瑛也说乐了。

"晓羽,你既然是月亮,就要像月亮一样纯洁光亮,做得到吗?"

"我做得到!"

"好!儿子乖!"许子鹤说。

"好!儿子乖!"叶瑛说。

一家三口手拉着手温馨地站在一起,举头凝望灿烂的星河……

好美的夜啊!

第二天中午,许子鹤被四个狱警用门板抬到了审讯室。

刁三虎早已在门口等候。

"许博士,昨晚睡得好吗?"

"好!从来没有过的轻松!"

"许博士不愧是块好料!王八蛋美国的设备好像不合你的胃口,咱们今天还是用用老祖宗的旧玩意!"

许子鹤看到,审讯室中央一盆炭火正在熊熊燃烧,里面放着两把烙铁。烙铁有成人巴掌般大小,厚度足有三寸,后面托着一个铁把,铁把的末端套着一个木筒。

"许博士,还是昨天的那两个问题,现在回答还来得及?"

"我许子鹤说过的话绝不说二遍。开始吧,否则木把烫,你们不好握。"

"好!这个时候还替我们着想,仗义!动手吧,弟兄们!"

一个光着膀子的大汉从火盆中取出一把烙铁，三步并作两步走到许子鹤面前，一下子按在了许子鹤的右肩膀上。
　　一股黑色烟雾伴着白色蒸汽顿时腾空升起，许子鹤"嗷"的一声大喊，头一歪昏厥过去。
　　半个小时后，许子鹤被凉水浇醒。
　　"许博士，还是咱们老祖宗的家伙好使，你说对吧？"
　　"别说了，还有左肩膀，来吧！"
　　另外一个大汉从火盆中取出了另一把通红的烙铁，摇晃着走到许子鹤身边，但他并没有将烙铁放在许子鹤左肩膀上，还是按在右肩上。
　　又是一阵皮肉焦煳的黑烟和雾气蒸腾开来，审讯室内充斥着刺鼻的气味，刁三虎和两个大汉匆忙戴上了口罩。
　　许子鹤的右肩上皮肉全脱，露出白白的骨头。
　　刁三虎又折腾了整整一个小时，许子鹤已经遍体鳞伤，体无完肤了。
　　许子鹤在牢房中昏迷了一天一夜。

　　第四天，生不如死的许子鹤再次被抬到了审讯室。
　　"许博士，今天咱们来点痛快的！"
　　一个大汉打开了手中的电锯，审讯室内立马响起了刺啦啦的电锯声。
　　"再给你五分钟的时间，好好想一想，不然就一个问题一只脚，公平合理！"刁三虎恶狠狠地说。
　　"不用想了，我的双腿断了，两只脚也是聋子的耳朵，随你们的便吧！"
　　"许博士，我劝你还是好好想想，你这双脚去过很多地方，今后说不定还能去不少地方，不像我这双脚，十几年没有离开这个院子。脚卸下来容易，也就一两分钟时间，但再想长上去，那就难了！"
　　"我去过的地方，再给你五双脚你也去不了！少啰嗦，动手吧！"
　　"好，好，痛快，痛快，弟兄们，皇帝不急太监急，还不赶快下手！"
　　刺耳的电锯声响起，大汉举着飞快转动的圆形电锯来到了许子鹤的右脚旁。
　　电锯接触到了许子鹤的脚腕，许子鹤闭上了眼睛。
　　"慢！"审讯室的大门这时被推开，一个人走了进来。
　　来者是毛人凤。
　　毛人凤围绕着许子鹤走了一圈，眼中的许子鹤已经不成人形。
　　"许博士，我毛人凤来晚了！"毛人凤说。
　　"啊，是毛局长，我许子鹤这个样子，和你想象中的不一样吧？"
　　"不！过去是英雄，现在也是英雄！我毛人凤最看不起软骨头。"
　　"这屋里空气污浊，请毛局长早点离开吧，别伤了龙体。"
　　"许博士，何苦呢？现在还来得及啊！你的伤，我马上派医生给你治好。"

"不用了，那样不就成了软骨头，被毛局长瞧不起了！"

"许博士，建丰和俞部长都很关心您，刚才都给我打了电话。您看这样行吧，也不让您回答这个那个问题了，就写个东西在报纸上登一下，脱离共产党，回泰国去吧！"

从毛人凤来到审讯室，许子鹤就料到了他的这一手。

"毛局长，子鹤的血已经变红，心已经变红，这辈子无论如何是不可能由红变黑了。我的事到此为止吧，劳烦您回去转告建丰弟和俞部长，多年之后，乾坤变，江山易，我再和他们重叙旧情，畅谈荡气回肠的留学岁月！"

毛人凤退出了审讯室。

刁三虎没有锯掉许子鹤的双脚，不想让许子鹤轻易死去。他要"重炒几遍剩饭"。

许子鹤又被折磨了六天六夜。

许子鹤奄奄一息。

许子鹤入狱十五天后，蒋介石最终下达了枪决令。

第十六天清晨，行刑的时刻到了。许子鹤换下囚服，穿上了被捕时自己的那套西服。这时候的许子鹤已经不能站立，他趴在水盆旁洗净脸，喝了最后一碗米粥，这是王全道特意安排的，说许子鹤家是开米行的，最后一定要让他喝碗白米粥。

喝完米粥，许子鹤再次爬到水盆边，趴在上面洗了几把脸。

行刑人员来到了许子鹤的牢房，向他宣读了蒋介石的手令。

许子鹤只说了一句话。

"麻烦你看看，我的脸干净了吗？"

行刑队长回答："干净！"

许子鹤微笑着点了点头。

十点左右，囚车来到了雨花台。

许子鹤被四个人用担架抬着走向了刑场。

躺在担架上的许子鹤脸部偏向一旁观看着雨花台，几分钟之后，他的脸从一边换到了另一边，仍然目不转睛地凝望着雨花台。

"恽先生，子鹤来了！"

"翰生兄，子鹤来了！"

"同志们，子鹤来了！"

到了刑场，许子鹤被从担架上放了下来。

"你还有什么话要说吗？"执行队长问。

"没有什么话了，只有两个小要求。"

"说！"

"请你们从正面开枪，我要正面而死，我的信仰是光明的，光明的东西是面向黑暗的！"

执行队长想了一下，点了点头。

"另一个呢？"

"我要站着死！"

"不行，你站不起来！"

"把担架上的两根木棍抽出来给我！"

行刑队长想了一下，同意了他的要求。

两根木棍先被戳进地里固定好，许子鹤被几个人从地上扶起，架到了两根木棍之间。

许子鹤双手抓着木棍，摇晃半天才最终站稳。

"可以了，开枪吧！"

片刻之后，排枪响起。

许子鹤的身体向后抛出三四米远，猝然倒地。

行刑队离开后，验尸人员在登记本子上写下了现场勘察记录："案犯身中十枪，当即死亡，胸口成蜂窝状，系行刑队射击所致；死者腹部血肉模糊，双肩露骨，上门牙全部脱落，下门牙只剩一颗，眼球崩出，系前期审讯所致……"

一代豪杰，走完了他不屈不挠的一生。

一代天骄，走完了他灿烂辉煌的一生。

这一年，他四十六岁。

尾声

许子鹤就义三天后，南京报纸上刊登了一份手写影印的声明。

"我保证离开中国去德国，心无旁骛，潜心学术。许子鹤""许子鹤"三个字后面还有清晰的落款时间。

近二十天来，中共华中分局和南京市委想尽一切办法四处打听许子鹤被捕后的下落，始终杳无音信。报纸上刊登的声明让他们震惊万分，推测这是国民党特务组织精心设计的阴谋，便请几位专家对报纸上手写的声明进行甄别。甄别的结果出乎所有人意料，字体确为许子鹤本人亲笔所书。专家还明确告知中共华中分局，字体书写流畅，不但不是外人模仿，也不是在暴力胁迫下草草写就。

在南京的中共代表团向国民党交涉此事。俞大维出面答复，许子鹤参与颠覆政府非法活动，本应严惩不贷，但被捕后知罪悔过，政府念及其抗战期间为民族所做的贡献以及其在学术上的天赋与成就，答应了他不再参与任何政治党派，远赴国外专心从事学术的祈求，这是国民政府对知识分子的宽容和善待。目前，他本人已经离开上海，远赴欧洲。一切造谣污蔑之词既违背其本人意愿，也将被视为是对国民政府的公然对抗。

由于毛人凤、王全道对许子鹤被俘和杀害过程进行了严密封锁，外界一应不知真相。尽管中共组织采取各种手段在国内和国外调查追踪此事，遗憾的是始终没有打听到许子鹤的下落。

一个天大的悬案自此形成。

1979年，南京雨花台烈士陵园进行扩建，从地下挖出一批殉难烈士遗物。由于时代久远，并且都是秘密杀害，绝大部分遗物经过馆方努力找到了原来的主人，但仍有部分无法甄别，只得暂时收藏，供日后查询。

二十世纪八十年代初，七十六岁的叶瑛来到澄海县城打听失踪五十余年的丈夫许金海，当地政府十分重视，立刻委派党史办黄主任带着郝丽赶赴江苏、上海和河南等地追踪线索。线索最后指向了国民党秘密屠杀共产党人最集中的地方——雨花台。可惜雨花台没有任何许子鹤就义的证据。

正当黄主任和郝丽极度失望时，雨花台纪念馆一位李姓老同志忽然想起一件事，说两年前雨花台烈士陵园因扩建挖出的一批遗物至今没有头绪，能否请许子鹤的同事前来辨认。

已至耄耋之年，曾经担任过上海市副市长兼公安局局长的魏坤来到了南京雨花台。在无人辨领的烈士遗物保存室内，他戴上老花镜，一件一件细心察看。当魏坤看到一个木箱内几只纽扣和一双只剩下鞋跟的皮鞋时，他的身子一阵颤抖。捧着纽扣看了半天，老人家又急忙翻看鞋跟，待他看完这两样东西，就是一阵撕心裂肺的嚎啕大哭。

许子鹤就义时，穿着的是弟弟金涛给他购买的西服和皮鞋。西服的纽扣是铜质的，中心还雕刻着一朵梅花，魏坤多次在许子鹤面前说过西服扣子特别好看。此外，魏坤还帮助许子鹤在南京的一个鞋摊为他的新皮鞋钉过鞋掌，师傅请魏坤从圆铆钉、方铆钉和花型铆钉中选一种，魏坤选了最好看的花型铆钉。

衣物和皮鞋已经腐烂，但几只铜质纽扣上都有梅花，两个鞋跟用的鞋钉都是花型铆钉。

许子鹤并没有去德国，而是早已在雨花台刑场被敌人枪杀。几十年的悬案自此真相大白。

离家已经一个半月的黄主任和郝丽在雨花台烈士纪念馆的帮助下，在江苏、上海、河南三地很快办理完了追认许子鹤为烈士的证明。在民政部门拿到烈士证书后，两人火速赶回广东澄海冠陇村，去见已经等待五十三年的叶瑛。

两人来到冠陇村，在一座小小的坟墓旁又见到一座新坟。半个月前，七十六岁的叶瑛已经溘然离世。

冠陇村的男女老少赶来了，黄主任举起烈士证书，高声宣读起来："许子鹤，原名许金海，在革命斗争中，壮烈牺牲，经批准为革命烈士，特发此证，以资褒奖。中华人民共和国民政部。"

读完证书，黄主任扑通一声跪了下去，在场的冠陇村人跪倒一片，茫茫村野哭声阵阵……

两个月后，徐州一所大学从事民国史研究的张崇正教授来到德国慕尼黑，设法找到了定居海外的王全道与郭馨倩的儿子王灏泓，他已是当地一所大学的著名经济学教授。当张教授一提到许子鹤的名字，王灏泓顿时双手发抖，情绪失控地哭出声来。

"该来的，终究会来啊！"昔日的蒙儿仰天长叹。

蒙儿向张教授道出了隐瞒多年的实情。蒙儿说，他取得博士学位后留在了德国。他父母1949年后去了台湾，没过几年，两人分居。郭馨倩在台北大学教音乐，死于1967年。王全道到台湾后在监察院担任无所事事的议员闲差，终日以酒浇愁，在郭馨倩去世半年后也凄凉死去。王全道临死之际，给儿子道出了埋藏在心底的一件事。

"蒙儿，爸爸给你说件事，这事折磨了爸爸几十年，我不想再带进坟墓。"

蒙儿点头示意王全道述说下去。

"你还记得在南京时，许叔叔在病床上给你写过一段话吗？"

"记得，但我去德国前再也没有找到那个小本本。"

听完此话，王全道哇的一声哭了起来。

"爸爸见上面是他的亲笔赠言，还有签名与时间，意识到有用，就把你那个小本本偷偷藏了起来，后来交给了毛人凤。毛和我请一批人商量后，就把上面有用的字剪下，拼凑成带有签名和日期的一封信，影印后在报纸上登出来了……"

许子鹤的战友董义堂后来担任过江苏省委负责人，张宜珊、武丕洲分别担任过南京市委的负责人。

罗琳在1947年2月的孟良崮战役中牺牲。儿子魏莱每年都会用轮椅推着年迈的父亲魏坤，带着一双儿女来到雨花台。

"许伯伯，我是魏莱呀，'未来'已到，我们都很想念您，九泉之下的您还好吗？"

1986年秋天，上海华众公司总裁汉斯先生带领一位白发苍苍的老太太来到雨花台。汉斯搀扶的是他的姑姑克劳迪娅。从中国有关方面打听到许子鹤的下落后，汉斯告诉了远在德国终身未嫁的克劳迪娅。

当雨花台工作人员给克劳迪娅介绍完许子鹤从回国到就义的情况后，手捧鲜花的克劳迪娅一下子昏倒在地。

经过一番抢救，克劳迪娅醒了过来，她拒绝了所有人的劝阻，执意来到许子鹤就义的地点。

苍松翠柏掩映中的雨花台在蒙蒙细雨中沉默着，克劳迪娅放下手中的鲜花，久久伫立在高大庄严的英雄群雕面前，泪水从刻满岁月痕迹的脸庞无声地流下，打湿了寒夜斗士们鲜血洒过的土地……这跨越两大洲和六秩光阴的爱恋不单昭示了克劳迪娅海一样深的情愫，更见证了一位殉道者从未屈服的灵魂。

"子鹤，我看你来了！"克劳迪娅泣不成声，周围的人无不动容。

大地苍茫，雨花纷飞……

创作于澄海、徐州、上海、上蔡、开封、
南京、北京、莫斯科、巴黎、纽约和都柏林